Papier fresserchen

Papierfresserchens MTM-Verlag

Impressum:

Personen und Handlungen sind frei erfunden.
Ähnlichkeiten mit lebenden oder verstorbenen Personen sind zufällig und nicht beabsichtigt.

Besuchen Sie uns im Internet:
www.papierfresserchen.de
www.papierfresserchens-buchshop.de

Sonnenbichlstraße 39, D- 88149 Nonnenhorn
Telefon: 08382/7159086
info@papierfresserchen.de

Erstauflage 2015

Lektorat: Melanie Wittmann
Herstellung: Redaktions- und Literaturbüro MTM / www.literaturredaktion.de
Titelbild: Maron Fuchs
Druck: Booksfactory, Stettin
Gedruckt in der EU
ISBN: 978-3-86196-373-8 – Taschenbuch
ISBN: 978-3-86196-403-2 – eBook

Glühende Hitze

Maron Fuchs

Für meine herzallerliebsten Geschwister Susanne, Thomas und Michael. Es war nicht immer einfach, die Jüngste zu sein, aber ohne euch drei wäre es langweilig gewesen! Ihr seid klasse!

Angst vor dem Ungewissen

Renn. Renn, so schnell du kannst. Bring dich in Sicherheit. Nur weil ich nicht mehr fliehen kann, musst du nicht auch gefangen werden. Dreh dich nicht um. Lauf einfach weg. Und schau nicht mehr zurück.

Zum ungefähr hundertsten Mal las ich die Nachricht durch, die ich meinen Freunden schicken wollte. Falls ich mit dem Text jemals zufrieden sein sollte.

An: Sophie Meier, Niklas Meier, Karolin Huber, Jan Weber, Florian Bauriedl
Hey Leute,
können wir uns morgen Abend bitte alle bei mir treffen? Es ist sehr wichtig, ich muss dringend mit euch reden! Um sieben Uhr. Und bitte kommt alle!
Lara

Leise seufzte ich und versendete die SMS. Sie klang dringlich genug.

„Bist du fertig?“, fragte plötzlich jemand hinter mir. Erschrocken drehte ich mich zur Zimmertür, mein langes Haar flog mir bei der Bewegung um den Kopf. Als ich sah, wer im Türrahmen stand, atmete ich erleichtert auf. Es war mein Freund Raphael. Der wohl letzte Mensch, der mir Angst machte. Im Gegenteil, dieser Junge schaffte es immer, mich zu beruhigen.

Abwehrend hob er die Hände. „Hey, ganz ruhig. Ich bin’s doch nur.“

„Entschuldige.“ Beschämt senkte ich meinen Blick zu Boden. „Ich weiß, ich bin zu schreckhaft.“

„Dafür kannst du doch nichts“, entgegnete er und kam zu mir, um mich sanft zu umarmen. „Das ist im Moment echt nachvollziehbar.“

Auch ich legte meine Arme um ihn, lehnte mich an und schloss die Augen. Es tat gut, von ihm festgehalten zu werden. Es ließ mich für ein paar Sekunden die furchtbare Angst vergessen. Die Angst vor meinem grausamen Stiefvater.

Mein Handy vibrierte, ich hatte schon die erste Antwort. Zögerlich löste ich mich von Raphael und zog das Gerät aus der Tasche meiner Jeans. „Sophie hat geschrieben“, stellte ich fest. „Sie ... ist besorgt und gespannt. Auf jeden Fall kommen sie und ihr Bruder morgen Abend.“

Mein Freund nickte. „Gut. Die anderen hoffentlich auch.“

„Mehr als einmal will ich die Geschichte nicht erzählen. Ich weiß ja nicht mal, ob ich es überhaupt schaffe, das alles preiszugeben“, murmelte ich.

Er strich mir über die Wange, sodass ich zu ihm aufblickte. „Du schaffst das schon. Außerdem bin ich bei dir.“

Ich lächelte ihn an. „Zum Glück.“

Ohne Raphael würde ich mich wahrscheinlich immer noch verängstigt auf dem Sofa zusammenkauern. Wie in dem Moment, als ich aus den Nachrichten erfahren hatte, dass mein Stiefvater aus dem Gefängnis geflohen und nun auf der Suche nach mir war.

„Okay, es ist Freitag, wir haben Wochenende, die Winterferien haben heute angefangen und das sollten wir ausnutzen“, wechselte er das Thema und fuhr sich durch sein kurzes schwarzes Haar. „Lass uns was unternehmen!“

Hin- und hergerissen sah ich ihn an. „Ich muss aber noch so viele Schulsachen nachholen ...“

Wegen dieser Nachrichtensendung am Mittwoch war ich zwei Tage zu Hause geblieben. Ich hatte es einfach nicht geschafft, in die Schule zu gehen. Meine beste Freundin Sophie, das wohl liebste und zuverlässigste Mädchen der Welt, hatte alle Hefteinträge für mich mitgeschrieben und mir auch die Hausaufgaben gegeben. Und zwar ohne zu fragen, warum ich nicht zur Schule käme. Sie drängte mich nie, sondern wartete, bis ich ihr alles erzählte. Gerade das mochte ich sehr an ihr.

„Das kannst du doch später noch machen“, winkte Raphael ab.

„Du bist erst in der elften Klasse. Ist ja nicht so, als würdest du in drei Monaten schon Abi schreiben."

„Im Gegensatz zu dir", merkte ich an. Ich war mit meinen 17 Jahren eine Klassenstufe unter Raphael, denn er war ein gutes Jahr älter – wir hatten Ende Februar, doch schon im April würde er 19 werden.

Er zuckte mit den Schultern. „Ach, ich muss jetzt nicht lernen."

„Was willst du denn machen?", fragte ich.

„Lass uns was kochen", schlug er vor. „Dann müssen Bianca und Lorenz kein Abendessen machen, wir kochen einfach für alle."

Ich nickte. „Das klingt toll! Die beiden haben meinetwegen sowieso schon genug Stress."

Bianca und Lorenz Winkler waren zwei sehr ... besondere Personen für mich. Bis vor zwei Monaten hatte ich nicht mal gewusst, wer sie waren, doch nun konnte ich mir mein Leben ohne die beiden nicht mehr vorstellen.

Früher hatte ich in Berlin gewohnt, zusammen mit meinen Adoptiveltern Saskia und Wolfgang Kurz sowie mit meiner kleinen Schwester Nele. Sie war zwar genau genommen nicht meine leibliche Schwester, doch ich liebte die Kleine über alles. Saskia und Wolfgang hatten mir von Anfang an gesagt, dass sie mich als Baby adoptiert hatten, und es hatte mich nie gestört. Meine leiblichen Eltern hatte ich schließlich nicht gekannt. Ich war glücklich gewesen.

Aber nach Wolfgangs tödlichem Unfall war alles schiefgegangen. Saskia hatte ein paar Jahre später wieder geheiratet. Zuerst hatte Gilbert ruhig und freundlich gewirkt, doch schon bald waren sein Jähzorn und seine Brutalität zum Vorschein gekommen. Er hatte Saskia und mich ständig verprügelt und noch viele andere Sachen gemacht ... Das Einzige, was ich hatte tun können, war, Nele vor ihm zu bewahren. An meine kleine Schwester hatte ich ihn nie herangelassen. Sie war der Grund, warum ich nicht aufgab. Ich musste sie beschützen.

Denn Saskia hatte sich nicht mehr um uns gekümmert, sondern nur noch Gilberts Taten vertuscht. Und ich Idiot hatte aus lauter Angst davor, dass Nele ins Kinderheim müsste, keine Hilfe geholt. Ich trug eine Mitschuld an Saskias Tod, weil ich nichts Effektives gegen Gilbert unternommen hatte. Mein Schweigen hatte seine Grausamkeiten ermöglicht ... Ich hatte mich immer mit dem Gedanken getröstet, nach meinem 18. Geburtstag mit Nele abzuhauen. Aber diesen Plan hatte Gilbert durchkreuzt. Als er Saskia im Januar die Treppe hinuntergeworfen und ihr damit das Genick gebrochen hatte.

Bei dem Gedanken an diesen Moment erschauderte ich. Das grauenhafte Knacken würde ich nie vergessen, genauso wenig wie den Anblick von Saskias dünnem, schlaffem Körper und ihren toten Augen. Zum Glück hatte ich Nele meinen MP3-Player aufgesetzt und sie in unserem Zimmer warten lassen ...

„Ach, Bianca und Lorenz sehen das nicht als Stress an, glaube ich“, riss Raphael mich aus meinen Gedanken. „Sie sind einfach froh, wenn sie irgendwie für dich und Nele da sein können.“

Ich lächelte. „Ja, das stimmt schon. Sie sind echt gutherzig.“

Bianca und Lorenz, zwei bisher Wildfremde aus einem bayerischen 1000-Seelen-Dorf namens Pirk, hatten uns bei sich aufgenommen. Dass zwei Unbekannte uns einfach bei sich einquartierten, hatte mich misstrauisch gemacht. Obendrein waren die beiden auch noch regelrecht wohlhabend. Bianca arbeitete als Lehrerin in der Grundschule von Pirk, Lorenz war Kinderarzt in der nahe gelegenen Stadt Weiden. Und sie hatten zwei Kater.

Warum hatten sie uns also aus Berlin weggeholt?

Weil sie meine leiblichen Eltern waren. Saskia hatte ohne mein Wissen immer in Kontakt zu ihnen gestanden.

Und auch wenn wir ziemlich heftige Startschwierigkeiten gehabt hatten, waren wir nun eine Familie. Ich hatte die beiden als Eltern akzeptiert, und auch Nele fühlte sich wohl hier. Sie hielt Bianca und Lorenz allerdings nur für Freunde von Saskia, zumal sie nichts davon wusste, dass wir Adoptivschwestern waren. An ihrem zwölften Geburtstag wollte ich es ihr erzählen, aber noch nicht jetzt. Mit ihren acht Jahren würde sie es kaum begreifen können. Sie kämpfte schon mit genügend Problemen – sie vermisste ihre Mutter und hatte zu viel von Gilberts Taten mitbekommen. Deswegen ging sie regelmäßig zum Kinderpsychologen.

„Sag ich doch.“ Raphael strich mir sanft über den Arm. „Also denk nicht, dass du den beiden nur Stress machst.“

„Ich bin in den letzten beiden Tagen aber gewaltig schwierig gewesen“, seufzte ich. „Das lässt sich nicht bestreiten.“ Gilbert war wegen all seiner Grausamkeiten festgenommen worden, das war auch schon der einzige Trost gewesen. Und vorgestern hatte er sich tatsächlich selbst befreit. Er war auf der Flucht, und seine Drohung war eindeutig. „Engelchen, jetzt bist du dran!“

Er würde mich suchen, finden und umbringen. Daran zweifelte ich nicht. Es war nur eine Frage der Zeit.

Aber nachdem ich vier Jahre lang tagtäglich in Todesangst gelebt hatte, war ich auf diese Situation schon geradezu vorbereitet. Meine jetzige Lage war wie die Fortsetzung der letzten Jahre. Die Sorglosigkeit der wenigen Wochen, die ich hier bei Bianca und Lorenz erlebt hatte, konnte ja nicht ewig währen. Die beiden hatten Nele und mir einen Neuanfang ermöglicht. Wir hatten Berlin hinter uns gelassen. Aber nun holte mich die Vergangenheit ein. Gilbert suchte nach mir.

Schnell schüttelte ich den Kopf. Daran wollte ich jetzt nicht denken. Bevor Raphael etwas sagen konnte, wechselte ich abrupt das Thema. „Was könnten wir denn kochen?“, überlegte ich laut.

Zum Glück ging mein Freund darauf ein. „Es ist immer noch so kalt draußen, da wäre doch ein Eintopf genau richtig.“

„Oh ja, irgendwas mit Suppe“, stimmte ich zu. „Zum Glück kennst du dich damit so gut aus, alleine könnte ich nicht viel kochen.“

Er grinste. „Ist doch klar. Wer eine Köchin zur Mutter hat, lernt so was.“

Seine Mutter Renate war nicht nur eine liebenswerte Frau, sondern auch eine hervorragende Köchin. Sie arbeitete in einem gutbürgerlichen Restaurant in der Weidener Innenstadt, und sie arbeitete sehr viel. Auch jetzt gerade. Nachdem Raphaels Vater die Familie verlassen hatte, musste sie sich und ihren Sohn allein versorgen. Doch mein Freund half ihr, so gut er konnte. Er jobbte ein paarmal pro Woche bei McDonald’s, um etwas Geld dazuzuverdienen.

„Dann gehen wir runter und fangen an, oder?“, fragte ich.

„Okay.“ Bevor er allerdings mit mir das Zimmer verließ, legte er noch mal seine Arme um mich und sah mich prüfend an. Mit seinen wunderschönen, durchdringend blauen Augen. „Du bist total in Panik, oder?“ Überrascht starrte ich ihn an. Wie konnte er mich so leicht durchschauen? Das schaffte er immer! Und ich verstand einfach nicht, wie er das machte.

„Es geht schon“, redete ich mich heraus. „Ich … muss mich nur ablenken.“

Er drückte mich fest. „Das versuchst du seit vorgestern, aber es klappt nicht.“

„Es ist auch nicht gerade leicht!“, rief ich verzweifelt. „Ich dachte, es wäre endlich alles vorbei, und plötzlich fängt es wieder von vorne an!“ Unwillkürlich hatte ich die Stimme erhoben, meine Hysterie war kaum zu überhören.

„Setz dich mal hin“, forderte er mich auf und schob mich zum Bett. Nebeneinander ließen wir uns auf der Bettkante nieder, Raphael nahm meine Hände in seine. „Es wird nicht von vorne anfangen“, versicherte er mir. „Deine Eltern haben doch mit der Polizei geredet. Dieses Monster wird bundesweit gesucht. Es wird dir nie wieder etwas antun können.“

Wie gerne würde ich das glauben. Doch ich kannte Gilbert. Er war verschlagen, ein wahrer Überlebenskünstler und bekam immer, was er wollte. Er hatte sich auch von mir genommen, worauf er gerade Lust gehabt hatte. Als ich daran dachte, was er mir alles angetan hatte, zitterte ich. Mir wurde sogar übel. „Klar“, entgegnete ich mit rauer Stimme. „Weiß ich.“

„Aber du glaubst nicht dran“, bemerkte Raphael.

Geknickt ließ ich den Kopf hängen. „Ich weiß, dass er mich aufspüren wird. Er ist gerissen. Er ist viel klüger, als man denkt. Nur weil er säuft wie ein Loch und raucht wie ein Schlot, sollte man ihn nicht unterschätzen.“

Behutsam zog Raphael mich auf seinen Schoß und umarmte mich. „Lara, die Polizei wird ihn finden. Außerdem passen deine Eltern und ich auf dich auf. Und ich wette darauf, wenn du morgen unseren Freunden alles erzählst, werden sie dasselbe sagen. Sie werden ebenfalls für dich da sein.“

Ich erwiderte seine Umarmung. „Danke“, flüsterte ich.

Kaum zu glauben, dass ich einen so tollen Freund hatte. Ich hätte nie erwartet, mich wirklich zu verlieben, doch das hatte ich. Raphael war einfach immer für mich da, er hörte mir zu, er beruhigte mich und tat mir gut. Und das schon lange, bevor wir zusammengekommen waren. Denn ein offizielles Pärchen waren wir noch keine ganze Woche. Natürlich hatte er auch seine Macken, konnte schrecklich taktlos oder arrogant sein, und er war ein ziemlicher Frauenheld. Doch inzwischen schaute er nicht mehr jedem Mädchen hinterher, sehr zu meiner Erleichterung. Manchmal fragte ich mich, warum er sich ausgerechnet in mich verliebt hatte. Ich war durchschnittlich, unauffällig, unattraktiv und extrem verstört. Alles Eigenschaften, die ich Gilbert zu verdanken hatte. Und dennoch hatte Raphael mich gefragt, ob ich nicht mit ihm zusammen sein wollte. Er war der einzige meiner Freunde, der wusste, was mir in Berlin passiert war. Ich hatte es ihm nicht erzählen wollen, doch er hatte zufällig mitgehört, als meine Eltern es letztendlich aus mir herausbekommen hatten. Und anstatt mich dafür zu bemitleiden wie Bianca und Lorenz, hatte er mir versprochen, es niemandem zu verraten, und mir sein offenes Ohr angeboten.

Plötzlich vibrierte mein Handy erneut. „Die nächsten Antworten", stellte ich nach einem Blick aufs Display fest. „Karo schreibt, dass sie kommt. Und Florian schreibt ..." Als ich seine Nachricht las, verstummte ich.

Vergiss es.

Dieser Trottel. Was sollte das denn jetzt?

Raphael schaute nun auch auf mein Handy. „Schmollt er immer noch?"

Ich nickte. „Er will nicht kommen."

Mein Freund seufzte. „Na toll ..."

„Ich schreib ihm mal zurück."

Es ist wirklich wichtig! Ich muss mit euch allen reden,
auch mit dir!

Sofort bekam ich eine Antwort darauf.

Ist Raphael dabei?

Dieser kindische Streit war jetzt völlig fehl am Platz. Natürlich, ich wusste, dass Florian immer noch sauer auf Raphael und mich war. Einerseits, weil ich ihm einen Korb gegeben hatte, andererseits, weil ich nun mit seinem Kumpel zusammen war. Aber wenigstens für das morgige Gespräch musste er das vergessen ... Ich schrieb:

Ja. Es müssen ALLE dabei sein.

„Das ist doch bescheuert“, jammerte ich. „Warum ist Florian so zickig? Ich hab ihm so oft gesagt, dass er für mich ein wichtiger Freund ist. Nicht mehr und nicht weniger.“

„Ich glaub, er ist eher wütend auf mich als auf dich“, vermutete Raphael.

Ich legte meinen Kopf auf seine Schulter. „Hat er ja gesagt ...“ Es ärgerte mich wirklich, dass Gefühle so viel kaputt machen konnten. Florian und ich hatten uns von unserer ersten Begegnung an super verstanden. Ich fand ihn lustig und sehr nett, außerdem hatte er mir beigebracht, mich selbst zu verteidigen. In den letzten Wochen hatten wir uns regelmäßig bei ihm zu Hause zum Kung-Fu-Training getroffen. Er kannte sich gut damit aus und war ein toller Lehrer. Wir saßen sogar im Klassenzimmer nebeneinander – Sophie, Florian und ich gingen nämlich gemeinsam in die 11b.

Aber seit er mich gefragt hatte, ob ich mit ihm ausgehen wollte, hatte sich diese wundervolle Freundschaft in Luft aufgelöst. Ich hatte ihm erklärt, dass ich nicht mit ihm zusammen sein konnte. Und kurz darauf hatte er erfahren, dass Raphael und ich uns ineinander verliebt hatten. Schlechtes Timing eben.

„Ah, er hat geantwortet!“, bemerkte ich.

Dann komme ich nicht.

Langsam wurde ich wütend. Ich wollte dieses Treffen, um meine Freunde zu warnen und zu beschützen! Und auch wenn Florian und ich derzeit nicht viel miteinander redeten, hielt er sich doch oft in meiner Nähe auf, sowohl in der Schule als auch in der Gruppe.

Es geht nicht um dich oder um Raphael! Es ist verdammt wichtig, und wenn du nicht kommst und zuhörst, schwebst du in Gefahr! Also ignorier dein Ego für eine Stunde und komm morgen zu mir.

„Oh, jetzt hat er dich sauer gemacht", lachte Raphael, als er meinen Text las.

„Idiot", schnaubte ich und steckte mein Handy wieder in die Hosentasche.

Florian antwortete danach nicht mehr. Hoffentlich würde er morgen kommen ...

„Nicht aufregen", riet Raphael mir. „Los, wir machen jetzt Essen."

Ich nickte und stand vom Bett auf. „Hauptsache Ablenkung", seufzte ich.

Tagsüber schaffte ich es meistens sogar, mich irgendwie zu beschäftigen. Doch nachts kam die Angst. Genauso wie die Albträume.

Auch Raphael erhob sich nun und verließ mit mir das wunderschöne Zimmer, das Bianca und Lorenz für mich eingerichtet hatten. Es gab hier wirklich alles: ein großes Bett mit Nachtschrank, einen Schreibtisch mit Stuhl, Regale, einen Kleiderschrank, einen Sessel und bunt gemusterte Vorhänge vor dem breiten Fenster. Kein Vergleich zu dem Zimmer, das ich mir in unserer alten Berliner Wohnung mit meiner Schwester geteilt hatte.

Dort hatten wir nur alte und schäbige Möbel gehabt. Zwei schmale Betten, einen Schrank, einen zu kleinen Schreibtisch und zwei Stühle. Etwas Besseres konnten wir uns eben nicht leisten, weil Gilbert Saskias gesamtes Einkommen für Wodka, Bier und Zigaretten ausgab. Wir hatten nicht mal das Geld für regelmäßige Mahlzeiten gehabt, zumal er seinen Job als Schlosser gleich nach der Hochzeit gekündigt hatte.

„Lara! Lara! Schau mal! Du auch, Raphael!"

Meine kleine Schwester rannte aufgeregt die Treppe herauf, so schnell, dass ihr dunkelbraunes, schulterlanges Haar wehte. Direkt vor uns, auf der fünften Stufe von oben, blieb sie stehen und hielt ihre rechte Hand hoch.

Ich blickte zu ihr hinunter. „Äh, das ist deine Hand", stellte ich fest.

„Und du hast einen Tintenfleck am kleinen Finger", merkte Raphael an.

Nele kicherte. „Ich wollte euch das hier zeigen!", rief sie und öffnete ihre linke Hand, die sie vorher zur Faust geballt hatte. Eine hübsche grüne Haarschleife kam darin zum Vorschein.

„Oh, die sieht toll aus. Wo kommt die denn her?", erkundigte ich mich.

„Die hat Bianca mir geschenkt!", freute sie sich.

Ich schmunzelte und strich ihr durchs weiche Haar. „Wie nett von ihr."

„Die steht dir bestimmt gut", vermutete Raphael und lächelte die Kleine ebenfalls an. „Willst du sie nicht ins Haar binden?"

„Doch, aber ich kann das nicht alleine", erklärte sie.

„Dafür hast du doch mich, Schwesterchen. Soll ich?", bot ich an.

Sie nickte eifrig. „Unbedingt!"

„Gehst du schon mal vor in die Küche?", wandte ich mich an meinen Freund.

„Klar, ich durchstöbere schon mal eure Vorräte", stimmte er zu. „Mal sehen, was für eine Suppe wir machen können."

„Es gibt Suppe?", fragte Nele.

„Ja, heute kochen wir beide für euch", antwortete ich.

Skeptisch sah sie uns an. „Könnt ihr das denn?"

Raphael schmunzelte und beugte sich zu ihr hinunter. „Ja, aber wir brauchen bestimmt deine Hilfe. Bist du dabei?"

Sofort strahlte meine Schwester ihn an. „Oh ja! Ich helfe euch!"

„Dann kann ja nichts schiefgehen", lachte er und richtete sich wieder auf. „Ich erwarte euch unten."

„Bis gleich", sagte ich.

Er schlang einen Arm um meine Taille und zog mich an sich, um sanft seine Lippen auf meine zu legen. Sofort raste mein Herz, an diese aufregende Nähe hatte ich mich noch nicht gewöhnt. Und das wollte ich auch nicht so bald – mir gefiel dieses Herzklopfen. Mit geschlossenen Augen erwiderte ich den Kuss und fuhr Raphael dabei durchs schwarze Haar.

„Bäh", kommentierte Nele, woraufhin wir uns voneinander lösten.

Raphael und ich lächelten uns an, dann lief er die Treppe hinunter. Ich ging mit meiner Schwester in eins der beiden Badezimmer. „Wieso bäh?“, fragte ich amüsiert, als wir das Bad betraten.

„Weil Küssen eklig ist!“, erklärte sie, als läge das auf der Hand.

Vor dem Spiegel blieben Nele und ich stehen, ich stellte mich hinter sie und nahm die grüne Schleife. „Ach, Schwesterchen.“ Ich stupste sie auf die Nase. „Ich hab dich lieb.“

Sie legte den Kopf in den Nacken und sah breit grinsend zu mir hoch. „Ich hab dich auch lieb!“

Es war erleichternd, dass Nele sich wie immer verhielt. Natürlich bemühte ich mich sehr, ihr keine Sorgen zu bereiten. Vor meiner Schwester hatte ich mich weitestgehend zusammengerissen. Ich hatte ihr erzählt, was passiert war. Dass Gilbert entkommen war. Und ich hatte ihr eingeschärft, sofort Bescheid zu geben, wenn sie ihn sehen sollte. Aber um ihr möglichst wenig Angst zu machen, tat ich so, als wäre es nicht allzu gefährlich. Meine Argumente hatten sie sogar überzeugt.

„Gilbert weiß nicht, wo wir jetzt wohnen. Wir sind wahnsinnig weit weg von Berlin. Er kann uns eigentlich gar nicht finden. Aber – nur zur Sicherheit – pass immer auf, ja?“, hatte ich ihr erklärt.

Und genau genommen stimmte es sogar. Gilbert wusste nichts davon, dass Saskia mich adoptiert hatte. Daher konnte er meine leiblichen Eltern nicht kennen, geschweige denn unser neues Zuhause. Immerhin diesen Vorteil hatten wir. Ich traute es diesem Teufel zu, uns irgendwann aufzuspüren. Aber es würde bestimmt eine Weile dauern.

„Kannst du mir eine ganz schöne Frisur machen?“, fragte Nele dann.

„Ich werde mich bemühen“, versprach ich.

Ich brauchte zwar ein paar Minuten, aber das Ergebnis konnte sich sehen lassen. Ich flocht meiner Schwester einen seitlichen Zopf, den ich mit der Schleife fixierte. So konnte sie das grüne Band auch sehen, jedenfalls wenn sie den Zopf vorne über ihre linke Schulter hängen ließ.

Nele sah sich im Spiegel an, woraufhin ihre graugrünen Augen regelrecht strahlten. „Wow!“, staunte sie.

Ich ging neben ihr in die Hocke. „Du siehst wirklich hübsch aus.“

Stürmisch umarmte sie mich. „Du bist die Beste!“, rief sie. „Du kannst einfach alles! Und du machst mir immer so schöne Zöpfe!“

Ich lächelte schief. „Ach Quatsch. Ich kann doch nicht alles.“ Mehr als Zöpfe zu flechten, brachte ich nicht zustande. Geschickt war ich nicht gerade, was Frisuren anging. Aber es gefiel mir, dass ich meiner Schwester so einfach eine Freude machen konnte. „Kochen kann ich zum Beispiel nicht“, fuhr ich fort. „Aber Raphael kann das.“

„Und ich helfe euch!“, ergänzte sie.

Ich nickte. „Genau! Wollen wir runtergehen? Wir können Raphael ja nicht alles alleine machen lassen.“

„Los geht's!“, entgegnete Nele, schnappte sich meine Hand und lief mit mir aus dem Badezimmer.

Ich ließ mich von ihr ins Erdgeschoss ziehen, durch den Flur und hinein in das große Esszimmer mit der geräumigen Einbauküche.

„Es ist lieb von euch, dass ihr das Kochen übernehmen wollt“, hörte ich Bianca sagen. „Aber ich kann auch was machen, das ist kein Problem.“

„Nein, nein“, lehnte Raphael ab, „wir machen das schon. Einen Pichelsteiner Eintopf bekommen wir hin.“

Raphael stand vor der Ablage in der Küche, auf die er einige Zutaten gelegt hatte. Bianca stand neben ihm, Lorenz saß am Esstisch.

„Da sind wir!“, rief Nele, als wir den Raum betraten.

Meine Mutter drehte sich zu uns um und es war, als würde ich in einen Spiegel schauen. Sie hatte ebenso hellbraunes Haar wie ich, allerdings trug sie es etwas kürzer, nur bis zu den Schultern. Ihre braunen Augen ähnelten meinen. Aber trotzdem sah sie viel hübscher aus als ich. Gesünder. Weniger untergewichtig. Und viel fröhlicher.

„Ah, Lara, Nele, hallo“, begrüßte sie uns und strich sich eine Haarsträhne hinter ihr Ohr. „Ihr kocht uns heute also Abendessen?“

Mir entging nicht, dass sie mich besorgt musterte. Seit dieser erschreckenden Nachrichtensendung behandelten mich meine Eltern extrem behutsam. Als würde ich sofort zerbrechen, wenn sie unvorsichtig mit mir umgehen würden. Dabei wollte ich nicht mit Samthandschuhen angefasst werden. Dadurch fühlte ich mich noch schlechter, allerdings begriffen die beiden das nicht.

Die Situation erinnerte mich an die ersten paar Tage nach dem Umzug nach Pirk. Ich war ziemlich schlimm verletzt gewesen, mein Gesicht hätte aus einem Horrorfilm stammen können. Und damals hatten meine Eltern sich genauso ... mitleidig verhalten.

„Ja“, stimmte ich zu. „Wenn das okay für euch ist.“

„Ich bin gespannt, wie's schmeckt“, äußerte sich Lorenz und stand vom Tisch auf. „Ich hab schon lange keinen Pichelsteiner Eintopf mehr gegessen.“

Wenn ich ihn ansah, begriff ich, warum ich so hochgewachsen war. Meine Mutter war zwar kleiner als ich, doch mein Vater maß stolze 1,90 Meter. Genau wie Gilbert. Ansonsten sah er mit seinen braunen Augen und dem kurzen dunkelblonden Haar diesem Monster aber nicht ähnlich.

„Ich weiß nicht mal, was das für ein Eintopf ist“, murmelte ich.

Raphael hatte mich gehört. „Zeig ich dir gleich“, versprach er.

Schüchtern lächelte ich ihn an. Manchmal kam ich mir wirklich dumm vor, weil es so viele Speisen gab, die ich nicht kannte oder seit über vier Jahren nicht gegessen hatte. Dank Gilbert. Aber niemand hier, weder meine Eltern noch meine Freunde und Raphael, lachte mich deswegen aus. Sie waren sogar so nett, mir alles zu zeigen oder mich etwas Neues probieren zu lassen.

„Dann lass ich euch einfach mal machen“, beschloss Bianca und drückte mich mit einem Arm kurz an sich.

Inzwischen schreckte ich nicht mehr zurück, wenn meine Eltern mich umarmten. Doch ich erwiderte die Geste nicht immer. Klar, ich hatte Bianca und Lorenz als meine Eltern akzeptiert, manchmal nannte ich sie sogar schon *Mama* beziehungsweise *Papa*. Aber dennoch kannte ich sie erst seit knapp zwei Monaten. Ich brauchte noch etwas Zeit, um ihnen näherzukommen.

„Genau, wir machen das schon“, antwortete ich und lächelte schief. Sie ließ mich wieder los und nahm das Haargummi, das sie um ihr Handgelenk getragen hatte. „Hier, nimm das“, forderte sie mich auf. „Mit offenen Haaren kocht es sich nicht so leicht.“

Ich nickte und band mir einen Pferdeschwanz. „Danke.“

Lorenz kam nun zu uns und legte einen Arm um seine Frau. „Dann stören wir euch nicht weiter. Wenn ihr was braucht, wir sind im Wohnzimmer.“

Raphael nickte. „Wir rufen euch, wenn das Essen fertig ist." Schon seltsam, dass Raphael meine Eltern länger und besser kannte als ich. Er war schon oft hier, genau wie meine beste Freundin Sophie und ihr Bruder Niklas. Die drei wohnten nämlich in der Nachbarschaft – Raphael gleich nebenan, Sophie und Niklas gegenüber von uns.

Nachdem meine Eltern ins Nebenzimmer gegangen waren, beugte Raphael sich zu meiner Schwester hinunter. „So, Nele, kannst du mir Karotten holen?"

„Na klar!", bestätigte sie und lief zum Kühlschrank.

Ich lächelte, glücklich darüber, dass Raphael so gut mit der Kleinen umgehen konnte. Ich hatte schon mal mit ihm allein gekocht, doch zu dritt machte es noch mehr Spaß. Vor allem weil Nele sich ungeschickter anstellte als ich, und das wollte etwas heißen.

Raphael und ich schnitten die Karotten und Kartoffeln in kleine Würfel, Nele rührte den Eintopf um. Allerdings machte sie das so ... enthusiastisch, dass der Inhalt aus dem Topf auf den Herd geschleudert wurde.

„Da dürfen wir gleich einiges aufräumen", lachte ich.

Raphael schmunzelte. „Sieht ganz danach aus."

„Aber ich geb mir doch so viel Mühe!", jammerte Nele. „Es tut mir leid ..."

Ich strich ihr über den Arm. „Ist doch nicht schlimm. Beim Kochen wird's eben schmutzig, das ist normal. Und du machst das mit dem Rühren super."

„Eben", bekräftigte Raphael. „Ohne dich wäre der Eintopf jetzt noch nicht fertig! Du bist eine klasse Hilfe!"

Da lächelte meine Schwester. „Okay! Beim nächsten Mal helfe ich euch auch wieder!"

„Unbedingt", stimmte Raphael zu. „Du könntest jetzt den Tisch decken, während ich abschmecke."

„Ich helfe dir", beschloss ich und reichte ihr fünf Teller, Gläser und Löffel aus dem Schrank, die wir auf dem Tisch platzierten.

Bald darauf brachte Raphael eine Unterlage und den großen Kochtopf. „So, alles fertig", stellte er fest. „Fehlen nur noch Bianca und Lorenz."

„Ich hol sie!", rief Nele und rannte ins Wohnzimmer.

Während wir noch allein am Esstisch standen, umarmte Raphael mich. Ich schmiegte mich an ihn.

„Danke“, flüsterte ich.

Er strich mir über den Rücken. „Wofür?“

„Dafür, dass du dich so um mich kümmerst“, antwortete ich. „Dass du mich ablenkst. Und dass du so lieb zu Nele bist.“

„Dafür musst du dich nicht bedanken“, entgegnete er und küsste mich auf die Stirn, bevor er mich losließ.

Ich nahm seine Hand, um unsere Finger miteinander zu verschränken. „Möchte ich aber.“ Er lächelte.

„Es duftet himmlisch hier!“, stellte Bianca fest, als sie hinter Nele das Zimmer betrat.

Auch Lorenz kam herein und setzte sich an den Tisch. „Es sieht echt lecker aus“, meinte er. „Bin gespannt, ob's auch so gut schmeckt!“

Raphael und ich lösten unsere verschränkten Hände und setzten uns zu den anderen.

Nach dem Essen und Aufräumen zeigte die Uhr schon halb neun an. Meine kleine Schwester musste langsam ins Bett. „Ich will noch nicht schlafen!“, protestierte Nele.

Ratlos sah Bianca sie an. „Aber du gähnst doch schon die ganze Zeit.“

Sie verschränkte die Arme und bewegte sich keinen Zentimeter auf ihrem Stuhl, trotzig sah sie meine Mutter an. „Mir egal!“

Ich setzte mich auf den freien Platz neben sie. „Bist du nicht müde?“, fragte ich.

Sie schüttelte den Kopf. „Nein! Und morgen ist Samstag! Da muss ich nicht in die Schule! Also will ich länger aufbleiben.“

„Und wie wär's, wenn du schon mal ins Bad gehst und dich umziehst?“, schlug ich vor. „Dann könnte ich dir noch eine Geschichte erzählen.“

Sofort lächelte sie. „Oh ja!“

Ich hatte meiner Schwester schon länger keine Geschichte mehr erzählt, vor unserem Umzug hatte ich das jeden Tag getan. Um sie von der schrecklichen Realität zu Hause abzulenken.

„Dann mach dich bettfertig, ich komme gleich nach“, versprach ich.

Sie nickte begeistert und sprang hastig von ihrem Stuhl, um nach oben zu laufen. Erleichtert sah Bianca mich an. „Gut, dass ich dich habe. Sonst wüsste ich echt nicht, wie ich Nele manchmal ins Bett bekommen sollte."

„Schon gut", winkte ich ab und stand auf. Dann wandte ich mich an Raphael. „Bleibst du so lange, bis ich meine Schwester ins Bett gebracht hab?"

Er nickte. „Klar. Ich warte auf dich."

Genau wie in den letzten beiden Tagen. Er war jeden Abend bis nach zehn Uhr geblieben. Weil er genau wusste, dass ich meine Angst in seiner Gegenwart hin und wieder vergessen konnte. Ich lächelte ihn an. „Danke. Bis gleich."

„Wenn du mich suchst, ich sitze bei Lorenz im Wohnzimmer", kündigte er an.

Als ich das Zimmer meiner Schwester betrat, saß Nele schon auf dem Bett und erwartete mich. „Da bist du ja endlich!", rief sie vorwurfsvoll.

Ich schmunzelte. „Du hast dich aber beeilt."

„Na klar! Ich will doch deine Geschichte hören", erklärte sie und zupfte dabei an ihrem Schlafanzugärmel herum.

Ich setzte mich neben sie aufs Bett. „Du hast dir aber nicht die Haare gekämmt. Du trägst ja immer noch den Zopf."

„Der Zopf ist so schön", jammerte sie. „Den will ich nicht aufmachen."

Da musste ich lachen. „Ach, Schwesterchen, ich kann dir morgen gerne wieder einen machen. Über Nacht ist das doch unbequem."

„Na gut", seufzte sie. „Machst du ihn auf?"

Ich nickte und löste die Schleife aus ihrem Haar. Mit den Fingern kämmte ich die dunkelbraunen Strähnen zurecht. „So, fertig."

„Dann kommt jetzt die Geschichte!", freute sie sich.

„Oh nein." Ich schüttelte den Kopf. „Du kämmst dir die Haare erst noch richtig. Und du putzt dir die Zähne. Das hast du auch nicht gemacht."

Erschrocken sah sie mich an. „Woher weißt du das?"

„Du riechst aus dem Mund nach Abendessen und nicht nach Pfefferminze", erklärte ich grinsend. „Glaub nicht, dass ich das nicht merke."

Da lächelte sie verlegen. „Du weißt echt alles …"

„Über dich schon", entgegnete ich und umarmte die Kleine. „Und jetzt ab ins Bad, Haare kämmen und Zähne putzen."

Sie erwiderte meine Umarmung, dann ließen wir uns los. Nele strampelte die Bettdecke von sich und lief aus dem Zimmer. Ich lehnte mich mit dem Rücken an das Kopfende vom Bett und ließ meinen Blick schweifen. Dieser Raum sah genauso aus wie mein Zimmer, nur dass die Wände hier rot und orange gestrichen waren, meine dagegen grün und gelb. Ich schaute aus dem Fenster, der Himmel war pechschwarz, nur ein paar vereinzelte Sterne erleuchteten die große dunkle Fläche. Den Mond konnte ich nicht entdecken. Als mir auffiel, dass ich immer noch einen Pferdeschwanz trug, löste ich ihn, sodass mir meine offenen Haare wieder über die Brust fielen. Mit den Fingern kämmte ich ein paar Knoten heraus, das Haargummi von Bianca behielt ich in der Hand.

„Bin wieder da!" Nele kletterte eilig ins Bett, deckte sich zu und sah mich erwartungsvoll an. „Und ich hab alles gemacht!" Zum Beweis hauchte sie mich an. „Riechst du's? Pfefferminze!"

„Ja, ich rieche es", stimmte ich schmunzelnd zu. „Und jetzt erzähle ich dir eine Geschichte. Möchtest du was Bestimmtes hören?"

Sie überlegte kurz. „Ein Märchen!"

„Alles klar."

Ohne lange zu überlegen, begann ich mit der Erzählung. Während ich redete, bekam ich die besten Ideen, darum dachte ich vorher nicht wirklich über die Geschichte nach.

„… und als die Räuber der Hexe endlich die Krone des Königs stahlen und in den Palast zurückbrachten, kehrte wieder Frieden im Reich ein", beendete ich das kurze Märchen.

Mit müden Augen sah Nele mich an. „Ein Glück, dass die Räuber die Krone nicht behalten haben."

„Der König hat sie mit Gold belohnt, das hat den Räubern gereicht", antwortete ich. „Außerdem wollten diese Leute ja auch ihre Ruhe vor der Hexe."

„Und das konnte nur klappen, wenn der König seine Krone und seine Macht wiederbekommt", ergänzte sie.

Ich nickte. „Genau."

Da gähnte Nele ausgiebig. „Die Geschichte war schön."

„Das freut mich. Aber jetzt ist es schon nach neun, du solltest schlafen", riet ich ihr und strich über ihre Wange. „Gute Nacht."

Sie lächelte mich an. „Ich hab dich lieb."

„Ich hab dich auch lieb", entgegnete ich und küsste sie auf die Stirn. Es dauerte nur ein paar Minuten, da schlief Nele schon. Leise schlich ich mich aus dem Zimmer und machte das Deckenlicht aus. Es gelang mir, die Tür ohne ein lautes Geräusch zu schließen.

Froh darüber, dass meine Schwester friedlich eingeschlafen war, kehrte ich ins Erdgeschoss zurück. Als ich das Wohnzimmer betrat, hörte ich den laufenden Fernseher. Es klang nach einer Comedy-Show oder etwas in der Art. Bianca, Lorenz und Raphael saßen zusammen auf dem Sofa.

Ich setzte mich neben Raphael, der sofort seinen Arm um mich legte, sodass ich mich an ihn kuscheln konnte. „Willst du mitschauen?", fragte er.

„Klar, warum nicht", antwortete ich. „Sieht ganz lustig aus."

„Dieses Kabarett ist immer lustig", versicherte mir Lorenz.

Und er hatte recht. Es traten verschiedene Komödianten auf, die meisten von ihnen waren echt gut.

Nach der Sendung, um Viertel nach zehn, verging mir allerdings das Lachen, denn ich wusste, gleich würde Raphael nach Hause gehen und ich sollte schlafen. Auch wenn ich wieder Albträume haben würde wie in den letzten Nächten.

„Also, ich geh dann mal ins Bett", verkündete Lorenz und schaltete den Fernseher aus. „Mein Tag in der Praxis war anstrengend."

„Ich korrigiere noch den Mathe-Test von meiner vierten Klasse, dann lege ich mich auch hin", beschloss Bianca. Sie sah Raphael und mich an. „Und was macht ihr jetzt?"

„Nach Hause gehen, würde ich sagen", antwortete mein Freund.

Ich bemühte mich, nicht betrübt auszusehen. „Und ich sollte auch langsam schlafen."

„Oder lieber Hausaufgaben machen und lernen, Hauptsache, ich träume nicht dabei", fügte ich in Gedanken hinzu.

Nachdem sich Lorenz nach oben verzogen und Bianca mit dem Test ihrer Schulklasse an den Esstisch gesetzt hatte, gingen Raphael und ich zur Haustür. Es fiel mir schwer, mich mit einem Lächeln von ihm zu verabschieden, doch ich gab mir Mühe. Spätestens morgen

Abend würde ich ihn wiedersehen. Nachdem er seine gelb-schwarz gemusterte Jacke und die Schuhe angezogen hatte, umarmten wir uns. „Dann bis morgen um sechs“, verabschiedete er sich von mir. Ich nickte und drückte ihn fest. „Lara, du zitterst“, stellte er fest.

Ich schluckte. Er hatte es gemerkt? „Ach, nicht so schlimm, mir ist kalt“, winkte ich ab.

„Schon vergessen? Du kannst mich nicht anlügen, ohne dass ich es merke.“

Leise seufzte ich. „Zu dumm.“ Ich gab nicht gerne zu, dass ich Angst hatte. Oder mich schwach und hilflos fühlte. Doch Raphael wusste es. Immer.

Er lockerte die Umarmung, um mir prüfend in die Augen zu schauen. „Was ist los? Hast du wieder Angst?“

„Wie jeden Abend“, gestand ich leise und sah zu Boden.

„Musst du doch nicht“, versuchte er mich zu beruhigen. „Wie soll Gilbert dich hier finden? Das ist nahezu unmöglich.“

„Aber ich träume immer davon“, flüsterte ich.

„Du hast wieder Albträume?“ Gequält blickte Raphael mich an. „Ich dachte, die haben endlich aufgehört.“

Es stimmte, ich hatte fast eine Woche keinen Albtraum gehabt. Doch seit ich gesehen hatte, wie Gilbert ausgebrochen war, träumte ich immer wieder davon, wie er mich fand. Oder von dem, was er mir bereits angetan hatte.

„Sie hatten aufgehört“, räumte ich ein. „Aber seit seiner Flucht sind …“

Sanft strich er mir durchs Haar. „Verstehe.“

„Ist ja egal“, wechselte ich schnell das Thema. „Ich komm klar.“

Raphael lächelte mich an, doch es wirkte eher traurig. „Warum hast du mir das nicht schon früher erzählt?“

„Weil du dich nicht um alles kümmern kannst“, antwortete ich. „Du bist schon so oft bei mir und hast eigentlich selbst genug zu tun … Also möchte ich dich nicht immer volljammern.“

„Ich will aber vollgejammert werden“, entgegnete er und drückte mich fest an sich. „Sag es doch, wenn ich dir helfen kann.“

Ich erwiderte seine Umarmung. „Du hilfst mir schon, indem du bei mir bist.“

„Soll ich heute Nacht bei dir bleiben?“ Überrascht sah ich ihn an.

„Ich könnte bei dir übernachten", bot er an. „Morgen ist ja keine Schule."

„Das ... das ... also, das ...", stammelte ich.

Er schmunzelte. „Willst du mir jetzt wieder sagen, ich hab doch bestimmt keine Zeit dafür?", fragte er. „Ich hab's dir letzte Woche schon gesagt, wenn ich so was vorschlage, hab ich die Zeit auch."

Ja, letzte Woche hatte er auch bei mir übernachtet, weil ich einen Albtraum gehabt hatte. Nele, Bianca und Lorenz wussten nichts davon, die drei hatten einen Ausflug ohne mich gemacht, wie es der Kinderpsychologe vorgeschlagen hatte, damit Nele nicht mehr so sehr auf mich fixiert war. Und dass Raphael bei mir gewesen war, hatte wirklich gut getan. Nach kurzer Überlegung nickte ich. „Aber wir müssen meine Eltern um Erlaubnis fragen." Ich lächelte ihn an.

Er zog seine Jacke wieder aus und hängte sie an die Garderobe. „Und nächstes Mal kannst du mich auch einfach bitten hierzubleiben. Schnell nach nebenan zu laufen, um 'nen Schlafanzug und meine Zahnbürste zu holen, ist ja echt kein Aufwand."

Ich umarmte ihn fest. „Ich wollte dir nur keine Umstände machen." Es wäre wirklich selbstsüchtig, so etwas von ihm zu verlangen.

Er strich mir durchs Haar. „Red keinen Unsinn. Los, fragen wir Bianca, ob ich bleiben kann."

Wir lösten die Umarmung und lächelten uns an. Er zog seine Schuhe wieder aus und ging Hand in Hand mit mir ins Esszimmer.

Überrascht blickte Bianca auf. Sie trug eine violette Lesebrille, die ich nie zuvor gesehen hatte, doch schnell legte sie diese beiseite und setzte die Kappe auf den roten Fineliner, den sie in der Hand hielt. „Hey, ihr zwei. Was ist los?"

„Ich hab eine Frage", begann ich vorsichtig. Sie schob die Augenbrauen zusammen, genau wie ich so oft. „Kann ... kann Raphael heute bei uns übernachten?", bat ich.

„Was?" Sie sah uns skeptisch an. „Warum denn?"

Ich atmete tief durch. „Ich ... ich, weißt du, ich ... bin ruhiger, wenn er bei mir ist. Und ich hab die letzten beiden Nächte schon so schlecht geschlafen ..."

„Ach so", murmelte sie und stand auf. „Darum bist du beim Frühstück immer so müde. Ich hab mich schon gewundert."

Unbehaglich senkte ich den Blick zu Boden. „Ja ..."

„Wir dachten uns, es wäre einen Versuch wert", merkte Raphael an. „Morgen ist keine Schule, also ..."

Bianca wirkte nicht überzeugt. „Ich weiß nicht recht, ich halte das für keine gute Idee ..."

„Weil wir zusammen sind?", fragte ich.

Zögerlich nickte sie. „Ja."

Ich verdrehte die Augen. „Es ist nicht so, als würden wir irgendwas anstellen", versicherte ich ihr. „Du weißt genau, was Gilbert getan hat." Ich schluckte, als ich das erwähnte. Doch ich riss mich zusammen. „Du kannst dir wohl denken, dass wir nicht gleich übereinander herfallen werden."

Raphael ließ meine Hand los, um seinen Arm um mich zu legen. „Wenn's dir lieber wäre, Bianca, kann ich ja auf dem Boden schlafen", schlug er vor.

Meine Mutter lächelte schief. „Ach, ihr zwei", seufzte sie und kam zu mir, um mich kurz zu umarmen. „Ist schon gut. Aber denkt dran, Lorenz und ich schlafen gleich nebenan. Wenn ihr also irgendwas Unanständiges macht, werden wir es hören."

Erleichtert erwiderte ich ihre Umarmung. „Danke!"

Sie tätschelte mir den Kopf. „Hauptsache, es geht dir bald wieder besser."

Ich war froh, dass Bianca so viel Verständnis und Vertrauen hatte, dass sie diese Übernachtung erlaubte. Wir ließen uns wieder los.

„Dann hole ich schnell meine Sachen", kündigte Raphael an und verließ das Esszimmer.

Bianca setzte sich wieder an den Tisch. „Lorenz wird das nicht gefallen", vermutete sie. „Also, dass dein Freund bei dir schläft."

Ich setzte mich auf den Stuhl ihr gegenüber. „Aber wir machen wirklich nichts!"

„Das glaube ich dir doch", beruhigte sie mich und schob sich ihre Lesebrille wieder auf die Nase. „Trotzdem wird Lorenz das nicht gutheißen."

Unruhig zupfte ich an dem Haargummi, das ich noch um mein Handgelenk trug. „Vielleicht wird er es aber auch verstehen."

Bianca beugte sich über den Tisch, um mir über den Arm zu streichen. „Ja, vielleicht." Sie lächelte. „Gut möglich."

Ich streifte das Haargummi ab und hielt es Bianca hin. „Hier."

„Oh, danke." Sie nahm es und band sich damit schnell einen Pferdeschwanz. „So ist das Korrigieren doch gleich angenehmer."

„Weißt du, ich bin ... froh, dass Nele und ich jetzt bei euch wohnen", flüsterte ich. „Danke für alles."

Sie lächelte mich an. „Du musst dich nicht dafür bedanken, Lara. Du glaubst gar nicht, wie froh Lorenz und ich sind, dass wir unsere Kleine endlich zurückhaben, nachdem wir dich weggeben mussten. Wir hätten nie damit gerechnet, und auch wenn die Umstände schrecklich sind, finde ich es toll, dass du bei uns bist. Und dass Nele bei uns ist."

Meine Eltern hatten mich zur Adoption freigegeben, weil sie bei meiner Geburt zu jung gewesen waren, um für mich zu sorgen. Bianca war 16 Jahre alt gewesen, Lorenz 17. Und ihre Eltern hatten die Beziehung abgelehnt. Deswegen war ihnen keine Wahl geblieben.

Ich erwiderte ihr Lächeln. „Danke, Mama."

Sie sah glücklich aus, als ich sie bei diesem Namen nannte. Das tat ich selten genug. „Keine Ursache. Und jetzt husch, mach dich fertig. Raphael kommt sicher gleich wieder."

„Okay", stimmte ich zu und stand auf. „Gute Nacht schon mal."

„Dir auch", entgegnete sie und machte sich ans Korrigieren.

Ich lief nach oben in mein Zimmer und holte mir einen frischen Schlafanzug aus dem Kleiderschrank. Bevor ich ins Badezimmer ging, um mich fertig zu machen, warf ich einen Blick aus meinem Fenster. Wie erwartet konnte ich direkt ins gegenüberliegende Fenster vom Nachbarhaus sehen. In Raphaels Zimmer. Als ich meinen Freund dort entdeckte, lächelte ich. Es gefiel mir, dass unsere Fenster direkt gegenüberlagen. So konnten wir uns jeden Abend vor dem Schlafengehen zulächeln. Gerade als ich mich von dem Fenster abwenden wollte, blickte Raphael auf. Er grinste und winkte mir zu. Schmunzelnd winkte ich zurück. Er bedeutete mir, kurz zu warten, und beugte sich über seinen Schreibtisch, um etwas zu notieren. Dann hielt er zwei Blätter hoch. Die Schrift war so groß, dass ich den Text gut lesen konnte.

Bin sofort bei dir!

Gerührt blickte ich ihn an und nickte. Er warf sich einen Rucksack über die Schulter, winkte noch einmal und verließ dann das Zimmer. Nachdem er das Licht gelöscht hatte, konnte ich nichts mehr sehen. Da ich wusste, dass Raphael spätestens in einer Minute klingeln würde, lief ich nach unten zur Haustür und öffnete sie. „So ein Service", lachte Raphael, der gerade unsere Auffahrt entlangging.

„Für dich doch immer", entgegnete ich. „Okay, ich bin schnell im Bad und mach mich fertig. Du kannst ja dein Zeug schon mal in meinem Zimmer abstellen", schlug ich vor.

Er nickte. „Klar, ich warte auf dich."

Eilig lief ich ins Badezimmer und zog mich um, kämmte meine Haare und putzte mir die Zähne. Dann ging ich in mein Zimmer.

Raphael saß auf der Bettkante und spielte ein Handyspiel. Als ich hereinkam, blickte er auf. „Du warst aber schnell."

„Ich wollte dich nicht zu lange warten lassen", erklärte ich.

„Dann beeile ich mich auch mal", versprach er und verließ mit seiner Tasche das Zimmer.

Allein die Tatsache, dass Raphael heute Nacht bei mir war, beruhigte mich. Klar, es war unheimlich zu wissen, dass Gilbert mich suchte. Aber was hatten die Polizisten gesagt, als Bianca, Lorenz und ich am Donnerstag mit ihnen geredet hatten? Mein Umzug hierher würde es Gilbert fast unmöglich machen, mich zu finden, zumal ich in keinem sozialen Netzwerk angemeldet war. Ich schaltete die Nachttischlampe ein und machte das Deckenlicht aus. Danach legte ich mich ins Bett. Ich war inzwischen wirklich müde – kein Wunder nach zwei Nächten mit wenig Schlaf. Außerdem zeigte mein Wecker schon kurz vor elf an. Weil mir kalt wurde, deckte ich mich zu. Hoffentlich fand ich heute Nacht Ruhe. Ich wollte Raphael nicht aufwecken, nur weil ich schlecht schlief …

„So, bin wieder da", meldete er sich zurück. Ich schreckte zusammen, denn ich hatte gar nicht gemerkt, dass er ins Zimmer zurückgekommen war. „War ich so leise?", wunderte er sich.

„Oh ja", bestätigte ich. „Ich hab dich nicht gehört."

Er schmunzelte und setzte sich zu mir aufs Bett. „Das tut mir leid."

„Macht nichts", entgegnete ich. „Magst du zu mir kommen?"

„Als könnte ich da *Nein* sagen." Er legte sich zu mir unter die Bettdecke. „Soll ich das Licht ausmachen?"

Ich nickte. Er knipste die Lampe aus. Für einen Moment kehrte Stille ein, nur unser Atmen war zu hören. „Ähm, Raphael?", fragte ich dann zaghaft.

„Ja?"

„Darf ich in deinen Arm?"

„Natürlich", antwortete er mit einem Lachen in der Stimme. „Komm her."

Ich rutschte ein Stückchen näher zu ihm, sodass ich mit dem Kopf auf seinem Arm lag. Den anderen legte er um mich.

„Ich mag es, wenn du mich so umarmst", flüsterte ich.

Er drückte mich ein wenig fester und hauchte mir einen Kuss auf die Stirn. „Ich weiß."

Langsam schloss ich die Augen und kuschelte mich an ihn. Mein Herz schlug zwar schnell, doch das lag nicht daran, dass ich Angst hatte. Das lag eher an Raphaels Nähe.

Wir lagen so dicht aneinander, dass ich spürte, wie seine weichen Haare mich an der Stirn kitzelten. Als ich meinen Kopf ein kleines Stück anhob, stupste ich mit meiner Nase gegen seine. Anscheinend hatte er die gleiche Idee wie ich, denn wie selbstverständlich trafen unsere Lippen aufeinander. Wir küssten uns lange, auch ich umarmte ihn nun. Ganz kurz kam mir die Befürchtung, Raphael würde weiter gehen wollen, doch diesen Gedanken verwarf ich sofort wieder.

Er wusste, wie schwer ich mich mit Berührungen tat, von seinen Umarmungen oder Küssen mal abgesehen. Er hielt mich einfach nur fest und küsste mich so intensiv, dass ich währenddessen alles andere vergaß.

Als wir uns voneinander lösten, musste ich nach Atem ringen. Ich war mir sicher, dass Raphael schmunzelte.

„Gute Nacht", hauchte ich und gähnte ausgiebig.

Er strich mir über die Wange. „Träum süß."

Hoffentlich. Doch ich war mir sicher, dass ich nichts Schlimmes träumen würde, solange ich in Raphaels Armen lag.

Die hässliche Wahrheit

Mit zusammengeballten Händen und starr nach unten gerichtetem Blick saß ich auf dem Sofa im Wohnzimmer. „Bloß keinen Laut von dir geben", sagte ich mir wieder und wieder in Gedanken. „Sei still, warte ab und verschwinde dann mit Nele, so schnell du kannst."

„Also?", zischte eine Stimme, die Wut und Angst zugleich in mir auslöste.

Niemand antwortete. Niemand wagte es, den Mund zu öffnen oder laut zu atmen. Niemand bewegte sich. Weder Saskia, die rechts neben mir auf dem Sofa saß, noch Nele, die sich links neben mir zusammenkauerte.

„Wer meldet sich freiwillig?", fuhr Gilbert fort.

„Nele muss sofort hier raus", schoss es mir durch den Kopf. Bevor die ganze Sache eskalierte, was sicher bald geschehen würde. Ich kannte Gilbert schon lange genug, um daran keine Zweifel zu haben.

Plötzlich stampfte er mit dem Fuß auf. „Ich hab euch eine Frage gestellt!"

Erschrocken sah ich auf, direkt in dunkelgrüne Augen, die zu Schlitzen verengt und von Zorn gezeichnet waren. Im Sitzen wirkte Gilbert noch größer, stärker und mächtiger. Noch Furcht einflößender. Doch ich hielt mich an meine goldenen Regeln.

Denn es gab genau drei Dinge, die man in Gilberts Nähe nicht machen durfte, wenn man an seinem Leben hing: Angst zeigen, nachgeben und ihm den Rücken zukehren.

Er lächelte mich an, was ihn widerlich sympathisch wirken ließ. Jedenfalls wenn man sein wahres Gesicht nicht kannte. „Ah, Engelchen, schön, dass du dich zur Verfügung stellst."

Nein. Nicht schon wieder. Ich war doch erst gestern dran gewesen ...

„Nele, lauf schnell in unser Zimmer", flüsterte ich meiner siebenjährigen Schwester zu. „Ich komme gleich nach."

Die Kleine sah mich verängstigt an, nickte aber und stand von dem schäbigen Sofa auf, auf dem wir saßen. Sie lief aus dem Zimmer, zu meiner Erleichterung unternahm Gilbert nichts dagegen. Er achtete nur auf mich. Ich schluckte schwer, als er mich musterte. Sofort senkte ich den Blick wieder. Jetzt steckte ich in der Klemme.

Gilbert ging vor mir in die Hocke und griff nach meinem Kinn, um meinen Kopf anzuheben, sodass ich ihn ansehen musste. Ich verzog bei der Berührung das Gesicht. Gilberts Griff tat weh, zumal ich am Kinn eine schlimme Prellung von seinen gestrigen Prügeln hatte.

„So, Engelchen, bist du sicher, dass du dich freiwillig meldest?", vergewisserte er sich. Sein Atem stank nach Alkohol, doch ich ließ mir meinen Ekel nicht anmerken. „Ganz sicher?"

Vielleicht verschonte er mich, wenn ich keinen Ton sagte. Beinahe hätte ich gelacht, als mir dieser Gedanke kam. Gilbert verschonte mich nie.

Aus den Augenwinkeln heraus blickte ich zu Saskia. Sie starrte zu Boden, ihre langen dunkelbraunen Haare hingen wie ein Vorhang um ihr Gesicht. Sie machte sich klein und bewegte sich keinen Millimeter. Und sie nahm mich nicht in Schutz. Wie immer. Sie hatte zu viel Angst, selbst zusammengeschlagen zu werden.

Seit inzwischen drei Jahren ließ Gilbert seine Wutausbrüche an uns aus. Nele tat er zum Glück nichts, dafür sorgte ich so gut wie möglich. Aber Saskia und ich wären naiv, wenn wir auf seine Gnade hofften.

„Engelchen, willst du nichts sagen?"

Ich spannte meinen Kiefer an. Nein, ich wollte nichts sagen. Ich war eine hochgewachsene, abgemagerte, verängstigte 16-Jährige, die erfolgreich ihre Angst vor Gilberts Augen verbarg, innerlich jedoch vor Panik schrie. Ich hatte keine Chance gegen diesen kräftigen Mann.

Er hatte an diesem Tag fürchterliche Laune und suchte nach einem Vorwand, jemanden zu verprügeln. Doch ich würde ihm keinen Grund geben.

Das dachte ich jedenfalls, bevor ich plötzlich niesen musste.

Gilbert grinste bösartig und entblößte dabei seine gelben Zähne. „Das werte ich als ein Ja."

Im nächsten Moment sah ich Sterne. Seine Faust hatte mich mit voller Wucht an der linken Gesichtshälfte getroffen. Leise keuchte ich auf, gab aber ansonsten keinen Laut von mir. Ich würde diesem Teufel nicht die Genugtuung geben, meinen Schmerz zu zeigen.

Saskia war bei dem Schlag zusammengezuckt, doch sie sagte nichts. Natürlich nicht.

„Steh auf", forderte Gilbert mich auf.

Meine Angst verwandelte sich in Wut, voller Hass starrte ich den Mann, der sich inzwischen wieder aufgerichtet hatte, an. „Nein!"

„Oh, wir werden mutig", lachte er und zog eine Packung Zigaretten aus seiner Hosentasche. „Wie kommt's?"

Während er sich eine Zigarette anzündete, schlug ich die Beine übereinander und bemühte mich, ungerührt auszusehen. „Auf jemanden wie dich kann man doch nur herabschauen. Wieso sollte ich Angst vor dir haben? Du bist so ein Versager! Du schlägst Saskia, du schlägst mich, du arbeitest nicht, du säufst und rauchst den ganzen Tag und deinetwegen hungern wir!"

„Pass auf, was du sagst", zischte er.

Ich verschränkte die Arme. „Ich sollte dich doch anzeigen!", drohte ich.

„Und ich sollte deiner Schwester wohl doch zeigen, wie nett ich werden kann", entgegnete er.

Damit brachte er mich zum Schweigen. Egal, wie dringend ich Gilbert die Stirn bieten wollte, Nele durfte ich dabei nicht in Gefahr bringen.

„Oder ich statte dir heute Nacht mal wieder einen kleinen Besuch ab", fuhr er fort. „Wie fändest du das?"

Unwillkürlich erschauderte ich. Nein! Bloß nicht. Seine Schläge konnte ich verkraften, jederzeit, doch seine gierigen Finger auf meiner Haut ... Nicht schon wieder. Bitte nicht.

Er packte mich am Oberarm und zog mich auf die Beine. Nun wirkte er nicht mehr ganz so groß, aber immer noch beängstigend. Er blies mir den Rauch seiner Zigarette ins Gesicht, weshalb ich husten musste. „Ja, ich glaube, das mache ich", beschloss er.

„Teufel! Bleib aus meinem Zimmer draußen!", schrie ich.

Es war schon schlimm genug, dass er nachts ... über mich herfiel, aber ich teilte mir das Zimmer mit meiner kleinen Schwester. Ich konnte nicht mal schreien, weil sie sonst aufwachen würde. Ich musste es still über mich ergehen lassen, und das war das Grausamste, was Gilbert tun konnte. Er wusste genau, wie sehr er mich anekelte. Doch es war ihm egal, solange er seinen Spaß hatte.

Er grinste nur. „Das war eindeutig eine Einladung."

Mir drehte sich der Magen um. Nein! Nein! Wieso?!

„Aber jetzt möchte ich erst mal zu Ende bringen, was ich angefangen habe", kündigte er an und rammte mir seine Faust in die Magengrube.

Ich krümmte mich und schlang meine Arme um den Körper. Das hatte gesessen, mir wurde sofort übel. „Saskia, hau endlich ab!", brüllte ich wütend. „Du machst sowieso nichts, dann musst du auch nicht zuschauen."

Das ließ sie sich nicht zweimal sagen. Augenblicklich stand sie auf und verließ das Wohnzimmer. Kurz sah ich der zierlichen Frau hinterher. Sie lief so ... vorsichtig. Klar, sie hatte Angst.

Ihre Schritte entfernten sich, vermutlich in Richtung Treppe. Unsere Wohnung war klein, zwei enge Stockwerke, mehr konnten wir uns nicht leisten. Doch früher hatte sie uns gereicht. Früher, als Wolfgang noch gelebt hatte und wir eine richtige Familie gewesen waren. Heute war das hier kein Zuhause mehr.

„Wie schön, wir sind unter uns", lachte Gilbert und zog an der Zigarette. „Das ist doch toll, findest du nicht?"

Am liebsten hätte ich ihn geschlagen. Doch mein rechter Arm war gebrochen und in einen schweren Gipsverband gehüllt, mein linker mit Schnittwunden übersät. Mein ganzer Körper war ein Wrack, und damit meinte ich nicht diese verdammte Unterernährung. Inzwischen hatte ich mich an meine herausstehenden Hüft- und Rippenknochen gewöhnt – immerhin sah Nele nicht so ungesund aus wie ich. Meistens gab ich ihr einen Großteil meiner dürftigen Essensportionen ab. Sie war so jung, so lieb und so unschuldig. Sie sollte nicht so leiden müssen.

Mit dem ständigen Hungergefühl kam ich schon klar. Nur die zahlreichen Verletzungen machten mir zu schaffen. Gilbert verprügelte mich so oft, dass ich immer irgendeine Wunde hatte. Es dauerte lange, bis Prellungen oder sogar Knochenbrüche heilten. Und die Abstände zwischen Gilberts Wutanfällen wurden kürzer. Saskias Körper sah vermutlich genauso geschunden aus wie meiner. Gilbert schlug sie inzwischen beinahe jeden Tag zusammen, mich nur ungefähr jeden zweiten. Dafür kam er alle paar Nächte in mein Zimmer.

„Hoffentlich stirbst du bald an Lungenkrebs", fauchte ich, als er die Zigarette auf den Boden warf und mit dem Fuß ausdrückte.

Er machte so viel Dreck. Seine Zigarettenstummel lagen überall he-

rum, und er trug auch im Haus ständig Schuhe. Außerdem hinterließ er oft eine Blutspur, wo auch immer er Saskia oder mich gerade schlug.

„Tut mir leid, dich enttäuschen zu müssen, aber ich bin kerngesund, Engelchen. Im Gegensatz zu dir", provozierte er mich. „Wie geht's deinem Arm denn?"

„Welchen meinst du?", entgegnete ich. „Den gebrochenen oder den, den du vor drei Tagen zerschnitten hast?"

Er lachte. Tatsächlich, er lachte über die Verletzungen, die er mir zugefügt hatte. „Tja, wenn es dich beruhigt, heute begnüge ich mich mit anderen Körperteilen", versprach er und schlug mich schon wieder ins Gesicht.

Ich hatte nicht mit diesem Schlag gerechnet, daher taumelte ich zurück und fiel aufs Sofa. Schnell setzte ich mich hin, bevor er sich auf mich legen konnte.

Gilbert kniete sich mit einem Bein auf meinen Oberschenkel, sodass ich mich kaum noch bewegen konnte. Sein Knie bohrte sich regelrecht in mein Bein. Beinahe wären mir vor Schmerz Tränen in die Augen geschossen, doch wie immer unterdrückte ich sie.

Ich hatte seit Jahren nicht geweint, weil ich genau wusste, wie gerne Gilbert meine Tränen sah. Es war ein schwacher Akt der Rebellion, doch immerhin ärgerte es ihn.

„Was denn, nicht mal ein kleiner Schrei?", fragte er.

„Den Gefallen tue ich dir nicht", keuchte ich.

„Das wirst du bald", prophezeite er und rammte mir seine Faust in die Seite.

Ich unterdrückte ein Wimmern. „Irgendwann wirst du dafür büßen müssen!"

„Bestimmt nicht." Überlegen sah er mich an. „Meine liebe Frau unterstützt mich, wie es sich gehört. Sie wird immer zu mir halten."

Wie ich es hasste, dass er recht hatte. Wie ich es hasste, dass Saskia nichts gegen diese Grausamkeiten unternahm. Wie ich es hasste, dass Gilbert mich wegen Nele im Griff hatte. Wie ich es hasste, so ramponiert in die Schule zu gehen und deswegen keine sozialen Kontakte zu haben. Wie ich es hasste, vor den wenigen Lehrern, die mich nach dem Grund für die Verletzungen fragten, lügen zu müssen. Wie ich Berlin hasste. Das einzig Gute an dieser großen Stadt war, dass ich kaum auffiel. Es gab so viele Menschen hier, dass niemand auf ein Mädchen wie mich achtete. Ich hatte inzwischen gelernt, keine Aufmerksamkeit zu erregen.

„Noch ungefähr zwei Jahre", sagte ich mir. „In zwei Jahren werde ich 18 und kann mit meiner Schwester verschwinden. Und wir werden nie wieder zurückkehren. Nie wieder." Dann sollte Saskia sehen, wie sie alleine klarkam. Wenn Gilbert keinen zweiten Boxsack mehr hatte. „Wart's ab. Du wirst nicht immer damit durchkommen", drohte ich.

Er schmunzelte. „Du machst mir keine Angst, Engelchen."

Das wusste ich nur zu gut. Wie sollte ein Hänfling wie ich einem großen und kräftigen Mann Angst machen?

„Aber ich sollte dir beibringen, dass mich deine Drohungen nerven." Er zog sein Taschenmesser aus der Hose. „Vielleicht lernst du es ja doch noch."

Ich schluckte. Das würde jetzt wehtun.

Gilbert stand auf, endlich ließ der Druck an meinem Oberschenkel nach. Sofort reagierte ich, sprang vom Sofa auf und rannte zur Zimmertür. Doch nach dem zweiten Schritt hatte Gilbert mich wieder gefangen. Er griff nach meinen offenen Haaren und zog mich daran zurück. Gequält schrie ich auf, meine Kopfschmerzen wurden unerträglich.

„Das ist Musik in meinen Ohren!", lachte Gilbert. Er hob mich hoch und warf mich auf den harten Boden. Nun konnte ich die Angst in meinen Augen nicht mehr verbergen. Panisch starrte ich diesen Teufel an. Was hatte er vor?

Mein Rücken tat weh, doch viel schlimmer war diese Furcht ...

Gilbert kniete sich neben mich, ein Bein auf meinem Bauch. Keuchend stieß ich Luft aus. Das Atmen fiel mir schwer, außerdem blitzten immer wieder schwarze Sterne vor meinen Augen auf.

„Lass mich in Ruhe!", verlangte ich.

Er belächelte mich nur. „Wie niedlich." Dann packte er mein rechtes Bein. Er krempelte meine Jeans ein Stückchen hoch und klappte die Klinge seines Taschenmessers aus.

„Ach, meine Arme reichen nicht mehr?", fragte ich wütend. „Jetzt musst du auch noch meine Beine verunstalten?"

Da verlor er die Geduld. „Halt endlich die Klappe!", schrie er und legte das Messer beiseite, um nun mit beiden Fäusten auf meinen Kopf einzuschlagen. Doch ich bekam nicht mehr viel mit. Nach dem dritten

Treffer verlor ich das Bewusstsein. Erst im Krankenhaus wachte ich wieder auf. Ein grässlicher Schmerz strömte durch meinen ganzen Körper. Ich spürte jedes einzelne Glied, jeden Zentimeter meiner Haut und vor allem das heftige Pochen in meinem Kopf. Desorientiert blinzelte ich. Das helle Licht schmerzte in meinen Augen, doch ich blickte mich um. Meine Adoptivmutter saß auf einem Stuhl neben meinem Bett und starrte geistesabwesend aus dem Fenster.

„Saskia“, murmelte ich.

„Larissa! Du bist wieder wach!“, stellte sie erleichtert fest.

„Was ... was ist passiert?“, fragte ich.

„Du bist in Ohnmacht gefallen. Ich hab den Notarzt gerufen“, erzählte sie.

Ich war froh, dass Saskia bei mir saß. Sie ließ mich wenigstens in dieser Lage nicht alleine. „Wo ist Nele?“, fiel mir siedend heiß ein.

„Sie ist draußen ...“ Saskia zögerte.

Ungeduldig seufzte ich. „Was ist denn los? Warum redest du nicht weiter?“

„Die Ärztin hat die Polizei gerufen, weil du so schlimme Verletzungen hast“, erklärte sie. „Ein Polizist befragt Nele gerade.“

„Aber sie hat doch gar nichts mitbekommen“, wandte ich ein.

Saskia nickte. „Stimmt. Du wirst übrigens auch gleich befragt.“

Es wunderte mich nicht, dass die Polizei eingeschaltet worden war. Eigentlich war es längst überfällig. Ich hoffte nur, dass meine Schwester und ich jetzt nicht ins Kinderheim mussten.

„Logisch“, entgegnete ich. „Wie gut, dass ich jetzt wach bin.“

Saskia lächelte mich an. „Ja, dann kannst du den Polizisten selbst sagen, dass du blöd gestolpert und die Treppe runtergefallen bist.“

Für einen Augenblick entgleisten meine Gesichtszüge. Diese Worte sollten mich nicht so treffen, doch das taten sie. „Ach, darum bist du hier“, zischte ich. „Ich hab mich schon gewundert, dass du bei mir sitzt und nicht bei deinem wundervollen Mann bist.“

Verunsichert sah sie mich an. „Larissa, du weißt doch, dass ...“

„Ja, klar! Gilbert hat nichts getan. Nie! Ich bin nicht seinetwegen so dürr! Ich sehe nicht seinetwegen so abstoßend aus! Und er hat mich nie angefasst! Ich kenne die Geschichte!“, schrie ich sie an. „Ich kenne eure Lügen!“

„Dann ... dann gehe ich mal raus und sage dem Polizisten Bescheid“,

murmelte sie und verließ eilig das Zimmer. Traurig und enttäuscht starrte ich auf meine weiße Bettdecke. Wieso hatte ich mich noch mal gefreut, dass Saskia bei mir gewesen war? Sie hatte nur gewartet, bis ich aufwachte, damit sie mir die Lügengeschichte vorgeben konnte, die ich nun den Polizisten erzählen sollte.

Und blöd wie ich war, tat ich genau das. Denn meine Angst davor, dass Nele ins Kinderheim kam, überwog in diesem Moment meinen Gerechtigkeitssinn.

Schweißgebadet schreckte ich auf. Ich saß senkrecht im Bett, keuchte laut und blickte mich gehetzt um. Es war dunkel im Zimmer, doch das Mondlicht ließ mich die Umrisse erkennen. Ich atmete tief durch. Ich war in Pirk, bei Lorenz und Bianca. Nicht in Berlin, bei Gilbert und Saskia. In meinem schönen Zimmer, in meinem großen Bett. Zitternd zog ich die Beine an und umfasste meine Knie mit meinen Armen. Ich kauerte mich zusammen und kniff die Augen zu. Ich musste mich beruhigen! Es ging mir gut hier. Niemand tat mir weh. „Alles ist gut", sagte ich mir. „Ich bin in Sicherheit, Nele ist in Sicherheit. Gilbert ist nicht hier. Noch nicht …" Plötzlich spürte ich, wie sich zwei warme Arme um mich legten. Aus Angst zuckte ich zusammen. Raphael hielt mich sanft fest, ich starrte ihn an. Beinahe hätte ich vergessen, dass er in dieser Nacht bei mir schlief.

„Ganz ruhig", flüsterte er und strich meinen Rücken auf und ab.

„Ich wollte dich nicht wecken", murmelte ich. „Tut mir leid." Mir stiegen Tränen in die Augen, weil ich mich so hilflos fühlte. Weil mich die Erinnerungen an Gilbert immer wieder heimsuchten. Seit ich Berlin verlassen hatte, weinte ich häufiger. Obwohl ich es nicht wollte. Ich konnte die Tränen einfach nicht zurückhalten.

„Es ist alles okay." Raphael drückte mich fest. „Ganz ruhig, Lara."

„Tut mir leid", wisperte ich.

Er ließ mich los, eine Weile lang sagte er nichts. Vorsichtig tastete er sich mit einer Hand zu meiner Wange vor. Ich realisierte zu spät, dass er mein Gesicht berührte. Wenn ich das früher geahnt hätte, wäre ich ausgewichen, damit er meine Tränen nicht bemerkte.

„Hör auf, dich zu entschuldigen." Mit dem Ärmel seines Schlafanzugs wischte er meine Tränen weg. „Hast du schlecht geträumt?"

Zögerlich nickte ich. „Von früher." Er fragte nicht weiter, da er offensichtlich merkte, dass ich nicht darüber reden wollte. Ich atmete tief durch und ignorierte die Tränen, die schon wieder über meine Wangen kullerten. „Raphael? Kannst du ... kannst du mich festhalten?", bat ich leise.

So behutsam, als könnte ich unter einer groben Berührung zerbrechen, umarmte er mich. „Ich bin da", versprach er. „Ich bin da, wenn du Angst hast."

Schluchzend erwiderte ich seine Umarmung. Ich klammerte mich an ihn und vergrub mein Gesicht an seiner Brust. Dass ich jemals einen Menschen treffen würde, der mir Halt gab und mir beistand, wenn ich an die Hölle dachte, die ich durchlebt hatte ... so etwas hätte ich nicht mal zu träumen gewagt. Ich war immer allein gewesen. Ich hatte für Nele stark sein müssen. Doch nun gab es jemanden, der mir eine starke Schulter zum Trost anbot. Meine Eltern und Raphael. Wundervolle Menschen, denen ich mich anvertrauen konnte.

„Es ist alles gut", flüsterte Raphael. „Er kann dir nichts mehr tun."

„Ich hätte ihn aufhalten müssen." Wieder schluchzte ich auf, ich weinte nun hemmungslos. Weil ich mich nicht mehr zusammenreißen konnte. „Ich hätte ihn anzeigen müssen, auch wenn Nele und ich ins Kinderheim gekommen wären. Ich hätte etwas tun müssen! Dann wäre es nie so weit gekommen. Dann hätte er Saskia nicht umgebracht. Dann ... Es ist meine Schuld! Weil ich nichts getan habe. Ich habe nur geschwiegen, aus lauter Angst vor den Folgen. Weil ich nicht wusste, was passieren würde, wenn ich geredet hätte."

„Du kannst doch nichts dafür!", widersprach Raphael entschieden. „Hör auf, dir so etwas einzureden! Saskia hat euch nie geholfen, du musstest allein auf deine kleine Schwester aufpassen. Dabei hätte deine Adoptivmutter etwas unternehmen müssen, anstatt dieses Monster zu decken."

„Aber das hat sie nicht!", wimmerte ich. „Als sie Gilbert zum ersten Mal stoppen wollte, hat er sie die Treppe runtergeworfen und ihr das Genick gebrochen! Weil sie mich endlich beschützt hat!"

Er schlang seine Arme fester um mich und wiegte mich sanft hin und her. So saßen wir lange da, nebeneinander auf meinem Bett im Dunkeln, und umarmten uns.

„Dieser Dreckskerl wird wieder gefasst“, flüsterte Raphael schließlich. „Er wird für seine Verbrechen büßen. Ganz bestimmt.“

Plötzlich schämte ich mich dafür, dass ich so sehr die Fassung verloren hatte. Raphael brachte mich oft dazu, mehr zu sagen, als ich eigentlich wollte. „Entschuldige, dass ich so ausgerastet bin“, murmelte ich und wischte mir hastig die Tränen aus dem Gesicht. „Wir sollten wieder schlafen.“

Halbherzig lachte er auf. „Als ob du jetzt schlafen könntest.“

„Du bist doch bestimmt müde.“

„Nicht so müde, dass ich mich einfach hinlegen, weiterschlafen und dich so hocken lassen würde“, entgegnete er. „Wie oft muss ich noch sagen, dass ich für dich da bin? Du bist nicht mehr alleine! Du kannst jederzeit mit mir reden, ich werde dir helfen, so gut ich kann. Bis du endlich keine Angst mehr hast.“

Ich war so gerührt, dass ich kein Wort mehr herausbrachte. Ich umarmte ihn nur fest und weinte mich aus. So schwächlich ich mich wegen meiner Tränen auch fühlte, es tat gut, sie zuzulassen und nicht alleine mit allem klarkommen zu müssen.

Eins wurde mir in dieser Nacht deutlich bewusst. Ich kannte Raphael erst seit zwei Monaten, ich war noch keine ganze Woche mit ihm zusammen, aber ich liebte ihn. Ja, ich liebte diesen Jungen, der mir Sicherheit gab, wenn ich mich meinen Ängsten ausgeliefert fühlte. Der mich zum Lachen brachte, der mich so gut verstand, ohne dass ich viel sagen musste. Ich liebte ihn.

Langsam ließ er sich mit mir in den Armen auf den Rücken fallen, sodass wir nun nebeneinander im Bett lagen. „Wachst du nachts öfter so auf?“, fragte er.

Ich nickte. „Leider.“

„Und dann?“

„Dann atme ich tief durch, lege mich wieder hin und versuche zu schlafen.“

Er schnaubte. „Und in wie vielen Fällen schläfst du wieder ein?“

„So gut wie nie“, gab ich zu. „Jedenfalls dauert es lange.“

„Aber so geht’s doch nicht weiter. Das macht dich irgendwann fertig!“, meinte er. „Wenn das ständig so geht ...“

„Es ist nicht mal mehr halb so schlimm wie in den Jahren, in denen ich mit Gilbert unter einem Dach gewohnt habe."

Zärtlich strich er mir durchs Haar. „Ich will mir gar nicht vorstellen, wie grauenhaft das gewesen sein muss."

„Nein, das willst du nicht", gab ich ihm recht.

„Aber sag mal, du hast doch in Berlin-Kreuzberg gewohnt, oder?"

„Äh, ja", antwortete ich überrascht.

„Ist der Viktoriapark echt so schön, wie mir ein Kumpel mal erzählt hat?"

„Oh ja", stimmte ich zu. „Vor allem der Wasserfall, der da angelegt worden ist, macht was her."

„Das würde ich zu gerne mal sehen."

Ich lächelte. Erst da fiel mir auf, dass Raphael mich gerade erfolgreich abgelenkt und auf schönere Gedanken gebracht hatte.

„Danke", flüsterte ich und kuschelte mich noch enger an ihn.

„Wofür denn? Ich hab doch gar nichts gemacht", sagte er in unschuldigem Tonfall.

„Doch, du machst mich glücklich", entgegnete ich. Als Antwort küsste er mich sanft. „Ich bin froh, dass ich dich habe", gestand ich und strich ihm durchs Haar.

„Das ist mein Text", hauchte er mir ins Ohr. „Und glaub mir, ich hab nicht vor, dich so bald wieder herzugeben."

Ich lächelte und wischte mir die letzten Tränen aus dem Gesicht. „Das hoffe ich doch."

Er gähnte und brachte mich damit ebenfalls zum Gähnen. „Vielleicht sollten wir jetzt schlafen", merkte er an und drehte sich zu meinem Nachtschrank um. „Es ist schon Viertel nach vier."

Ich nickte. „Langsam bin ich auch wieder müde ..."

Er drehte sich wieder zu mir um und schloss mich in die Arme. „Ich schlafe erst, wenn du eingeschlafen bist."

„So einen tollen Freund hab ich nicht verdient", schoss es mir durch den Kopf. „Er ist viel zu gut für mich."

„Ich bin nicht viel zu gut für dich", meckerte er plötzlich.

Erschrocken riss ich die Augen auf. „Was?"

„Du solltest so was nicht laut sagen, wenn ich es nicht hören soll", lachte er und wurde dann wieder ernst. „Aber du sollst so was auch gar nicht erst denken. Nur weil du eine ... schwierige Zeit durchgemacht hast, bist du kein schlechter Mensch oder so was. Und ich wäre auch nicht mit dir zusammen, wenn ich dich nicht so mögen würde."

Hoppla, ich hatte meine Gedanken laut ausgesprochen? „Ich ... ich finde es nur so unrealistisch", verteidigte ich mich. „Also, dass mich ein so toller Junge wie du wirklich mögen kann."

Er küsste mich auf die Nasenspitze. „Das ist auch nicht unrealistischer als die Tatsache, dass du mich gernhast."

Dabei war es unmöglich, ihn nicht zu mögen. Ich fragte mich immer wieder, wieso ich Raphael in den ersten paar Wochen hier so unsympathisch gefunden hatte. Wahrscheinlich weil ich ihm gegenüber misstrauisch gewesen war.

„Ich hab dich mehr als nur gern", murmelte ich.

„Ich dich auch", entgegnete er und drückte mich fest.

Im Dunkeln war es zwar nicht ganz einfach, doch ich fand seine Lippen. Und ich küsste ihn. Sofort erwiderte er den Kuss, schon beinahe stürmisch. Wir hatten zwar schlafen wollen, doch dazu kamen wir erst später.

Irgendwann würde ich nicht mehr ständig an Gilbert denken. Irgendwann würde ich diesen Teufel vergessen und mich wirklich auf Raphael einlassen können. Ihm meine Gefühle gestehen und noch viel näherkommen können. Sobald ich über den Schrecken der letzten vier Jahre hinwegkam. Dann würde ich ihm sagen, dass ich ihn liebte. Und vielleicht konnte ich ihm das in der Zwischenzeit wenigstens zeigen.

Als es an der Haustür klingelte, stand ich vom Schreibtisch auf und lief ins Erdgeschoss. Die Uhr zeigte kurz vor sechs an – nach und nach würden meine Freunde eintrudeln.

Raphael und ich hatten, vermutlich wegen der nächtlichen Unterbrechung, bis mittags geschlafen. Lorenz hatte sich wegen der Übernachtung nicht mal aufgeregt. Nach einem verspäteten Frühstück war Raphael heimgegangen und ich hatte angefangen, den verpassten Schulstoff nachzuholen. Nele besuchte eine Freundin hier im Dorf, sie würde erst in einer Stunde zurückkommen.

Ich öffnete die Tür, um den Besucher hereinzulassen. Beinahe überraschte es mich, dass Florian vor mir stand. Wir blickten uns direkt an, in seinen blauen Augen spiegelte sich Unsicherheit wider. Er betrat das Haus und ich schloss die Tür hinter ihm. Erleichtert lächelte ich ihn an. „Ich bin froh, dass du gekommen bist.“ Ich hatte ernsthaft befürchtet, dass er nicht auftauchen würde. Doch vielleicht konnten wir uns trotz allem wieder richtig anfreunden. Trotz Geständnis, Korb und meiner Beziehung mit Raphael.

Im Gegensatz zu sonst umarmte Florian mich nicht zur Begrüßung. Er musterte mich abschätzig und fuhr sich in einer nervösen Geste durchs kurze blonde Haar. „Du kannst dich aber auch nicht entscheiden, was?“

Ich schob die Augenbrauen zusammen. „Was meinst du damit?“

„Na ja, erst gehst du mir aus dem Weg, dann willst du unbedingt, dass ich heute zu dir komme“, antwortete er.

„Ich gehe dir aus dem Weg?“, wiederholte ich verständnislos.

Er schnaubte und streifte sich die Straßenschuhe ab. „Deshalb hast du dich doch extra für die letzten beiden Schultage krankschreiben lassen.“

Entsetzt sah ich ihn an. „Du glaubst ernsthaft, ich wäre deinetwegen nicht in die Schule gekommen?“

„Warum solltest du sonst schwänzen? Krank bist du ja offensichtlich nicht.“

Ich presste mir Daumen und Zeigefinger gegen die Schläfen. „Das hatte nichts mit dir zu tun. Sondern mit dem, was ich euch gleich erzählen muss.“

Er wirkte skeptisch. „Ach ja?“

Entschlossen blickte ich ihm direkt in die Augen. „Ja.“ Bevor er etwas erwidern konnte, klingelte es erneut an der Haustür.

Ich machte auf, Sophie, ihr großer Bruder Niklas und ihr Freund Jan standen draußen.

Meine beste Freundin fiel mir sofort um den Hals. Dabei peitschten mir ihre aschblonden Haare ins Gesicht. „Lara!“

„Sophie!“, lachte ich und erwiderte die Umarmung.

„Wie geht’s dir?“, fragte sie. Doch sie wartete meine Antwort gar nicht ab, sondern redete direkt weiter. „Also, kleiner Modetipp, dein roter Pullover würde zu einer schwarzen Jeans besser passen als zu der blauen! Aber deine zwei Zöpfe sehen süß aus.“

„Ähm, alles klar, ich merk’s mir“, versprach ich schmunzelnd.

Sophie gab mir oft Modetipps. Als ich mit den vielen blauen Flecken im Gesicht hierher gezogen war, hatte sie mich jeden Tag geschminkt, damit man die Verletzungen nicht sah. Sie war ein echter Engel.

Auch Niklas umarmte mich nun zur Begrüßung. Sophies Bruder war fast 19, also ein gutes Jahr älter als sie. Ähnlich sahen sich die beiden nicht gerade. Niklas war etwa so groß wie ich, über einen halben Kopf größer als seine Schwester. Und er hatte dunkles Haar, das ihm in Strähnen ins Gesicht hing.

Während die beiden Geschwister Florian begrüßten, umarmten Jan und ich uns kurz. Am Anfang hatte ich Schwierigkeiten gehabt, mich in Jans Nähe normal zu verhalten. Schließlich sah er Gilbert mit seinen dunkelgrünen Augen und schwarzen Haaren schrecklich ähnlich. Doch seit er eine Brille trug, fiel es mir um einiges leichter. Außerdem war Jan wirklich nett. Sophie und er waren erst vor Kurzem zusammengekommen.

„Jetzt fehlen nur noch Karo und Raphael", stellte Jan fest.

Wie aufs Stichwort klingelte es. Karolin stand vor der Tür und lächelte mich fröhlich an. Ich fand sie erstaunlich hübsch mit ihren dunklen Haaren und ihrem breiten Lächeln. Außerdem war sie ein sehr umgänglicher Mensch. Sie umarmte mich. „Hallo!"

„Hi, Karo", begrüßte Niklas sie. Sie lächelte ihn an. Dann küssten sich die beiden und umarmten sich fest. Sie wirkten wie frisch verliebt, dabei waren sie seit über einem Jahr zusammen. Sophie und Jan hingegen verhielten sich eher ... gemäßigt. Wenn andere Leute bei ihnen waren, hielten sie meistens nur Händchen.

„Also, Lara, was willst du uns erzählen?", fragte Karolin gespannt.

Ich zwang mich zu einem Lächeln. „Gleich. Raphael fehlt doch noch."

„Stimmt", stellte sie fest.

Inzwischen hatten alle ihre Jacken und Schuhe an der Garderobe abgelegt. Und Raphael ließ auch nicht mehr lange auf sich warten.

„Na dann, gehen wir hoch", schlug ich vor.

Wir setzten uns zu siebt in mein Zimmer. Niklas und Karolin reservierten sich sofort den bequemen Sessel, sie setzte sich auf seinen Schoß. Florian, der sich ungewöhnlich still verhielt, ließ sich auf meinem Schreibtischstuhl nieder, ein wenig abseits. Demonstrativ weit weg von Raphael und mir. Ich saß zwischen meinem Freund und Sophie auf dem Bett, Jan hatte sich neben seine Freundin gesetzt.

„Okay, leg schon los! Ich platze vor Neugier!“, rief Sophie. „Deine SMS hat mir Sorgen gemacht, das klang richtig schlimm!“

„Schön ist es nicht gerade“, seufzte ich und zog die Beine an, um meine Knie mit den Armen zu umfassen. So eingerollt fühlte ich mich etwas wohler. „Ich hab euch ja schon mal erzählt, wieso meine Schwester und ich ausgerechnet hier wohnen ...“

Die anderen nickten. „Die Geschichte kennen wir“, stimmte Niklas zu. „Aber was willst du heute denn so Wichtiges bereden?“

Meine Freunde kannten meine Familiensituation. Ich hatte ihnen bereits erzählt, dass Bianca und Lorenz meine leiblichen Eltern waren. Dass ich nach meiner Geburt adoptiert worden und meine Adoptivmutter gestorben war. Und dass Nele und ich keine leiblichen Schwestern waren. Doch obwohl ich ihnen all das verraten hatte, hatte ich Gilbert mit keinem Wort erwähnt. Sie wussten nichts von ihm oder dem, was er mir angetan hatte. Noch nicht.

„Ich ... ich muss euch erzählen, warum ... warum ich so ... schlimm aussah, als ich hergekommen bin“, stammelte ich.

Oh Gott. Ich konnte das nicht. Ich konnte nicht über Gilbert reden!

Da griff Sophie plötzlich nach meinen Händen. „Hey, du musst dich nicht dazu zwingen!“ Sie sah mich milde an. „Das haben wir dir doch schon gesagt. Wir wissen, dass dir was Schlimmes passiert ist, aber wenn du nicht darüber reden willst, ist das völlig okay!“

„Eben“, bekräftigte Karolin.

Halbherzig lächelte ich und drückte Sophies Hände. „Nein, ich will nicht darüber reden. Ich will nicht mal daran denken. Aber es ist wichtig, dass ihr es wisst, denn ... na ja ... es könnte gefährlich werden, wenn ich euch das alles nicht verrate.“

Fünf Augenpaare musterten mich verwirrt. Sogar Florian, der bis jetzt eine Art Pokerface aufgesetzt hatte, sah ein wenig besorgt aus.

„Ich hab euch nie von Saskias zweitem Mann Gilbert erzählt.“

Wieder stockte ich. Es fiel mir unheimlich schwer, darüber zu sprechen. Bianca und Lorenz hatte ich in einem Wutanfall alles verraten, doch nun war ich nicht wütend. Dennoch musste ich es aussprechen. Als Sophie diesen Namen hörte, wirkte sie alarmiert. Meine kleine Schwester hatte ihr gegenüber mal Gilbert erwähnt, anscheinend erinnerte sie sich daran.

„Er ... er war schuld an ihrem Tod“, erzählte ich leise. „Er hat sie die Treppe runtergeschubst, dabei hat sie sich das Genick gebrochen.“

„Was?!“, rief Karolin entsetzt. „Absichtlich?!“

„Ich glaube nicht, dass er sie umbringen wollte“, räumte ich ein. „Aber verletzt hat er uns immer ganz bewusst. Ihr ... ihr habt es mir ja angesehen, dass ich zusammengeschlagen worden bin.“

Sophie strich mir mit dem Daumen über den Handrücken. „Klar, bei den Prellungen im Gesicht ...“

„Und warum hat der Kerl das gemacht?“, fragte Jan wütend.

Langsam wurde es schwierig, mich zusammenzureißen. Meine Hände zitterten schon, doch Sophie hielt sie weiterhin fest. Zum Glück. „Warum er seinen Jähzorn so auslebt, hab ich mich seit vier Jahren gefragt“, flüsterte ich.

„Vier ... Jahre?“, keuchte Niklas schockiert.

Ich nickte zögerlich und überlegte genau, wie ich den nächsten Satz am besten formulieren sollte. „Gilbert ist ein sehr ... grausamer Mensch. Nachdem er Saskia geheiratet hat, zeigte er plötzlich sein wahres Gesicht. Er hat seinen Job gekündigt und sich von seiner Frau aushalten lassen. Aber ... er hat von unserem Geld immer nur Alkohol gekauft. Und Zigaretten. Wir hatten nicht mal mehr genug, um regelmäßig Lebensmittel zu kaufen.“

Sophie sah mich traurig an. „Darum bist du so ...“

„... untergewichtig, ja“, vollendete ich ihren Satz. „Das wenige, was wir hatten, hab ich größtenteils Nele überlassen. Irgendwer musste ja auf die Kleine aufpassen, denn Saskia hat nichts gemacht. Sie hat nur Gilberts Taten vertuscht, und das erfolgreich.“

„Wieso?“ Verständnislos schüttelte Karolin den Kopf. „So was kann man sich doch nicht gefallen lassen!“

Hilflos sah ich sie an. „Ich weiß es auch nicht.“ Sophie und ich ließen uns wieder los, ich legte meine Hände in den Schoß. „Sie hat immer nur gesagt, es wäre ihre Schuld und alles würde besser werden.“ Nun machte niemand mehr einen Kommentar. Ich hatte schon erwartet, meine Freunde mit dieser Geschichte zu schockieren. Tief atmete ich durch. „Ich hab euch ja erzählt, dass meine Adoptivmutter vor unserem Umzug hierher gestorben ist ..." Betrübt blickte ich auf meine Hände hinab, die zusammengeballt in meinem Schoß lagen. „Aber für mich ist sie schon vor vier Jahren gestorben. Als sie das erste Mal Gilberts Misshandlungen vertuscht hat."

„Und das an deinen Armen war auch dieser Kerl, oder?", fragte Florian fast tonlos. „Die Schnitte und alles ..."

„Ja", stimmte ich zu.

Florian wusste, wie übel meine Arme aussahen. Beim Kung-Fu-Training hatte ich immer so geschwitzt, dass ich irgendwann die Jacke ausgezogen hatte. Doch er hatte mich deswegen nie ausgefragt, weil ich nicht darüber reden wollte. Er hatte mir einfach gezeigt, wie ich mich beim nächsten Mal gegen einen Angreifer verteidigen konnte.

„Deine Arme?", wiederholte Karolin verunsichert. „Was ist mit deinen Armen?" Da ich sowieso beschlossen hatte, meinen Freunden endgültig alles anzuvertrauen, zog ich meinen roten Pullover aus. Nun saß ich nur noch im T-Shirt da. Alle konnten meine dürren, knochigen, von größtenteils verblassten Schnittwunden gemusterten Arme sehen.

„Oh Gott", keuchte Sophie.

Außer Raphael und Florian starrten mich alle an. Florian kannte die Wunden vom Training, Raphael hatte mich einmal zufällig nur im T-Shirt gesehen, ohne Jeans ... Darum kannte er noch viel mehr Verletzungen, inklusive der Brandnarbe am linken Oberschenkel.

Wegen der entsetzten Blicke fühlte ich mich unwohl. „Seid froh, dass ihr nicht wisst, wie meine Beine aussehen", brummte ich und zog den Pullover schnell wieder über. „Die sind um einiges schlimmer."

Sophies Augen weiteten sich. „Noch schlimmer?"

Ich spannte mich an. „Was glaubst du, was passiert, wenn jemand seine Zigarette auf deiner Haut ausdrückt? Die Narbe wirst du nicht mehr los."

„Das ... das ... wieso?", stammelte Sophie. Ihre Stimme klang erstickt. „Wie kann man so was machen? Wie kann man jemanden so verletzen?", schluchzte sie und umarmte mich.

Hilflos sah ich sie an. „Hey, du musst doch jetzt nicht weinen …“

„Doch!“, rief sie und zog die Nase hoch. „Das ist furchtbar!“

„Okay, ich höre lieber auf und komme zum Wesentlichen“, beschloss ich und strich meiner besten Freundin beruhigend über den Rücken. „Bevor ich euch noch mehr verstöre.“

„Warte“, hielt Florian mich auf. „Ich würde gerne noch was wissen.“

Es erstaunte mich, dass er ganz normal mit mir redete. „Was denn?“, wunderte ich mich.

„Ist dieser Gilbert auch der Grund, warum du mich nach dieser einen Technik gefragt hast?“ Florians blaue Augen ruhten auf mir. „Warum du wissen wolltest, wie man sich … aus der Vergewaltigungs-Pose befreit?“

„Nein!“, rief Sophie. „Nein, nicht das auch noch!“

Ich biss die Zähne fest zusammen und schluckte schwer. Mehr als ein Nicken brachte ich nicht zustande. Dabei hatte ich dieses eine Detail verschweigen wollen. Die vielen Vergewaltigungen. Meine beste Freundin schluchzte auf. Dass sie tatsächlich meinetwegen weinte, rührte mich. Doch ich schluchzte nicht, meine Tränen rannen still über meine Wangen. Raphael sah mich traurig an und gab mir ein Taschentuch, während Jan gleichzeitig Sophie sanft über den Arm strich und ihr ebenfalls eins reichte. Dankbar nahmen wir die Taschentücher an. Sophie schnäuzte sich, ich wischte mir die Tränen weg. Verdammt. Ich hatte zum ersten Mal vor so vielen Leuten geweint. Aber es waren Menschen, denen ich vertraute.

„Das hat er nicht mit dir gemacht“, murmelte Karolin. Ihre Stimme klang flehend. „Nein, das hat dieser Dreckskerl nicht gemacht …“ Ich brachte keinen Ton über die Lippen. Ich konnte einfach nichts mehr sagen, ich war zu aufgewühlt.

„Doch“, antwortete Raphael schließlich an meiner Stelle und legte einen Arm um meine Taille. „Und das drei Jahre lang.“

„Nicht“, bat ich. „Sag doch nicht, wie lang oder wie oft!“

Damals hatte ich meinen Eltern diese Zahlen um die Ohren geknallt, weil ich so sauer auf die beiden gewesen war. Weil Bianca und Lorenz mich immer gedrängt hatten, ihnen alles zu erzählen. Irgendwann war es regelrecht aus mir herausgebrochen. Und Raphael hatte alles gehört.

„Aber er hat mich drei Jahre lang, drei verdammte Jahre lang vergewaltigt, wann immer er Lust dazu hatte! 178 Mal! Ja, ich hab mitgezählt! 34 Mal davon hat er mich gefesselt und geknebelt, weil ich mich gewehrt habe. Ihr könnt euch nicht mal vorstellen, wie das gewesen ist. Wie es war, jede Nacht wach im Bett zu liegen und Angst zu haben, dass er heute wieder kommt!“ Dass ich diese Worte überhaupt jemals ausgesprochen hatte, erstaunte mich noch immer.

„Ich dachte, du wolltest ihnen endlich alles sagen“, entgegnete Raphael.

Ich schüttelte den Kopf. „Nicht das! Alles, aber nicht das!“

„Sie sollten doch wissen, wozu er imstande ist!“, widersprach er.

Dagegen fiel mir kein Argument ein. Ja, die anderen mussten wissen, wie gefährlich Gilbert war. Und dass er mich suchte.

„Wie oft?“, fragte Sophie mit zitternder Stimme. Sie griff wieder nach meinen Händen. „Ich weiß, ich werde es bereuen, gefragt zu haben, aber ich muss es wissen! Wie oft?“

Auch die anderen vier spannten sich nun an. Niklas umarmte Karolin fester, was sie erwiderte. Die beiden gaben sich gegenseitig Halt, wahrscheinlich weil sie all diese Informationen sonst kaum ertrugen.

„Du willst es nicht hören“, versicherte ich meiner besten Freundin.

„Bitte sag es“, meldete sich nun auch Florian zu Wort. „Als du mich beim Training gefragt hast, dachte ich, es wäre ein Mal passiert. Aber wenn das drei Jahre so ging ...“

„Ich hab doch genug gesagt.“ Unbehaglich blickte ich in die Runde. „Gilbert hat mich vier Jahre lang verprügelt und drei Jahre lang ... ihr wisst schon. Das reicht, oder nicht? Wenn ich euch jetzt eine Zahl nenne, verstöre ich euch endgültig. Das muss nicht sein.“

„Du kannst es gar nicht schlimmer machen“, meinte Jan. „Egal, was du sagst.“

Meine Freunde würden nicht nachgeben, das wurde mir klar. Also gut. Wenn sie es unbedingt hören wollten. Ich löste eine Hand aus Sophies Griff, um Raphaels Hand zu nehmen. Ohne seinen Halt würde ich das jetzt nicht aussprechen können. Er drückte meine Finger fest und nickte mir zu.

„Du schaffst das“, versicherte er mir.

Ja, ich schaffte es. Allerdings brauchte ich eine ganze Weile, bis ich den nötigen Mut aufbrachte. „178 Mal."

Es herrschte Totenstille. Wie erwartet.

„Wenn ich mich gewehrt habe, hat er mich gefesselt und geknebelt. Oder mich mit seinem Taschenmesser dazu gebracht, still zu sein und mich nicht mehr zu wehren", flüsterte ich in das Schweigen hinein. Man hätte nun eine Stecknadel in meinem Zimmer fallen hören können. Es war schon fast gruselig still.

„Und mehr Details werde ich nicht erzählen", beendete ich das Ganze. „Es reicht. Das war mehr als genug."

„Darum warst du immer so schreckhaft, wenn jemand auf dich zugekommen ist", murmelte Karolin fassungslos. „Darum wolltest du so lange auch nicht angefasst werden."

Ich nickte. „Ich hab immer einen Schlag oder so was erwartet."

Sophie legte plötzlich ihre Arme um mich. Sie sagte nichts, doch es schüttelte sie wieder und wieder. Zaghaft strich ich ihr über den Rücken. „Ist schon gut. Ich hab's überstanden."

„Ich ... ich wusste ja, dass dir was Schlimmes passiert ist", schluchzte sie, „aber dass du so etwas Grausames durchmachen musstest, hätte ich nie gedacht! Dass es so etwas Grausames überhaupt gibt!"

Halbherzig zog ich einen Mundwinkel nach oben. „Häusliche Misshandlung ist keine Seltenheit", entgegnete ich. „Es gibt viele Fälle, und bestimmt auch schlimmere."

„Kaum vorstellbar", zischte Jan, der wütend, entsetzt und ratlos zugleich wirkte. „Wie soll's denn noch schlimmer gehen?"

„Das will ich mir lieber nicht ausmalen", sagte Niklas sofort.

Kurz blickte ich zu Florian. Er saß fast regungslos auf dem Sessel, schüttelte den Kopf und hatte beide Hände zu Fäusten geballt. Sein Gesichtsausdruck verriet seine gewaltige Wut.

Raphael strich mir durchs Haar und klemmte dabei eine Strähne hinter mein Ohr. „Der erste Teil wäre geschafft."

Ich nickte. „Immerhin."

„Der erste Teil?", wiederholte Florian aufgebracht. „Es kommt noch mehr?!"

Ich zwang mich selbst dazu, Ruhe zu bewahren. „Ja. Jetzt kommt der Grund, warum ich euch das alles überhaupt erzählt hab."

Ängstlich sah Sophie mich an. „Und der wäre?“

„Gilbert ist nach Saskias Tod zwar endlich verhaftet worden, aber ... er ... er ist, also ... er ist am Mittwoch ...“ Ich unterbrach mich selbst, weil mein Gestammel unerträglich wurde.

„Er ist aus dem Gefängnis ausgebrochen“, setzte Raphael meine begonnene Erzählung fort. „Und, ihr könnt's euch denken, er ist jetzt hinter Lara her.“ Beinahe synchron keuchten alle fünf Zuhörer im Raum auf.

„Weil meine Aussage ihn überhaupt erst ins Gefängnis gebracht hat“, fuhr ich nun fort. Ich hatte meine Stimme wiedergefunden. „Er hat keine Ahnung davon, dass ich adoptiert wurde und jetzt bei meinen leiblichen Eltern wohne, aber er wird mich finden. Das weiß ich. Irgendwie bekommt er immer, was er will. Es wird bestimmt eine Weile dauern, aber er findet mich.“

Meine Freunde brachten kein Wort heraus. Florian blickte mich nur mit schreckgeweiteten Augen an, Sophie weinte auf meinen Pullover, Jan starrte zu Boden, Niklas und Karolin schüttelten die Köpfe. Und Raphael drückte sanft meine Hand.

„Darum wollte ich euch warnen. Ich weiß nicht genau, was Gilbert vorhat, wenn er mich findet. Aber es kann sein, dass ihr in Gefahr geratet, wenn ihr in meiner Nähe seid“, erläuterte ich meine Befürchtung. „Ich würde es verstehen, wenn ihr euch zur Sicherheit von mir fernhaltet. Meinetwegen soll niemandem etwas passieren.“

„Red keinen Unsinn!“, rief Sophie. „Wir lassen dich doch nicht im Stich!“

„Was wären wir denn für Freunde, wenn wir dich ab jetzt ignorieren?“, fragte Karolin angewidert.

„Im ... im Ernst?“, fragte ich gerührt.

„Wir halten uns nicht von dir fern“, versprach Niklas.

Jan nickte. „Wäre ja noch schöner.“

„Wir halten lieber die Augen auf und beschützen dich!“ Karolin lächelte mich an. „Wie sieht dieses Arschloch denn aus?“

„Genau wie Jan, nur größer und ohne Brille“, antwortete ich.

„Ach, darum warst du immer so komisch zu mir!“, rief er.

Beschämt lächelte ich. „Es tut mir echt leid ... Du hast mich so an ihn erinnert! Aber jetzt nicht mehr“, räumte ich ein. „Also, gar nicht mehr.“

„Schon gut“, winkte er ab. „Jetzt kapier ich’s wenigstens. Ich dachte, du fändest mich aus irgendeinem anderen Grund komisch.“

„Weil du ein Computerfreak bist, zum Beispiel?“, kicherte Sophie.

Jan grinste. „So was in der Art, genau.“

Es erleichterte mich, dass sich die Atmosphäre nun ein wenig auflockerte. Ich hatte zwar alle schockiert, doch meine Freunde hielten weiterhin zu mir.

„Ach, übrigens, ich hab was zum Knabbern da“, fiel mir ein. „Hat Bianca mir gegeben, weil ihr heute alle da seid. Liegt auf dem Schreibtisch.“

Karolin stand von Niklas’ Schoß auf, um den Tisch zu inspizieren. „Oh, Chips und Nussschokolade“, stellte sie fest.

„Bring die Chips mit! Ich hab Hunger“, merkte Niklas an.

„Ich nehm auch welche“, meldete sich Jan zu Wort.

Also reichte Karolin die Tüte einmal herum. Ich winkte allerdings ab, mir war nicht unbedingt zum Essen zumute. Die Geschichte von eben lag mir noch schwer im Magen.

„Wollen wir noch alle zusammen einen Film schauen?“, schlug Sophie vor und knabberte an einem Chip. „Eine Komödie oder so?“

„Ja, was Lustiges ist jetzt bestimmt nicht schlecht“, stimmte ihr Bruder zu.

„Wir haben aber nicht viele Filme hier“, wandte ich ein.

Sophie zuckte mit den Schultern. „Dann gehen wir eben rüber zu mir.“

„Okay, das ist gut!“, meinte Karolin.

„Aber erst essen wir die Chips auf“, warf Jan ein.

Raphael und ich tauschten einen erleichterten Blick. Geschafft. Ich hatte es tatsächlich geschafft. Ohne ihn wäre das aber nicht so ... kurz und schmerzlos über die Bühne gegangen.

Florian drehte sich auf dem Schreibtischstuhl um und griff nach der Schokolade dort. Dann stand er auf und kam zum Bett. Vor mir blieb er stehen, öffnete die Plastikverpackung und hielt mir die köstlich duftende Tafel hin.

Diese Geste weckte Erinnerungen. Bei unserem ersten Treffen in Sophies Zimmer hatten Florian und ich auch Nussschokolade gegessen. Darum brach ich mir eine Rippe ab und lächelte ihn an.

Auch er nahm sich ein Stück von der Schokolade und legte den Rest wieder auf den Tisch.

„Ab nächster Woche sollten wir wieder mit dem Training anfangen“, merkte er an. „Wenn der Typ dich wirklich findet, solltest du vorbereitet sein.“

„Das stimmt!“, pflichtete Sophie ihm bei. „Du musst unbedingt noch mehr üben, damit du dich verteidigen kannst!“

Unsicher lächelte ich Florian an. „Also ist alles okay zwischen uns?“

Er nickte. „Als könnte ich dich unter diesen Umständen hängen lassen. Ist alles vergessen. Erst mal jedenfalls.“

Das zu hören, erlöste mich von einer großen Sorge. Florian und ich konnten wieder Freunde, Trainingspartner und Banknachbarn sein. „Danke!“

Er machte eine wegwerfende Handbewegung. „Schon gut. Wann machen wir die erste Trainingsstunde?“

„Also, ich hab in den Ferien nicht viel vor“, antwortete ich. „Da bin ich flexibel. Wann passt's dir denn am besten?“

„Dienstagnachmittag?“, schlug er vor. „So um drei Uhr?“

„Das geht klar“, stimmte ich zu. Wir lächelten uns an. Jetzt gerade war alles wie vor ein paar Wochen. Vor unserem Date, vor dem Geständnis, vor dem Korb. Abgesehen von der Tatsache, dass Florian immer noch nicht mit Raphael redete. Doch auch das würde schon noch werden.

Ich lehnte mich an meinen Freund, der mich in seine Arme schloss. „Siehst du, es ist alles gut gegangen.“

Leise seufzte ich, dann lächelte ich schief. „Jetzt müsste Gilbert nur wieder eingesperrt werden.“

„Der kommt wieder hinter Gitter, und wenn wir eigenhändig dafür sorgen müssen!“, prophezeite Sophie. „Der krümmt dir kein Haar mehr!“ Hoffentlich.

„Bekommst du eigentlich keinen Personenschutz von der Polizei?“, fiel Jan ein.

Ich schüttelte den Kopf. „Nein, die Wahrscheinlichkeit, dass er mich findet, wird als sehr niedrig eingeschätzt.“

„Aber du bist dir doch sicher, dass er dich aufspürt“, gab Karolin zu bedenken.

„Weil ich ihn besser kenne als die Polizisten. Gilbert ist nicht blöd, ganz und gar nicht." Ich spielte nervös mit meinen langen Haaren zwischen zwei Fingern herum. „Im Gegenteil, er ist so verschlagen und clever, dass er sich nicht erwischen lässt und irgendwann hierher finden wird."

„Aber wie sollte er dich finden?" Sophie lächelte mich ermutigend an. „Er weiß doch nichts von deinen richtigen Eltern. Und er kennt niemanden hier, vermute ich. Also wird ihm nicht mal im Traum einfallen, dass du in Pirk bist!"

„Doch, er wird mich finden, jagen, quälen und umbringen", dachte ich. „Irgendwie schafft er das, denn er hat schon immer geschafft, was er sich vorgenommen hat, genau wie die Flucht aus dem Gefängnis."

Diesen Gedanken verschwieg ich allerdings lieber und sagte stattdessen: „Bestimmt hast du recht."

„Und sollte er es doch schaffen, sind wir auch noch da", äußerte sich Raphael und drückte mich fest. „Wir passen schon auf dich auf."

„Genau!", stimmte Karolin ihm zu. „Und obendrein lernst du noch ganz viel Selbstverteidigung!"

„Dafür sorge ich schon", versprach Florian. „Aber mach dich auf was gefasst, das Training wird hart."

Ich schmunzelte. „Dein hartes Training hab ich schon öfter am eigenen Leib zu spüren bekommen."

„Ab jetzt wird's noch heftiger", kündigte er an.

„Oje, hoffentlich überstehe ich das", lachte ich.

Er grinste. „Wenn ich mit dir fertig bin, überstehst du alles. Ich mach das nicht umsonst seit ... äh ... acht Jahren? Nein, seit neun Jahren."

„Zieh dich warm an", kicherte Sophie. „Das wird übel."

„Am besten kaufe ich mir einen Schutzanzug", überlegte ich laut.

Das brachte die anderen zum Lachen.

„Davon will ich ein Foto!", grölte Niklas.

„Und ich bekomme auch 'nen Abzug!", forderte Karolin.

Ich lächelte glücklich. Ich hatte die wundervollsten Freunde der Welt. Ohne jeden Zweifel.

Turbulenzen im Anmarsch

„Möchtest du zum Mittagessen zu uns kommen?"

Ich klemmte mir das Handy zwischen Ohr und Schulter, auch wenn die Haltung nicht sonderlich bequem war. Anders konnte ich nebenbei keine Kleidung aus meinem Schrank ziehen. „Ja, gerne", stimmte ich zu. „Wann soll ich denn bei dir sein?"

„Wir essen um eins", antwortete Raphael.

Ich zog eine blaue Jeans und einen gelben Pullover hervor. „Okay, dann bin ich in einer Stunde da."

„Bis gleich!" Da hörte ich meinen Freund plötzlich lachen. „Übrigens, süßer Schlafanzug. Seit wann trägst du rosa Klamotten?"

Mit feuerroten Wangen drehte ich mich um. Raphael grinste mich durch sein Fenster an und winkte.

„Seit wann bist du in deinem Zimmer?!", fragte ich entsetzt.

„Ich bin gerade reingekommen", lachte er. „War bis eben für meine Mutter einkaufen."

„Oh Mann! Du Spanner!", warf ich ihm vor und streckte ihm die Zunge raus.

Er schmunzelte nur. „Selber schuld, wenn du bis zwölf Uhr mittags schläfst."

„Es sind Ferien!", verteidigte ich mich. „Das ist der erste Montag seit Ewigkeiten, an dem ich mal ausschlafen konnte!"

Meine Schwester schlief sogar immer noch. Am Sonntag davor hatten wir uns einen ruhigen Familientag gemacht. Leckeres Essen, ein langer Spaziergang mit meinen Eltern, Brettspiele und Fernsehen. Wir hatten uns einfach ein wenig entspannt. Vormittags hatte ich allerdings gelernt, einerseits, um den verpassten Stoff nachzuholen, andererseits, um mich abzulenken. Immer wenn ich nicht an Gilbert denken wollte, lernte ich. Durch dieses sture Lernen war ich zur Einserschülerin geworden. Nicht aus Ehrgeiz wie die meisten anderen. Nur um auf andere Gedanken zu kommen.

„Ich ärgere dich doch nur ein bisschen", drang Raphaels Stimme aus dem Handy. „Nimm das nicht so ernst."

Ich warf die Klamotten auf mein zerwühltes Bett und nahm das Handy wieder normal in die Hand. „Du bist fies", motzte ich. „Und nein, ich trage den rosa Schlafanzug nicht freiwillig! Bianca hat mir den geschenkt, und meine anderen beiden Schlafanzüge sind in der Wäsche ..."

Er lächelte mich an, das erkannte ich sogar aus der Entfernung. „Ja, klar."

„Okay, ich geh dann mal ins Bad", beschloss ich. „Ich muss mich noch fertig machen und meinen Eltern Bescheid geben, dass ich heute bei dir esse." Da fiel mir etwas ein. „Moment mal, arbeitet deine Mutter heute Mittag nicht?"

„Nein, sie hat den ganzen Tag frei. Ausnahmsweise mal. Darum soll ich dich ja zu uns einladen", erklärte er.

„Oh, das ist toll", freute ich mich. „Ich hab Renate schon ziemlich lange nicht mehr gesehen."

„Stimmt. Dass wir zusammen sind, hab ich ihr aber schon erzählt."

Das war gut, dann würde sie keine Überraschung erleben. Ich mochte Raphaels Mutter, sie war ruhig und freundlich, manchmal etwas zu besorgt um ihren Sohn. Aber was hatte sie mir einmal gesagt? Raphael war alles, was sie hatte. Kein Wunder also, dass sie ihn hütete, auch wenn er schon 18 war.

„Ich freu mich auf dich", sagte Raphael. „Bis gleich."

Ich winkte ihm durchs Fenster zu. „Bis gleich."

„Übrigens, du siehst gerade echt wild aus. Irgendwie cool."

„Du bist doof!", rief ich ins Handy und legte auf.

Bevor ich mit den Fingern hastig meine wirren Haare durchkämmte, streckte ich meinem Freund noch mal die Zunge raus. Ich sah, wie er mich ganz unschuldig angrinste.

„Idiot", murmelte ich vor mich hin und lächelte. „Liebenswerter Idiot."

Spontan warf ich ihm eine Kusshand zu, er erwiderte die Geste. Dann schnappte ich meine frischen Klamotten vom Bett, lief ins Badezimmer und duschte mich. Das warme Wasser tat richtig gut, ich ließ mich eine ganze Weile berieseln, bevor ich mir die Haare wusch und das Wasser schließlich abdrehte. Als ich die Dusche verließ, empfing mich kühle Luft. Schnell hüllte ich mich in mein großes, weiches Handtuch. Unvermittelt fiel mein Blick auf die weiße, glänzende Badewanne im Raum. Ich hatte noch nie gebadet, wir hatten in Berlin schließlich keine Wanne gehabt. Doch irgendwann würde ich es gerne mal ausprobieren.

„Ich sollte mich beeilen", mahnte ich mich. Eilig trocknete ich mich ab, zog mich an und föhnte meine Haare. Dann verließ ich das Bad.

Ganz leise öffnete ich die Tür zu Neles Zimmer. Meine Schwester schlief noch, stellte ich fest. Darum zog ich mich leise wieder zurück, aufwecken wollte ich sie schließlich nicht. Ich hatte nur nach dem Rechten sehen wollen.

„Guten Morgen", wünschte mir Bianca, als ich das Wohnzimmer betrat. „Oder eher guten Mittag."

Sie saß auf dem Sofa und blätterte eine Zeitschrift durch. Im Hintergrund lief das Radio, doch die Musik war nur leise.

„Hey", begrüßte ich sie. Verwundert sah ich mich um. „Wo ist denn Lorenz?"

„In seiner Praxis", antwortete meine Mutter schmunzelnd. „Es ist ein ganz normaler Montag, er hat keine Ferien. Er ist ja kein Lehrer."

Ich schlug mir mit der flachen Hand an die Stirn. „Ach, logisch."

„Schläft Nele immer noch?", fragte sie dann.

Ich nickte. „Ja, ich hab eben bei ihr reingeschaut."

Bianca legte die Zeitung auf den kleinen Couchtisch und stand auf. „Hast du Hunger? Wir könnten langsam Mittagessen machen."

„Ähm, ich bin heute Mittag bei Raphael zum Essen eingeladen", erzählte ich.

Überrascht sah sie mich an. „Ach, wann habt ihr das denn ausgemacht?"

„Er hat mich gerade eben angerufen." Ich sah zur Wanduhr, die kurz vor eins anzeigte. „Ich muss gleich los."

„Kommst du zum Abendessen zurück?", wollte sie wissen.

Ich nickte. „Ja, ich denke schon."

„Das würde mich freuen", merkte sie an und legte sanft ihre Arme um mich.

Zögerlich erwiderte ich ihre Umarmung. „Okay. Dann bis später, Mama."

„Bis später, Lara." Sie ließ mich wieder los. „Hab einen schönen Nachmittag. Und grüß Renate von mir."

„Mach ich", versprach ich. „Tschüss!"

Im Eingangsflur zog ich meine Stiefel und die grüne Winterjacke an, die meine Eltern mir gekauft hatten. Eigentlich war es draußen inzwischen wärmer geworden, der März war angebrochen und hatte milderes Wetter gebracht. Doch ich fror beinahe immer, darum trug ich weiterhin die Winterklamotten. Voller Vorfreude lief ich die Salzstraße entlang, in der wir wohnten. Vor dem Nachbarhaus blieb ich stehen und klingelte.

Eine ungefähr 50-jährige Frau öffnete mir die Tür und lächelte mich an. „Hallo, Larissa!", begrüßte sie mich. „Komm doch rein!"

„Hallo", antwortete ich beim Eintreten, erstarrte jedoch vor Schreck, weil sie mich plötzlich in ihre Arme geschlossen hatte. Noch nie hatte sie mich mit einer Umarmung begrüßt. Doch ich zwang mich dazu, auch einen Arm um sie zu legen, um nicht unhöflich zu sein.

„Jetzt überfall sie doch nicht so, Mama", lachte Raphael, der zur Haustür gekommen war und meinen erschrockenen Gesichtsausdruck bemerkte.

Renate ließ mich los und drehte sich zu ihrem Sohn um. „Darf ich deine Freundin etwa nicht begrüßen? Ich hab schon gedacht, du würdest nie ein Mädchen mit nach Hause bringen!"

Peinlich berührt starrte er sie an. „Erzähl keinen Blödsinn!"

Dabei hatte sie recht. Raphael hatte schon viele Freundinnen gehabt, aber immer nur für ein paar Tage. Sophie hatte mir sehr ausführlich erzählt, wie oft er die Freundin wechselte und dass er jedes hübsche Mädchen ansprach, wenn sich die Gelegenheit bot. Jedenfalls hatte er das früher getan.

„Hallo erst mal", begrüßte er mich und kam zu mir, um mich zu umarmen. Lächelnd ließ ich mich von ihm drücken.

Am liebsten hätte ich ihn gar nicht mehr losgelassen, doch wir konnten nicht ewig so stehen bleiben. Schließlich löste ich mich seufzend von ihm, zog Schuhe und Jacke aus und nahm Raphaels herrlich warme Hand.

„Ui, bist du kalt“, bemerkte er überrascht. „Wie lange warst du draußen?“

„Eine Minute?“, schätzte ich.

Er hielt meine Hand fest zwischen seinen eigenen, um mich ein wenig aufzuwärmen. „Du Frostbeule“, neckte er mich.

„Jetzt gibt's was Warmes zu essen, dann ist dir sicher nicht mehr kalt“, warf Renate überzeugt ein und fuhr sich durchs kurze dunkle Haar, in dem sich bereits ein paar graue Strähnen abzeichneten. „Ich hoffe, du magst Steaks?“

Ich nickte. „Sehr gerne sogar. Hab ich schon lange nicht mehr gegessen.“

Kurz sah sie mich mitleidig an, nur ganz kurz, doch ich bemerkte den Blick. Sie wusste ungefähr, was mir in den letzten Jahren passiert war. Lorenz und Bianca waren eng mit ihren Nachbarn befreundet und hatten daher sowohl Raphaels Mutter als auch den Eltern von Sophie und Niklas die groben Umstände meines Umzugs hierher erzählt.

„Dann kommt doch, ihr zwei“, forderte Renate uns auf und ging in Richtung Esszimmer.

Ich hatte mich immer noch nicht daran gewöhnt, wie groß die Häuser hier waren. Jedes Mal wieder staunte ich über die Vielzahl an Zimmern und über die schöne Einrichtung. An mein neues Zuhause hatte ich mich irgendwie gewöhnt, doch die Häuser meiner Freunde erstaunten mich immer aufs Neue.

In Raphaels etwas schlichter eingerichtetem Zuhause fühlte ich mich richtig wohl. Es war nicht ganz so ... einschüchternd.

Raphael und ich setzten uns an den runden Esstisch, der bereits gedeckt war. Nicht nur Teller, Gläser und Besteck standen dort, sondern auch ein Topf und eine Schüssel mit gemischtem Salat. Renate brachte eine lange Porzellanplatte, auf der gefühlte 100 Steaks lagen.

„So viel Essen!“, staunte ich.

Sie lachte. „Ich hab gleich ein paar Steaks mehr gemacht, die schmecken morgen auch noch. Kalt auf einem Brötchen oder so. Greif ruhig zu!“

Mit meiner Gabel beförderte ich eins der großen Fleischstücke auf meinen Teller, auch Raphael und Renate nahmen sich eins.

Dazu gab es Pellkartoffeln und Salat. Mit großen Augen musterte ich die riesige Portion vor mir. Ob ich das überhaupt alles essen konnte? „Ach ja, schöne Grüße von meiner Mutter", richtete ich aus. „Das hätte ich fast vergessen!"

Renate lächelte. „Das ist aber nett. Sag ihr doch auch schöne Grüße von mir. Und, habt ihr schon was in den Ferien vor?", erkundigte sie sich dann.

„Nichts Besonderes", antwortete ich und aß etwas von meinem Steak. Wirklich lecker. „Lorenz arbeitet die ganze Woche normal. Ich werde was für die Schule machen und Zeit mit meiner Schwester verbringen."

„Wie geht's Nele denn?"

Ich schmunzelte. „Gut. Bis eben hat sie sogar noch geschlafen."

„So lange?", lachte Renate.

Ich nickte. „Wie ein Murmeltier."

„Das sagt der richtige Langschläfer", merkte Raphael grinsend an.

„Ich war immerhin früher wach als Nele", verteidigte ich mich.

Das ganze Essen über redeten wir über dieses und jenes. Es dauerte eine gefühlte Ewigkeit, bis ich den Teller leer gegessen hatte. In derselben Zeit hatte Raphael schon zwei Steaks verdrückt. Es erstaunte mich, wie eine so große Portion in ihn hineinpasste. Aber klar, wer viel Sport trieb, konnte auch viel essen. Raphael ging jeden Dienstag zum Fußballtraining, er war im Gegensatz zu mir durch und durch sportlich.

„Möchtest du noch ein Steak?", fragte Renate, als sie meinen leeren Teller bemerkte. „Es ist genug da! Nimm ruhig noch eins."

„Unmöglich, ich kann nichts mehr essen", lehnte ich ab und legte meine Hände über meinen Bauch. „Ich platze gleich."

„Du kannst doch nicht schon satt sein, Lara! Iss noch ein bisschen."

„Ich schaffe nichts mehr", seufzte ich. „Lorenz und Bianca mästen mich auch die ganze Zeit, ich kann gar nicht so viel essen, wie die beiden es gern hätten ..." Natürlich war ich froh, dass dieses ständige Hungergefühl, das mich seit Jahren begleitet hatte, endlich verschwunden war. Doch es fiel mir schwer, auf einmal normal zu essen.

„Aber immerhin hast du doch ein wenig zugenommen, seit du hier wohnst, oder?“, erkundigte sich Renate.

Ich nickte. „Ungefähr zwei Kilo.“ Jetzt wog ich schon 48 Kilo. Was bei einer Größe von 1,78 Meter immer noch nicht wirklich gesund war.

„Nur zwei Kilo in zwei Monaten?“, wunderte sie sich.

„Ja“, bestätigte ich. „Das ist doch einiges.“

Sie lächelte schief. „Es gibt Leute, die nehmen in der Woche zwei Kilo zu.“

„Unmöglich“, widersprach ich. „Das kann ich mir gar nicht vorstellen.“

„Frag mal Leute, die versuchen abzunehmen“, merkte Renate an.

Ich schob die Augenbrauen zusammen. „Ist Abnehmen denn so schwer?“

Sie nickte. „Davon kann ich dir ein Lied singen. Allerdings ist das Abnehmen eigentlich gar nicht das Problem. Nur danach nicht wieder zuzunehmen ist schwierig.“

„Ich finde es nicht gerade leicht zuzunehmen ...“

Sie schmunzelte. „Da bist du eine von sehr wenigen.“

„Aber du schaffst das schon.“ Raphael lächelte mich an. „Schritt für Schritt.“ Ich erwiderte sein Lächeln, froh darüber, dass er mir Mut machte. „Bestimmt.“

„Jetzt gibt's erst mal Nachtisch!“, verkündete Renate.

Überrascht sah ich sie an. „Auch noch? Wahnsinn! Du hast dir echt viel Mühe gegeben ...“

„Unsinn“, winkte sie ab. „Das mach ich doch mit links. Ist ja schließlich nicht umsonst mein Beruf. Wartet kurz, ich muss die Nachspeise nur schnell aus dem Kühlschrank holen.“

Als sie davongehuscht war, beugte Raphael sich zu mir. „Von wegen keine Mühe“, flüsterte er. „Sie hat ewig in der Küche herumgewerkelt, weil sie alles perfekt machen wollte.“

„Das ist total lieb von ihr“, antwortete ich leise. „Aber es wäre doch nicht nötig, nur weil ich zu euch komme ... Mir reicht auch blanker Reis, ich finde es schon toll, wenn ich überhaupt was zu essen bekomme.“

Mitleidig musterte Raphael mich. „Blanker Reis? Ist das alles, was es ... früher bei euch zu essen gegeben hat?“

Ich nickte. „Ja, selbstverständlich. Oder Brot, meistens vom Vortag zum halben Preis. Hin und wieder auch Nudeln.“ Hauptsache, man bekam von möglichst wenig Geld möglichst viel Essen, das möglichst satt machte.

Mein Freund wollte gerade etwas sagen, da stellte seine Mutter ein kleines Tablett mit drei Gläsern auf den Tisch. Die Nachspeise darin war mit einer Himbeere und einem Röllchen aus schwarz-weißer Schokolade hübsch und appetitlich verziert.

„Das sieht köstlich aus!“, stellte ich bewundernd fest.

Sie lächelte stolz. „Das ist eine Pannacotta mit Himbeeren. Greif zu! Für was Süßes hast du doch bestimmt noch Platz im Magen, oder?“

„Ja, für süße Sachen hab ich irgendwie eine Schwäche“, gab ich zu und nahm mir eins der drei Gläser.

Auch Raphael griff zu. „Vor allem für süße Getränke, stimmt's?“

„Oh ja“, bestätigte ich. „Es gibt nichts Besseres als einen Karamell-Macchiato.“

„Probier doch mal die Pannacotta, dann denkst du sicher an keine andere Nachspeise mehr“, prophezeite Raphael, der schon sein halbes Glas geleert hatte. „Die schmeckt echt klasse!“

Seine Mutter strahlte ihn an. „Freut mich zu hören!“

Neugierig probierte ich einen Löffel von dem Dessert. „Wahnsinn!“

„Es schmeckt dir?“ Renate sah glücklich aus. „Das ist toll!“

„Es ist superlecker!“, lobte ich sie. Sie lächelte mich an. „Übrigens danke für das gute Essen“, merkte ich an.

„Also bitte, das ist doch selbstverständlich!“, meinte sie. „Du darfst jederzeit herkommen. Wenn ich daheim bin, kann ich dir was Schönes kochen.“

„Nein, solche Umstände sind echt nicht nötig“, winkte ich ab.

Raphaels Mutter behandelte mich oft so ... zuvorkommend. Seit ich ihren Sohn nach einem Stromschlag wiederbelebt hatte. Vermutlich hatte sie immer noch das Gefühl, sie würde dafür in meiner Schuld stehen. Obwohl ich ihr – und Raphael – hundertmal versichert hatte, dass dem nicht so war.

Wir unterhielten uns noch eine Weile und aßen die Nachspeise, bevor wir zusammen die Spülmaschine einräumten. „So, ihr zwei, was macht ihr denn jetzt noch?", fragte Renate, als die Küche und das Esszimmer sauber waren.

„Mal schauen", antwortete Raphael. „Vielleicht setzen wir uns in meinem Zimmer zusammen."

Sie nickte. „In Ordnung. Ich bin in einer Stunde weg, Anna und Luca haben mich zu Kaffee und Kuchen eingeladen."

Ach, sie traf sich noch mit Sophies und Niklas' Eltern?

„Dann viel Spaß", wünschte Raphael ihr.

„Und guten Appetit – wenn du dann überhaupt schon wieder was schaffst", fügte ich hinzu.

Sie grinste. „Kuchen geht immer."

Raphael nahm meine Hand und zog mich in Richtung Zimmertür. „Also, bis später, Mama."

Zusammen verließen wir das Esszimmer und gingen die Treppen hoch, in Raphaels Zimmer im ersten Stock. Ich mochte diesen Raum, den ich von meinem Zimmerfenster so gut einsehen konnte. Auf mich wirkten die grün-weißen Wände entspannend, außerdem mochte ich den Geruch hier. Raphaels Geruch.

„Ich glaube, dein Zimmer war noch nie so ordentlich", stellte ich fest.

Er lachte. „Ja, ich hatte etwas Zeit, bevor du gekommen bist."

„Ist nur so ungewohnt, dass dein Schreibtisch so aufgeräumt aussieht", kicherte ich. „Und dass keine Klamotten herumliegen."

Er pikste mich in die Seite, sodass ich quietschend zusammenzuckte. „Nicht so frech!", ermahnte er mich grinsend.

Ich streckte ihm die Zunge raus. „Pah!"

Stürmisch umarmte er mich, um mich mit sich auf das grüne Sofa zu ziehen. Es ging so schnell, dass ich gar nicht wusste, wie genau ich plötzlich auf seinem Schoß gelandet war, doch nun saß ich dort und er hielt mich sanft fest.

„Erschreckt", lachte er.

Ich schmunzelte. „Wer ist hier jetzt frech?"

Mit Unschuldsmiene blickte er mich an. „Ich weiß nicht, wovon du redest."

„Na klar", entgegnete ich ungläubig und beugte mich zu ihm, um ihn zu küssen. Sofort zog er mich näher an sich und erwiderte meinen Kuss. Auch ich legte nun meine Arme um ihn, oder zumindest um seinen Hals. Ich war so aufgeregt, dass mein Herz regelrecht galoppierte. Raphaels Küsse brachten mich viel zu oft um den Verstand.

Erst nach einer ganzen Weile lösten wir uns wieder voneinander, beide heftiger atmend als zuvor. Raphael stupste mit seiner Nase gegen meine, dann lächelten wir uns an.

„Wie lange hast du heute eigentlich Zeit?“, fiel mir da ein. „Du arbeitest doch nachher, oder?“

Er nickte. „Um halb vier muss ich beim McDonald's sein. Also hab ich noch eine Stunde, bevor ich losfahren muss.“

Plötzlich piepste etwas in Raphaels Hosentasche, im gleichen Moment vibrierte auch mein Handy. Überrascht sahen wir uns an, dann zogen wir beide unsere Handys heraus und lasen die SMS.

Hey Leute! Mittwoch um 15 Uhr im Beanery auf 'nen Kaffee!
Wehe, ihr kommt nicht! Das wird super! :-)
Sophie

„Hat Sophie dir auch geschrieben?“, fragte Raphael.

Ich nickte. „Ja, wahrscheinlich hat sie der ganzen Gruppe Bescheid gegeben.“

„Klingt aber nach 'nem netten Plan“, meinte Raphael, während er eine Antwort eintippte. „Ich hab sogar Zeit.“

„Ich auch“, merkte ich an. „Und wir wollten in den Ferien ja sowieso alle zusammen was machen.“

Raphael legte sein Handy auf die Sofalehne rechts neben sich. „Hoffentlich kommen alle anderen auch.“

„Bei Florian bin ich mir da nicht ganz sicher“, seufzte ich. „Wir trainieren morgen zwar wieder und er war vorgestern richtig nett zu mir, aber ich wette, er ist immer noch etwas sauer ...“

„Hey, denk einfach nicht an ihn“, riet mir Raphael und strich mir flüchtig durchs Haar. „Das wird schon.“

Irgendwie hatte ich ein schlechtes Gewissen. Obwohl ich meine Gefühle nicht ändern konnte, obwohl ich keine Liebe für Florian erzwingen konnte, obwohl ich mit Raphael zusammenbleiben wollte. Ich fühlte mich schlecht, weil ich Florian verletzt hatte. Ohne es zu beabsichtigen. Doch ich wollte nicht darüber reden.

„Wahrscheinlich", stimmte ich zu und schmiegte mich an meinen Freund.

Er drückte mich kurz an sich. „Soll ich dich übermorgen mitnehmen, wenn wir uns im Beanery treffen?"

Ich lächelte ihn an. „Oh, das wäre toll, dann muss ich nicht mit dem Bus fahren. Danke!"

„Kein Problem", winkte er ab. „Ist ja nicht gerade ein Umweg."

„Schon praktisch, dass ich nebenan wohne", sagte ich.

„Oh ja, so kann ich dich ganz oft sehen", entgegnete er und schenkte mir einen intensiven Blick, während er mit einer Hand über meine Wange strich.

Wie von selbst schlossen sich meine Augen, als Raphael mich küsste. Wie von selbst bewegten sich meine Lippen, um den Kuss zu erwidern. Und wie von selbst fuhr ich ihm dabei mit meiner rechten Hand durchs dichte, weiche schwarze Haar.

Ganz langsam und vorsichtig drückte Raphael mich aufs Sofa, ohne den Kuss zu lösen, sodass ich nun mit dem Rücken auf dem weichen Polster lag, zugleich jedoch immer noch auf seinem Schoß. Er beugte sich über mich und küsste mich weiterhin, doch ich reagierte nur zögerlich.

Mein Herz hämmerte gegen meine Brust, nicht nur vor Aufregung. Sondern auch aus Angst. Gut, Raphael kniete nicht über mir und pinnte mich auf dem Sofa fest, er beugte sich nur über mich und küsste mich sanft. Aber die Lage gefiel mir nicht. Sie erinnerte mich zu sehr daran, wie Gilbert mich wieder und wieder überfallen hatte ...

Hastig verdrängte ich die grauenhaften Erinnerungen daran und bemühte mich, nur an Raphael zu denken. Daran, wie gern ich ihn hatte und wie lieb er immer zu mir war. Nach und nach entspannte ich mich, ließ es zu, dass Raphael mich küsste und meinen Arm streichelte. Ich wagte es sogar, ihn zu umarmen. Schließlich war er nicht Gilbert. Er war mein fester Freund.

Doch dann ging er einen Schritt zu weit. Schon beinahe zaghaft strich er mir über die Seite, bis er am unteren Ende meines Pullovers ankam und mit seiner Hand darunterschlüpfte.

In dem Moment, als er meine nackte Haut berührte, ergriff mich kalte Panik. Ich wollte nicht angefasst werden! Ich wollte nicht wieder überfallen werden! Sofort schreckte ich zurück, löste den Kuss und schubste Raphael mit beiden Händen auf seiner Brust weg. „Nein!“, schrie ich und kniff die Augen zusammen. Schnell kauerte ich mich zusammen, ich zog die Beine an und schlang meine Arme um mich. „Bitte nicht!“

Daraufhin herrschte Totenstille. Erst als ich kein bösartiges Lachen hörte und keine weitere Berührung spürte, wurde mir klar, dass nicht Gilbert bei mir war. Sondern dass ich Raphael von mir gestoßen hatte. Unverzüglich setzte ich mich wieder aufrecht auf das Sofa. Stocksteif hockte ich da, starrte zu Boden und schämte mich. Meine zu Fäusten geballten Hände lagen in meinem Schoß, ich zitterte am ganzen Körper.

Verdammt. Was hatte ich bloß getan? Ich hatte Raphael weggeschubst. Ich hatte mich vor ihm gefürchtet. Das alles war mir ... zu schnell gegangen. Scheu blickte ich zu meinem Freund, um seine Reaktion einzuschätzen. Er musterte mich verunsichert und mitleidig, öffnete den Mund, schloss ihn aber sogleich wieder, ohne etwas zu sagen. In seinen blauen Augen stand die Überraschung geschrieben, um nicht zu sagen, der Schock.

„Es tut mir leid“, flüsterte ich mit belegter Stimme und wich dabei seinem Blick aus, weil ich ihm nicht standhalten konnte.

„Mir ... mir auch“, stammelte er. „Ich wollte dich nicht ... erschrecken.“

Leise seufzte ich. „Ich dich auch nicht ...“

Dieses dumme Zittern sollte aufhören! Doch es schüttelte mich geradezu. Vor meinen Augen sah ich Gilberts Gesicht. Seinen gierigen Blick und sein fieses Grinsen. Dieses Bild versetzte mich immer noch in Angst und Schrecken. Vor allem weil ich wusste, dass er frei war. Dass er mich suchte. Dass er mir wieder schreckliche Dinge antun würde, sobald er mich fand.

„Lara, ich ... ich hab dir nicht wehgetan, oder?“, vergewisserte Raphael sich.

Ich schüttelte den Kopf und biss die Zähne fest zusammen, um jetzt nicht zu schluchzen. Wenn ich nun auch noch weinte, würde ich mich noch erbärmlicher fühlen und meinem Freund noch mehr Schuldgefühle machen. Zum Glück war ich ein Profi darin, meine Tränen zu unterdrücken.

„Reiß dich zusammen!", ermahnte ich mich.

„Entschuldige", flüsterte er. „Ich wollte dich nicht an ... was Schlimmes erinnern. Ich hab nicht nachgedacht ..."

„Kein Problem", winkte ich ab. „Macht gar nichts!"

„Lüg mich nicht an", entgegnete er. „Du würdest wohl kaum so zittern, wenn es kein Problem wäre."

Als er nach meinen Händen greifen wollte, sprang ich instinktiv vom Sofa auf und brachte zwei Schritte Entfernung zwischen uns beide. „Es geht mir gut!"

Nun erhob sich auch Raphael. „Lara, bitte, ich wollte das nicht!"

„Weiß ich." So ruhig wie möglich atmete ich ein und aus. „Ich geh dann mal nach Hause. Muss ohnehin bald zur Fahrschule."

„Jetzt warte doch ..."

„Ist schon gut! Du musst sowieso zur Arbeit", unterbrach ich ihn hastig und eilte schon zur Zimmertür. „Wir sehen uns Mittwoch!" Und dann rannte ich hinaus, über die Treppen ins Erdgeschoss, schlüpfte schnell in meine Stiefel und streifte mir die Jacke über, während ich schon aus der Haustür lief.

Die kühle Luft draußen beruhigte mich, auch das Alleinsein tat gerade gut. Ich musste meine Gedanken ordnen. Ich musste durchatmen. Ja, ich hatte total überreagiert. Raphael hatte mir einen riesigen Schrecken eingejagt. Obwohl ich ihn so sehr mochte, hatte ich nur noch an Gilbert und seine Grausamkeiten denken können.

Da schoss mir noch etwas anderes durch den Kopf. Mit wie vielen Mädchen Raphael wohl schon so auf seinem Sofa gelegen hatte, wenn er allein zu Hause war?

Diesen Gedanken verdrängte ich sofort wieder. Darum ging es schließlich nicht. Es ging nur darum, dass ich Raphael weggestoßen hatte, weil ich noch nicht bereit dazu war, einen Schritt weiter zu gehen. Weil meine Ängste mir zu sehr im Weg standen.

Frustriert schnaubte ich, als ich vor meiner Haustür ankam. Genau das hätte ich Raphael einfach sagen sollen. Weglaufen war sicherlich nicht der richtige Weg, das führte doch zu nichts. Ich hatte meinen Freund genauso verunsichert zurückgelassen, wie ich mich gerade fühlte.

Geräuschlos schloss ich die Tür auf und betrat das Haus. Ich ließ meine Jacke und die Schuhe an der Garderobe und schlich mich nach oben in mein Zimmer. Vor der Tür blieb ich unschlüssig stehen. Ob ich noch mal zu Raphael gehen und mit ihm reden sollte? Ob ich ihm mein verwirrendes Verhalten erklären sollte?

Nein, das schaffte ich jetzt nicht. Der Schock von eben saß mir noch zu tief in den Knochen. Mit zitternden Fingern klemmte ich mir eine nervige Haarsträhne hinters Ohr und betrat entschlossen den Raum. Zur Sicherheit blickte ich aus dem Fenster, Raphael war zwar noch in seinem Zimmer, schaute aber nicht zu mir herüber. Schnell zog ich die Vorhänge zu, damit er mich nicht sehen konnte. Ich brauchte einen Moment für mich.

Mir war klar, dass ich blöd reagiert hatte. Dass ich vor Raphael keine Angst haben musste. Dass ich ihm einfach hätte sagen können, dass ich nicht auf diese Art berührt werden wollte. Er würde sich mir niemals aufdrängen, das wusste ich genau. Aber ich hatte keinen kühlen Kopf bewahren können. Sobald ich an Gilbert dachte, brannten bei mir alle Sicherungen durch.

Ich schmiss mich aufs Bett und seufzte. Spätestens am Mittwoch musste ich mit Raphael reden und das Ganze aus der Welt schaffen. Aber bis dahin sollte ich an etwas anderes denken und für meine Schwester da sein.

Genau, ich würde jetzt einfach mit Nele spielen, zur Fahrschule gehen und mich ablenken. Um nicht mehr an diesen Teufel in Menschengestalt zu denken.

Bis auf wenige schummrige Lichtschimmer war es dunkel im Zimmer. Der Mond und ein paar Straßenlaternen ermöglichten mir, Umrisse zu erkennen. Ich ließ meinen Blick immer wieder durch den Raum schweifen. Schlafen konnte ich sowieso nicht, obwohl ich völlig übermüdet war.

Neben mir lag meine kleine Schwester. Sie atmete gleichmäßig und kuschelte sich an mich. Immerhin schlief einer von uns.

Die Kleine war gerade erst sechs geworden, ich würde bald 15 sein. Noch gut drei Jahre, dann würde ich mit Nele aus Berlin verschwinden. Weit weg ein neues Leben anfangen.

Das Kinderbett, das neben meinem stand, war leer. Wie üblich. Nele schlief immer bei mir. Allein fand sie keine Ruhe. Ich allerdings fand nicht mal Ruhe, wenn meine Schwester neben mir lag. Ich lauschte in die Dunkelheit, doch außer Neles Atmen hörte ich nichts. Es war schon weit nach Mitternacht, morgen hatte ich Schule. Ich musste schlafen.

Also zwang ich mich, die Augen zu schließen. Doch nur wenige Sekunden später hörte ich die Geräusche, die ich am meisten fürchtete.

Gedämpfte Schritte kamen näher, dann wurde die Tür zu Neles und meinem Zimmer geöffnet. Das leise Quietschen der Türangeln und die knarzenden Dielen verrieten den unerwünschten nächtlichen Besucher. Gilbert. Sofort raste mein Herz vor Angst, meine Augen weiteten sich und ich atmete schneller. Bitte nicht! Nein! Bitte!

Langsam – um Nele nicht zu wecken – setzte ich mich aufrecht hin. Tatsächlich stand Gilbert vor meinem Bett. Er wirkte groß, stark und mächtig, sogar im Schlafanzug. Mit einem zufriedenen Grinsen musterte er mich.

„Engelchen, du bist ja sogar noch wach", stellte er erfreut fest. „Ich dachte schon, ich muss dich wecken."

„Verschwinde!", zischte ich. „Ich muss schlafen! Ich hab morgen Schule!"

Er zuckte mit den Schultern. „Das stört mich nicht."

Seine bloße Anwesenheit jagte mir panische Angst ein. Doch das Wissen, was gleich geschehen würde, war um einiges schlimmer. Etwas Schreckliches würde mir passieren. Zum 19. Mal.

„Hau ab!", fauchte ich.

„Nicht so laut", flüsterte er. „Du willst doch nicht deine liebe kleine Schwester wecken, oder?"

Wütend biss ich die Zähne zusammen. Dieser Mistkerl ...

Ich saß zwischen der Zimmerwand und Nele im Bett. Ich fühlte mich wie eine Gefangene in meinem eigenen Zuhause. Wobei, das hier war nicht mehr mein Zuhause. Ich hatte keines mehr. Seit über einem Jahr.

Langsam, schon beinahe genüsslich, kniete Gilbert sich auf das Fußende des Betts und kam Stück für Stück näher. Ich rutschte zum Kopfende, so weit wie möglich, doch es gab kein Entkommen.

In einer schnellen Bewegung packte Gilbert meine Handgelenke, zog mich etwas zu sich herunter und beugte sich über mich. Nun lag ich unter ihm, meine Arme von seinen Händen umklammert und aufs Bett gedrückt. Er war schwer, ich spürte seinen ganzen Körper und sein Gewicht auf mir.

„Mir ist richtig kalt", flüsterte er mit einem Lachen in der Stimme. „Möchtest du mich nicht aufwärmen, Engelchen?"

Ganz bestimmt nicht!

Ich wehrte mich gegen seinen Griff, doch ich konnte mich kaum bewegen, ohne Nele zu wecken. Und meine Schwester durfte nicht sehen, was gleich passieren würde. Auf keinen Fall.

„Ruhig, Engelchen, ruhig", hauchte Gilbert mir ins Ohr. „Du willst doch keine Aufmerksamkeit erregen, oder?"

Ich unterdrückte einen Würgereiz, als ich seinen Atem roch. Die Mischung aus Zigarettenrauch, Bier und Zahnpasta drehte mir den Magen um. Auch sein Haar, das mich an der Stirn kitzelte, widerte mich an. Sein Blick, der gierig auf mir ruhte, brachte mich fast zum Schreien. Doch ich durfte nicht laut sein. Sonst würde Nele aufwachen.

„Dachte ich's mir doch", lachte Gilbert leise und hielt meine beiden Arme mit einer Hand über meinem Kopf fest.

Seine freie Hand benutzte er, um unter mein zu großes Schlafanzugoberteil zu schlüpfen und mich zu begrapschen. Reflexartig rammte ich ihm mein Knie in die Magengrube, sodass er keuchend zusammensank. Aber ich hatte nicht genug Kraft, um ihn ernsthaft zu verletzen. Es dauerte nur ein paar Sekunden, bis er sich wieder fasste. Sein finsterer Gesichtsausdruck wirkte in dem schwachen Licht noch beunruhigender.

„Wie du willst, Engelchen, dann eben auf die harte Tour", zischte er.

Mir wurde flau im Magen. Das bedeutete sicher nichts Gutes.

Zu meiner Überraschung stand Gilbert allerdings auf und ließ mich los. Ich rieb mir über die Handgelenke, wo er mir das Blut abgeschnürt hatte. Wieso ließ er mich plötzlich frei? Da war doch was faul.

Skeptisch musterte ich den Teufel, der nun neben meinem Bett stand. Was hatte er vor? Wieso grinste er so selbstzufrieden? Da beugte er sich zu meiner Schwester hinunter.

„Nein!", zischte ich. „Lass Nele in Ruhe!"

„Oh, keine Sorge, noch ist sie mir zu jung", entgegnete er und hob das schlafende Mädchen auf seine Arme. „Aber sie stört mich." So behutsam, wie ich es ihm nie zugetraut hätte, legte er die Kleine auf ihr eigenes Bett und deckte sie sogar zu.

Erleichtert atmete ich auf; er wollte ihr nichts tun. Gott sei Dank. Wenigstens sie war in Sicherheit. Das galt jedoch nicht für mich.

Als Gilbert sich wieder mir zuwenden wollte, strampelte ich die Bett-

decke von mir und versuchte wegzulaufen. Doch er war schneller als ich. Er drückte mich zurück auf die Matratze, kaum dass ich zur Bettkante gekrabbelt war.

„Nichts da“, lachte er. „Du entkommst mir nicht.“

Ich schluckte. Das wusste ich nur zu gut. Trotzdem zwang ich mich, meinen rasenden Herzschlag zu ignorieren und ruhig zu bleiben.

„Lass mich in Ruhe“, verlangte ich. „Du hast eine Frau, wieso musst du nachts zu mir kommen?!“

Er lächelte und strich mir mit seiner freien Hand langsam über die Arme, die er wieder über meinem Kopf umklammert hatte, bis hin zu meiner Brust. „Vielleicht weil ich dich aufregender finde?“, antwortete er und zog mir so schnell das Oberteil über den Kopf, dass ich mich noch nicht mal dagegen wehren konnte.

Unwillkürlich zitterte ich, mein Oberteil hing nur noch über meinen Armen. Er würde wieder bekommen, was er wollte. Er würde sich einfach nehmen, was er wollte. Aber ich musste mich doch wehren können!

Da Nele nicht mehr neben mir lag, wand ich mich, zappelte und versuchte immer wieder, Gilbert zu treten. Immerhin hielt ihn das davon ab, mich weiter anzufassen. Er musste mich erst mal im Zaum halten.

„Wie gut, dass ich mit so was gerechnet habe“, knurrte er und griff in die großen ausgebeulten Taschen seiner Schlafanzughose. „Das wird mir langsam zu dumm.“

Er zog ein Tuch oder einen Schal heraus, genau erkannte ich es nicht. Bevor mir klar wurde, was er damit machen wollte, hatte er es mir geschickt um die Handgelenke gewickelt und festgeknotet.

Ein Strick! Dieser Teufel hatte mich tatsächlich gefesselt! Und als wäre das noch nicht genug, band er den Strick noch zusätzlich an der Bettstange über meinem Kopf fest, sodass ich meine Arme nicht mehr bewegen konnte.

„Bist du irre?“, zischte ich. „Mach das sofort ab!“

„Später.“ Er grinste. „Wenn ich mit dir fertig bin.“

„Verdammt, denk doch mal an Saskia!“, flehte ich. „Wie kannst du deiner Frau so was antun?“ Natürlich war es sinnlos, an seine Menschlichkeit zu appellieren. Weil dieser Teufel keine Menschlichkeit kannte. Aber meine Worte machten ihn immerhin wütend.

„Halt die Klappe!"

„Nein!", weigerte ich mich. „Dir muss doch klar sein, was du Saskia antust, indem du mich nachts überfällst!"

„Es reicht", beschloss er und zog noch etwas aus der Hosentasche, die nun leer zu sein schien. „Jetzt hältst du den Mund, ein für alle Mal."

Im nächsten Moment hatte ich ein Tuch im Mund, das Gilbert hinter meinem Kopf zusammenknotete. Geknebelt! Ich war gefesselt und geknebelt! Jetzt konnte ich gar nichts mehr machen!

„Genug gespielt", schnaubte Gilbert. „Länger warte ich bestimmt nicht."

Ich wollte langsam ein- und ausatmen, doch wegen der Fesseln glich mein Atem einem Keuchen. Ich hatte Angst. Ich wusste, dass ich gleich wieder schreckliche Schmerzen haben würde. Dass ich mich gleich wieder so sehr ekeln würde, dass ich mindestens fünfmal duschen musste, um wieder in den Spiegel schauen zu können. Und ich wusste, dass Gilbert klar war, was er mir antat. Aber es war ihm egal.

Er richtete sich auf, sodass er nun rittlings auf mir saß. Mit einer Hand strich er über meinen Oberkörper, ausgiebig und in aller Ruhe, bis er an meiner Brust verweilte. Ich kniff die Augen zusammen und bemühte mich, an etwas anderes zu denken. Doch es gelang mir nicht.

Plötzlich griff Gilbert nach meiner Hose und zog sie mir herunter, dann machte er dasselbe mit seiner. Ich drehte meinen Kopf zur Seite und starrte aus dem Fenster in den Nachthimmel. Zu den wenigen Sternen, die man erkennen konnte. Denn ich wollte nicht den Grund für die Beule in Gilberts Hose anstarren müssen. Ich wollte nicht sehen, wie er sich das Kondom überstreifte. Oder was er mir gleich antun würde. Es reichte schon, diese Grausamkeit zu spüren.

Er beugte sich über mich, sodass seine Lippen direkt neben meinem Ohr waren. „Aber, Engelchen, du zitterst ja", flüsterte er. „Ist dir kalt? Keine Sorge, ich wärme dich gleich wieder auf." In seiner Stimme schwangen Häme und ein Lachen mit.

Ich hielt die Luft an, um seinen stinkenden Atem nicht riechen zu müssen. „Du Teufel", dachte ich, „dann mach es endlich! Mach es und hau ab!" Als wüsste er, was ich gedacht hatte, schritt er nun endgültig zur Tat. Jede Sekunde würde es losgehen, das spürte ich. Zum Glück dauerte es nie länger als ein paar Minuten. Ich biss auf das Tuch in meinem Mund und kniff die Augen fest zusammen. Es würde schnell gehen. Ganz bestimmt. Hoffentlich. Er stützte sich mit beiden Händen neben mir ab. Und er stieß zu.

„Neeeeeeeeeeeeeeein!", schrie ich aus voller Kehle und setzte mich ruckartig auf. „Neeeeeeeeeeeeeeein!" Schwer atmend blickte ich mich um, dabei zog ich die Beine dicht an meinen Körper heran und umschlang sie schützend mit meinen Armen.

Moment mal ... Ich war nicht in Berlin. Ich war zu Hause. In Pirk. In meinem schönen Zimmer. In meinem weichen Bett. Ohne Fesseln und Knebel. Ich hatte nur ... geträumt.

Plötzlich stiegen mir Tränen in die Augen. Dieser Traum war so real gewesen, dass ich jede von Gilberts Berührungen wieder gespürt hatte. Dass ich diese unbeschreiblichen Schmerzen wieder gefühlt hatte. Ich schluchzte auf und umfasste meine Beine noch fester.

Diese lähmende Angst vor Gilbert ließ nicht nach. Dabei konnte er mir hier nichts tun. Er hatte mich noch nicht gefunden. Ich war in Sicherheit.

Unkontrolliert zitterte ich, es schüttelte mich und ich weinte hemmungslos. Ich fühlte mich furchtbar. Hilflos. Verletzlich. Und ich wollte duschen ...

Auf einmal hörte ich laute Schritte. Sie kamen näher. Abrupt wurde meine Tür aufgerissen und das Deckenlicht ging an. Verschreckt zog ich meine Bettdecke über mich, um mich darunter zu verstecken. Schritte, eine aufgehende Tür ... das waren keine guten Zeichen!

„Lara, was ist los?", fragte eine tiefe Stimme aufgeregt.

„Was hast du?", wollte eine hellere Stimme besorgt wissen.

Lorenz. Bianca.

Nicht Gilbert.

Ich schluchzte laut, brachte aber kein Wort heraus. Dieser Traum hatte mich so aufgewühlt ... Tagsüber kam ich meistens mit den vergangenen Ereignissen klar. Warum dann nicht auch nachts?

Da merkte ich, wie mir langsam die Bettdecke weggezogen wurde. Scheu blickte ich auf. Bianca saß neben mir auf dem Bett und legte die Decke beiseite. Lorenz hatte ebenfalls auf der Bettkante Platz genommen, sein dunkelblondes Haar sah wirr aus.

„Was ist passiert?", flüsterte Bianca und musterte mich unsicher.

Als ich in ihre braunen Augen sah, schluchzte ich wieder auf. Braune, besorgte Augen. Keine dunkelgrünen, eiskalten, bösartigen. Neben mir saß meine Mutter. Auch mein Vater war hier. Beide waren aufgestanden und zu mir geeilt, weil ich geschrien hatte.

Lorenz seufzte leise. „Hast du schlecht geträumt?" Ich nickte nur. „Gilbert?" Wieder nickte ich stumm.

Bianca nahm mich in den Arm und ignorierte, dass ich bei der Berührung zunächst zusammenzuckte. „Er kann dir nichts tun, Lara. Du bist sicher."

„Es war ... es war ein Traum von früher", wisperte ich.

Auch Lorenz umarmte mich nun, ich ließ es zu. „Es ist alles gut", murmelte er.

Für einen Augenblick glaubte ich ihm das sogar. Meine Eltern hielten mich fest und beruhigten mich, sie gaben mir das Gefühl, beschützt zu werden. Jetzt, in dieser Sekunde, war wirklich alles gut. „Danke", schluchzte ich.

„Dafür doch nicht", entgegnete Lorenz. „Ist schon gut."

Ich atmete ein paarmal tief durch, dann wischte ich mir mit dem Ärmel meines Schlafanzugs die Tränen aus dem Gesicht. „Es war nur ein Traum."

„Wie wär's mit einer Tasse Tee?", schlug Bianca vor und strich mir sanft durchs Haar.

Ich schüttelte den Kopf. „Nein, schon gut ... Ich sollte einfach schlafen ..."

Besorgt sahen meine Eltern mich an. Sie wussten beide, dass ich jetzt nicht wieder einschlafen konnte. Nicht sofort jedenfalls.

„Schatz, du musst morgen früh raus, leg dich wieder hin", riet Bianca ihrem Mann. „Ich bleibe bei Lara."

Zögerlich nickte Lorenz. „Ja, ich muss arbeiten ..." Er drückte mich noch mal fest an sich. „Lara, schlaf gut. Sag dir immer, dass du in Sicherheit bist. Wir passen auf dich auf."

Ich brachte tatsächlich ein kleines Lächeln zustande. „Ja ... danke, Papa."

Er erwiderte mein Lächeln und stand auf. „Keine Ursache."

„Gute Nacht", wünschte Bianca ihm.

Er beugte sich zu ihr herunter, um sie zu küssen. „Dir auch."

Die beiden tauschten einen Blick, der so intim und vertraut wirkte, dass ich kurz wegschaute. Schließlich verließ Lorenz das Zimmer.

„Ich bleibe heute Nacht bei dir“, beschloss Bianca und lächelte mich an.

„Das ist echt nicht nötig“, widersprach ich. „Ich komme klar.“

„Du musst aber nicht mehr alleine klarkommen“, entgegnete sie und stand auf, um das Deckenlicht auszuschalten.

Vor Rührung stiegen mir schon wieder Tränen in die Augen. Ich ließ mich zurück aufs Kissen fallen und zog mir die Decke bis zum Kinn hoch. Wie spät war es eigentlich?

Ich verzog das Gesicht, als ich auf meinen Wecker blickte. Die Leuchtziffern zeigten 03:23 Uhr an. Mitten in der Nacht.

Bianca legte sich neben mich. „Ich hoffe, es ist dir nicht peinlich, wenn deine Mutter im selben Bett schläft“, kicherte sie.

Da musste ich schmunzeln. „Ich hab nicht vor, das herumzuerzählen.“

Sie lachte. „Gut, ich auch nicht.“

Kurz kehrte Stille ein. Mein Herzschlag wurde ruhiger, die Bilder von Gilbert verblassten vor meinem inneren Auge. Es war alles gut. Ich war zu Hause. Bei meiner Familie.

„Danke, dass du bei mir bleibst“, flüsterte ich.

Bianca strich mir über den Arm. „Ist doch selbstverständlich.“

Nein, das war es nicht. Auch wenn sie das dachte. Es war großherzig und sehr, sehr lieb. Wir redeten noch ein paar Minuten, Bianca lenkte mich ab, indem sie Geschichten aus ihrer Grundschule erzählte. Doch bald wurde es ruhig, wir sagten nichts mehr, sondern lagen einfach nur nebeneinander im Bett.

Meine Mutter hatte einen Arm um mich gelegt, ich hatte mich mit dem Gesicht zu ihr gedreht. Ja, ich fühlte mich sicher. Wenigstens für den Augenblick.

Und irgendwie schlief ich sogar wieder ein.

„Lara, bitte! Komm schon!“ Eindringlich und flehend zugleich sah meine kleine Schwester mich an. „Bitte!“

„Ist ja gut“, gab ich nach und schob mir eine Gabel Spaghetti Bolognese in den Mund. „Wann willst du denn eislaufen gehen?“

„Morgen!“, rief Nele begeistert.

„Da treffe ich mich mit meinen Freunden. Wie wär's übermorgen?“, schlug ich vor. „Dann haben wir jede Menge Zeit.“

Sie nickte und strahlte mich an. „Okay!“

Eigentlich ging ich nicht so gerne eislaufen. Ich hatte es erst einmal versucht, vor etwas über einer Woche. Da hatte Florian Nele und mich mit ins Eisstadion genommen und uns die Grundlagen beigebracht. Aber meine Schwester liebte es so sehr, dass ich unmöglich Nein sagen konnte.

„Und Florian muss wieder mitkommen!“, warf sie ein.

Ach du Schande, bloß nicht! Nach dem letzten Mal hatte er mich gefragt, ob ich mit ihm zusammen sein wollte, und ich hatte ihm einen Korb gegeben ... „Äh, ich weiß nicht, ob er Zeit hat ...“

„Dann frag ihn doch einfach“, schlug Bianca vor, die mit uns am Esstisch saß.

„Genau!“, stimmte Nele zu und beugte sich über den Teller, um eine Gabel Spaghetti aufzurollen, wobei ihre Haare ins Essen hingen.

„Deine Haare!“, rief ich.

Schnell schreckte sie zurück und nahm ein paar ihrer dunkelbraunen Strähnen in die Hand. „Oh nein, da ist Soße drin!“

Ich musste lachen. „Du Tollpatsch!“

„Na los, ab ins Bad, wasch dir die Soße aus den Haaren“, wies Bianca meine Schwester an. Nele gehorchte und lief aus dem Esszimmer. „Was machst du denn heute Nachmittag, Lara?“, erkundigte sich Bianca dann.

„Ich treffe mich um drei mit Florian zum Kung-Fu“, antwortete ich und aß die letzten Nudeln von meinem Teller.

„Ich fahre dich hin“, bot Bianca an.

Ich lächelte schief. „Super, danke.“ Keiner von uns sprach es aus, doch wir dachten dasselbe. Ohne Begleitung sollte ich keine längeren Ausflüge unternehmen, solange sich Gilbert auf der Flucht befand. Nicht mal eine Busfahrt ins Nachbardorf Schirmitz zu Florian.

Meine Mutter nickte. „Willst du noch was essen?“

Ich schüttelte den Kopf und lehnte mich auf meinem Stuhl zurück. „Ich schaffe keinen Bissen mehr.“

„Du isst zu wenig, Lara“, seufzte sie.

Wieso hörte ich in letzter Zeit so oft, dass ich zu wenig aß? „Ich bin satt!“

„Wenn du das sagst ...“

Ich schaute auf die Wanduhr, die bereits halb drei anzeigte. „Ich muss mich fertig machen!“, stellte ich fest und stand vom Tisch auf.

Schnell räumte ich mein Geschirr ab und lief in mein Zimmer, um meine Sportsachen anzuziehen. Ein viel zu großes T-Shirt, eine Jacke und eine zu weite Hose. Nachdem ich mich umgezogen hatte, fiel mein Blick auf die Vorhänge, die seit gestern Nachmittag mein Fenster verdeckten. Ich hatte seit diesem Vorfall noch kein Wort mit Raphael gewechselt. Wegen des Albtraums heute Nacht hatte ich nicht mal mehr daran gedacht ...

Seufzend nahm ich mein Handy vom Nachtschrank, um es in meine Jacke zu stecken. Die Klärung unseres Problems musste bis morgen warten. Heute hatte ich keinen Nerv dafür. Heute wollte ich mich nicht dafür rechtfertigen, dass ich ständig Angst vor Gilbert hatte. Bevor ich mein Telefon einsteckte, schaute ich auf das Display. Ich hatte drei ungelesene Nachrichten.

Hi Lara, ich muss ganz dringend was mit dir besprechen! Kann ich dich morgen Abend anrufen? Heute haben wir ein Familientreffen, aber ich muss dringend mit jemandem reden! Morgen, ja? Karo

Verwundert las ich diese SMS. Das klang so, als würde Karolin dringend Hilfe brauchen. Komisch, dass sie sich an mich wandte. Ich hätte vermutet, dass Sophie ihre erste Ansprechpartnerin wäre.

Hi Karo,
klar können wir morgen Abend reden. Ich bin aber bis 20 Uhr in der Fahrschule, hab Theoriestunde. Danach gerne. Lara

Die zweite Nachricht stammte von meiner besten Freundin.

Lara, was ist denn zwischen dir und Raphael passiert? Und warum ignorierst du ihn? Ist alles okay? Sophie

Ich stutzte. Bitte was? Woher wusste sie davon, dass etwas passiert war? Ich hatte nicht mit ihr darüber geredet.

Ja, alles okay. Wir regeln das schon. Erzähl ich dir mal in Ruhe, antwortete ich.

Die dritte SMS erklärte Sophies seltsame Nachricht. Denn sie stammte von Raphael, und ich hatte sie bereits gestern Abend bekommen, allerdings nicht gesehen ...

Warum bist du so schnell abgehauen? Können wir reden?
Raphael

Vermutlich hatte Raphael mit Niklas gesprochen und der hatte es seiner Schwester verraten. Kein Wunder also, dass Sophie wusste, dass Raphael und ich gerade ein kleines Problem hatten. Auch die Nachricht meines Freundes beantwortete ich. Ich wollte ihn ja nicht ignorieren.

Entschuldige, ich war so durcheinander ... Und ich hab deine SMS gerade erst gelesen. Reden wir morgen? Ich komme etwas früher zu dir, bevor wir in die Stadt fahren.
Lara

Danach steckte ich das Handy ein und lief ins Badezimmer, um meine Haare zu einem strengen Pferdeschwanz zu binden. So fielen sie mir beim Training nicht ständig ins Gesicht.

Gemeinsam mit Nele und meiner Mutter verließ ich das Haus. Eiskalter Wind empfing mich und brachte mich sofort zum Zittern. Zum Glück stiegen wir gleich ins Auto. Die Fahrt nach Schirmitz dauerte nicht lange, doch meine kleine Schwester wollte uns lieber begleiten, anstatt allein zu Hause zu bleiben. Und zu dritt war die Fahrt auch gleich viel geselliger. Während unserer Gespräche warf ich erneut einen möglichst unauffälligen Blick auf mein Handy. Karolin und Raphael hatten schon auf meine Nachrichten geantwortet.

Tausend Dank! Du bist meine letzte Rettung! Ich wusste einfach nicht, mit wem ich sonst reden sollte ... Morgen Abend ruf ich dich um halb 10 an, ja? Danke!
Karo

Was auch immer Karolin beschäftigte, es musste etwas richtig Schlimmes sein. Sie klang so aufgeregt und verzweifelt ... Komisch, dass sie nicht mit ihrem Freund redete, fiel mir auf. Wenn es mir schlecht ging, wandte ich mich fast immer an Raphael. Konnte sie etwa nicht mit Niklas darüber sprechen?

Ist doch kein Problem. 21.30 Uhr geht klar.
Lara

So, das wäre erledigt. Meine Fingerspitzen fühlten sich kalt an, während ich auf dem Handy herumtippte. Hoffentlich wurde die Autoheizung bald warm. Dann öffnete ich die SMS von Raphael.

*Okay, das erklärt einiges. Ich dachte, du ignorierst mich. Dann bis morgen! Und noch mal Entschuldigung. :-**

Als ich diesen Text las, musste ich lächeln. Ich hatte erwartet, dass er sauer auf mich wäre. Nicht, dass er so verständnisvoll reagieren würde. Am nächsten Tag konnten wir sicher alles klären, ohne Probleme. Schließlich war keiner von uns wütend auf den anderen – zum Glück. Kurz redete ich mit meiner Schwester, die vom Rücksitz her fragte, was ich da machte, dann antwortete ich auf die SMS. Die Sonne schien durchs Fenster auf mein Handy, deshalb erkannte ich den Bildschirm nicht allzu gut. Bei dem strahlenden Sonnenschein glaubte man gar nicht, dass zugleich eine eiskalte Brise wehte, zumal uns das Auto vor dem Wind abschottete.

Ich ignoriere dich doch nicht! Tut mir leid, dass es so gewirkt hat. :-(Bis morgen! Ich komm zwischen 14.15 und 14.30 Uhr zu dir. <3

Erleichtert, dass Raphael und ich das Problem von gestern so gut wie aus der Welt geschafft hatten, steckte ich mein Handy wieder ein. Meine Hände ließ ich daraufhin in den Taschen meiner dicken Jacke verschwinden. Die Ruhe der letzten Wochen war wie weggeblasen. Es würde in nächster Zeit viel passieren, das wusste ich. Zwischen Raphael und mir, bei Karolin, in der Schule und nicht zuletzt in meiner Familie. Schon allein wegen der Angst, dass Gilbert mich aufspürte, herrschte eine gewisse Anspannung zu Hause. Lorenz und Bianca gaben ihr Bestes, um mir beizustehen, keine Frage. Doch auch sie machten sich Sorgen, selbst wenn sie es nicht zugaben. Ich hoffte nur, dass meine Schwester nicht zu sehr unter der drohenden Gefahr litt. Aber egal, was passierte, ich würde die Kleine beschützen. Wie immer. Wie seit über vier Jahren, und schon davor.

Meine Mutter parkte direkt vor Florians Haustür. „Viel Spaß", wünschte sie mir. „Ruf mich an, wenn du abgeholt werden musst."

Ich nickte. „Danke, das mach ich. Tschüss, Mama. Tschüss, Schwesterchen", verabschiedete ich mich von den beiden und stieg aus. Die kalte Luft, vor der ich kurzzeitig geschützt gewesen war, empfing mich wieder. Bitter lächelte ich. Ja, man konnte vielleicht für eine Weile entkommen, aber nicht für immer. Wobei sich dieser Gedanke eher auf Gilbert als auf den kalten Wind bezog.

Jungs und andere Katastrophen

Ich atmete noch mal tief durch, bevor ich an Florians Haustür klingelte. Ein wenig aufgeregt war ich schon. Seitdem ich ihm den Korb gegeben hatte, hatten wir uns nicht mehr bei ihm zum Training getroffen, geschweige denn normal miteinander geredet. Hoffentlich herrschte gleich keine peinliche Stille oder unangenehme Atmosphäre ...

Schließlich drückte ich den Knopf der Klingel, neben dem *Familie Bauriedl* stand. Es dauerte nur ein paar Sekunden, bis die Tür schwungvoll aufgerissen wurde. Überrascht blinzelte ich, als ich niemanden sah.

„Du schon wieder", motzte eine kindliche Stimme enttäuscht.

Ich blickte nach unten. Vor mir stand Florians kleiner Bruder Fritz, ein Mitschüler meiner Schwester. Und ein ziemlich frecher Junge – an Neles erstem Tag in der neuen Klasse hatte er sie zum Weinen gebracht. Doch zum Glück hatte er sich dafür entschuldigt, seitdem hatte es keinen Ärger mehr mit ihm gegeben. Was nicht hieß, dass er nicht manchmal unmöglich war.

„Ja, ich schon wieder", entgegnete ich. „Wen hast du denn erwartet?"

„Geht dich nichts an!", motzte der Achtjährige und lief ins Haus hinein. Mich ließ er einfach an der Tür stehen. Ich schüttelte den Kopf. Kaum zu glauben, dass Florian und Fritz Brüder waren. Die beiden sahen sich ähnlich, ja, sie hatten blonde Haare und die gleichen Gesichtszüge, mal abgesehen davon, dass Florian blaue und Fritz braune Augen hatte. Aber charakterlich konnten sie nicht unterschiedlicher sein.

Florian war ein hilfsbereiter, großherziger und netter Mensch, sein kleiner Bruder einfach nur schrecklich. Aber nicht alle Geschwister ähnelten sich, das wusste ich auch. Nele war im Gegensatz zu mir ein richtiger Sonnenschein.

Zaghaft betrat ich das wohlbekannte Haus. Ob ich Florian eine SMS schreiben sollte, dass ich hier war? Sein Bruder würde ihm vermutlich nicht Bescheid geben, wie ich ihn kannte.

Ich stellte meine Stiefel neben der Haustür ab und hängte meine Winterjacke an die Garderobe, dann tippte ich eine Nachricht an Florian. Kurz darauf hörte ich schnelle Schritte im nahe gelegenen Treppenhaus, schon stand Florian vor mir. In seinen Sportklamotten der besten und teuersten Marken. Klar, Hosen von Adidas oder Puma sahen besser aus als die schlabberige Discounter-Kleidung, die ich trug. Doch obwohl Lorenz und Bianca mir angeboten hatten, neue Sportsachen zu kaufen, hatte ich mich geweigert. Die beiden hatten schon so viel Geld für Nele und mich ausgegeben – neue Klamotten, die Fahrschule, unsere Zimmer und so weiter ...

Außerdem wollte ich keine passenden Sportsachen. Darin würde ich nur noch dürrer aussehen als in den zu großen Klamotten. Und obendrein waren diese Hose, dieses Shirt und diese Jacke ein Geschenk von Saskia gewesen. Das letzte Geschenk, das ich bekommen hatte. An meinem 14. Geburtstag.

„Wie bist du reingekommen?", fragte Florian verdutzt.

Ich schmunzelte. „Dein Bruder hat aufgemacht und mich stehen lassen."

„Dieser Trottel", brummte er. „Dem erzähl ich später noch ein paar Takte."

„Ach, nicht so wild." Ich zuckte mit den Schultern. „Immerhin hat er mir die Tür nicht vor der Nase zugeknallt."

„Auch wieder wahr", lachte Florian und fuhr sich durchs kurze Haar. „Dann gehen wir mal runter, oder? Eine Wasserflasche hab ich unten schon hingestellt", merkte er an, als wir zusammen die Kellertreppe hinunterliefen.

„Dann haben wir ja alles, was wir brauchen", meinte ich.

Wir betraten den großen Sportraum im Keller seiner Familie. Es war jedes Mal wieder erstaunlich, wie gut dieses Zimmer ausgestattet war: Ein Laufband und ein Crosstrainer standen an einer Wand, Gewichte an einer anderen. Auf dem Boden lagen überall Matten, sodass man sich nicht verletzte, wenn man hier unten trainierte.

Ein wenig irreal erschien es mir immer noch. Florian, einer der beliebtesten Jungen der Schule und sogar Erster Schülersprecher, gab mir Unterricht in Kung-Fu. Er hatte mir Eislaufen beigebracht. Und ich war mit ihm befreundet. Unfassbar, dass ich mit beliebten Leuten rumhing. Raphael gehörte auch zu dieser Sorte von Menschen – es gab viele Leute, die ihn mochten, außerdem war er Zweiter Schülersprecher. Als mir klar wurde, wie viele Freunde ich hier gefunden hatte, musste ich lächeln. Vor allem weil mich meine alten Freunde aus Berlin gemieden hatten, nachdem ich immer wieder verletzt in die Schule gekommen war und weniger geredet hatte als vor Gilberts Misshandlungen.

„Ich hab meine Stereoanlage hier runtergebracht", erzählte Florian und riss mich damit aus meinen Gedanken. „Ich hab mir gedacht, etwas Musik schadet bestimmt nicht. Hast du irgendwelche Vorlieben? Oder irgendwas, was du gar nicht hören willst?"

„Nein, ich kenne nicht genug Lieder, um irgendwelche Abneigungen zu haben", antwortete ich. Dass ich nur beruhigende Musik kannte und hörte, erwähnte ich lieber nicht. Ich wollte nicht mitleidig angesehen werden.

Florian grinste. „Dann weiß ich schon, welche Playlist ich nehme." Er drückte und drehte an den Knöpfen seiner Anlage herum, bis der Raum von Musik erfüllt wurde.

Einen Moment lang lauschte ich. „Wie heißt das Lied?"

Er lachte. „Kung Fu Fighting."

Da musste auch ich lachen. „Passt ja perfekt."

„So, was ich mir für heute überlegt hab, ist Folgendes", begann Florian und gestikulierte bei seiner kurzen Rede ausladend. „Ich hab dir ja schon die wichtigsten Grundlagen beigebracht. Darum werde ich ab jetzt mit dir ganz spezielle Angriffe durchgehen. Nämlich die, die das Arschloch am liebsten macht. Okay?"

Langsam nickte ich. „Okay. Das wären Schläge ins Gesicht, in die Magengrube, Würgen und mit dem Taschenmesser zerschneiden", zählte ich auf.

Kurz flammte Wut in Florians blauen Augen auf, doch er reagierte ganz ruhig. Er atmete tief durch und überlegte einen Moment lang. „Das mit den Schlägen ist kein Problem. Wie man sich aus einem Würgegriff befreit, kann ich dir auch zeigen. Aber das mit dem Messer ... Da würde ich fast vorschlagen, eine Technik aus dem Krav Maga zu benutzen."

Verwirrt sah ich ihn an. „Was ist Krav Maga?"

Er grinste. „Die Kampftechnik des israelischen Geheimdienstes."

„Klingt brutal ..."

„Ist es auch. Es geht dabei darum, den Gegner möglichst schnell und effizient so zu verletzen, dass er dir nichts mehr tun kann", erklärte er.

„Also keine reine Selbstverteidigung", stellte ich fest.

Er schüttelte den Kopf. „Nein, das ist eher eine offensive Technik."

„In Ordnung." Ich streckte mich, um für das gleich beginnende Training schon ein wenig gedehnt zu sein. „Aber sag mal, woher kennst du so viele Sachen? Nicht nur Kung-Fu, sondern auch dieses Krav Maga?"

Florian zuckte mit den Schultern. „Ich mag Kampfsport, deswegen hab ich schon alles Mögliche ausprobiert. Kung-Fu gefällt mir am besten, darum mache ich das schon seit Jahren. Das heißt aber nicht, dass ich die anderen Techniken nicht mehr kann."

Ich lächelte ihn an. „Der Wahnsinn!"

„Ach was", winkte er ab. „Lass uns anfangen. Und zieh endlich die Jacke aus."

Leicht widerwillig leistete ich der Aufforderung Folge. Ich wusste zwar, dass ich mich ohne Jacke besser bewegen konnte und Florian meine geschundenen Arme schon oft gesehen hatte, aber ich mochte es nicht, die alten Verletzungen so offen zur Schau zu stellen.

„Dann fangen wir mit dem Würgegriff an", beschloss er. „Pass auf: Wenn ich dich würge, musst du erst einen schnellen Schlag, nur einen Impuls, auf meinen Oberarm platzieren und dann mit beiden Händen über Kreuz meine Arme zu den Seiten wegschlagen. Verstanden?"

„Ähm, ich versuch's einfach", murmelte ich.

Als wäre nie etwas gewesen, begannen wir routiniert mit unserem Training. Es herrschte keine unangenehme Stille, wir redeten viel dabei, Florian scherzte wie so oft und brachte mich sogar zum Lachen.

Nach einer Stunde beendeten wir die Übungen und setzten uns nebeneinander auf den Boden neben die Tür, mit dem Rücken lehnten wir uns an die Zimmerwand. Es war anstrengend gewesen, aber nun konnte ich mich gegen einen Würgegriff und einen Schlag ins Gesicht wehren. Wir hatten die Techniken so oft wiederholt, dass ich sie nun beherrschte. Jedenfalls hoffte ich das.

„Hier“, sagte Florian und reichte mir die Wasserflasche. „Du hast dich gut gehalten. Nicht schlecht.“

„Danke“, keuchte ich und trank ein paar Schlucke, bevor ich ihm die Flasche zurückgab. „Du hast mich aber echt geschafft ...“

„Dann hören wir für heute wohl lieber auf, was?“, fragte er, während er das Wasser zuschraubte und beiseitestellte.

Ich nickte. „Ich kann nicht mehr ...“

„Ich bin auch etwas k. o.“, gab Florian zu.

„Aber du hast das echt super gemacht“, merkte ich an und lächelte. „Also, das Erklären und alles.“

„Mach ich doch gerne“, entgegnete er.

Plötzlich fiel mir etwas ein. „Florian, was ich dich noch fragen wollte ...“

„Warte mal“, unterbrach er mich. „Wir kennen uns schon lang genug, du musst mich nicht bei meinem vollen Namen nennen.“

Ich schob die Augenbrauen zusammen. „Was?“

„Nenn mich doch einfach Flo“, bat er.

„Ähm, okay“, stimmte ich zu. „Also, Flo, was ich dich fragen wollte ... hast du übermorgen Zeit? Meine Schwester will so gerne eislaufen gehen, und zwar am liebsten mit uns beiden. Es wäre sowieso besser, wenn jemand mitkommt, der es kann ...“

Bestimmt würde er absagen. Nachdem wir letzte Woche eislaufen gewesen waren, hatte er mir seine Gefühle gestanden und ich ihm einen Korb gegeben. Aber Nele hatte mich so flehend angeschaut, dass ich es einfach versuchen musste. Fragen kostete ja nichts.

„Klar, klingt toll“, antwortete Florian sofort.

Verwundert sah ich ihn an. „Im Ernst?“

Er nickte. „Sicher. Ich bin dabei. Soll ich euch abholen und mitnehmen?“ Er war vor Kurzem 18 geworden und durfte nun allein Auto fahren.

„Ja, das wäre sicher eine Erleichterung für meine Mutter. Dann muss sie uns nicht chauffieren. Holst du uns um halb drei ab?“, schlug ich vor.

„Passt.“

Zwischen Florian und mir war es gerade wirklich wieder so entspannt wie früher. Ein tolles Gefühl.

Er lächelte mich an. „Soll ich dich gleich auch heimfahren?"

„Nein, ich will dir nicht noch mehr Umstände machen", lehnte ich ab. „Meine Mutter kann mich abholen."

„Du machst mir keine Umstände", widersprach er. „Ich wollte nachher sowieso nach Pirk, ich treffe mich mit Niklas."

Klar, dass er nicht zu Raphael wollte ... Die beiden hatten sich immer noch nicht vertragen. Aber wenn Florian und ich wieder gut miteinander klarkamen, würden die beiden sich sicher auch bald wieder versöhnen.

„Ach so ... Dann können wir gern zusammen fahren."

„Ich zieh mich nur schnell um. Wartest du im Esszimmer?", fragte er. „Dann kannst du noch was Warmes trinken, wenn du magst."

„Oh, ein Tee wäre toll", stimmte ich zu.

„Kein Problem. Willst du auch 'ne Nussschnecke dazu?", bot er an.

„Sag bloß, du hast eine da!", rief ich aufgeregt.

Er zwinkerte mir zu. „Ich wusste doch, dass du kommst, du Naschkatze."

Verlegen senkte ich den Blick. „Das ist echt lieb von dir ..."

Florian hatte mir schon öfter einfach so eine Nussschnecke mit in die Schule gebracht oder mir nach dem Training eine gegeben. Seit ich sie das erste Mal probiert und genossen hatte, überraschte er mich hin und wieder damit.

„Keine Ursache", winkte er ab und stand auf. Er hielt mir seine Hand hin, um mir auf die Beine zu helfen. „Komm, gehen wir hoch."

Nachdem er mir einen Früchtetee und die Nussschnecke auf den Tisch gestellt hatte, lief er kurz in sein Zimmer, um sich umzuziehen. Ich blieb allein am Esstisch sitzen, rührte in meinem noch zu heißen Tee und zupfte immer wieder ein Stück von der Nussschnecke ab. Ich mochte süße Sachen wirklich. Das Gebäckstück schmeckte himmlisch!

Es war ungewohnt ruhig hier. Ich hatte noch nie allein und so lange in Florians Haus herumgesessen. Doch die Stille hielt nicht lange an, denn der kleine Fritz kam ins Zimmer gestürmt.

„Ich will einen Kakao!“, rief er einer Frau zu, die hinter ihm den Raum betrat.

Ich hatte die blonde Frau, die ich auf Mitte 40 schätzte, noch nie gesehen, doch ich wusste sofort, dass sie Florians Mutter sein musste. Sie hatte genau die gleichen Augen wie er.

„Oh, wer bist du denn?“, fragte sie überrascht und strich ihr schulterlanges Haar zurück.

Bevor ich antworten konnte, kicherte Fritz. „Das ist Flos Freundin!“

„Ach?“ Erstaunt musterte mich die Frau, dann lächelte sie. „Schön, dich kennenzulernen. Dann musst du Larissa sein, nicht wahr?“ Ich kannte ihre Stimme, sie hatte schon öfter durchs Haus gerufen, wenn ich vom Training abgeholt worden war. Aber getroffen hatte ich die Frau noch nicht.

Hatte Florian etwa von mir erzählt? Klar, woher sonst sollte seine Mutter meinen Namen kennen? „Ähm, ja, ich heiße Larissa Kurz“, stellte ich mich vor. Ich fühlte mich ein wenig unwohl, darum legte ich beide Hände um die warme Teetasse. „Ich bin Florians Schulfreundin.“

Sie nickte mir zu. „Ich bin Eva, Florians Mutter.“

„Schön, Sie auch mal zu treffen“, murmelte ich. Ich hasste es, fremde Menschen kennenzulernen, vor allem wenn kein Bekannter dabei war. Ich fühlte mich dann immer so hilflos und unsicher.

„Und du gehst also mit meinem lieben Sohnemann aus?“, fragte sie neugierig und grinste vielsagend.

„Nein, Moment, das ... äh ... das stimmt nicht“, stammelte ich.

„Mum! Hör auf, sie zu ärgern!“, motzte plötzlich eine angenehm bekannte Stimme aus Richtung Tür. Florian stand dort, inzwischen umgezogen. Statt seiner Sportsachen trug er nun Jeans, ein weißes T-Shirt und darüber eine dunkelblaue Jacke. Die Kleidung stand ihm. Aber genau wie Raphael und Niklas sah er meistens gut aus. Jan vergriff sich schon eher bei seiner Garderobe.

„Ach, Flo, mein Lieber, ich ärgere sie doch nicht“, verteidigte sich seine Mutter.

Florian kam in den Raum und stellte sich an den Esstisch, direkt neben meinen Stuhl. Er verschränkte die Arme. „Doch, du stellst peinliche Fragen!“

Sie kicherte. „Ich bin deine Mutter, ich darf das."

„Mama, ich will Kakao!", jammerte Fritz erneut.

„Ist ja gut, sofort", seufzte sie und machte dem Kleinen ein Getränk.

„Komm, Lara, wir fahren", wandte sich Florian an mich und deutete mit dem Kopf zur Zimmertür. „Bevor meiner Mutter noch irgendwas Blödes einfällt."

„Junger Mann, das hab ich gerade wohl nicht gehört!", beschwerte sich Eva.

Florian grinste sie an. „Dann brauchst du vermutlich ein Hörgerät."

Ich musste lachen. „Ihr seid echt witzig."

Überrascht sah Florian mich an, dann lächelte er. „Wenn du meinst."

Ich aß das letzte Stück Nussschnecke und stand auf. „Okay, ich bin fertig."

Er nahm meinen Teller und die leere Tasse, um beides in die Spülmaschine zu räumen. „Na, dann los."

„Ich hätte das auch wegräumen können", merkte ich an.

Er schüttelte den Kopf. „Nein, du bist mein Gast. Also, Mum, Fritz, bis heute Abend!"

„Es ist doch schon Abend!", rief der Kleine.

„Es ist erst fünf", entgegnete sein großer Bruder amüsiert. „Das ist noch nicht Abend."

Dann verließ ich mit Florian zusammen das Zimmer. Wir zogen unsere Schuhe an und ich streifte mir meine Jacke über. „Willst du keine Jacke anziehen?", wunderte ich mich, als wir aus dem Haus gingen. „Es ist nicht gerade warm hier draußen."

Er zuckte mit den Schultern. „Also, ich find's warm genug. Aber ich bin auch besser vor Kälte geschützt als du."

Unbehaglich blickte ich zu Boden. Ja, Florian war besser gebaut, hatte viel mehr Muskeln und fror dadurch natürlich nicht so leicht. Aber musste er mir mein Untergewicht so deutlich unter die Nase reiben?

Da legte er mir einen Arm um die Schultern, wie er es seit unserem ersten Treffen oft gemacht hatte. „Entschuldige, das war nicht böse gemeint."

Mein Ärger verflog sofort. Ich mochte es zwar eigentlich nicht, angefasst zu werden, aber nach dieser einen Woche, in der wir uns gestritten hatten, zeigte mir Florians Geste, dass zwischen uns alles okay war.

„Schon gut“, winkte ich ab.

Wir stiegen ins Auto seiner Eltern, Florian drehte sogar extra die Heizung auf, weil mir kalt war.

Die Fahrt dauerte nicht lange. Wir unterhielten uns ein wenig über ganz unverfängliche Themen – er erzählte mir, was in den letzten beiden Schultagen in der Klasse passiert war – und dann parkte Florian schon bei mir zu Hause in der Einfahrt.

Er begleitete mich noch bis zur Haustür. „Bist du morgen eigentlich auch im Beanery dabei?“, fragte er.

Ich nickte. „Na klar!“

Er lächelte. „Dann sehen wir uns ja.“

„Und wann machen wir das nächste Training?“, fiel mir ein.

Er grübelte kurz. „Sonntag?“

„Da hab ich Zeit“, willigte ich ein. „Wieder um drei?“

„Klingt gut.“

„Dann bis morgen! Und danke fürs Heimfahren!“, verabschiedete ich mich.

„Keine Ursache, hab ich gern gemacht. Lag ja sowieso auf dem Weg.“ Unsicher lächelte ich ihn noch mal an, dann wollte ich die Haustür aufschließen und hineingehen. Doch zu meiner Überraschung umarmte Florian mich zum Abschied. Automatisch erwiderte ich diese Geste.

Er grinste mich an, nachdem wir uns losgelassen hatten, sagte: „Tschüss“, und war verschwunden.

Als ich das Haus betrat, war ich mir sicher: Florian und ich waren wieder Freunde. Die Umarmung hatte mich davon überzeugt. Ich meldete mich bei Bianca zurück und lief hoch in Neles Zimmer, um mit meiner Schwester zu reden. Sie saß an ihrem Schreibtisch und schrieb ein liniertes Blockblatt voll. „Schwesterchen!“, rief ich fröhlich. „Florian kommt übermorgen mit zum Eislaufen. Er holt uns ab.“

Sie blickte auf und strahlte mich an. „Juhuuu!“, jubelte sie. „Das wird toll!“

„Und, was machst du da?“, fragte ich und kam näher.

„Ich muss noch eine Geschichte für Deutsch schreiben“, antwortete sie. „Aber mir fällt nichts Schönes ein.“

Ich schnappte mir den Holzstuhl, der neben dem Schreibtisch stand, und setzte mich zu Nele. „Worum geht’s denn?“

Sie deutete auf ihr aufgeschlagenes Deutschbuch, in dem vier Zeichnungen zu sehen waren. „Es ist eine Bildergeschichte.“

Kurz schaute ich die vier Bilder an. In der Geschichte ging es um ein Pferd, das seinen Reiter abwarf, weil es von einem Autofahrer erschreckt wurde. „Da fällt mir was ein. Soll ich dir etwas helfen?“, bot ich an.

Erleichterung stand in ihren graugrünen Augen geschrieben. „Oh ja! Deine Geschichten sind immer die besten!“

Geschmeichelt lächelte ich. „Na, dann legen wir los.“

Es dauerte nicht lange, bis wir eine tolle Geschichte geschrieben hatten. Und es machte mir wirklich Spaß, zumal ich Zeit mit Nele verbrachte. Auch die Kleine freute sich sichtlich.

Nachdem wir Neles Hausaufgaben erledigt hatten, gab es schon Abendessen. Ich duschte mich vorher noch, dann lief ich auch ins Esszimmer. Es wurde ein ruhiger Abend, Nele und ich spielten ein Kartenspiel mit meinen Eltern, danach ging meine Schwester ins Bett.

Ich zog mich ebenfalls in mein Zimmer zurück, obwohl es erst acht Uhr war. Die geschlossenen Vorhänge stachen mir ins Auge, als ich den Raum betrat. Ob ich sie wieder beiseiteziehen sollte, damit Raphael und ich uns sehen konnten?

Bevor ich mir das richtig überlegt hatte, brummte das Handy in meiner Hosentasche. Schnell las ich die eingegangene SMS.

Hast du Zeit zu quatschen? Ich würde zu dir rüberkommen. :-)
Sophie

Ich lächelte. Ja, ich würde gern mit meiner besten Freundin reden. Vor allem wegen der Sache mit Raphael gestern ...

Keine fünf Minuten später saßen wir schon einander gegenüber auf meinem Bett. Das aschblonde Mädchen griff nach meinen Händen und sah mich neugierig an.

„Also, was war gestern los?“, fragte Sophie sofort.

Es fiel mir nicht ganz leicht, in Worte zu fassen, was geschehen war, doch ich schaffte es, ihr kurz und knapp zu schildern, wie Raphael mir zu nahe getreten war und wie erschrocken ich reagiert hatte.

„Ach, das ist passiert!“ Mit großen Augen musterte sie mich. „Das ist so typisch für Raphael! Keine Geduld, dieser Junge!“

„Was meinst du?“, wunderte ich mich.

Sie ließ meine Hände wieder los, um ihr offenes Haar schnell zu einem Pferdeschwanz zu binden. „Na ja, Raphael geht bei seinen Beziehungen gerne ... schnell vor“, erklärte sie währenddessen.

Unbehaglich blickte ich auf meine Bettdecke. „Ach so?“

„Ja“, bestätigte Sophie. „Liegt wahrscheinlich daran, dass er immer nur der – hm, wie sagt man das am besten – der One-Night-Stand-Typ ist!“

Ehrlich gesagt wollte ich das nicht über meinen Freund hören. Ich wusste ja, dass es stimmte, aber so direkt wollte ich nicht damit konfrontiert werden. Denn jetzt waren wir zusammen, er flirtete nicht mehr mit anderen Mädchen.

„Und von daher ist er es bestimmt nicht gewohnt, es langsam anzugehen“, fuhr Sophie fort. „Das musst du ihm eben beibringen!“

Ich zog einen Mundwinkel hoch. „Hoffentlich schaffe ich das.“

„Wenn er’s nicht kapiert, musst du ihm eben eine Ohrfeige verpassen.“ Sie grinste. „Hast du ja schon mal.“

Augenblicklich schoss mir die Röte ins Gesicht. „Aber die hatte er verdient!“

„Natürlich hatte er das“, stimmte sie mir zu. „Man fotografiert niemanden, nachdem er so zugerichtet worden ist wie du. Auch wenn die Prellungen im Gesicht noch so krass aussehen.“

„Zum Glück konnte ich das Foto gleich wieder löschen“, seufzte ich.

„Raphael muss ’nen furchtbaren ersten Eindruck auf dich gemacht haben“, lachte sie. „Mit dem Foto und den vielen blöden Kommentaren, als du hergezogen bist ...“

Ich schmunzelte. „Oh ja. Aber dafür ist er jetzt umso netter.“

„Immerhin!“

„Wie läuft’s eigentlich mit Jan?“, wollte ich wissen.

Da lächelte Sophie verträumt. „Toll. Er ist total süß! Und so schüchtern! Er hat sich gestern nicht mal getraut, mir das T-Shirt auszuziehen!"

„Äh, was?", fragte ich verwirrt.

„Na, wir waren allein in meinem Zimmer und haben etwas rumgemacht", erklärte sie, als läge das auf der Hand. „Und das war eigentlich das erste Mal, dass wir mehr gemacht haben, als uns nur zu küssen."

Bei so einem Thema konnte ich nicht mitreden. Ich war noch keinem Jungen so nahe gekommen, dass die Beziehung körperlich wurde. Ich hatte nur die schrecklichen Erfahrungen mit Gilbert, und an die wollte ich nicht denken.

„Aber Jan taut schon noch auf", meinte Sophie dann. „Wir haben ja Zeit. Wie war's heute eigentlich bei Flo?"

„Schön", antwortete ich. „Das Training hat Spaß gemacht. Danach hat er mich sogar heimgefahren, weil er sowieso nach Pirk wollte."

„Ja, jetzt hängt er bei meinem Bruder rum", merkte sie an.

„Oh, und er hat eine Nussschnecke für mich gehabt", fiel mir ein.

„Oje", seufzte Sophie.

Ich schob die Augenbrauen zusammen. „Was denn?"

„Er hat dich immer noch ganz schön gern, was?"

„Na ja, wir haben uns sozusagen wieder angefreundet", erzählte ich. „Er hat mich zum Abschied sogar umarmt."

Gequält sah Sophie mich an. „Lara, ich bin sicher, dass er noch verknallt in dich ist! Sonst würde er sich wieder mit Raphael vertragen. Und er würde dir doch nicht extra 'ne Nussschnecke zum Training mitbringen."

„So hab ich das noch gar nicht gesehen", murmelte ich.

„Pass etwas auf", riet sie mir. „Und mach ihm keine falschen Hoffnungen!"

„Also, noch deutlicher als letzte Woche konnte ich's nicht machen, dass wir nur Freunde sind. Außerdem hab ich einen festen Freund."

„Das ist nicht unbedingt ein Hindernis."

Ungläubig musterte ich sie. „Ich kann mir nicht vorstellen, dass

Flo sich weiterhin Hoffnungen macht. Aber ich werd's ihm so gut wie möglich zeigen, dass wir bloß Freunde sind und nicht mehr."

Sie nickte. „Gut!"

Hoffentlich irrte Sophie sich. Ich wollte nicht, dass Florian sich falsche Hoffnungen machte, dafür hatte ich ihn zu gern. Leise seufzte ich. Dieser Gefühlskram war mir viel zu kompliziert. Ich verstand derzeit ja nicht mal meine eigene Beziehung zu meinem Freund richtig. Das war wohl das Ergebnis von vier Jahren sozialer Isolation ... Aber zum Glück hatte ich Sophie. Ich konnte immer mit ihr reden, wenn ich selbst nicht weiterwusste. Wir lächelten uns an. Ja, eine beste Freundin war Gold wert. Und noch viel mehr.

„Jetzt klingel endlich!", befahl ich mir selbst. „Mach schon! Du Feigling!"

Endlich schaffte ich es, auf den kleinen Knopf zu drücken. Drinnen ertönte ein leises Bimmeln. Ich stand vor Raphaels Haustür und hatte gerade wirklich viel Mut gebraucht, um zu klingeln. Unser Gespräch stand an, was mich furchtbar nervös machte. Dabei mussten wir reden, bevor es weitere Missverständnisse gab.

Es dauerte nicht lange, bis mein Freund die Tür öffnete. Als ich ihn sah, lächelte ich unwillkürlich. Ich freute mich, bei ihm zu sein, obwohl wir etwas Unangenehmes erledigen mussten. Aber als er mich zur Begrüßung in seine Arme schloss und ich seine Wärme spürte, seinen Duft einatmete und seine kurzen Bartstoppeln mich an der Schläfe kratzten, fühlte ich mich rundum wohl.

Ich drückte ihn fest. „Hi", flüsterte ich.

„Hallo", antwortete er und küsste mich auf die Stirn.

Ich blickte zu ihm auf, in diese schönen, durchdringend blauen Augen. Wie gut, dass ich mich getraut hatte zu klingeln. Ich hätte es ewig bereut, wenn ich mich vor unserem Gespräch gedrückt hätte.

„Du bist früher dran, als ich dachte", merkte er an und trat einen Schritt zurück, damit ich ins Haus treten konnte. „Ich muss mich noch rasieren."

„Das macht nichts", beruhigte ich ihn und streifte meine Schuhe ab. „Dann warte ich. Ich geh hoch in dein Zimmer, ja?"

Er nickte. „Ich beeil mich", versprach er und rannte die Treppen hoch, um im Badezimmer zu verschwinden.

Ich hängte meine Jacke an einen Kleiderhaken und schlenderte hinauf in Raphaels Zimmer. Dort setzte ich mich auf das grüne Sofa und zog die Beine an, um sie mit den Armen zu umfassen. Wenn ich nervös war oder Angst hatte, beruhigte mich diese Haltung – warum auch immer.

Unruhig zupfte ich mit der rechten Hand am linken Ärmel meines blauen Pullovers. Ich wusste genau, was ich Raphael gleich sagen wollte. Ich hatte lange über die Worte nachgedacht. Hoffentlich brachte ich sie über die Lippen. Das musste ich einfach.

„So, bin fertig", meldete Raphael sich zurück, als er ins Zimmer trat. Ich blickte zu ihm auf. Zögerlich setzte er sich neben mich, hielt allerdings etwas Abstand. „Also, wegen vorgestern ...", begann er. „Es tut mir leid."

„Mir auch", entgegnete ich schnell. „Ich wollte nicht so ... extrem reagieren! Es war nur so ein Schock und ..." Ich unterbrach mich selbst, bevor ich aus den Augen verlor, was ich eigentlich sagen wollte. Weil ich nicht mehr ruhig sitzen konnte, stand ich vom Sofa auf. Nervös blieb ich vor meinem Freund stehen und sah zu ihm hinunter. „Raphael, ich ... ich weiß, dass du schon viele Freundinnen hattest. Und ich weiß, dass du's mit denen nicht unbedingt, äh, langsam angegangen bist", räumte ich ein. „Aber ich kann das nicht so schnell. Ich ... ich brauche etwas ... Zeit. Wegen allem, was mir ... passiert ist."

Er lächelte schief und stand ebenfalls auf, sodass er mich wieder überragte. Sanft schloss er mich in seine Arme, ich spürte den weichen Stoff seines hellen T-Shirts. „Das ist in Ordnung", flüsterte er. „Und ich werde mich wirklich bemühen, dir die nötige Zeit zu geben. Wenn ich's übereile, dann ... brems mich einfach aus, okay?"

Erleichterung durchströmte mich, als ich diese Worte hörte. Raphael verstand es. Er nahm Rücksicht darauf, dass ich mehr Zeit brauchte. „Das mach ich", versicherte ich ihm und umarmte ihn fest.

Er strich mir über die linke Wange und beugte sich zu mir, um mich zu küssen. Ich schloss die Augen und erwiderte seinen Kuss, rundum glücklich. Es war alles wieder in Ordnung. Lange standen wir so da, wir umarmten und küssten uns, beide vergaßen wir dabei die Zeit. Erst nach einer wunderschönen Ewigkeit lösten wir uns wieder voneinander. Wir sahen uns in die Augen und lächelten, schließlich nahm ich Raphaels Hand, um unsere Finger miteinander zu verschränken. „Ich fühle mich schon lange nicht mehr unwohl, wenn du mich berührst", verriet ich ihm dann. „Im Gegenteil, ich mag es sogar. Aber es hat eine ganze Weile gedauert, bis ich es mochte. Also, was ich damit sagen will ..."

„Du wirst irgendwann auch weitergehen, nur noch nicht sofort", fasste er meine Gedanken zusammen. Ich nickte langsam. „Ist schon gut", sagte er und strich mir behutsam mit dem Daumen über meinen Handrücken. „Wir haben Zeit."

Ich schmunzelte, als ich das hörte, weil Sophie gestern praktisch das Gleiche über sich und Jan gesagt hatte.

Unvermittelt fiel Raphaels Blick auf den Wecker auf seinem Nachtschrank. „Wir müssen los!", erinnerte er mich.

„Was, schon zehn vor drei?", fragte ich entsetzt. „Ich bin schon eine halbe Stunde hier?!"

Er hauchte mir einen Kuss auf die Wange. „Tja, die Zeit mit dir vergeht immer viel zu schnell. Beeilen wir uns!"

Hand in Hand eilten wir zur Haustür, zogen unsere Schuhe und Jacken an und verließen das Haus. Raphael gab mir seinen zweiten Motorradhelm. Obwohl ich wusste, wie gefährlich es war, Motorrad zu fahren, setzte ich mich hinter meinen Freund auf die Maschine. Raphael hatte mich schon so oft sicher nach Hause gebracht, dass ich mir keine Sorgen machte.

Heute war viel in der Stadt los, sodass wir eine Viertelstunde zu spät ins Beanery kamen. Wir waren die Letzten – Sophie, Niklas, Jan, Karolin und Florian saßen schon im hinteren Bereich des Cafés und belegten die größte Sofa-Ecke für uns alle.

„Lara! Wo bleibt ihr denn!", tadelte mich Sophie und stand auf, um mich zu umarmen. „Du bist doch sonst nie zu spät."

„Entschuldige", bat ich und flüsterte ihr ins Ohr: „Ich musste mich noch mit Raphael aussprechen."

Abwartend sah sie mich an. „Und, alles wieder gut?", fragte sie leise. Ich nickte und lächelte glücklich. „Dann verzeihe ich dir die Verspätung", kicherte sie. „Wir haben mit den Getränken sogar extra auf euch gewartet!"

Raphael hatte inzwischen alle – außer Florian, der ihn ignorierte

– begrüßt, nun umarmte ich einen nach dem anderen. Auch Florian. Skeptisch sah Raphael mich an, kommentierte es aber nicht. Ob er sich wunderte, weil ich mich wieder mit Florian verstand? Vielleicht sollte ich ihm von unserem gestrigen Training erzählen, damit er sich keine Sorgen machte. Aber ich würde sicher nicht hier vor allen anderen mit ihm darüber reden. Sondern in Ruhe, wenn wir unter uns waren.

„Holen wir unsere Getränke!", schlug Sophie vor. „Jetzt sind ja alle da!"

Wir gingen zur Theke, um etwas zu bestellen, doch vor uns in der Schlange standen noch ein paar Leute. Während wir warteten, warf Karolin mir einen dankbaren Blick zu. Unbeholfen lächelte ich. Was wollte sie bloß mit mir bereden? Das Gespräch heute Abend würde sicher interessant werden.

Sophie und Jan unterhielten sich leise, er hatte einen Arm um ihre Hüfte gelegt, sie flüsterte ihm gerade etwas ins Ohr. Als ich die beiden so sah, schmunzelte ich. Sie waren wirklich ein süßes Pärchen. Karolin und Niklas hingegen hielten ungewöhnlich viel Abstand zueinander. Wobei, nein, auf mich wirkte es eher so, als würde Karolin ihrem Freund aus dem Weg gehen. Dafür redete Niklas mit Florian. Raphael und ich standen nur nebeneinander, ohne uns zu berühren. Wir hatten wohl beide keine Lust darauf, Florian zu provozieren.

Unsere Gruppendynamik hatte sich wirklich verändert, fiel mir auf. Schon komisch. Als mich diese wundervollen Leute in ihren Freundeskreis aufgenommen hatten, war die Situation ganz anders gewesen. Sophie und Jan waren kein Pärchen gewesen, Raphael und Florian beste Freunde. Und obwohl Niklas und Karolin sonst immer regelrecht aneinanderklebten, herrschte bei den beiden eine ungewöhnliche Zurückhaltung.

Schon komisch.

„Und was hättet ihr gern?", fragte die Bedienung plötzlich.

Erschrocken blickte ich zu dem Jungen auf, der nicht viel älter als ich sein konnte. Er hatte mich völlig aus meinen Gedanken gerissen.

„Einen Milchkaffee und einen Karamell-Macchiato", bestellte Raphael für uns beide.

Ich lächelte ihn an. „Woher wusstest du, was ich haben möchte?“

„Weil du immer einen Karamell-Macchiato möchtest“, entgegnete er grinsend.

„Möglich“, kicherte ich.

Nachdem wir alle unsere Getränke bezahlt und bekommen hatten, schlängelten wir uns an den vielen Leuten vorbei, zurück zu unserem Sitzplatz. Raphael und Niklas trugen die Tabletts und stellten sie auf dem Tischchen bei unserem Sofa ab. Wir hatten eine richtige Getränkevielfalt bestellt: eine heiße Schokolade, einen knallroten Eistee (vermutlich Erdbeergeschmack), einen grünen Eistee (vermutlich Apfelgeschmack), einen Cappuccino, einen Mokka, einen Milchkaffee und einen Karamell-Macchiato.

„Was genau ist ein Mokka?“, fragte ich und betrachtete Florians Getränk skeptisch. „Ist das Kaffee?“

„Ja“, antwortete er, „das ist ein Milchkaffee mit dunkler Schokolade. Gibt’s aber auch mit Kakaopulver und in süß.“

„Flo trinkt’s immer richtig bitter“, fügte Sophie hinzu. „Echt schlimm.“

Ich verzog das Gesicht. „Klingt ja nicht lecker.“

„Willst du’s probieren?“, bot Florian an.

Hastig schüttelte ich den Kopf. „Lieber nicht. Ich bleibe bei meinem Lieblingsgetränk.“

„Und, was macht ihr heute Abend noch so?“, fragte Sophie interessiert in die Runde.

„Arbeiten“, seufzte Raphael. „Hab wieder Schicht bei McDonald’s.“

„Also, ich mach mir einen ganz entspannten Abend mit einem guten Film“, verriet Karolin fröhlich. Dass sie mit mir telefonieren wollte, erwähnte sie natürlich nicht.

„Ich übe etwas Mathe“, brummte Niklas. „Sonst schaff ich die Abiprüfung nicht. Blödestes Fach überhaupt ...“

Ich trank einen Schluck von meinem Karamell-Macchiato. Wie ich dieses Getränk liebte! Genussvoll schloss ich die Augen, um mich auf den Geschmack zu konzentrieren. Als ich wieder aufblickte, bemerkte ich, dass Raphael mich schmunzelnd ansah. Schnell schaute ich beschämt zu Boden. Ich hatte ganz vergessen, dass ich nicht allein hier war.

„Ich hab ein neues Computerspiel, das muss ich ausprobieren“, erzählte Jan begeistert. „Gerade erst in der Stadt gekauft!“

„Mein kleiner Computerfreak“, neckte Sophie ihn und hakte sich bei ihm ein.

„Ich geh zum Kung-Fu-Training“, merkte Florian an und trank etwas von seinem Mokka. „Wird bestimmt ganz nett.“

„Also, ich werde heute mit meiner Mutter kochen und Niklas beim Lernen nerven“, kicherte Sophie.

„Wehe dir!“, motzte ihr Bruder und fuhr sich durchs dunkle Haar.

„Was hast du denn vor, Lara?“, fragte Florian, weil ich mich bisher noch nicht geäußert hatte.

„Ich hab Fahrschule wie jeden Mittwoch“, antwortete ich. „Aber bald mach ich endlich die Theorieprüfung, dann muss ich mir abends nicht mehr die langweiligen Vorträge anhören.“

„Ach du Schande, bringt euch alle in Sicherheit, bald darf Lara Auto fahren!“, rief Niklas lachend.

Ich streckte ihm die Zunge raus. „Ich fahre bestimmt besser als du!“

„Nie im Leben!“

„Wollen wir wetten?“ Da mussten wir alle lachen. Die Stimmung war einfach toll, locker, entspannt und richtig familiär. Vielleicht hatte ich mich getäuscht und es gab keine Probleme in unserer Gruppe? Jetzt gerade wirkte es jedenfalls so, als wären alle gut drauf.

Ich nippte wieder an dem besten Getränk der Welt, dann stellte ich das Glas zurück auf das Tischchen vor mir.

„Hey, wollen wir in diesen Ferien noch mal alle zusammen ins Kino gehen?“, schlug Sophie vor. „Freitagabend oder Samstag wäre doch toll!“

„Klar, warum nicht“, stimmte Karolin zu. „Wir müssen nur schauen, ob ein guter Film läuft.“

„Ach, da finden wir bestimmt was“, meinte Niklas und nahm die Hand seiner Freundin.

Täuschte ich mich oder versteifte sich Karolin bei dieser Berührung? Sie löste ihre Hand unauffällig aus der von Niklas, um zu ihrem Eistee zu greifen. „Ist da eigentlich viel Zucker drin?“, grübelte sie.

„Fängst du schon wieder an, Kalorien zu zählen?“, fragte Sophie aufgebracht.

Karolin machte sich etwas kleiner. „Ich überlege nur …“

„Hör auf damit!“, verlangte Sophie. „Du siehst toll aus, du musst nicht abnehmen! Oder willst du unbedingt Untergewicht haben?“

„Empfehlen würde ich's dir nicht“, murmelte ich.

Raphael legte einen Arm um mich. „Hey, lass den Kopf nicht hängen. Du hast doch schon zwei Kilo zugenommen.“

Ich lehnte mich an ihn. „Fehlen immer noch zehn …“

„Mindestens“, gab Raphael mir recht.

„Siehst du, Karo“, meldete sich Sophie wieder zu Wort, „Lara kann's dir sagen, das ist nicht gesund, so dünn zu sein.“

„Es ist auch nicht schön“, merkte Niklas an.

„Ja, danke, ich weiß, dass ich schlimm aussehe“, entgegnete ich beleidigt.

„Nein, Lara, so war das nicht gemeint!“, entschuldigte er sich schnell. „Ich meinte nur, dass Karo nicht mehr so hübsch aussehen würde wie jetzt, wenn sie tatsächlich so viel abnehmen würde, wie sie vorhat …“

Klar. Und das meinte er, weil er bemerkte, wie furchtbar ich aussah, weil ich so dürr war. Ich war groß, dürr, langweilig und unauffällig. Wie ich es hasste. Ich hatte nichts dagegen, braune Haare und Augen zu haben. Diese gewöhnliche Farbe konnte toll aussehen. Aber nicht bei einem hochgewachsenen, dürren, blassen Mädchen.

„Schon gut“, winkte ich ab. Auf eine solche Diskussion hatte ich keine Lust.

„Ich mag dich, wie du bist“, flüsterte Raphael mir plötzlich ins Ohr. „Also denk nicht zu viel über dein Aussehen nach.“

Gerührt lächelte ich ihn an. „Danke“, wisperte ich. Ich konnte mich nicht zurückhalten, ich musste ihn einfach küssen. Weil er so toll und lieb und wundervoll war.

Aber ich beließ es bei einem schnellen Kuss auf die Lippen, weil mir einfiel, dass Florian auch bei uns saß, direkt gegenüber. Dieser hatte den Blick abgewendet, er trank einen Schluck von seinem Mokka und ignorierte Raphael und mich. Das war mir lieber als ein Streit.

„Es ist echt ungewohnt, dich mal mit 'ner richtigen Freundin zu sehen“, lachte Jan an Raphael gewandt. „Ich meine, du hast sonst nie was Ernstes am Laufen!“

Raphael zuckte mit den Schultern. „Jetzt schon.“

Sophie, die auf meiner anderen Seite saß, legte ihren Kopf auf meiner rechten Schulter ab. „Ihr seid echt süß“, flüsterte sie mir zu.

Verlegen blickte ich auf sie hinab. „Äh, danke ... Du und Jan aber auch.“

Über zwei Stunden blieben wir im Beanery sitzen, redeten, holten uns noch mal Getränke und genossen den Nachmittag. Es war richtig schade, dass wir unsere Runde letztendlich auflösten. Doch ich hatte Fahrschule, Raphael musste zur Arbeit und die anderen hatten auch noch was vor.

Also verabschiedeten wir uns voneinander. Raphael blieb direkt in der Stadt, weil er im McDonald's hier in der Fußgängerzone arbeitete. Ich fuhr mit Sophie und Niklas zurück nach Pirk, die beiden waren mit dem Auto da.

Nach einem schnellen Abendessen brachte ich die langweilige Theoriestunde hinter mich und gönnte mir eine ausgiebige Dusche. Ich war froh, dass Raphael und ich unser Problem besprochen und gelöst hatten. Aber ich fühlte mich unwohl, weil er und Florian immer noch nicht miteinander redeten. Doch ich hatte keine Zeit, jetzt darüber nachzudenken. Jede Minute würde Karolin mich anrufen, darauf sollte ich mich nun konzentrieren.

Während ich auf ihren Anruf wartete, setzte ich mich an den Schreibtisch und blätterte in meinem Chemiebuch herum, um für die baldige Klausur zu lernen. Schon nach wenigen Minuten klingelte allerdings mein Handy.

„Hallo?“, meldete ich mich.

„Hi, Lara!“, begrüßte Karolin mich. Sie klang aufgeregt. „Danke, dass du dir Zeit für mich nimmst!“

„Ist doch kein Problem“, beruhigte ich sie. „Was ist denn los? Du hast heute im Beanery schon so nervös gewirkt.“

„Es ist einfach ... schwierig“, murmelte Karolin. „Und ich weiß nicht weiter!“

„Wobei denn?“, tastete ich mich langsam an das eigentliche Thema heran. Karolin musste wirklich durcheinander sein. Was hatte sie bloß?

Sie überging meine Frage und redete weiter wie ein Wasserfall, wobei sie immer lauter und hektischer wurde. „Das Schlimme ist, ich kann eigentlich mit niemandem reden! Niklas darf nichts wissen, darum kann ich Sophie nicht um Hilfe bitten! Meine Eltern würden ausflippen, wenn ich mit ihnen darüber reden würde. Und mit den anderen Jungs will ich nicht sprechen!"

„Langsam, langsam", bat ich sie und stand vom Schreibtischstuhl auf, um mich auf mein Bett zu legen. Das war bequemer, als im Sitzen zu telefonieren. „Es geht also um Niklas?" Also hatte ich mir heute Nachmittag nicht nur eingebildet, dass sie ihrem Freund aus dem Weg ging. Die beiden mussten ein Problem haben.

„Ja, mehr oder weniger", bestätigte sie.

„Ich glaube, in Beziehungsfragen bin ich nicht so hilfreich", wandte ich ein.

„Es geht nicht direkt um unsere Beziehung", räumte Karolin ein. „Und ich würde eigentlich meine große Schwester fragen, aber die macht derzeit ein Praktikum für die Uni, sie ist nicht mal zu Hause, obwohl Semesterferien sind!"

„Du hast eine Schwester?", wunderte ich mich.

„Ja, sie heißt Carina und ist 24." Das hatte ich gar nicht gewusst. „Aber sie ist nicht da und deswegen dachte ich mir, ich frage dich um Rat", fuhr Karolin fort. „Weil ich weiß, dass du Geheimnisse für dich behalten kannst."

„Dann erklär mir doch endlich, was los ist", forderte ich sie auf.

Kurz kehrte Stille ein, Karolin zögerte, bevor sie antwortete. „Ich hab bisher mit niemandem darüber geredet", flüsterte sie dann. „Ich weiß nicht weiter. Es ... es könnte sein, dass ... dass ... ich bin vielleicht ... schwanger."

Entsetzt keuchte ich auf. „Was?!" Damit hatte ich absolut nicht gerechnet. Diese Neuigkeit erschreckte mich regelrecht! Und wie sollte ich Karolin dabei helfen?

„Ich bin mir nicht ganz sicher", erzählte sie kleinlaut. „Aber, oh Gott, das ist so peinlich, als ich vor zwei Wochen, ähm, mit Niklas geschlafen hab, da ... da ist das, du weißt schon, da ist das ... das, ähm, Kondom geplatzt."

Es fiel mir nicht leicht, ihrem Gestammel zu folgen, doch irgendwie gelang es mir. Ich nickte langsam. „Okay ..."

„Und ich hätte schon am Freitag meine Tage kriegen müssen!“, rief Karolin verzweifelt. „Heute ist Mittwoch! Ich hab sie immer noch nicht!“

„Das kann aber auch andere Gründe haben“, redete ich beruhigend auf sie ein. Ich hatte mich wegen Gilbert umfangreich zum Thema Schwangerschaft informiert, aus lauter Angst, trotz Kondom schwanger zu werden. Denn wenn dieser Teufel mich geschwängert hätte, hätte ich zum Strick gegriffen.

„Nimmst du vielleicht die Pille?“, fragte ich.

„Nein, eben nicht ... Aber ich sag's dir, wenn das Ganze gut ausgeht, fange ich sofort damit an!“, versprach sie.

„Okay“, seufzte ich, „es gibt zwei Möglichkeiten, um festzustellen, ob du schwanger bist oder nicht. Du musst einen Test machen oder gleich zum Frauenarzt gehen.“

„Aber wenn ich zum Arzt gehe, merken meine Eltern das doch!“

„Dann eben ein Test, den gibt's in jeder Apotheke.“

„Und das ist zuverlässig?“ Sie klang zweifelnd. „Sicher?“

„Keine Ahnung, ich hab noch nie einen gemacht“, antwortete ich. „Aber ich denke schon, dass es sinnvoll wäre. Soll ich dich begleiten, wenn du den Test kaufst? Ich lass dich nicht allein damit.“ Karolin tat mir leid, sie musste sich furchtbar hilflos fühlen. Wer wollte schon mit 17 befürchten müssen, schwanger zu sein?

Da ertönte ein erleichtertes Schluchzen aus meinem Handy. „Danke!“

Also bitte, das war doch selbstverständlich! Man ließ seine Freunde nicht im Stich, wenn sie Hilfe brauchten. Karolin stand auch zu mir, obwohl Gilbert mich jagte. Obwohl sie dadurch ebenfalls in Gefahr geraten konnte. „Ist schon gut. Wann willst du denn ... einkaufen gehen?“, erkundigte ich mich.

„So bald wie möglich!“, rief sie. „Ich halte diese Ungewissheit nicht mehr aus!“

Das verstand ich nur zu gut. Die Ungewissheit, wann Gilbert mich aufspüren würde, trieb mich nämlich in den Wahnsinn. „Okay, dann gehen wir morgen Vormittag“, beschloss ich. „Direkt gegenüber von unserer Schule ist doch eine Apotheke, oder? Wollen wir uns morgen früh da treffen?“, schlug ich vor.

„Ja“, stimmte sie zu. „Um elf?“

„Geht klar."

„Tausend Dank, Lara! Du bist wirklich meine Rettung!", schluchzte sie.

„Ganz ruhig", flüsterte ich. „Und mach dir nicht zu viele Sorgen. Vielleicht ist es falscher Alarm."

Sie schniefte laut. „Aber ich hab meine Tage nicht bekommen."

„Das kann auch an Stress, einer Krankheit oder falscher Ernährung liegen", beruhigte ich sie. „Wenn ich früher zu lange nichts zu essen bekommen habe, war das bei mir genauso. Das wird schon", munterte ich sie auf. „Aber willst du echt nicht mit Niklas darüber reden?" Ich konnte mir gar nicht vorstellen, dass ich Raphael in so einem Fall alles verheimlichen würde. Schließlich war er derjenige, der mich immer beruhigte, wenn ich in Panik geriet.

„Nein, nicht bevor ich mir sicher bin", antwortete sie bestimmt. „Wir haben uns vorgestern sowieso gestritten, und, ach, im Moment ist es etwas schwierig mit uns ..."

„Oh, das tut mir leid", murmelte ich.

„Dafür kannst du ja nichts", entgegnete sie. „Ist auch nicht das erste Mal, dass wir Stress haben. Wir vertragen uns schon wieder."

„Bestimmt", ermutigte ich sie. „Ihr seid doch das verliebteste Pärchen, das ich kenne!"

„Ach, du und Raphael macht uns aber Konkurrenz", kicherte sie. „Ganz zu schweigen von Sophie und Jan."

„Quatsch", winkte ich ab. „Raphael und ich wollen Florian nicht provozieren. Er ist sowieso schon schlecht genug auf Raphael zu sprechen."

„Darum würde ich mir keine Sorgen machen", meinte Karolin. „Solange sich die beiden nicht gerade prügeln, ist alles okay."

Ich schmunzelte bei dem Gedanken. „Du hast wohl recht."

Wir telefonierten noch eine Weile, redeten aber nicht mehr über Karolins Problem. Darum würden wir uns morgen kümmern. Heute Abend wollte ich sie nur etwas aufheitern und auf andere Gedanken bringen. Und zum Glück gelang mir das.

„Guten Morgen", rief ich Bianca entgegen, als ich um kurz nach neun das Esszimmer betrat. Meine Mutter saß am Esstisch, vor sich eine Tasse Kaffee und irgendwelche Tests von ihren Schülern, die sie gerade korrigierte. Überrascht blickte sie zu mir auf. „Guten Morgen. Wie kommt's, dass du so früh wach bist?", wunderte sie sich.

Ich setzte mich neben sie an den Tisch, auf meinen üblichen Platz. „Ich hab mir 'nen Wecker gestellt", erklärte ich. „Um elf treffe ich mich mit Karolin."

„Ach so. Möchtest du frühstücken?", bot sie an. Sie stand auf, um mir einen Teller, ein Messer, eine Tasse Tee und eine Brezel zu geben. „Ich war extra schon beim Bäcker. Ich dachte, du freust dich bestimmt über eine Brezel mit Sonnenblumenkernen."

Gerührt lächelte ich sie an. „Danke! Das ist mein Lieblingsfrühstück."

Sie erwiderte mein Lächeln und setzte sich wieder zu mir. „Weiß ich doch. Für Nele habe ich ein Schokohörnchen geholt."

„Du bist echt die Beste, Mama", staunte ich.

Sie strich mir über den Arm. „Ach was, du bringst mich noch in Verlegenheit", kicherte sie. „Guten Appetit!"

Aus den Augenwinkeln heraus betrachtete ich meine Mutter, die nun weiter korrigierte. Wie konnte ein Mensch nur so nett sein? Bianca, Lorenz, meine Freunde – alle waren so unglaublich wundervolle Menschen! Nachdem ich zuvor nur von Brutalität, Abneigung und Verlogenheit umgeben gewesen war, konnte ich es einfach nicht fassen, dass es so viel Hilfsbereitschaft, Fürsorge und Liebe gab. Obwohl ich schon seit zwei Monaten hier wohnte, hatte ich mich noch nicht daran gewöhnt.

Beim Frühstück plauderte ich ein wenig mit Bianca, bis ich zum Bus musste, den ich mir herausgesucht hatte. Bevor ich das Haus verließ, warf ich einen Blick in Neles Zimmer. Die Kleine schlief wie ein Engel. Leise schloss ich die Tür wieder, flocht mir im Bad zwei Zöpfe und lief zurück ins Erdgeschoss, um Schuhe und Jacke anzuziehen.

„Willst du schon los?", wunderte sich meine Mutter, die neben mir an der Garderobe stand. „Es ist noch ziemlich früh. Wenn ich dich jetzt in die Stadt fahre, bist du weit vor elf Uhr dort."

Ich schüttelte den Kopf. „Nein, ich nehme den Bus. Das dauert etwas länger. Und dann musst du nicht fahren." Ich wollte mich nicht schon wieder von ihr chauffieren lassen. Sie hatte genügend andere Dinge zu tun.

„Oh nein, Lara, ich fahre dich“, beharrte sie. „Es ist zu gefährlich, allein den Bus zu nehmen!“

Ich verdrehte die Augen. „Ich will mich nicht für immer wegen Gilbert verstecken!“ Ja, ich hatte Angst vor ihm. Panische Angst. Aber ich weigerte mich, mein Leben erneut von dieser Angst bestimmen zu lassen.

„Darüber werden wir gar nicht erst diskutieren“, wimmelte Bianca mich ab und strich durch ihr braunes Haar. Sie griff nach ihrer Jacke. „Ich fahre dich.“

Schnell öffnete ich die Haustür. „Nein!“, protestierte ich und huschte nach draußen, wo ich von kühler Luft empfangen wurde. Eigentlich war es gar nicht so kalt, doch ich fror trotzdem, wie immer. Trotz T-Shirt, Pullover und Winterjacke. Trotz Jeans und Winterstiefeln.

„Larissa, warte!“, grollte meine Mutter, die mir ins Freie und Hausauffahrt entlang folgte. „Das ist doch Irrsinn!“

„Was ist denn hier los?“, meldete sich eine bekannte Stimme zaghaft zu Wort.

Erschrocken drehte ich mich um. Raphael stand in der Einfahrt des Nachbarhauses, seinen Motorradhelm in der Hand, und musterte uns verwirrt. „Was ... was machst du denn hier?“, fragte ich beschämt darüber, dass er meine Mutter und mich so sah.

„Ich wollte gerade in die Stadt fahren, ich arbeite heute noch mal. In den Ferien hab ich ja genug Zeit dazu“, erklärte er. „Und ihr?“

„Ich treffe mich gleich mit Karolin.“

„Und diese Verrückte will den Bus nehmen!“, schnaubte meine Mutter.

Raphael überblickte die Lage schnell. Bestimmt begriff er auch, dass ich mich nicht ständig von meinen Eltern durch die Gegend fahren lassen wollte. „Soll ich dich mitnehmen?“, fragte er und lächelte mich an.

Unwillkürlich erwiderte ich sein Lächeln. „Das wäre toll.“

„Danke. Selbst mit dem Motorrad zu fahren, ist besser als allein den Bus zu nehmen. Danke, Raphael“, seufzte Bianca und murmelte etwas Unverständliches vor sich hin.

Ich verkniff mir einen bissigen Kommentar dazu. Vielleicht sollte ich vernünftiger sein. Vielleicht war es tatsächlich das Beste, nicht allein unterwegs zu sein.

„Schon gut, ist doch kein Problem, Bianca", winkte Raphael ab.

„Dann tschüss", flüsterte ich ihr nur zu, woraufhin sie nickte, mich kurz an sich drückte und ins Haus zurückkehrte.

„Wo trefft ihr euch?", fragte Raphael mich dann und holte seinen zweiten Helm unter dem Motorradsitz hervor, nachdem er seinen eigenen über den Kopf gestülpt hatte.

„An der Schule", antwortete ich und nahm den Helm, um ihn aufzusetzen.

„Was wollt ihr denn am Kepler?", wunderte er sich.

„Ähm, das ist doch gleich bei der Innenstadt", redete ich mich heraus. „Wir wollten einkaufen gehen und so ..." Hoffentlich glaubte er mir das, ich log ihn nicht gerne an, doch hier ging es um etwas, das ich für Karolin geheim halten musste.

„Ach so, okay. Dann bring ich dich direkt zum Kepler", beschloss er und setzte sich wieder aufs Motorrad.

„Nein, das ist ein Umweg für dich", widersprach ich. „Ich kann doch zur Schule laufen, das sind höchstens zehn Minuten. So viel Zeit hab ich locker. Und mitten in der Stadt passiert mir auch nichts, das ist ja bloß ein kurzer Spaziergang."

„Gut, sonst stehst du auch nur ewig am Kepler rum", fiel ihm auf. „Bis nach Weiden brauchen wir nur 'ne Viertelstunde, und es ist noch nicht mal halb elf. Steig auf!"

Ich setzte mich hinter ihn und schlang meine Arme um ihn. Auf dem Großparkplatz in der Weidener Innenstadt parkte er und wir stiegen beide ab.

„Danke fürs Mitnehmen!" Ich gab ihm den Helm zurück. „Das war echt lieb von dir."

„Schon gut. Vielleicht sehen wir uns nachher ja noch?", überlegte er.

„Ich weiß nicht, wie lange Karolin und ich in der Stadt bleiben", entgegnete ich, „aber vielleicht schauen wir mal bei dir vorbei. Oder wir sehen uns heute Abend am Fenster!"

„Na, unbedingt." Er lächelte und umarmte mich fest. „Dann viel Spaß."

Auch ich legte meine Arme um ihn. „Dir auch."

„Inmitten von Frittierfett zu arbeiten, würde ich nicht als Spaß bezeichnen“, lachte er. „Aber danke.“

Ich lächelte schief. „Du schaffst das schon.“

Er nickte. „Wie immer.“

Wir küssten uns zum Abschied, bevor wir in verschiedene Richtungen den Parkplatz verließen. Gut gelaunt machte ich mich auf den Weg zur Schule. Raphael so unverhofft zu begegnen, hatte mich richtig aufgeheitert.

Um kurz vor elf kam ich an der Apotheke gegenüber dem Gymnasium an. Auch Karolin ließ nicht lange auf sich warten. Ich musterte sie unauffällig, als sie vor mir stand. Ihr dunkles Haar rahmte ihr Gesicht perfekt ein, wie üblich. Doch im Gegensatz zu sonst wirkte sie völlig verängstigt. „Hi“, begrüßte sie mich.

„Hallo“, antwortete ich, nachdem wir uns kurz umarmt hatten. „Wollen wir?“

Sie atmete tief durch und nickte. Gemeinsam betraten wir die Apotheke, in der sich außer uns nur noch ein weiterer Kunde befand. „Wie kann ich euch helfen?“, fragte eine freundliche Apothekerin.

„Ähm, ich ... also, ich brauche ...“, stammelte Karolin.

Ich legte einen Arm um sie, um sie ein wenig zu beruhigen. „Wir brauchen einen Schwangerschaftstest“, erklärte ich der Frau.

Ohne eine Miene zu verziehen, nickte sie. „Einen Moment.“

Sie ließ uns allein, um unsere Bestellung zu holen. In der Zwischenzeit klammerte Karolin sich an mich. Sie zitterte, das spürte ich. „Ist schon gut“, flüsterte ich und strich ihr über den Rücken.

„Danke, Lara“, wimmerte sie. „Ohne dich wüsste ich nicht weiter!“

Besorgt musterte ich das total panische Mädchen in meinen Armen. „Ganz ruhig. Es ist alles okay.“

Endlich kam die Apothekerin zurück. Sie gab Karolin den Test, meine Freundin bezahlte ihn und wir verließen die Apotheke. „Siehst du, das ging doch richtig schnell. Es hat keine fünf Minuten gedauert“, munterte ich Karolin auf. „War doch gar nicht so schlimm.“

„Ich hab gedacht, ich sterbe“, seufzte sie. „Ich hab mich so geschämt!“

„Aber die Apothekerin war doch echt nett."

„Trotzdem!"

Nur wenige Autos fuhren die Straße entlang, es kamen auch nicht viele Leute an uns vorbei. Wir setzten uns auf die Bank, die direkt vor der Apotheke auf dem Gehweg stand.

„Willst du den Test gleich heute machen?", fragte ich.

Karolin nickte. „Ich hab extra nichts getrunken, damit das Ergebnis sicher richtig ist!"

„Dann lass uns mal sehen, wie er funktioniert", schlug ich vor.

Sie öffnete die Verpackung und holte die Anleitung heraus. Ihre Hände zitterten so sehr, dass ich ihr das Papier aus der Hand nahm.

„Warte, ich helfe dir", sagte ich beruhigend und überflog den Text. „Also, hier steht, du musst auf den Teststreifen urinieren", las ich vor. „Dann drei Minuten warten. Wenn in dem kleinen Display auf dem Test drei Streifen sichtbar werden, bist du schwanger. Wenn nur einer kommt, bist du's nicht. Und bei zwei Streifen ist das Ergebnis nicht eindeutig."

Sie nickte langsam. „Okay. Wo ist denn die nächstbeste Toilette?"

„Die Schule ist diese Woche noch abgeschlossen", antwortete ich. „In der Innenstadt gibt's aber ein paar Restaurants mit Toiletten."

„Da muss man was bestellen, um aufs Klo zu dürfen", wandte Karolin ein.

„Gibt's hier nirgendwo ein öffentliches WC?", fragte ich.

„Doch, am Busbahnhof und in der Altstadt, aber da willst du nicht freiwillig drauf", erzählte Karolin und erschauderte bei dem Gedanken. „Das sind die schmutzigsten Klos, die du je gesehen hast!"

„Schlimmer als in der Schule?", wunderte ich mich.

„Dagegen ist das Kepler blitzblank sauber."

Ich verzog das Gesicht. „Igitt."

Eine Weile blieben wir schweigend auf der Bank sitzen. Karolin sagte kein Wort mehr, sie starrte nur auf den Test in ihrer Hand. Vorsichtig griff ich nach ihrer freien Hand. Ich wusste nicht, was ich sagen sollte, um sie aufzumuntern. Also zeigte ich ihr einfach, dass ich bei ihr war.

„Ich hab Angst", flüsterte sie.

„Du musst keine Angst haben", beruhigte ich sie. „Klar, es wäre kompliziert, wenn du wirklich schwanger wärst. Aber du bist nicht allein. Du hast Niklas, deine Familie und deine Freunde! Meine Eltern haben mich bekommen, als sie noch jünger waren als du. Bestimmt können sie dir helfen, wenn du Rat brauchst."

Da umarmte sie mich stürmisch und schluchzte auf. „Ich bin so froh, dass du da bist!"

Beruhigend strich ich ihren Rücken auf und ab. „Du schaffst das. Du musst nur diesen Test machen, und egal, wie er ausgeht, du schaffst das."

„Was soll ich denn machen, wenn ich schwanger bin?", fragte sie ängstlich und hilflos zugleich. „Ich bin noch in der Schule! Und ich will mein Abi machen! Ich kann mich nicht um ein Kind kümmern!"

„Es gibt so viele Möglichkeiten für solche Fälle ..."

„Wie Abtreibung?", unterbrach sie mich. „Das würde ich nicht übers Herz bringen! Ich kann doch mein eigenes Kind nicht töten!"

„Daran hab ich gar nicht gedacht", entgegnete ich. „Aber im Notfall kannst du es zur Adoption freigeben." Schon verrückt, dass mir das, was ich meinen Eltern so lange zum Vorwurf gemacht hatte, nun wie eine gute Ausweichmöglichkeit erschien.

Sofort schüttelte Karolin den Kopf. „Nicht nach dem, was dir deswegen passiert ist!", rief sie.

Halbherzig lächelte ich. „Ich hatte zwölf wunderbare Jahre mit meiner Familie. Und stell dir mal vor, ich hätte nicht bei Saskia und Nele in Berlin gelebt. Dann wäre meine Schwester ganz allein gewesen. Dann hätte Gilbert sie vielleicht als Opfer ausgesucht."

Langsam nickte Karolin. „Okay, wenn man's so sieht ..."

„Aber egal, darüber können wir auch später noch nachdenken. Wir sollten jetzt eine Toilette suchen und den Test machen", meinte ich.

Sie stand von der Bank auf und atmete tief durch. „Du hast recht."

„Wo gehen wir hin?", fragte ich, als ich mich ebenfalls erhob. Die Anleitung für den Test stopfte ich schnell in meine Jackentasche. „Hast du eine Idee?"

„Na klar!", rief sie und lief voraus. „Daran hätte ich auch früher denken können! Komm mit!"

Ich folgte ihr, schon fast rennend, um mit ihr Schritt zu halten. „Wo willst du denn hin?“, wunderte ich mich.

„Es gibt doch ein Restaurant in der Stadt, in dem man unbemerkt aufs Klo huschen kann und nichts bestellen muss!“, erklärte sie.

Verwirrt sah ich sie an. „Und welches?“

„Komm mit!“

Wir liefen quer durch die Innenstadt, ohne zu reden. Ich hatte Mühe, Karolin hinterherzukommen. Vor Erschöpfung brachte ich keinen Ton heraus. Ich war einfach nicht sportlich – ich hatte keine Ausdauer, keine Kraft und kein Geschick für Sport.

Vor dem McDonald’s blieb meine Freundin schließlich stehen.

„Ach, na klar“, keuchte ich und stützte mich mit den Händen auf meinen Knien ab. „Daran hab ich gar nicht gedacht. Das ist ja kein richtiges Restaurant.“

„Hier sollte es gehen“, vermutete Karolin. „Ich hoffe nur, dass niemand merkt, was ich in der Toilette mache ...“

„Selbst wenn“, wandte ich ein, „es ist immer noch besser, als es bei dir zu Hause zu machen, oder?“

Sie nickte. „Auf jeden Fall.“

Ich richtete mich wieder auf. „Dann lass uns reingehen. Ich stehe Schmiere für dich, wenn du willst.“

Sie lächelte mich an. „Du bist echt die Beste, Lara.“

„Blödsinn“, winkte ich ab.

Wir betraten den überraschend vollen Laden. Dass so viele Leute schon vormittags Fast Food essen konnten! Bäh. Es standen lange Schlangen an drei Kassen, fast alle Plätze waren besetzt. Die verschiedensten Menschen holten sich hier etwas zu essen. Familien mit Kindern, dicke Leute, dünne Leute, Pärchen, Jugendliche. Die Verkäufer kamen mit den Bestellungen kaum noch hinterher, sie rannten umher, riefen sich gegenseitig etwas zu, nahmen neue Bestellungen auf, kassierten und so weiter ...

Schnell huschten Karolin und ich hinter den langen Schlangen vorbei zur Kundentoilette. „Geschafft“, seufzte sie.

„Ich bleibe hier vor der Tür stehen“, beschloss ich. „Los, geh rein und beeil dich! Ich warte.“

Sie nickte und holte den Test aus der Pappverpackung. „Ich

bin in ungefähr drei Minuten wieder da. Nimmst du die Packung schnell?“

Ich hielt die Hand auf. „Klar. Und jetzt los.“

Bemüht unauffällig lehnte ich mich an die Wand neben der Toilettentür. Ich betrachtete während der Wartezeit die Verpackung in meiner Hand. *Ein sicheres und schnelles Ergebnis*, stand darauf. Hoffentlich hielt dieser Test, was er versprach. Als eine Frau aus der Toilette herauskam, ließ ich die Verpackung schnell hinter meinem Rücken verschwinden und lächelte sie verlegen an. Sie musterte mich verwirrt und ging weiter. Erleichtert atmete ich auf, es wäre wirklich peinlich gewesen, wenn sie die Packung des Schwangerschaftstests gesehen hätte!

Lange stand ich neben der Toilettentür herum, es kamen alle paar Minuten Frauen heraus. Anscheinend standen einige Leute da drinnen an. Es würde wohl noch eine Weile dauern, bis Karolin endlich in die Kabine kam.

„Lara?“, fragte plötzlich eine bekannte Stimme neben mir.

Ertappt fuhr ich herum und sah meinen Freund entsetzt an. „Raphael!“ Oh nein! Mein Freund arbeitete gerade und ich Idiot hatte es vergessen!

In seiner seltsamen braunen Arbeitskleidung stand er neben mir, mit zwei Tabletts voller Müll in den Händen. „Wolltest du mich besuchen?“

Ich schüttelte den Kopf. „Karo musste aufs Klo ...“, murmelte ich und deutete zur Toilettentür. Und zwar mit der Hand, in der ich die Packung hielt.

Dass Raphael die Aufschrift nun lesen konnte, wurde mir erst klar, als er die leere Verpackung des Schwangerschaftstests sichtlich skeptisch und verstört anstarrte.

„Was zur Hölle ...“, fragte er verunsichert.

„D...der ist ... der ist nicht für mich!“, stammelte ich und versteckte die Packung wieder hinter meinem Rücken.

Ich Idiot ... Ich hätte vorher nachdenken sollen! Was glaubte Raphael jetzt bloß? Wie konnte ich verheimlichen, dass der Test für Karolin war?

„Sondern?“, wollte er wissen.

Ich öffnete den Mund, brachte aber keine glaubwürdige Ausrede zustande. Darum sagte ich nichts. In dem Moment wurde die Toilettentür wieder aufgerissen, Karolin stürmte heraus und umarmte mich fest. „Negativ!“, rief sie. „Er ist negativ!“

Oh Gott, das durfte doch nicht wahr sein! Sosehr ich mich darüber freute, dass Karolin ihr Wunschergebnis bekommen hatte, nun wusste Raphael, was es mit diesem Test auf sich hatte.

Meinem Freund klappte der Mund auf, verdutzt und ungläubig musterte er uns.

„Ähm, Karo“, murmelte ich und tippte ihr auf den Rücken.

„Was denn?“, fragte sie freudestrahlend.

„Raphael steht hinter dir ...“

Erschrocken ließ sie mich los und drehte sich um. Die peinliche Stille, die nun einkehrte, hielt eine gefühlte Ewigkeit an.

„Bitte behalt das für dich!“, flehte Karolin schließlich.

Langsam nickte mein Freund. „Ähm ... klar. Weiß Niklas davon?“

Sie schüttelte den Kopf. „Eben nicht. Und das soll er auch nicht! Ich wollte ihm keine Sorgen machen, es war ja falscher Alarm!“

„Krass“, murmelte Raphael.

Verlegen sah ich ihn an. „Ich konnte dir nichts sagen, tut mir leid ...“

„Versteh ich schon ...“

„Raphael, hör auf zu flirten und mach deine Arbeit!“, motzte ein etwa 40-jähriger Mann, der an uns vorbeikam. „Sofort!“

„Ja, Entschuldigung, ich mach schon weiter“, antwortete mein Freund hastig. Der Mann eilte murrend weiter in ein Hinterzimmer. „Ich muss weitermachen.“ Raphael sah erst mich und dann Karolin an. „Wir sehen uns.“

Ich streckte mich ein wenig, um ihn auf die Wange zu küssen. „Bis spätestens heute Abend am Fenster.“

Er lächelte mich an. „Ich freu mich schon.“

„Tschüss“, verabschiedete sich auch Karolin von ihm.

Dann verschwand Raphael ebenso schnell, wie er aufgetaucht war. Karolin und ich gingen aus dem McDonald’s zurück ins Freie. An die frische Luft.

„Oh Mann, dass Raphael ausgerechnet jetzt hier war!“, jammerte sie.

„Ich wusste, dass er heute arbeitet, aber ich hab's total vergessen", gestand ich.

Sie lächelte mich an. „Schon okay. Er hält bestimmt dicht."

„Denke ich auch", beruhigte ich sie. „Er wusste auch schon viel länger, was mir ... in Berlin passiert ist, weil er mal zufällig ein Gespräch zwischen meinen Eltern und mir belauscht hat. Und er hat nie was verraten."

„Aber ich bin so froh", wechselte Karolin abrupt das Thema. „Ich bin nicht schwanger! Das ist toll!"

Ich nickte. „Ein Glück."

„Lara, danke für alles! Ohne dich hätte ich das nicht geschafft."

„Ich hab gern geholfen", entgegnete ich.

Sie schaute auf ihre Armbanduhr. „Schon kurz nach zwölf", stellte sie fest. „Ich sollte wieder nach Hause. Es gibt bald Mittagessen."

„Bei mir vermutlich auch", warf ich ein und rief deswegen meine Mutter an, die versprach, mich abzuholen. Bevor ich mich wieder mit ihr stritt, nahm ich lieber nicht den Bus. Es war sowieso sicherer, wenn sie mich fuhr. Auch wenn es ihr Umstände machte …

Karolin wartete mit mir beim Parkplatz in der Innenstadt, von dem mich Bianca bald holen würde. „Da hab ich's echt leichter", merkte meine Freundin an. „Ich wohne direkt in der Altstadt, das ist nur ein kurzer Fußweg."

„Stimmt", gab ich ihr recht. „Aber danke, dass du noch mit mir wartest."

„Das ist doch das Mindeste!"

Schon bald kam meine Mutter. Mit einer festen Umarmung verabschiedeten Karolin und ich uns voneinander. „Wir sehen uns, spätestens in der Schule."

Sie nickte. „Bis dann. Und noch mal danke!", wisperte sie.

„Ist schon gut, das war selbstverständlich", winkte ich ab und stieg dann ins Auto ein.

Karolin und ich winkten uns kurz zu, bevor sie sich ebenfalls auf den Weg nach Hause machte. Leise und erleichtert seufzte ich. Das war ja noch mal gut ausgegangen. Auch wenn ich Raphael für einen kurzen Moment wirklich zutiefst verstört hatte. Aber im Nachhinein fand ich seinen entsetzten Blick sogar ein wenig lustig.

Ohne jeden Halt

„Hi!"

Ich lächelte. „Hi! Warte, ich hole nur schnell meine Schwester."

Florian, der vor mir in der Haustür stand, nickte. „Klar."

„Nele!", rief ich die Treppe hoch. „Komm, wir fahren zum Eislaufen!"

Es dauerte keine Minute, da rannte die Kleine schon auf uns zu. „Hallo!"

Florian ging ein wenig in die Hocke und hielt ihr die Hand hin. „Hi!"

Die beiden schlugen ein, dann richtete Florian sich wieder auf. Nele und ich zogen unsere Schuhe und Jacken an, verabschiedeten uns von Bianca und verließen mit Florian das Haus.

Irgendwie war ich müde. Heute war zu viel los. Erst der Schwangerschaftstest von Karolin, jetzt das Eislaufen. Und ich hatte in der Nacht kaum geschlafen.

Florian hielt die Beifahrertür vom Auto auf, zuvorkommend wie immer. „Ich will vorne sitzen!", rief Nele und strahlte mich an.

„Dann brauchen wir aber den Kindersitz", antwortete ich.

„Kein Problem, der von Fritz ist ja hinten", merkte Florian an und räumte den Sitz nach vorne.

Sie setzte sich auf den Beifahrersitz, Florian machte die Autotür hinter ihr zu und hielt mir dann die Hintertür auf. „Danke, sehr nett", merkte ich an, als ich einstieg.

Er grinste nur und ließ sich dann auf dem Fahrersitz nieder. Die Fahrt zum Eisstadion dauerte nicht lange. Nele redete währenddessen ständig davon, wie sehr sie sich schon darauf freute, ohne Stütze eiszulaufen, weil sie es jetzt endlich konnte. Ich schmunzelte über ihre Begeisterung. Es war schön, dass sie sich so sehr freute.

Mir war ein wenig mulmig zumute, aus verschiedenen Gründen. Erstens konnte ich nicht so gut eislaufen, zumal ich es erst einmal getan hatte. Zweitens war ich erschöpft. Und drittens hatte ich schlechte Erinnerungen an das letzte Mal. An Florians Geständnis. Aber so etwas würde heute nicht wieder passieren, das wusste ich. Zum Glück.

Florian parkte in der Nähe des Eisstadions und wir stiegen aus. „Eislaufen!“, rief meine kleine Schwester. „Los, kommt schon!“

„Sekunde, ich muss meine Schuhe noch mitnehmen“, lachte er und öffnete den Kofferraum, aus dem er seine schwarzen Hockey-Schuhe holte. Dann schloss er das Auto ab. „So, wir können.“

Nele rannte voran, Florian und ich schlenderten eher gemütlich hinterher.

„Letztes Mal hattest du keine eigenen Schuhe dabei“, fiel mir auf.

„Hatte sie vergessen“, erklärte er und grinste verlegen. „Ziemlich dämlich, wenn man bedenkt, dass man für die geliehenen Schuhe zahlen muss.“

Dann betraten wir das Eisstadion. Damit meine Schwester vor lauter Vorfreude nicht noch weglief und ich sie aus den Augen verlor, nahm ich sie an die Hand, als ich unsere Eintrittskarten kaufte und Schlittschuhe auslieh.

„Welche Größen brauchen Sie denn?“, wollte der Mann an der Kasse wissen.

„Einmal 34 und einmal 40“, antwortete ich und bezahlte.

Zum Glück hatte Bianca mir etwas Geld mitgegeben. Ich verdiente seit meinem Umzug nichts mehr, weil meine Eltern mir verboten hatten, weiterhin Nachhilfe zu geben oder anderweitig zu jobben. Sie wollten, dass ich mir Zeit für mich nahm und über die vergangenen Ereignisse hinwegkam. Aber da ich meinen Plan, an meinem 18. Geburtstag mit Nele abzuhauen und ein neues Leben anzufangen, begraben hatte, musste ich sowieso kein Geld mehr sparen. Schließlich hatten Nele und ich nun ein neues Leben.

Zu dritt gingen wir in den Keller, wo sich der Zugang zur Eishalle befand. Außerdem gab es hier einen großen Raum mit vielen Schließfächern und Bänken, um die Schuhe zu wechseln. Wir teilten uns ein Schließfach, da sowohl unsere Schuhe als auch die Jacken von Nele und Florian hineinpassten.

„Und du willst echt mit Jacke in die Halle gehen?“, vergewisserte Florian sich.

Ich nickte. „Ich friere sonst nur."

Er schloss ab und steckte den Schlüssel in seine Hosentasche. „Okay, wie du meinst."

„Fährst du eine Runde mit mir zusammen?", fragte Nele, während wir langsam auf den Kufen zur Halle stapften, und zupfte an meiner Jacke.

„Na klar", versprach ich ihr. „Wenn ich nicht sofort auf der Nase lande."

„Du schaffst das schon", ermutigte Florian mich.

Als wir allerdings die Eisfläche betraten, bekam ich weiche Knie. Ich fühlte mich so haltlos! Schnell griff ich nach der Bande, wodurch ich mich ein wenig sicherer fühlte. Vielleicht hätte ich doch einen Schlitten ausleihen sollen, um mich abstützen zu können.

Nele hingegen schien überhaupt keine Angst zu haben, sie fuhr schon voraus, an der Bande entlang. Es sah zwar etwas unbeholfen aus, doch es machte ihr sichtlich Spaß.

Unwillkürlich lächelte ich. Hauptsache, es gefiel der Kleinen. Das war das Wichtigste für mich.

„Flo, hast du ein Auge auf sie?", bat ich meinen Mitschüler. „Wenn sie ins Stolpern kommt, bin ich sicher nicht schnell genug bei ihr ..."

„Ich passe auf", versicherte er mir. „Also, komm!"

„Ach, ich steh hier gut", murmelte ich und klammerte mich noch fester an die Bande. „Ich schaue etwas zu."

„Nichts da", widersprach er und griff nach meiner freien Hand. „Du kommst mit!"

„Lass mich los!", kreischte ich, als er mich von der Bande weg in die Mitte der Halle zog. Ich stolperte nur hinter ihm her. „Flo, ich warne dich! Lass mich los! Ich will nicht!"

Da grinste er plötzlich scheinheilig. „Wie du willst", entgegnete er und ließ meine Hand los.

Erst da merkte ich, dass ich mitten auf der Fläche stand, ohne eine Bande in der Nähe. Hier gab es nur Eis. Und einige Leute, die hin und wieder an mir vorbeifuhren, vor allem Kinder.

Sofort fühlte ich mich noch wackeliger als zuvor. Letzte Woche war ich zwar schon ohne Hilfe quer durch die Halle gefahren, aber das hieß noch lange nicht, dass ich das jetzt wieder schaffen würde.

„Ich sehe mal schnell nach deiner Schwester", kündigte Florian an und ließ mich allein stehen.

„Okay, Larissa, bleib ruhig und beweg dich ganz langsam in Richtung Rand", sagte ich mir. Es kostete mich viel Überwindung, doch ich stieß mich vorsichtig mit einem Fuß ab. Beinahe verlor ich das Gleichgewicht, doch irgendwie erreichte ich die Bande. Erleichtert atmete ich auf. Geschafft. Aber das würde ich Florian heimzahlen!

„Lara, schau mal!", rief meine Schwester durch die Halle.

Ich drehte mich nach rechts, woher ihre Stimme gekommen war. Nele fuhr gerade auf mich zu, ohne sich festzuhalten. Und es sah richtig gut aus, wie sie sich bewegte.

„Du machst das klasse!", lobte ich sie.

Sie lächelte glücklich. „Langsam kann ich's!"

„Auf jeden Fall", bestätigte Florian, der lässig neben ihr her fuhr. „Schaffst du es auch zu bremsen?"

Eifrig nickte sie. „Pass auf!" Tatsächlich gelang es ihr, direkt neben mir auf dem Eis stehen zu bleiben. Ohne sich mit den Händen an der Bande abzufangen.

„Wahnsinn!", staunte ich.

„Hat Flo mir alles beigebracht!", erzählte sie begeistert.

Ich lächelte ihn an. „Danke", flüsterte ich. Es war wirklich lieb von ihm, ihr alles zu zeigen.

Er zwinkerte mir zu. „Kein Problem. Jetzt bist du dran!"

„Oh nein", lehnte ich ab. „Es war schon schwierig genug, aus der Mitte der Halle wieder hierherzukommen."

„Ein Grund mehr, es jetzt richtig zu lernen."

„Mach doch!", spornte Nele mich an. „Es ist echt toll!"

Ich verzog das Gesicht. „Muss nicht sein ..."

„Ach, Lara, wenn ich's sogar meinem kleinen Bruder beibringen konnte, dann schaff ich das auch bei dir", redete Florian auf mich ein.

„Wenn's sein muss", gab ich mich geschlagen. Die beiden würden mich ja sowieso nicht in Ruhe lassen, bis ich es wenigstens ausprobierte.

Florian griff nach meiner einen Hand, Nele nach meiner anderen. „Los geht's!", rief die Kleine und setzte sich in Bewegung.

Mit weichen Knien ließ ich mich von den beiden durch die Halle ziehen. Ich hatte ständig das Gefühl, jeden Moment umzukippen. Doch ich blieb aufrecht. „Hey, das klappt ja ganz gut", wunderte ich mich selbst.

Florian lächelte mich an. „Sag ich doch. Vertrau mir einfach, dann lernst du's schon."

„Genau, Florian kann voll gut eislaufen! Und erklären!", lobte Nele ihn.

„Das hört man doch gerne", freute er sich. „Soll ich dir zeigen, wie man rückwärtsfährt?"

„Klar!", stimmte meine Schwester sofort zu.

„Dann lass mal Laras Hand los und pass gut auf!"

Nele tat, was er gesagt hatte, und fuhr nur noch langsam neben uns her. Florian griff nach meiner nun freien Hand. Er stand mir gegenüber, hielt mich an beiden Händen und fuhr rückwärts, wobei er mich mit sich zog.

„Wie machst du das?", staunte ich.

Er grinste stolz. „Ist ganz einfach. Schau auf meine Füße."

Dummerweise hörte ich auf ihn und achtete auf seine Füße statt auf meine. Prompt verlor ich das Gleichgewicht, stolperte nach vorne und landete direkt in Florians Armen.

„Hoppla!", rief er, als er mich auffing. „Alles okay?"

Zögerlich nickte ich. „Ja, ich ... ich bin nur nicht so gut darin, mein Gleichgewicht zu halten."

„Das bekommst du noch hin", ermutigte er mich.

„Du kannst mich wieder loslassen", merkte ich an. „Ich stehe wieder sicher."

„Wirklich?"

„Ja", versicherte ich ihm.

Ganz langsam löste er seinen Griff, ich blieb stehen. Mit einem Mal bremste Nele neben uns.

„Du bist fast umgefallen", stellte sie entsetzt fest.

Ich lächelte sie an. „Mir ist nichts passiert, Schwesterchen."

„Ein Glück! Aber wenn du mal hinfällst, musst du die Hände sofort zu Fäusten ballen", schärfte sie mir ein.

Verwirrt blickte ich zu ihr hinunter. „Wieso?"

„Damit dir niemand mit seinen scharfen Kufen die Finger abschneidet, wenn er dich überfährt!", rief sie aufgeregt.

„Ja, da solltest du aufpassen", riet mir nun auch Florian.

„Ich werd's mir merken", murmelte ich.

Eislaufen war wirklich nicht meine Sportart ... viel zu gefährlich und unsicher.

Nele versuchte nun, wie Florian eben, rückwärtszufahren. Allerdings bewegte sie sich nicht von der Stelle. „Warte, ich zeig's dir noch mal", bot er an und führte es erneut vor.

Ich machte mich langsam auf den Weg zum Rand der Halle, um mich wieder an der Bande festzuhalten. Ich fühlte mich wohler, wenn ich mich an etwas klammern konnte. Zum Glück war es nicht weit bis dahin. Doch ein Junge, vielleicht zehn oder elf Jahre alt, raste so nah an mir vorbei, dass ich mich erschreckte und stolperte. Der Länge nach knallte ich auf die harte, kalte Eisfläche. Sofort ballte ich die Hände zu Fäusten und unterdrückte einen Schmerzensschrei. Nein, Eislaufen war definitiv nicht meine Sportart! Wenn Nele es nicht so gerne machen würde, würden mich keine zehn Pferde auf die Eisfläche bringen!

„Lara!", riefen zwei Stimmen gleichzeitig.

Innerhalb von Sekunden war Florian bei mir und half mir auf die Beine. „Bist du verletzt?", fragte er besorgt.

Noch leicht desorientiert schüttelte ich den Kopf. „Nicht wirklich ..."

„Du machst Sachen", seufzte er.

Auch Nele kam nun bei mir an. „Lara, was ist passiert?"

„Ich bin gestolpert", erklärte ich und lächelte schief. „Fahr ruhig weiter, mir ist nichts passiert."

„Ein Glück!", rief sie und schlang ihre Arme fest um meine Hüfte.

Sanft strich ich ihr durchs dunkle Haar. „Es ist alles okay."

Wir lächelten uns an, dann nickte sie und fuhr weiter durch die Halle. Amüsiert beobachtete ich, wie sie schneller wurde, langsamer, bremste, ein paar Schritte rückwärts machte, dann aber doch aufgab und wieder vorwärts im Kreis fuhr. Und wie sie vor Freude strahlte.

„Das hast du verloren", zischte Florian plötzlich neben mir.

Erschrocken über den wütenden Tonfall drehte ich mich zu ihm um. „Was hast du denn auf einmal?", wunderte ich mich.

Er drückte mir ein Blatt Papier in die Hand, das offensichtlich mehrfach gefaltet gewesen war. Ich erkannte es sofort. Es war die Anleitung von Karolins Schwangerschaftstest ...

„Das hatte ich noch in der Tasche?“, fragte ich entsetzt und verlegen zugleich.

Florian sah mich finster an, seine blauen Augen wirkten eiskalt. „Ich hoffe, du hast dein Wunschergebnis bekommen.“

Mit diesen Worten drückte er mir den Zettel in die Hand und fuhr davon. Verwirrt blickte ich ihm hinterher. Warum war er so wütend? Er glaubte nicht wirklich, dass ich diesen Test gemacht hatte, oder? Dieses Missverständnis musste ich sofort aufklären!

„Flo, warte!“, rief ich ihm hinterher, doch er drehte sich nicht mal zu mir um. Er fuhr durch die Halle und ignorierte mich. Also gab ich mir die größte Mühe, ihn zu erreichen, was mir eher schlecht als recht gelang. „Hör doch mal!“, bat ich ihn, als ich an ihm vorbeifuhr. Ich konnte nicht bremsen, darum schlitterte ich noch ein Stück weiter, bis ich mit voller Wucht gegen die Bande knallte. Vielleicht hätte ich nach vorne schauen sollen, anstatt mich zu Florian umzudrehen.

Leise seufzend steckte ich den Zettel wieder in die Tasche und hielt mich mit einer Hand an der Bande fest. Die andere Hand hauchte ich an, weil sie sich so kalt anfühlte.

Florian beachtete mich immer noch nicht, also startete ich einen zweiten Versuch. Ich begriff es einfach nicht. Warum regte er sich so auf? Ich wollte mich nicht mit ihm streiten!

Unsicher und stolpernd fuhr ich wieder zu ihm, inzwischen war er weiter weg vom Rand, schon fast in der Mitte. Irgendwie kam ich dort sogar an, allerdings viel zu schnell. Ich fuhr direkt auf Florian zu, und da ich weder sonderlich gut lenken noch bremsen konnte, würde es gleich einen Zusammenstoß geben.

„Pass auf!“, rief ich.

Überrascht drehte er sich zu mir um, seine Augen weiteten sich, doch er reagierte nicht. Ich krachte in ihn hinein und riss ihn mit mir zu Boden. Im Gegensatz zu mir landete er mit dem Rücken direkt auf dem Eis, ich fiel bäuchlings auf ihn.

„Was soll der Mist?“, meckerte er mich an.

„Das sollte ich dich fragen!“, motzte ich zurück. „Wieso bist du jetzt so sauer? Ich hab dir doch nichts getan! Abgesehen von diesem kleinen Unfall, aber das war keine Absicht ... Ich kann einfach nicht bremsen. Und du wolltest mir ja nicht zuhören!"

Er stützte sich mit den Händen ab und setzte sich ein Stück auf, ich kniete nun zwischen seinen Beinen und fixierte ihn verärgert. „Nein, ich wollte nicht hören, dass du vermutlich schwanger bist", zischte er.

„Das bin ich doch gar nicht!"

„Schön, dann war der Test also negativ. Glückwunsch", brummte er und wich meinem Blick aus.

Ich schnaubte. Damit er mich direkt ansah, wenn ich das Missverständnis aufklärte, griff ich mit beiden Händen seine Wangen und drehte seinen Kopf zu mir. Überrumpelt und mit offenem Mund sah Florian mich an. „Ja, der Test war negativ, aber es war nicht mein Test!"

Es dauerte einen Moment, bis er sich gefasst hatte. Er setzte sich nun vollständig aufrecht hin und stützte sich nicht mehr mit den Händen ab, bevor er tief durchatmete. Endlich konzentrierte er sich wieder auf das Gespräch.

„Wessen dann?"

Ich schüttelte entschieden den Kopf. „Das kann ich nicht sagen. Ich hab's versprochen. Es war jedenfalls nicht meiner! Also zieh keine so voreiligen Schlüsse, du Blödmann!"

„Ach ... so", stammelte er. „Tut mir leid, das wusste ich nicht."

Ein paar nervige Haarsträhnen fielen mir ins Gesicht, doch ich beachtete sie nicht. „Trotzdem, selbst wenn es mein Test gewesen wäre, das ist doch kein Grund, plötzlich so wütend zu werden!", erwiderte ich.

„Doch, ist es!"

„Du bist ein Idiot!", motzte ich. „Wenn ich aufstehen könnte, würde ich jetzt einfach wegfahren und dich auch blöd stehen lassen!"

Da grinste er. „Tja, da wirst du wohl meine Hilfe brauchen."

Wie ich es hasste, dass er recht hatte ...

„Warum wärst du wütend, wenn es mein Test gewesen wäre?", fragte ich verständnislos und kam damit wieder auf das ursprüngliche Thema zurück.

„Weil ich gedacht hab, du hättest mit Raphael geschlafen."
„So ein Quatsch! So schnell doch nicht!", protestierte ich. „Spinnst du?!"
Da lächelte er und strich mir das offene Haar aus dem Gesicht. „Entschuldige. Mein Fehler."
Beleidigt musterte ich ihn. „Es geht dich sowieso nichts an! Das hat überhaupt nichts mit dir zu tun, also halt dich da raus!" Dass ich überhaupt auf seine Vermutung geantwortet hatte, ärgerte mich. Ich hatte reflexartig reagiert, weil er so wütend wirkte ...
„Ich hab mich doch entschuldigt", seufzte er und umarmte mich plötzlich. „Es tut mir leid."
Unbeholfen erwiderte ich die Umarmung kurz. „Schon gut. Ich muss mich auch entschuldigen." Dann ließ ich ihn wieder los. „Ich wollte dich nicht umfahren, tut mir echt leid."
Er lachte und löste nun seine Arme von mir. „Kommt vor, gerade bei so blutigen Anfängern wie dir."
Ich zuckte mit den Schultern – abstreiten konnte ich das ja nicht.
Gekonnt stand er auf, staunend beobachtete ich ihn dabei. Dass er so schnell wieder auf die Füße kam! Ich wusste nicht mal annähernd, wie ich mich wieder aufrichten sollte.
„Los, jetzt du", sagte er und hielt mir seine beiden Hände hin.
Ich griff nach ihnen, Florian zog mich auf die Beine. „Danke."
„Keine Ursache." Er lächelte und fuhr sich durchs blonde Haar. „Nur gut, dass deine Schwester nichts gesehen hat. Sonst hätte sie nur wieder Angst um dich."
Schnell blickte ich mich um, denn erst jetzt fiel mir auf, dass ich Nele seit meinem Zusammenstoß mit Florian nicht mehr gesehen hatte. Doch ich machte mir unnötig Sorgen um sie, sie stand am Rand der Halle und übte rückwärtszufahren. Und das relativ erfolgreich.
Zögerlich bewegte ich mich in ihre Richtung, doch nachdem ich schon zweimal hingefallen war, hatte ich Angst davor, dass es wieder passierte. Da nahm Florian meine Hand in seine und fuhr los, mich zog er mit sich. „Besser?", fragte er grinsend.
Ich lächelte. „Viel besser."
Zusammen kamen wir bei Nele an, meine Schwester lächelte fröhlich. „Habt ihr das gesehen? Ich bin rückwärtsgefahren!"

Sanft strich ich ihr durchs Haar. „Du machst das unglaublich gut."

„Aber es wäre einfacher, wenn du dich nicht dabei an der Bande festhalten würdest", riet Florian ihr.

„Ich versuch's noch mal!", rief sie.

Insgesamt verbrachten wir fast drei Stunden im Eisstadion. Ich war völlig erschöpft, als Florian Nele und mich nach Hause brachte. Meine Füße und Beine taten wahnsinnig weh. Aber immerhin hatte ich daran gedacht, die Anleitung von Karolins Test noch im Eisstadion wegzuwerfen. Nicht, dass meine Eltern die fanden und dieselben falschen Schlüsse zogen wie Florian. Nachdem er in unserer Einfahrt geparkt hatte, schleppte ich mich aus dem Auto. Nele sprang gut gelaunt hinaus; woher nahm sie bloß diese Energie?

„Dann tschüss!", verabschiedete Florian sich. „Hat echt Spaß gemacht."

„Mir auch!" Nele streckte ihren Arm aus. „Bis bald!"

Florian schlug mit ihr ein. „Bis bald!"

Nele lief voran zur Haustür. „Ich schließe sofort auf!", rief ich ihr hinterher. „Sekunde!"

Florian umarmte mich. „Wir sehen uns Sonntag."

„Genau, zum Kung-Fu", bestätigte ich und erwiderte die Umarmung.

Er hielt mich lange fest, länger als gewöhnlich. „Und entschuldige noch mal, dass ich dich heute so angemotzt hab."

„Schon gut, auch wenn ich immer noch nicht kapiere, was genau dich so sauer gemacht hat", seufzte ich. Denn eigentlich ergab es doch keinen Sinn – es war meine Sache, ob ich mit Raphael schlief oder nicht. Warum sollte Florian sich darüber aufregen?

„Vergiss es einfach. Ist nicht so wichtig. Bis Sonntag!"

Ich nickte ihm zu. „Bis Sonntag."

Dann lief ich zur Haustür, um Nele und mich hineinzulassen. Als ich das rundum glückliche Gesicht meiner Schwester sah, musste ich lächeln. Diese drei Stunden mit dem blödesten Sport aller Zeiten zu verbringen, hatte sich gelohnt. Denn Nele hatte das Eislaufen sehr genossen.

Wir verbrachten einen ruhigen Abend zusammen, aßen etwas und spielten Karten mit Bianca. Lorenz hatte sich schon um acht

Uhr ins Bett gelegt, weil er so einen anstrengenden Tag gehabt hatte. Bald darauf ging Nele ebenfalls ins Bett. Ich half Bianca beim Aufräumen und verzog mich danach in mein Zimmer.

Erschöpft ließ ich mich aufs Bett fallen. Mein Wecker zeigte erst 20:57 Uhr an, doch ich hätte schon schlafen können. Dieser Tag war lang gewesen. Da brummte mein Handy, ich zog es aus meiner Hosentasche und las die SMS, die ich bekommen hatte.

Nicht schlafen. ;-)

Ich schmunzelte, als ich Raphaels Nachricht las. Etwas wacher als zuvor stand ich vom Bett auf und ging zum Fenster. Gegenüber sah ich meinen Freund, er winkte mir zu. Lächelnd winkte ich zurück, da bekam ich wieder eine SMS.

Bist du wohl so müde?

Ich nickte und tippte eine Antwort.

Total. Viel zu langer Tag. Erst die Sache mit Karolin, dann Eislaufen mit Nele & Florian. Bin echt geschafft. Und zweimal hingeflogen ...

Er fuhr sich durchs dunkle Haar und schrieb mir eine weitere Nachricht.

Dir ist aber nichts passiert, oder?

Schnell schüttelte ich den Kopf, daraufhin hielt er seinen Daumen hoch.

Nein, aber ich leg mich trotzdem bald schlafen. Bin total fertig.

Innerhalb von wenigen Sekunden antwortete er schon darauf.

Mach das. Sehen wir uns morgen Nachmittag? Meine Mutter hat ab mittags frei, du kannst gerne zum Abendessen bleiben!

Ich lächelte. Ja, ich würde meinen Freund morgen gerne sehen, zumal dieser Freitag der letzte Ferientag war. Sobald die Schule wieder anfing, hatten wir sicherlich nicht mehr so viel Zeit füreinander.

Klar! Dann komm ich um zwei, okay?

Nachdem Raphael meine SMS gelesen hatte, nickte er und legte das Handy auf seinen Schreibtisch. Dann hielt er einen Zettel gegen die Fensterscheibe.

Gute Nacht. ;-)

Gerührt lächelte ich und holte meinen Zettel vom Schreibtisch, auf dem dasselbe stand, und zwar so groß und dick geschrieben, dass man es sogar von einem Fenster zum anderen lesen konnte.

Raphael nahm seinen Zettel wieder weg und warf mir eine Kusshand zu. Mit geröteten Wangen erwiderte ich diese Geste und winkte ein letztes Mal, bevor ich vom Fenster zurücktrat. Da ich nun meinen Freund noch mal gesehen hatte, konnte ich beruhigt schlafen gehen. Und zwar sogar mit einem Lächeln auf den Lippen.

Unschlüssig stand ich vor Raphaels Haustür. Es war kurz vor zwei, ich wollte ihn besuchen, wie wir es abgesprochen hatten. Doch von drinnen hörte ich seltsame Geräusche. Laute, verärgerte Schreie, die eindeutig von Raphael stammten. Teilweise verstand ich das Gespräch sogar.

„Halt die Klappe!", schrie mein Freund. „Du hast hier nichts verloren, verschwinde sofort!" Kurz wurde es leiser, dann hörte ich wieder etwas. „Mir egal! Wenn du mir nicht sofort aus den Augen gehst, rufe ich die Polizei, du Arschloch! Hau ab!"

Wen brüllte er da gerade an? So würde er doch niemals mit seiner Mutter reden! So zornig hatte ich ihn überhaupt noch nie erlebt.

Trotz meiner Zweifel klingelte ich. Sofort verstummte Raphaels Stimme, sodass ich ein leises Schluchzen hörte. Kam das von Renate? Unmöglich! Raphael würde seine Mutter niemals zum Weinen bringen! Vielleicht hätte ich einfach zurück nach Hause gehen sollen ... Diese Situation war mir nicht geheuer. Ich steckte die Hände in meine Jackentaschen und wartete. Nun hatte ich schon geklingelt, also konnte ich nicht abhauen.

Schwungvoll wurde die Tür geöffnet. Raphael stand vor mir, er bebte geradezu, anscheinend vor Wut. Besorgt blickte ich ihn an, er sah schrecklich verunsichert aus. Hilflos, aufgebracht und traurig zugleich. Seine schwarzen Haare hingen ihm wirr in die Stirn, mit einer Faust umfasste er den unteren Rand seines orangeroten Pullovers.

„Lara ...", murmelte er.

„Komme ich ungelegen?", fragte ich vorsichtig.

Plötzlich umarmte er mich fest. Besser gesagt, er klammerte sich an mich. Und ich spürte, dass er am ganzen Körper zitterte.

Sofort erwiderte ich seine Umarmung. „Was ist los?", flüsterte ich. Er schüttelte nur leicht den Kopf. Er wollte nicht darüber reden. Ich strich ihm über den Rücken. „Ganz ruhig."

In diesem Moment kam Raphael mir kleiner vor als sonst. Er wirkte so fertig, dass ich mich richtig schlecht fühlte. Ich wollte ihn einfach nur aufheitern, egal wie. Selbst wenn ich nicht wusste, was ihn so aus der Bahn geworfen hatte.

Einige Minuten lang standen wir so im Türrahmen, in enger Umarmung und ohne zu reden. Doch wir blieben nicht lange unter uns, Renate kam nun auch zur Haustür.

„Oh, Lara", murmelte sie und schniefte leise. „Ich hab ganz vergessen, dass du heute kommst ..." Raphaels Mutter wirkte genauso ausgelaugt wie ihr Sohn. Obendrein waren ihre Augen rot vom Weinen, ein paar vereinzelte Tränen rannen noch über ihre Wangen. Diese Trauer ließ sie mindestens zehn Jahre älter wirken.

„Ich kann wieder gehen, wenn ihr, äh, beschäftigt seid", bot ich an. Da drückte Raphael mich noch fester an sich. Ich begriff, dass er mich bei sich haben wollte. „Oder ich kann bleiben", flüsterte ich und strich ihm durchs Haar.

„Es ... es ist gerade nur ... es ist etwas, nun ja, etwas schwierig", stammelte Renate und schnäuzte sich.

Ich warf ihr einen besorgten Blick zu. Was war bloß passiert? Ich konnte mir nicht vorstellen, dass Renate und Raphael sich so gestritten hatten, dass die beiden nun deswegen so fertig aussahen.

Plötzlich hörte ich näher kommende Schritte. Befand sich etwa noch jemand im Haus? Wer? Sofort ließ Raphael mich los und drehte sich um, er hatte die Geräusche auch gehört und starrte nun wütend in diese Richtung.

Endlich erkannte ich, wer nun zur Haustür kam. Es war ein recht großer Mann, den ich auf 50 Jahre schätzte, vielleicht etwas älter. Er kam mir irgendwie bekannt vor, seine Gesichtszüge wirkten unsympathisch auf mich. Aber er war ein Fremder, ich hatte ganz sicher noch nie mit ihm geredet. Woher kannte ich ihn also? Dann blickte ich in durchdringend blaue Augen. Augen, wie Raphael sie hatte.

Nein, nein, das konnte nicht sein. Unmöglich.

„Vielleicht komme ich besser wieder, wenn euer Besuch weg ist", sagte der Mann mit einer sehr tiefen Stimme.

„Nein, du kommst gar nicht wieder", zischte Raphael. „Kapiert?!"

„Bitte, Junge, nun beruhige dich doch", seufzte der Mann.

„Du hast mir nichts zu sagen!", schrie mein Freund. „Raus! Sofort! Und wage es nicht wiederzukommen!"

Ängstlich blickte ich zwischen Raphael und dem Mann hin und her. Würde dieser komische Kerl auf meinen Freund hören und gehen? Hoffentlich ...

Da lächelte mich der Mann auf einmal an. „Bitte entschuldige diesen Schrecken, junge Dame."

Automatisch wich ich einen Schritt zurück. Der Typ war mir nicht geheuer. Er hatte etwas an sich, das mich abstieß. Allerdings konnte ich nicht sagen, was genau das war.

Raphael packte den Mann am Kragen seines Pullunders. „Lass sie in Ruhe!", brüllte er ihn an. „Und uns auch! Verschwinde!"

„Im Moment ist mit dir ja nicht zu reden", brummte der Mann. „Deine Mutter ist um einiges umgänglicher."

„Sie wird dich bestimmt nicht mehr reinlassen", zischte Raphael. „Wir brauchen dich hier nicht!"

Was ging hier bloß vor sich? Ich hatte das Gefühl, ich sollte nicht hier sein. Ich sollte das nicht mitbekommen ...

„Du beruhigst dich schon noch", meinte der Mann und löste sich mühsam aus Raphaels Griff. „Bis bald."

„Ganz bestimmt nicht!", schrie mein Freund ihm hinterher, als er das Haus verließ. „Du wagst es nicht, noch mal herzukommen!"

Der Mann drehte sich nicht mehr zu uns um, machte aber eine

wegwerfende Handbewegung und ging weiter. Schnell packte Raphael mich am Arm und zog mich ins Haus, um die Tür hinter mir lautstark zu schließen. Es herrschte Stille – eine drückende Atmosphäre und ein extremer Gegensatz zu dem Geschrei von vorhin. Raphael vergrub das Gesicht in seinen Händen und schüttelte den Kopf.

Ich wagte es nicht, die Stille zu durchbrechen. Egal, was ich sagen würde, es konnte nur falsch sein. Darum strich ich meinem Freund behutsam und wortlos über den Arm. Langsam ließ er die Hände vor seinem Gesicht sinken und sah mich matt an. Auch er wusste offensichtlich nicht, was er sagen sollte.

„Dann lasse ich euch zwei mal allein“, meldete sich Renate zurückhaltend zu Wort. „Raphael, Schatz, wir reden später, ja?“ Ihr Sohn nickte, woraufhin Renate in einem anderen Raum des Hauses verschwand.

„Geht's dir gut?“, fragte ich leise. Er schüttelte den Kopf. „So eine überflüssige Frage“, dachte ich. Natürlich ging es ihm nicht gut, das sah man ihm doch an! Ich umarmte ihn. „Egal, was es ist, du schaffst das“, flüsterte ich. „Das weiß ich. Das wird bestimmt wieder.“

Viel sanfter, als ich es in diesem Moment erwartet hätte, erwiderte er meine Umarmung. „Danke“, hauchte er mir ins Ohr.

Ich strich ihm über den Rücken. „Ist schon gut. Willst du dich vielleicht in dein Zimmer setzen?“

Er nickte langsam und ließ mich los, um meine Hand zu nehmen. Ich verschränkte meine Finger mit seinen und lächelte ihn aufmunternd an. Dann gingen wir zusammen die Treppen hoch und in sein Zimmer. Leise schloss ich die Tür hinter uns, Raphael ließ sich schon auf sein Bett fallen. Ich legte mich zu ihm und umarmte ihn wieder. Das Bett war so breit, dass noch zwei Leute dort Platz gehabt hätten. Vor allem weil wir uns so fest umarmten. Ich fühlte mich schon fast etwas eingequetscht, doch ich wusste, ich durfte Raphael jetzt nicht loslassen. Er brauchte Halt, und den würde ich ihm geben.

„Wenn du reden willst, höre ich dir jederzeit zu“, bot ich an.

Wir lagen schon ungefähr eine Viertelstunde nebeneinander, ohne miteinander zu sprechen. Die Stille kam mir so erdrückend vor, dass ich einfach etwas sagen musste. Und wenn es nur diese wenigen Worte waren. Zu meiner Überraschung antwortete Raphael sogar. „Es tut mir leid, dass du das mit ansehen musstest." Seine Stimme klang rau. „Das Ganze kam so plötzlich. Keiner von uns hat damit gerechnet ..."

Ich strich ihm durchs Haar. „Was ist denn passiert?"

Es dauerte lange, bis Raphael die nächsten Worte über die Lippen brachte. „Der Kerl von eben ... das war mein Vater."

Mir klappte der Mund auf. „Was?!"

Also war es kein Zufall, dass der Mann dieselbe Augenfarbe hatte wie Raphael. Aber ansonsten sahen sie sich überhaupt nicht ähnlich! Wieso war mir der Mann dann so bekannt vorgekommen?

„Das war mein Vater", wiederholte Raphael. „Nein, mein Erzeuger."

Sein Vater war doch vor Jahren abgehauen ...

„Was wollte er hier?", fragte ich leise.

Raphael schnaubte und setzte sich so schwungvoll auf, dass er mich mit sich zog, weil wir uns immer noch umarmten. Nun saßen wir nebeneinander auf seinem Bett, er starrte auf die Matratze, ich musterte ihn besorgt.

„Ich kann's immer noch nicht glauben", zischte er. „Der Kerl ist hier einfach aufgekreuzt. Und meine Mutter hat ihn auch noch reingelassen! Wenn ich zu Hause gewesen wäre, hätte der keinen Schritt in unser Haus gesetzt! Aber ich bin erst etwas später vom Einkaufen gekommen."

„Ruhig", flüsterte ich. „Er ist doch wieder weg."

„Aber das Arschloch wird wiederkommen!", schrie Raphael. „Weil er sich in den Kopf gesetzt hat, dass er meine Mutter zurückwill!"

Entsetzt sah ich ihn an. „Er will *was*?"

„Wieder hier einziehen! Und das kann er vergessen!", brüllte mein Freund. Bei der Lautstärke zuckte ich etwas zusammen. Ich nahm Raphaels Hände in meine und drückte sie fest. Daraufhin atmete er tief durch. „Entschuldige. Ich wollte dich nicht anschreien. Ich bin nur so ... wütend!"

„Das ist nachvollziehbar", beruhigte ich ihn. „Aber ich glaube, deine Mutter würde ihn auch nicht mehr reinlassen."

„Ich hoffe es! Ich meine, was bildet der sich eigentlich ein? Vor fast fünf Jahren hat er uns sitzen lassen für eine jüngere Schlampe und ist mit ihr nach Berlin abgehauen! Und jetzt steht er auf einmal vor unserer Haustür?!"

Raphaels Vater hatte in Berlin gelebt? Vielleicht kam er mir darum bekannt vor. Vielleicht hatte ich ihn dort mal gesehen.

„Nur weil seine Neue ihn sitzen gelassen hat, glaubt er tatsächlich, er könnte wieder zu uns kommen!", tobte Raphael weiter. „Aber das kann er vergessen! Und trotzdem hat er sich hier 'ne Wohnung gemietet! Das Arschloch wohnt wieder in Pirk!"

Mitleidig verzog ich das Gesicht. Das war wirklich eine bescheuerte und sehr belastende Lage. Kein Wunder, dass Raphael sich so aufregte. „Das ist doch das Letzte!", stimmte ich meinem Freund zu. „Der spinnt ja!" Ich ließ Raphaels Hände los, um meinen Freund erneut zu umarmen. „Ignorier ihn einfach, wenn du ihn im Dorf mal triffst", riet ich ihm. „Wenn du nicht mit ihm redest, kann er nicht an dich herankommen."

„Ja, nur müsste meine Mutter auch so standhaft bleiben", brummte er und erwiderte meine Umarmung. „Und sie hat ihn schon einmal hier reingelassen! An ihrer Stelle hätte ich ihm die Tür ins Gesicht geschlagen!"

Für seine Mutter musste diese Situation genauso schwierig und belastend sein ...

„Rede mit ihr", schlug ich vor und strich ihm über den Rücken. „Besprecht, wie das Ganze weitergehen soll."

Er ließ sich mit mir in den Armen zurück aufs Bett fallen und vergrub sein Gesicht an meiner Schulter. „Das ist doch scheiße ..."

Mit einer Hand fuhr ich ihm durchs Haar und seufzte leise. Ich konnte nichts sagen, um ihn aufzumuntern. Ich konnte mich ja nicht mal richtig in seine Lage hineinversetzen. Wie sollte ich ihm bloß helfen?

„Er hat sich nie für uns interessiert", flüsterte Raphael. „Er hat uns einfach zurückgelassen und uns einen minimalen Unterhalt gezahlt. Gemeldet hat er sich auch nie. Und jetzt steht er plötzlich wieder hier? Der soll bloß abhauen, genau wie damals! Ohne ihn sind wir besser dran!"

„Vermutlich weiß er selbst nicht, was er sonst machen soll", grübelte ich. „Und darum ist er wieder hierher gezogen, so blöd die Idee auch ist."

„Ich hab nur Angst, dass meine Mutter weich wird. Sie hat diesem Arschloch zwei Jahre lang hinterhergeheult", erzählte Raphael. „Und sie hat seit der Trennung keine neue Beziehung angefangen."

„Dann musst du ihr helfen." Ich lächelte schief. „Dann musst du sie eben stoppen, wenn sie weich wird. Zeig ihr, dass sie diesen untreuen Kerl nicht braucht. Schließlich bist du jetzt der Mann im Haus."

Da blickte Raphael auf, in seinen Augen spiegelte sich Überraschung wider. Er reagierte zuerst nicht, doch dann erwiderte er mein Lächeln und drückte mich fester an sich. „Lara, du ..."

„Ja?", fragte ich unsicher.

Er küsste mich auf die Wange. „Danke."

Fragend sah ich ihn an. „Wofür?"

„Weil du genau das Richtige gesagt hast."

Verlegen lächelte ich. Hatte ich das? Ein Glück. So hatte ich Raphael wenigstens ein wenig aufgeheitert und getröstet. Das war mehr, als ich mir zugetraut hatte. „Ich ... ich, also i...ich", stammelte ich und unterbrach mich dann selbst. Nein, ich konnte ihm meine Gefühle nicht gestehen. Jedenfalls nicht ganz. „Ich hab dich wirklich lieb, Raphael", flüsterte ich und drückte ihn fest.

Sanft strich er mir durchs Haar. „Ich dich auch."

Lange blieben wir so liegen, ohne noch mehr zu reden. Es war alles gesagt. Die Stimmung war nicht mehr deprimierend und unangenehm, es war Ruhe einkehrt. Zum Glück.

Als wir unsere Umarmung lösten und wieder miteinander sprachen, zeigte die Uhr in Raphaels Zimmer schon kurz nach vier an. „Ich sollte mit meiner Mutter reden", seufzte er und setzte sich auf.

Auch ich richtete mich wieder auf. „Wäre bestimmt das Beste."

„Das ganze Chaos tut mir leid", entschuldigte er sich. „Ich hab mich eigentlich auf einen entspannten Nachmittag gefreut, aber das hier ..."

„Dafür kannst du nichts", beruhigte ich ihn. „Du musst dich nicht entschuldigen oder so."

Er lächelte halbherzig. „Echt, danke, Lara, danke."

„Schon gut", winkte ich ab. „Dann gehe ich mal nach Hause,

meine Eltern und Nele freuen sich bestimmt, wenn ich mit ihnen zu Abend esse."

Er nickte, sichtlich erleichtert. „Das Abendessen holen wir nach", versprach er.

Ich küsste ihn auf die Wange. „Mach dir meinetwegen keinen Stress. Und wenn du mich, äh, das klingt jetzt vielleicht komisch, aber wenn du mich brauchst, ruf mich einfach an. Ich kann jederzeit zu dir rüberkommen."

„Das klingt überhaupt nicht komisch", widersprach er und umarmte mich noch mal fest. „Vielleicht komme ich sogar auf das Angebot zurück."

Dann standen wir auf und gingen langsam die Treppen hinunter. Bei der Haustür blieben wir stehen, ich zog meine Stiefel und die Jacke an. „Bis vielleicht heute Abend am Fenster", verabschiedete ich mich von meinem Freund. „Ich würde mich freuen, wenn wir uns noch sehen."

„Bestimmt", versicherte er mir. „Bis heute Abend."

„Sag Renate liebe Grüße von mir", bat ich ihn.

„Mach ich", antwortete er und küsste mich zum Abschied.

Ich winkte noch mal, bevor ich das Haus verließ. Raphael schloss die Tür hinter mir. Jetzt musste er mit seiner Mutter reden. Hoffentlich ging alles gut aus. Ich wollte nicht, dass Raphael darunter leiden musste, dass sein Vater so ein Mistkerl war.

Ich streckte mich ausgiebig, atmete die kühle Luft ein und hüpfte die Stufe vor der Haustür hinunter. „Ab nach Hause", dachte ich.

„Ach, die junge Dame von vorhin", ertönte plötzlich eine tiefe Stimme. Augenblicklich schreckte ich zurück, Raphaels Vater stand neben mir. „Entschuldige, ich wollte dich nicht erschrecken", lachte er. Für meinen Geschmack ging er viel zu vertraut mit mir um. Er hielt mir sogar die Hand hin, doch ich ergriff sie nicht. „Ich bin Falco, Raphaels Vater."

„Aha", entgegnete ich nur und ging an ihm vorbei.

Er ließ die Hand wieder sinken und lief mir hinterher. „Warte doch!", bat er mich. „Du scheinst dich gut mit meinem Sohn zu verstehen, darum würde ich dich gerne etwas fragen."

„Lassen Sie mich in Ruhe!", verlangte ich. Als würde ich ihm auch nur eine einzige Frage über Raphael beantworten!

Eindringlich sah er mich an. „Mädchen, bitte." Ich schüttelte den Kopf und lief weiter. Ich wollte schnell nach Hause und weg von diesem unsympathischen Kerl. Doch er packte mich an der Schulter, um mich am Weitergehen zu hindern.

Ich reagierte automatisch. Genau wie Florian es mir beigebracht hatte. Ich packte Falcos Arm am Hand- und Ellbogengelenk und rammte ihm im selben Augenblick mein Knie in die Magengrube.

Er keuchte auf und schlang sich die Arme um seine Mitte. „Verdammt ..."

„Halten Sie sich von mir fern!", schrie ich ihn an. „Und von Raphael und Renate auch!"

Lange musterte er mich, ohne etwas zu sagen. Ich wollte gerade abhauen, da blitzte etwas wie Erkenntnis in seinen durchdringend blauen Augen auf. Ich wusste nicht, was dieser Blick bedeuten sollte, doch ich fühlte mich sofort noch unwohler.

„Ach, Larissa, nicht wahr?", fragte er.

Entsetzt starrte ich ihn an. Woher kannte er meinen Namen?! Hatten Raphael oder seine Mutter erwähnt, wie ich hieß?

Ohne diesem merkwürdigen Mann eine Antwort zu geben, rannte ich weg. Nach Hause. Und ich war selten so erleichtert gewesen wie in dem Moment, als ich die Tür hinter mir schloss.

Ein ähnliches Grauen

Hast du etwas Zeit?

Ich las Raphaels SMS zweimal, bevor ich antwortete. Ich war noch so durcheinander von meiner Begegnung mit seinem Vater, dass ich etwas schwer von Begriff war. Auch meine Eltern und Nele hatten gemerkt, dass irgendetwas nicht stimmte, doch ich hatte so getan, als wüsste ich nicht, was sie meinten.

Klar, hab ich dir doch gesagt! Soll ich rüberkommen?

Ich saß mit meinen Eltern im Wohnzimmer vor dem Fernseher, Nele schlief bereits. Die Wanduhr zeigte kurz nach neun an. Wie hatte ich eigentlich die letzten Stunden herumgebracht? Ich wusste es nicht mehr. Da bekam ich wieder eine Nachricht von Raphael.

*Wäre schön. :-) Bis gleich. :-**

„Ich gehe noch mal zu Raphael", kündigte ich an.

„Bleib nicht zu lange weg", bat mein Vater.

Ich nickte. „Mal schauen." Natürlich hatte ich meinen Eltern nicht verraten, was passiert war. Ich war heute Abend allgemein recht schweigsam gewesen.

„Viel Spaß", wünschte Bianca mir.

Kurz lächelte ich. „Danke. Bis später."

Zehn Minuten später saß ich bereits mit Raphael in seinem Zimmer, auf dem bequemen grünen Sofa. Wir sprachen nicht mehr über die Geschehnisse des heutigen Nachmittags, wir redeten über unverfängliche Themen. Lehrer, Hobbys, Filme.

„Aber der Montag wird heftig", seufzte mein Freund. „Eine Woche Ferien sind eindeutig zu wenig."

Ich nickte. „Ja, wirklich. Eine Woche mehr wäre toll."

Raphael, der einen Arm um meine Schultern gelegt hatte, lehnte seinen Kopf gegen meinen. „Immerhin haben wir noch das Wochenende."

„Genau, und wir gehen alle zusammen ins Kino."

„Wenn wir uns mal auf einen Film einigen würden", merkte er an.

„Das schaffen wir bestimmt noch."

Da fiel mir etwas ein. Sollte ich Raphael erzählen, was passiert war, als ich sein Haus verlassen hatte? Es würde ihn vermutlich nur aufregen ... Doch eines musste ich wissen. „Sag mal, hast du deinem Vater eigentlich gesagt, wie ich heiße?"

Verdattert schaute er mich an. „Was?!"

„Hast du ihm meinen Namen verraten?", wiederholte ich die Frage. „Oder hat deine Mutter ihm das gesagt?"

Er schüttelte den Kopf. „Ich bin mir sicher, keiner hat mit ihm über dich geredet. Wie kommst du darauf?" Ich zögerte, weil ich nicht sagen wollte, was geschehen war. „Wie kommst du darauf, Lara?", wiederholte Raphael seine Frage.

„Weil er mich bei meinem Namen genannt hat, als ich ihn vorhin getroffen habe", flüsterte ich und blickte unsicher zu meinem Freund.

„Was?!" Aufgebracht starrte er mich an. „Du hast ihn getroffen? Und er wusste, wie du heißt?"

Es brachte nichts, ihm etwas vorzuenthalten. Darum erzählte ich ihm nun, wie sein Vater mich an der Haustür abgefangen und angesprochen hatte. „Ich wollte aber nicht mit ihm reden, darum bin ich weitergegangen. Als er mich dann festgehalten hat, hab ich ihn getreten ... und plötzlich hat er mich ganz komisch angeschaut und mich *Larissa* genannt", beendete ich den kurzen Bericht.

Raphael wirkte wahnsinnig wütend, er ballte die Hände zu Fäusten und verengte die Augen zu Schlitzen. „Was fällt dem eigentlich ein?", schrie er. „Er lauert dir auf? Er will dich ausfragen? Und woher kennt er deinen Namen?"

Besorgt sah ich ihn an. „Ich weiß es nicht ..."

„Du musst unbedingt aufpassen", schärfte er mir ein. „Egal, was das Arschloch tut, hau ab. Rede nicht mit ihm! Und sag's mir, wenn er noch mal Ärger macht!"

Ich nickte. „Klar. Ich bin sowieso nicht sonderlich scharf drauf, mich mit ihm zu unterhalten."

Dass Falco mir bekannt vorkam, erwähnte ich lieber nicht. Raphael war schon wütend genug, da musste ich ihn nicht auch noch verwirren.

„Aber wieso hat er dich abgefangen?", tobte er weiter. „Ich fass es einfach nicht! Dieses Arschloch!" Plötzlich ebbte Raphaels Wut ab, er vergrub sein Gesicht in den Händen und schüttelte den Kopf. „Ich pack das nicht ... Ich pack diesen Kerl nicht ..."

Traurig musterte ich ihn; er wirkte so verzweifelt, so unsicher und hilflos, dass es mir richtig wehtat, ihn anzusehen. Ich musste ihn doch irgendwie aufheitern können. Ihn auf andere Gedanken bringen, so wie er es bei mir immer machte, wenn es mir schlecht ging. Behutsam strich ich ihm über die Schulter. „Wenn ... wenn du möchtest, kann ich heute bei dir übernachten", schlug ich leise vor.

Überrascht blickte er auf. „Was?"

Ich lächelte schief und klemmte mir eine Haarsträhne hinters Ohr. „Ich könnte bei dir übernachten."

Glücklich erwiderte er mein Lächeln. „Das wäre toll."

Es beruhigte mich ungemein, dass ich meinem Freund auch mal bei seinen Problemen beistehen konnte. Ich fand es sowieso schlimm genug, dass er sich immer wieder um mich kümmerte, ohne dass ich mich dafür revanchierte. Doch jetzt konnte ich für ihn da sein.

„Dann gehe ich schnell nach Hause und hole meine Übernachtungssachen", kündigte ich an und stand vom Sofa auf.

Auch Raphael erhob sich. Nun stand er direkt vor mir und schloss mich in seine Arme. „Danke", flüsterte er.

„Das mach ich doch gerne. Ich will nicht, dass du wegen deines Vaters so niedergeschlagen bist."

Er legte seinen Kopf auf meiner Schulter ab und drückte mich fester. „Solange du da bist, komm ich klar."

Dann blieb nur zu hoffen, dass Gilbert mich nie finden würde ... Sollte er es doch tun, käme ich nicht mehr lebend zurück nach Hause.

Ich strich Raphael über den Rücken, bevor ich ihn losließ. „Ich bin gleich wieder da", versprach ich.

Er lächelte. „Ich warte auf dich."

So schnell wie möglich lief ich nach Hause; ich wollte meinen Freund nicht zu lange warten lassen. Erst recht nicht, wenn es ihm so schlecht ging. Wie ich meinen Eltern mein Vorhaben, bei ihm zu übernachten, erklären sollte, wusste ich noch nicht. Aber das würde schon klappen.

Ich schloss die Haustür auf, streifte meine Schuhe ab und lief noch mit angezogener Jacke zur Treppe. Allerdings stolperte ich direkt vor der ersten Stufe; ich konnte mein Gleichgewicht nicht mehr halten und fiel hin. Gerade noch rechtzeitig stützte ich mich mit den Armen ab, sodass mein Kopf nicht gegen die unterste Treppenstufe knallte.

„Verdammt!", rief ich und keuchte vor Schmerz auf. Die Kante der Stufe hatte sich in meine Unterarme gebohrt. „Tut das weh!"

Als ich ein Maunzen neben mir hörte, begriff ich, weshalb ich gestolpert war. Oder besser gesagt worüber. Garfield, der dicke orange Kater meiner Eltern, streifte mir um die Beine und schnurrte.

„Idiot!", meckerte ich ihn an.

Katzen mochte ich sowieso nicht allzu gerne, Hunde waren mir um einiges lieber. Aber Bianca und Lorenz hatten nur zwei Kater: Garfield und Platsch.

„Was ist denn das für ein Lärm?", fragte Bianca, die nun zur Treppe kam, aufgeregt. „Lara, wieso liegst du auf dem Fußboden?"

Mühsam richtete ich mich wieder auf und rieb über meine schmerzenden Unterarme. „Bodengymnastik", brummte ich sarkastisch.

Verwirrt sah meine Mutter mich an uns strich ihr offenes hellbraunes Haar zurück. „Gymnastik? An der Treppe? In deiner Winterjacke?"

„Schon mal was von Sarkasmus gehört?" Leicht genervt blickte ich zu ihr. „Ich bin hingefallen, weil das blöde Vieh mir eine Stolperfalle gestellt hat."

Da kicherte sie. „Garfield, was machst du denn für Sachen?" Sie bückte sich, um den Kater auf ihre Arme zu nehmen und zu streicheln. „Du Frechdachs."

Ich verdrehte die Augen. Blöde Katze. Oder Kater. Oder was auch immer. Blöder Fettsack. Genau.

„Du bist ganz schön früh zurück“, fiel Bianca auf. „Es ist noch nicht mal zehn Uhr.“

„Ich gehe gleich auch wieder zu Raphael“, entgegnete ich. „Ich wollte nur meinen Schlafanzug und meine Zahnbürste holen. Weil, also, weil wir gerade ausgemacht haben, dass ich ... bei ihm ... übernachte.“ Hoffentlich erlaubte Bianca es mir. Ich konnte Raphael einfach nicht allein lassen! Ich wollte es nicht!

„Moment mal, was?“, fragte sie verdutzt.

„Ganz bestimmt nicht!“, warf eine tiefe Stimme plötzlich ein.

Oje. Mein Vater kam gerade die Treppe herunter, in seinem weiß-blauen Schlafanzug. Er blickte mich finster an und schüttelte den Kopf.

„Warum nicht?“, jammerte ich. „Bitte, es ist wichtig! Ich bin ja nicht weit weg, das sind vielleicht zehn Meter Luftlinie!“

„Lara, Raphael hat letzte Woche schon hier übernachtet, und so ganz einverstanden waren Bianca und ich nicht damit“, erinnerte er mich. Dann räusperte er sich, sein Gesichtsausdruck wirkte verlegen. „Ihr müsst nicht jede Woche eine Nacht miteinander verbringen.“

„Aber wir machen doch nichts!“, verteidigte ich mich. „Es ist nur, weil ...“ Ich unterbrach mich selbst. Meine Eltern wussten nicht, dass Raphaels Vater wieder im Dorf wohnte und wie sehr das meinen Freund belastete. Sollte ich es ihnen verraten? Ich war mir nicht sicher ...

Meine Mutter setzte den Kater wieder auf den Boden, sofort rannte das Tier in Richtung Wohnzimmer. Zum weichen Sofa, auf dem es mit Vorliebe lag. Bianca klopfte sich die Katzenhaare vom schwarzen Pullover. „Weil was?“, erkundigte sie sich besorgt. „Ist es wieder wegen ... Gilbert?“

Meine Angst vor Gilbert wäre die perfekte Ausrede für die Übernachtung gewesen. Doch ich wollte meine Eltern nicht belügen. Sie brachten mir so viel Vertrauen entgegen, sie kümmerten sich so gut um mich, da hatten sie die Wahrheit verdient. Also schüttelte ich den Kopf. „Nein, mir geht's im Moment ganz gut“, gab ich zu. „Aber Raphael nicht.“

Verunsichert sah Lorenz mich an. „Was ist mit ihm?“

„Sein Vater war heute Nachmittag da“, flüsterte ich.

„Was?!“, riefen meine Eltern gleichzeitig. Sie wirkten regelrecht schockiert.

„Raphaels Vater?“, wiederholte Bianca ungläubig. „Der ist doch vor Jahren abgehauen!“

„Und hat seitdem nichts von sich hören lassen!“, ergänzte Lorenz. Klar, als gute Nachbarn kannten meine Eltern die Geschichte.

„Ja, aber jetzt wohnt er wieder in Pirk. Und will wieder bei seiner Familie sein, er will Renate zurück und alles“, erzählte ich zögerlich.

Lorenz klappte der Mund auf. „Ich fass es nicht“, murmelte er.

„Und dieser Falco ist echt ein grusliger Typ! Er gibt keine Ruhe! Raphael ist fix und fertig! Und wütend!“ Ich senkte meine laute Stimme schnell wieder, nun redete ich leiser weiter. „Darum wollte ich bei ihm bleiben und ihn einfach etwas ablenken. So wie er es auch für mich immer macht.“

Mein Vater, der vor mir auf der ersten Treppenstufe stand, klopfte mir auf die Schulter. „Das ist wirklich lieb von dir.“

Ich lächelte schwach. „Mehr kann ich leider nicht tun.“

„Na, dann geh schon!“, forderte Bianca mich auf und schenkte mir einen milden Blick, bei dem mir warm ums Herz wurde. „Er braucht dich doch, oder nicht?“

Überrascht schaute ich zwischen ihr und Lorenz hin und her. „Wirklich? Ich darf?“, vergewisserte ich mich.

Die beiden nickten. „Unter diesen Umständen, klar“, bestätigte mein Vater.

Stürmisch umarmte ich erst meine Mutter und dann ihn. „Danke! Ihr seid die Besten! Morgen nach dem Frühstück bin ich wieder zu Hause!“

Lachend drückte mein Vater mich kurz an sich. „Das will ich doch hoffen. Ich hab dich die ganze Woche kaum gesehen.“

Ich schmunzelte. „Du hast ja auch gearbeitet.“

„Am Wochenende bin ich aber zu Hause.“ Schon praktisch, wenn man seine eigene Praxis hatte. Da konnte man sich hin und wieder das ganze Wochenende frei halten.

„Dann bis morgen Vormittag“, verabschiedete ich mich von meinen Eltern.

„Gute Nacht“, wünschten mir die beiden.

Schnell packte ich meinen Schulrucksack mit den Übernachtungssachen, die ich brauchte, dann lief ich auch schon wieder zum Nachbarhaus und klingelte. Es freute mich sehr, dass meine Eltern mir erlaubt hatten, bei Raphael zu übernachten. Einerseits, weil ich so für ihn da sein konnte, andererseits, weil ich mal wieder in seinen Armen einschlafen würde. Und ich liebte dieses wohlige, warme, behütete Gefühl. Raphael öffnete die Haustür und empfing mich mit einem Lächeln. „Hi."

„Hi", begrüßte ich ihn, ebenfalls lächelnd. Drinnen hängte ich meine Jacke weg und zog mir die Schuhe aus, Raphael nahm meinen Rucksack. Zusammen gingen wir die Treppe hoch und in sein Zimmer, Renate sah ich nirgends. Ob Raphael mit ihr alles geklärt hatte? Ich hoffte es, doch ich wollte es nicht ansprechen. Ich wollte ihn aufheitern.

„Du hast aber ganz schön lange gebraucht", merkte er an, als wir sein Zimmer betraten.

Ich schloss die Tür hinter uns. „Es war nicht ganz so leicht, meine Eltern zu überreden", erklärte ich.

Meinen Rucksack stellte er neben seinem Nachtschrank ab. „Wie hast du's denn geschafft?"

Beschämt blickte ich zu Boden. „Ich hab ihnen erzählt, was heute los war ..."

Ich rechnete damit, dass Raphael sich aufregte, doch er sah mich verwundert an. „Hast du ihnen das heute Nachmittag noch nicht gesagt?"

„N...nein", antwortete ich verwirrt. „Sollte ich? Ich ... ich dachte, ich sollte nicht einfach weitererzählen, was passiert ist."

Er lachte auf. „Du bist genial, Lara!" Belustigt grinste er mich an. „Deine Eltern wissen ohnehin alles über meine Familie! Natürlich hättest du es ihnen erzählen können. Spätestens morgen macht meine Mutter das sowieso."

„Ach so ..."

Sanft nahm er meine Hände in seine. „Keine Panik", beruhigte er mich. „Ja, die Situation derzeit ist scheiße, aber ich bin kein rohes Ei."

Ich schob die Augenbrauen zusammen. „Ein rohes Ei?"

„Du musst nicht so wahnsinnig vorsichtig mit mir umgehen", erklärte er.

Nun begriff ich seinen Spruch. „Ah, okay. Entschuldige ...“

Raphael war wirklich stark. Er steckte das Problem mit seinem Vater besser weg, als ich es erwartet hatte. Bestimmt, weil er genau wusste, was er wollte. Und um seine Mutter zu stärken.

„Schon gut“, winkte er ab. „Wie steht's, hast du noch Lust, einen Film zu schauen, oder willst du gleich schlafen gehen?“

„Ich bin noch nicht müde“, antwortete ich. „Und ein Film klingt gut.“

Raphael ließ meine Hände los und ging zum Regal neben seinem Schreibtisch, in dem nicht nur ein paar Bücher, sondern auch DVDs standen. Er stöberte kurz in dem Regal. „Wie wär's mit *Men in Black*?“, schlug er vor.

„Keine Ahnung, worum's da geht, aber warum nicht“, stimmte ich zu.

„Der Film ist lustig, versprochen.“

Ich lächelte. „Na dann.“ Letztendlich konnte ich meine Neugierde doch nicht zurückhalten und sprach an, was mir auf der Seele lag. „Sag mal, hast du eigentlich mit deiner Mutter geredet?“

Er nickte. „Ja. Und sie hat mir versprochen, meinen Vater nicht mehr ins Haus zu lassen. Ich glaube, er hat sich's bei ihr auch verscherzt.“

Es erleichterte mich, das zu hören. „Immerhin.“

„Ich bin echt froh darüber“, seufzte er und legte die DVD auf sein Bett. Dann zog er seinen Schreibtischstuhl vor das Bett und holte aus dem Regal seinen Laptop, um ihn auf den Stuhl zu stellen.

„Du hast einen Laptop?“, staunte ich.

„Du nicht?“, wunderte er sich.

Ich schüttelte den Kopf. „Nie gehabt. Und auch nie gebraucht.“

„Spätestens wenn du deine Seminararbeit schreibst, brauchst du einen“, meinte er. „Oder einen Computer.“

„Einen Computer haben wir zu Hause“, fiel mir ein.

Er legte den Film ein. „Na dann.“

Um für Kino-Stimmung zu sorgen, machte Raphael das Deckenlicht aus, sodass der Laptop die einzige Lichtquelle im Raum war. Zusammen kuschelten wir uns aufs Bett, ich lag vor meinem Freund, er legte von hinten seinen Arm um mich. Irgendwie war es schön zu kuscheln, während man einen Film schaute. Der Laptop stand genau richtig, wir hatten perfekte Sicht. „Du hast recht, das ist echt witzig“, kicherte ich nach den ersten paar Minuten. Ich drehte mich kurz zu Raphael um. „Ich frage mich nur, wie man auf so was kommt!“

Er grinste. „Keine Ahnung, aber es ist super.“

Bevor ich mich wieder zum Laptop und somit zum Film umdrehte, hauchte ich Raphael einen Kuss auf die Lippen. Ich hatte nicht damit gerechnet, dass er diesen Kuss so stürmisch erwidern würde, doch ich ließ mich von seiner Leidenschaft mitreißen. Behutsam zog er mich auf seinen Arm, sodass ich diesen als Kopfkissen benutzen konnte. Glücklich schmiegte ich mich an ihn, ich fühlte mich gerade rundum wohl. Mit seiner freien Hand strich er mir durchs Haar, dann über die Wange, wo seine Hand letztendlich verharrte. Erst zögerte ich, doch dann wagte auch ich es, ihn ... anders zu berühren als sonst.

Ich löste meinen Arm von ihm, um über seine Seite zu streichen, von der Schulter bis zur Hüfte. Und es fühlte sich toll an.

Für einen Moment erschrak ich, was machte ich da?! Aber es stimmte! Es gefiel mir, Raphael zu berühren. Und das lag nicht am weichen Stoff seines T-Shirts. Wieso trug er bei dem Wetter überhaupt ein T-Shirt und keinen Pullover? Mir wäre das viel zu kalt, sogar im Haus.

„Larissa!“, ermahnte ich mich. „Lenk dich nicht selbst ab!“

Ich wollte einfach nur in diesem Kuss versinken und Raphaels Wärme spüren, nicht darüber sinnieren, warum er bloß ein T-Shirt trug! Endlich gelang es mir, meine abschweifenden Gedanken zurückzuhalten.

Als wir unsere Lippen wieder voneinander lösten, küsste er mich auf die Stirn. Wir lächelten uns an. Und küssten uns wieder. Der Film lief im Hintergrund, doch ich hatte ihn schon völlig vergessen. Ich konnte gerade nur an Raphael denken.

Langsam strich er mir über die Seite, wie ich es zuvor bei ihm getan hatte. Diese zärtliche Berührung, bei der er auch meine Brust streifte, fühlte sich so gut an, dass ich – ganz leise – aufstöhnte. Eigentlich wäre mir dieses Geräusch unendlich peinlich gewesen, vor allem weil Raphael es mit Sicherheit gehört hatte, doch mein Freund ließ mir keine Gelegenheit, mich deswegen zu schämen.

Er hörte nicht auf, mich zu küssen, und strich mir wieder sanft über die Seite. Ich war furchtbar aufgeregt, doch zugleich genoss ich seine Berührung. Darum stieß ich ihn auch nicht wieder von mir wie beim letzten Mal. Im Gegenteil, ich wollte mehr, so verrückt mir das vorkam!

Mit einer Hand fuhr ich ihm durchs Haar und anschließend seinen Rücken entlang. Er zog mich näher an sich. Nun spürte er bestimmt mein rasendes Herz. Dieses Herzklopfen war allerdings kein Zeichen von Angst, sondern von der Aufregung, die ich momentan verspürte.

Raphael legte seine Hand an meine Hüfte, an den unteren Rand meines Pullovers. Kurz wartete er, dann löste er unseren Kuss, um mir etwas ins Ohr zu flüstern. „Darf ich?"

Ich zögerte. War ich schon bereit dazu? Na ja, er wollte nur mit der Hand unter mein Oberteil schlüpfen, nicht gleich mit mir schlafen ... Plötzlich musste ich an dieses überwältigende Gefühl denken, das seine Berührung vorhin in mir ausgelöst hatte. Und ich nickte.

Wir lächelten uns an. Mein offenes Haar fiel mir nun zerwühlt und wirr ins Gesicht, darum strich Raphael es beiseite. Bevor er anschließend allerdings mit seiner Hand meinen Pullover hochschob, hielt er inne. Unsicherheit spiegelte sich in seinen blauen Augen wider. „Du machst das jetzt nicht aus Mitleid, oder?"

Überrascht, schon fast entsetzt, starrte ich ihn an, an Mitleid hatte ich nicht mal annähernd gedacht. Ich hatte doch in diesem Moment kein Mitleid mit ihm, trotz der Sache mit seinem Vater! Ich schüttelte hastig den Kopf.

„Dein Gesichtsausdruck spricht Bände", lachte er. „Entschuldige, ich wollte nur sichergehen. Ich hör schon mit dem Ablenken auf."

Stürmisch begann er erneut, mich zu küssten, ich lächelte in mich hinein. Raphael war wirklich süß. Er wartete sogar noch, bevor er unter meinen Pullover schlüpfte.

„Und ich darf wirklich?", vergewisserte er sich.

Plötzlich fiel mir etwas ein. „Wenn ich auch darf", entgegnete ich. Verdutzt sah er mich an. Damit hatte er nicht gerechnet. Doch ich meinte es ernst, es hatte mir so sehr gefallen, ihn zu berühren, dass ich es unterhalb seines T-Shirts ausprobieren wollte. Nachdem er die Überraschung verarbeitet hatte, grinste er frech. „Das sollte kein Problem sein“, versicherte er mir und setzte sich aufrecht hin.

Ich schob die Augenbrauen zusammen, was sollte das jetzt?

Als ich den Grund begriff, wurde ich feuerrot im Gesicht. Raphael zog sein T-Shirt komplett aus. Und ich konnte nicht wegschauen! Wie gebannt musterte ich ihn.

Ich hatte ja gewusst, dass er sportlich war, aber dass er so toll aussah ... Und das sogar lediglich im blassen Schein des Laptops.

Er schmunzelte. „Kein Grund, rot zu werden.“

„D...doch“, stammelte ich.

„Ich fühle mich geehrt“, lachte er und ließ sich wieder auf den Rücken fallen. Sanft zog er mich auf sich – ein ungewohntes Gefühl – und umarmte mich fest. „Du konntest ja gar nicht mehr wegschauen.“

„Stimmt nicht!“, protestierte ich sofort. Da ich nun seinen nackten Oberkörper nicht mehr sah, fiel es mir leichter, klar zu denken.

„Dann kann ich mich ja wieder anziehen“, entgegnete er ungerührt und griff zu dem T-Shirt, das neben ihm auf dem Bett lag.

Reflexartig hielt ich seinen Arm fest, bevor er das Kleidungsstück nehmen konnte. Wie es mich ärgerte, dass ich dadurch zugegeben hatte, dass ich ihn noch etwas länger so sehen und spüren wollte ...

Raphael schmunzelte nur. „Ertappt“, lachte er und ließ das T-Shirt liegen.

„Du bist gemein“, motzte ich verlegen.

Zärtlich fuhr er meinen Rücken entlang und umarmte mich wieder. „Es macht einfach zu viel Spaß, dich zu ärgern.“

„Ach, sei still“, verlangte ich und küsste ihn.

Weil ich über ihm lag, stützte ich mich mit beiden Unterarmen rechts und links von ihm auf der Matratze ab. Den leichten Schmerz, der von meinem Sturz zuvor herrührte, ignorierte ich. Es fiel mir nicht sonderlich schwer, mich auf meinen Freund zu konzentrieren, denn er erwiderte meinen Kuss und strich mir wieder sanft über die Seite. Diesmal schlüpfte er langsam unter meinen Pullover und unter mein T-Shirt. Nun spürte ich seine Hand direkt auf meiner Haut, was mir einen schwachen, wohligen Schauer über den Rücken jagte.

Mit seiner freien Hand griff Raphael zum Laptop und klappte ihn zu, sodass der Film im Hintergrund verstummte. Nun war es komplett dunkel im Zimmer, bis auf das Licht der Straßenlaternen, das von draußen durchs Fenster schien.

Ein wenig verunsichert war ich schon. In diesem Moment schossen mit tausend Gedanken durch den Kopf. War es wirklich in Ordnung, was wir gerade taten? Würde Raphael akzeptieren, dass ich heute nicht weiter als bis hierhin gehen wollte? Wollte ich überhaupt so weit gehen? Gilbert hatte mir mit all seinen Berührungen wehgetan. Immer. Aber das hieß nicht, dass Raphael mir ebenfalls Schmerzen zufügen würde ...

Das waren allerdings nicht meine einzigen Zweifel. Unwillkürlich kam mir in den Sinn, dass ich eindeutig kein hübsches Mädchen war. Bestimmt spürte Raphael gerade meine hervorstehenden Rippenknochen. Ohne meinen Pullover würde er auch die verblichenen Schnittwunden an meinen Armen sehen. Mein ganzer Körper war ein Wrack, während seiner so makellos war.

Nein! Ich wollte jetzt nicht daran denken! Es war doch eigentlich so ein schöner Moment. Wir küssten uns, wir kamen uns zum ersten Mal richtig näher. Und Raphael ging so zärtlich mit mir um.

Wie er es auch schon mit Dutzenden anderer Mädchen gemacht hatte ...

Da konnte ich nicht mehr. Es gelang mir nicht, all diese Sorgen auszublenden. Sie schwirrten unaufhörlich in meinem Kopf herum. Also unterbrach ich den Kuss. So ging das nicht.

Raphael merkte sofort, dass etwas nicht stimmte. „Was ist los?“, fragte er.

Ich setzte mich aufrecht hin und seufzte leise. „Ich glaube, ich kann das nicht. Es ... es ist so ... schwierig, nicht plötzlich an ... andere Sachen zu denken.“

Er richtete sich ebenfalls auf, sodass wir nebeneinander auf dem Bett saßen, und machte das Nachttischlicht an. Geblendet schloss ich die Augen, bis ich mich an die plötzliche Helligkeit gewöhnt hatte.

Behutsam strich er mir durchs Haar. „Was für Sachen?“

„Einfach alles“, gestand ich. „Ich ... ich hab ein wenig Angst.“

Bevor ich weitersprechen konnte, umarmte er mich. „Hey, ich

hab's dir doch schon gesagt. Wenn ich zu schnell mache, brems mich."

„Das ist es nicht mal", wandte ich ein und erwiderte seine Umarmung. „Es sind einfach die, ähm, schlechten Erfahrungen, die ich schon gemacht habe."

„Lara, ich würde dich nie zu etwas zwingen", versicherte er mir.

„Das weiß ich doch." Hilflos sah ich ihn an. „Ich hab aber immer diese Angst, dass ... dass jede Berührung ... wehtut."

Beruhigend strich er mir über den Rücken. Er blieb lange still, bevor er etwas darauf erwiderte. Aber schließlich hatte er die richtigen Worte gefunden. „Lass mich dir zeigen, dass Berührungen nicht wehtun", flüsterte er.

Ich lehnte meine Stirn an seine Schulter, atmete tief durch, bemerkte dabei seinen angenehmen Geruch und entspannte mich wieder ein wenig. „Ich ... ich bin mir sicher, du könntest mir das zeigen", gab ich zu. „Aber das ist nicht alles."

„Was denn noch?"

Es erstaunte mich, dass er so geduldig blieb. Dass er mir so viel Zeit gab. Deswegen sprach ich mutig weiter. „Stell dir mal vor, ich würde keinen Pullover tragen! Dann wäre jede Stimmung ruiniert." Ich blickte wieder auf, direkt in seine Augen. „Du weißt, wie ich aussehe. Du weißt, dass die alten Verletzungen immer sichtbar sein werden. Und ... ich muss dauernd daran denken, mit wie vielen anderen Mädchen du schon hier ... du weißt schon ..."

Jetzt hatte ich alles gesagt. Ich war stolz, dass ich es über die Lippen gebracht hatte, doch ich war gleichzeitig besorgt, wie Raphael reagieren würde. Bestimmt genervt. Auf jeden Fall genervt. Da war ich mir sicher.

Zu meiner Überraschung lächelte er nur halbherzig. „Zum ersten Punkt", begann er, „ja, ich weiß, wie du aussiehst. Und es stört mich nicht. Klar, du hast viele Verletzungen, aber ich finde nicht, dass sie dich entstellen." Er strich mir über die Wange. „Ich finde dich trotzdem hübsch."

Gerührt sah ich ihn an, öffnete den Mund, brachte aber keinen Ton heraus. Ich war viel zu überwältigt von dem, was er gerade zu mir gesagt hatte.

„Und zum zweiten Punkt", fuhr er fort, „ich hab außer dir noch gar kein Mädchen in meinem Zimmer gehabt. Nicht mal in diesem Haus."

Das verwirrte mich. „Äh, aber wo ..."

„Das willst du nicht wissen", unterbrach er mich. „Jedenfalls nicht hier."

Unwillkürlich verzog ich das Gesicht. Wo hatte er denn dann mit seinen anderen Freundinnen geschlafen? Bei ihnen zu Hause? An öffentlichen Orten? Nein, ich wollte es tatsächlich nicht so genau wissen.

„Okay", murmelte ich verlegen.

„Alles wieder gut?", fragte er dann.

Ich nickte. „Ja. Und ... danke, Raphael. Für deine Geduld."

Er schmunzelte. „Ich wusste schon, worauf ich mich einlasse. Und es wäre ja langweilig, wenn du nicht so kompliziert wärst."

Da musste ich lachen. Kompliziert beschrieb mich ziemlich gut. „Danke, ehrlich. Du bist echt ein Schatz", merkte ich an.

„Und du ein Häschen", entgegnete er.

„Häschen?", wiederholte ich verdutzt.

Er nickte. „Ja, mein Angsthäschen." Augenblicklich wurde ich wieder rot, und natürlich fiel ihm das auf. „Ich glaube, so nenne ich dich öfter. Deine Reaktion ist zu schön!"

„Ich will aber nicht Angsthäschen genannt werden!", protestierte ich.

„Ich benutze die verkürzte Variante", versprach er und zwinkerte mir zu.

Hieß das etwa, dass ich jetzt einen Spitznamen hatte? Allein der Gedanke machte mich verlegen. Ich drückte meinen Freund noch mal und küsste ihn auf die Wange. „Na gut", willigte ich ein.

Er lächelte mich an. Es war beinahe so, als hätte er all meine Zweifel mit ein paar Worten vertrieben.

„Willst du lieber den Film weiterschauen?", schlug er vor.

Ich schüttelte den Kopf. „Ich ... würde gerne da weitermachen, wo ich uns so ... abrupt unterbrochen habe."

Überrascht und froh zugleich sah er mich an. „Damit habe ich nicht gerechnet."

„Tja." Ich klemmte mir eine nervige Haarsträhne hinters Ohr. „Ich auch nicht. Aber irgendwie ... würde ich gerne, wenigstens ein bisschen, ähm, ohne so ablenkende Gedanken wie eben ..." Oh Gott, ich konnte es nicht sagen! Wie drückte man das bloß aus?

Er schmunzelte. „Hab schon verstanden", entgegnete er und küsste mich sanft.

Ich schloss die Augen und genoss seinen Kuss. So saßen wir lange auf dem Bett, bis er sich langsam über mich beugte, sodass ich nun auf der weichen Matratze lag. Ich spürte Raphaels Gewicht gar nicht, weil er sich mit den Armen abstützte. Aber ich fühlte seine Wärme.

Es dauerte eine Weile, aber dann wagte ich es, über seine Brust zu streichen. Ich konnte gar nicht anders – er lag über mir, ohne T-Shirt, da bot es sich regelrecht an ...

Ich bemerkte, dass er in den Kuss hinein lächelte. Und dieses Lächeln gab mir Sicherheit. Als wir unsere Lippen voneinander lösten, küsste Raphael sich über meine Wange zu meinem Hals. Ich musste kichern, weil mich seine Berührungen am Hals kitzelten, doch es fühlte sich toll an.

Er grinste mich an. „Kitzlig?"

„Anscheinend", gab ich zu. „Aber irgendwie mag ich das Gefühl."

Kaum hatte ich das gesagt, küsste er mich erneut am Hals. Ich strich ihm über die starken Schultern und den Rücken. Wie konnte ein Mensch nur so perfekt sein? Gut, ich war verliebt, das verzerrte die Realitätswahrnehmung, wie gemeinhin bekannt war. Aber trotzdem. Raphael kam mir tatsächlich perfekt vor.

Wieder küssten wir uns, und er schlüpfte mit einer Hand unter meinen Pullover und mein T-Shirt. Er strich mir über den Bauch, dann langsam höher und raubte mir mit seinem Kuss den Atem.

Unglaublich. Ich fühlte mich doch tatsächlich wohl. Und vielleicht würde ich es bald sogar wagen, einen Schritt weiter zu gehen. Nach und nach. Mit der Unterstützung des wundervollsten Jungen, den ich jemals kennengelernt hatte.

„Hast du alles?"

Ich nickte. „Schlafanzug, Zahnbürste, Wäsche von gestern ... Ich denke schon."

Raphael und ich standen an der Haustür. Es war nun halb elf

morgens, wir hatten zu zweit gefrühstückt – Renate war bei der Arbeit im Restaurant – und ich musste zurück nach Hause.

Einerseits freute ich mich auf meine kleine Schwester, andererseits wollte ich mich nicht von meinem Freund verabschieden. Doch ich hatte meinen Eltern versprochen, nach dem Frühstück nach Hause zu kommen.

„Okay. Wir sehen uns heute bestimmt noch", vermutete Raphael.

„Das hoffe ich doch", stimmte ich zu. Eine Sache musste ich allerdings noch loswerden, bevor ich nach Hause ging. „Es ... es tut mir leid", entschuldigte ich mich.

„Hä?" Raphael sah mich verständnislos an. „Was tut dir leid?"

„Na, ich hab doch eigentlich bei dir übernachtet, um dich abzulenken und so", erklärte ich. „Und letztendlich hab ich trotzdem gestern Abend wegen meiner Probleme gejammert ..."

Er musste grinsen. „Keine Sorge, du hast mich wunderbar abgelenkt", versicherte er mir. „Vor allem als du deine Probleme, nun, vergessen konntest."

„Sag das nicht mit so einem perversen Unterton!" Beschämt wandte ich den Blick ab. Das klang beinahe so, als hätte ich mit ihm geschlafen. Dabei hatte ich mir nicht mal das T-Shirt ausziehen lassen, nur den Pullover. Mehr war nicht passiert.

Scheinheilig blickte er mich an. „Wieso denn nicht? Ich finde, der perverse Unterton hat genau die richtige Wirkung."

Ich verdrehte die Augen. „Blödmann."

Lachend umarmte er mich, seine kurzen Bartstoppeln kratzten mich dabei an der Schläfe. „Bis später, Häschen."

Unwillkürlich wurde ich rot, als er mich so nannte. „Bis später", flüsterte ich und schmiegte mich an ihn.

Wir küssten uns, lange und innig, dann lief ich nach Hause. Mit einem kleinen, glücklichen Lächeln im Gesicht. Als ich das Haus betrat, hörte ich die Stimmen von Bianca und Nele aus dem Wohnzimmer. Anscheinend spielten die beiden etwas.

Schnell hängte ich meine Jacke weg und zog die Schuhe aus. Meinen Rucksack ließ ich auch an der Garderobe stehen, weil ich schnell zu meiner Schwester wollte. Allerdings trat mir Lorenz in den Weg.

Mal wieder erinnerte er mich wegen seiner Größe und seines Körperbaus stark an Gilbert. Doch mit seinen blonden Haaren, den braunen Augen und dem freundlichen Lächeln wirkte mein Vater kein bisschen bedrohlich auf mich. Im Gegensatz zu Gilbert rauchte er auch nicht. Und er soff nicht literweise Wodka, nur hin und wieder ein Bier oder einen Wein.

„Ah, ich dachte mir doch, ich hätte was an der Haustür gehört", merkte Lorenz an. „Schön, dass du da bist."

„Hallo", begrüßte ich ihn und strich mir durchs zerwühlte Haar. Ich hatte meine Bürste vergessen, deshalb sahen meine Haare nun sehr chaotisch aus.

„Was ... was ist das denn?", fragte mein Vater plötzlich. Er klang geradezu verstört und alarmiert.

Verdutzt sah ich ihn an. „Was meinst du?"

Er griff nach meinem rechten Arm und zog mir den verrutschten Ärmel vom Pullover ganz hoch.

„Hey, was soll denn das?", beschwerte ich mich.

„Das sollte ich dich fragen!", tobte er und packte meinen anderen Arm, um ebenfalls den Ärmel hochzuziehen. „Woher kommen die blauen Flecken?!"

Verwirrt schaute ich meine Unterarme an. Tatsächlich, ich hatte an beiden Außenkanten große und hässliche blaue Flecken. Aber woher? „Äh ...", murmelte ich. „Lass mich überlegen ..."

„War das Raphael?", zischte Lorenz und ließ meine Arme wieder los. „Hat er das getan?"

Entsetzt schüttelte ich den Kopf. „Um Himmels willen, nein!"

„Lüg mich nicht an, Larissa!"

Ach du Schande – wenn mein Vater mich bei meinem vollen Namen nannte, musste er wirklich wütend sein. Verständlich, wenn er dachte, dass mein Freund mich verletzt hätte. Aber das stimmte nicht!

„Ich lüge nicht!", versicherte ich ihm. „Außerdem kennst du Raphael, traust du ihm das wirklich zu?" Aber woher stammten die blauen Flecken bloß? Fieberhaft überlegte ich.

Da trat auch Bianca in den Flur. „Was ist denn los?" Verunsichert blickte sie zwischen ihrem Mann und mir hin und her. „Warum schreist du so?"

Mit einer ausladenden Geste deutete Lorenz auf mich. „Schau dir doch ihre Arme an!“

„Oh, Kind, wie ist das denn passiert?“, fragte sie entsetzt.

Endlich fiel mir wieder ein, woher die blauen Flecken stammten. Natürlich! Ich hatte mich gestern Abend mit den Armen auf der Treppe abgestützt, als ich über Garfield gestolpert war!

„Das war bestimmt Raphael!“, beschuldigte Lorenz meinen Freund.

„Nein, Papa!“, rief ich verzweifelt. „Ich bin gestern hier im Haus hingefallen, voll auf die unterste Treppenstufe! Mama hat's gesehen.“

Zum Glück erinnerte Bianca sich daran. „Ach, richtig! Als du mir erzählt hast, du hättest Bodengymnastik gemacht.“ Sie kicherte. „Schatz, das stimmt, keine Sorge.“

„Wie kommst du überhaupt darauf, dass Raphael mir wehtun würde?“, fragte ich verständnislos. „Ich dachte, du magst ihn!“

„Tue ich ja“, räumte er ein. Etwas leiser fügte er hinzu: „Aber ich mag es nicht so sehr, dass ihr zusammen seid ...“

„Etwas mehr Vertrauen, Schatz“, tadelte Bianca ihn. „Lara ist vernünftig, sie macht schon keine Dummheiten. Und sie ist kein kleines Mädchen.“

„Ich weiß, ich weiß“, seufzte er. „Okay, das Thema ist durch. Es tut mir leid, dass ich das Ganze völlig falsch verstanden hab.“

„Schon gut“, winkte ich ab. „Aber du solltest nicht gleich das Schlechteste denken. Raphael würde mir nie was tun!“

„Ich glaub's dir ja ...“ Bestimmt wusste Lorenz selbst, wie rücksichtsvoll Raphael zu mir war. Er machte sich wahrscheinlich einfach nur Sorgen um mich.

„Lara!“, rief Nele, die nun ebenfalls herbeikam. „Du bist wieder da!“ Als ich die Kleine sah, musste ich lächeln. Sie wirkte richtig gut gelaunt, ihre graugrünen Augen strahlten vor Freude. „Schwesterchen!“, begrüßte ich sie fröhlich und beugte mich zu ihr hinunter, um sie ganz fest zu umarmen. „Du hast mir gefehlt!“

Sie drückte mich an sich. „Du mir auch!“

„Wollen wir was spielen?“, schlug ich vor und ließ sie wieder los.

Sie nickte eifrig. „Oh ja! Und machst du mir heute noch mal meine Schleife ins Haar? Du weißt schon, die grüne!“

„Aber klar doch“, versprach ich. „Jetzt gleich?“ Sie nickte eifrig. Ich warf mir meinen Rucksack über die Schulter. „Dann komm, gehen wir hoch. Ich muss nur schnell die Tasche in mein Zimmer stellen.“

„Ich bin schon mal im Bad!“, kündigte Nele an und rannte voraus.

„Sie ist so energiegeladen“, kicherte Bianca.

Lächelnd blickte ich meiner Schwester hinterher. Diesen Vormittag mit ihr würde ich definitiv genießen.

Ich lief die Treppen hoch und brachte den Rucksack in mein Zimmer. Als ich schließlich ins Bad gehen wollte, brummte mein Handy. Überrascht las ich die SMS von Raphael. Es war eine Rundnachricht.

Hi Leute,
wir wollten zwar ins Kino gehen, aber wir haben uns ja immer noch nicht auf einen Film geeinigt ... Hättet ihr vielleicht Zeit, stattdessen um 14 Uhr zu mir gekommen? Es wäre wichtig.
Schöne Grüße!

Das klang sehr danach, als wollte er den anderen von der Sache mit seinem Vater erzählen. Es wunderte mich nicht, dass er es unseren Freunden anvertrauen würde. Ich war schon dabei, auf die Nachricht zu antworten, da erhielt ich eine weitere SMS von ihm. Diesmal keine Rundnachricht.

Hi Häschen,
entschuldige, dass ich dich damit so überrenne, aber kannst du heute Nachmittag bitte kommen? Ich will den anderen erzählen, dass mein Alter wieder hier wohnt und so. Wäre echt toll, wenn du dabei wärst.
*:-**

Ich lächelte schief. Was für eine Frage.

Hi. :- Klar bin ich dabei! Als würde ich dich damit allein lassen. :-) Bis nachher! <3*

Es war ein gutes Gefühl, zu wissen, dass Raphael meine Unterstützung wollte.

„Lara, wo bleibst du?“, rief meine Schwester aus dem Badezimmer.

„Ich komme schon!“, antwortete ich und steckte mein Handy wieder ein.

Wir verbrachten den ganzen Vormittag zusammen. Bis zum Mittagessen setzten wir uns in mein Zimmer. Ich erzählte Nele eine Geschichte, sie erzählte mir, was vor den Ferien in ihrer Klasse alles passiert war. Besonders von Florians Bruder Fritz sprach sie viel. Gespannt lauschte ich ihren Geschichten, die mich an meine eigene Grundschulzeit erinnerten. An die unbeschwerte Zeit, bevor Gilbert in unser Leben getreten war. Behutsam nahm ich meine Schwester in den Arm, nachdem sie ihren Bericht beendet hatte. Sie kuschelte sich an mich und lächelte glücklich. Ich hauchte ihr einen Kuss auf die Stirn. „Ich hab dich lieb, Nele“, flüsterte ich.

„Ich dich auch, Lara!“, antwortete sie sofort.

Manchmal wünschte ich, ich hätte mehr Zeit für meine kleine Schwester. Früher hatte ich jeden Tag stundenlang mit ihr geredet, vor allem um sie zu beruhigen und abzulenken.

Doch das war nun nicht mehr nötig. Meine Eltern behüteten Nele wie ihr eigenes Kind, meine Schwester fühlte sich hier inzwischen zu Hause. Natürlich verbrachten wir immer noch gerne Zeit miteinander. Aber nicht mehr, um füreinander da zu sein. Sondern einfach nur, weil wir es wollten.

Ein schönes Gefühl. Als würden wir endlich ein ganz normales Leben führen. Ein behütetes Leben, wie jedes Kind es haben sollte.

„Kannst du mir einfach erklären, warum ich hier bin?“, maulte Florian.

„Flo, jetzt krieg dich mal wieder ein!“, ermahnte Niklas ihn. „Rapha wird schon einen Grund haben, sich mit uns allen zu treffen!“

Mein Freund seufzte leise. „Es ist echt wichtig“, versicherte er.

„Irgendwie erinnert mich das an letzte Woche“, merkte Sophie an. Meine beste Freundin hatte sich mit dem rechten Arm bei mir eingehakt, mit dem linken bei Jan. Sie saß zwischen ihm und mir auf dem grünen Sofa in Raphaels Zimmer.

„Was meinst du?“, fragte Niklas, der auf dem Bett hockte, verwirrt.

„Na ja, letzte Woche hat Lara eine Krisensitzung einberufen, heute Raphael“, erklärte sie.

„Du hast recht!“, stimmte Karolin zu, die neben ihrem Freund saß. Sie und Niklas vertrugen sich offensichtlich wieder blendend, sehr zu meiner Erleichterung. Es wäre wirklich schade gewesen, wenn sie sich weiterhin gestritten hätten.

Florian war der Einzige im Zimmer, der noch stand. Er starrte Raphael wütend an und verschränkte die Arme. „Also?“

„Jetzt sei nicht so gemein!“, motzte ich den blonden Jungen an. „Lass ihm etwas Zeit!“

Wenig begeistert sah mein Banknachbar und Trainingspartner mich an.

„Schon gut, Lara“, beruhigte Raphael mich. Er saß neben mir auf dem Sofa, das bei vier Leuten doch ein wenig eng war, und nahm meine Hand. „Ich komme einfach gleich zum Punkt.“

„Ja, bitte!“, verlangte Florian.

„Setz dich wenigstens hin“, stöhnte Niklas genervt.

Keinem gefiel es, wie deutlich Florian seine Feindseligkeit gegenüber Raphael zur Schau stellte. Und das seit Wochen. Doch immerhin hörte er auf Niklas und ließ sich auf dem Bett nieder.

„Kurz und knapp, mein Vater ist wieder in Pirk“, ließ Raphael die Bombe platzen. „Er hat sich hier ’ne Wohnung gesucht, nachdem seine tolle Freundin ihn abserviert hat. Und jetzt will er sich wieder anbiedern.“ Diese Nachricht klang völlig ungerührt, doch Raphael drückte meine Hand dabei so fest, dass es schon fast wehtat. Beruhigend strich ich ihm mit dem Daumen über seinen Handrücken.

„Was?!“, unterbrach Jan als Erster entsetzt die Stille.

„Das Arschloch ist hier?“, fragte Niklas geschockt.

„Und er belästigt euch?“, ergänzte Sophie angewidert.

„Der spinnt doch!“, keifte Karolin.

Florian sagte nichts, aber er wirkte zerknirscht. Anscheinend war ihm doch nicht ganz egal, wie es seinem ehemaligen besten Freund ging.

„Also, das betrifft vor allem euch zwei, Niklas und Sophie“, wandte er sich an die Geschwister, „geht ihm aus dem Weg. Es kann sein, dass er euch über mich ausfragen will, das hat er bei Lara schon versucht."

Erschrocken drehte Sophie sich zu mir um. „Echt jetzt?"

Ich nickte. „Ja, aber ich hab ihn ... erfolgreich abgewehrt." Ich lächelte. „Wie Flo es mir beigebracht hat."

Da schmunzelte Florian. „Sehr gut. Das hat er nicht anders verdient."

Langsam lockerte sich die Stimmung; mein Trainingspartner verbreitete keine Feindseligkeit mehr, was mich wirklich freute. Vielleicht würde er sich in Anbetracht der Lage wieder mit Raphael versöhnen?

„Das war's eigentlich schon", erklärte mein Freund. „Ich weiß, ich hätt's auch als Rundnachricht schreiben können, aber ich wollte euch lieber persönlich Bescheid geben."

„Ist doch in Ordnung", meinte Sophie. „Solche Sachen kann man nicht per SMS mitteilen!"

„Finde ich auch", bekräftigte Niklas. „Gut, dass du's uns gesagt hast. Sieht er immer noch so aus wie früher?"

Raphael nickte. „Er ist nur dicker geworden."

Da er es nun erwähnte, fiel mir auch auf, dass Falco ein wenig pummelig gewirkt hatte. Und ich fragte mich immer noch, warum er mir so bekannt vorkam oder woher er meinen Namen wusste.

Apropos Name! „Wie heißt dein Vater eigentlich?", wollte ich wissen. „Also, Falco, ja, aber mit Nachnamen, meine ich."

Überrascht sah Raphael mich an. „Du kennst seinen Vornamen schon?"

„Er hat sich mir vorgestellt, bevor ich ihm mein Knie in die Magengrube gerammt hab", erklärte ich.

Florian lachte und streckte seinen Daumen hoch. „Spitze! Das ist meine Schülerin! Hat's ihm wehgetan?"

„Der Reaktion nach schon", bestätigte ich.

„Ist der dreist, dass er sich dir auch noch vorstellt", zischte Raphael dann und quetschte meine Hand wieder fester.

„Au", fiepte ich, als mir Tränen in die Augen schossen.

Sofort lockerte er seinen Griff. „Entschuldige!"

Ich lächelte schief. „Du bist echt wütend, was?"

„Mehr als das!"

„Und wie heißt dein Vater jetzt?“, wiederholte ich meine Frage.

„Ach ja, das hab ich ganz vergessen. Er heißt Falco Steiner“, antwortete er.

Es wunderte mich nicht, dass Raphael nicht den Nachnamen seines Vaters hatte. Er und seine Mutter hießen Brem. Soweit ich wusste, waren Raphaels Eltern sowieso nie verheiratet gewesen und er hatte schon immer den Namen seiner Mutter gehabt.

„Der Name sagt mir nichts“, murmelte ich.

„Wieso sollte er auch?“, wunderte sich Sophie.

„Na ja, Raphaels Vater kannte meinen Namen. Aber ich hab keine Ahnung, woher!“, erklärte ich.

„Ist ja komisch ...“ Sophie grübelte kurz. „Kennst du ihn vielleicht?“

„Ich bin mir nicht sicher“, gab ich zu.

„Aber es wäre möglich?“, hakte Raphael nach.

Zögerlich nickte ich. „Irgendwie kommt er mir bekannt vor.“

„Hm, er hat die letzten Jahre in Berlin gewohnt“, merkte mein Freund an.

„Vielleicht seid ihr euch mal über den Weg gelaufen“, vermutete Sophie.

„Aber woher kennt er dann meinen Namen? Das ergibt doch keinen Sinn“, seufzte ich.

„Geh ihm lieber aus dem Weg, das klingt ziemlich verdächtig“, meinte Florian.

„Finde ich auch“, stimmte Jan zu. „Ist ja unheimlich.“

„Der Typ ist einfach nur eine Krankheit“, schnaubte Raphael.

„Er war noch nie der Vater des Jahres“, ergänzte Florian.

Die anderen nickten, doch ich musterte ihn irritiert. „Was meinst du damit?“

„Ach, weißt du das gar ...“

„Danke, Flo, das hab ich ihr noch nicht erzählt“, unterbrach Raphael ihn hörbar verärgert.

„Konnte ich ja nicht riechen“, verteidigte er sich.

„Was hast du mir noch nicht erzählt?“, fragte ich meinen Freund.

„Mein Vater war schon ein Arschloch, bevor er damals abgehauen ist“, erzählte er leise. „Er hat immer nur rumgebrüllt, war mit nichts zufrieden, hat meine Mutter niedergemacht und wollte möglichst wenig damit zu tun haben, wenn ich mal Probleme gemacht hab."

„Und ihm ist öfter mal die Hand ausgerutscht, er war ein Geizhals, und er hat mit so ziemlich jeder Frau geschlafen, die betrunken genug dafür war", ergänzte Florian.

„Halt die Klappe!", fuhr Raphael ihn an.

Schockiert hielt ich mir die Hand vor den Mund. Traurig blickte ich meinen Freund an. Das hatte ich nicht gewusst. Das hatte er nie erwähnt. Dass er so etwas Grauenhaftes erlebt hatte, konnte ich einfach nicht fassen.

Florian zuckte mit den Schultern. „Ich dachte, sie ist deine Freundin. Dann ist das doch kein Geheimnis, oder?"

„Ich muss es ihr aber nicht gleich auf die Nase binden!", entgegnete Raphael.

Unwillkürlich stiegen mir Tränen in die Augen. Es tat mir schrecklich leid, dass Raphael so unter seinem Vater gelitten hatte. Das machte Falcos Rückkehr doch nur noch schlimmer für ihn.

„Ist ja gut", flüsterte Sophie und umarmte mich.

Ich erwiderte ihre Umarmung und atmete tief durch. Ich wollte jetzt nicht weinen! Dann würde Raphael sich nur noch schlechter fühlen!

„Sondern es ihr lieber verheimlichen?", konterte Florian.

Raphael sprang vom Sofa auf, sichtlich wütend. „Warum soll ich mit den alten Geschichten hausieren gehen?"

Auch Florian erhob sich nun vom Bett, sodass sich die beiden Jungen mitten im Zimmer gegenüberstanden. „Vielleicht weil wir in unserer Gruppe keine Geheimnisse voreinander haben müssen?"

„Ach, auf einmal sind wir wieder eine Gruppe, nachdem du mich zwei Wochen ignoriert hast?", schnaubte Raphael.

„In solchen Fällen, natürlich!", schrie Florian ihn an. „Oder glaubst du, ich lass dich hängen, wenn das brutale Arschloch wieder hier ist? Ich hab keine Lust, dich wieder mit Niklas aus deinem Haus zu schleppen, weil der Penner dir ein Bein gebrochen hat!"

Da schluchzte ich auf. Unfassbar. Dieser Falco hatte Raphael so viel angetan! Und ich hatte nichts davon gewusst, nicht mal geahnt. Raphael wirkte so normal.

Sophie strich mir über den Rücken. „Nicht weinen!", tröstete sie mich. „Das ist doch alles seit Jahren vorbei."

„Ich fass es nicht", wimmerte ich. „Das darf nicht wahr sein ..."

„Doch, leider", flüsterte sie. „Es ist zum Glück nicht oft vorgekommen, aber alle paar Monate hat Raphaels Vater seine ... Phasen gehabt."

Die gefürchteten Ausraster kannte ich nur zu gut. Gilbert hatte sie zwar beinahe jeden Tag gehabt, doch ich konnte mir gut vorstellen, wie erschreckend Falcos Grausamkeiten für Raphael gewesen sein mussten. Wahrscheinlich sogar noch erschreckender, weil er nicht immer damit gerechnet hatte.

Florian und Raphael sahen sich lange an, dann lächelten beide. „Gut zu hören, dass ich auf dich zählen kann, Mann", sagte mein Freund erleichtert.

„Bei so was immer", beruhigte Florian ihn. „Dafür ignoriere ich sogar kurz ... das andere."

Sophie holte ein Taschentuch aus ihrer Jeans und gab es mir. „Es ist doch alles gut", beruhigte sie mich. „Schau mal, Raphael und Flo haben sich sogar wieder zusammengerauft."

„Das ist echt toll", schniefte ich und wischte mir die Tränen weg. „Aber dass Raphaels Vater so brutal war, das ... ich kann mir vorstellen, wie das gewesen sein muss ... furchtbar!"

„Du kannst das wahrscheinlich besser verstehen als wir alle", seufzte Sophie und drückte mich fest.

„Ist ja echt süß, dass ihr euch wieder vertragt", meldete sich Niklas dann zu Wort, „aber Rapha, willst du echt da rumstehen, wenn deine Freundin heult?"

Abrupt drehte Raphael sich zu mir um. „Was?" Als er mich weinen sah, weiteten sich seine Augen. Er setzte sich neben mich aufs Sofa und strich mir über den Arm. „Lara, was ist los?"

Ich zerknüllte das nasse Taschentuch in meiner Hand. „Das ... das ... das ist ... das ist so grausam", schluchzte ich.

„Hey, du musst doch nicht für mich weinen", flüsterte er und nahm mich sanft in die Arme.

Sophie ließ mich los, damit ich mich an ihn lehnen konnte. „Doch!", rief ich.

Vorsichtig zog er mich auf seinen Schoß, um mich hin und her zu wiegen. „Es ist okay. Ich hab's überlebt."

„Aber du hattest Angst!" Es schüttelte mich richtig. „Du bist jeden Tag vor der Haustür gestanden und hast überlegt, was dich erwartet, wenn du reingehst! Du bist so leise wie möglich durchs Haus geschlichen, um ihn nicht zu reizen! Du hast ständig versucht, andere vor ihm zu beschützen! Du hast dich wieder und wieder gefragt, wie du die unvermeidlichen Ausraster abwenden kannst, aber du hast genau gewusst, dass du überhaupt nichts machen kannst, weil die Situation irgendwann wieder eskalieren wird! Du hast auf Hilfe gehofft, aber niemand konnte dir helfen!"

Ich wusste es nur zu gut. Ich kannte diese Gefühle, die in den letzten vier Jahren meine ständigen Begleiter gewesen waren. Ich kannte die Angst. Den Horror. Die Panik. Das Bedürfnis, laut um Hilfe zu schreien.

Raphael drückte mich fest an sich. Er zitterte, das spürte ich. „Ziemlich gute Beschreibung", flüsterte er.

„Ich weiß", schluchzte ich und klammerte mich an ihn.

Die Blicke unserer Freunde ruhten auf uns, das wusste ich. Mitleidig, besorgt, unsicher. Keiner wusste, was er sagen sollte. Welche Worte tröstend wirken würden. Aber egal, wie lange die anderen darüber nachdachten, es gab keine Worte, die einen solche Erlebnisse vergessen ließen. Es gab nur Worte, die für einen kurzen Moment guttaten.

„Man merkt dir nichts von all dem an", sagte ich leise. „Ich hätte nie erwartet, so was zu erfahren. Du ... du bist so ein selbstbewusster, wundervoller Mensch geworden, dass man nie auf die Idee käme, was dir passiert ist."

Er lächelte schief. „Ich hatte ja auch ein paar Jahre, um darüber hinwegzukommen. Am Anfang bin ich immer zusammengezuckt, wenn jemand seinen Arm auch nur in meine Richtung bewegt hat."

Ich erwiderte sein halbherziges Lächeln. „Das mache ich auch manchmal. Es ist schwer, solche Reflexe loszuwerden."

„Wem sagst du das ..."

Aber zu wissen, dass Raphael ebenfalls jahrelang unter einem brutalen, jähzornigen Mann gelitten hatte, ließ mich verstehen, wieso er es immer wieder schaffte, mich zu beruhigen, wenn ich an Gilbert dachte. Raphael kannte das alles. Er kannte die Angst, wenn auch nicht in dem gesamten Ausmaß, in dem ich sie in den letzten Jahren kennengelernt hatte.

„Wann wusstest du's?", fragte ich leise. „Wann wusstest du, was mir passiert ist?"

Wenn er all das nämlich kannte, hatte er schon früh gemerkt, was mir geschehen war. Nicht erst, als er das Gespräch zwischen meinen Eltern und mir gehört hatte.

„Als ich all deine Verletzungen gesehen hab", antwortete er mit belegter Stimme. „Da wusste ich, dass das keine einfache Prügelei war. Und keine einmalige Sache. In dem Moment hab ich auch kapiert, warum du von Anfang an so misstrauisch und verschlossen warst."

Jetzt verstand ich endlich, warum er mich so lange genervt hatte. Warum er immer wieder versucht hatte, mich über meine Verletzungen auszufragen. Er hatte mir ein offenes Ohr anbieten wollen und ich hatte es als pure Neugierde und Sensationssucht abgetan.

Traurig sah ich ihn an. „Hast du dich auch so zurückgezogen?"

Er nickte. „Und wie."

„Es war fast unmöglich, mit Raphael zu reden, nachdem sein Vater zum ersten Mal zugeschlagen hatte", flüsterte Sophie.

„Er wollte nicht mal sagen, woher das blaue Auge kam", merkte Florian an.

„Ihr habt mich ja dann doch zum Reden gebracht", entgegnete Raphael.

„Zum Glück!", rief Karolin. „Wer weiß, wie verzweifelt du gewesen wärst, wenn du alles allein hättest durchmachen müssen!"

„Das klingt jetzt so, als wäre ich jeden Tag verprügelt worden. Es passierte nur elfmal. Innerhalb von zwei Jahren."

„Immer noch genug", beharrte Karolin.

„Das schon", stimmte Raphael zu.

Endlich hörte ich auf zu weinen. Ich brachte sogar ein Lächeln zustande. „Ich bin froh, dass du das nicht allein durchmachen musstest."

Nun lächelte auch Raphael. „Ich auch. Ich hab eben die besten Freunde der Welt."

„Mit wem konntest du eigentlich reden, wenn dieser Gilbert ... du weißt schon ...", murmelte Sophie.

Überrascht sah ich sie an. „Mit niemandem ..."

„Was?" Ungläubig musterte Jan mich. „Mit niemandem?"

„Nein, ich ... also, meine Freunde haben mich irgendwann ... gemieden. Ich wollte ihnen nicht sofort sagen, was passiert ist, dann haben sie mich nach ein paar Tagen links liegen gelassen", erzählte ich. „Sie haben nicht mehr mit mir geredet und hinter meinem Rücken gelästert."

Keine schönen Erinnerungen ... Aber es war vorbei.

„Solche Monster!", rief Sophie empört. „Man gibt eine Freundschaft nicht nach ein paar Tagen auf!"

Ich nahm ihre Hand und lächelte. „Reg dich nicht auf. Jetzt hab ich echte Freunde, würde ich sagen."

Sie nickte. „Auf jeden Fall! Wir sind da, wenn du reden willst! Oder wenn du schweigen willst!"

„Ihr seid einfach die Besten", entgegnete ich gerührt.

Vielleicht wäre tatsächlich alles anders verlaufen, wenn ich in Berlin zuverlässige Freunde gehabt hätte. Wenn mich jemand unterstützt und sich um mich gekümmert hätte. Aber ich war selbst schuld daran, dass ich keine fremde Hilfe bekommen hatte. Wie Saskia hatte ich alles verschwiegen und vertuscht. Aus Angst davor, dass Nele ins Kinderheim geschickt werden würde. Aus Angst davor, die Situation durch mein Reden sogar noch zu verschlimmern.

Raphael strich mir über den Rücken. „Wie hast du das eigentlich alleine geschafft? Ich wäre ohne die anderen untergegangen!"

„Ich musste Nele beschützen", erklärte ich. „Das war Motivation genug. Und ich wusste, Saskia würde nie was unternehmen." Da fiel mir etwas ein. „Hat deine Mutter den Kerl eigentlich nie angezeigt?"

„Nein", seufzte er. „Aber sie hat ihn angeschrien und sich gewehrt."

„Immerhin etwas."

Eine Weile herrschte Stille. Raphael und ich umarmten uns und gaben uns gegenseitig Halt, mit einer Hand drückte ich Sophies Finger.

„Ich weiß ja nicht, wie's euch geht", meldete sich Florian zu Wort, „aber ich finde die Stimmung gerade unerträglich deprimierend. Wollen wir was unternehmen? Ablenkung ist doch immer noch das beste Gegenmittel!"

„Ich hab eine Idee!", rief Karolin. „Wir könnten dieses witzige

Kartenspiel spielen! Das mit den Wörtern! Äh ... Bam! So hieß es!"

„Oh ja!", stimmte Niklas sofort zu.

Raphael lächelte. „Ich bin dabei."

„Was ist das für ein Spiel?", fragte ich.

„Da musst du in vorgegebenen Sätzen das Wort Bam durch die Wörter ersetzen, die du auf der Hand hast. Und wer den lustigsten Satz macht, gewinnt", erklärte Sophie.

„Klingt witzig", meinte ich.

„Dann hole ich's schnell", kündigte Raphael an.

Bevor er aufstand, umarmten wir uns noch mal fest. Was ich heute erfahren hatte, hatte mich unendlich traurig gemacht. Aber jetzt fühlte ich mich Raphael noch näher. Denn wir verstanden uns auf eine Art, die niemand begreifen würde, der nicht dieselbe Art von Horror durchlebt hatte.

Klassenfahrt zur Höllen-Hauptstadt

„Entschuldige dich!“

„Bitte … nicht … nicht mehr …“

„Entschuldige dich!“, verlangte er wieder. Seine dunkelgrünen Augen fixierten Saskias schlanken Körper, der vor ihm auf dem Boden lag. „Sofort!“

„Es tut mir leid“, schluchzte sie und kauerte sich zusammen, ihr dunkelbraunes Haar fiel über ihr Gesicht.

Das konnte ich mir nicht länger ansehen. „Lass sie in Ruhe!“, schrie ich.

Da drehte Gilbert sich zu mir um. „Ach, Engelchen, du bist auch da?“

Ich war gerade erst aus der Schule nach Hause gekommen, nun stand ich vor Saskias und Gilberts Schlafzimmer. Meine Adoptivmutter lag auf dem Boden vorm Bett, vermutlich schon halb bewusstlos. Aber immerhin blutete sie nicht, Gilbert hatte sie für seine Verhältnisse nur leicht verprügelt.

„Hör endlich auf, Saskia fertigzumachen!“, verlangte ich wütend.

„Ganz schön große Klappe für eine 15-Jährige“, merkte er an. „Ich hoffe, du weißt, was du tust?“

Ich schluckte. Ja, das wusste ich. Ich provozierte gerade, dass er mich ebenfalls verprügeln würde. Doch ich durfte nicht zulassen, dass er noch länger auf Saskia einschlug. Er würde sie irgendwann noch umbringen, wenn das so weiterging!

„Klar weiß ich das“, antwortete ich und reizte ihn damit nur noch mehr. „Ich unterbreche den Teufel höchstpersönlich bei einer seiner Foltern.“

Zum Glück war Nele in der Nachmittagsbetreuung ihrer Grundschule. Es bestand also keine Gefahr, dass meine siebenjährige Schwester an diesem Tag etwas von Gilberts Brutalität mitbekam.

„Engelchen, du musst dringend lernen, wann man die Klappe hält“,

lachte er gelassen und trat zu mir, sodass er nun direkt vor mir stand. „Es ist ein richtig schöner Tag, die Sonne scheint, und lange hält dieser tolle Sommer sicher nicht an. Und du willst mich lieber stören, als draußen zu spielen?“

Wütend fixierte ich ihn. „Dank dir kann ich mich draußen sowieso nicht zeigen! Das weißt du genau!“

Er schmunzelte, beinahe sah er freundlich aus. Doch der Schein trog, das wusste ich. „Du bist vielleicht etwas dürr, aber das ist doch kein Grund, im Haus zu bleiben“, entgegnete er gehässig.

Ich ballte meine Hände zu Fäusten und umklammerte damit meine überlangen Pulloverärmel. Mir war schrecklich warm, wir hatten Hochsommer in Berlin und ich trug eine lange Jeans und einen dicken Pullover. „Sehr witzig“, zischte ich.

Im Gegensatz zu Gilbert konnte ich nicht einfach Shorts und ein T-Shirt anziehen. Meine Arme und Beine waren im Vergleich zu seinen extrem geschunden. Ich sah nicht so normal aus wie er, was er mir nur zu gerne unter die Nase rieb. Er wusste, dass ich wegen der vielen Verletzungen an meinem Körper nur noch lange Klamotten trug. Und dass ich bei dieser Hitze kaum rausgehen konnte, ohne einen Hitzschlag zu bekommen.

„Weißt du, was noch witzig ist?“, fragte er.

Ich reagierte zu langsam, sofort verpasste er mir einen so heftigen Kinnhaken, dass ich rückwärts stolperte, auf den Flur hinaus, gegen das Treppengeländer. Zum Glück hatte ich noch meine Schultasche auf dem Rücken, die meinen Aufprall auf das Geländer dämpfte.

„Verdammt“, keuchte ich und betastete vorsichtig die getroffene Stelle. Mein Kinn pochte, es fühlte sich an, als würde es gleich zerspringen. Ich war zu unaufmerksam gewesen. Wahrscheinlich, weil Gilbert erstaunlicherweise fünf Tage lang nicht ausgerastet war.

Er lachte lauthals. „Oh ja, das ist witzig!“, grölte er.

„Für dich vielleicht, du Teufel!“, brüllte ich ihn an und machte ein paar Schritte über den Flur.

Ich musste ihn von Saskia weglocken. Außerdem wollte ich die Schultasche abstellen, bevor sie kaputt ging. Eine neue konnten wir uns nicht leisten.

Wie erwartet folgte Gilbert mir. Im Vorbeigehen schmiss ich die Tasche in mein Zimmer und rannte die Treppen hinunter. Mein Magen knurrte leise, doch das war ich gewohnt. Ich beachtete den Hunger gar nicht, ich strich nur schnell mein offenes Haar zurück und hastete weiter ins Wohnzimmer.

„Glaubst du wirklich, du kannst abhauen?" Gilbert lachte höhnisch. „Träum weiter, Engelchen! Du weißt genau, was jetzt kommt."

Natürlich wusste ich das. Aber ich wollte trotzdem ein wenig Abstand zwischen ihn und Saskia bringen. Bevor er noch auf die Idee kam, sie erneut zu schlagen. Sie musste sich jetzt erst mal erholen. Und eine halbe Stunde konnte ich für sie gewinnen.

Traurig lächelte ich, als mir klar wurde, was ich gerade tat. Ich ließ mich verprügeln, um die Frau zu schützen, die mal eine Mutter für mich gewesen war. Irgendwann vor langer Zeit.

Gilbert betrat nun das Wohnzimmer. Ich stand direkt neben dem kleinen gläsernen Couchtisch, an dessen Kante sich ein großer Riss abzeichnete. Gegen die Kante war Saskia neulich gefallen, als ihr lieber Ehemann sie mal wieder herumgeschubst hatte.

„So, Engelchen, worauf hast du denn heute Lust?", fragte er.

„Alles, nur nicht das Taschenmesser", flehte ich in Gedanken. Prellungen fand ich längst nicht so unangenehm wie brennende Schnittwunden. Doch ich ließ mir meine Angst nicht anmerken. Nein, ich blickte Gilbert direkt in die Augen, wütend und entschlossen. Natürlich machte ich ihm keine Angst, ich war gute zehn Zentimeter kleiner als er, dünner, schwächer. Aber er würde mich nicht unterkriegen. Nicht, solange ich meine Schwester und, ja, auch meine Adoptivmutter beschützen konnte.

Mit zwei großen Schritten kam Gilbert zu mir, packte mich am Kragen meines Pullovers und rammte mir seine Faust ins Gesicht. Voll aufs linke Auge. Ich unterdrückte einen Schmerzensschrei, doch ich konnte das Lid nicht mehr öffnen. Bald würde es anschwellen.

„Ist das alles, was du draufhast?", stichelte ich.

„Du bist heute etwas lebensmüde, kann das sein?" Ich trieb ihn zur Weißglut, das merkte ich. „Ich hoffe, du kannst auch die Konsequenzen dafür tragen!" Und schon landete der nächste Faustschlag in meinem Gesicht. Wieder auf derselben Stelle. Verdammt. So ruhig wie möglich atmete ich ein und aus. „Klar kann ich das. Und du? Kannst du die Konsequenzen dafür tragen, wenn du uns verprügelst und ich dich anzeige?"

„Halt's Maul", befahl er mir und schlug mich in die Magengrube.

Hätte er mich nicht am Kragen gepackt und aufrecht gehalten, hätte ich mich jetzt zusammengekauert. Der Schlag hatte gesessen. Wie gut, dass ich fast nie etwas zu essen im Magen hatte – das wäre mir sonst nämlich hochgekommen.

„Du wirst nie die Polizei einschalten!", rief er. „Und wenn, sorge ich dafür, dass du's bereust! Dann wirst du mich anflehen, dich umzubringen, aber glaub mir, so gnädig werde ich nicht sein. Dann lernst du die wahre Hölle kennen."

Das glaubte ich ihm aufs Wort. Und ich bluffte sowieso nur. Ich konnte ihn nicht anzeigen. Nicht, ohne meine Schwester zu verlieren. Und er wusste genau, dass ich niemals das Einzige aufgeben würde, woran mir noch etwas lag.

„Aber allein für diese Frechheit gebe ich dir einen Vorgeschmack darauf, was dich erwarten würde!", beschloss er.

Problemlos hob er mich über die Schulter, um zum Sofa zu gehen. Ich trommelte mit den Fäusten auf seinen Rücken und versuchte, ihn zu treten, doch er realisierte das vermutlich nicht mal. Ohne Vorwarnung schmiss er mich aufs Sofa und kniete sich über mich.

Ich schluckte, er wollte mich doch zusammenschlagen, oder nicht? Warum dann diese Haltung? Das wirkte eher so, als wollte er etwas ganz anderes ...

Allerdings hatte ich Glück im Unglück. An diesem Tag wollte er wirklich nur seine Brutalität ausleben. Mit beiden Händen griff er plötzlich nach meinem Hals und drückte zu. Aber damit nicht genug, er verlagerte sein Körpergewicht auf seine Arme, sodass ich noch mehr Druck am Hals spürte.

Sofort weiteten sich meine Augen, ich bekam keine Luft mehr! Ich wand mich unter ihm, ich zappelte, ich schlug mit meinen Händen gegen seine Arme, doch es brachte nichts. Er ließ nicht locker.

Als mir langsam schwarz vor Augen wurde, löste er plötzlich den Druck. Ich keuchte auf, hustete, atmete hektisch ein und fasste mir mit beiden Händen an den Hals. Oh Gott. Ich lebte noch.

Gilbert grinste nur. „Ich bin noch nicht fertig, Engelchen."

Und im nächsten Moment schnürte er mir wieder die Luft ab. Ich konnte mich überhaupt nicht wehren, zumal dieser große und kräftige Mann über mir kniete und mich aufs Sofa drückte. Je länger ich nicht atmen konnte, umso schwindliger wurde mir. Bis ich schwarze Sterne vor meinen Augen aufblitzen sah.

Er ließ mich wieder los, bevor ich das Bewusstsein verlor. Als wüsste er genau, wie lange er mich würgen konnte, ohne mich in Ohnmacht fallen zu lassen. Wie lange er zudrücken konnte, damit ich alles deutlich spürte.

Erneut schnappte ich verzweifelt nach Luft, röchelte und keuchte laut. „Hör auf damit!“, schrie ich. „Du bist doch irre!“

„Irre gut“, entgegnete er und umfasste noch mal meinen Hals.

Mir wurde nicht nur schwindlig, sondern auch schlecht. Dieses ständige Würgen machte mich fertig. Und Gilbert wusste das, weshalb er die ganze Prozedur weitere achtmal wiederholte.

Als ich fast regungslos und schwer atmend auf dem Sofa lag, grinste er mich zufrieden an. „Siehst du, Engelchen, allein deswegen wirst du nie die Polizei rufen. Oder soll ich dich noch ein paarmal würgen?“

Obwohl ich mich kaum bewegen konnte, schüttelte ich heftig den Kopf. Bitte nicht! Nicht noch mal!

Schon beinahe zärtlich strich er mir durchs Haar. „Das dachte ich mir“, flüsterte er in mein Ohr.

Als ich seinen ekelhaften Atem roch, drehte sich mir der Magen um. Am liebsten hätte ich ihn angeschrien, doch dafür war ich zu erschöpft. Bevor er mich allein auf dem Sofa zurückließ, um sich aus der Küche ein kühles Bier – als Lohn für seine glorreichen Taten – zu holen, machte er das wohl Erniedrigendste, was er in diesem Moment tun konnte.

Er hauchte mir einen Kuss auf die Wange. „Braves Mädchen.“

Ich schreckte so schnell auf, dass mir schwindlig wurde. Mit beiden Händen griff ich mir reflexartig an den Hals und ich atmete hastig. Gut, oder nein, eigentlich nicht gut. Ich hatte schlecht geträumt, ja. Aber es war nur eine alte Erinnerung. „Und zugleich eine Warnung“, schoss es mir durch den Kopf. Langsam ließ ich meine zitternden Hände sinken und legte mich zurück auf mein Bett. Ja, dieser Traum war definitiv eine Warnung gewesen. Er hatte mir in Erinnerung gerufen, was mir bald bevorstand.

„Du wirst nie die Polizei einschalten! Und wenn, sorge ich dafür, dass du's bereust! Dann wirst du mich anflehen, dich umzubringen, aber glaub mir, so gnädig werde ich nicht sein. Dann lernst du die wahre Hölle kennen." Ja, ich würde eine noch schlimmere Hölle kennenlernen als die, in der ich die letzten vier Jahre verbracht hatte. Gilbert hielt seine Versprechen. Immer. Er machte jede Drohung wahr, ohne Ausnahme. Er würde mich finden. Er würde mich quälen. Und irgendwann auch umbringen.

Ich kniff die Augen fest zusammen, um nicht mehr an diesen Teufel zu denken. Noch hatte er mich nicht gefunden. Ich sollte mich nicht so sehr in meine Angst hineinsteigern. Ich sollte mich auf den letzten freien Tag freuen, bevor die Schule wieder begann. Auf das Kung-Fu-Training mit Florian. Auf das abendliche Treffen mit Raphael an meinem Fenster. Auf die Zeit, die ich mit Nele und meinen Eltern verbringen würde.

Ich sollte mich generell auf die letzten Tage freuen, die mir noch blieben. Bevor Gilbert mich finden, foltern und letztendlich töten würde.

„Lara, beeil dich! Ich muss in die Praxis!", rief Lorenz aus dem Erdgeschoss.

„Ich bin sofort fertig!", antwortete ich. „Ich muss Nele nur noch den zweiten Zopf flechten!"

Nachdem ich die Frisur meiner Schwester vollendet und mich von der Kleinen verabschiedet hatte, rannte ich mit meiner Schultasche hinunter zu Lorenz.

„Tut mir leid", entschuldigte ich mich. „Ich wollte dich nicht warten lassen."

„Ach ja, jetzt geht der Schulstress wieder los", seufzte er, als wir gemeinsam das Haus verließen.

Praktischerweise lag die Arztpraxis meines Vaters in der Nähe meiner Schule. So konnte ich jeden Morgen mit ihm dorthin fahren. Und da Bianca in der Grundschule von Pirk arbeitete, nahm sie Nele immer mit.

Lorenz stieg ins Auto, ich ließ mich auf dem Beifahrersitz nieder. Nachdem wir uns angeschnallt hatten, fuhr er los. Ich drehte die Heizung ein wenig auf, weil mir wieder mal kalt war.

„Wie läuft's eigentlich in der Fahrschule?", fiel ihm ein.

„Ganz gut", antwortete ich. „Nächste oder übernächste Woche kann ich die Theorieprüfung machen."

„Kommst du in den praktischen Stunden zurecht?“

„Hm, schon“, bejahte ich. „Das Fahren ist einfacher, als ich dachte.“

„Schön zu hören!“ Kurz zögerte ich, beschloss dann aber, meinen Vater zu fragen. Seit vorgestern wunderte ich mich über etwas und ich wollte eine Antwort. Denn ich konnte mir nicht vorstellen, dass meine Eltern über die Ausraster von Raphaels Vater Bescheid gewusst und nichts unternommen hatten.

„Sag mal“, begann ich zaghaft, „wusstet ihr ... also ... wusstet ihr, dass Raphaels Vater ihn geschlagen hat?“

Natürlich ruinierte ich damit die entspannte Stimmung im Auto. Aber Lorenz beschwerte sich nicht über die Frage. Er antwortete sogar. „Wir wussten es nicht von Anfang an“, seufzte er. „Erst an dem Tag, als Falco ihm das Bein gebrochen hat. Da haben Florian und Niklas ihn verletzt aus dem Haus getragen und zu mir gebracht. Schlimm, wirklich. Die Jungen waren 13 oder 14, ich weiß es nicht mehr genau.“

Ich drückte die Schultasche auf meinem Schoß fester an mich. „Und ihr habt nichts unternommen?“

„Doch, eigentlich schon.“ Lorenz umfasste das Lenkrad so fest, dass seine Fingerknöchel weiß hervortraten. „Wir haben mit Renate geredet, um sie zur Anzeige zu überreden. Aber am nächsten Tag hat sich das Problem schon von allein gelöst.“

„Raphaels Vater ist abgehauen“, vermutete ich.

Er nickte. „Genau.“

„So ein Monster“, murmelte ich.

Flüchtig strich Lorenz mir über den Arm. „Es ist ja alles gut ausgegangen. Als der Kerl endlich weg war, hat Raphael sich schnell erholt.“

„Aber trotzdem!“, beharrte ich. „Der hätte bestraft werden müssen!“

„Natürlich“, stimmte er zu. „Und vielleicht wird er das noch. Da er wieder in Pirk wohnt, ist es wahrscheinlich nur eine Frage der Zeit, bis er Ärger macht. Ich könnt’s mir jedenfalls vorstellen.“

Ich wollte gerade etwas erwidern, da fuhr Lorenz rechts ran. Wir standen schon vor dem viereckigen grauen Betonbunker, der sich Schule nannte. Die Fahrt war mir wirklich kurz vorgekommen.

„So, jetzt zerbrich dir nicht mehr den Kopf darüber und hab einen schönen Tag", riet Lorenz mir, als ich ausstieg.

„Na klar", entgegnete ich sarkastisch und schnallte mir die Tasche auf den Rücken. „Der Montag nach den Ferien macht ja immer so viel Spaß."

Er schmunzelte. „Gib dein Bestes."

„Ja, ja", seufzte ich. „Viel Spaß bei der Arbeit. Bis heute Mittag." Ich wusste, dass Lorenz montags immer nur bis zum Mittag arbeitete und dann nach Hause kam.

„Danke. Bis später!"

Schwungvoll machte ich die Autotür zu, anschließend fuhr mein Vater davon. Unmotiviert trottete ich über den Schulhof, vorbei an spielenden und redenden Schülern. Es war schon kurz vor acht, deshalb konnte ich direkt die Eingangshalle betreten. Wenn Lorenz mal wieder besonders früh zur Arbeit wollte und mich schon um halb acht hier absetzte, musste ich in der hinteren Osthalle warten, bis der Eingang aufgesperrt wurde.

Ich betrat das Gebäude, in dem sich bereits zahlreiche Schüler tummelten. Besonders die jüngeren waren laut und rannten umher, als würden sie Fangen spielen.

„Guten Morgen!", wünschte mir plötzlich jemand.

Ich drehte mich nach links um und lächelte, als ich Sophie entdeckte. „Morgen!"

Das aschblonde Mädchen umarmte mich fest. „Na, fit für die Schule?"

Ich verzog das Gesicht. „Die Frage meinst du nicht ernst, oder?"

Sie kicherte und ließ mich wieder los. „Natürlich nicht."

Niklas, Jan und Florian, die bei Sophie in der Eingangshalle standen, begrüßten mich ebenfalls.

„Ich hoffe, die Rösch reißt mir nicht den Kopf ab, weil ich den Übungsaufsatz nicht gemacht hab", lachte Florian.

Ich schob die Augenbrauen zusammen. „Die Deutschhausaufgabe war doch echt nicht schwer ..."

Er zuckte mit den Schultern. „Ich hatte in den Ferien Besseres zu tun."

„Die Rösch wird dir den Kopf abreißen", prophezeite Niklas grinsend. „Du weißt, wie ätzend sie ist."

„Oh ja“, stimmte Florian zu.

Unsere Deutschlehrerin war wirklich nicht der netteste Mensch auf Erden. Und schrecklich launisch. Außerdem nahm sie sich und ihr Fach viel zu ernst. „Und, was habt ihr gestern noch gemacht?“, wollte Sophie wissen. Kurz blickte ich zu ihr, als ich etwas bemerkte. Sie und Jan standen ganz ruhig nebeneinander, ohne sich zu umarmen. Doch die beiden hatten ihre kleinen Finger ineinandergehakt. Unwillkürlich musste ich lächeln. Ich fand die zwei als Pärchen so süß und zurückhaltend, schon richtig unauffällig. Und doch merkte man, dass sie sich gernhatten.

„Also, ich hab dich und Jan beim Rummachen gestört, wenn du dich erinnerst“, grölte Niklas.

Sofort sah das Pärchen verlegen aus, Jan starrte zu Boden, Sophie wurde feuerrot im Gesicht. „Halt die Klappe!“, brüllte sie ihren Bruder an. „Warum rennst du auch in mein Zimmer, ohne anzuklopfen?“

„Warum schließt du nicht ab?“, entgegnete Niklas grinsend.

„Weil irgendwer, und ich wette, das warst du, meinen Schlüssel geklaut hat!“, tobte Sophie.

Da musste sogar ich schmunzeln. Das sah Niklas ähnlich. „Ich weiß nicht, wovon du redest“, entgegnete er mit Unschuldsmiene.

Sie schnaubte. „Na klar doch.“

„Pass lieber auf, Niklas, sonst macht sie dasselbe, wenn Karo zu dir kommt“, lachte Florian.

„Und ob ich das machen werde!“, schwor Sophie.

„Was ist mit mir?“, fragte eine helle Stimme verwirrt. Karolin stand nun auch bei uns und fuhr sich durchs dunkle Haar. „Hab ich vielleicht irgendwas Wichtiges verpasst?“

„Nein, nein“, beruhigte Niklas seine Freundin und legte die Arme um sie. „Ich hab nur meine Schwester geärgert.“

Karolin lächelte. „Ist ja nichts Neues.“

„Morgen, Leute!“, begrüßte uns eine weitere wohlbekannte Stimme. Als ich Raphael hörte, freute ich mich plötzlich doch, in der Schule zu sein. Ich drehte mich zu ihm um und lächelte ihn an, was er erwiderte.

„Warst du schon wieder in der Osthalle oder warum kommst du von da hinten?“, wunderte sich Niklas.

„Ja, ich hab den früheren Bus genommen und drüben noch gelernt“, erklärte Raphael. „Hab aber nicht mehr auf die Uhr geschaut, darum bin ich so spät.“

„Du Streber“, neckte Karolin ihn.

Er streckte ihr die Zunge raus. „Von wegen.“ Dann umarmte er mich. „Guten Morgen, Häschen“, flüsterte er mir ins Ohr.

Sofort schoss mir die Röte ins Gesicht. „Guten Morgen“, antwortete ich leise.

Raphael begrüßte auch die anderen, inklusive Florian, doch plötzlich gongte es schon. Wir mussten in unsere jeweiligen Klassenzimmer. „Oh Mann, ich hab keine Lust auf Deutsch“, motzte Florian, als wir zur Treppe gingen. „Das wird so langweilig!“

„Besser als Wirtschaft“, entgegnete Niklas. „Das haben wir jetzt nämlich.“

„Und es wird nicht spannender, wenn man dieselben zwei Buchseiten über einen Monat lang behandelt“, ergänzte Raphael.

Die beiden Jungen gingen zusammen in die 12b, alle anderen aus unserer Gruppe waren in der elften Klasse. Doch leider waren wir verstreut: Sophie, Florian und ich besuchten die 11b, Karolin die 11c und Jan die 11d.

Gleichzeitig mit unserer Deutschlehrerin kamen Sophie, Florian und ich am Klassenzimmer an. Frau Rösch wirkte zur Abwechslung mal gut gelaunt. Doch sie würde spätestens dann wütend werden, wenn sie hörte, wie viele Schüler die Hausaufgabe über die Ferien nicht gemacht hatten. Und bestimmt waren es einige ...

Florian und ich setzten uns an unseren Tisch in der dritten Reihe. Direkt vor mir saß Sophie, neben ihr ein anderes Mädchen. Kurz musste ich überlegen, wie ihre Banknachbarin hieß. Das Mädchen hatte ebenso hellbraune Haare wie ich, außerdem ein Muttermal an der linken Wange. Doch ihr Name fiel mir nicht mehr ein.

„Wie waren deine Ferien, Charly?“, fragte Sophie plötzlich ihre Banknachbarin.

Ach, richtig! Sie hieß Charlotte. Ich hatte sie getroffen, als Florian, Nele und ich zum ersten Mal beim Eislaufen gewesen waren. Und es war eindeutig, dass Charlotte Florian ziemlich gernhatte. Er allerdings beachtete sie kaum ...

„Guten Morgen!“, durchbrach Frau Rösch das morgendliche

Murmeln im Klassenzimmer. „Wir fangen mit dem Unterricht an!"

„Guten Morgen", antworteten wir gelangweilt im Chor.

„Jetzt geht's los", brummte Florian. „Deutsch ist immer die blödeste Stunde."

„Frau Rösch macht den Unterricht so furchtbar ", flüsterte ich. „Eigentlich ist Deutsch sogar mein Lieblingsfach, aber dank ihr finde ich Englisch derzeit viel besser."

„Englisch ist eindeutig besser", stimmte er mir zu und spielte mit dem Kugelschreiber in seiner Hand herum.

Während Frau Rösch uns einen Vortrag darüber hielt, wie wichtig es war, Gedichte analysieren zu können, packte ich meine Schreibsachen und meinen Block aus. Da fiel mir auf, dass ich noch meine Jacke trug, darum zog ich sie schnell aus und hängte sie – genau wie Florian und Sophie es auch immer machten – über die Rückenlehne meines Stuhls.

„Was denn, du sitzt mal ohne Jacke in der Schule?", staunte mein Banknachbar.

Ich nickte. „Es ist nicht mehr ganz so kalt, finde ich." Aber ohne Pullover und lange Hose würde ich niemals in die Schule gehen. Das hatte allerdings nichts mit der Temperatur zu tun.

„Gut, ich sammle jetzt eure Aufsätze ein", verkündete die Lehrerin.

Schnell zog ich meine Hausaufgabe aus der Schultasche und legte sie vor mir auf den Tisch. Doch es dauerte ziemlich lange, bis Frau Rösch bei Florian und mir ankam. Denn nur etwa jeder zweite Schüler hatte diesen Aufsatz überhaupt geschrieben, was dazu führte, dass die Lehrerin jeden anbrüllte, der nichts abgab. Und nun stand sie vor Florian und mir.

Ich reichte ihr meinen Aufsatz, was mit einem Nicken quittiert wurde. Als mein Banknachbar ihr dann sagte, dass er die Hausaufgabe nicht gemacht hatte, flippte sie endgültig aus. „Was glaubt ihr eigentlich, was ihr euch erlauben könnt?", tobte sie.

Da sie direkt vor mir stand, kam mir ihre hohe Stimme noch lauter vor. „Wenn ich euch Hausaufgaben über die Ferien aufgebe, dann macht ihr die gefälligst! So werdet ihr niemals euer Deutsch-Abitur bestehen! Niemals! Und du, Florian", zischte sie und wandte sich wieder meinem Banknachbarn zu, „wirst für diese Frechheit die Konsequenzen ...“ Ihr Geschrei wurde durch ein Klopfen an der Tür unterbrochen. Frau Rösch brauchte einen Moment, bis sie begriffen hatte, dass jemand eintreten wollte. Irritiert beendete sie die Strafpredigt und ließ den Besucher herein.

„Gerettet“, flüsterte Florian erleichtert. „Ich dachte, jetzt frisst sie mich auf.“

„Das war schon echt unheimlich“, gab ich zu.

Eine andere Lehrerin betrat nun den Raum, nämlich die für Geschichte und Sozialkunde. Was machte Frau Franz denn hier?

Die bereits ältere Dame mit den kurzen, nun braun gefärbten Haaren, lächelte fröhlich in die Runde. Sie hielt einen Stapel Papier in den Händen und tat so, als hätte sie das Geschrei ihrer Kollegin nicht mitbekommen. „Guten Morgen, ihr Lieben“, begrüßte sie uns überschwänglich. „Ich habe eine kleine Überraschung für euch.“

Verwirrtes Gemurmel erfüllte den Raum. Wovon redete sie? Und warum sagte sie uns das nicht einfach übermorgen, wenn wir sowieso Geschichte hatten?

„Ihr erinnert euch doch noch daran, wie sehr ihr mich in Sozialkunde enttäuscht habt“, fuhr sie ein wenig anklagend fort. „Genau wie meine zwölfte Klasse! Ihr habt alle keine Ahnung von Politik!“

Ja, daran erinnerte ich mich noch. Sie hatte uns nach Ministernamen und solchem Kram gefragt. Aber damit kannte sich niemand aus, mich hatte das Thema auch nie wirklich interessiert.

„Darum habe ich hier einen hübschen Zettel für euch, den ihr mir am Mittwoch bitte ausgefüllt zurückgebt“, beendete sie die kurze Rede und ließ den Papierstapel durch die Reihen gehen.

Bestimmt irgendein Arbeitsblatt, vermutete ich. Doch als die Schüler in den ersten Reihen begeistert jubelten, stutzte ich. Das klang nicht danach, als wäre es eine Hausaufgabe, die Frau Franz soeben ausgeteilt hatte. Zufrieden strich die ältere Lehrerin ihren Blazer glatt und unterhielt sich kurz mit ihrer Kollegin. Sie ignorierte die Begeisterung unter den Schülern.

Endlich kam der Zettel auch bei Florian und mir an. Ich musste den Text darauf zweimal lesen, bevor ich es fassen konnte.

„Wir fahren nach Berlin?“, fragte Florian und grinste breit. „Der Hammer!“

„W...wieso fahren wir ... nach Berlin?“, stammelte ich. Ich wollte nicht mehr dorthin zurück. Ich wollte diese Stadt für immer hinter mir lassen ... Nun lächelte Frau Franz uns an.

„Wir besuchen den Bundestag. Dann könnt ihr Politik mal hautnah erleben! Wir fahren abends, also über Nacht, zusammen mit meiner zwölften Klasse im Bus nach Berlin. Und, ausnahmsweise, weil ihr ja meine letzten Klassen seid, bevor ich in Pension gehe, machen wir vor der Rückfahrt nach Weiden sogar eine Shopping-Runde!“ War Frau Franz wirklich schon so alt? Das hätte ich nicht gedacht.

„Sie sind die Beste!“, rief eine meiner Mitschülerinnen.

„Voll cool!“, brüllte jemand anders durch das Gemurmel.

Ich starrte wieder auf den Zettel. Anfang Juni würden wir fahren. Also in drei Monaten. Es wäre natürlich interessant, mal den Bundestag zu besuchen, aber mir war nicht wohl bei dem Gedanken, nach Berlin zu reisen.

Ich wollte nichts und niemanden aus meiner Vergangenheit sehen. Wobei, Berlin-Kreuzberg hatte nicht unbedingt viel mit dem Regierungsviertel zu tun. Es war eher unwahrscheinlich, alte Bekannte zu treffen.

Vielleicht wäre es ganz schön, mit meiner Klasse diesen Ausflug zu unternehmen. Denn meine Mitschüler mochte ich größtenteils, die meisten waren nett, ich redete sogar hin und wieder mit ihnen. Im Gegensatz zu meinen ehemaligen Mitschülern in Berlin. Mit denen hatte ich kein Wort mehr gewechselt, nachdem Gilberts Misshandlungen angefangen hatten.

„Gut, dann will ich euch nicht weiter stören“, rief Frau Franz. „Ihr wisst Bescheid, wir fahren mit der 12b nach Berlin!“

Mit der 12b?! Das hieß, wir fuhren mit Raphael und Niklas!

Unwillkürlich lächelte ich. Jetzt hatte ich wirklich Lust, an diesem Ausflug teilzunehmen, Berlin hin oder her. Die euphorische Stimmung in der Klasse hielt bis zur kleinen Pause an. Nach der dritten Stunde schlenderten Sophie, Florian und ich wie üblich zu der Heizung im zweiten Stock, an der wir uns immer mit unseren Freunden trafen. Die anderen standen bereits dort.

„Hey!“, begrüßte Niklas uns gut gelaunt. „Ich hab gehört, ihr fahrt mit uns nach Berlin?“

„Das ist unfair", jammerte Karolin. „Ich will auch in die 11b ..."
„Echt schade, dass wir nicht mitfahren", seufzte Jan.
„Ich freu mich schon so drauf!", jubelte Sophie. „Wir gehen sogar shoppen!"
„Ist das nicht ungewöhnlich, mitten in den Abiturprüfungen einen Ausflug zu machen?", wunderte ich mich dann. „Im Mai habt ihr doch die schriftlichen Prüfungen, und irgendwann im Juni sind die mündlichen."
Niklas zuckte mit den Schultern. „Ich find's cool. Und für uns ist die Teilnahme freiwillig. Wer an dem Tag lieber daheimsitzen und lernen will, kann das machen. Aber ich fahr mit."
„Ich auch." Raphael nickte ihm zu. „Das wird bestimmt super."
Ich lächelte meinen Freund an. „Schön, dass du auch mitkommst."
Er zwinkerte mir zu. „Ist doch keine Frage, erst recht, wenn du fährst."
Ich lehnte mich neben ihn an die Heizung, wir verschränkten unsere Finger miteinander. „Ich hab erst überlegt, ob ich überhaupt dabei sein will", gab ich zu. „Aber ich glaube, ich fahre mit."
Sophie sah mich erstaunt an. „Wieso solltest du das nicht wollen?"
„Berlin ist nicht gerade mein Lieblingsort ..."
Sie verzog das Gesicht. „Ach so, daran habe ich nicht gedacht ..."
„Aber egal", winkte ich schnell ab. „Ich komme mit. Es gibt einen gewaltigen Unterschied zwischen Kreuzberg und dem Regierungsviertel."
„Leute, ich glaube, dieser Ausflug wird bombastisch!", meinte Niklas.
„Ihr habt's echt gut", brummte Karolin.
Raphael und ich lächelten uns an. Doch, mit meinem Freund würde ich es schaffen, noch mal in die Stadt zurückzukehren, in der ich so viel Schlimmes erlebt hatte. Und ich nahm mir ganz fest vor, diese 24 Stunden Klassenfahrt zu genießen.

„Hast du alles gepackt?", fragte Bianca ungefähr zum hundertsten Mal.
„Ja", antwortete ich genervt. „Darf ich jetzt bitte zu Florian ge-

hen? Wir machen Kung-Fu! Außerdem fahre ich erst übermorgen Abend nach Berlin, nicht morgen früh!“

Wir standen in meinem Zimmer und diskutierten darüber, was noch alles in meinem Rucksack für die Fahrt nach Berlin fehlte. Dabei brauchte ich nicht viel! Einen Block, ein paar Stifte, Taschentücher und etwas zu essen und trinken.

Meine Mutter nickte, dann hustete sie laut. „Ist ja gut. Ich wollte nur sichergehen, dass du nichts vergessen hast.“

„Habe ich nicht“, versicherte ich ihr. „Ich brauche übermorgen nur noch eine Brotbox und eine Flasche Wasser.“

„Und wenn du Gilbert dort treffen solltest ...“

Ich schluckte, beendete aber trotzdem ihren Satz. „... dann renne ich weg und rufe um Hilfe. Ich weiß.“

„Und du bist dir ganz sicher, dass du das schaffst?“ Besorgt musterte sie mich von oben bis unten. „So eine Klassenfahrt kann anstrengend sein. Ihr werdet sicher viel laufen. Und das mit dem Rucksack ...“

„Ich weiß, ich bin körperlich nicht gerade fit, aber ich schaff das schon“, beruhigte ich sie.

In den letzten drei Monaten hatte ich nur wenig zugenommen. Immerhin wog ich nun schon 50 Kilo.

Es war allgemein wenig passiert. Inzwischen war es warm geworden, die Sonne schien oft. Raphaels Vater hatte sich bisher nicht mehr blicken lassen, es gab keine Spur von Gilbert, in der Schule lief alles okay, Nele und ich verbrachten jeden Tag ein paar Stunden miteinander, ich traf mich oft mit meinen Freunden und natürlich mit Raphael.

Allerdings frustrierte ich meinen Freund öfter, als ich wollte. Nicht wegen meiner Angst vor Gilbert, inzwischen hatte ich mich wieder einigermaßen beruhigt. Ich rechnete nicht mehr damit, dass er mich so bald finden würde. Aber ich ließ Raphael immer noch warten ... Ich wusste genau, dass er mit mir schlafen wollte, doch ich konnte das noch nicht. Er akzeptierte es, ja, aber es frustrierte ihn. Zum Glück lief es ansonsten gut zwischen uns. Außerdem wurde er durch seine Abiturprüfungen von diesem kleinen Problem abgelenkt.

Sogar Raphael und Florian vertrugen sich. Es war beinahe wie zu der Zeit, bevor ich mit Raphael zusammengekommen war, und das freute mich. Endlich stritten sich die beiden nicht mehr.

Wieder hustete Bianca. „Gut. Dann gehe ich mal ins Bett, ich fühle mich nicht so gut."

„Du siehst auch nicht so gut aus", merkte ich an. „Hast du Fieber?"

„Ein bisschen", gab sie zu. „Wahrscheinlich eine Sommergrippe."

„Dann leg dich wirklich am besten ins Bett", riet ich ihr.

Sie nickte. „Vielleicht bleibe ich morgen zu Hause. Ich will meine Schüler nicht anstecken."

Besorgt musterte ich sie. Sie trug einen Schal wegen ihrer Halsschmerzen und zitterte ein wenig, obwohl es sehr warm im Haus war. „Ist bestimmt klüger. Ruh dich aus. Ich kann Nele morgen von der Schule abholen", schlug ich vor.

Ich wollte meine Schwester nur ungern allein nach Hause gehen lassen. Zur Sicherheit. Selbst wenn es unwahrscheinlich war, dass Gilbert uns fand, der Gedanke, dass Nele allein herumlief, verursachte mir Bauchschmerzen. Auch ich ging nirgendwo mehr alleine hin.

„Das wäre toll", stimmte Bianca zu. „Also, viel Spaß beim Kung-Fu, meine Kämpferin. Ich geh ins Bett."

Bei dem Spitznamen musste ich lächeln. „Danke. Schlaf gut."

Bevor ich meinen Vater bat, mich ins Nachbardorf Schirmitz zu bringen, lief ich ins Badezimmer. Obwohl es schon sieben Uhr abends war, fiel immer noch Sonnenlicht durch die Fenster herein. Man merkte eben, dass der Sommer nun begann. Ich trug bereits meine Sportsachen, band mir aber noch rasch einen Pferdeschwanz und sprühte mir etwas Deo unter die Arme. Im Winter hatte ich ständig gefroren und nun war mir andauernd heiß. Kein Wunder, ich trug bei 20 °C oder mehr immer nur lange Klamotten, auch zu Hause.

Schnell verließ ich das Badezimmer wieder, ohne einen Blick in den Spiegel zu werfen. Ich schaute generell fast nie hinein, weil mir nicht gefiel, was ich dort sah. Ohne Prellungen und blaue Flecken sah mein Gesicht zwar nicht mehr so schlimm aus, aber dank des Untergewichts wirkte ich immer noch, als würde ich unter einer schweren Krankheit leiden.

„Ah, Lara, bist du so weit?“, fragte Lorenz, als ich das Wohnzimmer betrat. Wie so oft verbrachte er seinen Sonntagabend vor dem Fernseher, neben ihm auf dem Sofa lagen die beiden Kater.

„Ja, wir können los“, antwortete ich.

Er stand auf, machte den Fernseher aus und strich sich seine zerknitterten Shorts glatt. „Alles klar.“

Ich fand es komisch, dass alle um mich herum kurze Kleidung trugen. Bianca, Lorenz, sogar Nele. Meine Eltern waren mit ihr extra einkaufen gegangen, um Sommerklamotten zu besorgen. Natürlich hatten sie mir das auch angeboten, doch ich hatte entschieden abgelehnt. Niemals würde ich Gilberts Andenken zur Schau stellen.

Sogar Florian trug kurze Sportsachen, schwarze Shorts mit drei weißen Streifen und ein hellblaues T-Shirt. Gut, inzwischen zog ich beim Training meine Jacke sogar freiwillig aus, doch ich würde niemals eine kurze Hose anziehen.

„Ist dir das nicht zu warm mit der langen Hose?“, fragte mein Trainingspartner, als wir uns im Sportraum bei ihm zu Hause gegenüberstanden.

„Nein, nein, das passt schon“, winkte ich ab.

Wenn Florian meine Beine sah, würde er vor Schreck umkippen. Schlimm genug, dass er all die Schnittwunden an den Armen betrachten konnte. Würde er die zahlreicheren Schnitte und die Brandnarbe auch noch sehen ... bloß nicht.

„Gut, wir üben heute noch mal das mit dem Würgegriff und das Umschmeißen des Gegners, würde ich vorschlagen. Oder willst du was anderes machen?“

Ich schüttelte den Kopf. „Nein, die alten Sachen zu wiederholen, schadet bestimmt nicht.“

Florian stellte wirklich immer ein tolles Programm zusammen. Spannend, anstrengend und abwechslungsreich. Nach knapp zwei Stunden hechelte ich nur noch, statt zu atmen. Ich war völlig durchgeschwitzt, auch Florian wirkte total erschöpft.

Wie üblich setzten wir uns nach dem Training an die Zimmerwand und leerten zusammen die Wasserflasche, die Florian bereitgestellt hatte. „Wirklich, du machst mich fertig“, keuchte ich.

„Immer wieder gerne“, entgegnete er grinsend, ebenfalls schwer atmend.

„Wie oft bin ich heute auf dem Boden gelandet? 50-mal?“, lachte ich.

„Wenn das mal reicht. Du hast mich auch ganz schön oft umgerissen“, stellte er fest und rieb sich mit der linken Hand über die rechte Schulter. „Mein Rücken tut richtig weh. Nicht schlecht.“

Ich streckte mich vorsichtig. „Mir tut nicht nur der Rücken weh.“

„Freu dich auf den Muskelkater morgen!“

Da fiel mir etwas ein. Wenn ich morgen meine Schwester abholen würde, wäre ich auf dem Weg dorthin ganz alleine. Was in Anbetracht der aktuellen Lage zu gefährlich war. Immerhin musste ich weiter laufen als nach nebenan. Aber Florians Bruder ging doch auf dieselbe Grundschule ...

„Oh, eine Frage, dein Bruder hat montags auch immer um ein Uhr Schulschluss, oder?“, erkundigte ich mich.

„Äh, ja, warum?“, wunderte sich Florian und fuhr sich durchs schweißnasse Haar. „Ist das wichtig?“

„Na ja, Bianca ist krank, darum hole ich morgen meine Schwester von der Schule ab“, erzählte ich. „Also, sie muss kurz warten, bis ich mit dem Bus nach Pirk gefahren bin, aber das sollte kein Problem sein. Es ist nur ...“

Konnte ich ihn wirklich um so einen Gefallen bitten? Oder sollte ich lieber Raphael fragen? Nein, mein Freund musste sich auf seine mündlichen Prüfungen vorbereiten, er hatte sowieso schon zu wenig Zeit – Schule, Arbeit, Fußball und die Treffen mit mir. Es wäre doch umständlich, ihn dazu zu überreden, wenn Florian praktisch denselben Weg hatte.

„Sonst fahre ich immer mit Sophie nach Hause, aber sie trifft sich morgen nach der Schule mit Jan. Mein Vater kann mich auch nicht mitnehmen, er arbeitet länger. Und ... mir ist nicht wohl dabei, allein zur Pirker Grundschule zu fahren“, gestand ich. „Nur falls ... Gilbert doch irgendwo in der Nähe sein sollte. Nele und ich gehen alleine nirgendwohin. Und ich dachte mir, vielleicht musst du deinen Bruder ja auch abholen, dann könnten wir das nach der Schule zusammen machen.“

Überrascht musterte Florian mich. „Ach so. Eigentlich holt meine Mutter Fritz immer ab.“

Mist. „Oh, okay. Dann geht's nicht.“

„Doch, ich kann das morgen schon übernehmen“, meinte er. „Ich komme mit dem Auto zur Schule und nehme dich nach dem Unterricht mit nach Pirk. Das geht schneller als mit dem Bus.“

Hoffnungsvoll sah ich ihn an. „Das würdest du machen?“

Er nickte. „Klar. Meine Mutter hat sicher nichts dagegen, wenn ich ihr das mal abnehme. Sollte kein Problem sein. Und bevor du allein durch die Gegend läufst, ist es sicherer, wenn ich dich fahre.“

Ich lächelte. „Danke, Flo, das ist echt super!“

Wie so oft legte er einen Arm um meine Schultern. „Keine Ursache.“

Ein Glück. Ich musste Nele nicht allein abholen. „Das beruhigt mich total“, seufzte ich erleichtert.

Er drückte mich sanft an sich und lehnte seinen Kopf an meinen. „Bei so was helfe ich dir doch jederzeit.“

Diese Geste fand ich etwas zu vertraut. Also hielt ich mich an mein Vorhaben, Florian keine falschen Hoffnungen zu machen, und brachte ein wenig Abstand zwischen uns, indem ich etwas zur Seite rutschte. Ich gab mir wirklich Mühe, ihm nicht zu nahe zu kommen und nichts zu sagen, was auch nur annähernd danach klang, als wäre er mehr als nur ein guter Freund für mich. Und dennoch hatte ich das dumpfe Gefühl, er mochte mich immer noch etwas zu sehr. Warum auch immer.

„Es ist schon blöd, dass Bianca eine Sommergrippe erwischt hat“, merkte ich dann an. „Ihr geht’s echt nicht gut.“

Wahrscheinlich ahnte Florian, dass ich mit diesem beiläufigen Gespräch davon ablenken wollte, dass ich von ihm weggerutscht war, denn er klang ein wenig verärgert, als er antwortete. „Tja, das kann manchmal schnell gehen.“

„Hauptsache, sie wird bald wieder gesund.“ Kurz überlegte ich, wie ich das Gespräch am Laufen halten sollte. Mir fiel leider nur das dümmste Thema überhaupt ein. „Bei dem schönen Wetter wär’s ja schade, im Bett zu liegen.“ Das Wetter. Ernsthaft? Ich sprach über das Wetter? Wie tief war ich gesunken? Jetzt wusste Florian eindeutig, dass ich ihn mit neutralen Allerweltsthemen ablenken wollte.

Doch überraschenderweise ging er darauf ein. „Das sagt ausgerechnet diejenige, die bei dem tollen Wetter immer so warm angezogen ist?“

Okay, damit hatte ich nicht gerechnet. „Tja, ich bin eine Frostbeule, weißt du doch", redete ich mich heraus.

„Du glaubst nicht wirklich, dass ich dir das abkaufe, oder?" Skeptisch ruhten seine blauen Augen auf mir. „Dir ist doch ständig warm. Also kannst du mir nicht erzählen, du würdest frieren."

Ich seufzte leise. Natürlich wusste er es. Alle meine Freunde wussten es. Warum ich lange Klamotten trug, selbst bei diesem warmen Sommerwetter in unserer schlecht klimatisierten Schule.

Florian hatte immer noch seinen Arm um meine Schultern gelegt, weshalb er mich kurz an sich drücken konnte. „Ist ja auch okay, wenn du keine kurzen Sachen tragen willst. Wobei ich mir sicher bin, dass dich niemand anglotzen würde, wenn du mal mit Shorts und T-Shirt in die Schule kämst."

Entsetzt schaute ich ihn an. „Spinnst du? Du hast sogar schon bei meinen Armen kurz gestarrt, und du hast dir wirklich Mühe gegeben, es nicht zu tun! Wenn du meine Beine sehen würdest, würde dir wahrscheinlich schlecht werden! Und dann sagst du, in der Schule würde niemand gaffen?"

„So schlimm kann's doch nicht sein", meinte Florian fest überzeugt. „Es fällt bestimmt nicht so sehr auf, wie du denkst. Deine Arme sind auch nicht so entstellt, wie du immer meinst."

„Das ... das ist zwar echt nett von dir", räumte ich ein, „aber das wirst du nicht wiederholen, wenn du mich in kurzen Hosen gesehen hast."

„Lass es drauf ankommen."

Nervös biss ich die Zähne zusammen, wie konnte ich jetzt am besten Nein sagen? Ich wollte nicht, dass Florian meine Beine sah!

„Larissa, dein Vater ist da!", rief Evas helle Stimme durchs Haus.

Sofort stand ich auf – perfektes Timing! Es erleichterte mich ungemein, dass ich mich so problemlos aus der Affäre ziehen konnte.

„Dann bis morgen in der Schule", verabschiedete ich mich von Florian.

Er seufzte kurz, stand dann aber ebenfalls auf und nickte. „Bis morgen. Ich nehme dich nach der Schule mit."

Ich lächelte ihn an. „Super, danke."

Wir umarmten uns noch zum Abschied, dann fuhr ich mit meinem Vater nach Hause. So nett und hilfsbereit Florian auch war, eines wusste ich: Ich würde mir niemals die Blöße geben, ihm meine anderen Verletzungen zu zeigen. Niemals.

Nachdem ich mich geduscht und meinen Schlafanzug angezogen hatte, wollte ich mich sofort ins Bett legen. Nele schlief längst, und mir fielen ständig die Augen zu. Zuvor trat ich allerdings noch an mein Zimmerfenster, in der Hoffnung, Raphael zu sehen.

In seinem Zimmer brannte Licht, und tatsächlich saß mein Freund an seinem Schreibtisch. Bestimmt lernte er für seine Kolloquien. Die schriftlichen Prüfungen in Deutsch, Mathe und Physik hatte er bereits hinter sich. Jetzt fehlten nur noch die beiden mündlichen in Englisch und Religion.

Wegen der Abiturprüfungen mussten die Zwölftklässler nicht mehr in die Schule, der Unterricht für sie war bereits vorbei. Ich vermisste es, Raphael und Niklas in den Pausen zu sehen. Allgemein traf ich die beiden nur noch selten. Mein Freund fehlte mir richtig, doch er musste lernen, das wusste ich. Immerhin unternahmen wir einmal pro Woche etwas zusammen. Ich hatte in weiser Voraussicht mein Handy schon in der Hand und tippte eine SMS ein.

Fleißig wie immer, was? :-) Aber übertreib's nicht, Pausen sind auch wichtig! <3

Als hätte er geradezu auf eine Ablenkung gewartet, griff Raphael sofort nach seinem Handy, las die Nachricht und drehte sich zum Fenster um. Er winkte mir zu, ich erwiderte die Geste und lächelte. Schon bald bekam ich eine Antwort von ihm.

*Das ist die schönste Pause, die ich mir vorstellen kann. Wie war dein Tag? :-**

Ich sah ihn lächeln, mir wurde richtig warm ums Herz. Wenigstens so konnten wir uns jeden Abend sehen.

Recht entspannt, ich hab viel mit Nele gespielt und mit Florian trainiert. Und für Berlin gepackt, weil meine Mutter so genervt hat, dass ich unbedingt schon den Rucksack fertig machen soll. :-P

Er grinste, als er das las.

Tja, dann hast du's immerhin schon hinter dir. War bestimmt anstrengend, einen Block und Schreibsachen einzupacken. ;-)

Ich musste lachen.

Und wie! Aber ich freu mich schon sehr auf übermorgen. :-) Vor allem weil du auch mitfährst.

Da nickte er und streckte seinen Daumen hoch.

Ich freu mich auch drauf! Tut mir echt leid, dass ich in den letzten Tagen so wenig Zeit für dich hatte ...

Ich lächelte schief. Ja, wir hatten uns echt nicht oft gesehen.

Schon gut, die Abizeit ist eben anstrengend. Ist ja bald vorbei. :-) Danach sehen wir uns bestimmt wieder öfter!

Wieder nickte er.

Versprochen. Ich komme dann jeden Tag zu dir. ;-) Jetzt muss ich aber noch den Rest für Englisch machen ...
*Gute Nacht, Häschen. :-**
Ich hab dich lieb. <3

Glücklich las ich diese Worte, sogar zweimal, bevor ich antwortete. Schade nur, dass ich nicht endlich über die Lippen brachte, dass meine Gefühle für ihn wesentlich tiefer gingen. Aber irgendwann würden wir es uns gegenseitig sagen.

*Viel Erfolg dabei! :-**
Schlaf gut!
Ich hab dich auch lieb. <3

Raphael warf mir noch eine Kusshand zu und winkte kurz, ich

tat es ihm gleich. Dann machte ich das Licht aus und legte mich ins Bett. Diese kurzen abendlichen *Treffen* am Fenster versüßten mir den gesamten Tag. Und ich freute mich schon auf die Zeit, in der Raphael und ich uns wieder öfter tatsächlich treffen konnten.

Gefühlschaos

„Wirklich, irgendwann wird die Rösch von einem Schüler umgebracht!“, tobte Florian. „So wie die sich aufführt!“

Ich schmunzelte. „Du klingst so, als würdest du das bald selbst übernehmen.“

Wir saßen im Auto seiner Eltern, Florian fuhr gerade aus Weiden hinaus weiter in Richtung Pirk. Und obwohl wir Deutsch heute in der ersten Stunde gehabt hatten, regte er sich immer noch über unsere Lehrerin auf.

„Die nervt mich eben“, brummte er. „Mit dieser Arbeitseinstellung hast du auf dem Gymnasium nichts verloren! Wie willst du dein Abitur schreiben, wenn du nicht mal die Hausaufgaben pünktlich abgeben kannst?“, äffte er sie nach. „Mal im Ernst, ich kann den ganzen Mist, ich hab nur keine Lust, bei der Frau mitzuarbeiten!“

„Kein Wunder, so wie sie dich immer behandelt ...“ Unsere Deutschlehrerin hatte es eindeutig auf Florian abgesehen. Sie mochte ihn nicht, und das zeigte sie auch.

„Eben!“ Er fuhr so rasant um die Kurve, dass ich mich festhalten musste, und zitierte wieder Frau Röschs heutige Sprüche. „Glaubst du, nur weil du Schülersprecher bist, kannst du dir alles erlauben? So nicht, mein Freund, das sage ich dir, so nicht!“

Da musste ich lachen. „Du machst das echt gut. Klingt fast so ätzend wie bei ihr. Aber du musst noch mehr quietschen dabei.“

Endlich besserte sich seine Stimmung sichtlich, er grinste sogar. „Verdammt, dabei hab ich meine Stimme schon so piepsig verstellt, wie ich konnte.“

„An Frau Röschs Frequenz kommt keiner ran“, beruhigte ich ihn kichernd.

„Wahrscheinlich ... Ach, bevor ich's vergesse“, fiel ihm ein, „diesen Mittwoch lassen wir das Kung-Fu ausfallen, oder?“

Ich nickte. „Ja, das wird sonst zu knapp mit der Abfahrt nach Berlin, wenn wir nachmittags noch trainieren. Du hast mich gestern fertig genug für die ganze Woche gemacht, das ist schon okay."

Er grinste. „Tja, nur so lernt man's."

Schon erreichten wir Pirk, am Ortsschild bremste Florian so abrupt auf die zulässige Höchstgeschwindigkeit ab, dass es mich nach vorne schleuderte. Zum Glück hatte ich mich angeschnallt. „Also, wenn ich so bremse, schimpft mein Fahrlehrer mich immer aus", merkte ich an. „Weil man schon vorher die Geschwindigkeit verringern soll."

„Ach ja, in der Fahrschule hält man sich noch brav an die ganzen Regeln", lachte er. „Aber das lässt nach, wart's ab."

„Es wäre doch schlimm, wenn man sich nicht mehr an die Regeln hält!", wandte ich ein. „Dann baut man bestimmt sofort 'nen Unfall."

Er schmunzelte. „Du bist echt süß."

„Gar nicht!", protestierte ich. „Man muss im Verkehr doch aufpassen!"

Florian parkte nahe der Grundschule und stellte den Motor ab. „Klar muss man aufpassen, aber es gibt ein paar Regeln, die einfach nur überflüssig sind. Das merkst du bald auch noch."

Ich schob die Augenbrauen zusammen und schnallte mich ab. „Wenn du meinst", entgegnete ich ungläubig.

Wir stiegen aus, meine Schultasche ließ ich auf dem Beifahrersitz stehen. Florian schloss das Auto ab, dann schlenderten wir die letzten paar Schritte zur Schule.

Es war schrecklich warm hier draußen – die Klimaanlage im Auto hatte mich die Hitze für einen Moment vergessen lassen, doch nun schlug mir die stickige Luft wieder entgegen. Am liebsten hätte ich meinen Pullover ausgezogen, aber das konnte ich hier nicht machen. Nicht auf einem Schulhof voller spielender Grundschüler.

„Wo sind die beiden denn?", wunderte sich Florian, während er sich auf dem Hof umsah. „Wir haben doch ausgemacht, dass wir uns hier treffen."

Ich blickte mich um. Sofort entdeckte ich meine kleine Schwester, dafür hatte ich so etwas wie einen sechsten Sinn. Sie stand beim Klettergerüst, Fritz war bei ihr. Und Nele sah aus ... als würde sie jeden Moment weinen! Ohne ein Wort zu Florian zu sagen, rannte ich los. Trotz der Hitze. Egal, was gerade passierte, ich musste meine Schwester beschützen. Niemand brachte sie ungestraft zum Weinen!

Mein Banknachbar und Trainingspartner lief mir hinterher. „Hey, was ist los?“, rief er mir verunsichert zu. „Stimmt was nicht?“

Ich machte mir gar nicht die Mühe, ihm zu antworten, denn er würde die Szene auch jeden Moment sehen. Er würde bemerken, dass meine Schwester schluchzte und sein Bruder mit verschränkten Armen vor ihr stand. Schon einige Schritte bevor ich die beiden erreichte, hörte ich ihr Gespräch.

„Du bist gemein“, wimmerte Nele. „Warum bist du so gemein?“

Ich blieb neben ihnen stehen, doch die Kinder bemerkten mich nicht.

„Weil du blöd bist!“, beschimpfte Fritz sie. „Und dein Bild ist auch blöd!“

Erst da fiel mir das Blatt Papier auf dem Fußboden auf. Es war schmutzig, das Dreckmuster erinnerte eindeutig an einen Schuhabdruck. Und Fritz trat in diesem Moment sogar noch mal darauf.

Es fiel mir nicht schwer, die Zeichnung zu erkennen. Sie stammte zweifellos von meiner Schwester, genau so malte Nele nämlich. Auf dem Bild waren zwei Menschen – ein Mädchen mit dunkelbraunen Haaren und graugrünen Augen sowie ein blonder Junge mit braunen Augen. Obwohl es sich um eine einfache Kinderzeichnung handelte, erkannte ich, dass diese beiden Menschen Nele und Fritz darstellen sollten. Zwischen ihnen hatte meine Schwester sogar ein Herz gemalt. Vor lauter Entsetzen brachte ich keinen Ton heraus. Nele hatte sich in Fritz verliebt, offensichtlich. Und diese kleine Kröte zertrampelte ihr Bild?!

Florian stand nun auch neben mir, mit offenem Mund. Ihn schockierte diese Situation anscheinend ebenso.

„Hör auf!“, schrie meine Schwester. Da kullerten die ersten Tränen über ihre Wangen. „Ich hab mir solche Mühe gegeben!“

„Mir doch egal! Ich mag dich nicht!“

„Was fällt dir eigentlich ein?!“, rief Florian wütend dazwischen. „Fritz, spinnst du? Wie gehst du mit Nele um?“

Die beiden Kinder drehten sich überrascht zu uns um. Fritz bekam richtig große Augen, Nele schniefte laut. „Lara!“, schluchzte sie.

„Ach, Schwesterchen“, flüsterte ich und ging vor ihr in die Hocke, um sie fest zu umarmen. „Ganz ruhig.“

Sie klammerte sich an mich. „Fritz ist so gemein!“, wimmerte sie.

„Das sind Jungs immer.“ Ich strich ihr durchs weiche Haar. „Weil es ihnen peinlich ist, wenn sie mit Mädchen befreundet sind. Das liegt nicht an dir, Nele, wirklich nicht.“ Ich musste sie einfach aufmuntern. Sie sah so elend aus ...

„Hey, lass mich los!“, plärrte Fritz plötzlich.

Kurz schaute ich mich zu ihm um. Er starrte seinen großen Bruder wütend an, Florian hielt ihn am Arm gepackt und erwiderte den zornigen Blick. „Nein, du wirst dich jetzt entschuldigen!“, befahl Florian.

„Vergiss es!“, weigerte sich Fritz. „Sie ist doch selbst schuld!“

„Heb sofort das Bild auf und entschuldige dich!“

Der Kleine versuchte, den Griff seines Bruders abzuschütteln. „Nein!“

In Florians blauen Augen spiegelte sich Wut. „Sofort!“

„Lass mich los, du Blödmann!“

Es erleichterte mich, dass mein Freund seinen Bruder zur Rechenschaft ziehen wollte, wenn auch mit herzlich wenig Erfolg. Aber diese kleine Kröte durfte nicht damit durchkommen, meine Schwester so zu verletzen.

Ein paar andere Kinder beobachteten die Szene, scheu und mit ein wenig Sicherheitsabstand. Ich wollte die Zuschauer gerade verscheuchen, da zupfte Nele an meinem Pullover. Sofort wandte ich mich ihr zu. „Was ist denn los, Schwesterchen?“

„Bin ich hässlich?“, fragte sie kleinlaut.

„Nein! Wie kommst du denn darauf?“ Ich schüttelte den Kopf. „Nele, du bist das hübscheste Mädchen, das ich kenne!“

„Aber Fritz hat gesagt, ich bin ...“ Sie schluchzte auf. „Ich bin ...“

„Fritz hat gelogen!“, unterbrach ich sie sofort. „Das stimmt nämlich nicht!“

„Jetzt reicht’s mir wirklich!“, tobte Florian. „Entschuldige dich bei Nele! Was fällt dir ein, solche Sachen zu sagen?“

„Ich mag sie eben nicht!“, motzte Fritz.

„Wenn du dich nicht endlich entschuldigst, nehme ich dich nicht mehr mit in die Stadt“, drohte sein großer Bruder. „Endgültig!“

„Das ist nicht fair!“, schrie der Junge aufgebracht. „Nur weil du Neles Schwester magst, muss ich Nele nicht mögen!“

Das machte Florian richtig wütend. Finster blickte er den Kleinen an. „Das hat überhaupt nichts damit zu tun!“

„Hat es wohl! Du bist verknallt und darum muss ich nett zu Nele sein? Das ist dumm!“, plärrte Fritz.

Verunsichert blickte mich meine Schwester an. „Hä? Florian ist verknallt in dich?“

„Nein, ist er nicht!“, stritt ich sofort ab. „Wir sind nur Freunde!“

Mir entging Florians niedergeschlagener Blick nicht. Verdammt. Hieß das etwa, er erhoffte sich immer noch mehr als nur Freundschaft? Obwohl ich schon gute drei Monate mit Raphael zusammen war?

„Ach so“, murmelte meine Schwester. „Das wäre sonst blöd! Du hast ja Raphael lieb und nicht Florian!“

Nervös kaute ich auf meiner Unterlippe herum. Das lockerte die Atmosphäre kein bisschen auf, im Gegenteil ...

Schadenfroh grinste Fritz seinen großen Bruder an, der sowohl wütend als auch verletzt und deprimiert wirkte. Ganz toll.

„Komm, Schwesterchen, gehen wir nach Hause“, schlug ich vor, um der blöden Lage zu entkommen. „Wir machen uns einen schönen Nachmittag.“

Traurig sah sie erst mich, dann Fritz an. „Aber ...“

Ich strich ihr sanft über die Wange und wischte dadurch ihre Tränen weg. „Aber was?“ Da schluchzte sie wieder auf und vergrub ihr Gesicht in ihren Händen. Nun riss mir der Geduldsfaden. Ich schnaubte laut und löste die Arme von meiner Schwester, um drohend auf Fritz zuzugehen.

Florian hatte ihn inzwischen losgelassen, darum konnte ich ihn problemlos am Kragen packen. „Hör mal gut zu“, zischte ich den erschrockenen Jungen an, „solltest du es noch einmal wagen, meine Schwester zum Weinen zu bringen, lernst du mich kennen! Und glaub mir, das willst du nicht! Also wirst du jetzt sofort das Bild aufheben, es ihr zurückgeben und dich für alles entschuldigen, was du gesagt hast! Wenn ich in Zukunft höre, dass du auch nur eine

Gemeinheit ihr gegenüber loslässt, dann gnade dir Gott, du kleine Kröte! Hast du mich verstanden?!"

Mein bohrender Blick und mein ungezügeltes Geschrei machten ihm so viel Angst, dass er eingeschüchtert nickte. Als ich ihn schließlich losließ, hob er tatsächlich Neles Bild auf und gab es ihr. Zögerlich nahm sie das Blatt Papier an.

„Es ... es tut ... es tut mir leid", stammelte Fritz.

Zufrieden nickte ich. Na also. Dieser kleine verzogene Bengel konnte ja doch gehorchen. Man musste ihn nur mit genügend Nachdruck dazu zwingen.

„Wow", staunte Florian, der mich vollkommen fasziniert musterte.

„Entschuldige, dass ich deinen Bruder so angebrüllt habe, aber das hat er verdient", entgegnete ich ohne schlechtes Gewissen.

„Klar", stimmte er zu. „Und echt, Respekt! Ich wusste gar nicht, dass du so, ähm, aufbrausend sein kannst."

„Das kannst du doch genauso." Obwohl ich Florian immer für einen ruhigen und ausgeglichenen Menschen gehalten hatte, verfügte er auch über eine ganz andere Seite. Er konnte richtig bösartig und beleidigend werden, das wusste ich aus eigener Erfahrung. Als ein paar unserer Mitschüler über mich lästerten, hatte er sie mit seinen Worten sofort zum Schweigen gebracht. „Gut, ich gehe jetzt mit Nele nach Hause." Kurz lächelte ich meine Schwester an, was sie zaghaft erwiderte. „Bis morgen."

„Aber ich wollte euch doch nach Hause fahren", entgegnete Florian.

Ich schüttelte bestimmt den Kopf. „Das ist keine gute Idee. Ich würde gerne so viel Abstand wie möglich zwischen deinen Bruder und mich bringen, ansonsten würde ich ihm wegen seiner Gemeinheiten doch noch eine scheuern. Und den kurzen Fußweg schaffen wir schon irgendwie."

Allein dass meine Schwester wegen Fritz geweint hatte ... Ich hatte immer alles getan, um sie zu beschützen. Und dann machte so ein dummes kleines Kind sie fertig?!

Ich nahm Neles Hand, sie umklammerte die meine fest. Gleich würden wir nach Hause gehen. Ich würde sie ablenken, ihr eine Geschichte erzählen, vielleicht auch Zöpfe flechten, damit sie sich wieder hübscher fühlte ... Egal wie, ich wollte sie einfach zum Lächeln bringen.

„Verstehe. Dann bis morgen. Und entschuldige das alles ... Mein Bruder ist manchmal ... schwierig", seufzte Florian. „Ich werde ihm nachher noch ein paar Takte erzählen. So geht's echt nicht."

„Du musst dich dafür doch nicht entschuldigen", beruhigte ich ihn. „Ist ja nicht deine Schuld, dass dein Bruder sich so mies benimmt."

„Hey ...", protestierte Fritz, der immer noch neben uns stand, schwach.

„Halt die Klappe!", fuhr ich ihn an. „Du hast heute schon genug gesagt!" Daraufhin blieb er still.

Florian umarmte mich fest, während ich meinen freien Arm um ihn legte. „Wir sehen uns."

Dann verließ ich mit der immer noch schniefenden Nele den Schulhof. Zum Glück hatte ich ein Taschentuch in meiner Jeans. „Hier." Ich reichte es ihr. „Du musst nicht mehr weinen."

Sie schnäuzte sich. „Fritz ist so gemein ..."

„Er ist ein Idiot", schnaubte ich. „Dabei siehst du so hübsch aus! Gerade mit den Shorts und dem süßen T-Shirt."

Sie lächelte mich an. „Findest du?"

Ich nickte. „Lila steht dir einfach", meinte ich. „Da hat Bianca dir echt was Schönes ausgesucht."

„Oh ja! Finde ich auch. Ich hab auch lila Socken!"

„Was?", wunderte ich mich. „Das wusste ich gar nicht."

„Ich hab sie noch nicht angezogen", kicherte meine Schwester. Es tat gut, sie lachen zu hören. Das beruhigte mich ungemein. „Aber ich zeige sie dir nachher!"

Als wir zu Hause ankamen, setzten wir uns an den Esstisch, tranken etwas und redeten ein wenig über die Schule und Neles nette Klassenlehrerin. Über unverfängliche Themen eben.

„Puh, ich hab richtig Hunger", merkte ich irgendwann an.

„Ich auch!", rief meine Schwester sofort.

Normalerweise gab es immer Mittagessen, wenn wir aus der Schule kamen, aber Bianca lag bestimmt im Bett. Es ging ihr schließlich nicht gut.

„Wie wär's, wollen wir was kochen?", schlug ich vor.

Nele sah begeistert aus. „Ja, unbedingt!"

„Am besten machen wir eine Suppe, dann kann Bianca auch mitessen", beschloss ich. „Ich bringe ihr einfach einen Teller hoch."

„Wo ist sie eigentlich?", fragte meine Schwester.

„Sie liegt wahrscheinlich im Bett, sie ist krank", erklärte ich. „Darum hab ich dich doch heute abgeholt. Magst du Kartoffelsuppe?"

Sie nickte. „Gerne! Wie kann ich dir helfen?"

„Du kannst mir ein paar Kartoffeln holen."

Schnell zog ich meinen Pullover aus. Mir war immer noch warm, und hier im Haus musste ich meine Arme nicht verstecken. Nele wusste, wie ich aussah. Bianca auch, jedenfalls an den Armen.

Danach machte ich mich ans Werk. Zum Glück hatte Raphael mir einiges in Sachen Kochen beigebracht. Die Suppe gelang mir sogar ziemlich gut. Und meine Schwester half begeistert mit.

„Deckst du den Tisch?", bat ich die Kleine. „Dann bringe ich Bianca ihren Teller schon mal hoch."

Mit einem vollen Suppenteller und einem Löffel stieg ich langsam die Treppen hinauf, öffnete mit dem Ellbogen vorsichtig die Tür zum Schlafzimmer meiner Eltern und trat ein. Bianca lag im Bett, den Blick zum Fenster gerichtet. Sie atmete schwer.

Besorgt musterte ich sie. „Mama? Bist du wach?"

Sie drehte sich zu mir um, ihr Gesicht war vom Fieber gezeichnet. „Oh, Lara, du bist schon wieder zu Hause?"

„Es ist fast halb drei ..."

„Schon so spät?" Mühsam setzte sie sich aufrecht hin, mit dem Rücken lehnte sie sich ans Kopfende vom Bett. „Ich muss eingeschlafen sein."

Ich kam ein paar Schritte näher. „Hast du Hunger? Ich hab Suppe gemacht."

„Das ist ja süß von dir", freute sie sich. „Danke!"

Ich lächelte schief. „Keine Ursache. Wo soll ich den Teller hinstellen?"

„Auf den Nachtschrank. Ich würde ja zum Essen runterkommen, aber es ist vielleicht besser, wenn ich liegen bleibe." Sie kicherte. „Lorenz hat mir schließlich Bettruhe verordnet."

„Nicht zu Unrecht", äußerte ich mich, als ich den Teller mit dem Löffel wie verlangt abstellte.

„Ach, morgen bin ich wieder fit“, meinte sie.

„Lass dir Zeit“, riet ich ihr. „Hauptsache, du erholst dich.“

Da klingelte es an der Haustür. „Wer ist das denn?“, wunderte ich mich.

„Du wirst wohl aufmachen müssen“, entgegnete Bianca.

Ich nickte. „Guten Appetit!“, wünschte ich ihr noch, bevor ich nach unten lief, um die Haustür zu öffnen.

Als ich dort ankam, hatte Nele bereits aufgemacht. Florian stand im Eingangsflur, mit meiner Schultasche in der Hand.

Überrascht sah ich ihn an. „Meine Tasche ...“, murmelte ich.

Er grinste und fuhr sich durchs blonde Haar. „Die hast du bei mir im Auto vergessen“, erklärte er.

Ich schlug mir mit der flachen Hand gegen die Stirn. „Oh, ich Trottel! Danke!“

Er stellte die Schultasche an der Garderobe ab. „Ist doch kein Problem“, winkte er ab. „Ich hab's selbst erst gemerkt, als mein Bruder und ich zu Hause waren. Und bevor ich herkommen konnte, haben meine Mutter und ich Fritz zusammengestaucht. Das Ganze hat leider etwas gedauert.“

„Das macht doch nichts“, beruhigte ich ihn. „Es ist total lieb von dir, dass du überhaupt vorbeikommst. Ich hab nicht mal gemerkt, dass ich die Tasche nicht mitgenommen habe.“

Da fiel sein Blick auf meine nackten Arme. Instinktiv versteckte ich sie hinter meinem Rücken. Amüsiert und missbilligend zugleich sah Florian mich an. Ach ja, er kannte meine Verletzungen. Blöder Reflex.

„Können wir jetzt essen?“, bettelte meine Schwester.

„Na klar“, stimmte ich zu. „Ähm, willst du auch was, Flo?“ Vielleicht hatte er ja Hunger, und es war das Mindeste, ihm als Dankeschön einen Teller Suppe anzubieten.

„Was gibt's denn?“, fragte er.

„Ich hab Kartoffelsuppe gemacht“, antwortete ich.

Verwundert sah er mich an. „Du hast gekocht? Na, das lasse ich mir nicht entgehen! Ich hatte ohnehin noch kein Mittagessen.“

Ich schmunzelte. „Erwarte lieber nicht zu viel. Ich koche nicht oft.“

„Aber es schmeckt toll, wenn du kochst“, meinte Nele.

Florian lächelte sie an. „Das glaub ich dir.“

Also setzten wir uns alle zusammen an den Esstisch. Florian lobte die Suppe in höchsten Tönen, auch meine Schwester genoss das Essen.

„Ich bin satt“, seufzte Nele schließlich zufrieden und lehnte sich in ihrem Stuhl zurück. Wie üblich saß ich ihr gegenüber und lächelte sie an.

„Aber für Nachtisch hast du doch bestimmt noch genug Platz“, vermutete Florian. „Oder?“

Sofort wirkte Nele interessiert. „Was für einen Nachtisch?“

„Wir hätten Äpfel im Kühlschrank. Oder Kiwis“, zählte ich auf.

„Da hab ich was Besseres.“ Florian grinste. „Wartet mal kurz.“ Eilig verließ er das Esszimmer, meine Schwester und ich blickten ihm nur fragend hinterher. Was hatte er vor?

Dem Geräusch nach öffnete er die Haustür, dann wurde es still. Bis er zwei Minuten später mit einer Tüte der Dorfbäckerei zurückkehrte.

„Das wollte ich euch sowieso noch geben“, merkte er an und setzte sich wieder auf den Stuhl neben mir. „War als kleine Entschuldigung für den Stress heute gedacht. Hab ich geholt, bevor ich zu euch gekommen bin.“

Ich schob die Augenbrauen zusammen. „Das wäre doch nicht nötig gewesen.“

„Es ist nichts Besonderes, keine Panik“, beruhigte er mich und holte ein Schokohörnchen aus der Tüte. „Hier, Nele, für dich.“

Meine kleine Schwester strahlte ihn an und sagte verzückt: „Danke!“

„Woher wusstest du, dass meine Schwester Schokohörnchen liebt?“, wunderte ich mich.

Er lächelte. „Weil sie's beim Eislaufen neulich mal erwähnt hat“, erklärte er.

Das hatte er sich gemerkt? Wirklich nett von ihm ...

„Und für dich, ganz klar“, fuhr er fort, „eine Nussschnecke. Bitte schön.“

Da musste auch ich lächeln. „Danke, Flo.“

Er zerknüllte die nun leere Tüte in seiner Hand. „Gern geschehen.“

„Aber du hast ja gar nichts!“, fiel mir auf.

„Ach, das macht nichts“, winkte er ab. „Ich bin ja schon zum Essen eingeladen worden.“

„Doch, das macht schon was“, meinte ich und teilte die Nussschnecke in der Mitte. Die eine Hälfte reichte ich Florian. „Hier.“

„Lara, die war für dich gedacht.“

„Egal! Nimm schon, sonst komm ich mir blöd vor.“

Er schmunzelte. „Ist ja gut“, entgegnete er und nahm die halbe Nussschnecke.

Meine Schwester hatte schon fast das ganze Schokohörnchen verdrückt. Zum Glück krümelte sie – wie Florian und ich – auf den leeren Suppenteller vor sich.

Wir blieben noch eine Weile sitzen und unterhielten uns. Florian musste meiner Schwester ungefähr hundertmal versprechen, im nächsten Winter wieder mit ihr eislaufen zu gehen. Im Sommer war das Eisstadion, sehr zu Neles Missfallen, geschlossen.

Erst gegen halb sechs fiel mein Blick auf die Uhr. „Schon so spät?“

Auch Florian sah überrascht aus. „Merkt man gar nicht, wenn's jetzt immer so lange hell ist.“

„In 'ner Stunde kann ich schon wieder das Abendessen herrichten.“

„Liest du mir vorher noch die Geschichte vor?“, fragte Nele hoffnungsvoll.

Ich lächelte sie an. „Welche denn?“

„Warte, ich hole sie!“, sagte sie eifrig und sprang vom Stuhl, um in ihr Zimmer zu rennen.

„Sie scheint ja wieder ganz gut drauf zu sein“, merkte Florian an, als sie außer Hörweite war.

Ich nickte. „Ich bin echt froh. Heute Mittag dachte ich noch, die Welt geht unter. Ich hasse es, Nele weinen zu sehen ...“ Verständnisvoll sah er mich an. „Musst du eigentlich gar nicht nach Hause?“, fiel mir auf. „Du musst doch bestimmt noch Deutsch machen.“

Er lachte. „Ganz bestimmt nicht. Das Schuljahr ist sowieso fast gelaufen, und für die Rösch mach ich gar nix.“

Schmunzelnd schüttelte ich den Kopf. „Ganz schön kindisch.“

Er zuckte mit den Schultern. „Die ist selbst schuld.“ Für einen Augenblick kehrte Stille ein, dann meldete er sich wieder zu Wort.

„Es ist doch okay, wenn ich noch hierbleibe, oder?", fragte er.

„Mich stört's nicht", antwortete ich. Immerhin machte er keine unangenehmen Annäherungsversuche und auch keine komischen Andeutungen. Im Gegenteil, es war richtig entspannt, den Nachmittag mit ihm und meiner Schwester zu verbringen.

Er lächelte. „Gut. Ich dachte mir, nach dem Stress heute Mittag könnte ich Nele etwas aufmuntern."

Ich erwiderte sein Lächeln. „Das ist echt nett."

„Nein, das ist das Mindeste", entgegnete er. „Mein Bruder war echt mies ..."

„Lässt sich nicht bestreiten", gab ich zu. „Aber du musst dich deswegen wirklich nicht schuldig fühlen."

Da kam Nele wieder ins Zimmer. Sie hielt mir ein wohlbekanntes Buch vors Gesicht. „Diese Geschichte meine ich!"

„Sicher?", wunderte ich mich und nahm das Buch. „Die hab ich dir in den letzten beiden Monaten doch schon so oft vorgelesen."

Sie strahlte mich an. „Egal! Sie ist toll! Schließlich hast du sie geschrieben!"

„Das ist dein Buch?", staunte Florian und nahm es mir aus der Hand.

„Äh, ja", bestätigte ich. „Aber es ist nicht veröffentlicht oder so. Das hab ich meiner Schwester zum neunten Geburtstag gebastelt."

Er blätterte das kleine gebundene Buch durch. „Wie cool! Sind die Bilder da drin auch von dir?"

Zögerlich nickte ich. Ich hatte wirklich sehr lange an diesem Buch gesessen. Und zum Schluss hatte ich es in einem Schreibwarengeschäft in der Innenstadt binden lassen. Nele war richtig glücklich gewesen, als ich es ihr geschenkt hatte.

„Eine Fabel mit Waldtieren", stellte Florian fest und überflog den Text. „Echt süß. Du hast ja richtig Talent."

„Na ja, ich hab Nele schon immer Geschichten erzählt", murmelte ich verlegen.

„Total schöne Geschichten!", ergänzte meine Schwester.

„Willst du später mal Kinderbücher schreiben?", fragte Florian, als er mir das Buch zurückgab.

Erstaunt sah ich ihn an. „Darüber hab ich bislang noch nie nachgedacht ..."

Ich hatte überhaupt keinen Plan, was ich nach der Schule machen wollte. Bevor Nele und ich nach Pirk gezogen waren, hatte ich vorgehabt, an meinem 18. Geburtstag mit ihr zu verschwinden, die Schule abzubrechen, mir irgendeinen Job zu suchen und für die Kleine zu sorgen. Aber das war nun nicht mehr nötig. Mir stand plötzlich alles offen und ich hatte mir noch nicht überlegt, welchen Beruf ich in Zukunft haben wollte.

„Du wärst bestimmt erfolgreich", ermutigte Florian mich.

Kinderbücher schreiben, Autorin werden – das klang wirklich toll. Daran hatte ich im Traum nicht gedacht. Vielleicht sollte ich diese Möglichkeit mal ernsthaft in Erwägung ziehen. „Das ... das wäre echt toll", gab ich zögerlich zu.

Florian nickte. „Und es passt zu dir."

„Was willst du nach der Schule eigentlich machen?", fragte ich.

„Ich will Sportlehrer werden", antwortete er.

Ich schmunzelte. „Das passt perfekt zu dir."

Er grinste. „Ja, das dachte ich mir auch."

Danach schlug ich das Buch auf. „Okay, ich fange an", verkündete ich. Nele setzte sich wieder erwartungsvoll an den Tisch und ich las die kurze Geschichte vor, die bloß 21 Seiten umfasste. Nele und Florian hörten mir so aufmerksam zu, dass ich mich wirklich wie eine Autorin bei einer Lesung fühlte.

Nach dem Abendessen, bei dem uns auch mein Vater Gesellschaft leistete, fuhr Florian nach Hause. Schließlich musste Nele bald ins Bett und ich hatte noch Hausaufgaben für morgen zu erledigen. Lorenz kümmerte sich um seine kranke Frau, wir hatten ihn nur beim Essen zu Gesicht bekommen.

„Es war echt schön heute", verabschiedete ich mich von meinem Schulfreund.

„Finde ich auch", stimmte er zu. „So was könnten wir öfter machen."

Ich schmunzelte. „Aber hoffentlich nicht mehr aus demselben Anlass."

Er nickte. „Das hoffe ich auch." Dann beugte er sich zu meiner Schwester hinunter, um mit ihr einzuschlagen. „Gute Nacht, Nele!"

„Gute Nacht, Florian!", erwiderte sie fröhlich.

Er zwinkerte ihr zu. „Nenn mich einfach Flo."

„Okay!“

„So, ab nach oben“, forderte ich meine Schwester auf. „Ich komme gleich nach. Aber du musst noch duschen.“

Sie seufzte. „Ja, ich weiß …“ Obwohl sie nicht sehr begeistert wirkte, hörte sie auf mich und lief die Treppe hoch in den ersten Stock.

„Ach, ich soll dir übrigens noch schöne Grüße und eine Entschuldigung von meiner Mutter ausrichten“, fiel Florian ein.

„Danke, grüß sie zurück“, antwortete ich. „Aber sie muss sich genauso wenig entschuldigen wie du. Ihr könnt doch nichts dafür, dass Fritz so gemein zu Nele war.“

„Aber wir fühlen uns alle ein wenig verantwortlich dafür, mein Vater war auch sauer auf Fritz“, erklärte er. „Ist genau wie bei Jan. Wenn eins seiner Geschwister Mist baut, entschuldigt er sich auch immer dafür.“

„Jan hat Geschwister?“, wunderte ich mich. Ich wusste nicht viel über die Familie von Sophies Freund.

„Klar, einen großen Bruder, einen kleinen Bruder und eine kleine Schwester. Und die beiden Kleinen sind manchmal echt schlimm.“ Florian lachte. „Jan muss ständig auf sie aufpassen.“

„Wow, er hat so eine große Familie?“, staunte ich. „Wahnsinn.“

Er grinste. „Es ist schon immer chaotisch bei ihm zu Hause.“

„Jetzt muss ich aber wirklich hoch zu Nele“, beendete ich das Gespräch. „Sonst geht sie ins Bett, ohne zu duschen.“

„Na dann, große Schwester, erfülle deine Pflicht“, lachte Florian und umarmte mich fest.

Ich erwiderte die Umarmung. „Wie üblich“, entgegnete ich.

Gerade als ich ihn wieder loslassen wollte, hob Florian mich plötzlich hoch und drehte sich mit mir einmal um die eigene Achse, bevor er mich wieder abstellte. Erschrocken quietschte ich und kniff die Augen zusammen, ich krallte mich richtig an Florian fest, aus lauter Angst zu fallen.

Er musterte mich amüsiert, dann strich er mir flüchtig durchs Haar. „Du bist richtig leicht“, merkte er an.

Ich spürte, wie ich rot anlief und mein Herz raste. Florian hatte mich mit dieser Aktion wirklich überrascht … „Ähm, ich weiß …“, murmelte ich.

Er lächelte mich an. „Gute Nacht, Lara.“

Verlegen erwiderte ich sein Lächeln. „Dir auch, Flo.“

Kurz drückte er mich noch mal an sich, dann öffnete er die Haustür und verschwand nach draußen.

Manchmal hatte Florian schon echt verrückte Ideen ...

Hastig lief ich nach oben. Wie erwartet duschte Nele nicht, sondern saß in ihrem Zimmer auf dem Bett. Und sie sah unglücklich aus.

„Hey, was ist denn los?“, fragte ich besorgt und setzte mich neben sie.

Sie klammerte sich an meinen knochigen rechten Arm. „Ich hab dran gedacht, was Fritz gesagt hat“, flüsterte sie. „Und ich glaube, er hat recht ...“

„Hat er nicht“, widersprach ich ruhig und strich ihr durchs Haar. „Komm mal mit.“ Ich nahm sie bei der Hand und zog sie hinter mir her in eins der beiden Badezimmer auf der Etage. Vor dem großen Spiegel blieb ich mit ihr stehen. „Schau mal hin“, forderte ich sie auf. „Was fällt dir auf, wenn du mich siehst?“

Kurz überlegte sie. „Du hast schöne braune Haare und Augen.“

Ich lächelte. Darauf wollte ich gar nicht hinaus, doch es freute mich. „Und was siehst du noch?“

Lange musterte sie mein Spiegelbild. „Du bist ganz dünn.“

„Ich bin zu dünn“, verbesserte ich sie. „So dünn, dass es ungesund aussieht.“

„Nein, ich finde dich schön!“

Gerührt blickte ich die Kleine an. „Das ist lieb von dir. Aber du weißt doch, dass es nicht gut ist, so dünn zu sein.“ Zögerlich nickte sie. „Und jetzt schau dich mal an. Was siehst du?“

„Ähm ... Ich hab dunkelbraune Haare. Und komische graugrüne Augen.“

„Deine Augen sind was Besonderes“, merkte ich an. „Sie haben eine ganz tolle, seltene Farbe. Und sie passen zu dir.“

Nele lächelte. „Meinst du?“

Ich nickte. „Oh ja. Was fällt dir noch auf, wenn du in den Spiegel schaust?“

„Hm ... Ich hab eine kleine Nase. Und rosa Wangen. Und ein rundes Gesicht“, zählte sie auf.

„Genau“, stimmte ich zu. „Du hast eine richtig süße Stupsnase, deine rosa Wangen machen dein Gesicht lebendig! Du bist nicht so blass wie ich. Und du bist nicht zu dünn. Du bist perfekt so. Das wird dir jeder sagen, der nicht gerade ein Junge in deinem Alter ist. Denn, weißt du, Jungen in deinem Alter ist es peinlich zuzugeben, wenn sie ein Mädchen hübsch finden. Sie beleidigen dich lieber, bevor sie die Wahrheit sagen.“

„Warum?“, fragte Nele verunsichert.

„Weil Jungs doof sind“, lachte ich.

Sie kicherte. „Aber Raphael und Florian sind nicht doof.“

Ich lächelte. „Stimmt, die beiden sind sehr nett.“

„Meinst du, Fritz wird auch mal so nett?“, grübelte sie.

„Vielleicht irgendwann mal“, antwortete ich. „Wenn er älter ist. Aber jetzt denk nicht mehr über ihn nach“, riet ich ihr. „Er wird bestimmt nicht mehr gemein zu dir sein.“

Sie strich sich das schulterlange Haar zurück. „Na gut.“

Da fiel mein Blick auf die große Badewanne. „Wie wär's, wenn ich dir ein Bad einlasse?“

„Ein Bad?“, wiederholte sie überrascht.

„Klar.“ Ich stupste sie an der Nase. „Wir wohnen hier schon so lange, aber wir haben noch nie gebadet! Dabei sollten wir das mal. In Berlin hatten wir nicht mal eine Badewanne.“

Eine knappe Stunde später, nach dem ersten Bad ihres Lebens, brachte ich meine Schwester ins Bett und machte die Hausaufgaben für morgen. Doch ich konnte mich nicht sonderlich gut konzentrieren, ich machte mir zu viele Sorgen um Nele. Hoffentlich nahm sie sich die Worte von dieser kleinen Kröte nicht doch zu sehr zu Herzen …

Als ich endlich alles erledigt und meine Schultasche gepackt hatte, schaute ich aus dem Fenster. Ich wünschte mir wirklich, Raphael zu sehen, doch heute brannte kein Licht in seinem Zimmer.

Traurig seufzte ich und zog meine Vorhänge zu. Es war doch erst zehn Uhr. Ob er schon schlief? Irgendwie deprimierte es mich, dass er nicht da war. Der Abiturstress nahm ihn wohl doch zu sehr ein.

Ich duschte, schlüpfte in meinen Schlafanzug und legte mich ins Bett. Nach diesem langen Tag fühlte ich mich ausgelaugt. Aber der Nachmittag war schön gewesen. Ich mochte es, so entspannt Zeit mit Florian zu verbringen. Bei dem Gedanken daran lächelte ich. Und schon fielen mir die Augen zu.

„Hey, schaut mal, da ist der einsame Wolf", rief eine hämische Stimme. Ich zog den Kopf ein und eilte an der kichernden Mädchengruppe vorbei. Bloß keine Aufmerksamkeit erregen. Einfach nur weg. Gleich würde der Unterricht anfangen, dann hörte das Lästern wieder auf. Inzwischen war ich die Gemeinheiten jedoch schon gewohnt. Sie verfolgten mich seit über zwei Jahren. Als ich 13 gewesen war, hatte es angefangen.

Neben der Klassenzimmertür stellte ich mich an die Wand. Ich hätte mich gerne angelehnt, weil ich seit vorgestern nichts gegessen hatte und mir deswegen schwindlig war. Aber am Rücken hatte ich eine schlimme Prellung von Gilberts gestrigem Tritt.

„Oh, Larissa, schöner Fleck auf deiner Stirn", sagte eine Mitschülerin im Vorbeigehen.

Schnell strich ich meinen Pony ins Gesicht, um den blauen Fleck zu verdecken. Leider zu spät. Das schwarzhaarige Mädchen lächelte überheblich und wandte sich dann von mir ab.

Wortlos starrte ich zu Boden. Noch drei Minuten, dann begann der Unterricht.

Kaum zu glauben, dass meine ehemalige beste Freundin mich inzwischen so behandelte. Johanna und ich waren unzertrennlich gewesen. Aber dann hatte Gilbert angefangen, Saskia und mich zu schlagen, und ich hatte nicht darüber reden wollen. Johanna war deswegen so beleidigt gewesen, dass sie mich von da an wie den letzten Dreck behandelt hatte. Genau wie Doris, mit der wir beide oft etwas unternommen hatten. Jetzt waren Johanna und Doris beste Freundinnen. Und sie lästerten liebend gerne über mich.

„Hey, Larissa, hast du Hunger?", lachte eine tiefe Stimme.

Weil ich meinen Namen hörte, blickte ich auf. Der beliebteste Junge aus meiner Klasse, Anton, hielt mir eine kleine Packung Kekse entgegen. Hinter ihm standen zwei seiner Freunde, die genauso blöd grinsten wie er.

Seine dunklen Augen musterten mich abwartend. „Du siehst echt hungrig aus. Wenn du ganz lieb fragst, gebe ich dir meine Kekse. Na?"

Machte es wirklich so viel Spaß, ein untergewichtiges Mädchen zu erniedrigen? Ich wandte den Blick ab und fixierte den steinernen Fußboden. Ich wollte nicht mit diesen taktlosen Menschen reden.

Da griff Anton plötzlich mit einer Hand nach meinem Kinn und hob meinen Kopf an, sodass ich ihm in die Augen sehen musste. Abrupt zuckte ich zusammen und versuchte, mich aus seinem Griff zu befreien, doch ich hatte nicht genug Kraft dafür.

Mein Mitschüler schmunzelte und beugte sich so weit zu mir vor, dass sein braunes Haar mich an der Stirn kitzelte. „Du musst nur Bitte sagen."

Ich schluckte schwer und zitterte am ganzen Körper. Konnten mich diese Idioten nicht einfach ignorieren?!

„Anton, lass sie in Ruhe", ermahnte ihn überraschenderweise eine bekannte Stimme. Doris. Das blonde Mädchen stand mit verschränkten Armen hinter ihm. Überrascht sah ich meine ehemalige Freundin an. Ich konnte es gar nicht fassen, dass sie mich aus dieser Situation befreite, denn Anton ließ mich tatsächlich los.

„Warum denn?", fragte er verständnislos.

Da grinste sie. „Unsere liebe Larissa redet doch nicht mehr. Außer sie wird im Unterricht aufgerufen. Ihre guten Noten will sie natürlich behalten. Aber sonst sagt sie kein Wort. Weißt du doch."

Ach so. Nur eine weitere Gehässigkeit. Hätte mich auch sehr gewundert, wenn Doris auf einmal wieder nett zu mir gewesen wäre.

Johanna stellte sich neben ihre beste Freundin. „Unsere Streberin ist sich eben zu fein, um mit Leuten wie uns zu reden."

Wenn die wüssten ... Ich lernte doch nur so viel, um die Situation zu Hause für eine Weile vergessen zu können.

„Aber um sich zu prügeln, ist sie sich nicht zu fein", ergänzte Anton lachend.

Doris nickte. „Du hast's erfasst."

Gar nichts hatte er erfasst. Die anderen hatten doch keine Ahnung! Ich biss die Zähne zusammen und blickte wieder zu Boden. Dass Menschen so gemein, verletzend und niederträchtig sein konnten, und das nur mit Worten ...

Johanna und Doris fühlten sich richtig cool, das wusste ich. Klar, die beiden sahen verdammt gut aus, hatten perfekte Figuren, teure Klamotten und viele Freunde. Sie galten als angesagt, genau wie Anton und seine Idioten. Und als coole Kids, wie sie sich selbst immer nannten, war es praktisch ihre Pflicht, Außenseiter wie mich zu mobben. Anton hielt mir noch mal die Packung mit den Keksen vor die Nase. „Und du willst wirklich keine?", fragte er.

„Nein, unser Skelett will doch nicht zunehmen", lachte Doris.

Vor Wut ballte ich die Hände zu Fäusten. Diese Trottel hatten doch keine Ahnung, wie man sich fühlte, wenn man Hunger litt! Wenn man zu Hause ständig misshandelt wurde und auch noch auf die kleine Schwester aufpassen musste, um wenigstens eine Person im Haus zu beschützen!

„Sag mal, Larissa, findest du eigentlich überhaupt noch Klamotten für deine Größe? Ich meine, als abgemagerter Riese ist es doch bestimmt nicht leicht, passende Sachen zu bekommen", stichelte Johanna.

Am liebsten hätte ich sie angebrüllt, doch ich blieb still. Lieber steckte ich verbale Schläge ein als mich so unbeliebt zu machen, dass mich die anderen wirklich mal verprügelten. Davon bekam ich zu Hause genug.

Endlich lief unser Englischlehrer an mir vorbei und sperrte das Klassenzimmer auf. Erleichtert setzte ich mich auf meinen Platz. Ruhe. Jedenfalls bis zur kleinen Pause.

Als ich am nächsten Morgen aufwachte, fühlte ich mich wie gerädert. Mein Wecker hatte noch nicht geklingelt, doch länger konnte ich nicht mehr schlafen. Nicht nach diesem ätzenden Traum.

Alle paar Nächte erschien mir Gilbert im Schlaf. Aber ich hatte auch schon zweimal von meiner früheren Schulzeit geträumt. Je näher die Fahrt nach Berlin rückte, umso stärker erinnerte ich mich daran, was außerhalb meines alten Zuhauses dort geschehen war. Ich erinnerte mich an all die schlimmen Dinge. Auch an meine falschen Freunde.

Sonnenlicht fiel durch den kleinen Spalt zwischen meinen Vorhängen ins Zimmer. Bald musste ich in die Schule. Aber nicht in meine alte Schule in Berlin zu den Mitschülern, die sich einen Spaß daraus machten, mich zu ärgern. Sondern in meine neue Schule zu meinen neuen, echten Freunden, die sich um mich kümmerten.

Ich strich mir das wirre Haar aus dem Gesicht. Zum Glück hatte ich meine ehemaligen Mitschüler und Berlin hinter mir lassen können. Zum Glück hatte ich wundervolle Menschen kennengelernt, die mich niemals so im Stich lassen würden wie Johanna und Doris. Die mich nie so lächerlich machen würden wie Anton und seine Horde Idioten. Nein, ich hatte Freunde, denen ich vertrauen konnte.

Ein kleines Lächeln schlich sich auf mein Gesicht. Ja, ich war endlich genau da, wo ich hingehörte. In einem liebevollen Umfeld.

Reise in die Vergangenheit

„Bist du sicher, dass du dir keine Shorts von mir leihen willst?“, fragte Bianca.

Ich nickte. „Ich bleibe bei langen Jeans und Pullovern.“

„Aber es wird bestimmt warm in Berlin!“

„Egal“, winkte ich ab.

Meine Mutter seufzte. „Na gut. Hast du alles?“

„Ja. Schreibsachen, was zu trinken, eine sehr reichliche Brotzeit, genug Geld, um dreimal Mittagessen zu kaufen, Taschentücher und einen Satz Klamotten, falls ich schmutzig werde“, zählte ich auf. „Mehr brauche ich wirklich nicht! Ich bin ja nur einen Tag weg.“

Draußen war es schon dunkel, kein Wunder um elf Uhr abends. Gleich würde Lorenz mich zur Schule fahren. Frau Franz hatte uns eingeschärft, pünktlich um Viertel vor zwölf am Kepler zu sein.

Bianca umarmte mich. „Trotzdem, du wirst mir fehlen. Pass gut auf dich auf, meine Kleine.“

Ich schmunzelte und erwiderte ihre Umarmung. „Mach ich. Du wirst mir auch fehlen.“ Von Nele hatte ich mich bereits ausgiebig verabschiedet. Beinahe wäre ich hiergeblieben, weil meine Schwester so traurig ausgesehen hatte, aber das hatten meine Eltern mir sofort wieder ausgeredet. Meine Mutter ließ mich los und hielt sich die Hand vor den Mund, weil sie husten musste. „Ganz gesund bist du noch nicht, was?“, fragte ich.

Sie lächelte schief. „Das wird schon.“

Noch einmal drückte sie mich fest, bevor ich mit meinem Vater zur Schule fuhr. Ich konnte noch gar nicht fassen, dass ich bald wieder in Berlin sein würde. Und dass ich Raphael endlich mal wieder aus nächster Nähe ansehen konnte.

Nachdem Lorenz ein Stück von der Schule entfernt geparkt hatte, schlenderten wir zusammen dorthin. Er trug meinen Rucksack. Die Luft fühlte sich etwas kühler an als tagsüber, zum Glück. Der

Sommer war einfach viel zu warm, vor allem in langen Klamotten. Diese Hitze machte mich fertig, jedes Jahr aufs Neue.

„Ich hoffe, du hast Spaß im Bundestag“, merkte mein Vater an.

„Ich auch“, entgegnete ich. Ein wenig unwohl fühlte ich mich immer noch bei dem Gedanken, nach Berlin zurückzukehren. Aber Raphael, Sophie, Florian und Niklas waren dabei, das beruhigte mich sehr.

An der Schule herrschte großer Trubel. Die Schüler standen in Gruppen beieinander und unterhielten sich, während meine Geschichtslehrerin aufgeregt zwischen ihnen herumlief.

„Nun kommt doch, Kinder. Steigt ein!“ Hastig winkte Frau Franz uns alle zu dem großen Reisebus, der vor der Schule parkte. „Wir müssen losfahren, sonst kommen wir zu spät!“

„Ganz ruhig, die Busfahrt dauert doch nur sechs Stunden, und die Pausen sind schon mit eingerechnet“, beschwichtigte sie der weißhaarige Sportlehrer Herr Specht, der uns auf der Fahrt begleiten würde. Er strich sich über den Schnauzbart und schob seine Brille höher auf die Nase. „Wir werden überpünktlich sein.“

Es war erst kurz vor Mitternacht, etwa halb zwölf. Frau Franz übertrieb wirklich ein wenig. Selbst wenn wir eine Stunde mehr brauchten, spätestens um sieben Uhr morgen früh würden wir in Berlin sein. Immer noch eine Stunde vor dem vereinbarten Termin.

„Na dann, viel Spaß“, wünschte mir Lorenz und reichte mir den Rucksack.

Ich nahm die Tasche auf meinen Rücken. „Danke. Bis morgen Nacht.“

„Du rufst an, wenn ihr ankommt, ja?“, vergewisserte er sich.

Ich nickte. „Ich melde mich rechtzeitig.“ Schließlich hatte ich keine Lust, nachts ewig an der Schule darauf zu warten, dass ich abgeholt wurde.

„Gut.“ Er nickte mir zu. „Dann drücke ich dir mal die Daumen, dass du im Bus etwas schlafen kannst. Mir fällt das immer schwer.“

„Ich bin gespannt. Also, bis morgen!“

Er umarmte mich fest. „Pass auf dich auf, Lara.“

„Mach ich, Papa“, beruhigte ich ihn.

„Larissa, komm endlich! Du bist die Letzte!“, rief Frau Franz mir zu.

Erst da bemerkte ich, dass alle anderen Schüler bereits im Bus saßen. Ich winkte meinem Vater noch schnell zu und rannte zu meiner Lehrerin, die mich in den Bus scheuchte und schließlich selbst einstieg.

Neugierig blickte ich mich um, aus meiner Klasse waren alle Schüler da, aus der zwölften nicht ganz so viele. Wahrscheinlich hatten sich einige wegen der Abiturprüfungen gegen diesen Ausflug entschieden.

Obwohl ich Ausschau nach Raphael hielt, entdeckte ich meinen Freund nicht. Sophie saß direkt in der zweiten Reihe neben ihrer Banknachbarin Charlotte und winkte mir zu. Ich lächelte sie an.

„Los, setz dich neben Florian“, wies mich Frau Franz an.

Kurz verzog ich das Gesicht. Mein Banknachbar hatte es sich in der Reihe hinter Sophie bequem gemacht, genau wie im Klassenzimmer. Ich hatte nichts dagegen, mich zu ihm zu setzen, aber eigentlich wollte ich doch zu Raphael, wo auch immer er war ...

Frau Franz hatte die Plätze allerdings gnadenlos eingeteilt, und zwar genau so, wie wir im Klassenzimmer saßen. Also ließ ich mich seufzend auf dem freien Platz neben Florian nieder.

Der blonde Junge lächelte mich an. „Schönen guten Abend.“

„Ebenso“, gab ich zurück.

„Gut, wir sind vollzählig! Es geht los!“, verkündete die Lehrerin.

Lauter Applaus erfüllte den Bus, anscheinend freuten sich wirklich alle auf die Fahrt nach Berlin. Schwer nachvollziehbar für mich. Da rollten wir auch schon los. Nun gab es kein Zurück mehr.

„Eine Grundregel“, dröhnte die Stimme von Frau Franz plötzlich durch die Sprechanlage. „Damit ihr morgen früh im Bundestag nicht einschlaft, herrscht ab ein Uhr Nachtruhe!“ Sofort protestierten einige Schüler. „Ihr könnt euch während der nächsten Stunde gerne noch unterhalten, aber dann ist es hier still!“, beharrte sie und beendete damit die Durchsage.

Ich stellte den Rucksack zwischen meinen Füßen auf den Boden und lehnte mich in dem halbwegs bequemen Sitz zurück. Ob ich hier wirklich schlafen konnte?

„Und, freust du dich schon?“, fragte Florian.

„Geht so“, antwortete ich. „Du?“

„Ich kann’s gar nicht erwarten!“

Da tippte mir jemand von hinten auf die Schulter. Überrascht drehte ich mich um. Als ich in wohlbekannte, durchdringend blaue Augen blickte, lächelte ich unwillkürlich. „Raphael!"

Mein Freund grinste. „Hey! Ist ja echt cool, dass wir hintereinander sitzen."

„Immerhin", freute ich mich.

Niklas, der es sich neben Raphael bequem gemacht hatte, nickte mir zu. Er sah müde aus und hatte Kopfhörer in den Ohren. Bestimmt schlief er bald ein.

„Meine Mutter hat schon wieder geschrieben", seufzte Raphael, als er auf sein Handy schaute. „Sie soll doch endlich schlafen! Schlimm!"

„Ist sie wohl besorgt?", erkundigte ich mich.

Er nickte und steckte sein Handy in die blaue Hülle, die ich ihm im April zum 19. Geburtstag geschenkt hatte. Es freute mich irgendwie, dass er sie benutzte. Ich hatte lange überlegt, was ich ihm schenken könnte, und zufällig hatte ich in der Stadt diese Handyhülle mit dem Comic-Hasen entdeckt. Sofort fiel mir Raphael ein, weil er mich immer „Häschen" nannte.

„Bald ist auch mein Geburtstag", fiel mir unvermittelt ein. Am 17. Juni, also in 13 Tagen. Komisch. Ich hatte diesen Tag so lange herbeigesehnt, und jetzt bedeutete er mir gar nichts mehr. Weil ich nicht mehr mit Nele flüchten musste.

Bis zur Nachtruhe unterhielten Raphael, Florian, Sophie, Charlotte und ich uns über die Sitzreihen hinweg. Niklas schlief schon längst. Und obwohl es ein wenig unbequem war, hielten Raphael und ich die ganze Zeit über Händchen. Es tat so gut, endlich wieder seine Nähe zu spüren.

Schließlich mahnte uns Frau Franz, die Nachtruhe einzuhalten und zu schlafen. Davor kniete ich mich aber noch schnell auf meinen Sitz und beugte mich über die Lehne zu Raphael, um ihn zu küssen.

Auch er beugte sich vor, erwiderte meinen Kuss und strich mir durchs Haar. „Gute Nacht", flüsterte er.

Ich lächelte. „Dir auch."

Genau in diesem Moment kam Frau Franz an uns vorbei und musterte uns vielsagend. „So, so, ein Pärchen haben wir auch dabei?“ Sie schmunzelte. „Ihr benehmt euch aber morgen im Bundestag.“ Verlegen nickten wir, womit sie sich zufriedengab.

Die Lehrerin machte noch eine Durchsage, dass ab jetzt strikte Nachtruhe herrsche. Danach erloschen die Lichter über unseren Sitzen und ließen sich nicht mehr anknipsen. Es war dunkel, damit wir auch wirklich schliefen.

Ich versuchte, eine gemütliche Schlafposition zu finden, doch der Versuch scheiterte. Auf diesen Sitzen konnte man nicht bequem liegen! Die Leute, die am Fenster saßen, konnten sich wenigstens dagegen lehnen. Doch ich hatte den Platz am Gang und von daher keine seitliche Lehne.

„Ungemütlich?“, wisperte Florian, dem auffiel, wie unruhig ich mich bewegte.

„Total“, seufzte ich leise.

„Du kannst gerne auf meiner Schulter schlafen“, bot er an.

Ich zögerte. Das klang verführerisch, vor allem wäre es wesentlich besser, als mir wegen dieses blöden Sitzes den Nacken zu verrenken. Aber ich würde Florian damit die ganze Nacht lang stören.

Plötzlich legte er einen Arm um meine Schultern, was ich im Dunkeln nicht kommen sah. Er zog mich an sich. „Das geht schon. Sonst würde ich's nicht vorschlagen.“

Ich lächelte. „Danke“, flüsterte ich und lehnte mich an seine Schulter. „Das ist viel besser.“

„Dachte ich mir. Gute Nacht“, murmelte er.

Ich schloss die Augen und es dauerte gar nicht lange, da schlief ich schon ein.

„Ach, Engelchen, da bist du ja. Ich hab dich schon gesucht.“

Als ich Gilberts Stimme hörte, zuckte ich unwillkürlich zusammen. Ich saß gerade allein auf dem Sofa im Wohnzimmer und lernte Englisch für morgen. Da Nele schon schlief, konnte ich in unserem Zimmer kein Licht mehr anmachen. Und ich hatte eigentlich gehofft, in Ruhe lernen zu können.

Nun stand allerdings mein Stiefvater im Türrahmen und zog an seiner Zigarette. Er lächelte mich verdächtig freundlich an.

„Was willst du?“, fragte ich misstrauisch und zog die Beine an, indem ich meine nackten Füße vor mir auf dem Sofa abstützte. Ich trug

bereits meinen zu großen Schlafanzug, meine Haare hatte ich zum Pferdeschwanz gebunden, damit sie mir nicht ins Gesicht fielen.

„Dir Gesellschaft leisten", erklärte er. „Du warst nicht in deinem Zimmer. Dabei ist es schon nach Mitternacht."

Ich schluckte. Er hatte mir einen nächtlichen Besuch abstatten wollen? Hieß das, er würde jetzt und hier über mich herfallen? Bitte, bitte nicht ...

In aller Seelenruhe setzte sich Gilbert neben mich aufs Sofa und schaute in mein Buch. „Englisch? Pah. So was braucht man nicht."

„Englisch ist eine Weltsprache", entgegnete ich. „Natürlich braucht man die."

„Sei nicht so vorlaut."

Ich schwieg. Eigentlich hatte ich sowieso keine Lust, mich mit Gilbert zu unterhalten. Ich war gestern erst 17 geworden, und weil er diesen Anlass genutzt hatte, um Saskia zu verprügeln, hatte ich meinen Geburtstag nicht gerade genossen. Wie immer.

„Willst du?", bot er mir an und hielt mir seine Zigarette hin.

Schnell schüttelte ich den Kopf. Ich wollte niemals rauchen oder trinken. Das wusste ich genau – seit ich Gilbert kannte. Er stank auch heute wieder aus dem Mund nach Wodka und Zigarettenrauch. Eine ekelhafte Kombination. So wollte ich niemals enden.

Er zuckte mit den Schultern und zog wieder an der Zigarette. „Wenn du meinst. Dann eben nicht."

Es machte mich unruhig, dass er so gelassen und friedlich wirkte. Da stimmte etwas nicht.

Verstohlen musterte ich ihn aus den Augenwinkeln. Er sah heute anders aus. Er hatte frische Klamotten an, im Gegensatz zu mir keinen Schlafanzug, sondern eine dunkle Dreiviertelhose und ein weißes T-Shirt. Auch sein schwarzes Haar wirkte viel ordentlicher. Gekämmt. Und er war perfekt rasiert. Ein seltener Anblick.

„Warum gehst du nicht schlafen?", fragte ich vorsichtig.

„Wie gesagt, ich wollte dir Gesellschaft leisten."

Das kaufte ich ihm nicht ab. „Ich lerne doch nur. Das ist sicher langweilig für dich."

Da legte er mir einen Arm um die Schultern, woraufhin ich automatisch zusammenzuckte. Gilbert reagierte auf meine unbewusste Bewegung allerdings gar nicht. „Ach, Engelchen, bei dir ist mir nie lang-

weilig.“ Langsam machte er mir wirklich Angst. Wieder hielt er mir die Zigarette vors Gesicht. „Und du willst wirklich nicht?“

„Nein.“

Er grinste. Er grinste genauso, wie er immer grinste, wenn er eine bösartige Idee hatte. Wie ich es gewohnt war. Und tatsächlich, dieser kurze Moment war die Ruhe vor dem Sturm gewesen.

„Zieh mal deine Hose runter“, forderte er mich auf.

Meine Augen weiteten sich, entsetzt starrte ich ihn an. „Was?!“

„Du hast mich schon verstanden.“

„Das mache ich bestimmt nicht!“, weigerte ich mich.

Mein Herz raste und mein Mund fühlte sich trocken an. Was hatte Gilbert vor? So ging er normalerweise nicht vor, wenn er mich ... überfiel. Also, was plante er gerade?

„Mach es oder ich mach's.“

„Renn weg!“, schrie meine innere Stimme. „Renn!“ Schnell stand ich auf und ließ mein Englischbuch auf den Couchtisch fallen. „Nein!“, rief ich und rannte aus dem Zimmer.

Doch ich kam nicht weit, schon nach vier Schritten, im Türrahmen, packte Gilbert mich an meinem Pferdeschwanz. Ich keuchte auf, weil mein Kopf fürchterlich pochte.

„Engelchen, ich lasse kein Nein gelten“, sagte Gilbert ruhig.

Ich gab mir größte Mühe, mir meine Panik nicht anmerken zu lassen. „Was hast du schon wieder vor, du krankes Schwein?“, kreischte ich, als er noch fester an meinem Zopf zog, um mich hinter sich her zurück zum Sofa zu ziehen.

Er lächelte. „Das siehst du noch früh genug.“

Dass er sich nicht mal über meine Beleidigung aufregte, jagte mir riesige Angst ein. Das konnte nichts Gutes bedeuten!

Mit einem Schubs beförderte er mich rücklings auf Sofa. Ich kam nicht mehr dazu, mich wieder aufrecht hinzusetzen, denn er drückte mich mit einer Hand an meinen Handgelenken auf das Polster und kniete sich auf meine Beine.

„Lass deine Finger von mir!“, verlangte ich hysterisch.

In seiner freien Hand hielt er immer noch seine Zigarette. Er blies mir etwas Rauch ins Gesicht, sodass ich husten musste.

„Ich hatte gar nicht vor, dich anzufassen.“

Ich schob überrascht und nichts Gutes ahnend die Augenbrauen zu-

sammen. Und dann ging alles ganz schnell. Er wollte mich wirklich nicht anfassen und nicht vergewaltigen. Aber er hatte eine ganz andere Grausamkeit vor. Eine viel schmerzhaftere.

Mit einer schnellen Bewegung riss er mir die Pyjama-Hose bis zu den Knien herunter. Obwohl es in dieser Sommernacht warm im Haus war, fror ich auf einmal. Immerhin ließ Gilbert mir das Höschen.

Dann grinste er wieder. „Ich wollte dir noch gebührend zum Geburtstag gratulieren, Engelchen."

Bevor ich etwas erwidern konnte, spürte ich plötzlich einen brennenden Schmerz am linken Oberschenkel. Ich schrie auf, laut und verzweifelt, panisch zappelte ich. Doch mit seiner Hand drückte er meine Hände so fest ins Sofa, dass ich mich keinen Millimeter bewegen konnte.

„Aaaaaaaaah! Hör auf!", kreischte ich. „Hör auf! Neeeeeeeeeeein!"

Die Tränen konnte ich zurückhalten, die ohrenbetäubenden Schmerzensschreie aber nicht. Dieser Teufel drückte gerade tatsächlich seine Zigarette auf meiner nackten Haut aus!

„Happy birthday to you", summte er seelenruhig dabei. „Happy birthday to you. Happy birthday, mein Engel, happy birthday to you."

So fest wie möglich biss ich die Zähne zusammen, sodass ich nur noch leise wimmerte. Der Schmerz betäubte mich beinahe. Und trotzdem tat es weh! Es tat so unglaublich weh!

Endlich warf Gilbert seine Zigarette auf den Boden. „Jetzt vergisst du deinen 17. Geburtstag nicht mehr, was?", lachte er und holte mit der freien Hand seine Zigarettenpackung aus der Hosentasche.

„Du Teufel!", schrie ich ihn an.

Er lächelte nur. „Ich fand es sehr schön, dich mal wieder schreien zu hören. Den Gefallen hast du mir schon lange nicht mehr getan."

Ich unterdrückte mein Schluchzen und bemühte mich um einen wütenden Blick, was in Anbetracht meiner Schmerzen gar nicht so einfach war.

Er nahm eine Zigarette zwischen die Lippen, steckte die Packung wieder ein und holte aus der anderen Hosentasche sein Feuerzeug. Sofort wich alle Farbe aus meinem Gesicht. Nicht noch mal! Bitte nicht noch mal! Nein!

„Das machst du nicht noch mal!", rief ich mit zitternder Stimme.

Er zündete die Zigarette an, legte sein Feuerzeug beiseite und tätschelte mir den Kopf. „Aber natürlich mache ich das noch mal", entgeg-

nete er gelassen. Beinahe wäre ich vor Schreck in Ohnmacht gefallen, doch so viel Glück hatte ich nicht. Gilbert presste seine glühende Zigarette genau auf dieselbe Stelle wie zuvor.

„Aaaaaaaaaaaaaah!“

„Lauter!“, lachte er.

Ich keuchte schwer, meine Augenlider flatterten und ich nahm die Umgebung nur noch verschwommen wahr. Diese Schmerzen waren unbeschreiblich.

„Ach, weißt du was, ich bin heute gut drauf!“, verkündete Gilbert. „Ich nehme noch eine!“

Nicht noch eine Zigarette. Nicht noch eine!

Aber dieser Teufel kannte kein Erbarmen. Diesmal drückte er die Zigarette ein Stückchen neben der anderen Stelle aus. Wahrscheinlich damit sein Andenken noch größer wurde.

„Na, freust du dich über dein Geschenk?“, lachte er und presste die glühende Asche wieder auf meine nackte Haut. „Du kannst auch gerne mehr davon haben!“

„Nein!“, schrie ich. „Nein! Hör aaaaaaaaaaaaaaaaaaauf!“

„Niemals, Engelchen“, flüsterte er. „Ich werde mein liebstes Spielzeug doch nicht einfach in die Ecke werfen und liegen lassen.“

„Bitte“, flehte ich. „Hör auf!“

„Aber wir haben doch immer so viel Spaß zusammen“, säuselte er. „Schau mal, ich hab noch eine für dich!“

„Oh Gott, bitte hol mich hier raus“, dachte ich. „Ich kann nicht mehr!“

Ich schreckte so abrupt aus dem Schlaf auf wie schon lange nicht mehr. Es gelang mir zwar, nicht zu schreien, doch ich zitterte am ganzen Körper. Tränen strömten wie Wasserfälle aus meinen Augen, ich konnte mich nicht beherrschen. Geschweige denn beruhigen.

Einatmen. Ausatmen. Einatmen. Ausatmen.

Ich zog die Beine an und kauerte mich auf dem Sitz zusammen. Ich musste mir in Erinnerung rufen, dass ich im Bus bei vielen anderen Schülern saß. Nur dieses Wissen hielt mich davon ab, laut zu schreien und meine Panikattacke auszuleben.

Die Dunkelheit hüllte mich ein und verbarg mich vor den Augen der anderen. Hoffentlich schliefen alle. Hoffentlich bemerkte mich niemand, während mich diese alte Erinnerung quälte. Es war still um mich herum, nur leises Schnarchen und das Geräusch vom laufenden Motor umgaben mich.

Ja, Gilbert hatte mich gebrandmarkt wie Vieh. Und ja, er hatte es so sehr genossen, dass sich mir immer noch der Magen umdrehte, wenn ich daran dachte. Aber warum musste ich ausgerechnet auf der Klassenfahrt von einer der schlimmsten Erinnerungen träumen, die ich hatte?

Leise schluchzte ich auf und drückte meine Beine mit den Armen näher an mich. Ich musste mich beruhigen! Es ging mir gut, auch wenn ich diese Narben nie wieder loswerden würde. Niemand verletzte mich hier. Ich war in Sicherheit! Warum also heulte ich mir dann immer noch die Augen aus?

Plötzlich nahm mich jemand sanft in den Arm. Bei der Berührung schreckte ich zusammen und zitterte nur noch unkontrollierter. Ganz vorsichtig wurden mir die Tränen weggewischt. Allerdings strömten mir sofort neue über die Wangen. Jemand drückte mich fest an sich. Ich war so verstört von meinem Albtraum, dass ich lange brauchte, bis ich begriff, wer mich da so sanft in seinen Armen hielt und mir immer wieder die Tränen aus dem Gesicht wischte. Wer mir über den Rücken und durchs Haar strich, mich beruhigend hin und her wiegte und meinen Kopf zwischen seiner Brust und seinem Kinn einklemmte.

„Ist ja gut", flüsterte eine bekannte Stimme. „Es ist alles gut."

„F...florian?", stammelte ich.

Ich spürte, wie er nickte. „Ich bin da."

Bemüht langsam atmete ich ein und aus. „Ent...entschuldige, dass ich ... dich geweckt hab."

„Schon okay", winkte er ab und strich mir über den Rücken. „Was ist denn los? Warum weinst du?"

„Es ist nichts", redete ich mich schnell heraus.

Aber es wäre auch zu einfach gewesen, wenn er mir geglaubt hätte. „Lara, bitte, erzähl mir doch keinen Mist."

Leise seufzte ich. Was sollte ich ihm erzählen? Die Wahrheit? Ganz bestimmt nicht. Ich wollte nicht berichten, wie Gilbert mir die Hose heruntergerissen und seine Zigaretten auf meinem Bein ausgedrückt hatte.

Als ich daran dachte, schluchzte ich wieder auf. Diesmal allerdings lauter als zuvor. Schnell hielt ich mir eine Hand vor den Mund. Ich musste leise sein! Schließlich wollte ich nicht den ganzen Bus aufwecken. Schlimm genug, dass ich Florian aus dem Schlaf gerissen hatte. Wobei es mich gerade wirklich beruhigte, dass er mich festhielt, das musste ich zugeben.

„Ich hab schlecht geträumt", gestand ich endlich. „Ist aber nicht so wild, ich hab total überreagiert."

Behutsam drückte er mich etwas fester. „Muss schlimm gewesen sein." Zögerlich nickte ich. „Passiert das öfter?", fragte er leise.

Wieder nickte ich. „Alle paar Tage."

„Oh, Lara", seufzte er und strich mir durchs Haar. „Warum hast du das denn nie gesagt?"

Ich schob die Augenbrauen zusammen. „Wieso hätte ich das erzählen sollen?"

Plötzlich spürte ich eine Berührung an meiner Schulter. Und da Florian den einen Arm um mich gelegt hatte und mir mit der anderen Hand durchs Haar strich, konnten es unmöglich seine Finger sein, die mich streichelten.

Sofort sprang ich von meinem Sitz auf, löste mich so aus Florians Umarmung und stolperte ein paar Schritte über den Gang. Ich atmete hektisch und schlang meine Arme um mich. Wer hatte mich da gerade angefasst?!

Es war zu dunkel im Bus, um Genaueres zu erkennen, doch jemand stand vor mir und nahm mich vorsichtig in seine Arme. Dieses Gefühl und diesen Geruch kannte ich ...

„Nicht erschrecken, Häschen", flüsterte Raphael und drückte mich sanft. „Ich bin's doch nur."

Leise schluchzte ich auf und klammerte mich an meinen Freund. Er schob mich die wenigen Schritte zurück zu meinem Platz und setzte sich neben mich. Nun saßen Florian, Raphael und ich in einer Reihe, ich inmitten der beiden Jungen. Ich wurde ein wenig eingequetscht, doch ich fühlte mich schon etwas besser, weil ich spürte, dass ich nicht alleine war. Dass Raphael und Florian für mich da waren.

„Ach, du bist auch aufgewacht?", fragte Florian.

„Ich hab Laras Weinen gehört ..."

Ich ließ den Kopf hängen. „Es tut mir leid, dass ich euch geweckt habe ..."

„Das ist besser, als alleine zu weinen", flüsterte Raphael.

„Eindeutig", stimmte Florian ihm zu.

Beide Jungen hatten jeweils einen Arm um mich gelegt, ich kuschelte mich so in den Sitz, dass ich relativ bequem lag. „Danke", wisperte ich.

„Ist schon gut. Versuch zu schlafen", riet mir Raphael. „Oder willst du drüber reden?"

Hastig schüttelte ich den Kopf. „Es war zu schlimm ..." Ach du Schande, hatte ich das gerade wirklich zugegeben?

„Aber vielleicht würdest du dich besser fühlen", vermutete Florian.

„Das bezweifle ich."

„Versuch's." Mein Banknachbar drückte mich kurz. „Versuch's einfach."

Ich wusste nicht genau, warum ich es tat, doch ich berichtete ihnen davon, wie Gilbert mich gebrandmarkt hatte. Ich erzählte es weinend, mit gewaltiger Panik und stockender Stimme, vielen Taschentüchern und der liebevollen Unterstützung meiner beiden Tröster. Und als ich alles losgeworden war, fühlte ich mich tatsächlich ein kleines bisschen befreit.

„Oh Gott", flüsterte Florian schockiert.

Raphael strich mir zärtlich durchs Haar. „Daher kommt also diese Narbe ..."

Ich atmete tief durch und nickte zaghaft.

„Der Typ gehört erschossen", zischte mein Banknachbar.

„Und vorher gefoltert", ergänzte mein Freund. „Sollte der wirklich irgendwann in Pirk auftauchen, ist er fällig!"

„Unbedingt", stimmte Florian zu.

Als ich den beiden zuhörte, musste ich lächeln. Erleichtert lehnte ich meinen Kopf an Raphaels Schulter und schloss die Augen. Mein rasender Herzschlag hatte sich endlich beruhigt, meine hastige Atmung ebenso. Hier, zwischen Raphael und Florian, fühlte ich mich rundum sicher. Die beiden hielten mich fest und machten mir Mut. Und endlich schlief ich wieder ein. Ohne von den Schrecken der letzten vier Jahre zu träumen.

„Lara, Raphael, aufwachen!“, kicherte jemand.

Ich brummte leise und rieb mir über die Augen. Desorientiert blinzelte ich, es dauerte einen Moment, bis ich begriff, wo ich war. Helles Licht schien durch die vielen Fenster in den stehenden Bus, der vom undeutlichen Gemurmel einiger Schüler erfüllt war.

Sophie, die sich zu mir umgedreht hatte, lachte. „War es nicht etwas unbequem, zu dritt auf zwei Sitzen zu schlafen?“

Erschrocken blickte ich mich um. Ach, richtig, ich saß zwischen Raphael und Florian. Mein Freund schlief noch, mein Banknachbar lächelte mich an. „Guten Morgen“, wünschte er mir.

Ich strich mir durchs Haar und erwiderte sein Lächeln. „Guten Morgen.“

„Schau mal!“ Sophie hielt mir ihre Digitalkamera vors Gesicht. „Ihr drei habt echt süß ausgesehen!“

„Du hast uns beim Schlafen fotografiert?!“, fragte ich entsetzt.

Sie lachte. „Na klar!“

Beschämt vergrub ich mein Gesicht in den Händen. „Oh nein, wie ...“

„Ich mag das Bild“, merkte Sophie an. „Oder was meinst du, Flo?“

„Ich meine, dass man keine schlafenden Leute fotografieren sollte“, brummte er. „Das ist echt peinlich!“ Ganz meine Meinung ...

„Hey, Raphael, wach auf!“, rief Sophie dann. „Es ist schon sieben! Wir müssen noch frühstücken, bevor wir in den Bundestag gehen!“

Mein Freund regte sich nicht mal.

Ich schmunzelte und schüttelte ihn sanft. „Wir sind da, Schlafmütze“, flüsterte ich ihm ins Ohr. „Aufwachen.“

Endlich schlug er die Augen auf. Er wirkte noch richtig verschlafen, sein kurzes Haar sah wirr aus und er gähnte ausgiebig. Dann schloss er die Augen wieder und kuschelte sich an mich. „Noch fünf Minuten“, murmelte er.

Sophie und Florian lachten. „Mann, steh auf!“, forderte Florian ihn auf.

„Lass mich“, brummte Raphael.

Niklas, der hinter uns saß und die ganze Szene mitbekam, lachte nun auch. „Ihr schafft's nicht, Rapha verpennt den ganzen Tag, wetten?“

Spontan beugte ich mich zu meinem Freund und küsste ihn. Sogar im Halbschlaf erwiderte er meinen Kuss und zog mich wie automatisch an sich. Es dauerte nicht lange, bis er schließlich richtig wach wurde.

Ich löste mich von ihm und lächelte. „Na also, man bekommt dich ja doch irgendwie wach."

Er grinste verlegen und kämmte sich mit den Fingern durchs Haar. „So lieb bin ich noch nie geweckt worden."

Ich zwinkerte ihm zu. „Hab ich gern gemacht."

„Na, na, ihr zwei, reißt euch mal ein bisschen zusammen", tadelte Frau Franz, die gerade mit Herrn Specht an uns vorbeiging. „Keine Zärtlichkeiten auf einer Klassenfahrt!"

„Das ... das war ja auch nur zum Wecken", redete ich mich raus.

Sie schmunzelte und ging weiter, ganz nach vorne zur Sprechanlage. Herr Specht setzte sich auf seinen Platz in der ersten Reihe.

„Mich wundert ja, dass sie nicht geschimpft hat, weil wir plötzlich zu dritt hier geschlafen haben", merkte Raphael an.

„Stimmt", fiel mir auf. „Ist schon komisch."

„Ähm ..." Kurz zögerte Florian, gab sich dann aber einen Ruck und redete weiter. „Das liegt wohl daran, dass Frau Franz die ... nächtliche Störung mitbekommen hat."

Erschrocken sah ich ihn an. „Was?!"

„Sie ist aufgewacht?", hakte Raphael nach.

Florian nickte. „Als ihr noch geschlafen habt, hat sie mich eben gefragt, ob mit dir alles wieder okay ist."

„Und sie war echt besorgt", ergänzte Sophie. „Ist auch kein Wunder, du hast ewig geweint ..."

„Das hast du gehört?", fragte ich meine beste Freundin mit zitternder Stimme.

„Nein, ich hab die ganze Nacht geschlafen", antwortete sie, woraufhin ich erleichtert aufatmete. „Ich hab's nur aus dem Gespräch zwischen Flo und Frau Franz mitbekommen."

„Okay", murmelte ich. Es störte mich, dass meine Geschichtslehrerin meine nächtliche Panikattacke gehört hatte. Doch immerhin war kein anderer Schüler aufgewacht.

Meine Lehrer wussten sowieso, dass ich früher nicht gerade in einem friedlichen Umfeld gelebt hatte. Als meine Eltern mich am

Kepler-Gymnasium angemeldet hatten, schilderten sie dem Lehrerkollegium im Groben, was mir geschehen war. Von daher hatte Frau Franz die nächtliche Szene wohl nicht sehr überrascht.

„Geht's dir denn wieder gut?", erkundigte sich Sophie und sah mich besorgt an.

Ich nickte. „Ja. Raphael und Flo haben sich echt gut um mich gekümmert", lobte ich die beiden.

Mein Freund umarmte mich. „Jederzeit wieder."

Florian nickte nur und strich mir flüchtig über den Arm.

„Du hättest mich wecken können", erwähnte Sophie mitfühlend.

„Das weiß ich doch", beruhigte ich sie. „Aber ich war so ... durcheinander. Und ich wollte eigentlich niemanden wecken."

Meine beste Freundin beugte sich über ihre Lehne, um mir gegen die Stirn zu schnipsen. „Dummkopf! Für so was hast du doch Freunde!"

Ich lächelte sie an und rieb mir über die Stirn. „Danke ..."

Sie erwiderte mein Lächeln. „Keine Ursache."

„Also, guten Morgen, alle zusammen", unterbrach uns unvermittelt die Stimme unserer Lehrerin, die aus der Sprechanlage ertönte. „Ich hoffe, ihr habt gut geschlafen! In einer Stunde ist es so weit, dann besuchen wir den Bundestag. Vorher solltet ihr aber noch frühstücken – entweder ihr habt selbst was dabei oder ihr geht in das Café gleich hier in der Nähe und holt euch dort was!"

„Oh, wollen wir ins Café gehen?", fragte Sophie aufgeregt.

„Hast du nichts dabei?", wunderte ich mich.

„Doch, aber ich will da unbedingt kurz reinschauen!"

„Ich bin dabei!", beschloss Niklas sofort.

„Wir könnten uns wenigstens was Heißes zu trinken holen", schlug Raphael vor und gähnte. „Ein Kaffee wäre gut."

„Jetzt steigt doch mal alle aus und vertretet euch die Beine!", fuhr Frau Franz fort. „Unser Busfahrer parkt gleich woanders, wir können ja nicht direkt beim Bundestag stehen bleiben. Also nehmt euer Gepäck mit!"

Ich schnappte mir meinen Rucksack, genau wie die anderen Schüler. Etwas frische Luft würde bestimmt guttun.

Es gab noch einen tosenden Applaus für unseren Busfahrer, der uns sicher und wohlbehalten hierher gebracht hatte. Der ungefähr

40-Jährige freute sich sichtlich darüber, grinste breit und winkte uns zu. Nacheinander stiegen alle Schüler aus dem Bus. Die Luft war noch ein wenig frisch, was ich als sehr angenehm empfand. Zur Abwechslung schwitzte ich mal nicht. Die meisten, die nur Shorts und T-Shirts trugen, froren sogar ein wenig, darunter auch Sophie. Raphael, Florian und Niklas schien die kühle Luft nichts auszumachen.

So, da waren wir also. Im Regierungsviertel.

„Seht genau hin! Das ist das Reichstagsgebäude, in dem der Bundestag seinen Sitz hat!", rief Frau Franz und deutete auf das große Gebäude. „Dort gehen wir gleich rein! Und wir sind nicht die einzigen Klassen, die heute den Bundestag besichtigen, also benehmt euch vorbildlich!"

Ach, es kamen noch andere Schulklassen her? Aber bestimmt nicht aus Weiden, sonst wären wir alle zusammen gefahren.

„Jetzt aber guten Appetit!", wünschte uns die Lehrerin und marschierte voran zu dem Café.

Einige Schüler folgten ihr, andere holten ihre Brotboxen heraus und aßen da, wo der Bus eben noch gestanden hatte. Ich fühlte mich wie erschlagen, meine Beine waren vom langen Sitzen steif und ich gähnte ständig. Am liebsten hätte ich mich auf den Boden gelegt und geschlafen.

„Also, wir gehen kurz in das Café!", verkündete Sophie. „Bis gleich!" Dann liefen sie und Niklas auch schon davon und ließen Raphael, Florian und mich bei den wenigen anderen Schülern zurück.

„Du siehst ganz schön fertig aus", merkte Florian an.

Ich seufzte leise. „Bin ich auch irgendwie."

Raphael drückte mich kurz an sich. „Weißt du was, ich hole uns mal 'nen Kaffee. Das bringt deinen Kreislauf bestimmt in Schwung. Und du solltest was essen."

„Mach ich gleich", murmelte ich und schmiegte mich an ihn.

„Ich bin gleich wieder da", versprach er und küsste mich auf die Stirn, bevor er mich losließ. „Mal schauen, wie lange ich anstehen muss."

„Ziemlich lange, so viele Leute wie jetzt in das Café stürmen", vermutete Florian.

Raphael zuckte mit den Schultern. „Hilft ja nichts."

„Ach, warte, ich komme mit", beschloss mein Banknachbar. „Ich brauch auch einen Kaffee."

„Können wir dich kurz allein lassen?", fragte Raphael und musterte mich besorgt. „Oder willst du mitkommen?"

Ich schüttelte den Kopf. „Nein, das ist schon okay. Ich warte." Ich wollte mich nicht unbedingt bewegen. Ich fühlte mich wirklich nicht gut, deshalb würde ich einfach hier stehen bleiben und mich nicht rühren.

„Dann bis gleich."

Die beiden Jungen strebten ebenfalls dem Café zu. Ich nahm meinen Rucksack von den Schultern und stellte ihn vor mir auf den Boden, um ihn nicht die ganze Zeit tragen zu müssen. Außer mir standen nur drei andere Schüler hier, alle aus der zwölften Klasse. Ich kannte sie nicht, darum redete ich nicht mit ihnen. Etwas Ruhe tat mir jetzt sowieso gut.

Warum auch immer, es belastete mich, hier zu sein. In Berlin zu sein.

Ich presste mir Daumen und Zeigefinger gegen die Schläfen. Diesen Tag musste ich irgendwie hinter mich bringen. Ich sollte ihn eigentlich genießen. Vor allem weil Raphael bei mir war.

Während ich darauf wartete, dass meine Freunde zurückkamen, parkte ein weiterer Bus neben uns. Kein Reisebus, ein einfacher Schulbus. Ich steckte meine Hände in die Bauchtasche meines Pullovers und beobachtete, wie die nächste Klasse ausstieg. Diese Schüler besuchten heute wahrscheinlich ebenfalls den Bundestag. Ich schätzte, dass sie Elft- oder Zwölftklässler waren.

Dabei hätte ich gar nicht schätzen müssen, denn plötzlich stachen drei bekannte Gesichter aus der Menge hervor und ich wusste genau, in welchem Jahrgang diese Schüler waren. Unwillkürlich spannte ich den Kiefer an, senkte meinen Kopf und starrte zu Boden. Warum ausgerechnet diese Klasse? Warum ausgerechnet meine alten Mitschüler? Warum ausgerechnet Johanna, Doris und Anton?!

Die drei hatten sich kein bisschen verändert. Sie wirkten genauso arrogant, selbstzufrieden und herablassend wie früher. „Schaut nicht her, schaut bloß nicht her!", betete ich in Gedanken.

Aber wie üblich hatte ich kein Glück. Das wurde mir klar, als ich drei Schatten vor mir auf dem Boden bemerkte. Und in diesem Moment setzte mein Herz für einen Schlag aus.

„Sagt mal, ist das nicht unsere Larissa?", fragte Johanna gespielt erstaunt.

„Ja, aber sie ist gar nicht wiederzuerkennen!", rief Doris.

Ich musste nicht mal aufblicken, um die Stimmen der beiden zu erkennen. „Haut ab!", dachte ich. „Lasst mich!"

„Du hast völlig recht!", entgegnete Johanna. „Sie hat ja gar keine blauen Flecken! Wie ungewohnt!"

„Ausnahmsweise mal nicht geprügelt, was?", lachte Anton.

Hatten die drei inzwischen etwa eine Gruppe gebildet? Wie ätzend ... Ich schluckte und schwieg eisern.

„Aber eins hat sich nicht geändert", kicherte Doris. „Sie ist immer noch allein! Trotz Schulwechsel!"

„Tja, hat wohl nichts gebracht, aus unserer Klasse zu flüchten, was?", stichelte Johanna. „Warum bist du eigentlich abgehauen? Du hast uns in den letzten ... äh ... fünf Monaten ganz schön gefehlt!"

„Ja, wirklich!", bekräftigte Doris. „Wir hatten viel weniger Spaß in der Schule!"

Das glaubte ich ihr aufs Wort, denn sie hatten durch meinen Umzug ihr übliches Opfer verloren.

„Aber es ist echt schön, dich mal wiederzusehen, Larissalein", sagte Anton plötzlich und griff nach meinem Kinn, um meinen Kopf anzuheben.

Somit zwang er mich, ihn und die beiden Mädchen anzublicken. Johanna spielte mit einer Hand in ihren schwarzen Haaren herum, Doris hatte ihre Hände in die Hüfte gestemmt, beide belächelten mich abfällig. Sie standen rechts und links neben Anton, der sich direkt vor mir aufgebaut hatte. Sofort fühlte ich mich, als wäre ich wieder auf meiner alten Schule. Als hätte sich nichts verändert. Als hätte ich keine Freunde. Als müsste ich mich allein den Sticheleien stellen. Aber ich war nicht mehr so wie früher!

„Lasst mich in Ruhe", zischte ich und befreite mich aus Antons Griff.

„Wow, Larissa redet mit uns!", kreischte Doris aufgeregt.

Johanna hielt sich mit gespieltem Entsetzen die Hände vor den Mund. „Ich glaub's ja nicht!"

„Sag bloß, du hast endlich ein bisschen Selbstbewusstsein gefunden?“, lachte Anton. „Ist ja lustig.“

Finster starrte ich die drei an. „Ihr wisst gar nichts über mich! Also haut ab! Ich hab nichts mit euch zu tun!“

Johanna verschränkte die Arme. „Ganz schön große Klappe.“

„Die sollte man ihr lieber ganz schnell stopfen“, meinte Doris und strich sich durchs blonde Haar. „Oder was meinst du, Anton?“

„Ach, ich stopfe ihr die Klappe doch gerne!“, antwortete er grinsend. So schnell, dass ich es nicht kommen sah, schlang der dunkelhaarige Idiot einen Arm um mich und griff mir mit der anderen Hand an den Hinterkopf, um mich zu sich zu ziehen. „Mal sehen, ob du immer noch so berührungsscheu bist!“, lachte er und beugte sich zu mir.

Ich riss die Augen auf und stieß einen panischen Schrei aus. Anton wollte mich küssen! Alles, nur das nicht! Mein Hirn setzte völlig aus – mir kam gar nicht in den Sinn, mich mit einem von Florians Kung-Fu-Griffen zu verteidigen.

Ich wollte Anton gerade an der Brust wegschubsen, da hielt er in der Bewegung inne und ließ mich los. Im ersten Moment dachte ich, er hätte gemerkt, dass er zu weit ging, aber daran lag sein Zögern nicht.

Jemand hatte ihn am Kragen gepackt und starrte ihn so böse an, dass sogar mir das Herz für eine Sekunde in die Hose rutschte. Obwohl ich erleichtert war, dass Raphael mich gerettet hatte.

„Wenn du es wagst, meine Freundin auch nur anzugucken, verpass ich dir eine!“, zischte mein Freund.

„Alles okay, Lara?“, fragte Florian, der ebenfalls zurückgekommen war.

Zögerlich nickte ich. „Ich … ich glaube schon.“ Anton blickte Raphael verängstigt an. Er brachte keinen Ton heraus. Dieser vorlaute, halbstarke Idiot kuschte tatsächlich, sobald er es mit jemandem zu tun hatte, der ihm offensichtlich nicht unterlegen war.

Ungläubig lachte Johanna auf. „Deine Freundin? Na klar, du mich auch. Ist ja echt lieb von dir, dass du das hässliche Entlein in Schutz nehmen willst, aber lügen musst du deswegen nicht.“

Täuschte ich mich oder musterte sie ihn interessiert? So weit kam’s noch! Diese dumme Ziege warf meinem Freund eindeutige

Blicke zu! Und Doris lächelte Florian vielsagend an. Wahnsinn. Was für dreiste Tussis. Erst wollten sie mich fertigmachen und dann mit den beiden Jungen flirten?!

Raphael ließ den eingeschüchterten Anton gerade los und drehte sich zu Johanna um. „Ausgerechnet du nennst sie hässlich? Schon mal in den Spiegel geschaut, du Gesichtsbaracke?"

Ich prustete los. Das hatte gesessen! Entsetzt starrte Johanna meinen Freund an, sie konnte gar nicht fassen, dass er sie – die angesagte und coole Johanna – beleidigt hatte.

„Wenn ich so einen Zinken im Gesicht hätte, wäre ich nicht so vorlaut", ergänzte Florian.

Beschämt fasste sich Johanna an die Nase, sie brachte keinen Ton heraus. Das war eine Premiere.

„Sei doch nicht so gemein." Doris lächelte Florian freundlich an. „Ich wette, du bist eigentlich ein total netter Kerl."

„Zu dir bestimmt nicht", entgegnete er schnaubend.

„Verarschen kann ich mich alleine!", rief Johanna auf einmal wütend. „Tut doch nicht so, als wäre diese Streberin in eurer Schule beliebt!"

„Mit Sicherheit beliebter, als du's jemals sein würdest." Raphael wandte sich nun mir zu und legte einen Arm um mich. In der freien Hand hielt er einen Papphalter mit zwei Bechern, deshalb umarmte er mich nicht richtig. „Tut mir leid, dass wir dich so lange allein gelassen haben. Die Schlange im Café war furchtbar lang."

„Schon gut", winkte ich ab und erwiderte die Umarmung. „Ihr seid gerade rechtzeitig gekommen."

Er löste seinen Arm von mir, um mir durchs Haar zu streichen. „Immerhin."

„Na klar, ein Kerl wie er mit einem Mädchen wie Larissa!", lachte Johanna. Sie klang beinahe hysterisch. „Nie im Leben!"

Langsam wurde ich wirklich wütend. „Nur weil du keinen abkriegst, musst du deinen Neid nicht so raushängen lassen!", fauchte ich.

Raphael und Florian lachten, Johanna sah hingegen aus, als wollte sie mich gleich eigenhändig erwürgen. Mein Banknachbar legte mir einen Arm um die Schultern. „Gut gekontert!"

Ich schmunzelte. „Das musste mal gesagt werden."

Auch Raphael legte seinen Arm um meine Schultern. In diesem Moment fühlte ich mich meinen alten Mitschülern gewachsen. Ich fühlte mich so beschützt, dass ich diesen niederträchtigen Menschen die Stirn bieten konnte.

Ich lächelte erst meinen Freund und dann Florian an. Die beiden grinsten zurück. Als wollten sie mir sagen, dass sie hinter mir standen.

„Du hast echt Nerven!", schrie Doris mich plötzlich an. „Halt die Fresse, du dürrer, hässlicher, langweiliger Freak! Sei bloß froh, dass du nicht mehr auf unserer Schule bist, sonst würde ich dir jeden Tag höchstpersönlich blaue Flecken verpassen, du Schlam..."

Noch bevor sie die Beleidigung aussprechen konnte, bekam sie eine schallende Ohrfeige auf die linke Wange. Aber nicht von mir.

„Wie redest du mit meiner besten Freundin?!" Sophie, die unbemerkt mit Niklas zu uns getreten war, schüttelte entsetzt den Kopf und musterte Doris so vernichtend, dass diese sich etwas kleiner machte. „So geht niemand mit Lara um! Ich weiß ja nicht, für wen du dich hältst, aber wenn du noch ein schlechtes Wort sagst, schlage ich wieder zu!"

„Sophie ...", murmelte ich gerührt.

Das aschblonde Mädchen drehte sich zu mir um und lächelte.

„Haut ab, wer auch immer ihr Spinner seid", zischte Niklas dann. „Solche Arschlöcher brauchen wir nicht in unserer Nähe."

Stürmisch umarmte ich meine beste Freundin. „Danke! Das wollte ich schon immer mal machen!"

Sie kicherte. „Kann ich verstehen. Wer sind diese Asozialen?"

„Meine ehemaligen Mitschüler", flüsterte ich.

Abrupt drehte Sophie sich wieder zu Johanna, Doris und Anton um. „Ach, ihr seid diese Schweine, die Lara im Stich gelassen haben, als sie dringend Hilfe gebraucht hätte?", tobte sie.

Ich schluckte, als Sophie das sagte. Sie hatte zweifellos recht, ja, aber ich fühlte mich trotzdem unwohl. Als hätte er das gemerkt, schloss Raphael mich in seine Arme, trotz der Becher. Er sagte nichts, er gab mir einfach nur Halt. Und das tat unendlich gut.

„Was heißt hier im Stich gelassen!", protestierte Johanna. „Sie hat doch nicht mehr mit uns geredet! Und öfter als dreimal frage ich nicht, was sie für eine blöde Phase hat, das hab ich nicht nötig!"

„Geh mir aus den Augen, du unzuverlässige Kuh!“, brüllte Sophie. „Ich will deine Visage keine Sekunde länger mehr sehen!“

„Du hast mir nichts zu sagen!“, schrie Johanna zurück.

Die beiden Mädchen motzten sich nun gegenseitig an, ohne zu einem Ergebnis oder einem Ende zu kommen. Das musste wirklich ein lustiger Anblick für die anderen Schüler sein. Inzwischen scharten sich nämlich einige andere Leute um uns – sowohl welche aus dem Kepler als auch aus der Klasse von Johanna, Doris und Anton.

„Wirklich sympathische Menschen, deine alten Mitschüler“, merkte Raphael zynisch an. „Ach, möchtest du?“ Er reichte mir einen der beiden Becher aus dem Papphalter. „Es gab sogar Karamell-Macchiatos. Da hab ich dir natürlich einen mitgebracht.“

Ich lächelte ihn an und nahm den Becher. „Danke“, flüsterte ich und streckte mich ein wenig, um meinen Freund zu küssen. Mit seiner freien Hand griff er mir an den Hinterkopf, zog mich näher an sich heran und machte aus diesem einfachen Kuss einen richtig leidenschaftlichen. Überrumpelt und doch mitgerissen legte ich einen Arm um ihn und genoss diesen Moment. Dieses wundervolle Gefühl, diese Nähe und die Ruhe …

Moment mal, Ruhe? Tatsächlich, Johanna hatte mit dem Geschrei aufgehört! Ich löste mich wieder von Raphael, um die Situation zu überblicken. Meine ehemaligen Mitschüler starrten mich ungläubig an, mit großen Augen und Doris sogar mit offenem Mund. Der Schock in ihren Gesichtern brachte mich zum Grinsen. Offensichtlich hatte ich ihnen nun bewiesen, dass ich nicht mehr dasselbe ängstliche, eingeschüchterte und schwache Mädchen war, das sie mal gekannt hatten.

„Was ist denn hier los?“, wunderte sich Frau Franz, die mit Herrn Specht im Schlepptau zu uns kam.

„Ach, wir haben uns nur mit der anderen Klasse, die heute den Bundestag besucht, bekannt gemacht“, erklärte Niklas.

Unglaublich, dass unsere Lehrerin ihm diese Ausrede abkaufte. Aber sie hatte ja auch von dem Geschrei und der Ohrfeige nichts mitbekommen. „Das ist schön“, meinte sie und lächelte uns an. „Dann lasst uns doch mal gehen, ihr werdet euch im Laufe des Vormittags bestimmt wiedersehen!“

„Hoffentlich nicht“, kommentierte Florian ganz leise.

Ich schmunzelte. Das hoffte ich auch.

Unsere Lehrerin scheuchte die beiden Schulklassen vom Kepler-Gymnasium zusammen, damit wir geschlossen den Bundestag betreten konnten. Raphael, Sophie, Florian, Niklas und ich trotteten am Ende der Meute hinter unseren Mitschülern her. Die Klasse aus Berlin blieb bei ihrem Bus stehen, und ich war mir sicher, dass Johanna, Doris und Anton uns immer noch hinterherglotzten.

„Bei denen sind doch gerade echt alle Sicherungen durchgebrannt", schnaubte Raphael, als wir außer Hörweite von den dreien und auch von Frau Franz waren. „Wie die sich aufgeführt haben!"

Ich lächelte schief. „Sie sind es nicht gewohnt, dass ich mich wehre", erklärte ich. „Das muss sie ganz schön schockiert haben."

Sophie hakte sich bei mir ein. „Ich find's gut, dass du dich gewehrt hast!"

Das fand ich auch. Und ich wusste, wem ich das nötige Selbstbewusstsein dafür zu verdanken hatte. Nämlich Bianca, Lorenz, Raphael, Sophie, Florian, Niklas, Jan und Karolin. Ohne diese wundervollen Menschen wäre ich verloren, und ich war überglücklich, dass ich sie hatte.

Behütet von Freunden

„Wahnsinn! So viele Geschäfte!", staunte Sophie begeistert.

„Und so groß!", fügte ihr Bruder hinzu.

Sie strahlte vor Freude. „Wetten, dass ich hier ein schönes Sommerkleid finde? In Weiden ist die Auswahl ja grauenhaft!"

„Und hier ist richtig was los, echt cool!", rief Florian.

Ich fand es eher beengend, wenn sich so viele Leute an einem Ort tummelten. Warum mussten wir ausgerechnet am Alexanderplatz einkaufen? Es gab doch auch weniger belebte Orte, an denen man gut shoppen konnte.

„Du siehst nicht sehr glücklich aus", merkte Raphael an und drückte meine Hand, etwas fester.

„Ach, ich finde es nur sehr voll hier", entgegnete ich. Und viel zu warm ...

Die Nachmittagssonne schien gnadenlos und wärmte die Luft so sehr, dass mir sogar das Atmen schwerfiel. Außerdem schwitzte ich fürchterlich unter meinem Pullover, trotz Deo. Mein Rucksack fühlte sich immer schwerer an und jeder Schritt wurde anstrengender. Aber ich wollte nicht jammern. Ich wollte den anderen, die sich so freuten, die Stimmung nicht verderben. Außerdem genoss ich den Tag auch ein wenig – immerhin konnte ich Raphael mal wieder für längere Zeit sehen, wir hielten sogar Händchen, seit wir den Bundestag verlassen hatten. Und ich hatte meinen ehemaligen Mitschülern die Stirn geboten. Ein Erfolg auf ganzer Linie also.

„So, wir haben freie Bahn, wo gehen wir hin?", fragte Florian in die Runde.

„Wie viel Zeit haben wir eigentlich genau?" Sophie schaute auf ihre Armbanduhr und nickte dann. „Okay, wir müssen um fünf Uhr wieder hier sein, also in drei Stunden. Perfekt!"

„Es braucht aber niemand was, oder?", erkundigte sich Niklas. „Oder sucht einer von euch nach was Bestimmtem?"

Raphael, Florian und ich schüttelten den Kopf.

„Ich wollte ein Kleid", antwortete Sophie. „Aber das finden wir schon."

„Hier gibt's ja Dutzende von Läden", stellte Raphael fest.

„Lara, kennst du dich vielleicht aus?", fragte mich Sophie. „Wo finde ich am ehesten ein schönes Sommerkleid?"

„Keine Ahnung", gestand ich. „Ich hab gar keine Erfahrung im Shoppen."

„Dann ändern wir das jetzt!", beschloss sie. „Wir suchen dir ein paar tolle Klamotten für den Sommer. Dir muss doch warm sein."

„Ach, es geht schon", winkte ich ab. „Ich brauche keine kurzen Sachen."

„Doch, unbedingt!", meinte sie und deutete auf ihre sehr kurzen Shorts und das ärmellose Top. „Es ist viel zu heiß für Jeans und Pullover!" Wahrscheinlich dachte Sophie nicht mal daran, dass mein Körper furchtbar aussah. Das würde ihr ähnlich sehen. Sie war eben nicht oberflächlich, sie ging so natürlich mit mir um, dass ich in ihrer Nähe fast vergaß, wie viele schlimme Dinge mir geschehen waren. Ich fühlte mich nicht bemitleidet oder übervorsichtig behandelt. Und ich mochte das Gefühl.

„Jetzt suchen wir erst mal dein Kleid", lenkte ich vom Thema ab.

„Stört's euch, wenn Raphael, Flo und ich abhauen?" Niklas grinste und strich sich durchs dunkle Haar. „Nicht, dass ich dir nicht gern helfen würde, Schwesterherz, aber du bist einfach unerträglich beim Einkaufen."

„Oh ja, stimmt", seufzte Raphael. „Ich erinnere mich noch an diesen einen Nachmittag ..."

„Ich dachte, das hört nie auf", stöhnte Florian. „Sechs Stunden für drei T-Shirts! Das war die Hölle!"

„Ihr wart eben miese Berater!", motzte Sophie. „Mit Karolin finde ich immer ganz schnell Klamotten! Lara, kommst du wenigstens mit?"

Ich nickte. „Klar doch." Ich würde meine beste Freundin niemals allein lassen, auch wenn die Jungs keine Lust aufs Einkaufen hatten.

„Dann erkunden wir Berlin!", jubelte Niklas.

„Ist es okay, wenn ich mit Niklas und Flo losziehe?", vergewisserte sich mein Freund. „Oder soll ich bei dir bleiben?"

Natürlich wollte ich ihn am liebsten in meiner Nähe haben. Aber ich wusste, dass er auch seine Freunde in den letzten Wochen kaum gesehen hatte. Und er wirkte nicht so, als würde er gerne mit zum Einkaufen gehen.

„Ist schon gut", versicherte ich ihm. „Wir treffen uns nachher wieder."

„Das klingt doch nach 'nem Plan!", meinte Florian. „Also, los!"

Raphael und ich umarmten uns fest, bevor er mit den beiden anderen loszog.

Sophie hakte sich bei mir ein. „Jetzt hab ich ein schlechtes Gewissen ..."

Überrascht sah ich sie an. „Wieso?"

„Na, weil du jetzt nicht bei Raphael bist."

Ich drückte ihren Arm kurz. „Ich bin doch genauso gerne bei dir."

Sie lächelte mich an. „Du bist toll, Lara!"

„Blödsinn", winkte ich ab. „Lass uns gehen!"

Es dauerte ewig, bis wir ein schönes blaues Sommerkleid gefunden hatten, das Sophie passte und ihr gefiel. Aber nach knapp zwei Stunden hatten wir es geschafft. Während sie sich immer wieder umgezogen hatte, hatte ich Raphael und meinen Eltern eine SMS geschickt. Aus purer Langeweile.

Doch es freute mich, dass Sophie ihr heiß ersehntes Kleid bekommen hatte. Sie war so glücklich darüber, dass sie mich mit ihrer Freude ansteckte.

„So, wo gehen wir jetzt hin?", fragte sie, nachdem sie bezahlt hatte.

Ich überlegte. „Vielleicht was trinken? Mein Wasser ist leer und ich hab Durst."

Wir verließen zusammen das Geschäft, in dem wir die letzte halbe Stunde verbracht hatten. Die Hitze vor der Tür erschlug mich beinahe. Der ständige Wechsel zwischen klimatisierten Läden und gleißender Sonne tat mir nicht gut. Ich biss die Zähne zusammen und wischte mir mit dem Ärmel die Schweißperlen von der Stirn.

Mir wurde ein wenig schwindlig, doch ich riss mich zusammen. Vielleicht sollte ich endlich meine Brotzeit essen. Ich hatte wegen der Hitze keinen Bissen herunterbekommen, auch nicht beim gemeinsamen Mittagessen in der Pizzeria nach dem Bundestagsbesuch. Meine Freunde hatten mich zwar gefragt, ob ich wirklich nichts essen wollte, aber ich hatte ihnen glaubhaft versichert, dass ich meine Brotzeit gerade erst heimlich verdrückt hatte. Ich log sie nicht gerne an, doch bestimmt hätten sie mich zum Essen gezwungen, wenn ich die Wahrheit gesagt hätte. Und ich brachte einfach nichts herunter. Höchstens ein kaltes Getränk.

„Oh ja! Wie wär's mit einer Eisschokolade? Da hinten hab ich ein Eiscafé gesehen!", erzählte Sophie.

„Eis? Gerne!", stimmte ich sofort zu.

„Lara, alles okay?" Sophie blieb stehen und hielt mich am Arm fest, damit ich ebenfalls innehielt. Sie musterte mich besorgt. „Du bist ganz rot! Hast du Fieber?"

„Bestimmt nicht", antwortete ich verwundert. „Ich bin rot?"

Sie legte mir eine Hand an die Stirn. „Komisch, du bist nicht heiß ..."

„Ich hab ja auch kein Fieber", beruhigte ich sie. Nur Kopfschmerzen und Schwindel.

„Du siehst aber nicht gut aus", murmelte Sophie.

Ich bemühte mich um ein Lächeln. „Keine Panik."

„Gib mal deinen Rucksack her", bat sie.

Skeptisch nahm ich die Schultasche vom Rücken und reichte sie ihr. „Was willst du damit?"

Da Sophie nur eine Handtasche trug, konnte sie meinen Rucksack problemlos schultern. „Ich will ihn tragen."

Gerührt sah ich sie an. Hatte sie tatsächlich gemerkt, dass ich mich nicht gut fühlte? Und jetzt half sie mir?

„Du siehst aus, als ob du gleich umkippst", fuhr sie fort und setzte sich wieder in Bewegung. „Am besten trinkst du was!"

Ich lief neben ihr her. „Mach ich", versprach ich. „Und ... danke!"

Sie zwinkerte mir zu und strich sich eine Haarsträhne zurück, die sich aus ihrem Pferdeschwanz gelöst hatte. „Ist doch selbstverständlich. Du hättest mich auch einfach fragen können, ob ich deinen Rucksack nehme."

„Ich wollte dir keine Umstände machen ..."

Nun hakte sie sich wieder bei mir ein. „Das macht mir doch

keine Umstände! Ich bin fit genug, um zwei Taschen zu tragen." Sophie war wirklich der netteste und liebste Mensch, den ich kannte. „Oh, ich hab eine Idee! Ich schreibe Niklas und den anderen, dass wir uns alle an der Eisdiele treffen, ja?", schlug sie vor.

„Klingt super", stimmte ich zu.

„Und du kannst dich an Raphael kuscheln", neckte sie mich, während sie beim Gehen auf ihrem Handy herumtippte.

„Hey!"

Sie kicherte nur.

Mit meiner freien Hand fächelte ich mir etwas Luft zu. Es war so heiß ...

„Cool! Niklas hat schon geantwortet!", stellte Sophie fest.

Hä? Wie viel Zeit war vergangen, seit sie die SMS abgeschickt hatte? Ich hatte mein Zeitgefühl völlig verloren.

„Die drei sitzen schon im Eiscafé", erklärte sie und lachte. „Passt ja. Ah, schau mal, da vorne an dem Tisch sind sie!"

Ich blickte auf, doch in dem Moment verschwamm alles vor meinen Augen. Und ich stolperte. „Lara!", rief Sophie erschrocken und hielt mich fest, damit ich nicht umkippte.

Desorientiert sah ich mich um. „Äh ... äh, ich ... tut mir leid", stammelte ich und atmete tief durch.

Was war denn los? Es konnte nicht am Essen liegen, ich hatte früher oft tagelang nichts gegessen und mich auf den Beinen halten können! Aber warum fühlten sich meine Knie nun so weich an?

„Was ist los?" Sophie klang besorgt. „Ist dir schwindlig?"

„Nein, nein", winkte ich ab. „Ich bin nur gestolpert."

Da vernahm ich schnelle Schritte. „Alles okay?" Florian.

Ich nahm ihn nur unscharf wahr, doch außer ihm hatte in unserer Gruppe niemand blonde Haare. Und ich erkannte ihn an der Stimme. Ich nickte. „Ja, ja ..."

„Was ist denn passiert?", fragte nun jemand anders. Raphael.

„Keine Ahnung, sie hat plötzlich geschwankt", antwortete Sophie.

Mir war schlecht, und mein Kopf hämmerte vor Schmerz. Nur der sanfte Griff meiner besten Freundin hielt mich auf den Beinen. Ich konnte nicht mal mehr die Augen offen halten. Ich fühlte mich gar nicht gut.

Da spürte ich, wie mir jemand eine Hand an die Stirn legte. „Das hab ich schon gemacht, Flo“, sagte Sophie. „Sie hat kein Fieber.“

„Was hat sie dann?“ Mein Banknachbar hörte sich ratlos an.

„Einen Hitzschlag!“, rief Raphael aufgeregt. „Eindeutig!“

Hitzschlag? Ja, das konnte sein ...

„Was machen wir denn jetzt?“, fragte Sophie panisch.

„Wir brauchen ein kühles Tuch“, meldete sich Niklas zu Wort. „Und sie muss sofort in den Schatten!“

„Bringen wir sie ins Eiscafé“, beschloss Florian.

Plötzlich verlor ich den Boden unter den Füßen; Raphael hatte mir einen Arm um den Rücken gelegt, den anderen unter die Kniekehlen, sodass er mich tragen konnte. Erleichtert, dass ich endlich nicht mehr stehen musste, lehnte ich mich an seine Brust. Obwohl ich die Augen immer noch nicht öffnen konnte, wusste ich, dass es mein Freund war, der mich zu dem Eiscafé trug. Ich spürte einfach, dass es Raphaels Arme waren, die mich festhielten.

„Danke“, murmelte ich.

„Ganz ruhig, Häschen“, flüsterte er.

Anscheinend betrat er nun das Café, denn ich hörte lautes Gemurmel. Dann setzte Raphael sich hin, mit mir auf dem Schoß. Er ließ mich nicht los, weil er vermutlich ahnte, dass ich mich sonst kaum aufrecht halten könnte.

„Wir brauchen kalte Tücher!“, rief Sophie, wahrscheinlich redete sie mit der Bedienung. „Unsere Freundin hat einen Hitzschlag!“ Es dauerte nicht lange, da wurde mir ein himmlisch kühles, nasses Tuch auf die Stirn gelegt. „Gut so?“, erkundigte sich meine beste Freundin besorgt.

Ich nickte langsam.

Raphael drückte mich behutsam an sich. „Was machst du nur für Sachen?“

„Das kommt davon, wenn man bei dem Wetter in Winterklamotten rumläuft“, merkte Niklas an.

„Stimmt, du solltest wenigstens den Pullover ausziehen“, meinte Florian.

Unter Protest folgte ich dem Ratschlag. Und es tat gut, das warme Kleidungsstück nicht mehr zu tragen. Auch wenn ich mich bloßgestellt fühlte. Ich schaute keinen der Gäste im Café an, ich vergrub mein Gesicht einfach an Raphaels Schulter und ließ die Augen geschlossen.

Dass ich plötzlich eingeschlafen war, merkte ich erst, als mein Freund mich sanft weckte. „Häschen, aufwachen", flüsterte er mir ins Ohr. „Wir müssen zum Treffpunkt, du kannst dich gleich im Bus wieder ausruhen."

Verschlafen rieb ich mir die Augen. „Was ist los?", murmelte ich.

Raphael lächelte mich an. „Du bist eingeschlafen."

„Der Besitzer von dem Café hier ist echt nett!", merkte Sophie an. „Er hat dich einfach schlafen lassen!"

Mir fiel auf, dass ich immer noch auf Raphaels Schoß saß. „Hab ich etwa die ganze Zeit ..."

Mein Freund schmunzelte. „Ja, du hast fast eine Stunde gedöst. Und nein, es hat mir nichts ausgemacht."

„Es tut mir so leid", entschuldigte ich mich. „Ich wollte euch die Freizeit hier nicht versauen!"

„Hast du doch nicht", entgegnete Sophie. „Wir haben uns ganz gemütlich hingesetzt und eine Eisschokolade getrunken. Und ganz leise gequatscht." Trotzdem, ich hatte ein schlechtes Gewissen. Meine miserable körperliche Verfassung verdarb meinen Freunden die letzte freie Stunde in Berlin. Zu allem Überfluss knurrte nun noch mein Magen.

„Willst du auch eine Eisschokolade?", bot Florian an. „Also, zum Mitnehmen. Die macht ziemlich satt!"

„Und sie ist lecker", ergänzte Niklas.

Die beiden Jungen lächelten mich an. Kein Vorwurf lag in ihren Blicken, keine schlechte Laune. Nur Freundlichkeit.

„Das würde ich gern probieren", antwortete ich zaghaft.

„Ich hol dir eine", kündigte Florian an und stand vom Tisch auf, um die Bestellung aufzugeben.

„Und wir sollten schon mal rausgehen", schlug Raphael vor. „Du bist gerade wahrscheinlich nicht besonders schnell."

Verlegen lächelte ich. „Wahrscheinlich ..."

„Es ist wohl alles zusammengekommen", vermutete Sophie.

„Was meinst du?", fragte ich, als ich langsam aufstand. Es ging mir um einiges besser als vorhin, das merkte ich. Zwar nicht gut, aber schon besser.

„Na, die Hitze, dann hast du viel zu wenig gegessen und du bist sowieso immer etwas geschwächt!“, zählte sie auf und nahm mich bei der Hand. „Da musstest du ja umkippen!“

„Ich bin doch nicht umgekippt“, verteidigte ich mich und drückte ihre Hand.

„Aber so gut wie.“ Niklas sah mich tadelnd an. „Pass mal ein wenig besser auf dich auf. Und sag Bescheid, wenn's dir schlecht geht.“

„Oh ja, du solltest nicht immer so tun, als wäre alles okay“, meinte auch Raphael und nahm meine freie Hand in seine. „Sag doch einfach, wenn du dich mies fühlst.“

Daran, dass meine Freunde für mich da waren und mir jederzeit helfen wollten, hatte ich mich immer noch nicht gewöhnt. Das war neu für mich. „Ich wollte die Stimmung nicht drücken“, gestand ich leise.

Sophie schnippte mir gegen die Stirn. „Wir machen uns aber viel mehr Sorgen, wenn du zusammenbrichst!“

In aller Ruhe verließen wir das Eiscafé, schon nach wenigen Schritten stieß auch Florian wieder zu uns. Er reichte mir einen Becher mit Strohhalm. „Hier, die Eisschokolade.“

Ich ließ Sophies Hand los, um den kalten Becher entgegenzunehmen. „Danke! Was bekommst du von mir?“

„Das regeln wir später“, winkte er ab.

Das Getränk schmeckte nicht nur unglaublich lecker, sondern tat auch gut und füllte meinen leeren Magen. Ich hatte es schnell ausgetrunken, trotz der Kälte.

„Na, bist du jetzt satt?“, fragte Florian.

„Und wie! Danke!“

Zu fünft legten wir den kurzen Weg zum ausgemachten Treffpunkt zurück. Die meisten anderen Schüler und die beiden Lehrer standen schon dort.

„Ah, dann fehlen nur noch drei!“, stellte Frau Franz hörbar zufrieden fest.

„Und da drüben kommen sie schon“, bemerkte Herr Specht.

„Sehr gut! Wir sind vollzählig. Alle mal herhören!“, rief die Lehrerin. „Wir gehen jetzt zum Bus, das dauert zu Fuß ungefähr eine halbe Stunde. Dann fahren wir direkt zurück nach Hause. Ich hoffe, ihr habt alle Abendessen dabei? Wenn nicht, habt ihr noch fünf

Minuten, um euch was zu besorgen!" Eine halbe Stunde Fußweg? Oh nein. Das schaffte ich nie, selbst wenn Sophie weiterhin meine Schultasche und den Pullover trug! Unwillkürlich wurde ich blass und schluckte. Wie sollte ich das machen? Wie sollte ich mich so lange auf den Beinen halten? Ich war schon froh, dass ich mich bis hierher geschleppt hatte.

„Ich hole mir noch was zu essen", kündigte Niklas an. „Brauchst du auch was, Sophie?"

Seine Schwester nickte. „Ja, bringst du mir was mit?"

„Klar. Bis gleich!"

Ich nutzte die letzten fünf Minuten, um meinen leeren Becher wegzuwerfen und mit Raphael zu kuscheln. Für einen Augenblick vergaß ich alles um mich herum, weil er mich liebevoll umarmte und mir durchs Haar strich. „Das hab ich vermisst", flüsterte ich.

„Ich auch", antwortete er und küsste mich auf die Stirn. „Vielleicht komm ich mit dem Lernen so gut voran, dass wir am Wochenende etwas mehr Zeit für uns haben."

Ich lächelte. „Das wäre echt schön."

„Tut mir furchtbar leid, dass wir uns im Moment so selten sehen", seufzte er.

„Bald sind deine Prüfungen ja vorbei. Und dann haben wir ganz viel Zeit", freute ich mich.

Er nickte. „Noch zwei Wochen. Äh, nein, drei."

„Ich kann's gar nicht erwarten."

„Gut, es sind alle wieder da!", rief Frau Franz über die lauten Gespräche hinweg, doch niemand beachtete sie.

„Klappe zu und Ohren auf!", sprang ihr der Sportlehrer hilfreich zur Seite. Sofort verstummten alle Schüler. „Wir gehen los!", fuhr Herr Specht fort. „Jetzt!" Im Gegensatz zu Frau Franz hielt er seine Ansagen sehr kurz. Und eindeutig.

Also setzten wir uns in Bewegung. Erschöpft trottete ich neben meinen Freunden her. Eine halbe Stunde ...

Leise stöhnte ich auf, und Raphael hörte es. Er sah mich fragend an. „Ich glaube, ich halte keine halbe Stunde mehr durch", gestand ich. Ich wollte ihn nicht schon wieder anlügen. Und die anderen hatten eben erst verlangt, dass ich Bescheid sagte, wenn ich mich nicht gut fühlte.

Da blieb mein Freund vor mir stehen, drückte Niklas seinen Rucksack in die Hand und ging in die Hocke. „Spring auf."

„Was?!"

„Ich nehme dich huckepack", erklärte er. „Spring auf."

„Du kannst mich doch keine halbe Stunde mitschleppen!", protestierte ich, lächelte allerdings gerührt. Was würde ich ohne ihn bloß machen?

Entschlossen hievte er mich auf seinen Rücken und marschierte los. „Danke, Raphael", flüsterte ich.

„Mach ich doch gerne."

„Sag, wenn du eine Ablösung brauchst", merkte Florian an. „Dann übernehme ich."

Wahnsinn ... Sophie und Niklas trugen die Taschen von Raphael und mir, mein Freund trug mich und Florian bot an, ihn nachher abzulösen. Wenn es mehr so wundervolle Menschen gäbe, wäre die Welt definitiv ein besserer Ort.

„Was ist denn hier los?", fragte Herr Specht, der plötzlich neben uns herging.

„Lara hatte einen Hitzschlag", erklärte Sophie.

„Was?!" Erschrocken sah der weißhaarige Mann mich an. „Musst du zum Arzt? Kannst du nicht mehr stehen?"

„Nein, nein, ich bin nur etwas fertig", beruhigte ich ihn.

„Kannst du sie bis zum Bus tragen, Raphael? Oder soll ich helfen?"

Bei dem Gedanken, von Herrn Specht getragen zu werden, entgleisten meine Gesichtszüge. Das war zu verrückt!

„Kein Problem, ich mach das schon", entgegnete mein Freund. „Und im Notfall wechseln Florian, Niklas und ich uns ab. Stimmt's?"

Beide Jungen nickten. „Klar."

„Gut", stimmte Herr Specht zu. „Meldet euch aber, wenn es ein Problem gibt!"

„Machen wir", versprach Sophie. Sie klang wie eine Therapeutin. So als würde sie einen senilen alten Mann beschwichtigen. Dieser Tonfall brachte mich zum Schmunzeln, mein Lachen unterdrückte ich aber. Sonst hätte sich der Sportlehrer gewundert, was ich so lustig fand.

Herr Specht ließ uns wieder in Ruhe, sodass wir uns ungestört unterhalten konnten. Über den Ausflug im Allgemeinen, den Besuch im Bundestag, die freie Zeit auf dem Alexanderplatz.

„Sag mal, tue ich dir nicht weh?“, wollte ich nach einer Weile wissen. Ich machte mir Sorgen, dass meine knochigen Beine gegen Raphaels Hüften drückten. Außerdem trug er mich bestimmt schon seit 20 Minuten.

„Nein, warum?“

„Oh, okay. Dann passt's ja“, murmelte ich.

Bald schon hatten wir den Bus erreicht – Raphael hatte mich tatsächlich die ganze Zeit getragen. Ohne langsamer zu werden, ohne merklich schwerer zu atmen, ohne sich zu beschweren. Unglaublich, wie stark er war …

Sanft setzte er mich auf dem Boden ab, indem er in die Knie ging. „So, die Taxifahrt ist beendet.“

Ich umarmte ihn fest. „Danke!“

Er lachte und drückte mich an sich. „Gern geschehen.“

Bevor wir in den Bus stiegen, küssten wir uns. Auch das hatte mir in den letzten Wochen sehr gefehlt. Aber wenigstens heute hatten wir Zeit miteinander verbracht.

Wie zuvor saß ich neben Florian. Raphael und Niklas unterhielten sich über die anstehende Prüfung in Englisch, dabei mischte ich mich nicht ein.

Als die Rückfahrt endlich begann, schrieb ich meinem Vater eine SMS.

Wir kommen etwa um Mitternacht an, vielleicht etwas früher. Grüße an Nele und Bianca!

Jetzt hieß es, Berlin den Rücken zu kehren. Und obwohl einige Schüler darüber jammerten, dass wir schon wieder nach Weiden fuhren, freute ich mich. Ich würde nie wieder hierher zurückkehren. Berlin lag hinter mir, genau wie meine alten „Freunde“ und Gilbert. Wobei ich Gilbert vielleicht doch irgendwann wiedersehen würde, wenn auch nicht freiwillig …

Schnell schüttelte ich den Kopf; daran wollte ich jetzt nicht denken!

„Alles klar?“, fragte Florian und musterte mich irritiert.

„Äh, ja“, antwortete ich sofort. „Aber ich glaube, ich schlafe etwas.“

„Tut dir bestimmt gut“, meinte er. „Du kannst dich gerne wieder auf meine Schulter legen.“

Ich lächelte. „Danke, das ist echt lieb von dir.“

„Ach, keine Ursache“, winkte er ab und legte seinen Arm um mich. Er zog mich an sich, sodass ich meinen Kopf ganz bequem an seine Schulter lehnen konnte. „Ist doch besser als ein steifer Nacken.“

„Auf jeden Fall“, stimmte ich zu und schloss die Augen.

Lange schlief ich nicht. Als ich aufwachte, blieb ich ganz ruhig liegen und versuchte, wieder einzuschlafen. Leider gelang es mir nicht. Dabei lag ich sehr gemütlich, Florian hatte seinen Arm um mich gelegt.

„Ja, voll cool, das musst du mir mal zeigen!“, hörte ich Charlotte, Sophies Sitznachbarin, begeistert sagen.

„Irgendwann vielleicht“, entgegnete Florian ausweichend.

Die beiden unterhielten sich, ansonsten war es relativ ruhig hier in den vorderen Reihen. Ich hörte weder Raphael noch Sophie oder Niklas. Bestimmt schliefen sie nach dem anstrengenden Tag. Wie spät es wohl war? Vielleicht zehn Uhr abends, grob geschätzt.

„Doch, unbedingt!“, beharrte Charlotte. „Kung-Fu stelle ich mir echt cool vor!“

„Es ist reine Selbstverteidigung“, erklärte mein Banknachbar.

„Bringst du mir was davon bei?“

„Wenn ich mal Zeit habe vielleicht ...“

Es stimmte mich traurig, diesem Gespräch zu lauschen. Charlotte mochte Florian wirklich gerne, das wusste ich, doch er wies sie immer wieder zurück. Eigentlich wünschte ich ihm sehr, dass er eine Freundin fand und mich endlich vergaß. Weil er für mich nur ein netter, sehr wichtiger, liebenswerter und ganz besonderer Freund war.

Moment mal – was war er für mich?!

Meine Gedanken verwirrten mich gerade. Wahrscheinlich die Nachwirkungen von diesem blöden Hitzschlag ...

„Würde mich jedenfalls freuen!“ Kurz zögerte Charlotte. „Es macht sicher Spaß. Und ich wette, du kannst super erklären.“

„Geht so“, antwortete er ausweichend. „Ich lege mich jetzt auch mal schlafen.“

„Oh ... okay, gute Nacht.“

Er lehnte seinen Kopf an meinen und legte nun noch seinen zweiten Arm um mich. Für eine Sekunde setzte mein Herz aus, er kuschelte mit mir! Als mir das klar wurde, beschleunigte sich mein Puls plötzlich. Sollte ich ihm vielleicht sagen, dass ich wach war? Nein, viel zu peinlich ... Das schaffte ich nicht.

Aber es war nicht richtig, so mit ihm dazusitzen. Florian war nicht mein fester Freund. Ich sollte nicht zulassen, dass er mich so in den Armen hielt. Ich spürte sogar sein kurzes Haar an meiner Stirn, ich roch sein Deo, fühlte seine Wärme und seine sanfte Berührung.

Röte schoss mir in die Wangen. Was sollte ich bloß tun? Und wieso schlug mein Herz so schnell? Das ergab doch keinen Sinn!

In Gedanken verfluchte ich den Hitzschlag, der mich so durcheinanderbrachte. Es wäre alles viel einfacher, wenn ich neben Raphael säße. Und wenn ich meinen Freund in den letzten Wochen öfter gesehen hätte als Florian. Aber er war beschäftigt gewesen, während sich mein Banknachbar oft Zeit für mich genommen hatte. Fürs Training, fürs Eislaufen, um Nele abzuholen oder einfach nur so.

Nach einer Weile hielt ich diese verwirrenden Gedanken nicht mehr aus. Ich versuchte gar nicht mehr einzuschlafen, weil es sowieso nichts brachte. Also hob ich den Kopf und richtete mich auf.

Florian schlief zu meiner Überraschung noch nicht. Er löste seine Umarmung und sah mich verwundert an. „Du bist wach?“

Ich streckte mich und zog dann die Beine an, um sie mit den Armen zu umfassen. In dieser Haltung fühlte ich mich wohler. Mit etwas Abstand zu meinem Banknachbarn. „Sieht wohl so aus.“

„Die anderen schlafen alle“, berichtete er. „Außer den Idioten da hinten.“ Ich drehte mich um, eine kleine Gruppe von sechs Jungs, alle aus der zwölften Klasse, alberte herum. Sie bewarfen sich gegenseitig mit Chips und Salzstangen, lachten blöd und zeigten sich gegenseitig etwas auf ihren Handys.

„Sind die betrunken oder was?“, fragte ich.

„Denke ich mal“, stimmte Florian zu. „Wenn unsere Lehrer nachher aufwachen und den Saustall sehen, flippen sie aus.“

„Herr Specht wird jeden zu 50 Liegestützen verdonnern", kicherte ich.

Florian grinste. „Mindestens. Und noch drei Runden ums Schulhaus, mit Rucksäcken und allem."

„Witzige Vorstellung!"

„Wie geht's dir jetzt eigentlich?", erkundigte er sich. „Wieder besser?"

Zögerlich nickte ich. „Ich bin irgendwie noch durcheinander", gab ich zu, „aber ich fühle mich ganz okay."

„Durcheinander?", wiederholte er.

„Also, ich denke komische Sachen", erklärte ich. Interessiert sah er mich an. „Ach, aber das willst du nicht wissen", wimmelte ich ihn ab.

„Doch, klar will ich das."

„Gut, dann will ich's eben nicht sagen." Bevor ich verriet, dass ich eben Herzklopfen in seiner Nähe gehabt hatte, biss ich mir lieber während der restlichen Fahrt auf die Zunge. Florian würde das völlig falsch verstehen. Er würde denken, ich hätte Gefühle für ihn, anstatt es wie ich auf den Hitzschlag zu schieben.

„Aber kann ich dich mal was fragen?", bat ich. Florian runzelte die Stirn, nickte aber. „Warum hast du mich gerade so umarmt?" Das beschäftigte mich ehrlich gesagt ein wenig. Und ich wollte eine Antwort von ihm. Eine ehrliche Antwort.

Er überlegte lange, bevor er etwas darauf erwiderte. Die Stille fühlte sich unerträglich an. „Weil mir danach war."

Ich schob die Augenbrauen zusammen. „Das ist doch kein Grund."

„Doch, klar."

„Nein!", protestierte ich.

„Dann eben, weil ... weil ich dich gernhabe." Schnell fügte er hinzu: „Und weil's bequem zum Schlafen war."

Nervös kaute ich auf meiner Unterlippe herum. „Okay ..."

Weil er mich gernhatte ... Diese Worte verunsicherten mich. Meinte er das freundschaftlich? Nein. Dafür war die Umarmung zu ... zärtlich gewesen. Er meinte es auf eine romantische Art. Und das machte mich fertig. Ich begriff es einfach nicht. Ich war mit Raphael zusammen! Ich hatte Florian längst einen Korb gegeben!

Wieso mochte mein Banknachbar mich also immer noch? Nach so langer Zeit, sogar nachdem er von meinen Erlebnissen und Verletzungen wusste? Das war unlogisch. Das ergab überhaupt keinen Sinn!

„Darf ich dich auch was fragen?", wollte er plötzlich wissen.

„Klar. Was?"

„Warum er? Warum Raphael?", flüsterte er.

„Ich ... ich weiß es nicht genau", gestand ich und strich mir nervös durchs offene Haar. „Er ist einfach immer für mich da, wenn's mir schlecht geht. Sogar wenn ich ihn nicht darum bitte."

Eindringlich ruhten seine blauen Augen auf mir. „Lara, hättest du mir auch nur ein einziges Mal gesagt, dass du Hilfe brauchst, ich wäre sofort bei dir gewesen! Aber du wolltest nie über das reden, was dir passiert ist!"

Ich zog die Beine noch näher an meinen Oberkörper. „Das will ich auch jetzt nicht! Ich komme klar!" Mir fiel keine andere Lösung ein. Ich musste Florian abwehren. Ich musste ihm seine Grenzen aufzeigen, bevor er mir zu nahe kam. Aber dafür war es längst zu spät.

Er umarmte mich plötzlich. „Du kommst überhaupt nicht klar", widersprach er leise. „Du hast Angst. Du hast Albträume. Du erinnerst dich ständig an alles, was dir passiert ist. Wahrscheinlich erinnert dich sogar Nele daran, immer wenn du sie siehst. Und du befürchtest, dass dieses Schwein dich bald findet."

Eisern schwieg ich, zog den Kopf ein und wich Florians Blick aus. Ich hatte nicht die Kraft, mich aus seiner Umarmung zu winden. Aber ich konnte still bleiben.

„Sag mir, dass das nicht stimmt", fuhr er fort. „Sag mir, dass ich mich irre. Aber ich wette, du würdest lügen, wenn du das sagst."

Ich schluckte schwer. Wieso traf Florian mit jeder Aussage ins Schwarze? Ja, ich hatte panische Angst. Ja, trotz meines Neuanfangs bei meinen leiblichen Eltern dachte ich oft an Saskia, Gilbert und all den Schrecken zurück.

Und ja, sogar meine Schwester erinnerte mich immer wieder daran, was geschehen war. Dafür konnte sie nichts, sie machte es nicht bewusst, ihre bloße Anwesenheit reichte manchmal schon, um mir alles wieder ins Gedächtnis zu rufen.

„Also bitte tu nicht so, als würdest du klarkommen." Florian strich mir über den Rücken. „Ich weiß, dass das gelogen ist."

„Lass mich los", verlangte ich und lehnte mich von ihm weg. Ich fühlte mich einfach nur unwohl. Ich fühlte mich schutzlos. Ich wollte dieses Gespräch nicht führen, ich wollte nicht von Florian umarmt werden und ich wollte nicht jede Sekunde in Tränen ausbrechen. Allerdings tat ich das. Ja, ich weinte, leise und ohne zu schluchzen, aber ich weinte.

Da über unseren Sitzen kleine Lichter brannten, bemerkte Florian meine Tränen. Ganz toll. Er drückte mich fester an sich. „Ist ja gut ..."

Wütend schubste ich ihn von mir weg und wandte meinen Blick zum Gang, um meinen Banknachbarn nicht ansehen zu müssen. „Lass mich!", wiederholte ich und wischte mir hastig die Tränen aus dem Gesicht.

Da hielt er mir ein Taschentuch hin. „Tut mir leid. Ich wollte nicht, dass du weinst ... Ich dachte nur, du solltest endlich mal über alles reden."

Ich ignorierte das Tuch. „Du bist ein Idiot! Erstens ist eine Klassenfahrt echt der falsche Zeitpunkt dafür, und zweitens will ich nicht mit dir darüber reden!" Es fiel mir schwer, leise zu bleiben. Aber hätte ich geschrien, wären bestimmt alle Leute in Hörweite aufgewacht. Und niemand sollte dieses bescheuerte Gespräch mitbekommen.

„Aber mit Raphael willst du schon drüber reden oder was?", fragte Florian aufgebracht.

„Nein! Mit niemandem!" Auch mit Raphael sprach ich kaum über das, was Gilbert mir angetan hatte. Er kannte meine Ängste zwar, doch er zwang mich im Gegensatz zu Florian nicht, sie breitzutreten.

„Ich hör ja schon auf", seufzte er.

Es kehrte Stille ein, wir redeten lange nicht miteinander. Aber nach einer Weile hatte ich mich wieder beruhigt und bekam ein schlechtes Gewissen, weil ich Florian als Idiot bezeichnet hatte.

„Entschuldige, ich wollte dich nicht beleidigen", flüsterte ich versöhnlich. „Bitte, lass das Thema einfach, okay? Das wäre echt besser."

Aus den Augenwinkeln heraus sah ich meinen Banknachbarn nicken. „Schon gut. Ich hätte dich nicht drängen sollen."

Unsicher hielt ich ihm die Hand hin. „Also ... wieder Freunde?"

Er lachte und schüttelte meine Hand. „Glaubst du etwa, ich will nichts mehr mit dir zu tun haben, weil du mich Idiot genannt hast?"

„Na ja, nett war das nicht gerade", murmelte ich.

„Keine Panik", beruhigte er mich und ließ meine Hand wieder los. „Ich hab schon Schlimmeres gehört." Er grinste. „Mein Bruder nennt mich fast jeden Tag Schrottpfosten."

„Schrottpfosten?", wiederholte ich lachend. „Nicht wirklich, oder?"

„Oh doch", bestätigte er und fuhr sich durchs Haar.

„Das passt zu deinem Bruder", meinte ich. „Ganz schön frech."

„So würde sich deine Schwester nie benehmen, was?"

Ich schüttelte den Kopf. „Nele und ich haben uns noch nie beschimpft", erzählte ich. „Und nur selten gestritten."

„Das kann ich von Fritz und mir nicht gerade behaupten", gab er zu.

Vermutlich lag das daran, dass er und sein Bruder nicht in Angst aufgewachsen waren. Dass sie sich nicht gegenseitig Halt geben mussten. „Ich hoffe nur, Fritz ärgert Nele nicht mehr", fiel mir ein.

„Nach deiner Standpauke traut er sich das nicht mehr!", lachte Florian. „Er war noch nie so still wie auf der Heimfahrt, nachdem du ihn angebrüllt hast."

Ich schmunzelte. „Muss echt 'ne Abwechslung gewesen sein."

Es erleichterte mich, dass Florian und ich den Konflikt von vorhin so schnell geklärt und beigelegt hatten. Zum Glück war er so ein umgänglicher Kerl. Auch wenn wir uns ab und zu stritten, wir vertrugen uns schnell wieder. „Und wie, endlich mal Ruhe auf dem Beifahrersitz", stimmte er zu.

„Na, worüber quatscht ihr da?" Überrascht blickte ich nach vorne, Sophie hatte sich auf ihren Sitz gekniet und beugte sich zu uns.

„Hey, du bist wach?", wunderte ich mich.

Sie lächelte. „Eigentlich wollte ich gar nicht einschlafen ... Aber ich war plötzlich so müde."

„Wir sind ja auch den ganzen Tag herumgelaufen", merkte Florian an.

„Meine Beine tun richtig weh", seufzte Sophie.

Ich lächelte schief. „Meine auch."

„Mir geht's gut." Florian grinste. „Aber ich bin auch sportlicher als ihr."

„Alter Angeber!", motzte meine beste Freundin. „Lara, gib ihm mal von mir einen Klaps auf den Hinterkopf!"

Bereitwillig kam ich dieser Bitte nach. „Hey!", beschwerte sich Florian. „Das war gemein!"

Ich streckte ihm die Zunge raus. „Selbst schuld."

Plötzlich hielt mir jemand von hinten die Augen zu. „Raphael?", fragte ich erschrocken. „Bist du das?"

Mein Freund lachte und nahm die Hände weg. „Wer sonst?"

Es freute mich richtig, dass er nun auch wach war. Wie Sophie kniete ich mich auf meinen Sitz, um mich umzudrehen. Als ich in Raphaels durchdringend blaue Augen sah, lächelte ich. „Gut geschlafen?"

Er nickte. „Und ob. Du auch?"

„Doch, schon", stimmte ich zu.

Da ich meine Hände auf der Sitzlehne vor mir abstützte, konnte Raphael seine darüber legen. Ich mochte das Gefühl von seinen Händen auf meinen. „Möchtest du zu mir nach hinten kommen?"

Sofort nickte ich. „Gerne! Aber wird das nicht zu eng?" Ich wollte den schlafenden Niklas nicht stören. Und zu dritt auf zwei Sitzen, das wusste ich spätestens seit letzter Nacht, wurde es eng.

„Ach, kein Problem", meinte Raphael. „Du kannst auf meinen Schoß."

Ich lächelte und stand auf. „Okay."

Also ließ ich Florian allein und wechselte den Platz, um näher bei meinem Freund zu sein. Raphael schloss mich sogleich in die Arme, als ich mich auf seinen Schoß setzte. Glücklich schmiegte ich mich an ihn. Das fühlte sich besser an, als von Florian so plötzlich umarmt zu werden. Es beruhigte mich, anstatt dass es mir unregelmäßiges Herzklopfen verursachte.

„Wie geht's dir denn jetzt?", erkundigte sich Raphael.

„Gut", antwortete ich. „Alles wieder okay."

Hinter uns grölten die betrunkenen Jungen immer noch. Es wunderte mich, dass die schlafenden Schüler deswegen nicht aufwachten. Sogar Frau Franz und Herr Specht saßen friedlich schlummernd auf ihren Plätzen.

„Das freut mich." Raphael küsste mich auf die Stirn. „Ich hab mir echt Sorgen um dich gemacht."

Ich lächelte ihn an. „So toll, wie ihr euch um mich gekümmert habt, kann's mir doch nur wieder gut gehen. Allein dass du mich zum Bus getragen hast."

„Ist doch selbstverständlich", winkte er ab.

„Für dich vielleicht. Ich finde immer noch, dass es was Besonderes ist."

Er strich mir über die Wange und drückte mich sanft an sich. Ich schloss die Augen und legte meinen Kopf auf Raphaels Schulter ab. Gut, dass mein Freund so groß war.

Florian und Sophie redeten über unsere Deutschlehrerin, doch ich achtete nicht wirklich auf das Gespräch. Ich genoss es viel zu sehr, Raphaels Nähe zu spüren und mich völlig entspannen zu können.

„Wie lange fahren wir eigentlich noch?", fragte ich.

„Jetzt ist es kurz vor elf", antwortete er. „Also noch ungefähr 'ne Stunde." Ich gähnte und hielt mir schnell die Hand vor den Mund. „Willst du noch etwas schlafen?"

Unschlüssig zuckte ich mit den Schultern. „Weiß nicht ... Eigentlich nicht. Ich sehe dich sowieso so selten."

„Ruh dich aus", riet er mir und strich sanft über meinen Rücken. „Hauptsache, du erholst dich schnell von dem Hitzschlag. Wir sehen uns bald wieder öfter. Also, keine Sorge."

„Nein", protestierte ich, „wir haben nur noch eine Stunde ..."

Er legte sein Kinn auf meinen Kopf. „Ich mache auch noch mal die Augen zu. Also, schlaf etwas, Lara."

Es fiel mir schwer, weiterhin Widerstand zu leisten, zumal mich die Müdigkeit inzwischen übermannte. Deswegen kuschelte ich mich an Raphael und schloss die Augen.

„Träum süß, Häschen", flüsterte er.

Ich spürte, wie sich meine Wangen rot färbten. „Du auch", murmelte ich.

Allerdings schlief ich nicht sofort ein. Die vielen Geräusche – das Gebrüll der Betrunkenen, Sophies und Florians Gespräch und die schnellen Schritte auf dem Gang – lenkten mich ab. So kam ich nicht zur Ruhe, selbst jetzt, da Raphael mich festhielt. Ob er schon schlief? Ich wollte lieber nicht fragen, vielleicht weckte ich ihn sonst. Also blieb ich ruhig sitzen und versuchte zu dösen.

Plötzlich verstummte der Lärm aus den hinteren Reihen. Dafür hörte ich die leisen Drohungen von Herrn Specht. Der Sportlehrer war also aufgewacht und zu den sechs Jungen gegangen, um sie für ihr Fehlverhalten zur Rechenschaft zu ziehen.

Nach seiner Predigt wurde es still im Bus. Nur seine Schritte, die sich wieder den vorderen Reihen näherten, waren zu hören. „Endlich Ruhe“, brummte er.

„Unglaublich, diese Kinder“, seufzte Frau Franz. Sie schlief also auch nicht mehr.

„Dabei sollten sie sich lieber um ihr Abitur kümmern“, meinte Herr Specht.

Klar, es gab ja nichts Wichtigeres im Leben als zu lernen. So ein Quatsch. Ich biss mir auf die Zunge, um nichts zu sagen.

„Und was machen wir mit den beiden?“, fragte der Sportlehrer dann.

Oh, oh, er redete von Raphael und mir ... Jedenfalls war seine Stimme so nah, als stünde er direkt neben mir. Und das konnte nur bedeuten, dass er kritisierte, dass mein Freund und ich zusammensaßen und kuschelten.

Da Raphael nicht reagierte, vermutete ich, dass er bereits schlief. Er hielt mich immer noch in seinen Armen und atmete gleichmäßig.

„Ach, lass sie doch.“ Frau Franz klang, als würde sie lächeln. „Sie machen ja nichts Schlimmes. Außerdem ist es doch wirklich niedlich, wie unzertrennlich Raphael und seine Lebensretterin sind, findest du nicht?“

Ich gab mir Mühe, das Gesicht nicht zu verziehen. Ich mochte es nicht, wenn jemand mich wegen der alten Sache als Retterin bezeichnete. Raphael hatte in Sport einen Stromschlag bekommen und ich hatte ihn wiederbelebt. Es war nur eine Herz-Lungen-Reanimation gewesen, nichts Besonderes. Und dass mein Freund deswegen nicht in meiner Schuld stand, hatte ich ihm schon oft gesagt.

Herr Specht kannte die Geschichte aus erster Hand – schließlich war es während seines Kurses passiert. Im Badminton-Unterricht waren vor der Abiturzeit die Elft- und Zwölftklässler nämlich gemischt gewesen.

„Du hast recht", stimmte er der Geschichtslehrerin zu.

Bevor ich ihrem Gespräch weiter lauschen konnte, schlief ich ein. Und es tat wirklich gut, nach dieser Fahrt in meine alte Heimatstadt etwas Ruhe zu finden. Hier, in Raphaels Armen.

Nur Platz für einen

„Das hast du nicht gemacht!“, rief ich.

Florian lachte. „Doch, klar.“

Ich klemmte mir das Handy zwischen Ohr und Schulter, um während des Telefonats meine Schultasche für morgen zu packen. Den heutigen Donnerstag hatte ich fast gänzlich verschlafen, weil wir Mittwochnacht erst so spät aus Berlin zurückgekommen waren. Zum Glück hatten wir deswegen schulfrei gehabt, sonst wäre ich im Unterricht todsicher eingeschlafen.

„Und wie hat deine Mutter reagiert?“, fragte ich, als ich das Mathematikbuch in die randvolle Tasche stopfte.

„Na ja, wie hätte deine Mutter reagiert, wenn du sie beim Einkaufen so genervt hättest?“, entgegnete er.

„Also, wenn ich mich im Klamottenladen in die Umkleide gesetzt und lautstark nach dem Klopapier gefragt hätte, wäre Bianca vor Scham im Boden versunken“, kicherte ich. „Wie bist du auf so eine Idee gekommen?“

„Tja.“ Er lachte wieder. „Meine Mutter hätte mich nicht so früh wecken sollen, damit ich sie modisch berate. Ich meine, ich hab gerade mal sechs Stunden oder so geschlafen, ich war müde. Und das war meine Rache.“

Ich machte den Reißverschluss meiner Schultasche zu. „Wahnsinn!“, kommentierte ich und ließ mich aufs Bett fallen, um gemütlicher mit meinem Banknachbarn reden zu können.

Draußen war es noch hell, die Uhr zeigte kurz nach acht an. Meine Schwester lag bereits im Bett, doch ich war hellwach, weil ich den ganzen Vormittag verschlafen hatte. „Du bist verrückt“, lachte ich.

„Ich weiß“, entgegnete er schon beinahe stolz. „Ach, noch was anderes, wollen wir heute das Training nachholen, das gestern ausfallen musste?“

„Wie wär's mit morgen?", schlug ich vor. „Heute ist etwas zu spontan, ich glaube, mich könnte sowieso niemand fahren."

„Schade. Aber morgen Abend wäre auch okay. Also, Freitag um sieben bei mir?", vergewisserte er sich.

Ich nickte, obwohl er es durchs Telefon nicht sehen konnte. „Super. Ach, warum hast du eigentlich angerufen?" Den Grund für Florians Anruf kannte ich immer noch nicht, obwohl wir uns bereits seit einer halben Stunde unterhielten.

„Einfach so", antwortete er. „Ich hatte Lust, mit dir zu quatschen."

Ich schmunzelte. Wir hatten in letzter Zeit öfter einfach so was gemacht. Wir hatten uns nicht nur zum Training getroffen, sondern auch, um zu plaudern.

„Was machst du heute eigentlich noch?", wollte er wissen.

„Ach, nichts Besonderes. Für morgen hab ich schon alles fertig. Vielleicht lese ich", erzählte ich. „Und du?"

„Ich muss mir noch die Vokabeln für Englisch anschauen", seufzte er.

Ich setzte mich wieder aufrecht hin, auf die Bettkante, sodass meine Füße den Boden berührten. „Dann will ich dich mal nicht aufhalten. Viel Spaß dabei."

„Ich würde lieber weiter mit dir reden", brummte er.

Da bemerkte ich, wie im Zimmer gegenüber das Licht eingeschaltet wurde. Raphael war da! „Ach, lern lieber. Das ist besser. Wir sehen uns morgen", wimmelte ich Florian ab.

„Hast ja recht", gab er nach. „Bis dann. Und gute Nacht."

„Dir auch", wünschte ich ihm, bevor ich auflegte.

Schnell stand ich auf und lief zum Fenster. Zu meiner Überraschung befand sich Raphael schon an seinem und winkte mir zu. Ich lächelte, es tat wirklich gut, meinen Freund zu sehen. Ich nahm mein Handy und schrieb ihm eine Nachricht.

Wie geht's dir?

Er antwortete sofort.

Du fehlst mir. :-(

Sehnsüchtig sah ich zu ihm hinüber.

Du mir auch …

Dann lächelte er.

Hast du etwas Zeit? Ich könnte zu dir kommen. Zu Hause werde ich sowieso langsam wahnsinnig. Ich brauch 'ne Lernpause!

Sofort strahlte ich übers ganze Gesicht und tippte eine weitere SMS.

Natürlich! Ich würde mich echt freuen!

Er nickte, winkte noch mal und lief dann aus seinem Zimmer, nachdem er das Licht ausgeschaltet hatte.

Ich konnte es kaum fassen – Raphael würde gleich zu mir kommen! Wir hatten seit etwa einer Woche nichts mehr zu zweit unternommen! Freudig rannte ich die Treppen hinunter, um ihm die Tür zu öffnen.

In dem Moment, als es klingelte, hatte ich schon die Klinke in der Hand. Raphael lächelte mich an und schloss mich fest in seine Arme. Auch ich umarmte ihn und lehnte mich für einen kurzen, vollkommenen Moment an ihn. Am liebsten wäre ich ewig so stehen geblieben.

Schließlich ließen wir uns doch los, er kam ins Haus und ich schloss die Tür hinter ihm, während er seine Schuhe auszog. „Ungewöhnlich, dich mal im T-Shirt zu sehen“, merkte er an.

Ich blickte auf meine nackten Arme. Ich hatte völlig vergessen, mir einen Pullover anzuziehen. Ach, egal. „Es ist so warm“, erklärte ich.

Er nickte und fuhr sich durchs dunkle Haar. „Finde ich auch.“

Nur dass er im Gegensatz zu mir Shorts und keine Jeans trug … Aber ich traute mich einfach nicht, kurze Hosen anzuziehen. Ich besaß nicht mal welche.

Da kam Bianca zu uns an die Tür. „Oh, Raphael, hallo“, begrüßte sie ihn. Mein Freund lächelte sie an. „Ich hab mich schon gewundert, wer um diese Uhrzeit herkommt. Wie geht's dir denn?", fragte sie. „Ich hab dich lange nicht mehr gesehen!"

„Die Abivorbereitungen sind stressiger, als ich dachte", seufzte er. „Ich hab das Gefühl, ich sitz den ganzen Tag bloß vor meinen Aufzeichnungen."

„Immerhin hast du nur noch zwei Prüfungen vor dir", ermunterte sie ihn.

„Oh ja, und danach hab ich erst mal frei", freute er sich.

Bianca blickte uns freundlich an. „Na gut, dann lass ich euch mal allein. Und viel Glück für deine letzten Prüfungen, Raphael! Ach, und Lara, um zehn Uhr bist du im Bett", befahl sie.

„Halb elf!", protestierte ich.

Sie schmunzelte. „Okay, halb elf. Aber denk dran, morgen hast du Schule."

„Ja, ja", brummte ich.

Meine Mutter kehrte ins Wohnzimmer zurück, wo sie bis eben mit Lorenz gesessen hatte.

Ich nahm Raphaels Hand. „Willst du was trinken?", bot ich ihm an.

„Nein, danke, ich brauche jetzt nichts", lehnte er ab. „Abgesehen von dir."

Verlegen lächelte ich. „Du hast mich doch schon."

Er strich mir durchs Haar. „Zum Glück."

Für einen Moment verlor ich mich in seinen durchdringend blauen Augen. Sein Blick fesselte mich, wie schon so oft. Sanft drückte er meine Hand. „Wollen wir hochgehen?" Ich nickte.

Raphael wirkte furchtbar müde. Er ließ sich sofort auf mein Bett fallen, nachdem wir mein Zimmer betreten hatten. Ich setzte mich neben ihn und strich ihm übers Haar. „Erschöpft?"

Er nickte. „Total."

„Es ist vielleicht doch zu viel, sich aufs Abi vorzubereiten, zum Fußball zu gehen und bei McDonald's zu arbeiten", merkte ich an.

„Nicht mehr lange", murmelte er. „Bald hab ich's geschafft."

„Hoffentlich. Du machst mir echt Sorgen."

Er zog mich in seine Arme, sodass ich neben ihm zum Liegen kam. Ich kuschelte mich an ihn, schloss die Augen und genoss seine Nähe. Ohne viel zu reden, lagen wir da, eng aneinandergeschmiegt und völlig ruhig. Raphael kraulte meinen Rücken und drückte mich fest. „Danke", flüsterte er.

„Wofür?", fragte ich verwirrt.

„Dass ich mich bei dir ausruhen kann. Und dass du nicht böse bist, obwohl ich im Moment so wenig Zeit hab", erklärte er.

„Die Phase ist ja bald vorbei", ermutigte ich uns beide.

Er küsste mich auf die Stirn. „Ich hab dich lieb."

„Ich dich auch", antwortete ich und lächelte ihn an.

Nicht mehr lange und wir konnten uns wieder öfter treffen. Darauf freute ich mich jetzt schon. Denn ich vermisste meinen Freund viel zu sehr.

Solche Momente, in denen wir einfach zusammen waren, zur Ruhe kamen, redeten und uns festhielten, sollte es regelmäßiger geben. Häufiger. Außerdem sollten sie nicht so schnell vorbei sein.

Noch mussten Raphael und ich durchhalten. Aber das schafften wir schon.

„Du schmeißt mich nicht um!", schrie ich.

„Abwarten!", entgegnete Florian selbstsicher und versuchte wieder, mich zu Boden zu reißen.

Erneut wich ich aus und verpasste ihm einen Tritt auf den Oberschenkel. Ich atmete schwer und war schweißnass, doch das Training würde nicht mehr lange dauern. Und es lohnte sich. Ich machte wirklich Fortschritte, reagierte von selbst, ohne Anweisungen zu bekommen, und rettete mich wieder und wieder vor Florians Angriffen.

Natürlich trat ich nicht mit voller Kraft zu – allerdings, selbst wenn ich das täte, ein Schwächling wie ich würde ihn sicher kaum verletzen. Aber beim Kung-Fu ging es ja zum Glück nicht um reine Muskelkraft, sondern darum, die Stärke und Wucht des Gegners auszunutzen.

„Sehr gut!", lobte Florian mich. „Mal sehen, ob du das hier auch abwehren kannst!"

Plötzlich packte er mich um die Hüfte und ließ mich rückwärts über sein Knie stolpern. Normalerweise fiel ich bei diesem Angriff immer hin, doch diesmal reagierte ich schneller als sonst. Ich trat so gegen seine Beine, dass er auch stürzte. Allerdings dummerweise genau auf mich drauf. Vor Schmerz keuchte ich leise auf und kniff die Augen zusammen. Verdammt, mein Rücken … Und mein Hinterkopf …

Ich spürte Florians warmen Atem in meinem Gesicht. Verunsichert öffnete ich meine Augen wieder und blickte direkt in seine. Wir sahen uns lange an, ohne ein Wort zu sagen. Als wüssten wir beide nicht, was wir jetzt tun sollten. Und tatsächlich war ich verwirrt. Mein Herz raste und ich konnte meinen Blick nicht von seinen blauen Augen abwenden. Auch Florian regte sich keinen Millimeter, er stützte sich nur rechts und links von mir mit den Unterarmen und Knien ab, um nicht mit seinem vollen Gewicht auf mir zu liegen.

Ich öffnete den Mund, wollte etwas sagen, irgendetwas, brachte aber keinen Ton heraus. Die Spannung in der Luft erdrückte mich. Und Florians Gesichtsausdruck verriet mir, dass er diese Spannung ebenso spürte. Dieses Knistern. Dieses seltsame Herzklopfen. Unsere Nasenspitzen berührten sich sogar beinahe!

Woher kam diese Spannung? Heute konnte ich mein Herzklopfen nicht mehr auf den Hitzschlag schieben. Der Ausflug war schließlich schon zwei Tage her. Aber warum fühlte ich mich in Florians Nähe plötzlich so aufgeregt? Das ergab doch keinen Sinn!

„E…e…es tut mir leid“, stammelte er dann. „Entschuldige. Ich … ich … ähm … ich wollte … ich wollte nicht … ich wollte dir nicht wehtun …“

Ich atmete tief durch, um mich wieder zu beruhigen. Was war denn mit mir los? Ich musste mich zusammenreißen! „I…ist schon … gut“, murmelte ich abgehackt. „Ich hab … dich ja umgeworfen.“

Da grinste er. „Tja, du bist eben umwerfend.“

Ich musste lachen. Plötzlich war die merkwürdige Spannung verschwunden. Es war alles wie immer beim Training. Normal, nett, lustig. „Spar dir die schlechten Witze, steh lieber auf“, entgegnete ich.

In einer fließenden Bewegung richtete er sich auf und hielt mir die Hand hin. Ich griff danach und ließ mich von ihm auf die Beine ziehen. „Das reicht für heute, oder?“, fragte er.

Ich nickte und zupfte an meinem nassen T-Shirt. „Schau mich mal an – ich sehe aus, als hätte ich einen Marathon hinter mir.“

Er zog sanft an meinem Pferdeschwanz. „Ja, sogar deine Haare sind nass."

„Hey!", beschwerte ich mich und griff mir an den Kopf. „Lass das!"

Er ließ meinen Zopf widerstrebend los. „Na gut."

„Wie kommt's, dass du nicht annähernd so fertig bist wie ich?", wollte ich wissen, als ich nach der Wasserflasche an der Zimmertür griff.

„Ich hab wohl etwas mehr Ausdauer. Und du bist sowieso ein Sportmuffel", neckte er mich.

„Pah", winkte ich ab und trank einen Schluck. Das Wasser tat wirklich gut. Es kühlte mich ab, nicht nur nach der Anstrengung, sondern auch nach der unerklärlichen Aufregung eben. „Wenn man Herrn Specht in Badminton hat, muss man einfach zum Sportmuffel werden."

„Überlegst du immer noch, wie du dich vor den Liegestützen drücken kannst?", lachte er und nahm mir die Wasserflasche ab, um auch etwas zu trinken.

„Jede Woche aufs Neue", seufzte ich und setzte mich wie immer nach dem Training auf den Fußboden, mit dem Rücken an die Wand neben der Tür gelehnt. „Ich hasse es, dass wir uns immer so ausgiebig aufwärmen müssen. Ich meine, es ist doch nur Badminton!"

Florian nahm neben mir Platz. „Tja, Herr Specht ist und bleibt unser Drill Sergeant. Hast du gehört, was er mit den sechs Betrunkenen auf der Klassenfahrt gemacht hat?"

Ich schüttelte den Kopf. „Nein, was denn?"

„Sie mussten nicht nur einen Aufsatz über das korrekte Benehmen auf einem Schulausflug schreiben, sondern auch zu einer privaten Sportstunde mit ihm erscheinen", erzählte er.

Es schauderte mich. „Hilfe", murmelte ich. „Die Ärmsten ... Aber Herr Specht unterrichtet wirklich eine Horrorfächer-Kombination. Deutsch und Sport, das bietet jede Menge Strafen."

Florian grinste. „Man sollte sich eben nicht mit ihm anlegen."

Während des lockeren Gesprächs wurde mir eines deutlich bewusst: Das Herzklopfen, die Aufregung und die Spannung waren komplett verschwunden. Aber unerklärlich blieb, warum sie so plötzlich aufgetaucht waren. Diese Frage stellte ich mir an diesem Wochenende noch öfter. Aber ich verstand es einfach nicht. Vielleicht sollte ich mit Sophie darüber reden. Am besten rief ich sie am Nachmittag mal an.

Mit einem lauten Knall riss Nele meine Zimmertür auf und stürzte herein. Erschrocken blickte ich von meinem Geschichtsbuch auf, das vor mir auf dem Schreibtisch lag. Meine kleine Schwester rannte zu mir. „Lara, Lara, Lara!"

Beruhigend legte ich meine Hände auf ihre Schultern. „Was ist denn?", fragte ich. „Wieso bist du so aufgeregt?"

Sie strahlte übers ganze Gesicht, ihre graugrünen Augen leuchteten regelrecht. „Fritz will mit mir spielen! Er kommt heute zu mir!"

Im Gegensatz zu ihr konnte ich mich für diese Neuigkeit nicht begeistern. Ich erinnerte mich noch gut daran, wie mies er sie neulich behandelt hatte. „Ach, wirklich?", vergewisserte ich mich. Ich blieb auf dem Schreibtischstuhl sitzen, weil ich dadurch mit Nele auf Augenhöhe war. So musste ich mich nicht zu ihr hinunterbeugen.

Sie nickte. „Ja! Er hat gerade angerufen!"

„Na so was", murmelte ich.

Die Skepsis stand mir ins Gesicht geschrieben, doch meine Schwester erwähnte das nicht. Ob sie es nicht merkte oder nur ignorierte, wusste ich nicht. Ihre Freude lenkte sie vermutlich ab.

„Machst du mir Zöpfe?", bat sie. „Ich will hübsch aussehen!"

Schmunzelnd strich ich ihr durchs weiche dunkle Haar. „Das tust du doch schon, Schwesterherz."

„Trotzdem!", beharrte sie.

„Klar, ich mach dir Zöpfe. Komm mit ins Bad", forderte ich sie auf und erhob mich.

Zusammen gingen wir in eins der beiden Badezimmer, vor dem Spiegel blieben wir stehen. Ich nahm zwei Haargummis, streifte sie mir übers linke Handgelenk und begann, Neles Haare zu flechten.

Währenddessen lächelte sie mich an, das sah ich im Spiegel. „Danke!"

„Mach ich doch gern", entgegnete ich. „Was habt ihr denn heute Nachmittag überhaupt vor?"

„Wir wollten rausgehen“, erzählte sie.

Ich wickelte ein Haargummi um den ersten Zopf. „Klingt toll.“

Sie nickte so eifrig, dass mir ihre Haarsträhnen beinahe aus der Hand geglitten wären. „Oh ja! Wir spielen Fangen!“

„Dann passt aber auf“, warnte ich sie. Ich machte mir zu viele Sorgen um Nele, das wusste ich. Aber sogar wenn sie nur Fangen spielte, befürchtete ich, sie könnte sich verletzen.

„So, fertig“, verkündete ich. „Gefällt dir die Frisur so?“

„Perfekt!“, freute sie sich und berührte vorsichtig mit den Fingerspitzen die beiden Zöpfe. „Das sieht toll aus!“

Ich lächelte. „Wunderbar.“

„Sehe ich so hübsch aus?“, fragte sie neugierig und drehte sich zu mir um. Lange betrachtete ich die Kleine. Sie war wirklich hübsch – in ihrem Gesicht stand die Begeisterung, sie wirkte glücklich. Aber das meinte sie nicht, das wusste ich. Sie wollte wissen, ob ihr knielanger Jeansrock und das grüne T-Shirt gut aussahen.

„Du siehst sogar wunderschön aus“, antwortete ich schließlich.

Stürmisch umarmte sie mich. „Danke!“

Egal, wie oft sie mich das fragte, ich würde ihr immer diese Antwort geben. Schließlich war Nele ein hübsches Mädchen, auch wenn sie selbst manchmal daran zweifelte. Und das mit neun Jahren, in dem Alter hatte ich noch gar nicht an mein Aussehen gedacht.

„Lara! Nele!“, rief Bianca durchs Haus. „Es gibt Mittagessen!“

Oh, schon? Es war gerade mal halb eins, aber samstags und sonntags gab es hier öfter ein frühes Mittagessen. Und danach musste ich dringend mit Sophie reden, bevor ich vor lauter Verwirrung durchdrehte! Zusammen gingen Nele und ich hinunter ins Esszimmer. Meine Eltern saßen am Tisch, Lorenz mit seinem Handy in der Hand.

„So, Schatz, Handy weg“, befahl Bianca, als meine Schwester und ich Platz nahmen. „Wir essen jetzt.“

„Sekunde“, murmelte er. Er tippte noch etwas, wahrscheinlich verschickte er eine SMS, dann steckte er das Handy ein. „Okay.“

Meine Mutter lächelte Nele und mich an. „Ich hoffe, ihr habt Hunger?“

Meine Schwester nickte, ich zuckte mit den Schultern. „Geht so“, antwortete ich.

Ich fand es zu warm für gekochtes Essen. Kein Wunder, ich trug eine Jeans und ein langärmliges Shirt. Das fiel auch Bianca auf. Zum Glück sprach sie es erst nach dem Essen an, als Nele schon in ihr Zimmer gegangen war, um für ihren Besucher aufzuräumen.

„Willst du dir nicht doch mal luftigere Klamotten von mir leihen?“, bot meine Mutter an. „Wir können auch gerne einkaufen gehen, ich hätte heute Zeit.“

Entschieden schüttelte ich den Kopf. „Nein, danke.“

Unbehaglich blickte mein Vater mich an. „Sehen deine Beine denn wirklich so schlimm aus, dass du lieber schwitzt?“

„Ja“, antwortete ich knapp.

Bianca, die neben mir saß, legte ihre linke Hand auf meine rechte. „Das glaube ich nicht. Probier doch wenigstens ein paar Shorts, dann wäre dir nicht mehr so schrecklich warm.“

Ich zog meine Hand weg. „Nein, ich will nicht!“, weigerte ich mich beharrlich.

Meine Eltern merkten, dass sie in diesem Punkt an eine Grenze stießen. Dass ich nicht darüber reden und meine Verletzungen lieber verstecken wollte. Zu meiner Überraschung – und Erleichterung – akzeptierten sie das aber.

„Vielleicht nächsten Sommer“, gab meine Mutter nach.

Ich lächelte schief. „Vielleicht.“ Ein großes Vielleicht.

„Was hast du denn heute Nachmittag vor?“, erkundigte sich Lorenz dann.

„Ich wollte gleich Sophie anrufen“, berichtete ich. „Und ich muss noch etwas Geschichte lernen.“

Er nickte mir zu. „Fleißig wie immer.“

Wenn er wüsste, dass ich nur so viel lernte, um nicht an Gilbert zu denken, würde er sich wahrscheinlich nicht so sehr darüber freuen. Aber außer dem Lernen hatte ich keine Ablenkung. Raphael war meist beschäftigt, Sophie konnte auch nicht immer etwas mit mir unternehmen, genauso wenig wie meine anderen Freunde. Der Einzige, der sich fast immer Zeit nahm, war Florian. Und bei ihm fühlte ich mich im Moment so unsicher ... Also blieb nur der Rückzug zu den Schulbüchern, wie früher auch.

Ich stand vom Tisch auf, räumte mein Geschirr ab und lief in mein Zimmer. Sofort nahm ich mein Handy und wählte Sophies

Nummer. Allerdings hob meine beste Freundin nicht ab. Seufzend ließ ich mich auf den Schreibtischstuhl fallen. Was sollte ich jetzt machen? Klar, weiterlernen. Nein. Ich brauchte frische Luft. Auch wenn es draußen furchtbar heiß war, ich würde einen Spaziergang machen. Dabei konnte ich ein wenig nachdenken. Nicht über Gilbert, den wollte ich vergessen. Aber über Florian und diese Spannung zwischen uns.

Mit meinem Schlüssel und dem Handy verließ ich das Haus, nachdem ich meinen Eltern Bescheid gegeben hatte. Ich wusste, dass ich nicht alleine herumlaufen sollte. Aber ich brauchte einen Augenblick für mich. Gilbert würde mich auf diesem Spaziergang schon nicht finden.

Ziellos schlenderte ich durch Pirk, froh darüber, dass es draußen nur warm und nicht schwül war. Ich mochte dieses Dorf, fiel mir plötzlich auf. Es war ruhig, klein und übersichtlich. Es war mein Zuhause.

Gilbert durfte dieses Gefühl nicht zerstören. Er durfte mich nicht finden. Da kam mir ein Gedanke, den ich in letzter Zeit oft verdrängt hatte. Sollte ich weglaufen? Pirk und meine Familie hinter mir lassen, um sie zu beschützen?

Sobald Gilbert mich aufspürte, gerieten auch meine Eltern und Nele in Gefahr. Das wollte ich nicht ... aber wenn ich weglief, würde ich sie beschützen. Doch ich konnte nicht einfach verschwinden ... Ich wollte es nicht.

Kurz vor dem Ortsausgang blieb ich stehen und schaute zum fast wolkenlosen blauen Himmel hinauf. Die Idylle der Natur kam mir wie ein gewaltiger Kontrast zu meiner Laune vor.

Leise seufzte ich. Die Lage war kompliziert. Und eigentlich hatte ich doch über Florian nachdenken wollen, nicht über Gilbert.

„Ach, Larissa“, sprach mich plötzlich jemand von hinten an. „Lange nicht gesehen, junge Dame.“

Sofort erstarrte ich. Diese tiefe Stimme kannte ich – Raphaels Vater stand hinter mir. Eindeutig. Bitte nicht! Ich zwang mich dazu, mich langsam umzudrehen. Tatsächlich, der pummelige Falco grinste mich widerlich freundlich an. Er hatte sich in den letzten Monaten kaum verändert – bloß seine Haare waren ein wenig mehr ergraut.

Erneut durchströmte mich dieses sonderbare Gefühl, dass ich diesen Mann schon mal gesehen hatte. Woher kannte ich ihn bloß? Wann und wo sollte ich ihm begegnet sein? Ich erinnerte mich nicht. „Lassen Sie mich in Ruhe", zischte ich.

Er lächelte milde. „Es ist nicht so, als hätte ich nach dir gesucht."

Mir war klar, dass wir uns in einem so kleinen Dorf wie Pirk irgendwann über den Weg laufen mussten. Aber das hieß noch lange nicht, dass ich mit ihm reden würde. „Mir egal", brummte ich und drehte mich um. Ich wollte Falco nicht ansehen. Meine Wut auf dieses Monster war viel zu groß. Wenn ich nur daran dachte, was er Raphael angetan hatte, hätte ich explodieren können.

„Du bist wirklich unhöflich", merkte er an. „Erst trittst du mich einfach und jetzt ignorierst du mich."

Verärgert starrte ich ihn an. „Aber im Gegensatz zu Ihnen schlage ich Ihren Sohn nicht!", schrie ich ihn an. Verdammt, nun hatte ich mich doch zu ihm umgedreht ...

Verdutzt musterte er mich, gewann aber rasch seine Fassung zurück. Er wirkte beinahe gleichgültig. „So eine alte Geschichte", winkte er ab. „Es hat noch keinem Jungen geschadet, eins auf die Mütze zu kriegen."

Mir klappte der Mund auf. Wie bitte?! Ich ballte die Hände zu Fäusten. „Sie sind ein Monster! Verschwinden Sie! Oder ich trete noch mal zu!", drohte ich zornig.

„Wirklich süß, dass du Raphael so sehr in Schutz nimmst", lachte er. „Aber das ist unnötig. Ich bin sein Vater, also werde ich schon wissen, was das Beste für ihn ist. Deswegen werde ich auch bald wieder bei ihm und Renate einziehen."

„Sie wissen gar nichts", zischte ich. „Und die beiden werden Sie niemals zurücknehmen! So dumm sind sie nicht!"

„Misch dich nicht in meine Angelegenheiten ein", wies er mich zurecht und verschränkte die Arme vor der Brust. „Ich habe deinen Eltern auch nie gesagt, wie sie mit dir umgehen sollen."

„Sie haben mit Lorenz und Bianca nichts zu tun!", tobte ich.

Abrupt schlug die Stimmung um. Falco starrte mich geradezu schockiert an, seine blauen Augen weiteten sich und sein Mund klappte auf. Das war mir nicht geheuer; was bedeutete diese merkwürdige Reaktion?

„Ach, da wohnst du also“, murmelte er, als er die Überraschung verarbeitet hatte. „Ich hab mich schon gewundert …“

Unwillkürlich trat ich einen Schritt zurück. „Was meinen Sie?“

„Egal“, winkte er ab und kehrte mir den Rücken zu. „Wiedersehen, Larissa.“

„Nein, nicht egal!“, hielt ich ihn energisch zurück. „Woher kennen Sie überhaupt meinen Namen?“

Er drehte sich nicht mehr zu mir um. „Das weißt du doch“, antwortete er nur und ging dann ohne ein weiteres Wort davon.

Mein Herz raste vor Wut und Angst. Was war gerade passiert? Ich begriff es nicht. Wieso hatte es Falco so schockiert, dass ich bei Lorenz und Bianca wohnte? Woher kannte er mich? Und wenn er nicht gewusst hatte, dass ich bei Lorenz und Bianca wohnte, warum hatte er dann von meinen Eltern gesprochen, als würde er sie kennen? Das ergab doch alles keinen Sinn!

Eilig machte ich mich auf den Weg nach Hause. Ich wollte in mein sicheres Zimmer, in meine eigenen vier Wände. An den Ort, an dem ich mich beschützt fühlte. Selbst in einem so friedlichen Dorf wie Pirk packte mich plötzlich die Angst. Angst vor Gilbert, weil er irgendwann kommen würde. Angst vor Falco, weil er mich irgendwoher kannte. Angst davor, alles zu verlieren, was ich in den letzten Monaten gewonnen hatte. Meine Familie, meine Freunde, ein kleines bisschen Glück.

Aber in diesem Haus, bei Lorenz und Bianca, schwand die Angst manchmal, genau wie in Raphaels Nähe. Dann bekam ich für kurze Zeit das Gefühl, in Sicherheit zu sein.

„Das war aber ein kurzer Spaziergang“, begrüßte mich Bianca, als ich zurück nach Hause kam.

Ich zwang mich zu einem Lächeln. „Na ja, ich muss noch lernen.“ Ehrlich gesagt hatte ich nicht damit gerechnet, meine Mutter im Eingangsflur zu treffen. Aber sie war gerade aus dem kleinen Badezimmer bei der Haustür gekommen.

Sie erwiderte mein Lächeln. „Verstehe. Ach, Lara, was ich dich fragen wollte“, fiel ihr ein, „hast du einen Geburtstagswunsch?“

„Einen Geburtstagswunsch?“, wiederholte ich überrascht.

Bianca nickte. „In nicht mal zwei Wochen wirst du 18“, erinnerte sie mich.

Richtig … das hatte ich völlig vergessen. „Nein, ich hab eigentlich keinen Wunsch“, antwortete ich mit einem Lächeln, und diesmal war es nicht erzwungen. „Ich bin wunschlos glücklich hier. Bei euch.“

Gerührt sah meine Mutter mich an. „Ach, meine Kleine“, seufzte sie. Sie wirkte so glücklich, dass ich mich trotz meiner Begegnung mit Falco schlagartig besser fühlte. Es tat wahnsinnig gut, eine Familie zu haben. Meine Familie munterte mich stets auf, selbst wenn ich nicht über meine Probleme sprach.

Bianca drückte mich an sich. „Ich hab dich so lieb“, flüsterte sie.

„Ich dich auch, Mama“, wisperte ich.

Froh und verwundert zugleich musterte sie mich. Ich hatte ihr gerade zum ersten Mal gesagt, dass ich sie lieb hatte. Und ich hatte nicht einmal darüber nachgedacht. Weil es einfach stimmte. Ich hatte sie lieb. Und Lorenz auch. Obwohl ich mir vor ein paar Monaten noch fest vorgenommen hatte, beide zu hassen. Aber das war unmöglich.

Bianca drückte mich noch mal kurz an sich. „Es freut mich, dass du dich hier wohlfühlst.“

Verlegen blickte ich zu Boden. „Das tue ich wirklich.“

„Jetzt musst du nur noch etwas zunehmen.“ Sie kniff mir sanft in die Wange und kicherte. „Dann ist alles perfekt.“

Und Gilbert müsste wieder festgenommen werden. Und ich müsste die letzten vier Jahre restlos vergessen können. Und meine Verletzungen müssten verblassen. Aber das alles behielt ich lieber für mich. „Ich nehme bestimmt noch zu“, murmelte ich.

„Immerhin siehst du gesünder aus als vor fünf Monaten“, ermutigte sie mich. „Nicht mehr ganz so mager.“

Ich nickte. „Wie gesagt, es wird schon. Ich gehe mal hoch.“ Ich wollte dieses Gespräch beenden – es fiel mir nicht leicht, über meine Gefühle zu reden. Ich fühlte mich unwohl dabei.

„Viel Spaß beim Lernen“, wünschte Bianca mir. „Und wenn du Nele suchst, sie ist mit Fritz im Garten.“

„Okay. Aber ich störe die beiden lieber nicht“, beschloss ich.

Zurück in meinem Zimmer setzte ich mich aufs Bett und seufzte laut. Ich war verwirrt und konnte keinen klaren Gedanken mehr fassen. Hilflos ließ ich mich auf den Rücken fallen. Was sollte ich tun? Ich wusste nicht weiter, in keinem Fall. Weder was Gilbert anbelangte, noch was ich von der Sache mit Falco oder Florian halten sollte.

Das Brummen meines Handys erlöste mich aus dieser Ratlosigkeit. Es lenkte mich ab. Sofort zog ich das Gerät aus meiner Hosentasche und las die SMS, die ich bekommen hatte.

Hi! Du hast angerufen? Entschuldige, ich hatte mein Handy vorhin nicht dabei. Was ist denn los? Alles klar bei dir?

Ich lächelte. Es beruhigte mich, von meiner besten Freundin zu hören.

Hi! Ich wollte was mit dir besprechen, ich brauche dringend deinen Rat ... Hast du etwas Zeit?

Es dauerte nicht lange, bis ich eine Antwort bekam.

Tut mir leid, Jan ist gerade bei mir. Aber heute Abend, so ab sechs, hab ich Zeit, ist das okay? Du kannst dann gerne zu mir kommen!

Das klang gut. Noch knapp vier Stunden.

Nachdem ich Sophie geantwortet hatte, dass ich zum vereinbarten Zeitpunkt zu ihr käme, steckte ich mein Handy wieder ein und ging zum Schreibtisch. Da ich nun wusste, dass ich nachher mit meiner Freundin reden konnte, gelang es mir, mich wieder zu konzentrieren und zu lernen.

Eigentlich hätte ich wegen Falco mit Raphael reden sollen, fiel mir ein. Aber ich wollte meinen Freund weder aufregen noch beim Lernen stören. Wir hatten sowieso ausgemacht, uns morgen zu treffen. Bis dahin hatte ich mich bestimmt wieder beruhigt. Die wenige Zeit, die ich momentan mit Raphael hatte, wollte ich unbeschwert verbringen.

Bis fünf Uhr lernte ich. Geschichte, Wirtschaft, Religion, Chemie und Englisch. Nele spielte währenddessen mit Fritz, ein paarmal rannten sie tobend und lachend durchs Haus. Es freute mich, dass sich die beiden so gut verstanden. Denn Nele war glücklich deswegen.

Als Fritz schließlich abgeholt wurde, stand sein großer Bruder vor der Tür. Das bemerkte ich aber erst, als Florian mein Zimmer betrat. „Hi!", begrüßte er mich fröhlich.

Ich zuckte zusammen, weil ich nicht damit gerechnet hatte, dass plötzlich jemand in meinem Zimmer auftauchte. „Flo!"

„Keine Panik", lachte er. „Ich wollte dich nicht erschrecken."

Mein Puls setzte für eine Sekunde aus, schlug dann aber ganz normal weiter. Es lag keine Spannung in der Luft, obwohl ich fast damit gerechnet hätte, wieder dieses Herzklopfen zu bekommen, sobald ich den blonden Jungen sah. „Was machst du denn hier?", wunderte ich mich und stand auf. Wir umarmten uns zur Begrüßung, wie immer.

„Ich hole Fritz ab", erklärte er, als wir uns losließen.

Mit einer Hand strich ich durch mein offenes Haar. Inzwischen reichten mir die hellbraunen Strähnen fast bis zur Taille, ich sollte sie mal wieder abschneiden, fiel mir auf. „Ach so. Logisch."

„Aber mein Brüderchen will unbedingt noch eine letzte Runde Verstecken mit Nele spielen", fuhr Florian fort. „Darum dachte ich mir, ich schaue mal schnell bei dir vorbei."

Ich schmunzelte. „Tja, hier gibt's aber nicht viel zu sehen. Nur Schulbücher. Ich hab bis eben gelernt."

„Hast du auch brav Kung-Fu geübt?", fragte er.

„Nicht wirklich", gestand ich. „Wir treffen uns ohnehin morgen Abend zum Training."

Er grinste. „Dabei musst du dringend noch lernen, wie du dich befreist, wenn dich jemand umwerfen will."

Beleidigt verschränkte ich die Arme. „Das kann ich doch!" Jedenfalls fast.

„Na klar", lachte er sarkastisch. „Beweis es."

„Also schön!", nahm ich die Herausforderung an. „Los, versuch doch, mich umzuwerfen!"

„Wie du willst", stimmte er zu. „Aber wir müssen aufpassen, hier liegen keine Matten auf dem Boden."

„Macht nichts, ich werde nämlich nicht hinfallen", prophezeite ich selbstsicher.

In seinen blauen Augen blitzte der Schalk auf. „Das werden wir ja sehen."

Und bevor ich auch nur blinzeln konnte, packte er mich plötzlich um den Oberkörper und riss mich zur Seite um. Erschrocken quietschte ich auf und kniff die Augen zusammen. Das war viel zu schnell gegangen!

Florian ließ mich allerdings nicht fallen, er hielt mich ein paar Zentimeter über dem Boden fest und grinste überlegen. „So viel dazu, dass du's kannst", neckte er mich. „Du hast nicht mal versucht, dich zu wehren."

„Das ... das ... das war viel zu schnell", stammelte ich.

Vorsichtig zog er mich etwas hoch, sodass ich mich wieder in derselben Position wie vor seinem Angriff befand. Doch er löste die Umarmung nicht. Wir standen dicht beieinander, konnten den Atem des anderen spüren und blickten uns an.

Auf einmal kam das Herzklopfen wieder. Die Aufregung. Die Unsicherheit. Die Spannung. Das Knistern. Alles war da. Sobald ich ganz nah bei Florian war.

„Tja, manchmal geht's eben so schnell, dass man keine Chance mehr hat", murmelte er.

„Ich hab nur zu langsam reagiert", flüsterte ich.

Wieso sprachen wir plötzlich so leise? Woher kam das Herzklopfen? Warum konnte ich meinen Blick kaum noch von Florians blauen Augen lösen, mit denen er mich so milde ansah?

Er beugte sich noch näher zu mir, sodass unsere Nasenspitzen sich berührten. Ich schreckte nicht zurück, ich verharrte in dieser Position, unschlüssig, was ich tun sollte. Mein Atem ging schneller, das merkte ich. Warum kam Florian mir so nahe? Warum ließ er mich nicht los? Ich erwiderte seine Umarmung nicht mal, ich stand bloß da und wartete.

„Du konntest eben nicht mehr ausweichen", murmelte er.

„Wie denn auch, wenn du mich so überra..."

Florian schnitt mir das Wort ab. Aber nicht, indem er etwas sagte, sondern indem er seine Lippen auf meine legte.

Entsetzt riss ich die Augen auf. Er küsste mich! Oh Gott, er küsste mich! Was sollte ich tun?! Mein Kopf sagte mir, dass ich Florian wegstoßen musste. Dass ich das Ganze sofort unterbinden musste.

Doch mein Körper reagierte nicht. Er gehorchte mir nicht mehr. Im Gegenteil, er handelte von ganz allein. Als ich Florians sanften Kuss spürte, seine warmen Lippen, seine Umarmung, schloss ich unwillkürlich die Augen und entspannte mich nach dem ersten Schockmoment.

Doch mir wurde schnell klar, dass vor mir nicht mein Freund stand. Es war nicht Raphael, der mich in seinen starken Armen hielt und küsste. Es war Florian! Das war falsch! Aber wieso schubste ich ihn dann nicht weg?! Wieso ließ ich diesen Kuss zu?!

Mein Herz raste und die Verwirrung tobte in meinem Kopf. Ich musste etwas tun. Ich konnte nicht einfach dastehen und mich von Florian küssen lassen.

Endlich schaffte ich es, mich loszureißen und zurückzuweichen. Ich wollte etwas sagen, ihn fragen, wieso er mich plötzlich küsste, doch ich brachte keinen Ton heraus.

Desorientiert trat ich noch einen Schritt zurück, um mit dem Abstand auch meine Ruhe zurückzugewinnen, aber ich stolperte gegen mein Bett und landete darauf. Egal. Im Sitzen spürte ich wenigstens meine weichen Knie nicht mehr.

Verunsichert blickten Florian und ich uns an. Wir konnten beide nichts sagen, obwohl es vieles zu klären gab.

Er kam ein Stück näher, sodass er vor mir stand und zu mir heruntersah. Ich blieb stocksteif sitzen und beobachtete ihn. Wenn er noch mal versuchen würde, mich zu küssen, würde ich ausweichen. Denn es war falsch! Auch wenn es sich für eine Sekunde gut angefühlt hatte, es war falsch.

„Ähm, Lara“, stammelte er, „ich ... also, ich ...“

Ängstlich sah ich ihn an. Er musste sich nur entschuldigen. Dann wäre alles wieder in Ordnung. Würde er aber etwas anderes sagen, könnte das unsere Freundschaft endgültig zerstören.

Dummerweise kam er nicht dazu, seinen Satz zu beenden. „Flo, wo bist du?“, rief sein kleiner Bruder durchs Haus. „Wir können fahren!“

„Ich muss los“, murmelte er.

Wie betäubt nickte ich und stand auf. „Ja ...“

Unbeholfen umarmten wir uns. Doch dann überraschte er mich erneut, indem er mich auf die Wange küsste.

Er lächelte schief. „Bis morgen Abend beim Training.“ Immer noch geschockt nickte ich bloß wortlos zum Abschied.

Florian ging aus dem Zimmer und ließ mich völlig verunsichert zurück. Was war da gerade passiert? Ich konnte es nicht fassen. Und nun war ich umso erleichterter, gleich meine beste Freundin zu treffen. Denn ich brauchte Hilfe. Ganz, ganz dringend.

„Es ist WAS passiert?!“, schrie Sophie.

„Er hat mich geküsst“, flüsterte ich und starrte auf die violette Bettdecke unter mir. „Total plötzlich.“ Wir saßen in ihrem Zimmer auf dem riesigen Bett einander gegenüber. Ich war sogar eine Viertelstunde vor der vereinbarten Zeit erschienen, weil ich meine Panik und diese furchtbare Ratlosigkeit nicht mehr ausgehalten hatte.

Sophie nahm meine Hände in ihre und musterte mich eindringlich. „Und dann? Was hat er gesagt?“

„Nichts“, seufzte ich und drückte ihre Hände. „Wir haben nicht darüber geredet, er ist sofort danach mit seinem Bruder heimgefahren.“

„Oh, das ist gar nicht gut“, jammerte sie. „Wie hast du reagiert?“

„Ich hab ihn weggestoßen. Aber erst nach einer Ewigkeit! Ich konnte mich nicht rühren und ... für einen Moment hab ich Idiot die Augen geschlossen“, gestand ich.

Sophie runzelte die Stirn. „Was soll das heißen?“

„Ich hätte seinen Kuss fast erwidert.“ Meine Stimme klang brüchig, weil ich mich so schämte.

Traurig und überrascht zugleich sah sie mich an. „Sag bloß, du hast dich in Florian verliebt!“

„Nein!“, protestierte ich sofort und schüttelte heftig den Kopf. „Ich bin nur für einen Moment schwach geworden! Ich hab nicht aufgepasst!“

„Sicher?“, hakte sie nach.

Da fiel mir das Herzklopfen wieder ein. Und diese Spannung in der Luft. Ich schluchzte auf. „Oh Gott, Sophie, ich weiß nicht weiter!“

Beruhigend strich sie mir über den Handrücken. „Also bist du doch ein wenig in ihn verliebt?“

„Nein ... oder ja ... vielleicht ... Ich weiß es nicht!“ Mutlos ließ ich den Kopf hängen. „Ich hatte ein paarmal Herzklopfen bei ihm.

Und es hat gutgetan, viel mit ihm zu unternehmen, vor allem weil ich Raphael in letzter Zeit kaum gesehen habe. Aber das heißt doch nicht gleich, dass ich in Florian verliebt bin, oder?“

„Hm.“ Sie überlegte sehr lange. Die Stille kam mir unerträglich vor, doch ich wartete, bis sie endlich etwas sagte. „Lara, magst du Raphael noch?“

„Ich ... ich hab's ihm zwar noch nicht verraten, aber ... ich mag ihn nicht nur, ich ... liebe ihn“, flüsterte ich.

Verdutzt blickte Sophie mich an. „Wirklich?“

Ich nickte und senkte beschämt den Kopf. „Ganz sicher.“

Plötzlich gab sie mir eine Ohrfeige. Es war kein fester Schlag, doch ich hatte ihn nicht kommen sehen. Erschrocken starrte ich meine beste Freundin an und hielt mir die linke Wange.

„Sophie, was ...“, stammelte ich.

Dann umarmte sie mich fest. „Du bist bescheuert!“, rief sie. „Du dumme Kuh! Wenn du Raphael wirklich liebst, kannst du nicht zulassen, dass Florian dich küsst! Auch wenn du dich etwas einsam und vernachlässigt gefühlt hast!“

Sie hatte recht, diese Ohrfeige hatte ich wahrscheinlich wirklich verdient ...

Zögerlich erwiderte ich Sophies Umarmung. „Was mache ich denn jetzt?“, fragte ich hilflos. „Klar, ich werde Raphael morgen gestehen, was heute passiert ist, aber was mache ich wegen Florian?“

„Nein, du wirst jetzt gleich zu Raphael gehen!“, befahl sie. „Egal, wie beschäftigt er ist, das muss er wissen!“

Es war mir ehrlich gesagt auch lieber, es so schnell wie möglich hinter mich zu bringen. Ich schämte mich wirklich sehr. „Gut. Und was mache ich mit Florian?“

Sophie grübelte kurz. „Wann siehst du ihn das nächste Mal?“

„Morgen Abend beim Training“, antwortete ich. „Aber ich weiß nicht, ob ich hingehen soll ...“

„Doch, du gehst hin und machst ihm klar, dass das eine einmalige Sache war und er sich das nie wieder erlauben kann!“, riet sie mir.

Ich schob die Augenbrauen zusammen. „Meinst du, das bringt was?“

Sophie nickte. „Und ob. Mach ihm das deutlich, bevor das Ganze eskaliert!“

„Okay. Danke für deine Hilfe!“ Ich lächelte schwach. „Ohne dich wäre ich aufgeschmissen. Ich wusste nicht mehr weiter.“

Sie erwiderte mein Lächeln. „Dafür hast du mich doch. Und jetzt los, geh zu Raphael und klär den Mist!“

Ich stand von ihrem Bett auf. „Mache ich. Drück mir die Daumen, dass er nicht allzu böse auf mich ist ...“

„Wenn du ihm erzählst, dass du Florian weggestoßen hast, wird er sich vielleicht nicht ganz so sehr aufregen“, vermutete sie. Dann blickte sie mich eindringlich an. „Aber, bitte, sei ehrlich zu ihm. Sag ihm alles. Und denk dran, Raphael hat sich in letzter Zeit nicht so selten mit dir getroffen, weil er es so wollte. Er hat echt viel zu tun.“

„Das weiß ich doch“, murmelte ich.

„Und du musst zugeben, er hat wirklich nur Augen für dich.“ Sie lächelte zu mir hoch. „Oder hast du irgendwann mal bemerkt, wie er einem anderen Mädchen hinterhergeschaut hätte?“

Ich schüttelte den Kopf. „Nein, gar nicht.“

Es stimmte – Raphael, der ehemalige Frauenheld, gab mir keinen Grund zur Eifersucht. Im Gegenteil, ich hatte immer das Gefühl, etwas ganz Besonderes für ihn zu sein.

„Also rede mit ihm. Und bleib bei der Wahrheit!“, bat Sophie mich.

„Ich hatte nicht vor zu lügen“, beruhigte ich sie.

Sie wirkte erleichtert. „Gut. Immerhin bist du Raphaels erste richtig feste Freundin. Er wäre am Ende, wenn du ihm etwas verheimlichen würdest!“

„Das werde ich nicht“, versprach ich.

Ich wollte Raphael niemals verletzen oder traurig machen. Ich wollte diejenige sein, bei der er fröhlich und ausgelassen sein konnte. Bei der er sich wohlfühlte, so wie ich mich bei ihm wohlfühlte.

Schnell machte ich mich auf den Weg zu seinem Haus. Hoffentlich erwischte ich ihn nicht in einem extrem ungünstigen Moment, wenn ich unangemeldet vor seiner Tür stand.

Ein wenig unsicher war ich schon. Ich hatte definitiv etwas für Florian übrig, dieses starke Herzklopfen in seiner Nähe bewies es. Und das beunruhigte mich immens.

Es erschien mir so lächerlich. Vor ein paar Monaten noch hatte ich in ständiger Angst um mein Leben und meine Schwester gelebt.

Und heute? Heute war mein größtes Problem, dass ich mit meinen verwirrenden Gefühlen nicht klarkam.

Ich musste eine Wahl treffen, wie Sophie es mir gerade klargemacht hatte. Man konnte nicht gleichzeitig in zwei Personen verliebt sein. Und ich wusste genau, für wen ich mich entscheiden würde.

Entschlossen drückte ich auf die Klingel.

Während ich wartete, verlagerte ich mein Gewicht von einem Fuß auf den anderen. Ich war nervös. Ich hatte Angst, wie Raphael reagieren würde, als er mir auch schon die Tür öffnete.

Überrascht sah er mich an. „Lara, was machst du denn hier?", wunderte er sich.

Als ich in seine fesselnden blauen Augen blickte, in sein wohlbekanntes Gesicht, kamen mir plötzlich die Tränen. Ich fühlte mich so mies, so schäbig und schmutzig. Wie hatte ich bloß Florians Kuss zulassen können? Ich war eine dumme Kuh, da konnte ich Sophie nur zustimmen. Eindeutig.

„Hey, was ist los?", fragte Raphael besorgt und trat vor die Haustür, um mich zu umarmen. „Warum weinst du?" Seine Wärme und sein wohlbekannter Geruch verstärkten mein schlechtes Gewissen nur noch. Ich hätte niemals zulassen dürfen, dass mich ein anderer Junge küsste.

Ich drückte ihn fest. „Es tut mir so leid!", schluchzte ich.

„Wovon redest du?" Er klang verwirrt. „Was tut dir leid?"

Es fiel mir schwer, in Worte zu fassen, was geschehen war. Mit Sophie darüber zu reden, war etwas anderes, als es Raphael zu gestehen. „Es ... also ... dass ... ich ... du ... ähm ...", stammelte ich.

Sanft strich er mir über den Rücken. „Komm erst mal rein." Er zog mich hinter sich her ins Haus und schloss die Tür. „Willst du was trinken?" Zögerlich nickte ich. Vielleicht beruhigte mich ein kühles Getränk. „Warte in meinem Zimmer, ich komme gleich nach", wies er mich an.

Während er etwas zu trinken holte, schleppte ich mich nach oben in sein Zimmer. Hier herrschte das pure Chaos, Zettel und Schulbücher waren auf dem Schreibtisch und dem Fußboden daneben verteilt, auch jede Menge Stifte und Klamotten lagen herum. Raphael musste bis eben gelernt haben.

Ich setzte mich aufs Bett, weil das grüne Sofa unter Schmutzwäsche verschüttet war. Nervös spielte ich an meinen Fingern herum. Was sollte ich Raphael nur sagen, wenn er gleich kam? Wie sollte ich ihm erklären, was passiert war? Mir fiel keine gute Antwort darauf ein. Irgendwie musste ich über die Lippen bringen, dass Florian mich geküsst hatte.

Ich strich mir die Tränen aus dem Gesicht und warf mein offenes Haar über die Schultern zurück. Tief atmete ich durch. Hoffentlich wurde Raphael nicht allzu wütend, wenn er davon erfuhr.

Beinahe lautlos betrat er das Zimmer mit einem Wasserglas in der Hand. Scheu blickte ich zu ihm hoch, immer noch von meinem schlechten Gewissen geplagt. Er setzte sich neben mich aufs Bett und reichte mir das Getränk. Meine Hände zitterten vor Aufregung, darum stellte ich es auf den Nachtschrank, nachdem ich ein paar Schlucke genommen hatte.

Sanft ergriff Raphael meine Hände und musterte mich besorgt. „Was ist los?"

„Ich ... ich wollte dich nicht beim Lernen stören oder so", flüsterte ich. „Aber es ist wichtig ..."

„Schon gut", winkte er ab. „Du siehst völlig fertig aus, Häschen."

Wieder kamen mir die Tränen, als er mich bei meinem Spitznamen nannte. Ich fühlte mich so elend. Vor allem weil mein Freund alles stehen und liegen ließ, um für mich da zu sein. Obwohl er sicherlich etwas anderes zu tun hatte.

Er umarmte mich fest. „Ganz ruhig. Ist irgendwas passiert? Hast du wieder schlecht geträumt?"

Schnell schüttelte ich den Kopf. „Es ... es hat nichts mit Gilbert zu tun."

„Sondern?", hakte er geduldig nach.

„Mit Florian", wisperte ich.

Raphael löste die Umarmung wieder und nahm meine Hand. „Was ist mit ihm?", fragte er skeptisch.

Da konnte ich nicht mehr still sitzen. Ich sprang vom Bett auf, schüttelte seine Hand ab und trat wieder von einem Fuß auf den anderen. Ich musste es sagen. Jetzt. Kurz und schmerzlos.

„Er hat mich geküsst", schluchzte ich und wischte meine Tränen mit dem Ärmel meines Shirts weg. „Sein Bruder war bei meiner

Schwester zu Besuch, und als er ihn vorhin abholen wollte, da hat er ... mich einfach geküsst."

Beschämt fixierte ich den Boden, ballte die Hände zu Fäusten und wartete auf Raphaels Wutanfall. Dass er aber kein Wort sagte, verunsicherte mich. Ich blickte wieder auf, direkt in ein völlig entsetztes Gesicht. Raphaels blaue Augen weiteten sich, sein Mund stand offen und er strich sich nicht mal die schwarzen Haarsträhnen, die ihm in die Stirn fielen, beiseite.

„Ich wollte das nicht", fuhr ich fort, „aber ich ... ich konnte ihn erst nicht abwehren! Also, ich hab ihn am Ende schon weggestoßen, aber ... aber davor hab ich ... hab ich kurz die Augen zugemacht, weil ... weil ich solches Herzklopfen hatte. Es war falsch und im Nachhinein weiß ich das. Ich hätte schon viel früher ausweichen müssen", rief ich verzweifelt. „Es war nur so ... komisch, weil wir in letzter Zeit so viel unternommen und uns so gut verstanden haben, also, ich meine, ich hab mich in seiner Nähe wohlgefühlt, aber ich hätte nie damit gerechnet, dass so was passiert. Ich war total überrumpelt! Und überfordert!" Mit diesem Redefluss hatte ich Raphael vermutlich erschlagen. Die Worte waren plötzlich aus mir herausgesprudelt, ich hatte sie nicht zurückhalten können. Und immerhin kannte mein Freund nun die ganze Wahrheit.

Er atmete tief durch und umklammerte den Rand seines blauen T-Shirts mit der Faust. Es dauerte lange, bis er etwas sagte. Verärgert blickte er mich an, gleichzeitig lag Schmerz in seinen blauen Augen. „Machst du gerade mit mir Schluss?", fragte er fast tonlos.

Diesmal war ich es, die entsetzt aussah. Wie kam er darauf? Wie konnte er denken, dass ich mit ihm Schluss machen wollte? „Nein!", rief ich. „Um Himmels willen, Raphael, nein! Ich bin hier, um mich dafür zu entschuldigen! Ich verspreche dir, dass ich so was nie wieder zulassen werde! Und dass ich Florian genau das sagen werde, wenn ich ihn morgen Abend beim Training treffe. Dass das ein einmaliger Fehler war. Dass das nicht mehr vorkommt. Weil ich ... weil ..." Mal wieder konnte ich nicht aussprechen, was ich Raphael schon so lange sagen wollte. Mir blieben die Worte im Hals stecken, meine Tränen erstickten mich regelrecht.

Mein Freund musterte mich skeptisch, er wirkte immer noch aufgebracht und von meinen Worten nicht ganz überzeugt. Vielleicht hätte ich nicht erwähnen sollen, dass ich in Florians Nähe Herzklopfen gehabt hatte. Aber ich wollte Raphael nicht anlügen. Er musste die Wahrheit kennen.

„Weil ich nicht nur verliebt in dich bin", beendete ich den angefangenen Satz und atmete tief durch. „Denn ... ich liebe dich." Unglaublich. Ich hatte es ihm endlich gestanden. Mein Freund stutzte, nachdem ich diese Worte hervorgebracht hatte. Er war sprachlos, starrte mich überrascht an und öffnete den Mund, ohne ein Wort über die Lippen zu bringen.

Da ich nun alles losgeworden war, was ich auf dem Herzen hatte, konnte ich mich wieder ruhig hinsetzen. Zaghaft nahm ich neben Raphael Platz und blickte ihn abwartend an. Nun lag es an ihm, mir eine Antwort zu geben. Er schwieg so lange, dass meine Nervosität zurückkehrte. Ängstlich biss ich mir auf die Unterlippe und schaute ihn an.

„Okay ..." Um seine Gedanken zu ordnen, fasste er noch mal zusammen, was ich soeben gesagt hatte. „Flo hat dich geküsst, aber du bist ganz bestimmt nicht in ihn verliebt?", vergewisserte er sich. „Das wird nicht wieder passieren? Und ... du liebst mich?"

Ich spürte, dass meine Wangen rot wurden, doch ich nickte. „Ja zu allen drei Fragen", antwortete ich.

Zögerlich griff Raphael nach meinen Händen, um sie fest zu drücken. „Ich muss zugeben, ich bin gerade etwas überrumpelt", murmelte er.

„Es tut mir furchtbar leid", flüsterte ich. „Also, das ganze Chaos. Das wollte ich nicht, wirklich!"

Ein wenig Erleichterung machte sich in mir breit – immerhin hatte Raphael von sich aus meine Hände genommen. Er hielt mich fest, auch wenn er sichtlich verwirrt war. Er schrie mich nicht an, er schickte mich nicht weg, er überlegte nur.

„Ich wollte dir das zwar erst an deinem Geburtstag sagen, aber jetzt bist du mir zuvorgekommen." Er lächelte schief. „Dann muss ich wohl antworten."

„Was meinst du?", fragte ich unsicher. Meine Hände zitterten immer noch, fiel mir in diesem Moment auf.

Das bemerkte auch mein Freund. „Ganz ruhig", seufzte er. „Es ist okay, Lara. Weißt du, ich ... ich liebe dich auch."

Überwältigt, gerührt und überglücklich sah ich ihn an. „Wirklich?"

Er nickte. „Wirklich."

Stürmisch umarmte ich ihn. Ich schluchzte wieder auf, doch diesmal waren es Freudentränen, die mir über die Wangen strömten. „Ich bin so froh", flüsterte ich. „Ich hatte solche Angst, dass du mich jetzt hasst!"

Er drückte mich an sich. „Es ist ja nicht so, als ob du ihn geküsst hättest, oder?"

„Nein, wirklich nicht", versicherte ich ihm.

Zärtlich strich er mir über die Wange, ich schmiegte mich dabei an seine Handfläche. „Gut. Aber ich werde mich dafür noch bei Flo bedanken", brummte er düster. Das klang bedrohlich. Was hatte er vor?

„Ich mache ihm morgen eine Ansage", entgegnete ich. „Das sollte reichen ..."

Raphael wirkte nicht überzeugt. „Mal sehen."

Erleichtert und glücklich, weil Raphael mir verziehen hatte, wollte ich nicht mehr an Florian denken. Damit musste ich mich noch früh genug auseinandersetzen. Dieser Augenblick gehörte Raphael und mir. Wir hatten uns unsere Liebe gestanden und ich hatte das Gefühl, dass wir uns nun noch näher waren und sich nichts mehr zwischen uns stellen konnte. Überwältigt von diesem besonderen Moment lächelte ich und beugte mich zu Raphael, um ihn zu küssen. Es war ein sanfter, unschuldiger Kuss, nicht lang, aber unglaublich schön. Erleichternd, liebevoll, beruhigend.

„Es ist alles wieder in Ordnung", schoss es mir durch den Kopf. Zum Glück.

Mein Freund und ich hielten uns fest umschlungen, wir saßen ganz nah beieinander und genossen den Augenblick. Als wir uns voneinander lösten, blickten wir uns strahlend an.

„Ich würde nie mit dir Schluss machen", flüsterte ich. „Das könnte ich gar nicht. Denk das bloß nie wieder!"

Er musterte mich amüsiert. „Es klang so. Ich hab's falsch verstanden."

„Total!", bestätigte ich.

Er drückte mich seufzend an sich. „Ich glaub's dir ja."

Kurz blieb ich noch bei ihm sitzen, wir redeten ein wenig und küssten uns, doch dann wurde es Zeit, nach Hause zu gehen. Ich wollte ihn nicht länger beim Lernen stören, zumal wir uns morgen sehen würden.

Gegen acht Uhr gingen wir zusammen die Treppe runter, an der Haustür blieben wir stehen. Raphael umarmte mich und hauchte mir einen Kuss auf die Stirn. „Hab einen schönen Abend, Häschen“, wünschte er mir.

„Bis morgen“ verabschiedete ich mich. „Und entschuldige diesen plötzlichen Überfall.“

„Okay“, winkte er ab. „Es ist gut, dass du direkt mit mir geredet hast.“

„Ich konnte nicht warten“, gestand ich.

Er strich mir durchs Haar. „Und ich kann’s nicht erwarten, dich morgen wiederzusehen.“

Verlegen lächelte ich. „Ich freu mich auch schon.“

Mit einem langen Kuss verabschiedeten wir uns voneinander, bevor ich zum Nachbarhaus eilte. Meine Eltern wunderten sich bestimmt schon, wo ich blieb. Ich hatte ihnen nämlich gesagt, dass ich nur schnell eine Stunde zu Sophie hinübergehen würde – und nun war ich seit zwei Stunden weg.

Im Wohnzimmer traf ich Bianca und Lorenz, sie saßen nebeneinander auf dem Sofa und schauten gerade die Nachrichten. Mein Vater hatte einen Arm um meine Mutter gelegt, sie lehnte sich an ihn.

„Hey“, begrüßte ich die beiden und setzte mich zu ihnen aufs Sofa.

„Da bist du ja!“, merkte Lorenz an. „Hast du dich mit Sophie verquatscht?“

„Ich war noch kurz bei Raphael“, erklärte ich.

Bianca lächelte. „Ach so. Wie geht’s ihm denn im Abistress?“

„Darüber haben wir gar nicht geredet“, antwortete ich.

Sie grinste. „So, so, was habt ihr denn dann gemacht?“

„Mama, hör mit den peinlichen Fragen auf“, brummte ich.

Mein Vater lachte. „Junge Liebe.“

Das Klingeln des Festnetztelefons erlöste mich aus der unangenehmen Situation. Ich mochte es nicht, wenn meine Eltern mich mit meinem Freund aufzogen. Bianca nahm das Telefon vom Couchtisch und stellte den Ton des Fernsehers stumm. Dann hob sie ab. „Winkler", meldete sie sich. „Hallo? Hallo?" Sie musterte den Hörer verwundert. „Komisch. Aufgelegt ..."

„Bestimmt hat sich jemand verwählt", vermutete Lorenz.

Sie nickte und legte das Telefon beiseite. „Wahrscheinlich", stimmte sie zu. In diesem Moment ahnte noch keiner, was sich wirklich hinter diesem Anruf verbarg. Und dass er sich wiederholen würde. Sehr, sehr oft.

Im Stich gelassen

„Mir reicht's!", tobte mein Vater und knallte das Telefon auf den Esstisch.

„Schatz, beruhige dich", seufzte meine Mutter. Doch auch sie sah genervt aus.

Lorenz schüttelte den Kopf. „Nein! Das war jetzt der fünfte Anruf innerhalb von 24 Stunden! Immer mit unterdrückter Nummer!"

„Vielleicht ein Telefonstreich?", meldete ich mich zu Wort.

Zum Glück waren wir mit dem Abendessen fertig, Nele hatte das Esszimmer bereits verlassen. Sie wäre bestimmt geschockt, wenn sie Lorenz so wütend erlebt hätte.

„Lustig ist das beim besten Willen nicht", brummte mein Vater.

„Lara, du triffst dich gleich mit Florian, oder?", wechselte Bianca abrupt das Thema. „Bei ihm zu Hause?"

Ich nickte. „Wie jeden Sonntagabend." Aber mir war nicht wohl bei dem Gedanken. Allerdings hatte Raphael mich heute noch mal darin bestärkt, meinem Banknachbarn und Trainingspartner eine klare Abfuhr zu erteilen.

„Hinfahren kann ich dich, aber das mit dem Abholen wird schwierig", erklärte sie. „Lorenz und ich sind heute Abend bei Anna und Luca."

Ach, sie trafen sich mit den Eltern von Sophie und Niklas? Das hatte ich gar nicht gewusst.

„Irgendwie komme ich schon heim", meinte ich.

„Florian kann dich vielleicht fahren", schlug Lorenz vor.

„Und im Notfall sind wir auf dem Handy erreichbar", ergänzte Bianca.

„Ist okay. Ich ziehe mich nur schnell um, dann muss ich los, ja?"

Meine Mutter nickte. „Sag, wenn du fahren willst."

Eine gute Viertelstunde später setzte sie mich im Nachbardorf Schirmitz ab. Wir verabschiedeten uns voneinander und schon klingelte ich an Florians Haustür. Mit einem mulmigen Gefühl im Magen.

Als er mir öffnete, wirkte er nicht im Geringsten aufgeregt. „Hi!", begrüßte er mich fröhlich. „Komm doch rein."

Verunsichert von seiner guten Laune betrat ich das Haus. Wieso war er so entspannt? Er benahm sich wie immer. Als hätte er mich nie geküsst.

Während des gesamten Trainings überlegte ich ununterbrochen, wann und wie ich unser Problem am besten ansprach. Doch ich fand keine Gelegenheit, bis mir nach der Trainingsstunde etwas einfiel.

Wir saßen wie üblich an der Wand neben der Tür, allerdings hielt ich heute einen Sicherheitsabstand zu Florian ein. Und ich hatte behauptet, keinen Durst zu haben, um nicht mehr mit ihm aus derselben Flasche zu trinken. Denn wenn Florian schon keinen Abstand zu mir hielt, musste ich ein wenig Distanz wahren. Bevor er einen falschen Eindruck bekam.

„Ach, eine Frage", merkte ich an, „kannst du mich heimbringen? Meine Eltern sind bei Freunden, und ich wollte sowieso was mit dir bereden ..."

Kurz zögerte er, strich sich mit einer Hand das schweißnasse Haar zurück und nickte schließlich. „Kann ich machen. Aber wir müssten laufen, mein Vater ist mit dem Auto unterwegs."

„Kein Problem", entgegnete ich. „Dann haben wir mehr Zeit zum Reden." Von Schirmitz nach Pirk brauchte man zu Fuß ungefähr eine halbe Stunde.

Er stand auf und hielt mir die Hand hin. „Okay."

Immerhin sah er ein, dass wir das Ganze nicht totschweigen konnten. Ich erhob mich, ohne mir von ihm helfen zu lassen. Falls er sich noch irgendwelche falschen Hoffnungen machte, musste ich sie endgültig zerstören.

Obwohl es draußen schon dämmrig war, fühlte sich die Luft immer noch warm an. Deshalb zog ich die Jacke aus und knotete sie mir um die Hüfte. Florian hatte sich umgezogen, er war in frische Shorts und ein T-Shirt geschlüpft.

Schweigend gingen wir nebeneinanderher, minutenlang. Ich wusste nicht, wie ich anfangen sollte. Mir fehlten die Worte, jedenfalls die richtigen. Auf dem Weg griff Florian plötzlich nach meiner Hand, einfach so nebenbei, als wäre es ganz natürlich. Schnell entzog ich sie ihm und steckte beide Hände in die Hosentasche. „Flo, das ist falsch", begann ich.

„Wieso?", entgegnete er. Er klang zwar ruhig, doch ich war mir sicher, dass er sich über meine Reaktion ärgerte.

„Wieso hast du mich gestern geküsst?", stellte ich eine Gegenfrage.

„Weil sich seit Monaten nichts geändert hat. Ich mag dich immer noch", erklärte er.

„Nein! Das ist unmöglich! Ich hab dir doch im Februar schon gesagt, dass das mit uns nichts wird", erinnerte ich ihn verzweifelt.

„Lara, ich weiß, dass du was für mich übrig hast", beharrte er.

Heftig schüttelte ich den Kopf. „Nein! Nicht so! Außerdem bin ich mit Raphael zusammen!" Dieses Argument war so schlagkräftig, dass es Florian einfach zum Schweigen bringen musste. Doch das tat es nicht.

„Wenn du dir deshalb Sorgen machst, können wir uns heimlich treffen."

Entsetzt starrte ich ihn an. „Spinnst du?", rief ich.

Wie zur Hölle kam er auf die Idee, ich würde meinen Freund hintergehen? Schon der gestrige Kuss hatte mir ein furchtbar schlechtes Gewissen bereitet. Allein der Gedanke daran, Florian heimlich zu treffen, war mir zuwider. Auch wenn ich meinen Trainer irgendwie gernhatte, das ging zu weit. Wir waren Freunde, nicht mehr und nicht weniger.

Da packte er mich am Handgelenk, blieb stehen und zwang mich somit, ebenfalls innezuhalten. Ich bekam Angst vor ihm. Wir standen hier ganz allein am Rand einer verlassenen und nicht beleuchteten Straße. In der anbrechenden Dunkelheit erkannte ich Florians eindringlichen Blick kaum. Doch ich wusste, dass er mich ansah. Und dass ich ihn verärgert hatte.

„Du hättest ausweichen können", sagte er nur.

Klar, er sprach von dem Kuss. Und er hatte recht, aber das wollte ich mir nicht eingestehen. „Ich ... ich konnte nicht so schnell reagieren", redete ich mich heraus.

„Lüg mich nicht an", entgegnete er. Sein Griff um mein Handgelenk wurde fester, er zog mich näher zu sich, sodass ich die eine Hand aus der Hosentasche nehmen musste. „Es kam mir nicht gerade so vor, als würdest du dich wehren!"

Wütend starrte ich ihn an. „Ich hab dich weggestoßen!"

„Wann? Nach einer Minute?"

„Flo, hör auf mit dem Mist!", verlangte ich und riss mich von ihm los, um weiterzugehen. „Ich wollte dir nur sagen, dass es ein Fehler war und nie wieder vorkommen wird!"

Er lief neben mir her. „Und warum?"

Langsam regte er mich wirklich auf. „Weil ich Raphael liebe!"

Wieder nahm er meine Hand, um mich zu sich umzudrehen. Doch diesmal reagierte ich schnell genug und trat einen Schritt zurück, bevor er mich erneut küssen konnte. Und damit riss sein Geduldsfaden.

Ich hätte damit gerechnet, dass er es noch mal versuchen würde. Oder dass er mich anschreien würde. Aber ich hätte niemals gedacht, dass er sich einfach umdrehen und mich allein stehen lassen würde.

Es dauerte ein paar Sekunden, bis ich begriff, dass er zurück nach Schirmitz ging. Dass er in der Dunkelheit verschwand, ohne ein weiteres Wort zu mir zu sagen. Aber genau das tat er.

„W...warte!", rief ich. Das hatte ich nicht gewollt. Ich hatte ihn nicht verjagen wollen! Ich hatte ihm nur erklären wollen, dass wir Freunde waren, nicht mehr. Ich fühlte mich schlecht, weil ich wusste, dass ich ihn verletzt und verärgert hatte. Aber ich musste ihm doch irgendwie klarmachen, wie ich die Beziehung zwischen uns sah.

Er ignorierte mich, stapfte so schnell davon, dass er schon bald in der Dunkelheit verschwand. Und erst in diesem Moment wurde mir klar, dass ich ganz allein, geradezu schutzlos, auf einer verlassenen Straße stand. Während Gilbert mich suchte.

Panik stieg in mir auf, was sollte ich tun? Ich zitterte aus Angst am ganzen Körper, schlang die Arme um mich und blickte mich hastig um.

„Flo?", rief ich. „Flo, bitte, warte, lass mich nicht allein!"

Natürlich war er längst nicht mehr in Hörweite. Ich bekam keine Antwort.

Also machte ich das Einzige, was mir in meiner Höllenangst einfiel. Ich zog mein Handy aus der Hosentasche und rief Raphael an. Es dauerte eine gefühlte Ewigkeit, bis er abhob. „Lara, was gibt's? Wie lief dein Gespräch mit Florian?"

Ich atmete tief durch, um möglichst ruhig zu bleiben. Aber ich konnte die Hysterie in meiner Stimme nicht verbergen. „Raphael, ich ... ich ... ich brauche Hilfe", stammelte ich.

Sofort klang er alarmiert. „Was ist los?!"

„Ich stehe irgendwo zwischen Schirmitz und Pirk", schluchzte ich. „Es ist dunkel, ich bin allein und ..." Meine Stimme erstarb, Tränen füllten meine Augen. Ich hatte solche Angst! Gilbert könnte überall, hinter jedem Baum, lauern und auf genau so eine Gelegenheit warten.

„Du stehst wo?", wollte Raphael wissen. Aus dem Handy hörte ich schnelle Schritte, anscheinend lief mein Freund eine Treppe hinunter.

„Zwischen Pirk und Schirmitz", wiederholte ich. „Ich hab mit Flo geredet und dann ist er einfach weggegangen. Ich hab Angst! Vielleicht ist Gilbert in der Nähe! Was, wenn er mich gefunden hat?", wimmerte ich.

„Ganz ruhig", redete Raphael auf mich ein. „Ich bin in drei, vier Minuten bei dir. Bleib bloß nicht stehen! Geh weiter nach Pirk, ich komme dir entgegen!"

Ich schniefte laut. „Danke!"

„Es ist alles okay", beruhigte er mich. „Ich bin gleich bei dir."

Dann legte er auf. Schnell wischte ich mir die Tränen aus dem Gesicht und rannte in Richtung Pirk. Doch zu Fuß würde ich bestimmt noch etliche Minuten bis nach Hause brauchen.

Mein Herz raste und in meinem Kopf pulsierte ein einziger Gedanke: „Er ist hinter dir her."

Panisch und verängstigt rannte ich weiter, trotz Seitenstechen und Erschöpfung. Ich durfte nicht stehen bleiben. Gilbert konnte mich jederzeit finden.

Als ich hinter mir ein Knacken hörte, wirbelte ich herum. Was war das?! In der Dunkelheit erkannte ich nichts, doch ein eiskalter Schauer lief mir den Rücken hinunter. Ich musste weiter!

Das erleichternde Gefühl, als mich der Scheinwerfer von Raphaels Motorrad blendete, würde ich wohl nie vergessen. Ich hatte mich noch nie so sehr gefreut, den knatternden Motor zu hören.

Obwohl ich immer noch weinte, fühlte ich mich besser. Ich war nicht allein. Raphael war hier.

Eilig stieg er vom Motorrad ab und ließ die Maschine einfach am Straßenrand stehen, um mich zu umarmen. Er nahm nicht mal den Helm ab, er drückte mich sofort an sich. „Ganz ruhig." Durch das Visier hörte ich seine Stimme nur gedämpft. „Alles ist gut. Ich bring dich nach Hause."

Ich klammerte mich an ihn. „Danke!", schluchzte ich. „Danke!"

Er strich mir über den Rücken. „Ist doch selbstverständlich."

„Du klingst so wütend", fiel mir auf.

„Nicht auf dich", entgegnete er. „Auf Florian. Dass er dich einfach stehen gelassen hat, ist das Letzte!", motzte er. „Gerade in deiner Situation!"

„Vielleicht hab ich übertrieben", murmelte ich. „Ich meine, wie wahrscheinlich ist es, dass Gilbert mich genau jetzt findet?"

Da Raphael nun bei mir war, hatte sich meine Angst gelegt. Sie erschien sogar beinahe lächerlich. Es gab schließlich keinen Hinweis darauf, dass Gilbert mich gefunden hatte.

„Darum geht's nicht!", wandte mein Freund erzürnt ein. „Es geht ums Prinzip!"

Ich wusste nicht, was ich darauf antworten sollte. Ich schlang nur wortlos meine Arme um ihn, um mich wieder sicher zu fühlen.

Nach einer Weile ließ Raphael mich los und ging zu seinem Motorrad, um unter dem Sitz seinen Ersatzhelm hervorzuholen. „Hier, setz ihn auf und lass uns fahren."

Ich nickte. „Danke, Raphael", flüsterte ich, als ich hinter ihm saß und mich an ihn klammerte.

„Schon gut, Häschen."

Auch wenn ich es nicht gerne zugab, an diesem Abend brauchte ich lange, um mich wieder zu beruhigen. Raphael blieb noch zwei Stunden bei mir – bis meine Eltern nach Hause kamen. Er wollte mich nicht allein lassen und ich war ihm mehr als dankbar dafür.

Lorenz und Bianca erzählte ich nicht, was passiert war. Sie fragten auch gar nicht, mein Vater war zu abgelenkt von den vielen Anrufen, bei denen gleich wieder aufgelegt wurde, und meine Mutter war damit beschäftigt, ihren Mann zu besänftigen. Nachdem mein Freund nach Hause und ich ins Bett gegangen war, fasste ich einen Entschluss. Florian und ich konnten nicht mehr befreundet bleiben. Es war zu viel Schlimmes passiert. Ab jetzt brauchte ich Abstand von ihm.

„Charlotte, kann ich dich um etwas bitten?“, fragte ich meine Mitschülerin am Montagmorgen im Klassenzimmer.

Die Brünette, die neben Sophie saß, sah mich genauso überrascht an wie meine beste Freundin. „Was ist denn?“

„Tauschst du für das restliche Schuljahr mit mir den Platz?“

Sophie musterte mich misstrauisch. „Lara, ist irgendwas passiert?“

„Das erkläre ich dir später ... Sagen wir einfach, ich kann nicht mehr neben Florian sitzen.“

Charlotte lächelte schief. „Also, ich hab nichts dagegen. Wir können den Platz tauschen. Ist das okay für dich, Sophie?“

Das aschblonde Mädchen nickte zögerlich. „Klar ...“

Zum Glück war Florian noch nicht hier, deshalb bekam er das Gespräch nicht direkt mit. Und da der Unterricht gleich beginnen würde, konnte er sich nicht so bald über den Platztausch beschweren.

Ich setzte mich neben Sophie, stellte meine Schultasche ab und seufzte leise. Es war nicht nett von mir, heimlich den Platz zu wechseln, das wusste ich. Aber es ging nicht anders.

„Was ist denn los?“, erkundigte sich meine beste Freundin verwirrt.

„Ich hab gestern Abend mit Florian geredet“, antwortete ich. „Er wollte mich nach dem Training nach Hause begleiten, aber als ich ihm gesagt habe, dass das mit uns nichts wird, hat er mich stehen lassen. Und das im Dunkeln ... Ich hab solche Panik bekommen! Ich hab die ganze Zeit gedacht, Gilbert erwischt mich jetzt!“

Mitfühlend blickte Sophie mich an. „So ein Arsch!“, beschwerte sie sich empört. „Kein Wunder, dass du nicht mehr neben ihm sitzen willst!“

„Ich will nichts mehr mit ihm zu tun haben“, flüsterte ich. „Das war zu viel.“

„Logisch. Würde ich an deiner Stelle auch nicht mehr wollen", pflichtete sie mir bei. „Der spinnt ja!"

Wie aufs Stichwort betrat der blonde Junge das Klassenzimmer. Als er mich neben Sophie sitzen sah, starrte er mich misstrauisch und wütend an. Ich wandte den Blick ab, fixierte die Tischplatte und ignorierte meinen ehemaligen Banknachbarn.

Wortlos lief er an mir vorbei und setzte sich auf seinen Platz. Mit Charlotte redete er nicht, obwohl sie ihm einen guten Morgen wünschte. Er sagte den ganzen Tag kein Wort. Sogar in der kleinen Pause hielt er sich von Sophie, Jan, Karolin und mir fern. Und darüber war ich froh.

Ich hatte auch Jan und Karolin von den gestrigen Geschehnissen erzählt und beide fanden Florians Reaktion falsch. Weil man niemanden allein lassen sollte, der Todesangst vor einem Verfolger hatte. Abweisung hin oder her.

Irgendwie brachte ich den Schultag hinter mich. Auch zu Hause benahm ich mich so normal wie möglich. Meine Eltern bemerkten beim Mittagessen kaum, dass ich mit meinen Gedanken weit weg war. Bei Florian, unserer kaputten Freundschaft und der schrecklichen Angst von gestern Abend.

„Sag mal, Lara, hat das Telefon gestern eigentlich auch dauernd geklingelt, während wir weg waren?", fragte Lorenz nach dem Essen.

Nele, meine Eltern und ich saßen am Tisch, wir hatten gerade erst fertig gegessen. Bianca hatte einen wirklich leckeren Auflauf gemacht, doch wegen der ganzen Aufregung hatte ich nicht viel hinuntergebracht.

„Ja, ein paarmal", bestätigte ich. „Ich bin aber nicht rangegangen."

„Irgendwas muss man gegen diese Telefonstreiche doch machen können", seufzte meine Mutter. „Langsam nervt es wirklich."

„Ja, immer klingelt das Telefon", beschwerte sich nun auch Nele.

„Und die Nummer wird nie angezeigt", motzte Lorenz.

„Das hört bestimmt bald auf", ermutigte Bianca ihn.

„Lara, wollen wir was spielen?", fragte mich meine Schwester unvermittelt.

Es freute mich, dass sie in letzter Zeit immer so fröhlich wirkte.

Es tat ihr gut, hier zu wohnen, eindeutig. Genau wie es mir guttat. Ich lächelte die Kleine an. „Gerne. Was denn?"

„Malen wir?", schlug sie vor.

„Klar", stimmte ich zu und stand auf.

Wir setzten uns an den Schreibtisch in ihrem Zimmer, bewaffnet mit ein paar weißen Blättern und Buntstiften.

Nele griff nach meiner Hand. „Ich weiß was! Ich male einen Ritter und du ein Pferd, okay?"

Schmunzelnd drückte ich ihre Hand. „Okay."

Eine Weile zeichneten wir einträchtig vor uns hin, meine Schwester erzählte mir von ihrem Schultag, von Fritz und davon, wie gut sich die beiden inzwischen verstanden. Interessiert hörte ich zu und gab ein paar Kommentare an den richtigen Stellen ab, bis sie mich überraschte.

„Warum bist du eigentlich so traurig?", wollte sie plötzlich wissen.

„Äh, wie ... wie kommst du denn ... darauf?", stammelte ich ertappt.

Sie klemmte eine dunkelbraune Haarsträhne hinter ihr Ohr. „Ich sehe das." Tja, meine kleine Schwester kannte mich eben besser als jeder andere ...

„Ach, Nele, mach dir keine Sorgen", seufzte ich. „Ich hab nur Streit mit einem Freund. Einem ehemaligen Freund."

„Flo?", fragte sie.

Verdutzt nickte ich. „Woher weißt du das?"

„Fritz hat mir heute erzählt, dass sein Bruder ziemlich schlecht drauf ist", antwortete sie. „Und er hat doch irgendwann mal gesagt, Flo sei in dich verknallt! Ist doch logisch, dass du dann Stress mit Flo hast, nicht?" Ganz schön scharfsinnig für eine Neunjährige ...

Halbherzig lächelte ich. „Tja, wir verstehen uns im Moment einfach nicht so gut. Aber das passiert eben."

Sie ließ meine Hand los, um mich kurz zu umarmen. „Sei nicht traurig! Das wird wieder!"

Komisch. Hatten wir plötzlich die Rollen getauscht? Sonst war ich doch immer diejenige, die sie aufmunterte, nicht umgekehrt. Ich drückte sie fest. „Wenn ich bei dir bin, geht's mir gut", entgegnete ich. „Es ist schon okay."

„Ich hab dich lieb, Lara."

Gerührt sah ich sie an. „Ich dich auch, Nele. Sehr sogar."

Wir ließen uns wieder los und lächelten uns an. Dann malten wir weiter, als wäre nichts gewesen. Nele merkte anscheinend, dass ich nicht weiter darüber reden wollte.

Bei meiner Schwester fühlte ich mich wirklich wohl. Auch wenn es ungewohnt war, dass sie langsam erwachsen wurde. Dass sie öfter bemerkte, wenn ich mich schlecht fühlte oder Angst hatte. Aber andererseits war gerade dieses Verständnis etwas Tolles und Besonderes.

Nach einer Weile wurde es allerdings Zeit, an die Hausaufgaben zu gehen, sowohl für Nele als auch für mich. Darum räumten wir die Stifte auf – meine Schwester verstaute die fertigen Bilder in ihrer Schublade – und setzten uns an unsere jeweiligen Schreibtische.

Allein in meinem Zimmer fühlte ich mich plötzlich wieder unwohl. Niedergeschlagen. Aber das Gefühl würde vergehen. Ich brauchte bloß etwas Zeit, um über das Chaos mit Florian hinwegzukommen.

Der Wecker auf meinem Nachtschrank zeigte halb drei an. Der Tag dauerte noch so lange ... Und ich wusste nichts mit mir anzufangen. Außer eben zu lernen und die Hausaufgaben zu machen.

Ich schrieb den Text, den wir für Englisch machen sollten. Als ich damit fertig war, griff ich lustlos zum Deutschbuch. Ich hatte schon mal konzentrierter gearbeitet ...

Heute lenkten mich die Hausaufgaben nicht ab. Mir schwirrten so viele Dinge im Kopf herum. Florian. Gilbert. Falco.

Geistesabwesend ließ ich meinen Blick zum Fenster wandern. Eigentlich wollte ich nur kurz in den Garten schauen, zum Himmel starren und an nichts denken. Aber etwas anderes erregte meine Aufmerksamkeit.

Irritiert kniff ich die Augen ein bisschen weiter zusammen. Nein, ich täuschte mich nicht, Raphael lief in seinem Zimmer umher, gestikulierte wild und schien laut zu reden. In einer Hand hielt er sein Handy. Mit wem telefonierte er denn so aufgebracht? Er wirkte mehr als nur wütend.

Bevor ich darüber nachdenken konnte, klingelte auch schon mein eigenes Handy. Ich hob ab, als ich bemerkte, dass der Anruf von Sophie kam. „Hey, was ist los?“, meldete ich mich. Erschrocken zuckte ich zusammen, als ich im Hintergrund lautes Gebrüll hörte. Ich verstand zwar nicht, was gesagt wurde, aber ich erkannte die Stimme sofort. Florian.

„Lara, du hörst es bestimmt!“, jammerte Sophie. „Hier ist die Hölle los!“

Nervös fasste ich mir ins Haar, umklammerte einige Strähnen mit meiner Faust, nur um sie sofort wieder loszulassen. „Wo bist du? Warum schreit Florian so?“

„Ich bin zu Hause“, antwortete sie. „Und Flo ist eigentlich zu Besuch bei meinem Bruder, aber Raphael hat ihn angerufen und jetzt plärren sich die beiden gegenseitig an! Seit Ewigkeiten!“

Das erklärte, warum Raphael so wütend wirkte. Er hatte Florian angerufen, wahrscheinlich um ihn auf sein gestriges Verhalten anzusprechen.

„Das klingt echt übel“, murmelte ich. „Und ich hab mich schon gewundert, warum Raphael in seinem Zimmer auf und ab rennt.“

„Bitte, Lara, komm rüber“, flehte meine beste Freundin. „Ich halte das Geschrei nicht mehr aus! Und Flo hört weder auf mich noch auf Niklas!“

„Auf mich wird er erst recht nicht hören“, wandte ich ein. „Schon vergessen? Wir reden nicht mehr miteinander.“

„Egal! Dann komm einfach so her“, bat sie.

Ich konnte Sophie nicht allein lassen, wenn sie so fertig war. „Ich bin sofort bei dir“, versprach ich und stand auf, um die Treppen hinunterzulaufen. „Bin schon auf dem Weg.“

Sie seufzte erleichtert. „Danke!“

„Ach, schon gut“, entgegnete ich, während ich meine Schuhe anzog. „Aber zwing mich nicht, mit dem Kerl zu reden. Mit Florian bin ich durch.“

„Nein, keine Sorge“, beruhigte sie mich. „Ich brauche nur meine beste Freundin, um nicht durchzudrehen!“

Ich schmunzelte. „Okay. Du kannst auch gerne zu mir kommen, wenn du Ruhe willst“, fiel mir ein.

„Nein, zur Sicherheit sollte ich hier sein und eingreifen können.“

Ohne meinen Eltern Bescheid zu geben, verließ ich das Haus und ging über die Straße. „Zur Sicherheit?“, wiederholte ich.

„Falls irgendwas passiert", erklärte sie. „Das Gespräch wird immer lauter, ich sehe es schon kommen, dass einer der beiden gleich ausflippt."

„Hoffentlich nicht", murmelte ich beunruhigt. „So, ich stehe vor deiner Tür. Lässt du mich rein?"

Keine Sekunde später machte sie die Haustür auf und beendete die Verbindung. „Danke, dass du gekommen bist." Sie umarmte mich so stürmisch, dass ihr Pferdeschwanz in mein Gesicht peitschte. „Das ist furchtbar."

„Du hast mir gar nichts zu sagen!", hörte ich Florian schreien. „Nein, spar dir das! Schnauze!"

Ich verzog das Gesicht und sah Sophie an. „Klingt ja übel."

Halbherzig lachte sie auf. „Das ist noch harmlos. Du willst gar nicht wissen, was für Schimpfwörter schon gefallen sind. Meine Eltern sind auch schon total sauer, wollen sich aber nicht einmischen." Sie trat einen Schritt zurück, damit ich ins Haus gehen konnte. „Ursprünglich ging es darum, dass Florian dich in Ruhe lassen soll", erzählte sie weiter. „Und dass er sich entschuldigen soll, weil er dir den Schreck deines Lebens eingejagt hat. Aber inzwischen streiten sie über alles Mögliche! Dass Raphael kein Recht hatte, mit dir auszugehen, dass er Florian hintergangen hat und was weiß ich noch alles."

Schuldbewusst starrte ich zu Boden. Ohne mich hätten sich die beiden nie gestritten. Sie wären immer noch beste Freunde.

Bevor ich etwas dazu sagen konnte, rannte Florian plötzlich so schnell an uns vorbei, dass ich einen kurzen Moment brauchte, um zu bemerken, dass er nach draußen eilte.

„Bitte, dann komm her!", zischte er ins Handy. „Ich stehe direkt gegenüber!"

Sophie und ich tauschten einen alarmierten Blick. Das verhieß nichts Gutes. Wenn sich Florian und Raphael nun tatsächlich trafen, würde das in einer riesigen Katastrophe enden.

„Flo, nein!", rief Sophie. „Komm wieder rein! Spinnst du jetzt?!"

„Halt die Klappe", meckerte er sie an. Er hatte inzwischen aufgelegt und sein Handy eingesteckt. „Und halt dich da raus."

Mich würdigte er keines Blickes, obwohl ich ihn wütend ansah. Erstens hatte er kein Recht, so mit Sophie umzugehen, und zweitens sollte er sein Hirn einschalten! Er benahm sich total daneben! Ich wollte Raphael gerade eine SMS schreiben, dass er sich bloß nicht mit Florian treffen sollte, als mein Freund schon aus dem Haus kam.

„Das ist gar nicht gut!“ Sophie atmete schneller als zuvor und schüttelte wie hypnotisiert den Kopf. „Lara, was machen wir? Die prügeln sich gleich!“

Es stimmte, beide Jungen sahen so aufgebracht aus, dass ich ebenfalls mit einer Schlägerei rechnete. Und das mussten wir verhindern!

„Wir holen Niklas!“, beschloss ich. „Und deine Eltern! Wir müssen das sofort stoppen!“

„Okay, ich hole sie“, kündigte Sophie an und rannte ins Haus.

Ich folgte ihr nicht, stattdessen hastete ich nach draußen. Florian konnte ich sicherlich nicht aufhalten, aber vielleicht konnte ich Raphael besänftigen. Oder wenigstens genug Zeit gewinnen, bis Sophies Eltern eingriffen.

„Raphael, warte!“, rief ich und eilte an Florian vorbei zur anderen Straßenseite. Auf dem Gehweg fing ich meinen Freund ab, ich hielt ihn an den Händen fest und sah ihn eindringlich an, obwohl sein zorniger Blick mich erschreckte. „Geh nicht da rüber“, flehte ich. „Bitte! Lass es gut sein!“

„Lara, du hast keine Ahnung, was der Kerl gerade alles gesagt hat“, zischte Raphael, blieb aber immerhin stehen und drückte meine Finger.

„Es ist egal“, entgegnete ich. „Ignorier ihn, das mache ich auch. Es ist das Beste, glaub mir.“

Er wirkte hin- und hergerissen. „Aber ... ich kann nicht ignorieren, was er dir angetan hat! Ich meine, du bist meine Freundin! Aber er küsst dich, er bedrängt dich, er lässt dich allein stehen!“

Ich umarmte ihn fest. „Das wird nie wieder passieren“, flüsterte ich und sah ihm direkt in die blauen Augen. „Ich hab nichts mehr mit ihm zu tun, ich hab sogar im Klassenzimmer den Platz getauscht. Also lass es gut sein, komm, wir gehen einfach zu dir. Okay?“

Sanft erwiderte er meine Umarmung. Es dauerte eine Weile, aber dann nickte er. „Du hast recht. Er ist es nicht wert.“

Erleichterung durchströmte mich – wenigstens einer der beiden war vernünftig! Mein Freund zettelte keine Schlägerei an. Ich strich ihm durchs schwarze Haar und lächelte. „Zum Glück kann man mit dir reden“, seufzte ich.

Allerdings machte Florian mir einen Strich durch die Rechnung. Er wechselte die Straßenseite, sodass er nun neben uns stand. Raphael und ich ließen uns los und musterten ihn abwartend.

„Hör auf, dich hinter deiner Freundin zu verstecken“, zischte er.

Raphael lachte auf. „Ich tue was?“

„Mir reicht's wirklich!“ Hasserfüllt starrte Florian ihn an. „Das wollte ich schon lange machen!“ Und dann verpasste er ihm einen Schlag direkt auf die linke Wange.

„Raphael!“, schrie ich entsetzt.

Das war gerade nicht wirklich passiert, oder? Florian hatte meinen Freund nicht wirklich geschlagen? Das durfte einfach nicht wahr sein!

„Du Arschloch“, knurrte Raphael und schob mich vorsichtig beiseite.

Ich war so perplex, dass ich mich von ihm abdrängen ließ. Ich konnte mich nicht mehr rühren. Denn was nun geschah, ließ mich in Fassungslosigkeit erstarren.

Raphael war beim besten Willen nicht der Typ Mann, der sich verprügeln ließ, ohne sich zu wehren. Natürlich schlug er zurück, und er traf Florian ebenfalls seitlich im Gesicht.

Einen Moment lang hatte ich Angst um meinen Freund, weil Florian seit Jahren Kampfsport trainierte, doch diese Schlägerei hatte nichts mit Kung-Fu zu tun. Und die beiden Jungen waren ungefähr gleich stark.

„Hört auf!“, rief ich und kniff die Augen zusammen, weil ich mir das nicht mit ansehen konnte. „Hört sofort auf!“

Es wäre zu schön gewesen, wenn sie auf mich gehört hätten. Aber zum Glück kamen Niklas und sein Vater Luca soeben auf uns zugerannt. Niklas packte Raphael an den Schultern und hielt ihn zurück, während Luca Florians Arme umklammerte und ihn von Raphael wegzog. Es war vorbei. Glücklicherweise.

In diesem Moment wurde mir eines klar – es gab nichts Schlimmeres als zwei Jungen, die sich gleichzeitig in dasselbe Mädchen verliebten. So etwas wollte ich nie wieder erleben. Ich fühlte mich dadurch nämlich weder besonders noch begehrt, ich fühlte mich mies, schuldig und hilflos.

Sophie lief nun auch über die Straße zu uns. Sie umarmte mich fest, dankbar erwiderte ich die Geste. „Alles okay?"

Ich nickte. „Mir ist nichts passiert ..."

Niklas hatte Raphael inzwischen losgelassen, weil mein Freund keinen Widerstand leistete und keine Anstalten machte, noch mal zuzuschlagen. Luca hingegen hielt den wütenden Florian immer noch fest. Traurigerweise war das nötig. Der blonde Junge wehrte sich gegen den Griff, wollte sich losreißen und erneut auf Raphael losgehen. So aggressiv hatte ich ihn noch nie gesehen. Und das machte mir Angst.

„Junge, hör auf!", zischte Luca. Seine Brille war verrutscht, doch er konnte sie nicht richten, weil er Florian festhalten musste. „So löst man keine Probleme!"

„Ich gehe wohl besser rein", merkte Raphael an. Seine Stimme zitterte kaum merklich, das Ganze hatte ihn ziemlich mitgenommen.

„Gute Idee", stimmte Niklas mit einem besorgten Blick auf Florian zu. „Sonst beruhigt er sich nie ..."

„Wir kommen mit!", beschloss Sophie für uns beide. Und bevor Raphael protestieren oder zustimmen konnte, schob sie mich zu seinem Haus und wartete darauf, dass er uns einließ. Was er schließlich tat.

Zum Glück war seine Mutter nicht zu Hause. Renate wäre entsetzt gewesen, wenn sie etwas von der Schlägerei mitbekommen hätte.

Wir setzten uns zu dritt an den Esstisch, Raphael stellte drei Gläser und eine Flasche Apfelschorle bereit. Ich wich seinem Blick aus, weil ich zu verunsichert war, um ihn anzusehen.

Ich verstand, dass er zurückgeschlagen hatte. Dass er sich gewehrt hatte. Aber es machte mir gleichzeitig Angst. Ich hasste Gewalt. Ich lernte nur Kung-Fu, um mich verteidigen zu können. Ich wollte niemandem wehtun. Denn dank Gilbert wusste ich, wie beängstigend und grausam Brutalität war. Und diese Schlägerei zwischen Raphael und Florian wäre nicht nötig gewesen.

Sophie legte mir einen Arm um die Schultern. „Du siehst fertig aus“, stellte sie fest.

„Ich bin okay“, entgegnete ich knapp.

„Wieso glaube ich dir das nur nicht?“, warf Raphael ein.

„Hör auf, sie unter Druck zu setzen!“, bremste Sophie ihn sofort aus. „Musst du nicht einen Eisbeutel für dein Gesicht holen gehen oder so?“

Er merkte, dass sie ihn loswerden wollte, und gab nach. „Ja, sollte ich. Bevor ich morgen total erschreckend aussehe.“

Mit diesen Worten verließ er das Esszimmer. Sophie drehte sich auf ihrem Stuhl zu mir um und nahm meine Hände. Geduldig musterte sie mich.

„Mach dir keine Sorgen“, bat ich. „Es ist okay. Ich ... ich fühle mich nur schuldig an der ganzen Sache. Und es war unheimlich, die beiden so zu sehen ... Ich meine, so brutal. Ich hab in den letzten Jahren einfach genug Gewalt für ein ganzes Leben mitbekommen.“

Verständnisvoll nickte sie. „Das leuchtet ein. Aber, Lara, pass auf. Du bist nicht an allem schuld. Klar, du bist der Grund für den Streit“, räumte sie ein. „Hin und wieder hättest du dich auch klüger verhalten können. Aber es ist nicht so, als hättest du die beiden darum gebeten, sich zu prügeln.“

„Aber ohne mich wären sie noch befreundet“, flüsterte ich.

„Nein, bitte, denk gar nicht erst so!“, hielt sie mich zurück. „Ich bin froh, dass du hergezogen bist. Du bist die beste Freundin, die ich je hatte!“

Ich schniefte leise. „Danke, Sophie.“

Sie lächelte mich an. „Wart’s ab, in ein paar Tagen hat sich alles wieder beruhigt“, versicherte sie mir.

„Das wäre schön ...“

Da klopfte jemand an der Esszimmertür. „Darf ich wieder reinkommen oder werde ich noch mal verjagt?“, fragte Raphael. Er stand im Türrahmen und hielt sich ein Küchenhandtuch, in das vermutlich ein Kühlbeutel eingewickelt war, an die linke Wange.

Sophie ließ meine Hände los und stand auf. „Komm ruhig rein“, antwortete sie und winkte ihn zu uns. „Ich wollte sowieso gerade gehen.“

Erschrocken starrte ich sie an. „Was?“

Sie grinste. „Ich muss doch zu Hause nach dem Rechten sehen. Ich schreib dir, sobald ich weiß, was eben passiert ist.“

Ich biss mir auf die Unterlippe. „Okay.“

Mir entging nicht, dass sie Raphael und mich zu einer Aussprache drängen wollte. Sie war wirklich die beste Freundin der Welt. Ohne sie würde ich das Problem vielleicht nicht klären, sondern im Raum stehen lassen.

Wir verabschiedeten uns von ihr, dann setzte sich Raphael zu mir an den Tisch. Aber wir redeten zunächst nicht, weil keiner wusste, was er sagen sollte.

„Wie ... wie geht's dir?“, erkundigte ich mich schließlich zaghaft.

„Ganz okay“, antwortete er schnell. „Er hat nur dreimal getroffen.“

„Ja, das hab ich gesehen“, murmelte ich. Tatsächlich hatte ich relativ bald die Augen wieder geöffnet, um die Lage zu überblicken. Raphael hatte viermal getroffen. Aber immerhin wirkte er nicht stolz deswegen. Er schien mir genauso niedergeschlagen wie ich zu sein. Kein Wunder nach dieser furchtbaren Situation.

„Du bist jetzt wahrscheinlich sauer, wenn ich das sage, aber ... drei Dinge muss ich loswerden: Du bist nicht schuld an der ganzen Sache, jedenfalls meiner Meinung nach. Ich bin richtig froh, dass du hergezogen bist, Lara.“ Er lächelte schief. „Und es tut mir leid, dass ich dich, ähm, erschreckt habe.“

Ich schob die Augenbrauen zusammen. „Du hast uns belauscht?“

Verlegen sah er mich an. „Tut mir leid.“

„Schon gut“, seufzte ich und ließ den Kopf hängen. „Ist egal.“

„Ich wollte nicht, dass du das mit ansehen musst. Eigentlich wollte ich mich überhaupt nicht mit ihm kloppen“, gestand er.

„Weiß ich doch. Und ich verstehe auch, dass du dich gewehrt hast. Ich sehe so was nur nicht gerne.“ Ich trank einen Schluck Apfelschorle. „Aber das war immer noch besser, als sich von ihm verprügeln zu lassen. Man kann sich nicht alles gefallen lassen.“

Er wirkte erleichtert. „Gut.“ Dann winkte er mich zu sich. „Komm mal her.“

Verwundert stand ich auf und stellte mich neben ihn. „Was ist denn?“

Plötzlich zog er mich auf seinen Schoß und umarmte mich ganz fest. Den Eisbeutel hatte er schon auf den Esstisch gelegt, um beide Hände für mich frei zu haben. Ich schmunzelte und kuschelte mich an ihn, meine Arme legte ich um seinen Hals.

„Du hast morgen deine Fahrprüfung, oder?", fiel ihm ein.

Ich nickte. „Ja. Sollte aber klappen. Ich hatte genug Fahrstunden."

„Also, ich war ziemlich aufgeregt davor", erinnerte er sich.

Es gab viele Sachen, vor denen ich mich fürchtete. Gilbert, Gewalt, Dunkelheit, Alleinsein ... Prüfungen gehörten aber definitiv nicht dazu.

„Ach, das wird schon", winkte ich ab.

Er strich mir über den Rücken. „Ich dachte fast, ich müsste dich heute etwas ablenken", merkte er an.

Ich schmunzelte. „Eigentlich nicht."

Er grinste. „Schade, dabei hab ich mir den Nachmittag extra frei gehalten."

Schnell hauchte ich ihm einen Kuss auf die Wange. „Verschwenden möchte ich deinen freien Nachmittag ja nicht", neckte ich ihn. „Dann lasse ich mich einfach mal von dir ablenken."

Ohne etwas darauf zu antworten, küsste er mich überraschend leidenschaftlich. Sofort schloss ich die Augen und erwiderte seinen Kuss, alles andere blendete ich aus. Ich wollte nur an Raphael denken. Mit einer Hand fuhr er mir durchs Haar, mit dem anderen Arm drückte er mich näher an sich. Er raubte mir regelrecht den Atem, mein Herz raste richtig und ich spürte, wie mir die Röte ins Gesicht schoss.

Allerdings war es ein wenig unbequem, seitlich auf seinem Schoß zu sitzen und mich deswegen zu ihm umdrehen zu müssen. Also änderte ich meine Position kurzerhand, ich setzte mich rittlings auf ihn, ohne den Kuss zu unterbrechen. Viel besser. Ich musste mich nicht mehr verrenken.

Raphael hatte ich damit offensichtlich überrascht, er stöhnte sogar leise in den Kuss hinein, was mich in Verlegenheit brachte. „Jetzt lenkst du mich ab", flüsterte er.

Ich lächelte unschuldig, die Verlegenheit wollte ich mir auf keinen Fall anmerken lassen. „So ein Pech aber auch."

Ich küsste ihn einfach weiter, was er sich nur zu gerne gefallen ließ. Er schlüpfte mit beiden Händen unter mein langärmliges T-Shirt und schob es dadurch ein Stückchen hoch. Mein Herz schlug so schnell, dass ich beinahe dachte, es würde mir gleich aus der Brust springen.

Unglaublich, dass die Atmosphäre nach dieser schockierenden Schlägerei auf einmal so romantisch geworden war. Damit hätte ich nicht gerechnet. Aber es freute mich. Ich genoss Raphaels Nähe jedes Mal aufs Neue. Auch wenn ich es noch nicht wagte, allzu weit mit ihm zu gehen.

Wir lösten uns wieder voneinander und lächelten uns an.

„Verlagern wir das Ganze doch an einen bequemeren Ort", schlug er vor.

Erst da wurde mir klar, dass wir auf einem Stuhl im Esszimmer seiner Mutter saßen. Nicht gerade der geeignetste Platz für Zärtlichkeiten. „Keine schlechte Idee", stimmte ich zu.

„Gut festhalten", hauchte er mir ins Ohr und stand plötzlich auf, ohne mich loszulassen. Er hielt mich fest, mit seinen Armen um meinen Oberkörper.

Ich kam mir wie ein Klammeräffchen vor, weil ich meine Beine um seine Hüfte und meine Arme um seine Schultern schlang, um nicht hinunterzufallen. „Ich könnte auch selbst laufen", merkte ich beschämt an.

„So weit ist der Weg nicht", winkte er ab und trug mich nach nebenan ins Wohnzimmer.

Eigentlich hatte ich erwartet, dass er mit mir in sein Zimmer wollte. Aber er legte mich behutsam auf dem Sofa ab und beugte sich über mich, um mich erneut zu küssen.

Allein die Tatsache, dass wir zusammen auf dem Sofa in seinem Wohnzimmer lagen, machte mich wahnsinnig nervös. Wir waren uns sonst nur in unseren jeweiligen Zimmern nähergekommen. Und diesen Ortswechsel fand ich richtig aufregend.

Aber als Raphael mir das Shirt ausziehen wollte, kamen mir Zweifel. Ich hielt inne und sah ihn unsicher an. „Was, wenn deine Mutter nach Hause kommt?", wandte ich ein.

Er schmunzelte. „Sie arbeitet heute bis halb zehn. Wir müssten uns noch sechs Stunden hier die Zeit vertreiben, um von ihr erwischt zu werden."

„Okay, das ändert die Lage ein wenig“, gab ich zu.

„Sag ich ja“, entgegnete er und verwickelte mich wieder in einen intensiven Kuss.

Diesmal hielt ich ihn nicht auf, als er mir das Shirt über den Kopf ziehen wollte. Achtlos warf er das Kleidungsstück neben das Sofa und strich mir über die Seite, ich umarmte ihn fest und fuhr ihm mit den Fingern durchs weiche Haar. Raphaels kurze Bartstoppeln kratzten mich ein wenig, während er sich meinen Hals entlangküsste. Doch ich mochte das Gefühl.

Spontan schob ich ihm das T-Shirt hoch, ausziehen konnte ich es ihm nicht, weil er mir gerade sanft in den Hals biss. Hingerissen stöhnte ich auf, Raphael grinste mich nur an. Freundlicherweise half er mir, sein Oberteil auszuziehen.

Immer wenn Gilbert mich gemustert hatte, hatte ich mich schmutzig und unwohl gefühlt. Aber als Raphaels durchdringend blaue Augen über meinen Körper wanderten, fühlte ich mich ... hübsch. Trotz meiner Verletzungen. Weil ich wusste, mein Freund mochte den Anblick. Genau wie es mir gefiel, ihn ohne T-Shirt zu sehen.

Plötzlich umarmte er mich fest und drehte sich auf den Rücken, sodass ich nun auf ihm lag. Ich lächelte ihn an, bevor ich ihn noch mal küsste.

In diesem Moment vergaß ich wirklich alles. Ich dachte nicht an Gilbert, nicht an Florian, nur an meinen Freund. An seine Hand, die zärtlich über meine Haut strich. An seine Lippen, die sich an meine schmiegten. An seinen Duft, der mich einhüllte. An seinen perfekten Körper, auf dem ich lag.

Weil mir mein offenes Haar ins Gesicht fiel, lösten wir kurz unseren Kuss. Raphael klemmte mir ein paar Strähnen hinter die Ohren, dann zog er meinen Kopf näher zu sich, um mir etwas ins Ohr zu flüstern. „Ich liebe dich.“

Überglücklich lächelte ich. „Ich dich auch“, erwiderte ich.

„Sag’s einmal ganz“, bat er und zwinkerte mir zu.

Ich beugte mich zu seinem Ohr. „Ich liebe dich, Raphael“, wisperte ich.

Überschwänglich drückte er mich und küsste mich auf die Wange. „Ich höre das viel zu gerne“, lachte er.

Ich stimmte in sein Lachen ein. „Dann muss ich es dir wohl öfter sagen."

„Ach, Häschen", seufzte er glücklich und stupste mit seiner Nase an meine.

„Irgendwann finde ich auch noch einen Spitznamen für dich", versprach ich.

Er grinste. „Aber bitte keinen peinlichen."

„Mal sehen", kicherte ich.

„Werd bloß nicht frech", drohte er scherzhaft.

Ich streckte ihm die Zunge raus. „Oder was?"

Kurz überlegte er. „Oder ich raube dir den Atem."

„Das tust du doch sowieso immer", entgegnete ich und küsste ihn. Lange blieben wir so liegen, küssten uns, mal sanft, mal wild. Ich war so aufgeregt wie schon seit einer Weile nicht mehr – das letzte Mal, dass wir uns so nahe gekommen waren, lag schon einige Zeit zurück.

Doch eines war heute anders. Denn während wir uns küssten, tastete sich mein Freund mit der Hand langsam zu meinem Hosenbund vor und löste den obersten Knopf meiner Jeans.

Sofort schreckte ich zurück und richtete mich ein Stück auf, sodass ich nun auf seiner Hüfte saß. Erschüttert, geradezu ängstlich, sah ich ihn an und schüttelte den Kopf. Nein. Das ging mir zu weit.

„Es w...wäre mir ... lieber, wenn wir die Hosen nicht ausziehen", stammelte ich.

Raphael wirkte nicht überrascht, so als hätte er mit genau dieser Reaktion gerechnet. „Ich lasse meine an", versprach er.

„Warum ... willst du meine dann aufmachen?", fragte ich verwirrt.

Beinahe traurig sah er mich an. „Es ist echt schlimm, dass du das nicht weißt. Aber eigentlich sollte mich das nicht wundern."

Ich warf ihm einen hilflosen Blick zu. „Wovon redest du?" Es gab doch nur einen logischen Grund, warum er meine Hose aufknöpfen wollte: um ebendas zu machen, was Gilbert auch immer gemacht hatte. Es brachte meinem Freund also nichts, nur mir die Hose auszuziehen.

„Davon, dass nicht nur der Kerl dabei Spaß haben kann", erklärte Raphael.

„Ich dachte, darum geht es“, murmelte ich.

Schmerzlich verzog er das Gesicht. „Eigentlich nicht.“ Das überforderte mich. Ich konnte Raphaels Logik nicht folgen. Nun setzte auch er sich auf, mit einer Hand stützte er sich hinter seinem Rücken auf dem Sofa ab, den anderen Arm legte er um mich. Prüfend blickte er mich an. „Vertraust du mir?“

Zögerlich nickte ich. „Schon, aber ... warum fragst du?“

„Weil, ähm ...“ Verlegen sah er zur Seite. „Weil ich dir zeigen will, dass es auch ... schön sein kann.“

Das würde ich ihm nur zu gerne glauben. Aber meinen Erfahrungen nach konnte es das nicht. Dennoch wollte ich ihm eine Chance geben, mir das Gegenteil zu beweisen.

„Und du behältst deine Hose wirklich an?“, vergewisserte ich mich.

Er schaute mir direkt in die Augen und nickte. „Ja, ich verspreche es dir.“

Ich lächelte schief. „Okay.“

Wenn ich jemandem vertraute, dann Raphael. Und vielleicht würde er mich ja überraschen.

Er legte sich wieder auf den Rücken und zog mich mit sich, um mich zu küssen. Mit geschlossenen Augen genoss ich seine Zärtlichkeit und ließ mich einfach fallen.

Schön schlimm

Lächelnd schmiegte ich mich an meinen Freund, der mich sanft in seinen Armen hielt und mir den Rücken auf und ab strich. Ich fühlte mich so wohl und entspannt wie nie zuvor.

„Na, hab ich zu viel versprochen?“, flüsterte er und küsste mich auf die Stirn.

Ich schüttelte den Kopf. „Du hast völlig untertrieben.“

Obwohl meine Jeans neben dem Sofa und ich dementsprechend nur in Unterwäsche neben Raphael lag, schämte ich mich nicht. Er hatte nicht mal schief geschaut, als er die alten Verletzungen entblößt hatte. Trotz zahlreicher Schnittwunden und der großen Brandnarbe.

„Danke“, wisperte ich dann.

„Wofür?“, fragte er leise.

Ich küsste ihn auf die Wange. „Für deine Geduld mit mir.“

Es war nicht selbstverständlich, dass er mich nach vier Monaten immer noch nicht dazu drängte, mit ihm zu schlafen. Obwohl er es eigentlich wollte, er ließ mir die Zeit, die ich brauchte.

Anstatt darauf zu antworten, küsste er mich liebevoll. Und ich hatte das Gefühl, im siebten Himmel zu sein.

„Larissa, Nele, das ist Gilbert“, stellte uns Saskia ihren neuen Freund vor.

Meine Schwester, die erst kürzlich vier geworden war, legte den Kopf schief und sah den großen Mann vor uns an. „Wer bist du denn?“

„Ich bin der Freund von deiner Mama“, erklärte er.

Wir standen alle in unserem Wohnzimmer, ich hatte die Arme vor der Brust verschränkt und musterte den Kerl skeptisch. Seine Größe war wirklich bemerkenswert und ein wenig einschüchternd, doch er wirkte freundlich. Seine dunkelgrünen Augen blickten uns milde an, ein kleines Lächeln umspielte seine Lippen und sein dunkles Haar fiel ihm in die Stirn. Das war also dieser ominöse Gilbert, von dem Saskia in den letzten Wochen so geschwärmt hatte. Der Mann, der sie so glücklich wirken ließ. Seit Wolfgangs Tod hatte sie keinen Freund gehabt. Und jetzt war sie mit diesem Gilbert zusammen.

„Ich bin Nele", stellte meine kleine Schwester sich vor. „Und ich komme schon bald in die Schule! Schon übernächstes Jahr!"

„Das ist ja toll!", antwortete Gilbert und ging in die Hocke, um ihr die Hand zu reichen. „Hallo, Nele!"

Sie schüttelte seine Hand und grinste breit. „Hallo!"

Saskia lächelte glücklich, als sie das beobachtete. Doch ich war noch nicht überzeugt.

Da wandte sich Gilbert an mich. „Und hallo, Larissa", begrüßte er mich und gab mir die Hand. „Du bist zwölf, oder?"

Zögerlich schüttelte ich seine Hand. „Ja. Und du bist also Mamas Freund?"

„Genau", bestätigte er. Er blieb in der Hocke, um nicht auf mich herabzusehen. Das fand ich gut. „Ich bin mit eurer Mama zusammen."

„Und du magst sie auch wirklich?", fragte ich ihn.

„Du bist ja wie ein richtiger Schutzengel für deine Mutter", lachte er.

Ich nickte. „Irgendeinen braucht sie ja."

„Mein kleiner Schatz", kicherte Saskia und umarmte mich kurz.

Gilbert lächelte mich an. Ich mochte sein Lächeln – es wirkte wahnsinnig sympathisch. „Da hast du völlig recht, Engelchen."

Und damit hatte ich den Spitznamen bekommen, der mich für immer verfolgen würde.

Schlagartig schreckte ich aus dem Schlaf hoch und ließ mich stöhnend wieder auf den Rücken fallen, als ich begriff, dass ich nur von früher geträumt hatte. Von dieser ersten Begegnung mit Gilbert. Von diesem netten, normalen Treffen.

Regentropfen prasselten gegen meine Fensterscheibe. Normalerweise machte mich nächtlicher Regen verrückt und hielt mich vom Schlafen ab, doch mein Traum beschäftigte mich gerade mehr als das schlechte Wetter draußen. Bitter lächelte ich. Ja, so konnte man sich in einem Menschen täuschen. Der erste Eindruck musste nicht zwangsläufig der richtige sein, im Gegenteil. Nur weil Gilbert freundlich gewirkt hatte, hatte ich ihn ins Herz geschlossen. Bis er Saskia das erste Mal geschlagen hatte, mit dieser Bierflasche.

Ich strich mir die wirren Haarsträhnen aus dem Gesicht. Ich sollte nicht mehr daran denken, wie nett Gilbert sein konnte. Er jagte mich. Er wollte mich mit Sicherheit foltern und umbringen. Daran gab es nichts Nettes. Egal. Ich musste schlafen. Morgen früh hatte ich meine Fahrprüfung, dafür musste ich fit sein. Ich hatte nämlich keine Lust, die Prüfung zu wiederholen, nur weil ich wegen Gilbert übermüdet war.

Ich schloss die Augen und verbannte das Bild von dem hochgewachsenen, lächelnden Mann. Stattdessen dachte ich an Raphael. An den heutigen Nachmittag bei ihm. Daran, dass ich tatsächlich einen Jungen liebte und mit ihm eine glückliche Beziehung führte, was ich noch vor ein paar Monaten nicht für möglich gehalten hätte. Dieser Gedanke ließ mich zur Ruhe kommen. Und schon bald schlief ich wieder ein.

„Alles Gute zum Geburtstag, Lara!"

Von einem lauten Ruf wurde ich geweckt. Schläfrig rieb ich mir die Augen und setzte mich hin. „Was ist los?", murmelte ich.

Nele kletterte auf mein Bett und umarmte mich fest. „Alles Gute!"

Desorientiert drückte ich meine kleine Schwester an mich. Es dauerte ein paar Sekunden, bis ich richtig wach wurde. Dann riss ich jedoch die Augen auf. Ich hatte Geburtstag!

Meine Eltern standen im Zimmer und lächelten mich an. „Happy birthday", wünschte mir Bianca und setzte sich auf die Bettkante.

Lorenz tat es ihr gleich. Die beiden umarmten mich, genau wie Nele, sodass wir nun als kleiner Menschenhaufen eng umschlungen auf meinem Bett saßen.

„Danke", lachte ich fröhlich. Nachdem wir uns voneinander gelöst hatten, streckte ich mich ausgiebig. „Wie spät ist es eigentlich?"

„Halb zehn", antwortete Bianca. „Ich weiß, du hast Pfingstferien, aber wir wollten nicht, dass du deinen ganzen Geburtstag verschläfst."

„Schon okay." Ich grinste. „Ich will ja was von dem Tag haben.

Außerdem bin ich nachher noch mit Raphael verabredet."

Die letzte Woche war wie im Flug vergangen. Es war nichts Besonderes passiert, abgesehen davon, dass ich meinen Führerschein bestanden hatte. Mit Florian hatte ich nicht mehr geredet und Falco hatte ich nicht getroffen. Von Gilbert gab es weiterhin keine Spur.

„Dann mach dich fertig, gleich gibt's ein großes Frühstück", verkündete meine Mutter. „Und natürlich die Bescherung."

„Ihr solltet mir doch nichts schenken!"

Lorenz lachte. „Als würden wir darauf hören."

Ich schmunzelte. „Ach, ihr ... Ich komme gleich runter."

„Beeil dich!", quengelte Nele.

Flüchtig strich ich ihr durchs Haar. „Mach ich", versprach ich.

Nachdem alle drei mein Zimmer verlassen hatten, stand ich auf und blickte aus dem Fenster. Die Sonne strahlte, der Himmel war wolkenlos. Alles sah nach einem perfekten Tag aus. Unglaublich. Ich war 18. Und ich musste nicht mit Nele weglaufen. Wir hatten ein Zuhause.

Mit einem Lächeln auf den Lippen holte ich eine dünne dunkelgraue Stoffhose und ein langärmliges rotes Shirt aus meinem Kleiderschrank. Diese Klamotten würden mir hoffentlich nicht zu warm werden. Eilig zog ich mich an, wusch mir im Bad das Gesicht, kämmte meine Haare, stellte mich auf die Waage und lief anschließend hinunter ins Esszimmer.

Mir klappte der Mund auf, als ich die bunte Girlande und den gigantischen Schokoladenkuchen entdeckte. Auf dem Kuchen brannten einige Kerzen, vermutlich genau 18 Stück. Und auf der Girlande stand: „Alles Gute zum Geburtstag!" Die drei hübsch verpackten Geschenke fielen mir erst später auf.

Beinahe wären mir Tränen in die Augen gestiegen. So ein großes Fest hatte es für mich noch nie gegeben. Ich war total überwältigt. „Das ist unglaublich", flüsterte ich erstickt. „Das ist so schön." Meine Eltern, die mit Nele am Tisch saßen, lächelten mich nur an. Ich ging zu ihnen und musterte fasziniert den Kuchen, der mit bunten Blumen aus Marzipan und Schokolade dekoriert war. „Der ist ein richtiges Kunstwerk", staunte ich.

„Ich hab mir auch alle Mühe gegeben", entgegnete Bianca fröhlich.

„Los, du musst die Kerzen auspusten und dir was wünschen", forderte Lorenz mich auf.

„Aber du darfst es nicht verraten!", rief Nele. „Sonst geht's nicht in Erfüllung!"

„Ganz genau", stimmte mein Vater zu und tätschelte der Kleinen den Kopf.

Ich nickte und holte tief Luft, um die 18 Kerzen auf einmal auszupusten. „Ich will, dass mein Schwesterchen und ich in dieser Familie immer glücklich und behütet zusammenbleiben!" Es war zwar nicht einfach, doch ich schaffte es. Alle Flämmchen waren erloschen und ich hatte ganz fest an meinen größten Wunsch gedacht. Auch wenn ich bezweifelte, dass er sich wegen ein paar Kerzen erfüllen würde.

„Hier!" Nele hielt mir eins der drei Päckchen hin. „Das ist von mir!" Gespannt öffnete ich es und hielt eine rote Haarschleife hoch. „Die hab ich mit Bianca ausgesucht", erzählte sie.

Ich beugte mich zu meiner sitzenden Schwester und drückte sie fest. „Danke! Die ist wunderschön!"

„Die anderen beiden Geschenke sind von Bianca und mir", merkte Lorenz an. „Die gehören zusammen."

„Genau wie ihr beide zusammengehört", schoss es mir durch den Kopf. Beinahe wäre ich wegen dieses Gedankens rot geworden.

Zuerst öffnete ich das kleinere Paket, weil meine Mutter darauf bestand. „Ein ... Ladekabel?", fragte ich unsicher. „Wofür ist das?"

Bianca kicherte. „Mach das andere Geschenk auf."

Als ich den Laptop auspackte, konnte ich es nicht fassen. Meine Eltern hatten mir tatsächlich einen fantastischen roten Laptop geschenkt! „W...w...wahnsinn!", stammelte ich.

Lorenz grinste stolz. „Jetzt kannst du deine Geschichten alle aufschreiben und speichern."

„Und für die Schule kannst du ihn auch benutzen", ergänzte seine Frau.

Ich umarmte meine Eltern fest. „Ihr seid unglaublich! Danke!"

Die beiden lachten. „Hauptsache, du freust dich", meinte Bianca.

„Und ob ich mich freue!"

Vom Klingeln des Telefons, das schon in weiser Voraussicht auf dem Esstisch lag, wurden wir unterbrochen. „Bestimmt dein erster Gratulant", vermutete mein Vater.

Grinsend hob ich ab. „Hier bei Winkler, Larissa am Apparat", meldete ich mich für den Fall, dass der Anruf nicht für mich war.

„Lara!", rief Sophie am anderen Ende der Leitung. „Alles, alles, alles, alles Gute zum Geburtstag! Und noch viel mehr!"

„Danke!", lachte ich. „Ich find's toll, dass du extra anrufst!"

„Ist doch selbstverständlich!"

„Happy birthday, du alte Socke!", rief eine wohlbekannte Stimme im Hintergrund. Sophies Bruder war also auch da.

„Danke, Niklas!", kicherte ich. „Aber ich bin immer noch jünger als du!"

„Ach, egal", gab er fröhlich zurück.

„Also, ich wünsche dir einen wunderschönen Tag!", meldete sich Sophie dann wieder zu Wort. „Es bleibt doch dabei, dass wir uns morgen alle treffen?"

„Um drei Uhr im Beanery", bestätigte ich.

Auf eine große Feier hatte ich keine Lust, aber ich würde mit meinen liebsten Freunden einen Kaffee trinken gehen. Florian hatte ich nicht eingeladen, denn wir redeten nicht mehr miteinander.

„Dann bekommst du auch dein Geschenk!", kündigte sie an.

„Ihr sollt mir doch nichts schenken", jammerte ich.

„Pah! Darauf hören wir doch nicht", entgegnete sie. Ich musste schmunzeln. Sie klang genauso wie meine Eltern.

Wir verabschiedeten uns, danach beendete ich die Verbindung und legte das Telefon auf den Tisch. „Jetzt hab ich richtig Hunger", fiel mir auf, als ich mich neben meine Mutter setzte.

„Dann schlag zu! Es gibt Kuchen, Brezeln, Croissants, Brötchen und Brot", zählte Bianca auf.

„Wahnsinn!"

„Ich will ein Schokohörnchen!", rief Nele.

Lorenz lächelte sie an. „Die gibt's natürlich auch."

„Ach, ich hab auch eine kleine Überraschung für euch", merkte ich an.

Verwirrt musterten mich meine Eltern. „Was denn?"

Ich grinste breit. „Ich wiege schon 52 Kilo!"

Meine Mutter drückte mich fest. „Das ist toll! Es wird doch!"

Ja, ich hatte mich vorhin auch gefreut, als ich die Zahl auf der Waage gesehen hatte. Schritt für Schritt erreichte ich mein Normalgewicht.

Erneut klingelte das Telefon. „Hier bei Winkler, Larissa am Apparat“, meldete ich mich. Diesmal bekam ich keine Antwort. Ich hörte nur, wie jemand schwer ins Telefon atmete und dann auflegte. Irritiert schob ich die Augenbrauen zusammen und musterte das Gerät in meiner Hand. „Was sollte das denn?“, wunderte ich mich.

„War das etwa wieder so ein Telefonstreich?“, zischte Lorenz.

Ach, logisch. Diese Telefonstreiche hatte ich beinahe vergessen. „Wahrscheinlich“, stimmte ich zu und zuckte mit den Schultern. „Ist ja egal.“

„Irgendwann erwischen wir diesen Scherzkeks“, brummte mein Vater.

„Reg dich nicht auf“, beruhigte Bianca ihn. „Darum kümmern wir uns später. Jetzt sollten wir mit Lara feiern.“

Er nickte. „Auch wieder wahr, schließlich sind wir heute Abend nicht zu Hause.“

„Wo seid ihr denn?“, fragte ich.

Nele hörte uns gar nicht richtig zu, sie war zu beschäftigt mit ihrem Schokohörnchen.

„Ich treffe mich mit ein paar Kollegen“, erzählte Bianca. „Und Lorenz hilft in der Notaufnahme.“

„Ein alter Bekannter aus dem Kinderkrankenhaus hat mich um einen Gefallen gebeten“, ergänzte mein Vater. „Er ist selbst krank und die haben sowieso schon Ärztemangel, also springe ich ein.“

Ich lächelte. „Das ist echt lieb von dir.“

Verlegen sah er mich an. „Ach, ist doch klar ... Dafür habe ich mir tagsüber freigenommen, meine Praxis kommt auch einmal ohne mich aus.“

Dass er sich extra meinetwegen freigenommen hatte, rührte mich. Meine Eltern waren wirklich die Besten.

Wir machten uns einen richtig schönen Tag – meine Eltern halfen mir dabei, den Laptop einzurichten, ich flocht mir einen Zopf, den ich mit meiner neuen Schleife fixierte, außerdem spielten wir ein paar Brettspiele mit Nele und unterhielten uns viel. Auch Jan und Karolin riefen mich noch an, um mir zu gratulieren. Und die

Tatsache, dass Raphael nachmittags zu mir kam, machte diesen Geburtstag endgültig perfekt.

Als es klingelte, saßen wir gerade zu viert auf dem Sofa und schauten einen Disneyfilm. Sofort sprang ich auf und rannte zur Tür, weil ich mich so sehr auf meinen Freund freute!

„Er läuft dir schon nicht weg!", rief Lorenz mir lachend hinterher.

Ich überging diesen Kommentar und öffnete Raphael die Haustür. Wir lächelten uns an, es fiel mir schwer, meinen Blick von ihm zu lösen. Er sah so gut aus! Besonders das kurzärmlige weiße Hemd machte etwas her.

Einen Arm legte er um mich, den anderen hielt er hinter seinem Rücken versteckt. „Alles Gute zum Geburtstag, mein Häschen!"

Glücklich schmiegte ich mich an ihn. „Danke!"

Er strich mir über den Zopf. „Du siehst toll aus."

Augenblicklich schoss mir die Röte ins Gesicht. „Du auch."

Er kam herein und schloss die Tür hinter sich. „Ich hab heute was Besonderes mit dir vor", verkündete er.

„Was denn?", wunderte ich mich.

„Mein Geschenk für dich ist der perfekte Tag", erklärte er und zog einen Blumenstrauß sowie ein längliches Päckchen hinter seinem Rücken hervor.

Ich hatte noch nie Blumen geschenkt bekommen – und dann auch noch rote Rosen! Vor lauter Freude kamen mir die Tränen.

„Hey, ich will dich heute lächeln und nicht weinen sehen!", rief er entsetzt.

„Aber das ist so ... perfekt", stammelte ich.

Raphael hatte sich sogar extra den ganzen Nachmittag und Abend für mich frei gehalten, obwohl er nächste Woche seine letzten beiden Abiturprüfungen bestehen musste.

Er reichte mir den Blumenstrauß. „Hoffentlich brichst du später nicht wieder in Tränen aus, weil der Tag noch perfekter wird", entgegnete er grinsend.

„Was hast du denn geplant?", fragte ich und schnupperte an den Rosen.

„Ich mach die Überraschung ganz bestimmt nicht kaputt." Er streckte mir die Zunge raus. „Das siehst du dann schon."

„Jetzt bin ich wirklich neugierig!“, jammerte ich.

Er hauchte mir einen Kuss auf die Wange. „So soll’s sein.“

„Ich muss meine Eltern schnell fragen, wo sie eine Blumenvase haben“, fiel mir ein. „Ich sollte die Rosen ins Wasser stellen.“

„Mach das“, stimmte er zu. „Dann kann ich die beiden auch gleich begrüßen.“

Also betraten wir zusammen das Wohnzimmer. Nele und meine Eltern blickten von dem Film auf.

„Hallo!“, grüßte Raphael in die Runde.

Lorenz schmunzelte. „Na so was. Rote Rosen.“

„Das ist so süß“, schmachtete Bianca und stand auf. „Warte, Lara, ich hole dir schnell eine Vase.“

„Genau danach wollte ich dich fragen“, gestand ich.

Sie lächelte. „Dachte ich mir. Ich bin gleich wieder da.“

„Und, was habt ihr zwei vor?“, erkundigte sich mein Vater.

„Ich borge mir Lara für den restlichen Tag aus“, antwortete Raphael. „Aber um elf ist sie wieder zu Hause, versprochen.“

Interessant. Was hatte er bloß geplant?

„Na gut“, erlaubte Lorenz. „Aber bitte zuverlässig, Bianca und ich sind nämlich beide nicht da.“

„Ich halte mich an meine Versprechen“, versicherte mein Freund ihm. Da kam Bianca mit einer Vase zurück, sie hatte das Gefäß sogar schon mit Wasser gefüllt, sodass ich die Rosen auf meinen Schreibtisch stellen konnte. Als ich anschließend zurück ins Wohnzimmer zu Raphael und meiner Familie eilte, schnappte mein Freund sich meine Hand und zog mich mit sich in die Küche.

„Was wird das?“, fragte ich misstrauisch.

Er hielt das Paket hoch, das er in der anderen Hand hielt. „Du musst noch dein Geschenk aufmachen.“

Ach, richtig, er hatte ja nicht nur die Rosen dabeigehabt ...

Ich stutzte. „In der Küche?“

„Ja, da wirst du es nämlich brauchen“, prophezeite er. Ratlos sah ich ihn an. „Mach’s auf, dann verstehst du’s.“ Also öffnete ich das längliche Päckchen. So viele Geschenke hatte ich noch nie an einem einzigen Tag bekommen. Es war wirklich unglaublich. In dem Paket kam eine große Glasflasche mit einer klaren braunen Flüssigkeit zum Vorschein. „Karamellsirup“, las ich vom Etikett ab.

„Ganz genau", stimmte Raphael zu. „Für deinen heiß geliebten Kaffee."

Ich strahlte meinen Freund an und fiel ihm um den Hals. „Danke! Das ist toll!"

Er drückte mich an sich und erwiderte: „Es wird sogar noch besser. Wir machen jetzt nämlich einen Karamell-Macchiato."

„Und wie?"

Er ließ mich los und strich mir zärtlich durchs Haar. „Ich zeig dir, wie's geht. Dann kannst du ihn dir immer selbst machen."

Beeindruckt beobachtete ich, wie Raphael mir einen Karamell-Macchiato zauberte. Da er sich in unserer Küche bestens auskannte, hatte er bald alles zusammen, was er brauchte. Milch, ein hohes Glas, den Milchschäumer meiner Eltern und die Kaffeemaschine.

„Woher kannst du das?", fragte ich, während er das Getränk zubereitete.

„Internet", antwortete er knapp und grinste. „Es ist eigentlich ganz einfach. Du schäumst Milch auf, tust etwas Sirup unten ins Glas, gibst den Milchschaum darauf und dann kommt der Kaffee dazu."

Mir wurde richtig warm ums Herz, als mir klar wurde, dass er das extra für mich gelernt hatte. Dieser Junge war einzigartig. Und wundervoll.

Er reichte mir das fertige Getränk. „Geschafft."

„Das sieht aus wie aus dem Coffeeshop!", stellte ich fest.

„Ich hoffe nur, es schmeckt auch so", entgegnete er.

„Bestimmt." Ich lehnte mich gegen die Anrichte. „Das sah genial aus, wie du das gemacht hast!"

Geschmeichelt lächelte er. „Freut mich zu hören."

Weil der Karamell-Macchiato noch heiß war, nippte ich nur vorsichtig daran. Doch der kleine Schluck genügte, um eine Aussage über den Geschmack zu machen. „Der ist spitze!", staunte ich.

Raphael nahm mir das Glas ab, stellte es hinter mir auf die Anrichte und blieb ganz dicht vor mir stehen. Als wir uns so nahe waren, schlug mein Herz schneller. „Ein Glück", seufzte er erleichtert.

Und dann küsste er mich. Sofort legte ich meine Arme um ihn und schmiegte mich an ihn. Mit einer Hand fuhr Raphael mir durchs Haar, den freien Arm schlang er um meine Taille. Obwohl mir die Röte ins Gesicht schoss, wollte ich diesen Kuss für nichts auf der Welt unterbrechen. Er war zu mitreißend. Und dieser Tag war jetzt schon perfekt.

„Hey, für so was ist meine Küche aber nicht da!", beschwerte sich plötzlich eine helle Stimme. Oh, oh. Bianca war hereingekommen. Schnell lösten wir uns voneinander und lächelten meine Mutter verlegen an. Sie hatte die Hände in die Hüfte gestemmt und schüttelte den Kopf. „Also wirklich", fuhr sie fort. „Ihr zwei ..."

„Wir gehen wohl besser in mein Zimmer", schlug ich vor und nahm den Karamell-Macchiato von der Anrichte.

Raphael nickte. „Machen wir das."

Unter Biancas amüsiertem Blick verließen wir die Küche, liefen die Treppe hoch und in mein Zimmer. Als ich die Rosen auf meinem Schreibtisch sah, musste ich erneut lächeln. Raphael war der tollste Freund der Welt, das stand fest. Für mich jedenfalls.

Ich stellte das Glas mit dem Kaffee auf den Nachtschrank, um es in Griffweite zu haben, und setzte mich auf die Bettkante. Raphael hockte sich neben mich, einen Arm legte er um meine Hüfte.

„Was hast du denn jetzt noch alles vor?", fragte ich neugierig.

Er grinste. „Soll ich dir das wirklich verraten, Häschen?"

Bettelnd sah ich ihn an und nickte. „Ich platze vor Spannung!"

„Das will ich natürlich nicht", lachte er. „Also, ich wollte heute Abend mit dir kochen, für deine ganze Familie natürlich, Nele kann auch gerne mitmachen. Und danach entführe ich dich ins Kino."

„Das ... das ..." Meine Stimme gehorchte mir nicht, zumal mir der Mund vor Freude aufgeklappt war. „Das ist ... traumhaft", stammelte ich.

Er schmunzelte und strich mir flüchtig über die Wange. „Ich hab mir gedacht, dass du dich freuen würdest."

Ich trank einen Schluck vom Karamell-Macchiato, der inzwischen ein wenig abgekühlt war. „Und ich hab dir zum Geburtstag nur eine Handyhülle geschenkt", murmelte ich. Dass er sich im Gegensatz dazu solche Mühe gab, verursachte mir ein schlechtes Gewissen.

„Du hast mir den schönsten Nachmittag aller Zeiten geschenkt", widersprach er und drückte mich an sich. „Wessen Idee war es denn, an meinem Geburtstag ein Picknick zu machen?"

Klar, ich hatte mir Gedanken gemacht, wie ich ihm eine besondere Erinnerung schenken konnte. Also hatte ich vorgeschlagen, ein Picknick zu machen. Und es war wirklich schön gewesen – wir hatten nach dem Essen zusammen auf der Decke gelegen und die Wolken beobachtet, später sogar den Sonnenuntergang. Und als es kühler geworden war, hatten wir uns ganz eng aneinandergekuschelt.

Ich lächelte schief. „Hauptsache, du hast deinen Geburtstag genossen."

„Sehr", antwortete er und küsste mich sanft.

Ich griff erneut zu meinem Getränk. „Möchtest du eigentlich keinen?", fragte ich und hielt das Glas hoch.

Er schüttelte den Kopf. „Nein, ich mag süßen Kaffee nicht. Ich finde, in Kaffee gehört nur Milch, aber weder Zucker noch Sirup."

„Ach, richtig." Ich trank einen Schluck und stellte das fast leere Glas wieder ab. „Ich kann gar nicht genug von Süßigkeiten bekommen", kicherte ich.

„Weiß ich doch, du Naschkatze", neckte er mich.

„Ich bringe übrigens wieder ein Kilo mehr auf die Waage!", fiel mir ein.

Er lächelte. „Ein Glück, dass du Süßigkeiten so magst. Das macht das Zunehmen etwas leichter, was?"

„Oh ja", bestätigte ich und trank den Karamell-Macchiato aus. „Wenn ich so weitermache, sehe ich bald normal aus. Das wäre super!"

„Du siehst doch jetzt schon toll aus", entgegnete er.

Verlegen blickte ich zu Boden. Raphael stupste mich auf die Nase, ich umarmte ihn fest. „Darf ich auf deinen Schoß?", bat ich.

„Klar", antwortete er und zog mich prompt zu sich heran. „Gerne." Ich mochte es, so mit ihm dazusitzen. Es fühlte sich toll an, vor allem wenn er seine Arme um mich schlang, wie er es gerade machte.

Wir blieben lange in meinem Zimmer, kuschelten miteinander, redeten viel, küssten uns oft und alberten herum. So ausgelassen und glücklich war ich noch nie gewesen. Nach den vier Jahren, in denen ich mit Gilbert im selben Haus gewohnt hatte, hätte ich nicht mehr damit gerechnet, mich jemals wieder so wohlzufühlen. Aber das tat ich – dank meiner Familie, meiner Freunde und nicht zuletzt dank Raphael. Das war eindeutig der schönste Geburtstag, den ich je erlebt hatte.

Später kochten wir mit Nele das Abendessen, wir machten Geschnetzeltes mit Reis und Sahnesoße, außerdem einen Salat. Dieses Essen hatte ich noch nie probiert, doch es war wirklich ein großartiges Gericht! Aber auch nur, weil Raphael meine Schwester und mich davon abgehalten hatte, es total zu ruinieren. Gut, dass sich wenigstens einer von uns mit dem Kochen auskannte. Es machte so viel Spaß, immer etwas Neues von ihm zu lernen.

Nach der reichlichen Mahlzeit und einem Stück Geburtstagskuchen zum Abschluss brachte ich Nele bald ins Bett. Sie war so müde, dass sie über dem Esstisch schon fast einschlief.

„Denk dran", erinnerte ich sie, als ich sie zudeckte, „Raphael und ich fahren gleich ins Kino, ich komme erst gegen elf nach Hause. Bianca und Lorenz sind noch länger weg. Also keine Angst, wenn du aufwachst und niemand da ist! Und wenn was passiert, kannst du uns jederzeit anrufen."

Schläfrig nickte sie. „Weiß ich ..."

„Gute Nacht, Schwesterchen", sagte ich liebevoll und beugte mich zu ihr hinunter, um sie auf die Wange zu küssen.

Die Kleine lächelte mich an. „Ich hab dich lieb, Lara."

„Ich dich auch, Nele", antwortete ich gerührt.

Kurz blieb ich noch bei ihr, bis sie eingeschlafen war, dann begab ich mich wieder ins Erdgeschoss. Meine Eltern und Raphael saßen noch am bereits abgeräumten Esstisch, sie unterhielten sich ein wenig. Über die Schule, Abiturprüfungen, Jobs und Ähnliches.

„Nele schläft", verkündete ich, als ich mich zu ihnen setzte.

„Sie sah gerade wirklich müde aus", kicherte Bianca.

„Kein Wunder, sie ist heute viel herumgerannt", merkte Lorenz an.

Raphael lächelte mir zu. „Wir sollten fahren, damit wir noch Karten bekommen, bevor der Film anfängt."

Ich nickte. „Okay!"

Auf unseren ersten gemeinsamen Kinobesuch freute ich mich richtig, wir waren in den letzten Monaten nie dazu gekommen, ins Kino zu gehen.

„In welchen Film geht ihr denn?", erkundigte sich meine Mutter.

Gute Frage – das wusste ich selbst nicht.

„Bad neighbors“, erzählte Raphael. „Das ist eine Komödie, ich hab ganz gute Kritiken darüber gelesen.“

„Ist das nicht der Film, in dem es um – na, wie war das noch gleich? – diesen heftigen Nachbarschaftsstreit geht?“, meldete sich mein Vater zu Wort.

„Genau“, stimmte Raphael zu.

Ich schmunzelte. „Klingt ja interessant.“

„Ich muss auch bald los“, merkte Bianca an. „Du fährst erst in einer Stunde, oder, Schatz?“

Lorenz nickte. „Ungefähr, ja.“

Raphael und ich standen auf. „Wir machen uns mal auf den Weg“, kündigte er an.

„Schönen Abend“, wünschte Bianca uns. „Und genieß deinen 18. Geburtstag, meine Kleine!“

Ich beugte mich zu ihr und umarmte sie fest. „Danke, das mach ich! Dir auch einen schönen Abend, Mama. Ich hab dich lieb.“

„Und ich dich viel mehr“, entgegnete sie gerührt.

Auch meinen Vater umarmte ich. „Viel Erfolg im Krankenhaus, Papa.“ Ich lächelte ihn an. „Ich hab dich lieb.“

Endlich hatte ich geschafft, was ich mir seit über einer Woche vorgenommen hatte – ich wollte Lorenz nämlich schon lange sagen, dass ich ihn lieb hatte, genau wie Bianca.

Verdutzt und glücklich zugleich erwiderte er mein Lächeln. „Ich dich auch, Lara. Hab einen tollen Abend. Und Raphael, pass mir bloß gut auf sie auf!“

Mein Freund lachte. „Klar.“

Ich ließ meinen Vater los und trat zu Raphael. Wie von selbst nahmen wir uns an den Händen, verschränkten unsere Finger miteinander und lächelten uns an.

Dass Geburtstage so besonders sein konnten, hätte ich nicht gedacht. Auch bevor Gilbert in mein Leben getreten war, hatten wir diese Tage nie groß gefeiert. Aber es war schön, sich wenigstens für 24 Stunden daran zu erinnern, wie großartig es war, auf der Welt zu sein. Jedenfalls wenn man in einem so wundervollen Umfeld lebte wie Nele und ich nun. Und es gefiel mir, einmal rundum verwöhnt zu werden.

Raphael küsste mich auf die Wange. „Können wir?"

„Ich bin so weit." Mein Handy, den Hausschlüssel und meinen Geldbeutel hatte ich eingesteckt, sogar meine Frisur hielt noch. Bei dem warmen Wetter brauchte ich keine Jacke, sogar abends wurde es nicht allzu kalt.

Also fuhren wir los, auf Raphaels Motorrad. Meine Eltern hätten uns zwar gerne ihr Auto geliehen, wo ich nun allein fahren durfte, doch Lorenz brauchte es später, um zum Krankenhaus zu kommen. Mit dem Motorrad fanden wir sowieso leichter einen Parkplatz in der Nähe des Kinos.

Weil mein Freund schon die Tickets und einen Eimer Popcorn bezahlte, bestand ich darauf, uns ein Getränk zu kaufen. Und ich setzte mich durch.

Mit Raphael ins Kino zu gehen, war toll. Ich würde nie vergessen, wie er mich mitten in der Vorstellung zu sich gezogen und leidenschaftlich geküsst hatte. Wie er mir immer wieder ein Popcorn in den Mund geschoben hatte, sobald ich den Eimer auch nur angeschaut hatte. Und wie wir gekuschelt hatten, trotz der Armlehne zwischen unseren Sitzen.

Als wir das Kino verließen, hakte ich mich bei ihm ein. Am liebsten wäre ich noch länger mit ihm umhergezogen, doch ich musste zurück nach Hause. Es war schon halb elf.

„Wir können uns noch am Fenster treffen", schlug Raphael vor, während wir zum Motorrad schlenderten.

„Unbedingt!", stimmte ich zu.

„Hat dir der Film denn gefallen?", fragte er.

„Ähm ... ich muss gestehen, ich hab nicht alles mitbekommen." Verlegen lächelte ich. „Du hast mich so abgelenkt."

„Das tut mir aber leid", lachte er und blieb stehen, weil wir das Motorrad erreicht hatten.

„Muss es nicht", beruhigte ich ihn. „Ich fand den Tag perfekt. Genauso wie er war."

„Ich fand's heute auch echt schön." Er reichte mir den Zweithelm und setzte seinen eigenen auf. „Ab nächster Woche können wir so was öfter machen, dann hab ich mein Abi endlich."

Auch ich legte meinen Helm an. „Ich freu mich schon drauf, dich wieder ganz oft zu sehen."

Bevor wir zurückfuhren, griff er nach meiner Hand und drückte sie. „Ich mich erst, Häschen."

Es dauerte nicht lange, bis wir in Pirk ankamen. Schon um Viertel vor elf erreichten wir die Auffahrt von Raphaels Zuhause. Nachdem er das Motorrad in der Garage abgestellt und die Helme verstaut hatte, verabschiedete ich mich von ihm: „Dann bis gleich am Fenster!"

Er zwinkerte mir zu. „Ich begleite dich noch bis zur Haustür."

„Du bist ja ein richtiger Gentleman", staunte ich.

„Es wäre doch nicht der perfekte Geburtstag, wenn ich dich nicht nach Hause bringen würde", entgegnete er.

Ich lachte. „Ich wohne doch gleich nebenan."

„Egal", beharrte er und nahm meine Hand in seine.

Gemeinsam spazierten wir den kurzen Weg zum Nachbarhaus. Vor der Tür blieben wir stehen. „Heute war wirklich perfekt", sagte ich und umarmte Raphael fest.

Er umschlang mich ebenfalls „Das freut mich."

Ich streckte mich ein wenig, um ihn zu küssen. Lange standen wir so vor der Tür, vergaßen alles um uns herum und verloren uns in diesem Kuss. Als wir uns wieder voneinander lösten, atmete ich etwas schneller als zuvor.

„Ich liebe dich", flüsterte er mir ins Ohr.

„Ich liebe dich auch", antwortete ich leise.

„In zehn Minuten am Fenster?", fragte er.

Ich nickte. „Ich schaue kurz nach Nele und gehe dann gleich in mein Zimmer."

Er drückte mich noch mal fest an sich. „Bis gleich, Häschen." Raphael beugte sich schnell zu mir herüber und hauchte mir einen letzten Kuss auf die Stirn.

Glücklich lächelte ich ihn an. Er zwinkerte mir zu, dann machte er sich auf den Weg nach Hause.

Während ich meinen Schlüssel aus der Hosentasche zog und das große Haus betrat, hatte ich das Gefühl, ich würde schweben. Ich war überglücklich. Vor Freude hätte ich beinahe sogar vor mich hin gesummt, doch ich wollte lieber keine lauten Geräusche machen. Nele sollte meinetwegen nicht aufwachen. Bevor ich nach meiner Schwester sah, zog ich die Schuhe aus und ging in die Küche. Ich hatte Durst, darum nahm ich ein Glas aus dem Schrank und füllte es mit Leitungswasser. Das Licht machte ich nicht an, wozu auch? Ich kannte dieses Haus inzwischen in- und auswendig. Denn es war mein Zuhause. Das kühle Getränk tat richtig gut – ein wenig geschwitzt hatte ich heute Abend nämlich schon. Sommer und lange Klamotten passten einfach nicht zusammen. Aber was sollte ich machen? Ich würde ganz bestimmt nicht meine vielen hässlichen Verletzungen zur Schau stellen. Wildfremde Leute würden mich anstarren und ich würde mich in Grund und Boden schämen. Außerdem erinnerte ich mich ständig an Gilbert, wenn ich die alten Wunden sah.

Wie viel Zeit blieb mir wohl noch, bevor dieser Teufel mich aufspürte? Ich erwartete immer noch, dass er mich irgendwie fand, auch wenn ich nicht wusste, wie er das anstellen sollte. Gleichzeitig wünschte ich mir, dass ich mich täuschte, dass mich mein Umzug hierher vor Gilberts Rache bewahrte. Er wusste nichts davon, dass Saskia mich adoptiert hatte und ich nun bei meinen leiblichen Eltern wohnte. Theoretisch wäre es möglich, dass ich hier in Sicherheit war.

Ich lächelte schief und stellte das Glas in die leere Spülmaschine. Egal, was noch passieren würde, jetzt gerade war ich einfach glücklich. Gleich würde ich Raphael noch mal sehen. Rechts neben mir hörte ich plötzlich ein metallisches Klicken, aus der Richtung, wo der Esstisch stand. Was war das für ein Geräusch? Hatte einer dieser blöden Kater etwas umgeworfen?

Schnell lief ich zur Zimmertür, um das Deckenlicht einzuschalten. Als die Helligkeit den Raum flutete, blieb mein Herz stehen. Meine Augen weiteten sich, mein Mund wurde trocken und mein ganzer Körper zitterte.

Es war kein Kater, der am Tisch saß. Es war der Teufel höchstpersönlich. Dunkelgrüne Augen musterten mich mit einer Mischung aus Wut, Hass, Vorfreude und Begeisterung. „Happy birthday, Engelchen“, zischte Gilbert und richtete eine Pistole direkt auf mich.

Schlag auf Schlag

Die Worte blieben mir im Hals stecken. Ich brachte keinen Ton heraus, ich schluckte nur schwer und starrte meinen Stiefvater wie hypnotisiert an. Diesen ungewaschenen, unrasierten Mann mit dem offensichtlich abgetragenen T-Shirt und der zerrissenen Jeans. Den Mann, der seit Monaten auf der Flucht war und dementsprechend heruntergekommen aussah. Sein ungepflegtes Aussehen tat seiner erschreckenden Erscheinung allerdings keinen Abbruch. Das durfte nicht wahr sein. Er durfte mich nicht gefunden haben!

„Wirklich ein würdiger Tag für unser Wiedersehen, nicht wahr?“, fragte er und erhob sich in aller Seelenruhe. Er hatte auf Biancas Platz gesessen, nun kam er bedächtig auf mich zu. Mit der Waffe zielte er immer noch auf mich. „Ich habe mich schon sehr darauf gefreut.“

Alles in mir schrie danach wegzulaufen, aber dann würde er mich mit Sicherheit erschießen. Ich betete bloß, dass er Nele noch nicht gefunden hatte. Dass er ihr nichts getan hatte.

Nur einen Schritt von mir entfernt blieb der hochgewachsene Mann stehen, er streckte seine freie Hand aus. „Handy her. Ich weiß, dass du eins hast.“

Mit zitternden Fingern griff ich in meine Hosentasche und gab ihm mein Telefon. Es hätte nichts gebracht, mich zu weigern. Das wusste ich.

Gilbert wirkte genauso wütend und bösartig wie immer, mit einem Unterschied: Er stank nicht nach Alkohol. Er war nüchtern. Und in diesem Zustand war es fast unmöglich, ihn einzuschätzen.

„Möchtest du mich etwa nicht begrüßen, Engelchen?“, fragte er, während er mein Handy ausschaltete und einsteckte.

Wortlos starrte ich zu ihm hoch. Ich konnte weder den Blick abwenden, noch etwas sagen. Ich war zu fassungslos. Zu entsetzt. Zu verängstigt.

„Wie schade“, fuhr er fort. „Ich hatte auf eine herzlichere Begrüßung gehofft.“

Meine Fassungslosigkeit wich langsam meinem Hass auf diesen grausamen Mann. Und meiner Angst vor ihm. Zornig fixierte ich ihn und zwang mich dazu, mein rasendes Herz und meine schnelle Atmung zu ignorieren.

„Du siehst erstaunlich gut aus. Zugenommen, was?“ Er grinste bösartig. „Aber keine Sorge, bald bist du wieder so dürr wie früher.“

Kurz entglitten meine Gesichtszüge. Hieß das etwa, er wollte mich nicht an Ort und Stelle erschießen? Hieß das, er wollte mich mitnehmen? Es sollte mich eigentlich nicht überraschen, dass er mich wieder so quälen wollte wie früher, bevor er mich umbrachte. Aber ich fürchtete mich vor dem, was auf mich zukam.

Plötzlich erhob er seine freie Hand und strich mir damit über die Wange. Ich erstarrte unter seiner Berührung. „Du siehst so gesund aus“, lachte er. „Doch wir wissen beide, was du unter deinen Klamotten versteckst, nicht wahr?“

Tja. Auch wenn ich die vielen Prellungen und blauen Flecken im Gesicht losgeworden war, die Schnittwunden und die Brandnarbe würden nie verheilen. Gilberts Andenken ließen sich nicht ausradieren.

Plötzlich war alles genau wie früher. Wie vor meinem Umzug. Wie vor Saskias Tod. Ich war Gilberts Spielzeug, sein Opfer, seine Laborratte. Ich hatte genau die Rolle, die ich so gut kannte. Die ich beherrschte.

Und darum fand ich auch die Kontrolle über meine Zunge wieder. „Wie hast du mich gefunden?“

„Wie schön, dein zartes Stimmchen zu hören.“ Er grinste und nahm die Hand von meiner Wange. „Ich würde gerne behaupten, ich hätte dich ganz allein aufgespürt, aber leider hattest du einen zu großen Vorteil. Ich brauchte Hilfe.“

„Wer würde jemandem wie dir helfen?“ Diese Worte spuckte ich ihm regelrecht ins Gesicht.

„Mein guter alter Kumpel Stoney zum Beispiel.“ Überlegen lächelte er mich an. „Du erinnerst dich doch noch an ihn, oder? Ach, halt, er hat mir ja erzählt, dass du ihn nicht wiedererkannt hast!“

„Stoney?“, wiederholte ich mit zitternder Stimme. Der Name

sagte mir etwas. Aber ich konnte ihn keinem Gesicht zuordnen. Ich wusste, dass einer von Gilberts wenigen Freunden Stoney hieß. Ich hatte ihn sogar einmal getroffen, vor drei Jahren ungefähr. Aber es war nur eine kurze Begegnung gewesen.

„Ich glaube, du kennst ihn unter dem Namen Falco Steiner."

Mir klappte der Mund auf. Raphaels Vater! Endlich begriff ich, warum mir dieser Falco so bekannt vorgekommen war. Warum er vom ersten Moment an so unsympathisch auf mich gewirkt hatte. Warum er so komische Andeutungen über meine Familie gemacht hatte. Woher er meinen Namen kannte. Und dieser Mistkerl hatte mich an Gilbert verraten!

„Die Welt ist klein, nicht wahr?", sinnierte Gilbert gehässig vor sich hin. Mit dem Lauf seiner Pistole strich er mir die Strähnen meines Ponys beiseite. „Wer hätte gedacht, dass Stoneys Familie genau da wohnt, wo deine lieben Eltern leben?"

Er wusste also sogar, dass ich von Saskia adoptiert worden war. Er hatte in den letzten Monaten alles herausgefunden. Doch wie?

„Aber ich war wirklich überrascht", gab er zu, „als ich gehört habe, dass du gar nicht Neles richtige Schwester bist. Und du hast die Kleine immer so heldenhaft beschützt." Er lachte auf. „Wieso hast du mir denn nie erzählt, dass du adoptiert wurdest, Engelchen?"

„Was geht's dich an?", fauchte ich.

Gespielt entsetzt blickte er mich an. „Engelchen, du bist für mich wie eine eigene Tochter. Natürlich geht es mich was an!"

Dieser Heuchler ... „Welcher Vater verprügelt und vergewaltigt seine Tochter jahrelang?", fragte ich wütend.

Er zuckte nur mit den Schultern. „Niemand ist perfekt."

Tolle Rechtfertigung. Dieser Mistkerl. Hätte er mir nicht gerade eine Pistole an die linke Schläfe gehalten, hätte ich ihm meine Gedanken ins Gesicht geschrien. Aber ich wollte nicht sterben. Also hielt ich still.

Mein rasender Herzschlag pulsierte bis in meinen Kopf. Fieberhaft überlegte ich, wie ich mich aus dieser Lage befreien konnte. Doch mir fiel nichts ein. Da half mir auch kein Kampfsport. Eine Schusswaffe war etwas anderes als ein Taschenmesser.

„Wunderst du dich denn gar nicht, dass ich dich hier empfange?"

Gilbert seufzte betrübt. „Ein wenig mehr Überraschung hab ich mir schon erhofft. Immerhin bin ich extra in dieses hübsche Häuschen eingebrochen."

Sehr gut. Man merkte mir meinen Schock also nicht mehr an, ich war erfolgreich zur Salzsäule erstarrt. „Ich bitte dich", zischte ich. „Du hast früher als Schlosser gearbeitet. Da war es bestimmt nicht allzu schwer, ohne große Beschädigungen hier reinzukommen, oder?"

Er grinste und entblößte dabei seine vom Rauchen verfärbten Zähne. „Schlaues Mädchen", lobte er mich. „Aber du musst zugeben, ich habe mir den perfekten Tag ausgesucht."

„Oh ja, ich könnte mir kein schöneres Geburtstagsgeschenk vorstellen", entgegnete ich sarkastisch.

„Und wir sind sogar unter uns", ergänzte er und tätschelte mir mit seiner freien Hand den Kopf. „Ganz ungestört. Ohne deine ach so tollen Eltern."

Moment mal – er hatte recht. Aber woher konnte er wissen, dass Lorenz und Bianca heute beide nicht hier waren? Er hatte sie doch nicht ...

Ich riss die Augen auf. „Was hast du mit ihnen gemacht?", schrie ich panisch.

Überlegen lachte er. „Gar nichts, Engelchen. Noch nicht jedenfalls. Ich weiß, dass deine Mami gerade mit ihren Lehrer-Freunden einen trinken ist und dass dein Daddy heldenhaft im Krankenhaus kleine Kinder rettet. Und wenn du brav bist, werde ich ihnen nichts tun."

Verdammt. Er hatte mich in der Hand. Er hatte ein Druckmittel gegen mich, nicht nur eine Waffe, nein, etwas viel Schlimmeres. Er wusste genau, dass ich alles tun würde, um meine Familie zu beschützen.

„Und dein Adoptivschwesterchen werde ich auch weiterschlafen lassen", fuhr er fort. „Aber du wirst mitkommen. Jetzt."

Ich schluckte schwer. Was sollte ich bloß machen? Wenn ich gehorchte, waren Nele und meine Eltern in Sicherheit. Doch ich würde meine Familie und meine Freunde wahrscheinlich nie wiedersehen. Ich würde nie wieder glücklich sein. Und mein Stiefvater würde mich umbringen.

Also bluffte ich. „Du glaubst wirklich, ich würde mich von dir entführen lassen?“ Bemüht selbstbewusst lächelte ich. „Vergiss es. Die letzten vier Jahre mit dir haben mir gereicht.“

Der Schock auf Gilberts Gesicht verschaffte mir ein richtiges Gefühl des Triumphs. Bis er sein Ass aus dem Ärmel zog. „Engelchen, das war keine Bitte“, zischte er. „Du kommst mit. Oder ich erschieße erst dich, dann deine Schwester, dann deinen Macker nebenan und auf deine ekelhaft erfolgreichen Eltern werde ich auch noch warten, kapiert?!“

Oh Gott. Er wusste sogar von Raphael.

Meine Hände zitterten vor Angst, darum ballte ich sie zu Fäusten. „Woher weißt du von meinem Freund? Woher weißt du, dass meine Eltern heute Abend nicht zu Hause sind?“

Arrogant, wie er war, verriet er es mir sogar. „Ich bin eben gut“, antwortete er grinsend. „Oder besser gesagt unauffällig. Als ich mir sicher war, dass du hier wohnst, habe ich dich beobachtet. Den ganzen Tag. Und während du dich mit deinem Macker im Kino vergnügt hast, habe ich deine Eltern ein wenig ausspioniert.“ Er ließ den Lauf seiner Pistole absinken, sodass er nun auf meine Brust gerichtet war. „Diese beiden sind wirklich ekelhaft perfekt, findest du nicht auch?“

Nur weil er neidisch war. Weil er nie haben könnte, was Lorenz und Bianca hatten. Auch wenn mir der Erfolg meiner Eltern früher Angst gemacht hatte, inzwischen wusste ich genau, wie viel Mühe sie in ihre Jobs gesteckt hatten.

„Nein.“ Meine Stimme klang völlig ruhig und darauf war ich stolz. Denn in Wirklichkeit war ich kurz davor, mich aus lauter Panik einzunässen. „Die beiden haben sich hart erarbeitet, was sie besitzen!“

„Pah“, schnaubte er und tippte mit seiner Waffe auf mein Shirt. Bei der Berührung erschauderte ich. „Dumm wie Brot sind sie trotzdem. Oder haben sie vorhergesehen, dass ich herkommen würde?“

Möglichst unbeeindruckt erwiderte ich seinen Blick. „Wer hätte das schon vorhersehen können?“ Dass ich seit Monaten damit rechnete, von ihm gefunden zu werden, würde ich niemals zugeben. Nicht vor ihm. Diese Genugtuung, mich in dauerhafte Angst versetzt zu haben, gönnte ich ihm nicht.

„Nun, sie hätten meine Anrufe ernst nehmen können." Er lachte auf, es hörte sich völlig wahnsinnig an. „Ach ja, öffentliche Telefone sind schon was Feines. Schade, dass es nur noch so wenige davon gibt. Niemand weiß, wer anruft. Aber ich hatte dadurch den endgültigen Beweis, wo ich dich finde, Engelchen."

Da fiel es mir wie Schuppen von den Augen. Die Telefonstreiche. Das war Gilbert gewesen. Er hatte so lange angerufen, bis ich abgehoben hatte. Bis er sich sicher sein konnte, dass ich wirklich hier wohnte.

„Herzlichen Glückwunsch", zischte ich. „Du hast mich gefunden."

„Ja, und jetzt werde ich dich mitnehmen", prophezeite er. „Oder willst du vier Tote auf deinem Konto haben?"

Da kam mir eine Idee. Vielleicht funktionierte es. „Ich will mich nur noch von Nele verabschieden", verlangte ich. „Gib mir etwas Zeit." Gilbert musste sich einfach darauf einlassen. Er musste mir erlauben, Nele ein letztes Mal zu sehen.

Herablassend lächelte er. „Warum sollte ich dir diesen Gefallen tun?"

„Sieh es als Geburtstagsgeschenk", entgegnete ich bitter.

Da lachte er auf. „Na gut, Engelchen. Aber nur, weil ich so ... euphorisch wegen unseres Wiedersehens bin."

„Wenigstens einer von uns", zischte ich.

Gilbert ließ sich die Hochstimmung nicht verderben. Er nahm die Waffe runter und nickte in Richtung Zimmertür. „Du hast zehn Minuten. Los."

„Gib mir 20!", verlangte ich.

„15. Keine Sekunde mehr, bevor am Ende noch deine lieben Eltern nach Hause kommen. Und du möchtest doch vermeiden, dass ich sie treffe, oder?", fragte er und winkte mit der Waffe in seiner Hand.

Was für ein mieses Wortspiel. Verdammter Mistkerl. Aber ich nickte.

„Und nur dass das klar ist, du wirst später widerspruchslos mitkommen", befahl er. „Oder deine Schwester muss dran glauben."

Mit aller Macht versteckte ich meine Panik hinter einer regungslosen Miene. „Verstanden", antwortete ich beinahe tonlos.

Gilbert lächelte zufrieden. Er hatte, was er wollte.

So schnell ich konnte, lief ich nach oben. Das war vermutlich das letzte Mal, dass ich Gilberts dunkelgrünen Augen entkommen konnte. Die letzten 15 Minuten Freiheit. Ich zitterte am ganzen Körper, doch ich riss mich zusammen. Ich hielt mich an meine selbst auferlegte Regel, vor Gilbert all meine Gefühle zu unterdrücken. Meine Angst, meine Tränen, einfach alles. Und ich wusste genau, wie ich die wertvolle Viertelstunde nutzen würde.

Schnell holte ich einen Zettel und meinen MP3-Player aus meinem Zimmer. Ich schrieb eine kurze Nachricht an Nele. Ich konnte die Kleine nicht wecken und ihr ins Gesicht sagen, dass wir uns nie wiedersehen würden. Das brachte ich nicht übers Herz. Denn daran würde ich zerbrechen. Und das letzte bisschen Stärke in mir brauchte ich für die bevorstehende Zeit mit Gilbert.

Schwesterchen,
wenn du das liest, bin ich schon weg. Aber mach dir keine Sorgen um mich. Ich bin bei Saskia, du weißt schon, bei Mama. Bei den Sternen. Und von dort aus passe ich auf dich auf. Wenn du mich vermisst, hör dir unsere Lieder an. Spiel mit Bianca und Lorenz.
Ich werde immer bei dir sein.
Und vergiss nie: Ich liebe dich über alles, Nele.
Deine Lara

Leise schlich ich mich in das Zimmer meiner Schwester, legte ihr die Nachricht und den MP3-Player auf den Schreibtisch. Neben ihrem Bett blieb ich stehen und beugte mich zu ihr hinunter. Sanft strich ich der friedlich schlafenden Nele durchs Haar, über die Wange, rückte ihre Bettdecke zurecht und küsste die Kleine schließlich auf die Stirn.

Als ich merkte, dass mir Tränen über die Wangen strömten, richtete ich mich auf, wischte sie weg und verließ Neles Zimmer. Lautlos schloss ich die Tür hinter mir. In diesem Zimmer würden die letzten Tränen bleiben, die ich jemals geweint hatte. Denn ab jetzt würde ich das nie wieder tun. Nicht vor Gilbert. Niemals.

Es blieb nicht mehr viel Zeit, ich hatte höchstens noch elf, zwölf Minuten übrig. Ich musste sofort den einzigen Plan durchführen, der mir in meiner Panik eingefallen war. Zum Glück hatte ich mich mit Raphael am Fenster verabredet. So konnte ich auch ohne mein Handy Hilfe rufen. Als ich meinen Freund im Zimmer gegenüber sah, spürte ich beinahe Erleichterung. Er war da. Und er lächelte zu mir herüber. Panisch winkte ich mit beiden Armen. Ich wollte ihm bedeuten, am Fenster zu warten, bis ich die Botschaft geschrieben hatte. Er stutzte, weil ich so wild winkte, schmunzelte dann aber und winkte zurück.

Verzweifelt sah ich ihn an. Raphael verwechselte offensichtlich meine Panik mit Freude. Er musste warten. Ich hielt den Zeigefinger hoch, um ihn um einen kurzen Moment zu bitten. Er verstand und nickte. So schnell wie möglich kritzelte ich mit meinem dicken schwarzen Edding etliche Blockblätter voll. Schließlich musste ich groß genug schreiben, damit Raphael die Worte von seinem Zimmer aus erkennen konnte. Es wäre zwar viel einfacher und vor allem schneller gewesen, das Fenster zu öffnen und meine Botschaft laut zu Raphael herüber zu brüllen, aber dann hätte Gilbert mich hören können.

Als ich endlich fertig war, hielt ich einen Zettel nach dem anderen ans Fenster, sodass mein Freund die gesamte Nachricht lesen konnte. Es waren 15 Blätter, ich hielt jedes einzeln an die Scheibe. Hoffentlich reichte die Zeit. Nicht dass Gilbert in mein Zimmer kam und mich unterbrach. Raphael musste unbedingt alles lesen!

Gilbert ist hier. Er wird mich mitnehmen. Ruf die Polizei. Nele schläft. Pass auf sie auf. Erzähl meinen Eltern alles. Ich liebe dich.

Nachdem ich das letzte Blatt weggelegt hatte, erkannte ich Raphaels entsetztes, von Horror gezeichnetes Gesicht. Ich schluckte schwer. Er sah genauso aus, wie ich mich fühlte. Panisch. Schockiert. Hilflos. Es schüttelte mich und ich wimmerte leise. Das war's dann wohl. Ich beobachtete, wie Raphael telefonierte und gleichzeitig etwas aufschrieb. Es erleichterte mich zu wissen, dass er die Polizei verständigte, auf meine Schwester aufpassen und meinen Eltern alles erklären würde.

Da hielt auch er mehrere Zettel nacheinander ans Fenster. Seine Botschaft beruhigte mich allerdings nicht, ganz im Gegenteil.

Polizei kommt. Halt durch. Bin sofort bei dir.

Heftig schüttelte ich den Kopf. Er durfte nicht herkommen! Gilbert war bewaffnet, er würde Raphael erschießen! Aber mein Freund ignorierte mein Kopfschütteln und hastete aus seinem Zimmer.

Was sollte ich bloß tun?!

„Die Zeit ist um, Engelchen!“, rief Gilbert von unten.

„Ich komme“, antwortete ich ohne jede Gefühlsregung in der Stimme. Am liebsten hätte ich mich weinend und schreiend auf den Boden geworfen. Mich mit Nele in einem Zimmer verbarrikadiert. Oder ich wäre aus dem Fenster gesprungen. Gebrochene Beine waren immer noch besser als Gilberts Folter. Doch wenn ich floh, würde er meine Familie umbringen. Meine Eltern wären niemals sicher vor ihm. Und was war mit Raphael?

Ich hatte mich noch nie so hilflos gefühlt. Weil ich nichts tun konnte, um meinen Freund aufzuhalten. Um ihn davon abzuhalten, sich erschießen zu lassen. Denn das würde Gilbert mit ihm machen, sobald er herkam. Die glücklichen Tage waren ein für alle Mal vorbei. Diese wenigen friedlichen Monate waren wohl doch nur so etwas wie ein Traum gewesen.

Stocksteif ging ich die Treppen hinunter. An der untersten Stufe erwartete Gilbert mich bereits, natürlich mit der Pistole in der Hand. Wie war er bloß an eine Waffe gekommen? Ohne diese verdammte Pistole hätte er viel weniger Macht über mich.

„Da bist du ja“, stellte er überflüssigerweise fest. „Los, Hosentaschen ausleeren. Bevor du noch irgendwas mitnimmst, was mir nicht gefällt.“

Daran hatte ich nicht mal gedacht. Aber es hätte mir sowieso nichts gebracht, etwas einzustecken. Die einzige Waffe im ersten Stock wäre die Nagelschere im Badezimmer gewesen. Mit der hätte ich vermutlich nichts ausrichten können.

Ich holte den Hausschlüssel und meinen Geldbeutel aus meinen Hosentaschen und gab beides dem Teufel, der vor mir stand. Den Schlüssel warf er achtlos auf den Fußboden, den Geldbeutel durchsuchte er.

„Wie schön, fast 30 Euro!“ Er grinste zufrieden. „Danke für den Finderlohn, Engelchen. Das wäre doch nicht nötig gewesen.“

Ich biss die Zähne zusammen, um nicht laut zu schluchzen. Diese ganze Situation war zu viel. Sie erschien mir irreal und zugleich wusste ich genau, dass ich nicht träumte.

„Los, vorwärts“, wies er mich dann an. „Raus hier.“

„Bist du vielleicht so gütig, mich erst noch mal aufs Klo zu lassen?“

Abschätzig musterte er mich. „Wieso? Pinkelst du dir sonst vor Angst in die Hose, Engelchen?“

„Nein, wohl eher wegen des halben Liters Cola, den ich im Kino getrunken hab“, entgegnete ich eiskalt. „Und ich vermute einfach mal, dass du mich nicht gerade in ein nahe gelegenes Fünf-Sterne-Hotel mit Badezimmer bringen wirst.“

Sein dreckiges, altbekanntes Grinsen widerte mich an. „Du kennst mich eben. In Ordnung. Wo ist hier das Klo?“ Mit einer Hand deutete ich zu dem Raum neben der Haustür. „Geh rein und gib mir den Schlüssel. Ich sperre dich lieber mal von außen ein“, beschloss er. „Und hey, ich bin so gut gelaunt, ich gebe dir sogar fünf Minuten. Also, sei dankbar.“

Klar, er gewährte mir die Zeit, weil er so großzügig war. Und nicht, weil er im Haus noch nach Geld oder sonst was suchen wollte ...

Wortlos befolgte ich seine Befehle. So verrückt es mir vorkam, in diesen fünf Minuten, die ich im Badezimmer verbrachte, beruhigte ich mich ein wenig. Ich hatte kurz Zeit für mich, ich konnte noch mal durchatmen, bevor Gilberts Gegenwart mir endgültig die Luft abschnürte. Ich konnte mir die Hände und das Gesicht waschen, wahrscheinlich zum letzten Mal.

Plötzlich klopfte es am Fenster. Erschrocken zuckte ich zusammen und starrte auf die Scheibe aus Milchglas. Wer konnte das sein?

„Lara?“, flüsterte eine wohlbekannte Stimme. „Lara, hörst du mich?“

Mir blieb fast das Herz stehen, als mir klar wurde, dass mein Freund sich auf diesem Grundstück befand. Er durfte nicht hier sein!

„Raphael?“, wisperte ich ungläubig und öffnete das kleine undurchsichtige Fenster, von dem aus man die Auffahrt des Hauses im Blick hatte.

Tatsächlich schaute ich direkt in durchdringend blaue Augen. In die Augen, die ich so gut kannte und so sehr liebte. Raphael stand wirklich vor dem Fenster, in unserer Auffahrt, ein paar Schritte von der Haustür entfernt. „Ja", bestätigte er. „Der Kerl ist gerade weg, oder? Komm, schnell, das Fenster ist zwar nicht groß, aber du passt locker durch! Kletter raus!"

Er musste uns von draußen gehört haben. Wie lange wartete er wohl schon vor der Haustür auf so eine Gelegenheit?

„Ich kann nicht!", widersprach ich verzweifelt. „Gilbert bringt Nele um, wenn ich flüchte! Und meine Eltern!"

„Bis er merkt, dass du weg bist, ist die Polizei da", versicherte er mir. „Sie muss jeden Moment eintreffen!"

„Gut zu wissen", zischte plötzlich jemand.

Und im nächsten Moment sah ich durch das Fenster, wie Raphael umkippte.

„Nein!", schrie ich. Meine Augen weiteten sich, panisch starrte ich nach draußen. Doch in der Dunkelheit erkannte ich nicht viel. „Raphael!"

Schlagartig fühlte ich mich in dem kleinen Raum mit Toilette, Waschbecken und Spiegel eingeengt, nicht mehr beruhigt. Ich hatte das Gefühl, die Wände kamen auf mich zu und erdrückten mich.

Gilbert hatte ihn entdeckt. Er hatte ihn niedergeschlagen. Aber immerhin noch nicht erschossen. Also bestand die Möglichkeit, dass mein Freund noch lebte.

Da streckte Gilbert seinen Arm durchs Fenster herein. Mit der Pistole, die er in der Hand hielt, zielte er direkt auf mich. Unter seinem Blick erschauderte ich unwillkürlich. Ich hatte furchtbare Angst ...

„Engelchen, du solltest wissen, dass man mit mir nicht spielen kann", knurrte er und reichte mir den Schlüssel vom Badezimmer durchs Fenster rein. „Los, rauskommen. Hierher. Sofort. Oder ich jage ihm eine Kugel in den Kopf."

Ohne nachzudenken, geradezu automatisch, nahm ich den Schlüssel und verließ das Badezimmer. In der offenen Haustür stand Gilbert und wartete auf mich. Mir wurde schlecht. Dennoch zog ich eilig meine Schuhe an und ging zu ihm. Wutentbrannt starrte er mich an, so zornig, dass ich glaubte, er würde mich hier und jetzt erschießen. Aber so einfach würde er es mir nicht machen, das wusste ich.

Vor ihm blieb ich stehen und erwiderte seinen wütenden Blick. „Und jetzt?“, fauchte ich. Ich musste so tun, als wäre mir alles egal. Ich musste so tun, als hätte ich keine Angst. Doch wie erfolgreich ich mit diesem Schauspiel war, wusste ich nicht.

Abrupt packte Gilbert mit einer Hand meinen Nacken. Reflexartig zog ich den Kopf ein und die Schultern hoch, aber dieser Teufel löste seinen eisernen Griff um mich nicht. „Weißt du, Engelchen, ich bin gerade oben gewesen“, zischte er. „Und jetzt rate mal, was ich da gefunden habe!“

„Offensichtlich die Klamotten meines Vaters und einen Wasserhahn“, antwortete ich abgebrüht. Denn unverkennbar trug er nun frische Kleidung, eindeutig Sachen von Lorenz. Und er hatte sich das verdreckte Gesicht gewaschen.

„Ich rede eher von diesen hübschen Zettelchen, die du deinem Macker geschrieben hast“, entgegnete Gilbert düster.

Ich schluckte. Oh nein. Er hatte meine Nachricht an Raphael entdeckt. Die Nachricht, dass mein Freund die Polizei rufen sollte.

„Wirklich eine nette Idee.“ Als ich Gilberts irren Blick sah, dachte ich, er würde jeden Moment durchdrehen. Doch erstaunlicherweise blieb er ruhig. „Aber leider zu spät. Du kommst sofort mit!“

Er krallte mir Daumen und Zeigefinger noch fester in den Nacken und schubste mich durch die Haustür nach draußen. In die Dunkelheit. Immerhin ließ er mich los.

Bevor er die Tür hinter sich schloss, fiel genug Licht durch die Öffnung, um meinen bewusstlosen Freund auf dem Boden liegen zu sehen.

Sofort ging ich neben ihm in die Hocke. „Raphael“, flüsterte ich besorgt und inspizierte die hässliche Wunde an seinem Kopf. Und da konnte ich nicht mehr. Ich konnte nicht mehr so tun, als wäre mir alles egal. Ich konnte Gilbert nicht mehr gehorchen. Ich musste mich wehren. Ich musste Zeit schinden, bis die Polizei kam. Betont langsam richtete ich mich wieder auf und stellte mich direkt vor Gilbert. „Ich werde nirgendwohin gehen“, sagte ich ruhig. „Ich habe endgültig genug. Hau ab, verschwinde aus meinem Leben und lass mich endlich in Ruhe!“

Einen Moment lang wirkte Gilbert wütend und entsetzt. Dann nur noch wütend. „Geh weiter“, zischte er und richtete die Pistole auf Raphael. „Oder dein Macker muss dran glauben.“

Diesmal ließ ich mich nicht erpressen. Innerlich betete ich bloß, dass Raphael am Leben blieb. „Mach doch“, provozierte ich meinen Stiefvater. „Worauf wartest du denn die ganze Zeit? Ach, ich weiß, du würdest in einem so kleinen Dorf zu viel Aufmerksamkeit erregen, stimmt's?“ Überlegen lächelte ich. „Ein Schuss wäre zu laut! Die ganze Nachbarschaft wäre sofort auf den Beinen und dafür hast du beim besten Willen nicht genug Munition!“

Voller Hass starrte Gilbert mich an. Aus den Augenwinkeln beobachtete ich, wie er ausholte, bevor er mir den Griff seiner Pistole gegen die linke Schläfe rammte und alles schwarz wurde.

Stechender Schmerz ließ mich aufstöhnen. Mein Kopf fühlte sich an, als würde jemand Nägel hineinhämmern. Mir war schlecht, mein Magen knurrte, mein Mund fühlte sich trocken an. Außerdem kam ich mir eingeengt vor. Was war bloß los? Warum hatte ich das Gefühl, jemand hätte mich überfahren und am Straßenrand liegen gelassen? Es ging mir gar nicht gut, ich war wie gerädert. Und ich fror.

„Lara?“, flüsterte eine weit entfernt klingende Stimme. „Lara, bist du wach?“ Mühsam schlug ich die Augen auf. Schummriges Licht und ein modriger Geruch umgaben mich. War das hier ein Kellergewölbe? Ich konnte mich nicht bewegen, aber immerhin gelang es mir, mich ein wenig umzublicken. Weil ich mit dem Gesicht nahe der schmutzig weißen Wand lag, sah ich nicht viel. Es gab keine Möbel in diesem kleinen und niedrigen Raum, soweit ich das erkennen konnte. Hier lag nur ich auf dem Boden, die Hände unangenehm fest auf dem Rücken zusammengebunden. Aber wenn ich hier alleine war, wessen Stimme hatte ich dann eben gehört?

Das Hämmern in meinem Kopf erschwerte es mir nachzudenken. Die Verwirrung lähmte mich. Wo befand ich mich? Warum war ich gefesselt? Warum hatte ich Schmerzen? Und wer hatte eben mit mir geredet?

„Lara?“, wiederholte die Stimme hinter mir. „Sag doch was!“

Es stellte sich als schwierig heraus, sich verschnürt auf die andere

Seite zu drehen, doch ich schaffte es beim zweiten Versuch. Trotz der Kopfschmerzen und der Übelkeit.

Raphael lag neben mir, stellte ich fest. Er sah furchtbar aus, eingetrocknetes Blut zierte sein Gesicht von der linken Schläfe bis hinab zum Kinn. Aber er lächelte, als wir uns in die Augen blickten.

Wieso waren mein Freund und ich verletzt? Wieso lagen wir in einem alten, düsteren, kühlen Keller? Waren wir nicht vorhin erst im Kino gewesen? Genau, danach hatte Raphael mich nach Hause gefahren, ich hatte etwas getrunken und dann ... Schlagartig kam die Erinnerung zurück. Gilbert war am Esstisch gesessen. Mit einer Pistole. Er hatte mich gefunden. Mich erpresst, mit ihm zu kommen. Mich niedergeschlagen und in diesen Keller verschleppt. Gemeinsam mit Raphael. Oh nein, ich hatte meinen Freund beschützen wollen, und nun hatte ich genau das Gegenteil erreicht. Er war ebenfalls gefangen und genau wie ich dem Teufel hilflos ausgeliefert.

Als mir das klar wurde, stiegen mir Tränen in die Augen. So gut wie möglich hielt ich sie zurück, das Gefühl der Panik und Machtlosigkeit konnte ich allerdings nicht unterdrücken. Raphael war anscheinend ebenfalls gefesselt. Jedenfalls hielt er seine Arme in einem unbequem aussehenden Winkel hinter seinem Rücken.

„Wieso hast du dein Haus verlassen?“, schluchzte ich. „Wieso bist du zu mir gerannt? Du könntest jetzt in Sicherheit sein!“

„Ich ... ich musste was tun“, keuchte Raphael. Er hatte offensichtlich auch Schmerzen. „Und ich hab irgendwie nicht damit gerechnet, dass er eine Waffe hat.“

„Ich hab gedacht, er würde dich sofort umbringen.“ Meine Stimme war nur noch ein Hauchen. „Ich hatte solche Angst um dich!“

Er rutschte ein kleines Stückchen näher zu mir, sodass wir nun direkt voreinander lagen. Unsere Nasenspitzen berührten sich, und dieses Gefühl beruhigte mich für einen kleinen Moment.

„Ich hatte auch Angst um dich“, flüsterte er. „Eigentlich hab ich die immer noch. Bald wird dieses Monster zurückkommen.“

„Ich wusste, dass es nur eine Frage der Zeit ist, bevor er mich aufspürt“, flüsterte ich und fixierte den steinernen Fußboden.

„Wie hat dich der Kerl überhaupt gefunden?“, wunderte sich Raphael.

„Durch deinen Vater." Entsetzt starrte mein Freund mich an. „Dein Vater und Gilbert sind alte Kumpels. Ich hab Falco aber nur einmal gesehen, vor drei Jahren oder so, darum hab ich ihn nicht gleich erkannt. Aber er mich. Und er hat Gilbert verraten, wo ich bin."

„Scheiße", stöhnte er.

„Das kannst du laut sagen", seufzte ich. „Wer hätte erwartet, dass ausgerechnet dein Vater und Gilbert sich gut kennen ..."

„Gleich und Gleich gesellt sich gern", zischte Raphael. „Wenn ich das Arschloch jemals in die Finger kriege, drehe ich ihm den Hals um!"

Ich bezweifelte, dass wir diesen kühlen, dreckigen, unheimlichen Keller jemals lebend verlassen würden. Also konnte Raphael sich wohl kaum an seinem Vater rächen. Aber das behielt ich besser für mich.

„Weißt du, wo wir hier sind?", wollte ich wissen. „Was ist das für ein Ort?"

Dieser Keller war wirklich ein Drecksloch. Modrig, kalt, staubig und voller Spinnweben. Raphael und ich lagen zu allem Überfluss auf dem blanken Steinboden. Und auf einmal war ich froh darüber, dass ich sogar im Sommer immer lange Kleidung trug. Raphael hatte ein kurzärmliges Hemd an, aber zum Glück auch eine Jeans. Unsere Klamotten starrten vor Dreck, sie waren mit braungrauen Flecken übersät. Gilbert musste uns über den Boden geschleift haben.

„Irgendein abgewrackter Bauernhof mitten im Nirgendwo", antwortete mein Freund angewidert. „Auf jeden Fall nicht in Pirk, und auch außerhalb von Weiden. Ich konnt's leider nicht genau sehen, ich bin zwar auf der Fahrt wieder aufgewacht, hab mich aber weiterhin bewusstlos gestellt."

„Auf der Fahrt?", wiederholte ich.

Er nickte. „Wir waren in einem Auto, auf dem Rücksitz. Als wir angekommen sind, hat der Kerl uns nacheinander hier runtergebracht."

Wahnsinn, Gilbert hatte sich sogar ein Auto beschafft. Dieser Mann war zu allem fähig, wenn er sich etwas in den Kopf gesetzt hatte. Wie befürchtet.

„Weißt du, was er gerade macht?“, fragte ich.

„Keine Ahnung ...“, seufzte Raphael. „Er hat mir das Handy und meinen Geldbeutel abgenommen, am liebsten hätte ich ihn gebissen oder so was. Aber ich dachte mir, es wäre vielleicht besser, wenn er denkt, ich wäre noch bewusstlos.“

„Glaub mir, das ist besser“, versicherte ich ihm. „Es macht Gilbert keinen Spaß, wenn sein Opfer nichts mitbekommt. Und da er nun Geld hat, ist er mit Sicherheit einkaufen gefahren. Er war vorhin nüchtern, also kannst du dir denken, was er sich jetzt holt.“

„Meinst du, wir haben genug Zeit, um hier rauszukommen?“

Meine Kopfschmerzen wurden schlimmer, darum kniff ich kurz die Augen zusammen. Als ich sie wieder öffnete, sah Raphael mich besorgt an. „Schau nicht so“, bat ich ihn. „Dir tut der Kopf doch sicher auch weh.“

„Lässt sich nicht bestreiten“, gab er zu.

„Ich verstehe nur nicht, warum Gilbert dich auch mitgenommen hat“, murmelte ich ängstlich. „Was hat er mit dir vor?“

Mein Freund wirkte ebenso verunsichert wie ich. „Ich weiß es nicht ...“

„Aber“, kam ich auf seine Frage von vorhin zurück, „mir fällt nichts ein, wie wir uns befreien könnten. Mit Sicherheit ist die Zimmertür abgesperrt. Das Fenster da oben ist viel zu schmal, um dadurch nach draußen zu klettern.“

Raphael überlegte einen Moment. „Kannst du aufstehen?“

„Wird schwierig. Mir ist total schwindlig.“

„Mir auch. Verdammt!“, rief er. „Was machen wir jetzt?“

Vorsichtig legte ich meine Stirn an seine. Ich wusste keine Antwort, darum sagte ich nichts. Es war offensichtlich, dass wir in der Falle saßen. Oder eher lagen. Wir kamen hier nicht raus.

„Es tut mir leid“, flüsterte ich nach einer Weile durch die Stille.

„Was?“

„Dass du meinetwegen gefangen bist. Ich wollte dich nie in die ganze Sache mit hineinziehen“, entschuldigte ich mich.

„Du kannst nichts dafür“, entgegnete er sofort. „Das war nur dieses Arschloch.“

Natürlich, ich hatte Raphael nicht selbst niedergeschlagen und entführt. Aber ich trug eine Teilschuld daran, dass er nun hier lag.

„Es tut mir leid", wiederholte ich nur, beinahe tonlos.

„Entschuldige dich nicht!", verlangte er.

Verzweifelt sah ich ihn an. „Aber ..."

Er schnitt mir das Wort ab, indem er mich sanft küsste. Nur kurz, doch dieser Kuss brachte mich zur Ruhe. Raphaels Lippen fühlten sich spröde an, meine ebenfalls. Wir hatten beide seit einer Weile nichts getrunken.

„Es ist okay, Lara", versicherte er mir anschließend leise. „Wir kommen hier raus."

„Hoffentlich", wisperte ich. „Wie lange sind wir überhaupt schon hier?"

„Ich vermute, es ist jetzt früher Morgen. Also erst ein paar Stunden."

„Dann schläft Gilbert vielleicht noch", grübelte ich. „Und du warst die ganze Zeit wach?"

Halbherzig lächelte er. „Glaubst du, ich konnte hier schlafen?"

Zögerlich schüttelte ich den Kopf. Wohl kaum.

„Aber was zu trinken wäre echt nicht verkehrt", seufzte er.

„Ich hab auch Durst", gab ich zu.

„Sag mal, hab ich einen Tinnitus oder tropft hier wirklich ständig was auf den Boden?", fragte er plötzlich.

Um mich besser konzentrieren zu können, schloss ich die Augen und lauschte. Tatsächlich, ich vernahm ein Geräusch, das mich an einen tropfenden Wasserhahn erinnerte. „Ich höre es auch", antwortete ich und öffnete die Augen wieder. „Klingt wie eine undichte Wasserleitung oder so."

Raphael runzelte die Stirn. „Das ist komisch. Dieser Ort muss seit Jahren verlassen sein, jedenfalls sieht er so aus. Wie kann es hier fließendes Wasser geben?"

„Vielleicht ist es doch kein verlassenes Bauernhaus? Oder es regnet draußen?", mutmaßte ich.

„Regen könnt's sein", meinte er.

„Das würde auch erklären, warum das Geräusch so weit weg ist", ergänzte ich. Wieder kehrte Stille ein. Ich wusste nicht genau, ob wir beide vor lauter Kopfschmerzen, Angst oder Unsicherheit schwiegen. Aber mir fiel sowieso nichts ein, worüber ich reden konnte. Mein rasender Herzschlag erschwerte mir das Denken.

„Was hat er mit uns vor?“, durchbrach Raphael plötzlich die Stille. „Ich halte das nicht mehr aus, ich will wissen, was auf uns zukommt!“ Schmerzlich verzog ich das Gesicht, gab aber keine Antwort. „Lara, du kennst ihn. Was will er?“

„Quälen. Foltern. Und vermutlich sogar töten.“

„Heißt das, er sperrt uns hier ein, bis wir, keine Ahnung, verhungert oder verdurstet sind?“, fragte er aufgebracht. „Und manchmal kommt er rein, um uns zu verletzen?“

Erschrocken über Raphaels wütenden Tonfall zuckte ich ein Stück zurück. „Es tut mir leid“, schluchzte ich. „Aber ja, irgendwie so was.“

„E...entschuldige“, stammelte er. „Ich wollte dich nicht anschreien.“

„Weiß ich“, flüsterte ich. Er hatte einfach nur Angst. Panische Todesangst. Das Gefühl kannte ich zu gut, da konnte man schon mal die Fassung verlieren.

„Ich kapier's einfach nicht!“, jammerte er und rutschte näher zu mir, sodass wir wieder Nase an Nase lagen. „Wie kann ein Mensch so was nur tun?!“

„Das verstehe ich genauso wenig ... Ich hab mich jahrelang gefragt, wie jemand seine gesamte Menschlichkeit verlieren kann.“ Tatsächlich hatte ich lange einen Grund für Gilberts Gewalttätigkeit gesucht. Erfolglos.

Da lächelte Raphael schwach. „Aber ich bin froh, dass wir wenigstens im selben Raum sind.“

„Allein würde ich durchdrehen“, gestand ich. „Aber ich wünschte, du wärst gar nicht erst hier. Es tut mir so leid! Ich hätte dich nicht mit in die Sache reinziehen dürfen. Ich ... ich hätte dich beschützen müssen!“ Mit aller Macht unterdrückte ich die Tränen, die ich nur zu gerne vergießen wollte. Doch das Wissen, dass Gilbert jederzeit hereinkommen konnte, hielt mich davon ab.

Meine Schuldgefühle und Ängste zerfraßen mich regelrecht. Nur meinetwegen schwebte Raphael in Gefahr. Nur meinetwegen war er hier, in diesem widerlichen Keller, gefangen.

„Du konntest nicht ahnen, dass er mich mitnehmen würde!“, widersprach mein Freund. „Und irgendwer musste die Polizei rufen! Stell dir mal vor, wie ahnungslos deine Eltern jetzt sonst wären.

Sie wären krank vor ...“ Da weiteten sich seine Augen. „Oh Gott. Meine Mutter ...“

An Renate hatte ich noch gar nicht gedacht – sie würde durchdrehen vor Sorge! Raphael war ihr Ein und Alles!

Hilflos wimmerte ich und kniff die Augen zusammen, als würde sich dadurch etwas an dieser grauenvollen Situation ändern. „Du musst irgendwie hier raus. Du musst nach Hause!“

„Wir müssen nach Hause!“, verbesserte er mich. Mühsam setzte er sich auf, er brauchte zwar ein paar Versuche, schaffte es aber letztendlich. „Es muss einen Weg hier raus geben!“

„Klar, aber der führt an mir vorbei“, lachte plötzlich die Furcht einflößendste Stimme, die ich kannte.

Sofort raste mein Herz, wie hypnotisiert starrte ich zu der dicken Tür, in deren Rahmen Gilbert stand. Ich hatte ihn nicht mal kommen gehört. Doch nun war er hier, belächelte uns spöttisch und genoss die offensichtliche Angst auf unseren Gesichtern. Seine Pistole hatte er nicht dabei, dafür hielt er eine Bierflasche in der rechten Hand.

„Lass uns hier raus!“, schrie Raphael ihn an.

Mein Stiefvater lachte und prostete ihm mit der Flasche zu. „Nö“, erwiderte er schlicht.

„Lass wenigstens Raphael gehen!“, flehte ich.

Schon beinahe amüsiert sah er mich an. „Wie süß, Engelchen. Aber nein, er bleibt hier. Ein zweites Spielzeug verdoppelt den Spaß.“ Er grinste. „Und dank ihm hab ich die Garantie, dass du dich benimmst.“

Dieser miese Erpresser. Darum hatte er meinen Freund also mitgenommen, anstatt ihn bewusstlos in der Auffahrt liegen zu lassen.

„Ich hab nicht vor, mich von dir als Drohung benutzen zu lassen“, kündigte Raphael an. „Lass uns sofort gehen! Du kannst uns nicht ewig festhalten!“

Gilbert kam ein paar Schritte näher, woraufhin ich reflexartig zusammenzuckte. Obwohl er den Kopf wegen der niedrigen Decke einziehen musste, wirkte er beängstigend. Ich zitterte am ganzen Körper, als sein Blick von Raphael zu mir wanderte.

„Du hast dir ja einen richtigen Rebellen ausgesucht, Engelchen“, lachte er.

Anstatt etwas darauf zu antworten, versuchte ich, mich ebenfalls hinzusetzen. Ich wollte nicht vor Gilbert auf dem Boden liegen. Als ich jedoch Anstalten machte, mich aufzurichten, drehte sich alles um mich herum. Mein Kopfweh wurde schlimmer und der Schwindel sorgte dafür, dass ich die Orientierung verlor. In diesem Zustand hatte ich keine Chance zu fliehen. Hoffentlich würde wenigstens Raphael die Flucht gelingen. Irgendwie.

Bevor ich wieder auf den Steinboden prallte, reagierte mein Freund. Er fing mich auf, indem er eins seiner Beine aufstellte und hinter meinen Rücken schob. So konnte ich mich gegen sein angewinkeltes Knie lehnen.

„Danke", flüsterte ich und lächelte ihn schwach an.

Besorgt musterte er mich. „Geht's?"

„Viel besser", bestätigte ich. „Aber bitte nimm dein Bein nicht weg."

Gilbert verzog das Gesicht, er streckte die Zunge raus und schaute uns voller Ekel an. „Das ist so süß, dass einem schlecht wird."

„Was denn, neidisch?", provozierte Raphael ihn.

Panisch starrte ich ihn an. Wieso zog er Gilberts Zorn auf sich? Ich hatte das früher oft gemacht, um diesen Teufel von Saskia abzulenken, klar, aber dafür war schließlich ich verprügelt worden. Das durfte Raphael nicht auch passieren!

Allerdings reagierte Gilbert nicht aufbrausend. Er wusste, dass er die Oberhand hatte, und er zeigte es überdeutlich. In aller Ruhe trank er einen Schluck von seinem Bier und ging dann vor uns in die Hocke. „Neidisch?", wiederholte er grinsend. „Auf dich? Glaub mir, ich hab Seiten von der lieben kleinen Larissa gesehen, die du nie kennen wirst. Und ich hab Sachen mit ihr gemacht, an die du im Traum nicht denken würdest."

Bei der Erinnerung an früher hätte ich mich beinahe übergeben. Denn erst jetzt wurde mir klar, dass er einige seiner Grausamkeiten bald wiederholen würde.

Wutentbrannt fixierte Raphael ihn. „Du bist ja auch ein krankes Arschloch."

Ich hyperventilierte schon fast vor Panik. „Bitte, hör auf!", flehte ich. „Gieß nicht noch mehr Öl ins Feuer!"

„Immerhin weiß einer von euch, was sich gehört", lachte Gilbert zufrieden. „Du kennst mich eben, Engelchen.“ Ich spannte den Kiefer an, um nicht zu schreien. Ich musste ruhig bleiben. Als wäre ich mit Gilbert in Berlin. In der alten Wohnung. Aber ich war nicht mehr wie früher. Ich war es nicht mehr gewohnt, verprügelt zu werden. Ich hatte ihm schon lange nicht mehr die Stirn bieten müssen.

Wie besessen wiederholte ich in meinem Kopf die drei goldenen Regeln. Keine Angst zeigen, nicht nachgeben und ihm niemals den Rücken zukehren. Ich musste mich daran halten.

Schon beinahe zärtlich strich Gilbert mir durchs Haar. Mein Zopf hatte sich längst gelöst, die rote Schleife hing allerdings noch irgendwo zwischen meinen schmutzigen hellbraunen Strähnen.

Bei der Berührung regte ich mich keinen Millimeter. Mit eiskalter Miene sah ich Gilbert an. Und ich war wirklich stolz darauf, dass ich nicht mal schneller atmete.

„Wie in den guten alten Zeiten“, freute sich Gilbert. „Wir beide, Engelchen.“

„Lass Raphael gehen“, verlangte ich. „Dann sind wir unter uns.“

„Nein!“, rief mein Freund sofort.

Es rührte mich, dass er mich nicht allein lassen wollte. Doch es wäre das Beste, ihn in Sicherheit zu bringen. Er musste hier weg.

„So leicht nicht“, lachte mein Stiefvater und tätschelte mir den Kopf. „Aber netter Versuch.“

„Übrigens, es wäre Zeit fürs Frühstück. Oder willst du uns hier verhungern lassen, du Arschloch?“, fragte Raphael. Dass er sich seine Angst nicht anmerken ließ, bewunderte ich sehr. Ich hatte Jahre gebraucht, um mein Pokerface zu wahren.

Seine Furchtlosigkeit imponierte Gilbert eindeutig. Denn er schlug meinen Freund nicht für seine Frechheit, er grinste. „Essen ist überbewertet. Aber was zu trinken könnt ihr haben.“ Ohne Vorwarnung schob er Raphael die Öffnung der Bierflasche in den Mund. Er flößte ihm das Getränk regelrecht ein, doch mein Freund trank schnell genug, um sich nicht zu verschlucken.

Als Gilbert die Flasche wieder wegnahm, räusperte Raphael sich nur. „Danke für den tollen Service.“ Der Sarkasmus war nicht zu überhören.

„Du auch, Engelchen?“, fragte Gilbert scheinheilig.

Hastig schüttelte ich den Kopf. Ich hasste Bier, schon allein weil es mich so sehr an diesen versoffenen Teufel erinnerte. Da behielt ich lieber meinen trockenen Mund. Aber natürlich ignorierte Gilbert meine Antwort, er steckte mir die Flasche zwischen die Lippen und schüttete mir den Rest des widerlichen Gebräus in den Hals. Da sich alles in mir sträubte, das Getränk zu schlucken, hustete ich heftig und prustete meinem Stiefvater fast alles ins Gesicht.

„So nicht!", schrie er mich an und wischte sich mit dem Handrücken das Bier aus dem Gesicht. „Das wirst du mir büßen, Engelchen."

„Es war keine Absicht!", verteidigte ich mich. „Ich bringe kein Bier runter, das weißt du!"

Er hörte nicht auf meinen Einwand, stattdessen starrte er mich zornig an. Dann holte er aus. Ich hörte ein lautes Klirren und Raphaels besorgten Ruf, konnte aber nicht darauf reagieren. Denn ein stechender Schmerz durchfuhr meine rechte Schulter, ich keuchte leise auf und kniff die Augen zusammen.

„Beim nächsten Mal ziele ich auf den Kopf", zischte Gilbert und richtete sich wieder auf.

Fassungslos blickte ich zu meiner Schulter. Einige Glassplitter steckten darin, teilweise hafteten noch ein paar Tropfen Bier an den Scherben. Gilbert hatte mir tatsächlich die Flasche gegen die Schulter gerammt.

Mein Stiefvater warf den Flaschenhals, den er noch festhielt, achtlos auf den Boden. „Ganz wie früher, nicht wahr, Engelchen?", lachte er.

Er warf mir einen letzten Blick zu, eine Mischung aus Ärger und Zufriedenheit, dann verließ er den Raum und zog die schwere Tür hinter sich zu. Dem Geräusch nach schloss er sie sogar ab.

Erschöpft ließ ich meinen Kopf in den Nacken fallen, auf Raphaels Knie. Ich atmete tief durch und bemühte mich, den Schmerz auszublenden. Wenigstens für einen Moment. Jetzt war es wirklich wieder so wie früher.

„Wie ... wie geht's dir?", stammelte Raphael, der nach dem Schock seine Stimme endlich wiedergefunden hatte.

Müde sah ich ihn an. „Alles gut."

„In deiner Schulter stecken Glassplitter!"

„Ist ja nicht das erste Mal."

„Oh Gott“, stöhnte Raphael und beugte sich so weit vor, dass er mit seiner Stirn meine Wange berührte. „Lara, du musst zum Arzt.“

„Sehr witzig“, schnaubte ich. „Ich muss nur irgendwie die Splitter entfernen.“

„Soll ich?“

„Wie denn?“, fragte ich unsicher. „Wir sind beide gefesselt oder hab ich was verpasst?“ Kurz zögerte ich. „Tut mir leid, dass ich so zynisch bin …“

„Schon gut. Lass mich nur machen. Aber ich muss um dich herum rutschen, kannst du dich aufrecht halten?“

Ich nickte. „Klar, ich schaff das.“ Nachdem ich mich nach vorne gelehnt hatte, um mich nicht mehr auf sein Bein zu stützen, rutschte er auf dem Hintern über den Boden, um mich herum, bis er an meine rechte Seite herankommen konnte. Bequem sah es nicht gerade aus, wie er sich mit den angezogenen Beinen fortbewegte. Es fiel mir schwer, mich aufrecht zu halten, doch es gelang mir.

„Das wird jetzt etwas wehtun“, prophezeite Raphael.

Ich kniff die Augen fest zusammen. „Ist okay.“

Und dann beugte er sich herüber, um die Splitter mit seinen Zähnen aus meiner Schulter zu ziehen. Weil es so wehtat, verzog ich das Gesicht. Doch ich weinte nicht. Natürlich nicht.

„Ich glaube, das waren alle“, stellte Raphael endlich fest.

„Endlich“, keuchte ich.

„Dein Arm sieht übel aus …“

Halbherzig lächelte ich. „So fühlt er sich auch an.“

„Willst du dich wieder anlehnen?“, bot er an.

„Das wäre echt toll“, antwortete ich.

Prompt rutschte er wieder um mich herum, bis wir Rücken an Rücken saßen und uns aneinanderlehnen konnten. Da unsere Arme jeweils hinter unserem Rücken mit irgendeinem Seil oder Strick zusammengeschnürt waren, konnten sich unsere Finger sogar berühren.

Zaghaft griff ich nach Raphaels Hand, er erwiderte meinen Druck. Es tat gut, nicht allein zu sein. Aber gleichzeitig wollte ich nicht, dass er hier war.

„Ich frage mich, wieso der Kerl nicht verbrennt, wenn er ein Wort wie Engel in den Mund nimmt“, zischte mein Freund.

„So hat er mich schon immer genannt", erzählte ich.

„Dass so ein netter Name so bösartig klingen kann ..."

Ich ließ den Kopf hängen. „Ich hasse diesen Namen." Ein lautes Magengrummeln erschreckte mich. „Du hast Hunger, was?"

„Und wie", stimmte Raphael zu. „Du nicht?"

Ich zuckte mit den Schultern, was ich sogleich bereute. Scharf sog ich die Luft ein, als der Schmerz meine rechte Schulter durchfuhr. „Nein, nicht wirklich. Ich bin's wohl immer noch gewohnt, lange nichts zu essen."

„Dieser Typ ist das Letzte", knurrte er.

„Immerhin hat er uns noch nichts getan."

„Äh, hallo, er hat seine Flasche an dir zerdeppert!" Mein Freund klang völlig entsetzt. „Und das nennst du nichts?"

„Es hätte schlimmer kommen können", entgegnete ich. Plötzlich kam mir eine Idee und ein kleines Grinsen schlich sich auf mein Gesicht. „Und immerhin haben wir jetzt die perfekte Gelegenheit, uns zu befreien."

„Was meinst du?", fragte er verdutzt.

Ich drückte seine Hand fester. „Wir haben etwas Zeit, bis Gilbert das nächste Mal reinkommt", vermutete ich. „Außerdem liegen hier jede Menge Scherben herum. Wir sollten unsere Fesseln aufschneiden."

„Du bist genial!", rief er. „Daran hab ich gar nicht gedacht."

„Nicht so laut!", flüsterte ich. „Vielleicht belauscht er uns."

„Dafür sind die Wände zu dick", meinte Raphael. „Aber okay. Warte mal, ich komme sogar an die Scherbe da drüben ran." Er ließ meine Hand los und beugte sich etwas zur Seite. „Hab sie! Willst du auch eine?"

„Ja, bitte."

Vorsichtig schob er mir eine relativ kleine Scherbe zu, als er wieder aufrecht hinter mir saß. Ich ergriff sie und begann, an dem Strick um mein linkes Handgelenk zu sägen.

„Das wird eine Weile dauern", vermutete mein Freund, der ebenfalls versuchte, seine Fesseln zu zerschneiden.

„Ich hoffe, Gilbert kommt nicht zu bald rein", murmelte ich.

Wir hatten Glück und schafften es, unsere Stricke durchzuschneiden, während wir allein waren. Raphael streckte sich ausgiebig, ich hielt meinen rechten Arm still, nachdem ich ihn in den Schoß gelegt hatte. Den linken jedoch streckte ich auch aus. Es fühlte sich viel besser an, als die Hände hinter dem Rücken verschnürt zu haben.

„Immerhin sind die Fesseln schon mal weg", freute sich Raphael.

Ich lächelte schief. „Ja, immerhin." Plötzlich spürte ich, wie meine Rückenlehne verschwand. Raphael hatte sich bewegt, sodass ich nun nach hinten kippte, weil ich mich an ihn gelehnt hatte.

„Hoppla!", rief er und fing mich auf, bevor ich den Boden berührte. „Hab ganz vergessen, dass du dich abstützt." Er setzte sich so hinter mich, dass ich mich an seine Brust lehnen konnte, während er seine Beine rechts und links von mir aufstellte und mich in seine Arme schloss.

„Danke, dass du mich festhältst", flüsterte ich und schmiegte mich an ihn.

„Ist doch selbstverständlich", entgegnete er.

„Ich komme mir so blöd vor", gestand ich. „Ich kann mich gerade echt nicht selbst aufrecht halten."

„Du hast ja auch mehr abbekommen als ich. Kein Wunder, dass du fertig bist", äußerte sich Raphael.

Auch in den nächsten paar Stunden würde ich definitiv mehr abkriegen als er. Ob ich den Tag überhaupt überleben würde, stand auf einem ganz anderen Blatt. Aber Raphael musste hier verschwinden.

Mit meinem schmerzfreien Arm nahm ich eine von Raphaels Händen. Er erwiderte den Druck und hauchte mir einen Kuss auf den Nacken.

„Wir kommen hier raus", flüsterte er. „Dieses Monster wird dich nie wieder so verletzen wie früher."

Doch, mich schon. Aber nicht Raphael. Das schwor ich mir. Ich würde meinen Freund aus diesem Kellerloch befreien, egal wie. Gilbert wollte nur mich, und das konnte er haben. Aber nicht Raphael. Nicht ihn. Nicht meine Familie. Nur mich.

Vaterliebe

„Ihr haltet euch wohl für besonders schlau, was?“

„Schlauer als du allemal“, schnaubte Raphael. Wütend und herablassend zugleich musterte Gilbert uns. Wir saßen immer noch auf dem Boden und blickten zu ihm hoch, Raphael umarmte mich. Deswegen spürte er mein Zittern.

„Lass das“, flüsterte ich ihm zu. „Provozier ihn nicht!“

„Er wird uns sicher nicht in Ruhe lassen, selbst wenn wir nett zu ihm sind“, entgegnete er.

„Ein wenig schlau scheinst du ja doch zu sein“, lachte mein Stiefvater und kam näher. Einen Schritt von uns entfernt blieb er stehen. „Lass sie los.“

„Vergiss es“, weigerte sich mein Freund und drückte mich fester an sich.

Mein Stiefvater verengte seine dunkelgrünen Augen zu Schlitzen. „Ich sage es nicht noch mal. Lass sie los! Sofort!“

„Ist schon gut“, murmelte ich und schob Raphaels Arme beiseite.

Doch er ließ mich nicht los. „Nein! Ich werde nicht nach seiner Pfeife tanzen!“

Plötzlich hörten wir ein Unheil verheißendes Klicken. Gilbert hatte seine nun entsicherte Pistole auf Raphaels Kopf gerichtet. „Ich zähle bis drei.“ Panisch drehte ich mich zu meinem Freund um. Er wurde leichenblass, befolgte aber immer noch nicht Gilberts Befehl.

„Eins.“

„Bitte“, flehte ich. „Egal, was er vorhat, nichts wäre so schlimm, wie dich sterben zu sehen! Lass mich los!“ Hätte mein rechter Arm nicht so wehgetan, hätte ich mich einfach aus Raphaels Umarmung befreit. Aber dafür konnte ich mich nicht gut genug bewegen.

„Zwei.“ Zögerlich ließ mein Freund die Arme sinken und starrte Gilbert direkt an, während ihm dieser immer noch die Waffe gegen die Schläfe hielt.

Mein Stiefvater lächelte. „Na also." Er nahm die Pistole runter. „Es geht doch. Warum nicht gleich so?"

„Monster", zischte Raphael.

Gilbert lachte auf. „Wie unhöflich."

„Was willst du hier?", fuhr ich wütend dazwischen.

„Dich sehen, Engelchen", antwortete er. „Was sonst?"

Verächtlich fixierte ich ihn. „Muss ja ein toller Anblick sein, wenn du dafür in diesen ekligen Keller kommst."

„Und ob", stimmte er zu. Mit dem Lauf seiner Waffe strich er mir über die Wange. Ich unterdrückte den Reflex zurückzuzucken. „Mir gefällt er."

„Was denn? Meine zerschnittene Schulter? Das getrocknete Blut von dem Schlag auf den Kopf?"

„Ich dachte, man sollte ihn nicht provozieren?", meldete sich Raphael leise zu Wort. „Das hast du doch gesagt."

„Ich hab gesagt, dass du ihn nicht provozieren sollst." Wenn ich Gilberts Zorn auf mich zog, würde er Raphael vergessen und nur mich verletzen. Zumindest hoffte ich das.

„Deine zerschnittenen Finger sind auch ein netter Anblick", merkte der Teufel an. „War sicher nicht leicht, die Stricke durchzuschneiden."

Ich senkte den Kopf, um Gilbert nicht mehr ansehen zu müssen. Ja, ich hatte mir mit der blöden Scherbe ein paarmal in die Hände geschnitten. Das war immer noch besser, als gefesselt in diesem Keller zu kauern.

„Genützt hat es trotzdem nichts", fuhr er schadenfroh fort. „Die Tür habt ihr nicht aufgekriegt, was?"

Raphael und ich schwiegen. Wie hätten wir diese dicke, verschlossene Tür öffnen sollen? Es war nahezu unmöglich, aus diesem Zimmer zu fliehen!

„Ich mag diesen Keller." Grinsend schaute Gilbert sich um. „Genau der Ort, den ich gebraucht habe." Klar, für seine Zwecke war das Kellergewölbe perfekt. Raphael und ich konnten nicht nach draußen gelangen, solange die Tür verschlossen war. Und selbst wenn sie offen stand, wie jetzt, hielt uns etwas anderes auf. Gilberts Pistole.

„Wie schön, dass du einen guten Makler hattest!", fauchte ich.

Er ging neben mir in die Hocke. „Engelchen, ich liebe deinen Humor." Kurz lächelte er verdächtig freundlich. Doch dann packte er mein linkes Fußgelenk. Es ging so schnell, dass ich erst bei dem grässlichen Knacken und dem furchtbaren Schmerz begriff, dass er mir den Fuß gebrochen hatte.

Ich biss mir so fest auf die Zunge, dass kein einziger Laut aus meiner Kehle drang. Ich würde nicht schreien. Nicht weinen. Gilbert keine Freude machen.

„Lara!", rief Raphael entsetzt und schlang wieder seine Arme um mich.

„Respekt." Gilbert stieß einen anerkennenden Pfiff aus. „Du hast es immer noch drauf, fast keine Miene zu verziehen. Einen kleinen Schrei hab ich mir schon erhofft."

„So ein Pech aber auch", zischte ich. Meine Stimme zitterte, doch man hörte daraus mehr Wut als Angst oder Schmerz. Man hörte meinen Hass auf den Teufel, der sich gerade vor mir aufrichtete.

Raphael ließ mich los und erhob sich. Im Stehen musste er in dem niedrigen Raum den Kopf ebenso einziehen wie Gilbert. „Das wirst du bereuen!"

Wortlos zielte mein Stiefvater mit der Waffe auf ihn. Mit seiner freien Hand bedeutete er Raphael, dass er sich wieder hinsetzen sollte. Gegen eine Pistole konnten wir nun mal nichts ausrichten. Ich griff nach Raphaels Hosenbein und zog sanft daran. Mein Freund nickte und setzte sich neben mich.

„Dabei wollte ich euch gerade etwas zu trinken anbieten", seufzte Gilbert. „Ihr seid so undankbar."

„Kannst du uns auch 'ne Toilette anbieten?", fragte ich wütend.

Er lächelte überlegen. „Ach, Engelchen, als Lohn für deine Tapferkeit mache ich doch alles." Er ging zur Tür und holte eine große Wasserflasche, die er neben uns auf den Fußboden stellte. „Müsst ihr beide pinkeln?" Zögerlich nickten wir. „Na dann, mein Engelchen zuerst."

„Und wie soll ich laufen?", motzte ich ihn an.

Er richtete seine Waffe auf Raphael. „Du. Bring sie zur Tür."

Langsam stand mein Freund wieder auf. Er schob einen Arm unter meine Knie, den anderen schlang er mir um den Rücken. „Ich bin vorsichtig", versprach er.

„Das weiß ich doch", flüsterte ich. Schließlich hatte er sogar darauf geachtet, mich an meiner linken Seite festzuhalten, nicht rechts bei der verletzten Schulter. Behutsam hob er mich hoch, mein linker Fuß baumelte unkontrolliert in der Luft. Es tat so weh ... Mein Kopf, meine Schulter, mein Fuß – viel schlimmer allerdings war meine Sorge um Raphael. Ich betete inständig, dass ihm nichts geschah.

Er brachte mich bis zur Zimmertür, dann stellte er mich auf Gilberts Befehl hin auf meinem rechten Bein ab. Nur mühsam bewahrte ich mein Gleichgewicht, immerhin kippte ich nicht sofort um. Sanft strich Raphael mir einige störende Haarsträhnen aus dem Gesicht. Dankbar lächelte ich ihn an.

„Los, zurück in den Raum", wies Gilbert ihn an.

Nachdem Raphael ein paar Schritte zurückgegangen war, schloss mein Stiefvater ihn wieder ein. Dann steckte er die Waffe zwischen seinen Gürtel und den Hosenbund. Von der Jeans meines Vaters. „Mein kleines Druckmittel werde ich für dich allein wohl kaum brauchen, was, Engelchen?", fragte er amüsiert.

„Doch, ich werde dich jede Sekunde überwältigen", zischte ich.

Er zog mich in seine Arme und hielt mich fest. Abrupt erstarrte ich unter dieser widerlichen Berührung. Ich hasste es, Gilberts Wärme zu spüren. Den Gestank von Alkohol und Zigaretten zu riechen. Trotz der Kälte in diesem Keller wurde mir heiß. Und ich tat alles, um jetzt nicht zu zittern.

„Du bist so süß", lachte er. „Deine bissigen Kommentare haben mir in den letzten Monaten richtig gefehlt."

Ich verdrehte die Augen. „Wie schön für dich. Dann kannst du Raphael ja gehen lassen. Ich bin schließlich hier."

Er ließ mich wieder los, um mich spöttisch anzusehen. „Du musst immer irgendjemanden beschützen, was? Wenn's nicht gerade deine Schwester ist, ist es eben dein Macker."

„Er hat nichts mit all dem zu tun."

„Doch, er musste den Held spielen und dir zu Hilfe eilen. Selbst schuld. Als ob dir irgendjemand helfen könnte." Wortlos starrte ich ihn an. Er war wirklich der Teufel höchstpersönlich.

Dann warf er mich über seine Schulter, um mich zum Badezimmer zu tragen. Er ging nicht halb so vorsichtig mit mir um wie

Raphael. „Wo hast du den Kerl eigentlich her?", wunderte er sich auf dem Weg.

„Im Internet ersteigert", knurrte ich.

Plötzlich gab er mir einen kräftigen Klaps auf den Hintern. Unwillkürlich zuckte ich zusammen. „Sehr witzig", schnaubte er.

„Dumme Frage, dumme Antwort."

„Ich meinte eigentlich nur, dass ich es komisch finde. Immerhin gehörst du mir. Wie kommst du überhaupt auf die Idee, dir einen Freund zu suchen?"

„Ich bin nicht dein Eigentum!", rief ich.

„Oh doch."

Es überraschte mich nicht, dass Gilbert es so sah. Für ihn war es regelrecht selbstverständlich, dass ich ihm gehörte. Dass er mit mir machen konnte, was er wollte. Diesen Eindruck hatte Saskia ihm wieder und wieder vermittelt.

„Übrigens", fiel ihm ein, „heute Abend hab ich was Besonderes mit dir vor. Freust du dich auch schon so darauf?" Ich schluckte schwer. Oh nein. „Natürlich könnte ich mir auch jetzt nehmen, was ich will", fuhr er fort, „aber Vorfreude erhöht doch den Spaß. Noch ein paar Stunden, Engelchen."

Ich konnte nicht sagen, wie spät es war. Durch die verdreckten Fenster in dieser Bruchbude fiel kaum Licht herein. Aber ich wusste, dass mir die Zeit bis heute Abend nicht lange vorkommen würde. Ganz im Gegenteil.

„Lara, was hat er mit dir gemacht?!"

„Gar nichts", murmelte ich. Trotz der Schmerzen in meiner Schulter hatte ich die Arme um mich geschlungen. Zusammengekauert fühlte ich mich einfach wohler. „Er hat mich nur zur Toilette gebracht. Und danach dich."

„Das erklärt aber nicht, warum du so verstört bist!"

Seit einer Ewigkeit starrte ich apathisch auf den Steinboden und sprach kaum ein Wort. Mich hatte eine lähmende Angst ergriffen. Vor dem, was mich heute Abend erwartete.

Der gebrochene Fuß lag ausgestreckt vor mir auf dem Boden. Am liebsten hätte ich die Knie angezogen und mit den Armen umfasst, aber das war zu schmerzhaft.

Raphael, der nervös in unserem Verlies auf und ab gegangen war, setzte sich nun wieder neben mich. „Jetzt rede doch mit mir!“, flehte er.

„Er ... er ... er ... er hat ... angekündigt, dass ...“ Ich unterbrach mich selbst, weil ich die Worte nicht über die Lippen brachte. Auch wenn ich Raphael nicht beunruhigen wollte, ich konnte es nicht sagen.

Sanft schloss mein Freund mich in seine Arme. Er strich mir über den Rücken und hauchte mir einen Kuss auf die Stirn. „Dass was?“

Mit meinem gesunden Arm klammerte ich mich an ihn. „Dass er ... heute Abend ... vorhat, mich zu ...“ Meine Zunge gehorchte mir nicht. Die Worte blieben mir im Hals stecken.

Aber Raphael hatte schon begriffen, woher meine lähmende Angst kam. „Nein! Das wird er nicht mit dir machen! Er wird dich nie wieder anfassen!“

„Doch“, flüsterte ich und vergrub mein Gesicht an seiner Brust.

„Nicht, wenn ich es verhindern kann!“

„Kannst du nicht ...“ Ich griff nach der halb leeren Wasserflasche und trank einen Schluck. „Das kann niemand ...“

Er drückte mich fest an sich. „Ich lasse nicht zu, dass er dir ... so was antut!“

„Amüsant. Und was willst du dagegen machen?“, lachte Gilbert plötzlich.

Panisch zuckte ich zusammen. Er war hier. Um mich abzuholen. Unwillkürlich krallte ich meine gesunde Hand fester in Raphaels Hemd, die andere ballte ich nur zur Faust. Ich zitterte am ganzen Körper.

„Keine Ahnung“, zischte Raphael. „Aber ich werde sie nicht loslassen!“

Gilbert mochte die Herausforderung offensichtlich. Er grinste hämisch. „Weißt du was, du kleiner Rebell, mich würde mal interessieren, wie weit du für mein Engelchen gehen würdest. Wenn du in den nächsten zehn Minuten keinen Finger rührst, lasse ich sie heute Nacht in Ruhe.“

„Deal“, stimmte mein Freund sofort zu.

„Nein!“, schrie ich verängstigt. „Bitte, hör auf, mit ihm zu spielen! Selbst wenn du es schaffst, dann wird er mich eben morgen früh holen! Bitte, ich will nicht, dass dir was passiert!" In zehn Minuten konnte dieser Teufel Raphael vieles antun. Und das ließ ich nicht zu. Das durfte ich nicht zulassen.

„Los, steh auf", forderte Gilbert ihn auf.

Auch Raphael ignorierte meinen Protest. Er drückte mich noch mal fest an sich und hauchte mir einen Kuss auf die Wange. „Keine Sorge", flüsterte er.

Wie hypnotisiert schüttelte ich den Kopf. „Bitte nicht", flehte ich.

Doch er stand auf und stellte sich Gilbert gegenüber. „Und jetzt?"

„Wie gesagt, zehn Minuten", antwortete dieser Teufel. „Wenn du auch nur einen Finger rührst, borge ich mir deine Freundin die ganze Nacht aus."

Mir drehte sich der Magen um, als ich das hörte. Natürlich wollte ich nicht von Gilbert mitgenommen werden. Aber ich wollte auch nicht, dass Raphael verletzt wurde, weil er mich beschützte. Ich wollte nur nach Hause. In mein schönes, großes, helles Zimmer. In mein weiches Bett. Zu meiner liebevollen Familie. Und ich wollte meinen Freund in Sicherheit wissen.

„Ich mache also gar nichts", fasste Raphael Gilberts Bedingungen zusammen.

Mein Stiefvater grinste. „Ganz genau."

„Sollte ja nicht allzu schwer sein."

In dem Moment rammte Gilbert ihm auch schon mit voller Wucht seine Faust in die Magengrube. Raphael krümmte sich vor Schmerz, er kniff die Augen zusammen und atmete tief durch. Doch er schlug nicht zurück.

„Raphael, bitte!", rief ich. „Wehr dich!"

Er machte gar nichts. Nicht mal als Gilbert ihn ins Gesicht schlug. Nicht mal als dieser Teufel ihm das Knie gegen den Bauch rammte.

Meine Hände zitterten völlig unkontrolliert. „Schlag doch endlich zurück!", wimmerte ich.

Raphael war nicht der Typ Mann, der sich einfach zusammenschlagen ließ. Er wehrte sich sogar, wenn einer seiner besten Freunde ihm eine verpasste! Warum dann nicht auch jetzt?!

Er konnte sich kaum noch auf den Beinen halten, aufrecht stand er schon lange nicht mehr. Seine Unterlippe war aufgeplatzt, das linke Auge konnte er kaum öffnen. Er atmete schwer und hatte die Hände zu Fäusten geballt. Doch er benutzte sie nicht.

„Lara, schau weg“, keuchte er nur.

Geradezu automatisch nickte ich und schloss die Augen. Aber es war nicht angenehmer, die Szene nur zu hören. Jedes Mal, wenn Raphael wieder einen Treffer einstecken musste und einen leisen, schmerzerfüllten Laut ausstieß, zuckte ich zusammen. Jedes Mal, wenn ich ihn keuchen und Gilbert lachen hörte, schluchzte ich auf.

Ich ertrug es nicht mehr, nur zuzuhören. Ich musste sehen, was Gilbert mit meinem Freund anstellte. Also öffnete ich die Augen. Keine Sekunde später bereute ich es allerdings.

Bei dem Anblick kamen mir die Tränen. Trotz Gilberts Gegenwart. Dass er meinen Freund so zurichtete, brachte mich zur Verzweiflung. Ich konnte nicht mal aufstehen und diesen Teufel zurückhalten, während Raphael litt.

Mein Freund lag schon auf dem Boden, trotzdem kniete Gilbert über ihm, hatte ihn am Kragen gepackt und schlug wieder und wieder auf seinen Rumpf ein. Raphael sah furchtbar aus, das Gesicht schmerzverzerrt, die schwarzen, staubigen und teilweise blutverkrusteten Haare hingen ihm in die Stirn, seine Arme lagen schlaff neben seinem Körper, die Beine hatte er aufgestellt. Und bei jedem Schlag zuckte er zusammen.

„Es reicht!“, kreischte ich hysterisch.

Kurz blickte Gilbert zu mir auf und lächelte, doch schon verpasste er Raphael den nächsten Schlag. Aber offensichtlich war ihm etwas aufgefallen, sein Kopf schnellte hoch, sein Blick wanderte erneut zu mir. Und er sah so ekelhaft zufrieden und begeistert aus, dass ich ihm am liebsten das Grinsen aus dem Gesicht geschlagen hätte.

Er ließ Raphael achtlos auf dem Boden liegen und kam zu mir. Vor mir kniete er sich hin und strich mir mit einer Hand über die tränennasse Wange.

„Was für ein seltener Moment“, staunte er. „Engelchen, ich hab dich seit Jahren nicht weinen sehen. Wie schön, dass du es mal wieder tust.“

Hasserfüllt starrte ich ihn an. „Lass ihn in Ruhe“, zischte ich und wischte mir eilig mit dem Ärmel meines Shirts die Tränen aus dem Gesicht. „Lass ihn endlich in Ruhe!“

Gilbert schmunzelte. „Ich habe, was ich wollte. Nach nur sieben Minuten“, entgegnete er und stand auf, um zur Tür zu gehen. „Gute Nacht, ihr beiden.“

Dieser Teufel ... dieser verdammte Teufel! Ja, er hatte, was er wollte! Er hatte seine Macht zur Schau gestellt, er hatte Raphael schwer verletzt, er hatte mich zum Weinen gebracht. Und niemand konnte ihn aufhalten.

Nachdem er uns wieder eingesperrt hatte, kroch ich zu meinem Freund. Mühsam zog ich mich mit dem unverletzten Arm und dem nicht gebrochenen Bein über den Boden, durch die dicke Staubschicht, bis ich Raphael erreichte.

Im Keller wurde es immer dunkler, doch das schwache Licht machte den Anblick kein Stück besser. Raphael hatte sich zusammengekauert, er lag auf der Seite und hustete laut.

Wieder stiegen mir Tränen in die Augen. „Wieso hast du dich nicht gewehrt?“, wimmerte ich und nahm sanft seine Hand in meine. „Wieso hast du nichts gemacht? Du ... du ... du hättest ihn doch locker schlagen können!“

Raphael spuckte ein wenig Blut zwischen uns auf den Boden und atmete schwer. Mit zitternden Fingern drückte er meine Hand. „Er ... er hätte dich mitgenommen, wenn ... ich mich gewehrt hätte“, keuchte er.

Ich schluchzte auf. „Das wäre besser gewesen, als dich so zuzurichten!“

„Nein!“, widersprach er und zog mich in seine Arme, obwohl ihm die Bewegung sichtlich wehtat. „Ich hab ... dir gesagt, dass ich dich ... vor diesem Monster beschützen werde.“

Ich konnte nicht mehr aufhören zu weinen. Ich legte meinen verletzten Arm um Raphael, auch wenn es schmerzte, und vergrub mein Gesicht zwischen seiner Schulter und seinem Hals. So blieben wir auf dem kalten Boden liegen, in einer Mischung aus Staub und Raphaels Blut.

Erst nach einer Weile gehorchte mir meine Stimme wieder. „Danke“, flüsterte ich. „Danke, dass du mich beschützt.“

Sanft strich er mir übers Haar. „Jederzeit, mein Häschen.“

Immerhin hatte Gilbert ihm nichts gebrochen. Möglicherweise ein paar Rippen. Aber immerhin weder die Nase noch Arme oder Beine.

Schwach drückte ich ihn, mehr Kraft hatte ich in dem verletzten Arm nicht. „Du bist wirklich unglaublich."

Er lächelte schief. „Nur unglaublich verrückt nach dir."

Gerührt erwiderte ich seinen Blick. „Ich liebe dich, Raphael."

„Ich dich auch, Lara", antwortete er leise und strich mir über den Rücken.

Für einen kurzen Moment, während ich in seine wunderschönen blauen Augen sah, konnte ich vergessen, an was für einem schrecklichen Ort wir uns befanden und wer uns hier festhielt. Für einen kurzen Moment fühlte ich mich trotz aller Schmerzen gut. Denn ich hatte Raphael.

Ich beugte mich ein Stückchen näher, um ihn zu küssen. Allerdings war das bei einer aufgeplatzten Lippe keine sonderlich gute Idee. Raphael zuckte zusammen und schreckte etwas zurück, die Augen kniff er zu.

„Oh nein, entschuldige!" Besorgt musterte ich ihn. „Ich ... ich hab kurz vergessen, dass ... dass du, also, dass deine Lippe ..."

„Schon gut", unterbrach er mich ruhig. „Ich würde es auch gern kurz vergessen. Aber es geht schon wieder."

„Kann ich irgendwas für dich tun?", fragte ich hilflos. „Ich meine, ich hab keine Schmerzmittel oder so was und dadurch, dass wir jetzt beide ziemlich viel abbekommen haben, können wir heute Nacht wohl kaum entwischen, aber ... ich möchte dir irgendwie ... helfen."

Er lächelte mich milde an. „Klar kannst du was tun."

„Was denn?"

Vorsichtig drückte er mich an sich. „Bleib genau so bei mir liegen. Und erzähl mir eine Geschichte."

Unwillkürlich musste ich lächeln. Ich schmiegte mich an meinen Freund und nickte. „Das kann ich machen."

Das war genau genommen sogar das Einzige, was ich tun konnte. Bei ihm bleiben und ihn mit einer Geschichte für ein paar Minuten ablenken. Genau wie ich es für Nele immer getan hatte.

Es dauerte ewig, bis wir einschliefen. Raphael und ich redeten nach der Geschichte noch lange über alles Mögliche, nur nicht über Gilbert und die ausweglose Situation, in der wir steckten. Wir lenkten uns gegenseitig ab. Und irgendwann fielen uns endlich die Augen zu. Wenigstens für ein paar Stunden, und auch nur, weil wir zusammen waren. Alleine hätte keiner von uns diese schreckliche Zeit überstanden.

„Schönen guten Morgen", wisperte Gilbert mir leise ins Ohr.

Ich war in dem Moment aufgewacht, als er die Tür geöffnet hatte. Raphael schlief zum Glück noch. Er musste sich ausruhen, in seinem ganzen Gesicht hatten sich violette und blaue Flecken gebildet, sein Körper sah bestimmt noch schlimmer aus.

„Kannst du uns eigentlich nie in Ruhe lassen?", zischte ich.

„Oh, ich finde, ich bin schon sehr rücksichtsvoll, weil ich deinen Macker nicht aufwecke", entgegnete er.

Gut, ich musste ihm zugestehen, dass ich darüber froh war. „Was willst du?", fragte ich.

Er grinste. „Dich."

Ich hatte gewusst, dass das kommen würde. Ich hatte mich schon darauf vorbereitet, dass er mich heute früh holen würde, nachdem er mich gestern Nacht verschont hatte. „Dabei hab ich noch nicht mal Zähne geputzt", fauchte ich.

„Wie gesagt, ich liebe deinen Humor." Er schmunzelte. „Aber jetzt Schluss mit den Witzen, komm mit."

„Sehr witzig", motzte ich. „Ich kann mit einem gebrochenen Fuß nicht laufen. Das hättest du dir vielleicht vorher überlegen sollen."

„Das ist wohl das geringste Problem", meinte er. „Also, wenn du deinen Macker nicht aufwecken willst, dann solltest du ihn loswerden."

Ich verstand, worauf er hinauswollte. Ich sollte mich aus Raphaels Umarmung winden. Und das tat ich auch – damit wenigstens er noch eine Weile schlafen und sich erholen konnte.

Nachdem ich mich vorsichtig freigekämpft hatte, warf Gilbert mich über seine Schulter. Den pulsierenden Schmerz in meinem Fuß ignorierte ich, genau wie das Schwindelgefühl. Wahrscheinlich hatte ich eine Gehirnerschütterung, das würde auch die Übelkeit erklären.

Er brachte mich aus dem Kellergewölbe und schloss die Tür hinter sich ab. Erst auf dem Weg ins Erdgeschoss des abgewrackten Hauses sprach ich ihn wieder an. Jetzt konnten wir Raphael schließlich nicht mehr wecken.

„Seit wann bist du eigentlich so rücksichtsvoll?“, fragte ich zynisch.

„Sagen wir, ich fand es nicht schlecht, wie tapfer er gestern Abend stillgehalten hat“, antwortete Gilbert. „Und jetzt gerade kommt es mir nur gelegen, wenn er keinen Stress macht.“

Ich spannte meinen Kiefer an, als mich dieser verdammte Teufel an gestern Abend erinnerte. „Verstehe, du willst die traute Zweisamkeit ausnutzen.“

„Du hast's erfasst, Engelchen.“

Hoffentlich würde es schnell gehen. Hoffentlich brachte er mich bald wieder in den Keller. Alles war besser, als mit Gilbert allein zu sein.

„Darf ich vorher wenigstens ins Bad?“, wollte ich wissen.

„Wenn's sein muss“, brummte er. „Kannst du froh sein, dass ich das Wasser in dieser Bruchbude wieder zum Laufen gebracht hab.“

„Oh ja, du bist so ein toller Hengst“, zischte ich.

Abrupt setzte er mich ab, sodass ich auf beiden Füßen stand. Ich keuchte vor Schmerz auf und zog das linke Bein an.

„Pass auf, was du sagst!“, brüllte er mich an und deutete dann mit einer Hand zum Badezimmer. „Du hast zwei Minuten.“

Noch zwei Minuten Aufschub, bevor ich das Gefühl haben würde, mich in Desinfektionsmittel baden zu müssen. Juhu. Ich hüpfte zur Toilette, wusch mir die Hände und das Gesicht und kämmte mir mit den Fingern meine verknoteten, dreckigen Haare.

Und schon öffnete Gilbert die Tür wieder. „Die Zeit ist um.“

„Wie schön, ich bin fertig“, brummte ich. Langsam hatte ich es satt, dass er mich auf die Schulter warf. Kopfüber an seinem Rücken zu hängen war mehr als nur unangenehm, zumal dadurch meine Kopfschmerzen schlimmer wurden. Er brachte mich in eine Art Esszimmer, jedenfalls gab es hier Stühle und einen Tisch. Allerdings schien er diesen Raum als Schlafstätte zu benutzen, denn auf dem Boden lagen eine schmutzige Matratze, eine dünne Decke, ein Kissen und etliche Zigarettenstummel sowie leere Flaschen. Bier,

Wodka, Limonade. Als er mich auf der Matratze absetzte, fiel mein Blick auf den Esstisch neben mir. Brot! Darauf lag ein großer Laib Brot, einige Stücke waren heruntergebrochen, doch es war immer noch genug übrig. Kaum dachte ich daran, etwas zu essen, knurrte mein Magen. Und mir kam eine Idee, denn ewig würden Raphael und ich es nicht mehr ohne Essen aushalten.

„Hungrig?", fragte Gilbert, der sich gerade neben mich setzte.

„Wenn … wenn ich mich gleich überhaupt nicht wehre, bekommen Raphael und ich dann ein Stück von dem Brot?", fragte ich. Vielleicht ging er auf diesen Handel ein. Es wäre zu schön.

„Sagen wir, du darfst jetzt ein Stück essen und wehrst dich dafür nicht", schlug er vor.

Ich schüttelte den Kopf. „Wenn ich vorher esse, kotze ich dir ins Gesicht. Wäre ein ziemlicher Stimmungskiller, was?"

Er grinste. „Frech wie immer. Aber schön, dann bekommst du eben nachher ein Stück."

„Und Raphael?"

„Ich hab gesagt, du bekommst ein Stück. Was du damit machst, ist deine Sache. Und jetzt halt die Klappe."

Ich kniff die Augen fest zusammen und nickte. Immerhin würde ich ein Stück Brot bekommen. Für einige unendlich qualvolle Minuten. Kein guter Deal, aber besser als nichts.

Rechts und links von mir stützte Gilbert sich mit den Knien ab. Ich öffnete die Augen nicht, ich spürte seinen Körper nur über meinem. Ich hasste es, wenn er so über mir lag. Denn ich wusste, was mir bevorstand. Und ich wünschte, es würde nicht passieren.

„Übrigens, du kannst froh sein, dass dein Macker so gut vorbereitet ist", merkte Gilbert an, als er meine Stoffhose aufknöpfte.

Ich unterdrückte einen Brechreiz. „Was meinst du?"

„Die Kondome in seinem Geldbeutel", antwortete er. „Daran hab ich gar nicht gedacht."

Für einen Moment überkam mich die Erleichterung – Gott sei Dank hatte Raphael welche dabei gehabt! Die Erleichterung war allerdings wie weggeblasen, als mein Stiefvater mir die Hose vom Körper riss. Denn er ging nicht gerade vorsichtig mit meinem gebrochenen Fuß um. Vor Schmerz schrie ich auf, so sehr hatte es wehgetan!

Bestimmt grinste Gilbert jetzt. Doch ich wollte es nicht sehen. „Und als Gentleman borge ich mir natürlich seine Gummis aus."

Immerhin etwas ...

„Aber", fuhr er fort, „er hat nur drei Stück dabei. Tja."

Unwillkürlich verzog ich das Gesicht. Ich wusste nicht genau, ob es daran lag, dass Gilbert mir das Shirt so grob über die verletzte Schulter schob, oder an der Vorstellung, dass er schon bald keine Kondome mehr benutzen würde. Beides war grauenhaft.

Als ich seine Hände auf meiner nackten Haut spürte, schüttelte es mich vor Ekel. Dennoch hielt ich still wie eine Statue. Mir gab in diesem Moment nur ein Gedanke die nötige Kraft dazu: Wenn ich das überstand, würde ich etwas zu essen bekommen und zurück zu Raphael gebracht werden.

„Das 179. Mal", schoss mir durch den Kopf.

Und dann konnte ich nicht mehr denken. Gilbert stieß zu, ohne lange zu warten. Dieser Schmerz ließ sich nicht mit dem gebrochenen Fuß vergleichen, nicht mit der Schulter oder der Gehirnerschütterung. Dieser Schmerz war schlimmer. Und ekelerregender.

Beinahe hätte ich mich übergeben, aber zum Glück hatte ich nichts im Magen, was mir hochkommen konnte. Ich biss einfach die Zähne zusammen, kniff die Augen noch fester zu, krallte mich mit beiden Händen in die Matratze unter mir und zwang mich, nicht an den Schmerz zu denken.

„Ich bin überrascht, Engelchen", stöhnte Gilbert. „Wie kommt's, dass du so eng bist? Sag bloß, du hast noch nicht mit dem Kerl gevögelt?" Ich antwortete nicht. Ich wartete nur darauf, dass es vorbei war. Genau wie schon 178 Male zuvor.

Und mit einem letzten Stoß hatte ich es überstanden. Gilbert ließ sich neben mich fallen und keuchte laut. Alles in mir schrie danach, sofort wegzurennen, doch ich konnte mich nicht bewegen.

Mein Stiefvater strich mir flüchtig durchs Haar. Am liebsten hätte ich ihn in die Hand gebissen. „Freut mich, dass ich immer noch der Einzige für dich bin", lachte er hämisch.

Endlich brachte ich mich dazu, die Augen aufzuschlagen. Ich rückte mein Shirt sowie meine Unterwäsche zurecht und griff nach der Hose, die neben mir auf dem Fußboden lag. Mitten in der Zigarettenasche. Igitt.

„Bekomme ich jetzt wenigstens was zu essen?" Ich wollte wütend klingen, verächtlich, doch ich klang schwach. Erschöpft. Niedergeschlagen.

„Wie versprochen. Ich will doch nicht, dass du mir morgen oder übermorgen schon verhungerst", entgegnete Gilbert und stand auf.

Während ich so vorsichtig wie möglich in meine Hose schlüpfte, brach er ein Stück von dem Brot ab. Kein großes, aber genug, dass eine Person satt wurde. Mein Fuß pochte unangenehm, doch immerhin war ich wieder angezogen.

Gilbert drückte mir das Brot in die Hand. „Ich nehme an, du willst mir keine Gesellschaft mehr leisten?", fragte er grinsend.

So böse wie möglich sah ich ihn an. „Ich bevorzuge tatsächlich den Keller."

Unsanft packte er mich und warf mich über seine Schulter. „Wie schade."

Es wunderte mich, dass er überhaupt darauf hörte, was ich sagte. Klar, ich war froh darüber, aber es kam mir seltsam vor. Wahrscheinlich wollte er mich sowieso wieder in den Keller sperren, um seine Ruhe zu haben. Bis er wieder Lust darauf hatte, Raphael oder mich zu quälen. Zu meiner Überraschung gab Gilbert mir sogar noch eine neue Wasserflasche, nachdem er mich inmitten des Kellergewölbes abgesetzt hatte. Wortlos stellte er sie neben mich auf den Steinboden und schloss die Tür hinter sich ab.

Kurz blickte ich zu meinem immer noch schlafenden Freund. Wie lange war ich wohl weg gewesen? 20 Minuten vielleicht, länger bestimmt nicht. Unendliche 20 Minuten.

Obwohl ich mich kaum aufrecht halten konnte, wollte ich mich nicht hinlegen. Ich blieb sitzen und zog mein gesundes Bein an, um es mit den Armen zu umfassen. Die schmerzende Schulter ignorierte ich, bewegen konnte ich den Arm trotz der Schnittwunden. Das Brot hielt ich weiterhin in der Hand, doch ich aß keinen Bissen. Nach Gilberts Tat brachte ich keinen Bissen hinunter.

Außerdem war das Brot nicht für mich. Ich konnte mit dem Hunger umgehen, warum sollte ich Raphael also leiden lassen? Er war es nicht gewohnt, so lange nichts zu essen. Und damit machte ich ihm vielleicht sogar eine Freude, wenn er aufwachte.

Vorsichtig legte ich das Brotstück auf meinen Schoß, um nach der Flasche zu greifen. Es fiel mir schwer, mit meinen zitternden Händen den Deckel aufzuschrauben, doch schließlich konnte ich ein paar Schlucke zu mir nehmen.

Nachdem ich die Flasche weggestellt hatte, hörte ich ein leises Keuchen von Raphael. Überrascht blickte ich zu ihm. „Bist du wach?", flüsterte ich.

Mühsam setzte er sich auf, man sah ihm an, dass er schlimme Schmerzen hatte. Kein Wunder nach Gilberts gestrigen Prügeln. „Lara ... warum sitzt du da drüben?", fragte er unsicher.

„Ich bin schon länger wach. Und Gilbert hat mich schon ins Bad gebracht. Ich bin gerade erst zurückgekommen, er hat mich hier abgesetzt. Aber ich war zu fertig, um zu dir zu rutschen", erklärte ich.

„Ach so", murmelte er und fuhr sich durchs dunkle Haar.

„Wie geht's dir denn?", erkundigte ich mich.

„Vermutlich genauso wie ich aussehe." Er lächelte schief. „Ich sehe schlimm aus, oder?"

Zögerlich nickte ich. „Dein Gesicht ist lila und blau", antwortete ich. „Unter deinen Klamotten siehst du wahrscheinlich noch übler aus."

„Ach, verdammt", seufzte er.

„Willst du was essen?", fragte ich ihn.

Verwundert schaute er mich an. „Wir haben was zu essen?"

Ich hielt das Brotstück hoch. „Gerade bekommen. Willst du?"

„Und was ist mit dir?"

Ich schenkte ihm ein falsches Lächeln. „Ich hatte schon. Und jetzt iss, du hast doch sicher Hunger."

Raphael würde das Brot nicht essen, wenn ich ihn nicht anlog, das wusste ich. Darum musste ich behaupten, ich hätte schon etwas gehabt.

Er nickte und rutschte ein Stück näher zu mir, um das Stück zu nehmen. „Und wie. Danke!" Das einzig Gute an seinem furchtbaren Zustand war, dass er die Lüge nicht erkannte. Er war zu ausgelaugt, um sie zu durchschauen. Und zu hungrig. „Verdammt, das ist echt nötig", murmelte er beim Essen.

Diesmal lächelte ich wirklich. „Ich bin froh, dass es dir guttut."

„Ich fühl mich tausendmal besser", merkte er an, als er aufgegessen hatte.

Ich fuhr mir durchs Haar. „Hoffentlich lassen deine Schmerzen bald nach. Das wäre toll …“

Sanft nahm er meine Hand. „Wie geht's dir denn mit dem gebrochenen … Lara, warum zitterst du?“

Schnell entzog ich ihm meine Hand wieder. „Es ist kalt“, log ich. „Und mir tut alles weh. Ich bin einfach fertig.“

Erstaunlicherweise glaubte mir Raphael. „Kann ich verstehen. Du hast nicht lange geschlafen, oder?“

Ich schüttelte den Kopf. Mit einem Mal zog er mich an sich und ließ sich langsam mit mir auf den Boden fallen. Nun lag ich auf seinem rechten Arm, wohlig warm und angenehm weich. Sofort schloss ich die Augen. „Schlaf noch etwas“, flüsterte er.

„Nur zu gerne“, seufzte ich.

Und tatsächlich schlummerte ich noch mal ein. Für ein paar Stunden konnte ich dem Grauen dieses Ortes entkommen. Auch wenn ich von der Pein träumte, die mir soeben widerfahren war …

Als ich aufwachte, spürte ich, wie Raphael mich behutsam streichelte. Übers Haar, über die Wange und den Rücken. Unwillkürlich lächelte ich. Es war ein schönes Gefühl, in den Armen meines Freundes aufzuwachen. Doch mir fiel etwas Ungewöhnliches auf. Ich hatte Tränen in den Augen. Und ich zitterte immer noch am ganzen Körper. Verdammter Traum.

Raphael merkte, dass ich nicht mehr schlief. Er drückte mich etwas fester an sich. „Hat er eben das mit dir gemacht?!“, zischte er. Erschrocken über seinen wütenden Tonfall sah ich ihn an. Er wirkte wahnsinnig zornig, sein Blick durchbohrte mich regelrecht.

„Was meinst du?“, fragte ich mit schwacher Stimme.

„Ob er dich vergewaltigt hat!“

Oh nein … Schnell spannte ich den Kiefer an und zwang mich zu einer ruhigen Atmung. „Wie kommst du denn darauf?“

„Lara, hör mit dem Theater auf!“, verlangte er. „Du hast im Schlaf geredet! Und geweint! War nicht schwer, sich den Rest zu denken!“

Da konnte ich mich nicht mehr zurückhalten und schluchzte auf. Ich wich Raphaels Blick aus und biss mir auf die Unterlippe. „Ich … ich konnte nicht …“, stammelte ich. „Ich konnte nicht darüber reden! Es war doch klar, dass es passieren wird!“

„Das kannst du mir nicht einfach verschweigen!“

„Was bringt es denn, es dir auf die Nase zu binden?!“

„Verdammt, Lara, wir stecken zusammen in dieser Sache! Vertraust du mir nicht oder warum versuchst du, alleine klarzukommen?!“

Entsetzt sah ich meinen Freund an. „Raphael, ich ... ich vertraue dir, und das weißt du! Ich will nur nicht, dass du noch mehr verletzt wirst!“

„Und ich will nicht, dass du dafür alles abbekommst!“, seufzte er und drückte mich fest. Er hauchte mir einen Kuss auf die Stirn. „Ich will nicht, dass dieses Monster dich anfasst!“

Traurig lächelte ich. „Wenn das aufhören soll, müssen wir hier raus. Aber das ist so gut wie unmöglich.“

„Es muss einen Weg geben“, meinte er. „Irgendeinen ...“

Dieser Weg fiel uns allerdings nicht ein. Bis Gilbert das nächste Mal auftauchte – ich vermutete, dass es später Nachmittag war –, hatten wir immer noch keinen effektiven Fluchtplan.

Als mein Stiefvater das Zimmer betrat, diesmal sogar ohne Pistole, stand Raphael sofort auf. Bevor Gilbert ein Wort sagen konnte, war mein Freund schon direkt auf ihn losgegangen. Und ich hatte nicht schnell genug reagiert, um ihn zurückzuhalten. Obwohl ich es unbedingt wollte. Denn ich wusste, mit seinen Verletzungen kam er nicht gegen Gilbert an.

„Du Arschloch!“, brüllte er und packte meinen Stiefvater am Kragen. „Wenn du sie noch einmal anfasst ...“

Er konnte den Satz nicht zu Ende sprechen, Gilbert hatte ihm trotz der Überraschung sofort einen kräftigen Schlag in die Magengrube verpasst, sodass Raphael sich vor Schmerz krümmte.

Verängstigt beobachtete ich diese Szene, unfähig, meinem Freund irgendwie zu helfen. Konnte ich denn nichts tun?!

„Dann was?“, schrie der Teufel zurück und rammte ihm seine Faust ins Gesicht. „Was willst du dann machen?“

Er packte Raphael an den Schultern und warf ihn um. Kaum dass er den Boden berührte, trat Gilbert auf ihn ein. Direkt gegen den Kopf. Und mein Freund verlor das Bewusstsein.

Als ich ihn regungslos an der Tür liegen sah, weiteten sich meine Augen. „Bist du irre?!“, schrie ich den Teufel vor mir an.

Wütend fixierte Gilbert mich. „Er ist auf mich losgegangen, Engelchen", zischte er. „Ich hab mich nur verteidigt."

„Das ist kein Grund, ihm gegen den Kopf zu treten!" Meine Stimme klang hysterisch. Zu groß war die Angst um Raphael.

„Weißt du was, du könntest mal die Klappe halten!"

„Das werde ich nicht!", protestierte ich sofort. Mit eiskalter Miene fixierte Gilbert mich und trat erneut zu. Mehr bekam ich nicht mit, denn alles um mich herum wurde schwarz.

„Ich schwöre dir, ich bringe dich um!", tobte eine Stimme, die ich nicht zuordnen konnte. „Hast du endgültig den Verstand verloren?"

„Es ging nicht anders!", meckerte Gilbert. „Er hat mir keine Wahl gelassen!"

Träumte ich? Wieso hörte ich so ein seltsames Gespräch? Es klang, als wären Gilbert und noch ein Mann im Raum. Direkt neben mir. Zur Sicherheit stellte ich mich weiterhin bewusstlos. Raphael schien auch noch nicht aufgewacht zu sein. Außer den beiden Männern hörte ich niemanden.

„Du hattest kein Recht, den Jungen mitzunehmen!"

„Er hatte kein Recht, sich mir in den Weg zu stellen."

Mit wem redete Gilbert da? War tatsächlich ein weiterer Mensch hier? Warum half uns der andere Mann nicht? Raphael und ich mussten schrecklich aussehen, so wie wir hier herumlagen.

„Ich will ihn zurück", verlangte der Mann.

Ja! Bitte! Wenn wenigstens Raphael aus diesem Horror entkommen könnte ...

„Seit wann bist du denn ein besorgter Vater?", motzte Gilbert. „Ich werde deinen Jungen nicht freilassen, er ist doch selbst schuld."

War es Falco, der sich gerade mit Gilbert stritt?!

„Mir völlig egal, was du mit deiner Stieftochter machst, aber ich will Raphael zurück!", verlangte Falco wütend. „Er ist immer noch mein Sohn! Und du hast nichts mit ihm zu tun!"

Gilbert schnaubte. „Schön, wie du willst! Nimm ihn mit und geh mir aus den Augen! Aber wenn du auch nur ein Wort darüber verlierst, wo ich mich verstecke, erschieße ich deine Familie. Haben wir uns verstanden?"

„Schon klar“, entgegnete Falco. „Ich werde niemandem etwas sagen. Und Raphael ist sowieso bewusstlos, so wie ich das sehe. Also wird er nicht herausfinden können, wo wir hier sind.“

„Dann nimm ihn und verschwinde“, zischte Gilbert.

„Los, fass mit an“, forderte Falco ihn auf. „Allein bekomm ich ihn die Treppe nicht hoch.“

Als ich hörte, wie die beiden Männer Raphael hochhoben und das Zimmer verließen, überkam mich Erleichterung. Mein Freund war in Sicherheit! Sein Vater hatte ihn tatsächlich hier herausgeholt! Falco war also doch zu irgendetwas gut. Er hatte mich verraten, ja, doch er hatte immerhin seinen Sohn gerettet.

„Danke“, dachte ich nur.

Die dicke Tür wurde wieder versperrt. Da ich mir sicher war, dass sich außer mir niemand im Verlies befand, schlug ich die Augen auf und blickte mich um. Raphael war weg, genau wie Gilbert und Falco. Erleichtert lächelte ich. Mein Freund war in Sicherheit. Seine Verletzungen würden verarztet werden. Gilbert würde ihm nichts mehr tun.

Aber dann blitzte ein anderer Gedanke auf, und als mir das klar wurde, bekam ich furchtbare Angst: „Ab jetzt bist du ganz allein.“

Schuss der Erlösung

Regungslos blickte ich in die dunkelgrünen Augen, die ich zu hassen gelernt hatte. Gilbert musterte mich mit einer Mischung aus Wut und Zufriedenheit, schließlich grinste er. Ich schluckte.

„So, Engelchen, wir sind unter uns. Das hast du sicher schon gemerkt."

„Tja, scheint wohl so."

Überrascht sah er mich an. „Was denn, du willst nicht mal wissen, wo dein Macker abgeblieben ist?"

„Ich weiß, dass Raphaels Vater ihn mitgenommen hat."

Er schmunzelte. „So was, du warst wach?"

„Tja, scheint wohl so."

„Sag das noch einmal und ich breche dir auch den anderen Fuß", knurrte er.

„Wieso regst du dich denn so auf?", fragte ich. „Sag bloß, es ärgert dich, dass Raphael weg ist?"

„Halt die Klappe!", befahl er.

So kindisch es war, ich freute mich darüber, dass nicht alles so lief, wie dieser Teufel es wollte. Und auch wenn ich mir allein noch schutzloser vorkam als zuvor, erleichterte es mich, dass Raphael in Sicherheit war.

Das permanente Hämmern in meinem Kopf dämpfte diese Freude allerdings. Ich hatte schon zu viel abbekommen – erst hatte Gilbert mir seine Waffe gegen den Schädel geknallt, dann meinen Kopf getreten ... Inzwischen konnte ich nicht mal mehr sagen, wie lange ich schon hier gefangen war. Und ob ich träumte oder nicht, ließ sich auch schwer beurteilen.

Gut, es gab Momente, die so schrecklich waren, dass sie unmöglich meiner Fantasie entspringen konnten. Wie Gilbert zum zweiten Mal über mich herfiel, direkt im Keller. Wie er mich schlug, würgte, mir drei Finger brach und mich anschrie, dass ich endlich weinen sollte. Dabei war ich sogar schon zu ausgebrannt, um auch nur eine Träne zu vergießen.

So lange am Stück war Gilbert noch nie mit mir in diesem Raum gewesen. Und er hatte großen Schaden angerichtet, das merkte ich trotz meines getrübten Bewusstseins. Mein Körper musste mit Prellungen und blauen Flecken übersät sein. Der kleine Finger meiner linken Hand war gebrochen, an meiner rechten waren es der kleine und der mittlere Finger. Mein Fuß war gebrochen, klar, meine Schulter verletzt.

„Und, Engelchen, möchtest du immer noch was sagen?", brüllte Gilbert mich an. „Los, nur zu!"

Ich hatte die Augen nur noch halb geöffnet, bewegungsunfähig lag ich auf dem Steinboden. Hatte Gilbert gerade mit mir geredet? Ich war mir nicht sicher. Ich wusste nur, dass ich nicht mehr lange durchhalten würde.

Und ich dankte Gott, dass Raphael nicht mehr hier war, um diesen Horror zu erleben. So erbärmlich sollte mich niemand sehen. So schlimm war ich noch nie zugerichtet gewesen. Noch nie.

„Dachte ich mir", zischte Gilbert. Seine Schritte entfernten sich. „Keine Sorge, Engelchen, ich komme gleich wieder. Ich genieße nur kurz mein Mittagessen."

Mittagessen? Hieß das etwa, dass gerade mal der Vormittag vorbei war? Ach du Schande ... Wenn das so weiterging, würde ich abends wahrscheinlich nicht mehr atmen.

Mit trübem Blick starrte ich zur Zimmerdecke. Die Schmerzen nahm ich kaum noch wahr. Sie waren überall, sodass sie mir schon fast normal vorkamen. Ich wusste nicht mehr, wie es sich anfühlte, keine Verletzungen zu haben.

Langsam schloss ich die Augen. Und es war, als würde ein Film laufen. Ich sah die Bilder klar vor mir, meine liebsten Erinnerungen. Ich beobachtete mich als kleines Mädchen, mit zwei Zöpfchen und einer riesigen Schultüte, an meinem ersten Schultag. Wolfgang und Saskia waren bei mir, sie umarmten mich fest, bevor ich das Klassenzimmer betrat. Neles Geburt. Wie ich die Kleine auf den Arm nehmen durfte und total fasziniert war, wie winzig ein Mensch sein konnte. Ich musste lächeln. Dieses wunderbare Mädchen, meine kleine Schwester, war für mich der wichtigste Mensch auf der

Welt geworden. Ich hätte alles getan, um sie glücklich zu machen. Um sie zu beschützen. Hoffentlich taten das nun Lorenz und Bianca an meiner Stelle.

Auch an meine Eltern dachte ich. Wie sie mich wieder und wieder getröstet, unterstützt und ermutigt hatten. Wie sie Nele und mir ein Zuhause geboten hatten. Wie ich langsam begonnen hatte, die beiden ins Herz zu schließen. Wie wir im Winter eine Schneeballschlacht gemacht hatten. Wie wir uns gestritten und uns wieder vertragen hatten.

Florian tauchte vor meinem inneren Auge auf, am liebsten hätte ich den ganzen Unsinn, der zwischen uns vorgefallen war, vergessen und mich mit ihm versöhnt. Er hatte mir so sehr geholfen, mich in meinem neuen Zuhause einzuleben. Genau wie Sophie, Jan, Karolin, Niklas und Raphael. Ich würde nie vergessen, wie meine beste Freundin mir von Anfang an freundlich und ungezwungen gegenübergetreten war. Sie hatte mich trotz meiner Verletzungen und meines komischen Verhaltens nie schief angeschaut, sie hatte mich immer unterstützt. Sie war – gleich nach Nele – das wundervollste Mädchen der Welt. Sie sagte immer genau das, was sie gerade dachte. Sie meckerte mich an, wenn ich einen Fehler machte, und sie half mir, wenn ich Probleme hatte.

Eins stand fest, ich hatte in den letzten Monaten die besten Freunde überhaupt gehabt. Und darauf konnte ich mit einem Lächeln zurückblicken. Viel Zeit blieb mir vermutlich nicht mehr. Ich rechnete jede Minute damit, nicht mehr atmen zu können. Gilbert würde mich bald umbringen, das wusste ich. Seine Wutanfälle wurden immer heftiger und kamen häufiger.

Aber anstatt ängstlich auf seine nächsten Grausamkeiten zu warten, dachte ich lieber an die schönen Dinge, die ich erlebt hatte. Zum Beispiel an Raphael. An den Jungen, der mir gezeigt hatte, wie großartig es war, verliebt zu sein. Der mich auf die Palme gebracht und überglücklich gemacht hatte, meistens sogar beides gleichzeitig.

Unglaublich, wie sehr ich ihn gehasst hatte, gleich nachdem ich nach Pirk gezogen war. Wie sehr ich ihn gemieden hatte! Doch plötzlich war die ganze Wut auf ihn verschwunden. Ehe ich wusste, wie mir geschah, hatte ich Gefühle für ihn entwickelt. Und ihn zu sehen, war zum Highlight meines Tages geworden. Es war mir wie ein Wunder vorgekommen, als er mir gesagt hatte, er wäre in mich verliebt. Er hatte mich dazu gebracht, ihn zu küssen. Und er hatte diesen Kuss erwidert. Diesen wunderschönen ersten Kuss. Meinetwegen hatte er aufgehört, so ziemlich jedem hübschen Mädchen nachzujagen. Er war immer für mich da gewesen. Bei dem Gedanken an seine sanfte Umarmung seufzte ich.

Tja, mehr als diese Erinnerungen blieben mir nicht. Wiedersehen würde ich meine Liebsten wohl nie mehr. Und als ich hörte, wie die Tür geöffnet wurde, war ich mir noch sicherer. Gilbert kam zurück. Das bedeutete nichts Gutes.

Ich zwang mich dazu, die Augen zu öffnen. Ungewissheit war noch schlimmer, als zu sehen, was auf einen zukam. Mein Peiniger legte seine Pistole an der Tür ab und kam auf mich zu. Er zog kräftig an der Zigarette in seiner Hand und pustete mir den Rauch ins Gesicht. Leise hustete ich, die Bewegung tat furchtbar weh. Sogar das Atmen schmerzte. Aber es war egal. Lange würde ich sowieso nicht mehr atmen.

„Es wird Zeit, mich dafür zu rächen, dass ich wegen dir im Gefängnis war", kündigte Gilbert an. „Und jetzt auf der Flucht bin wie ein dreckiger Verbrecher!"

„Du bist ein dreckiger Verbrecher!", keuchte ich.

„Oh, Engelchen, du lernst wirklich nie dazu", zischte er.

Warum sollte ich freundlich zu dem Mann sein, der mich jahrelang misshandelt hatte und bald umbringen würde? Ich wollte ihn wenigstens noch ein letztes Mal meinen Hass spüren lassen.

So schnell, dass ich die Bewegung kaum wahrnahm, riss Gilbert mir das Shirt hoch. Wollte er mich etwa schon wieder vergewaltigen?! Reichte einmal am Tag nicht?!

Aber ich täuschte mich. Er wollte mich nicht anfassen. Stattdessen drückte er seine Zigarette auf meiner nackten Haut aus. Direkt unter meiner rechten Brust. Laut und panisch schrie ich auf – trotz aller Verletzungen, trotz der Erschöpfung und meiner halben Bewusstlosigkeit spürte ich diesen brennenden Schmerz.

„Ich wusste es, du kannst noch schreien", lachte Gilbert. Er klang endgültig wahnsinnig. „Los, lauter!"

Als er die Zigarette endlich von meiner Haut wegnahm, stöhnte ich leise. Ich ließ meinen Kopf auf die Seite kippen und schloss die Augen. Ich konnte nicht mehr. Ich ertrug das nicht mehr ...

Und weil es ihm so viel Spaß machte, drückte Gilbert zwei weitere Zigaretten auf derselben Stelle aus. Ohne mit der Wimper zu zucken. Noch eine riesige Brandnarbe. Allerdings würde ich nicht mehr lange genug leben, bis die Stelle vernarbte. Ich sah keine Hoffnung mehr. Gar keine.

Nachdem er die drei Zigarettenstummel auf den Boden geworfen hatte, ließ er mein Shirt los. „Ich bin mal gespannt, wie das morgen aussieht! Wird bestimmt eine hübsche Wunde", meinte er.

Ich wollte eine bissige Antwort geben, doch aus meiner Kehle drang nur ein Wimmern. Außerdem tanzten schwarze Sternchen vor meinen Augen. Da vernahm ich das wohlbekannte Geräusch, wie Gilbert sein Taschenmesser aufklappte. Zuerst erfüllte es mich mit Angst, doch dann kam mir ein anderer Gedanke. „Ja, bitte! Stich zu! Stich einfach zu und beende das Ganze!"

Die erhoffte Erlösung blieb allerdings aus. Gilbert schnitt mir bloß in den rechten Oberschenkel, in den linken Unterschenkel, in die Hüfte und beide Unterarme. Meine Klamotten waren damit endgültig kaputt. Überall wurde der Stoff von Blut durchtränkt.

Ich blickte meinen Stiefvater voller Hass an. „Mach endlich!", keuchte ich verzweifelt. „Stich endlich zu!"

Er lächelte. „So, so, ich soll dich also erledigen? Jetzt schon, Engelchen?"

„Bring mich endlich um, dann hast du, was du willst!", schrie ich. Ich wünschte mir den Tod, ja, ich gab auf. Ich konnte nicht mehr! Alles war besser als diese Höllenqualen! Alles war besser, als jemals wieder von Gilbert angefasst zu werden!

„Oh nein", entgegnete er. „Ich will dich leiden sehen. Und so leicht, wie du's gern hättest, werde ich es dir bestimmt nicht machen."

Konnte er mich nicht einfach umbringen?! Wie krank musste er im Kopf sein, um sich so grausam zu verhalten? Wieso wollte er mich leben lassen? Was fand er so toll daran, mich leiden zu sehen?

Ich halluzinierte sogar schon, denn ich sah nicht nur schwarze Sternchen vor meinen Augen tanzen, sondern vernahm auch leise, sich nähernde Schritte. Mein Körper war völlig am Ende.

„Du Teufel“, schluchzte ich mit letzter Kraft.

Gilbert verpasste mir eine heftige Ohrfeige. „Ich mag diesen Namen nicht, Engelchen“, sagte er beängstigend ruhig. „Das weißt du.“

„Dabei beschreibt er dich so gut, du Arschloch!“, knurrte plötzlich jemand.

Diese Stimme ... Beinahe hätte ich aufgelacht. Das klang nach Lorenz. Als ob mein Vater hier wäre. Na klar. Ich drehte endgültig durch. Erschrocken richtete sich Gilbert, der neben mir gekniet hatte, auf und wirbelte herum. „Was zur Hölle ...“

Da hörte ich das inzwischen bekannte Klicken, das beim Entsichern der Pistole entstand. Doch nun war ich völlig verwirrt, die Pistole lag doch an der Zimmertür. Und Gilbert stand bei mir. Wer also hatte gerade die Waffe entsichert?

Ach ja, ich halluzinierte. Hätte ich fast vergessen.

„Scheiße!“, schrie mein Stiefvater. Er klang völlig außer sich. „Scheiße!“ Unvermittelt packte er mich und hob mich hoch. Vor lauter Schmerz wimmerte ich und atmete schwerer. Ich kniff die Augen fest zusammen und ignorierte Gilberts Arme, die er im Klammergriff um mich schlang.

Es dauerte eine Weile, bis die betäubenden Qualen so weit nachließen, dass ich mich wieder orientieren konnte. Mein Peiniger stand hinter mir und hielt mich wie einen Schutzschild vor seinen Körper, mit einem Arm drückte er genau auf die verdammte Brandwunde von vorhin. Ich stand nur auf meinem rechten Bein, mein Knie fühlte sich schwach an. Den linken Fuß hatte ich automatisch angezogen, um den gebrochenen Knöchel nicht zu belasten.

Was sollte das? Wieso bewegte mich dieser Idiot? Ich keuchte laut, schmutzige Haarsträhnen fielen mir ins Gesicht, doch ich hatte nicht die Kraft, sie mit der Hand hinters Ohr zu streichen oder sie wegzupusten. Meine Arme hingen schlaff an meinem Körper herunter. Kein Glied gehorchte mir richtig.

„Lass sie sofort runter!“

„Ganz bestimmt nicht!“, fauchte Gilbert.

Mit wem redete er da? War er jetzt vollkommen übergeschnappt? Ich hätte mich gerne umgesehen, aber meine Augenlider waren so schwer ...

„Lass sie runter oder ich schieße!" Diese Stimme klang wirklich nach meinem Vater. Aber Lorenz würde niemals solche verrückten Drohungen aussprechen. Bestimmt hätte er Angst, wenn er eine Waffe in der Hand hielte.

„Mach doch!", entgegnete Gilbert. „Dann erschießt du dein Töchterchen!"

Langsam kam mir die Situation merkwürdig vor. Ich musste nachsehen, was vor sich ging. Gilbert führte doch keine Selbstgespräche!

Endlich gelang es mir, die Augen ein kleines Stück zu öffnen. Doch kaum registrierte ich die Situation, riss ich sie weiter auf. Mein Vater war tatsächlich hier! Lorenz stand in der Kellertür und richtete Gilberts Pistole auf uns! Mir klappte der Mund auf. Ich musste träumen. Das ergab keinen Sinn! Wie konnte Lorenz hier sein? Wie sollte er mich gefunden haben? Und seit wann konnte er so furchterregend dreinblicken? Er zielte tatsächlich mit einer Waffe auf Gilbert. Und er wirkte nicht nervös, eher entschlossen. Als wüsste er, was er tat.

„Lass meine Tochter los!", schrie er.

„P...papa?", stammelte ich.

„Alles wird gut, kleine Kämpferin", versprach er. „Ganz ruhig."

„Ja, wenn du jetzt brav weggehst, wird alles gut", mischte sich Gilbert ein.

„Lass. Sie. Endlich. Los."

„Nein!"

Als mir klar wurde, dass Lorenz wirklich hier war und ich mir das alles nicht einbildete, keimte ein Funken Hoffnung in mir auf. Hoffnung, dass ich diesen Keller lebend verlassen würde. Oder dass ich Gilbert wenigstens mitnehmen würde, wenn ich schon starb.

„Bitte, schieß einfach!", flehte ich. Lorenz blickte mich gequält an. Solange ich im Schussfeld war, wollte er wohl nicht abdrücken. „Auch wenn du mich triffst, egal, schieß! Bitte!"

Er schüttelte den Kopf. „Ich will dich nicht töten!"

„Dann wirst du uns wohl in Ruhe lassen müssen", zischte Gilbert.

„Bitte, Papa, erschieß ihn", wimmerte ich. „Durch mich durch, völlig okay, Hauptsache, du schießt!" Mein Herz raste und für einen kurzen Moment war ich völlig klar im Kopf. Ich wollte, dass Lorenz abdrückte. Selbst wenn er mich erschießen musste, um Gilbert zu erwischen. Dieser Mensch gewordene Teufel musste sterben. Solange er lebte, würde er Angst und Schrecken verbreiten. Vielleicht würde er sogar Nele jagen, sobald er mit mir fertig war. Oder meine Eltern und Freunde. Das durfte ich nicht zulassen!

Das dunkelblonde Haar meines Vaters hing ihm wirr ins Gesicht. Suchend blickten seine Augen sich um, Lorenz wartete offensichtlich auf eine passende Gelegenheit. Doch Gilbert benutzte mich erfolgreich als Schutzschild.

„Wenn du sie loslässt, muss ich nicht schießen", versuchte es Lorenz mit einer neuen Taktik. „Also, gib mir meine Tochter und niemandem passiert etwas."

„Vergiss es", schnaubte der Mann hinter mir.

Und plötzlich kam mir eine Idee. Ich erinnerte mich an etwas, das schon viele Wochen zurücklag.

„Pass auf, es ist zwar nicht ganz einfach, aber du schaffst das. Du duckst dich, total ruckartig, und gleichzeitig rammst du deine Ellbogen nach hinten. Im Notfall beißt du deinen Gegner, zum Beispiel in die Hand. Bei einem solchen Überraschungsangriff wird er dich nicht länger festhalten können."

Genau so hatte Florian mir erklärt, wie ich mich befreien konnte, wenn mich jemand von hinten gepackt hielt. Und klar, ich war total malträtiert. Aber ich musste es versuchen.

Gilberts Daumengelenk war so nah an meinem Kinn, dass ich den Kopf abrupt senkte und ihm so fest in den Finger biss, dass er aufschrie. Beinahe hätte ich ihm einen Hautfetzen abgerissen. Dann duckte ich mich auf meinem einen Bein stehend nach vorne, rammte Gilbert beide Ellbogen in den Oberkörper und zwang ihn damit, mich loszulassen.

Dadurch, dass er mich nicht mehr aufrecht hielt, sackte ich zusammen und landete schmerzhaft hart auf dem Steinboden. Mit nur einem Bein konnte ich weder mein Gleichgewicht halten noch aus eigener Kraft stehen.

In dem Moment, als ich auf den Boden knallte, hörte ich einen Schuss und einen dumpfen Aufprall. Und mir wurde klar, dass man sogar den Teufel töten konnte.

Gilbert lag neben mir, sein Gesicht in meine Richtung gedreht. Fassungslos starrte ich in seine weit aufgerissenen dunkelgrünen Augen. Mitten auf seiner Stirn klaffte ein blutiges Loch. Lorenz hatte ihn direkt in den Kopf getroffen. Mit seiner eigenen Waffe.

Vielleicht sollte ich mich schlecht fühlen, weil ich mich über Gilberts Tod so sehr freute wie über bisher nichts in meinem Leben. Aber nach allem, was mir dieser Teufel angetan hatte, spürte ich bei dem Anblick seiner toten Augen nur Erleichterung.

„Bianca, komm!", war plötzlich wieder die Stimme meines Vaters zu hören. „Beeil dich! Ist der Krankenwagen schon unterwegs?"

War meine Mutter etwa auch hier?

„Ja, und die Polizei müsste auch bald kommen", antwortete eine helle Stimme. Eindeutig Bianca. „Ist dir was passiert?"

„Nein!", beruhigte Lorenz sie, bevor er die Pistole vorsichtig auf den Boden legte und dann zu mir hastete. „Aber Lara muss sofort ins Krankenhaus!"

Behutsam schloss mein Vater mich in seine Arme. In der klammen Kälte des Kellers fühlte sich seine Wärme unglaublich angenehm an. So sanft, dass ich die Berührung kaum spürte, strich er mir das dreckige Haar zur Seite.

„Du hast es geschafft", flüsterte er und musterte mich besorgt. „Du lebst."

Müde lächelte ich. „Sieht so aus."

„Meine tapfere Kämpferin", seufzte er und legte seine Stirn an meine. „Wie du dich gerade befreit hast ... unglaublich!"

„Ich muss mich wohl bei Florian bedanken." Meine Stimme klang so miserabel, wie ich mich fühlte.

Schnelle Schritte stürmten in den Raum. „Oh Gott!", kreischte Bianca. Ob der Anblick von Gilberts Leiche oder meine Verletzungen sie so sehr erschreckten, wusste ich nicht. „So viel Blut!"

Ah, okay. Sowohl als auch.

Meine Mutter kniete sich neben Lorenz und mich, obwohl sie nur Shorts trug und ihre nackten Knie dadurch den kalten Steinboden berührten. Sie blickte mich an, glücklich und ängstlich zugleich, mit Tränen in den Augen. Behutsam strich sie mir über die Wange, doch ich zuckte sofort zusammen.

„Mir tut alles weh", keuchte ich.

„So siehst du auch aus, meine Kleine", murmelte sie besorgt. „Aber gleich kommt der Krankenwagen."

„Was hat dieser Mistkerl mit dir gemacht?", wollte Lorenz wissen.

„Vieles", wich ich aus. Ich konnte es nicht erzählen. Nicht jetzt sofort.

„Lara, bitte!" Eindringlich blickte er mich an. „Raphael sah nicht halb so schlimm aus wie du!"

Meine Augen weiteten sich. „Raphael! Wie geht's ihm?"

„Besser als dir", entgegnete mein Vater. „Er ist schon seit heute früh im Krankenhaus und wird versorgt."

„Gott sei Dank", murmelte ich kraftlos.

Da schniefte Bianca. „Ich bin so froh, dass du noch lebst!"

Vorsichtig strich ich ihr mit dem Daumen über den Handrücken. „Ich bin froh, euch zu sehen", flüsterte ich. Plötzlich kamen mir die Tränen. Ich hätte nicht gedacht, dass ich noch weinen könnte, doch ich tat es. Aus lauter Erleichterung. „Und dass es vorbei ist."

„Dir kann niemand mehr was tun", versprach Lorenz und strich mir durchs Haar. „Ab jetzt bist du wirklich in Sicherheit."

Endlich. Endlich war Gilbert tot.

„Danke", schluchzte ich. „Danke!"

„Ist schon gut", murmelte mein Vater beruhigend. „Alles ist gut."

Trotz des Schocks und der Erleichterung hatte ich so viele Fragen. Ich war völlig verwirrt, ich brauchte Antworten. Bevor ich allerdings etwas sagen konnte, ergriff meine Mutter das Wort. „Zum Glück ist dieses Monster tot", zischte Bianca. „So hart das klingt, ich bin verdammt froh darüber!"

Ich lächelte schief. „Geht mir genauso", gestand ich. Wieder tanzten die schwarzen Sternchen vor meinen Augen herum. Auch der Schwindel und die Übelkeit kehrten mit aller Macht zurück.

Plötzlich hörten meine Eltern und ich laute Geräusche. Sirenen, Schritte, Rufe. Der Lärm kam immer näher. „Die Polizei ist da!", rief Bianca erleichtert.

„Ich hoffe nur, es geht als Notwehr durch, dass ich den Mistkerl erschossen hab", gab Lorenz zu bedenken.

„Also bitte, das muss als Notwehr durchgehen!", meinte seine Frau.

„Trotzdem, wir sollten einen guten Anwalt einschalten …“

„Mama, Papa“, murmelte ich mit schwacher Stimme. Bianca wandte sich mir sofort zu und lächelte mich liebevoll an. „Ihr seid die Besten“, flüsterte ich.

Gerührt sahen sie mich an. Mein Vater wollte eben antworten, doch in dem Moment wurde ich in seinen Armen bewusstlos.

Epilog: Das wahre Glück

Leise keuchte ich auf. Mir tat alles weh. Irgendetwas hämmerte in meinem Kopf und alle meine Glieder steckten in einem Schraubstock.

„Larissa? Larissa, bist du wach?" Mühsam schlug ich die Augen auf, doch bei dem hellen Licht im Raum schloss ich sie sofort wieder. Ich atmete schwer, das merkte ich. Außerdem piepste es neben mir regelmäßig. Ein furchtbares Geräusch.

„Larissa, kannst du mich hören?"

Erneut öffnete ich die Augen. Wieder blendete mich das Licht, doch ich schaffte es, mich umzusehen. Eine Frau, die ich auf ungefähr 50 Jahre schätzte, stand vor meinem Bett. Das Zimmer war weiß gestrichen, es gab weiße Schränke, weiße Bettwäsche und einen weißen Tisch. Auch der Kittel der Frau war weiß. Klar. Ich befand mich im Krankenhaus. Und das nervtötende Piepsen kam von einer Maschine, die meinen Herzschlag maß.

„Wie geht's dir?", fragte die Ärztin. „Wie fühlst du dich?"

„Als hätte mich jemand überfahren", murmelte ich mit schwacher Stimme. „So ungefähr zwanzigmal."

Beinahe wirkte sie amüsiert, aber zugleich musterte sie mich besorgt. „Kannst du dich daran erinnern, was dir passiert ist?"

Ich nickte, was ich wegen der darauffolgenden Schmerzen sofort bereute. Aber immerhin konnte ich antworten. „Gilbert ..." Als würde ich diese schrecklichen Tage in seiner Gefangenschaft vergessen. Ich erinnerte mich genau, was geschehen war. Doch einige Dinge wusste ich nicht. „Welcher Tag ist heute?", erkundigte ich mich. „Und wo ..." Meine Stimme brach ab. Ich war zu schwach, um viel zu reden.

„Du bist im Weidener Klinikum", antwortete die Ärztin geduldig. „Heute ist Sonntag, der 22. Juni. Du warst zwei Tage völlig bewusstlos."

„Wie spät ist es? Und wo sind meine ..."

Sie lächelte freundlich. „Es ist gleich 18 Uhr. Deine Eltern warten draußen, deine Schwester auch."

Es erleichterte mich, das zu hören. „Können sie reinkommen?"

Die Frau nickte. „Ich muss dich nur schnell untersuchen."

Erst jetzt kam ich auf die Idee, an mir herunterzublicken. Hinsetzen konnte ich mich nicht aus eigener Kraft, doch immerhin gelang es mir, den Kopf zu senken. Viel erkannte ich nicht, die Bettdecke machte es mir unmöglich, meine Verletzungen zu begutachten. Nur meine beiden Hände, die auf der Decke lagen und in Gipsverbänden steckten, sah ich. Aber immerhin schien ich wieder sauber zu sein. Und ich trug nicht mehr die zerschlissenen Klamotten, sondern ein weißes Krankenhaushemd.

„Wie schlimm hat's mich erwischt?", wollte ich wissen.

Mitleidig musterte mich die Ärztin. „Nun, du hast drei gebrochene Finger, einen gebrochenen Fuß, eine schwere Gehirnerschütterung, eine Platzwunde an der Schläfe, mehrere Schnittwunden, eine schwere Verbrennung unter der Brust und Prellungen am ganzen Körper", zählte sie auf.

„Super. Und was hab ich gewonnen?", fragte ich in dem kümmerlichen Versuch, einen Witz zu machen.

Die Frau lächelte milde. „Eine hohe Dosis Schmerzmittel."

„Die nehme ich gerne", entgegnete ich.

Es dauerte nicht lange, bis die Ärztin mich untersucht hatte. Sie half mir noch, ein paar Schlucke zu trinken, und verließ dann das Zimmer, um meine Familie hereinzuholen.

Während ich wartete, schloss ich die Augen und atmete tief durch. Das weiche Bett unter mir fühlte sich so gut an ... kein kalter Steinboden mehr. Kein Gilbert mehr. Nie wieder. Aber dennoch wollte ich so schnell wie möglich nach Hause. Nach Pirk. Zu meiner Familie.

So plötzlich, dass ich zusammenzuckte, wurde die Tür aufgerissen. Meine kleine Schwester stürmte zu mir, kletterte auf mein Bett und brach neben mir in Tränen aus. „Nele", murmelte ich hilflos. „Wieso weinst du?"

„Laaaaaara!", plärrte sie und wischte sich unermüdlich die Tränen weg, die pausenlos über ihre Wangen liefen.

„Ich bin da, Schwesterchen", flüsterte ich.

Panisch ruhten ihre graugrünen Augen auf mir. „Ich dachte, du wärst tot!", schluchzte sie.

Obwohl ich glaubte, vor Schmerzen gleich wieder ohnmächtig zu werden, hob ich den rechten Arm und legte ihn um Nele. „Ich hab auch gedacht, ich würde das nicht überleben ..."

„Aber Gilbert kann dir nie wieder was tun, oder? Nie wieder!"

Ich lächelte schief. „Nie wieder", bestätigte ich.

Nun traten auch Lorenz und Bianca näher. „Endlich bist du wieder wach!", stellte mein Vater erleichtert fest.

Wir tauschten einen glücklichen Blick. „Wurde ja auch Zeit, was?", erwiderte ich.

„Und ob!", stimmte meine Mutter zu. „Wir haben unser Lager hier aufgeschlagen. Und glaub mir, die Feldbetten für Gäste sind unbequem!"

„Ihr ... ihr wart die ganze Zeit bei mir?", fragte ich gerührt.

Die beiden nickten. „Na klar", antwortete Lorenz. „Wir haben dir nicht umsonst ein Einzelzimmer organisiert."

„Ihr seid wirklich die Besten ..."

Nele streifte hastig ihre Schuhe ab und kroch zu mir unter die Bettdecke, um sich an mich zu schmiegen. Sanft strich ich ihr durchs dunkelbraune Haar. Die Kleine musste sich unheimlich gefürchtet haben ...

Lorenz und Bianca setzten sich an meiner anderen Seite auf das Bett. Behutsam nahm meine Mutter meine eingegipste linke Hand. „Wie geht's dir denn?", wollte sie wissen. „Du siehst so furchtbar aus ..."

„Ja, so fühle ich mich auch", gab ich zu. „Und wehe, ihr gebt mir einen Spiegel! Ich will gar nicht so genau wissen, wie ich aussehe."

„Wie die tollste Schwester der Welt!", schniefte Nele.

„Oh, ich hab dich so lieb", murmelte ich gerührt und küsste sie auf die Stirn.

„Aber ... ich hab den MP3-Player kaputt gemacht", gestand sie kleinlaut, sie klang wahnsinnig beschämt. „Ich hab die Lieder ununterbrochen gehört und dann hat er plötzlich den Geist aufgegeben ..."

„Wir kaufen dir einen neuen", beruhigte Bianca sie.

Ich lächelte die Kleine an. „Nele, das macht gar nichts. Wir brauchen keinen MP3-Player mehr. Wir brauchen keine beruhigenden Lieder, die uns von Gilbert ablenken."

Scheu erwiderte sie mein Lächeln. „Du bist nicht böse?"

Langsam schüttelte ich den Kopf. „Auf dich? Niemals. Ich bin viel zu froh, dich wieder bei mir zu haben."

„Du hast mir so gefehlt", wisperte sie.

Ich strich ihr über den Rücken. „Du mir auch." Dann blickte ich meine Eltern an, um endlich Antworten auf meine zahlreichen Fragen zu bekommen. „Wie habt ihr mich überhaupt gefunden? Und Papa, woher kannst du so gut schießen?", wisperte ich und hielt Nele dabei die Ohren zu, damit sie keine Details hörte.

„Falco hat uns verraten, wo du bist, bevor er sich gestellt hat", erzählte Bianca leise.

„Er hat was?", erkundigte ich mich ungläubig.

„Er hat sich gestellt", wiederholte sie geduldig und strich ihr braunes Haar zurück. „Erst hat er Raphael ins Krankenhaus gebracht, dann hat er uns verraten, wo wir dich finden, und letztendlich hat er sich selbst angezeigt."

„Wahnsinn", staunte ich. Also kannte Falco doch so etwas wie ein schlechtes Gewissen. „Und warum seid ihr allein gekommen, um mich zu holen?"

„Das war eigentlich nicht so geplant", räumte meine Mutter ein. „Wir haben die Polizei angerufen, aber dieser gottverlassene Hof liegt mitten im Nirgendwo und viel näher an Pirk als an Weiden. Wir waren einfach schneller da."

„Und wir konnten nicht warten", ergänzte Lorenz. „Darum bin ich vorgegangen. Falco hat uns ziemlich genau geschildert, wo wir dich finden. Also, in diesem Keller."

Dass meine Eltern damit ihr Leben riskiert hatten, hatte sie nicht aufgehalten. Sie hatten mich gerettet, trotz aller Risiken, und das rührte mich ungemein. Ich drückte Nele sanft an mich, sie schniefte immer noch. Ob sie zu lauschen versuchte, wusste ich nicht. Zur Sicherheit hatte ich meine Arme so um sie gelegt, dass ich ihre Ohren bedeckte. „Und woher kannst du so gut schießen, Papa?", flüsterte ich.

„Zehn Jahre im Schützenverein, da lernt man einiges", antwortete er und grinste verlegen. „Hätte aber nie gedacht, dass ich das jemals brauchen würde."

„Wow", murmelte ich fasziniert. „Danke für alles ..."

Die beiden lächelten mich nur an. Für einen Augenblick kehrte Stille ein. Eine angenehme, beruhigende Stille. Nele und ich kuschelten, während sich die Kleine ausweinte. Meine Eltern saßen bei uns und hielten nun beide meine linke Hand. Hin und wieder strich Bianca mir durchs gewaschene, endlich wieder saubere Haar. Und in diesem Moment konnte ich alles vergessen, was in den letzten Tagen passiert war, bis wir vor dem Zimmer einen kleinen Tumult vernahmen.

„Nein, Schatz, warte, du darfst noch nicht aufstehen!", rief eine helle Stimme verzweifelt. „Du brauchst noch Bettruhe!"

„Mir egal!", motzte eine tiefere, wohlbekannte Stimme.

Und schon stand Raphael im Türrahmen. Mit etlichen Prellungen an Kinn und Wange sowie einem blauen Auge. Seine Jeans deckte die Verletzungen an den Beinen ab, doch sein T-Shirt ließ mich die vielen blauen Flecken an den Armen erkennen.

Als wir uns sahen, lächelten wir beide. Am liebsten wäre ich aus dem Bett gesprungen und zu meinem Freund gerannt, doch ich konnte mich nicht bewegen. Zum Glück kam er zu mir, gefolgt von seiner besorgten Mutter.

„Moment, wir machen mal Platz", kündigte Bianca an und stand auf, ihren Mann zog sie mit sich. „Komm, Schatz, auf, auf."

Lorenz gab sich geschlagen und erhob sich, damit Raphael sich neben mich setzen konnte. Kaum hatte mein Freund sich niedergelassen, umarmten wir uns fest. Es tat uns beiden offensichtlich furchtbar weh, doch es musste sein. Ich musste Raphael umarmen, um mir sicher zu sein, dass ich nicht träumte. Ich musste spüren, dass er bei mir war. Verletzt, aber am Leben.

„Oh, mein Häschen", seufzte er. „Ich hatte solche Angst um dich."

„Mein Held", flüsterte ich. „Ich bin so froh, dich zu sehen!"

„Wir haben's geschafft." Seine blauen Augen strahlten vor Freude. „Wir leben! Und dieses Monster nicht mehr!"

„Ich hab mich gar nicht getraut, das noch zu hoffen", gestand ich.

Zärtlich strich er mir durchs Haar. „Es muss grauenhaft gewesen sein, was er dir angetan hat, nachdem ich weg war ..."

Hilflos zuckte ich mit den Schultern und sog scharf die Luft ein, als der Schmerz meine Glieder durchfuhr. „Du siehst es ja ..."

Meine Eltern unterhielten sich mit Renate, Nele kuschelte sich ruhig an mich, ohne sich daran zu stören, dass ich gerade nur Augen für Raphael hatte.

„Woher wusstest du, dass ich aufgewacht bin?", fragte ich ihn neugierig.

Er grinste. „Deine Eltern haben Bescheid gesagt. Ich liege direkt im Zimmer nebenan."

Ich lächelte. „Das war nett von ihnen. Lange musst du aber nicht mehr im Krankenhaus bleiben, oder?"

Er schüttelte den Kopf und kniff die Augen zusammen. „Verdammte Gehirnerschütterung", zischte er. „Ich vergesse das jedes Mal ..."

„Ja, das nervt", stimmte ich zu.

„Und wie. Jedenfalls, ich werde übermorgen wahrscheinlich entlassen. Genau pünktlich für meine letzten beiden Prüfungen."

„Dein Abitur!", rief ich geschockt. „Das hab ich total vergessen!"

„Ich hatte in den letzten Tagen auch anderes im Kopf." Er lachte. „Aber die zwei Kolloquien schaffe ich schon irgendwie."

„Dann musst du sicher noch einiges lernen, oder?", fragte ich.

„Glaub nicht, dass du mich jemals wieder los wirst", entgegnete er. „Ich bleibe bei dir. Das ist wichtiger als das bescheuerte Lernen."

Gerührt sah ich ihn an. „Es ... es wäre toll, wenn du hierbleibst."

Nach allem, was wir zusammen durchgemacht hatten, würde ich die Zeit im Krankenhaus ohne ihn kaum aushalten. Raphael gab mir so viel Kraft, Mut und Zuversicht, dass ich ihn nie wieder gehen lassen wollte.

Er legte sich so zu mir, dass ich seinen Arm als Kopfkissen benutzen konnte. Seinen anderen Arm legte er um Nele und mich. Meine kleine Schwester kicherte. „Das ist bequem!"

Raphael zwinkerte ihr zu. „Freut mich."

„Tut das nicht zu weh?", erkundigte ich mich besorgt.

„Es geht schon."

Kurz zögerte ich. „Was hast du eigentlich für Verletzungen?"

„Willst du das wirklich wissen? Du machst dir nur Vorwürfe, wie ich dich kenne“, vermutete er.

„Egal, ich muss es wissen“, widersprach ich und strich ihm mit einer Hand durchs schwarze Haar. „Bitte!“

„Na gut“, ergab er sich. „Ich hab eine Gehirnerschütterung, ziemlich viele Prellungen, sieht man ja, und vier gebrochene Rippen.“

„Vier?!“, wiederholte ich schockiert.

„Ich bin immer noch besser davongekommen als du ...“

Halbherzig lächelten wir uns an. Dann kuschelte ich mich an ihn und meine Schwester und schloss zufrieden die Augen. Ich war so müde ...

„Lara, du hast doch bestimmt Hunger, oder?“, meldete sich Bianca zu Wort.

Schläfrig sah ich sie an. „Ja, schon ...“

„Dann hab ich was für dich“, verkündete Renate. Sie holte eine Brotbox aus ihrer Handtasche. „Das ist bestimmt genau das Richtige!“ Ich hatte schon ganz vergessen, dass Raphaels Mutter ebenfalls im Zimmer war. Die Frau mit den kurzen Haaren kam zu mir und lächelte mich an. „Ich bin froh, dass du wieder in Sicherheit bist, Lara, Liebes.“

Schuldbewusst blickte ich Renate an. „Es tut mir leid!“, rief ich.

Überrascht musterte sie mich, genau wie ihr Sohn. „Was tut dir leid?“, fragte sie unsicher.

„Dass Raphael meinetwegen ... dass er meinetwegen ...“ Tränen stiegen mir in die Augen und es schüttelte mich. Jetzt kamen all meine Schulgefühle hoch. „Dass er meinetwegen entführt und verletzt wurde!“

Raphael sah mich eindringlich an. „Lara, das ist nicht deine Schuld!“

„Doch“, wimmerte ich. „Und es tut mir so leid ...“

Da legte Renate mir sanft eine Hand auf die Stirn. „Wie kommst du denn darauf, dass ich dir böse sein könnte? Liebes, ich weiß, was du alles für ihn getan hast. Du hast ihn beschützt. Und du konntest doch nichts dafür. Dieser ... dieser widerliche, verabscheuungswürdige ... Mistkerl ist schuld an allem.“

Ich schniefte laut. Dass Renate mir keine Vorwürfe machte, beruhigte mich ungemein. Ich hatte mich so schlecht gefühlt ...

„Jetzt denk nicht mehr dran", flüsterte Raphael.

Ganz langsam nickte ich. Raphael und ich sahen uns lange an, dann küssten wir uns. Obwohl wir beide aufgeplatzte Lippen hatten und unsere Familien uns beobachteten. Aber das Gefühl, Raphaels Lippen auf meinen zu spüren, war so wundervoll, dass ich alles dafür in Kauf genommen hätte.

Als wir uns wieder voneinander lösten, lächelten wir uns an. „Knutsch, knutsch!", lachte meine Schwester.

„Du Frechdachs", kicherte ich und drückte Nele behutsam an mich.

„So, Lara, magst du einen Muffin?", fragte mich Renate und hob die Brotbox hoch. „Mit extra viel Schokolade, als Stärkung."

„Das klingt toll!", stimmte ich sofort zu.

Raphael grinste. „Mit Süßigkeiten kannst du Lara immer locken."

Während seine Mutter mir einen Muffin reichte, meinte sie bestimmt: „Ist doch gut! Willst du auch einen, Schatz? Und du, Nele?"

Sowohl Raphael als auch meine Schwester stimmten zu. Und damit war die Box leer. Wir stießen mit den Muffins an, auch wenn man das eher mit Getränken machte.

Obwohl es nicht leicht war, im Liegen und mit stechenden Schmerzen einen Muffin zu essen, schaffte ich es abzubeißen. Das Gebäck schmeckte himmlisch süß. So süß wie das Wiedersehen mit meiner Familie. So süß wie Raphaels Küsse. Und so süß wie die Erleichterung, endlich in Sicherheit zu sein.

In den nächsten Tagen konnte nichts und niemand Raphael und mich trennen. Er war ununterbrochen bei mir im Zimmer, von früh morgens bis spät abends, außer wenn einer von uns mal ins Badezimmer musste. Auch meine Familie und Renate besuchten uns täglich für einige Stunden. Nach und nach erholten wir uns von den grauenhaften Erlebnissen. Die Albträume verfolgten mich dennoch jede Nacht. Sogar mein Freund träumte oft von den Tagen in diesem ekelhaften Keller. Noch. Denn irgendwann würden wir nicht mehr daran denken, das hoffte ich aus vollem Herzen.

Es dauerte eine gute Woche, bis ich mich aus eigener Kraft hinsetzen konnte. Bis ich nicht mehr bei jeder Bewegung vor Schmerz schreien wollte. Aber ich war immer noch ans Bett gefesselt. Raphael brachte seine Abiturprüfungen hinter sich, trotz allem. Er wollte das Schuljahr nicht wegen zwei Kolloquien wiederholen müssen.

Außerdem hatte er unseren Freunden erzählt, was passiert war. Ich hatte es immer noch nicht über mich gebracht, die Geschehnisse detailliert zu schildern, außer der Polizei. Aber ich hatte eine Aussage machen müssen, allein um zu bestätigen, dass Lorenz keine andere Wahl hatte, als zu schießen. Ich wollte nicht, dass mein Vater ins Gefängnis kam, obwohl er das einzig Richtige getan hatte. Ansonsten konnte ich jedoch nicht darüber reden, was passiert war. Nicht mal mit dem Psychologen, der mich regelmäßig besuchte.

Ich hatte noch gar keinen Kontakt zu meinen Freunden aufgenommen. Weil ich zu viel Angst davor hatte, sie allein wegen meines Aussehens abzuschrecken. Mein Gesicht war gelb, grün und blau, ich hatte deutlich sichtbare Würgemale am Hals und die drei Gipsverbände wirkten ebenso schockierend.

Aber an diesem Dienstag, genau zwei Wochen nach der Entführung, hatten wir sieben ein Treffen bei mir im Krankenhaus vereinbart. Sogar Florian würde kommen, hatte Raphael mir erzählt. Und trotz meiner Unsicherheit freute ich mich sehr auf meine Freunde.

Immerhin trug ich nicht mehr das Krankenhaushemd. Bianca hatte mir weite, bequeme Sportklamotten mitgebracht und half mir jeden Tag beim Umziehen, weil ich es allein noch nicht schaffte. So peinlich ich es fand, ich konnte nicht mal alleine ins Badezimmer, entweder halfen mir meine Eltern oder eine Krankenschwester dabei. Denn um mich fortzubewegen, brauchte ich einen Rollstuhl – mit dem gebrochenen Fuß konnte ich nicht laufen, mit den gebrochenen Fingern konnte ich keine Krücken festhalten.

Der Wecker auf meinem Nachtschrank zeigte halb drei an, helle Sonnenstrahlen fielen durchs Fenster herein. In einer Viertelstunde würden alle erscheinen. Noch war ich allein – Lorenz arbeitete, Bianca und Nele waren zu Hause, Raphael hatte seiner Mutter versprechen müssen, auch ab und zu Zeit mit ihr zu verbringen. Deshalb war mein Freund vor einer Stunde nach Hause gefahren. Gleich würde er aber zurückkommen. Zum Glück. Allein konnte ich mich unseren Freunden nicht stellen. Allein würde ich ihren vielen Fragen nicht standhalten können.

Ich ließ meinen Blick aus dem Fenster schweifen, zum blauen Himmel und den bunten Fensterbildern, die überall in der Kinderklinik angebracht waren. Jeden Moment rechnete ich mit der Rückkehr meines Freundes. Allerdings war nicht Raphael der Erste, der das Zimmer betrat. Jemand anderes stürmte so schnell herein, dass ich zweimal hinsehen musste, um ihn zu erkennen.

„Flo, was ... was machst du denn schon hier?“, stammelte ich.

Der blonde Junge eilte zu meinem Bett und umarmte mich, schon beinahe so fest, dass es wehtat. Neben mir nahm er Platz, ohne mich auch nur für eine Sekunde loszulassen. Unschlüssig wartete ich auf eine Antwort.

„Lara, als ... als ... als ich gedacht hab, dass ich ... dich nie wiedersehen würde“, flüsterte er, „da ... also, bei dem Gedanken ... ist mir klar geworden, dass ich es nicht aushalten würde, dich zu verlieren. Dieser Abstand, dieses Ignorieren, ich kann das nicht mehr! Bei Raphael ist es dasselbe. Ich will meine Freunde zurück. Ich will euch beide zurück.“

Unsicher blickte ich ihn an. Natürlich war ich gerührt und ich fand es toll, dass Florian sich wieder mit uns vertragen wollte. Ich hatte es sogar gehofft, aber ... „Flo, ich weiß nicht, ob es so klug ist, dass wir uns wieder anfreunden. Was, wenn noch mal irgendwelche ... ungesunden Gefühle aufkommen?“ Das musste ich zuvor klären. Bevor es wieder Ärger gab.

Er griff nach meinen Händen, ohne sie zu drücken. „Lara, das wird nicht mehr passieren. Ich verspreche es. Außerdem bin ich kurz davor, mit Charlotte zusammenzukommen.“ Er lächelte schief. „Wir verstehen uns überraschend gut. Irgendwie hab ich mich total in sie verknallt.“

„Wirklich?“, fragte ich erstaunt.

Verlegen grinste er. „Ja. Aber darum geht’s jetzt nicht. Weißt du, mir ist klar geworden, dass du für mich eher so was wie eine kleine Schwester bist. Ich ... ich will dich beschützen und aufmuntern, wenn du traurig bist. Und nicht mehr. Du gehörst für mich zur Familie, wie Sophie, Niklas, Karo, Jan und Raphael.“

Unwillkürlich stiegen mir Tränen in die Augen. „Ihr seid für mich auch so was wie eine zweite Familie“, gestand ich.

„Also, wieder Freunde?“ Er ließ mich los und hielt mir die Hand hin. „Genau wie früher?“ Bei dieser Geste musste ich lachen, weil sie mich so sehr an unsere Klassenfahrt nach Berlin erinnerte. Ich schüttelte ihm unbeholfen die Hand, auch wenn es wehtat.

„Auf jeden Fall“, stimmte ich zu.

„Mann, ich bin so froh, dass du lebst“, seufzte er dann. „Das war echt übel!“

„Was meinst du?“, wollte ich wissen.

„Na ja, ich hab's erst etwas später mitbekommen“, erzählte er. „Aber du hast dich doch mit den anderen im Beanery verabredet, um deinen Geburtstag zu feiern, weißt du noch?“

„Stimmt“, fiel mir wieder ein. „Das hab ich total vergessen ...“

Florian nickte. „Ja, die anderen haben sich ziemlich gewundert, warum du und Raphael nicht gekommen sind. Dann hat Sophie bei dir zu Hause angerufen und mit deinen Eltern geredet. Mir hat sie anschließend auch Bescheid gegeben.“

„Ach, so habt ihr davon erfahren“, murmelte ich.

„War echt ein Schock“, gestand er.

„Das glaub ich dir ... Oh, ich muss mich noch bei dir bedanken!“

„Wofür?“, wunderte er sich.

„Ohne dein Training hätte ich mich im entscheidenden Moment nicht aus Gilberts Griff befreien können.“ Ich lächelte den Jungen an. „Danke!“

Er erwiderte mein Lächeln. „Das freut mich, ehrlich. Ich wünschte nur, das Training hätte dich vor mehr Verletzungen bewahren können.“

„Na ja, es ist schwierig, sich zu wehren, wenn der Gegner eine Pistole hat“, wandte ich ein.

Florian verzog das Gesicht. „Eine Pistole? Echt?“

Ich nickte. „Leider. Ich dachte, Raphael hätte euch erzählt, was passiert ist. Hat er nicht erwähnt, dass Gilbert eine Waffe hatte?“

Bevor er noch etwas dazu sagen konnte, klopfte es an der Tür. Raphael betrat das Zimmer, gefolgt von Sophie, Niklas, Karolin und Jan. Es tat gut, meine Freunde wiederzusehen. Aber die vier ließen sich ihre Bestürzung über meinen Anblick deutlicher anmerken als Florian.

Jan klappte der Mund auf, als er mich sah. Karolin sog scharf die Luft ein und hielt sich eine Hand vor den Mund. Niklas verzog schmerzlich das Gesicht und starrte mich mit großen Augen an. Doch keiner wirkte so entsetzt wie Sophie.

Meine beste Freundin stieß einen erschrockenen Schrei aus und zuckte zusammen, sodass ihr ein paar aschblonde Haarsträhnen ins Gesicht fielen. Sie gab den Pappbecher, den sie in der Hand hielt, gedankenverloren ihrem Bruder und rannte auf mich zu. „Lara! Oh Gott, Lara!“ Sie umarmte mich fest.

Unter ihrem festen Griff röchelte ich leise, mir wurde sogar kurzzeitig schwarz vor Augen. „Sophie, nicht so ... fest“, wimmerte ich. Dummerweise so leise, dass sie mich nicht verstand.

„Verdammt, Sophie, lass sie los!“, rief Niklas entsetzt. „Sie kippt gleich um!“ Sofort löste meine Freundin ihre Umarmung. Kraftlos fiel ich auf den Rücken, in mein Kopfkissen hinein. Leise stöhnte ich. Mir tat alles weh ...

„Es tut mir leid!“ Ängstlich sah Sophie mich an. „Es tut mir so leid!“

Ich lächelte schief. „Ich ... freue mich auch, dich ... zu sehen ...“

„Ich hatte nur solche Angst um dich, da ist wohl alles mit mir durchgegangen“, murmelte sie entschuldigend.

„Schon gut“, beruhigte ich sie.

Besorgt blickte sie mich an. „Kannst du dich wieder hinsetzen?“

Ich schüttelte den Kopf. „Warte, ich helfe dir“, bot Raphael an.

„Danke“, flüsterte ich.

Er hob meinen Oberkörper so sanft an, dass ich ohne große Schmerzen wieder aufrecht saß. Dann nahm er hinter mir Platz, sodass ich mich an seine Brust lehnen konnte.

„Aber deine Rippen ...“, wandte ich ein.

„Ist schon gut“, winkte er ab und schloss mich von hinten in seine Arme. „Ist nicht schlimm.“

„Ich hab dir was mitgebracht!“, warf Sophie ein. Sie nahm Niklas den Becher ab, den sie ihm vorhin in die Hand gedrückt hatte, und gab ihn mir. „Ein Karamell-Macchiato, bitte schön!“

Gerührt lächelte ich sie an. „Danke, Sophie.“ Es fiel mir schwer, den Becher zu halten, doch mit beiden Händen klappte es.

„Du musst ja wieder zu Kräften kommen“, meldete sich Karolin das erste Mal zu Wort. „Ich glaube, ich hab noch nie jemanden gesehen, der so schwer verletzt war ...“

„Was hat dieser Kerl bloß mit dir gemacht?“, fragte Jan fassungslos.

„Dasselbe wie in den letzten vier Jahren, nur in kürzeren Abständen.“ Unsicher lächelte ich. „Aber hey, ich lebe noch. Und Raphael auch.“

„Nur dass es bei dir etwas kritischer war“, seufzte mein Freund.

Ich hätte mich gerne zu ihm umgedreht, um ihn vorwurfsvoll anzusehen, doch ich konnte mich immer noch nicht rühren. Er redete beinahe so, als wäre ihm nichts passiert. Dabei war ihm viel zu viel zugestoßen.

„Und, wie lange bist du noch ans Bett gefesselt?“, wollte Niklas wissen.

„Gute Frage“, entgegnete ich. „Hoffentlich nicht mehr allzu lange. Ich werde hier drinnen langsam wahnsinnig.“

Es erleichterte mich, dass meine Freunde nicht nach den Details fragten. Dass sie nicht nachhakten, was Gilbert Raphael und mir angetan hatte. Dass sie verstanden, dass ich mich nicht zurückerinnern, sondern nach vorne schauen wollte.

„Dann lass uns doch rausgehen!“, schlug Sophie begeistert vor.

„Ähm, Lara kann wahrscheinlich nicht aufstehen“, gab Karolin zu bedenken.

„Wofür gibt's Rollstühle?“, entgegnete meine beste Freundin. „Wir leihen uns einen aus und fahren mit Lara durch den Krankenhausgarten!“

„Etwas frische Luft ist bestimmt 'ne nette Abwechslung“, stimmte Jan zu.

Er und Sophie lächelten sich an, sie strich ihm kurz über den Arm und nickte dann. „Was sagst du, Lara?“

Gerührt sah ich sie an. „Ich würde total gerne mit euch spazieren fahren!“

„Dann suche ich mal 'ne Krankenschwester, die mir einen Rollstuhl gibt!“, beschloss Sophie.

„Warte, ich komme mit“, hielt Jan sie zurück. Die beiden verließen das Zimmer. Kurz bevor sie die Tür hinter sich schlossen, konnte ich noch einen Blick auf ihre verschränkten Hände erhaschen.

„Bist du in den letzten Tagen echt überhaupt nicht rausgekommen?“, wunderte sich Niklas.

Ich schüttelte langsam den Kopf und trank ein paar Schlucke von dem heißen, köstlichen Getränk. „Nein, ich hab das Bett eigentlich nur verlassen, wenn ich ins Bad musste."

Karolin verzog das Gesicht. „Du Arme ..."

„Ach, so schlimm ist es auch wieder nicht", stellte ich klar. „Immerhin hab ich jeden Tag Besuch. Und zwar ganz tollen Besuch." Ich lächelte meine Freunde an. „Meine Familie kommt, Raphael ist fast immer da und ihr heute auch – das ist toll."

„Wir sind doch gerne hier", merkte Florian an. „Wenn du's erlaubt hättest, wären wir auch schon früher gekommen!"

„Da sah ich noch schlimmer aus", murmelte ich verlegen. „Das hättet ihr nicht sehen wollen, wirklich nicht ..."

„Es ist doch egal, wie du aussiehst", unterbrach mich Karolin. „Ich hab dich so vermisst! Am liebsten wäre ich sofort zu dir geeilt!"

Ergriffen blickte ich sie an und wusste nicht recht, was ich auf ihre lieben Worte erwidern sollte.

„So, da sind wir!", rief Sophie, als sie mit Jan das Zimmer betrat. Vor sich her schob sie einen Rollstuhl. „Das Taxi ist bereit!"

„Ist keine Krankenschwester mitgekommen?", fragte ich überrascht.

Jan runzelte die Stirn. „Wofür denn?"

„Na, um mir in den Rollstuhl zu helfen", erklärte ich. „Allein komm ich da nicht rein ..."

„Ach so", murmelte Sophie. „Daran hab ich gar nicht gedacht. Warte, ich hole schnell eine Schwester!"

„Das braucht's doch nicht", meinte Florian und stand von der Bettkante auf. Er zog mir die Decke weg und beugte sich runter. „Lara ist beim besten Willen nicht so schwer, dass man sie nicht hochheben könnte."

„Sei aber vorsichtig!", bat ich ängstlich.

Anklagend sah er mich an. „Ich passe schon auf."

Raphael ließ mich nur zögerlich los, damit Florian mich auf seine Arme nehmen konnte. Mein Freund durfte mit seinen gebrochenen Rippen noch nicht schwer heben, deshalb konnte er mich unmöglich selbst in den Rollstuhl setzen. Aber er nahm mir den inzwischen leeren Becher ab, um ihn in den Mülleimer zu werfen. Der Karamell-Macchiato hatte wunderbar geschmeckt. Es war wirklich süß von Sophie, mir mein Lieblingsgetränk mitzubringen. Behutsam lud Florian mich auf seine Arme. Es tat wirklich kaum weh und schon bald saß ich in dem Rollstuhl. Und ich freute mich, für einen Moment das Bett und das Zimmer verlassen zu können.

„Ich will schieben!", meldete sich Sophie sofort zu Wort und nahm die Griffe vom Stuhl.

„Wow, am Bein hast du auch einen Gips?", fiel Karolin plötzlich auf.

„Ja, leider", antwortete ich.

Sophie setzte sich mit mir in Bewegung, die anderen folgten uns. Ich fühlte mich so ungewohnt klein, als ich im Rollstuhl über die Krankenhausgänge geschoben wurde. Doch die Freude, nicht mehr in meinem Zimmer zu liegen, überwog.

„Was hast du überhaupt für Verletzungen?", fragte Florian auf dem Weg. „Sieht ja schlimm aus."

Kurz zählte ich auf, welche körperlichen Schäden ich in diesem Keller dank Gilbert davongetragen hatte. Und natürlich schockierte ich meine Freunde damit, aber sie hatten es ja wissen wollen ...

Vor dem Aufzug blieben wir stehen, Karolin drückte den Knopf. „Das ist grauenhaft!", rief sie wütend.

Niklas sah mich unglücklich an. „Wird bestimmt dauern, bis alles verheilt ist."

Ich lächelte schief. „Aber immerhin wird alles verheilen."

„Genau, immer positiv denken!", spornte Sophie mich an. Sie beugte sich über mich nach vorne, sodass mir ihr Haar ins Gesicht hing. „Das ist ganz wichtig!"

Ich kicherte. „Deine Haare kitzeln!"

Schnell richtete sie sich wieder auf. „Hoppla!"

Wir fuhren nach unten, zum Glück bot der Fahrstuhl so viel Platz, dass wir alle gemeinsam hineinpassten. Als Sophie mich nach draußen schob und ich von der warmen, frischen Luft eingehüllt wurde, fühlte ich mich richtig gut. Es war toll, mal wieder draußen zu sein, die Natur zu sehen und dabei auch noch mit meinen allerliebsten Freunden reden zu können.

Wir unterhielten uns über alles Mögliche, über die Schule, über die Abiturprüfungen von Raphael und Niklas, über die neuesten Gerüchte und die Erlebnisse der letzten Tage.

Als meine Freunde nach einigen Stunden gehen mussten – schließlich war es schon halb zehn und die anderen hatten morgen Schule –, war ich ein wenig bedrückt. Dieses Treffen war so schön gewesen, dass ich es noch nicht enden lassen wollte. Immerhin blieb Raphael noch eine Weile bei mir. Und meine Freunde versprachen, am nächsten Tag wiederzukommen.

An diesem Abend schlief ich mit einem Lächeln auf den Lippen ein, denn ich wusste, Gilbert konnte mir nichts mehr nehmen. Weder die bisherigen Erinnerungen noch die zukünftige Zeit mit meiner Familie, meinen Freunden und mit Raphael.

„Willkommen zu Hause!"

Obwohl ich erschrocken zusammenzuckte, als das Konfetti auf mich herabregnete, musste ich lächeln. Meine Eltern und Nele hatten mir einen ganz besonderen Empfang bereitet, nachdem ich nach fast einem Monat endlich aus dem Krankenhaus entlassen worden war. Lorenz hatte mich abgeholt und ich hatte mich schon gewundert, warum Bianca und meine Schwester nicht mitgekommen waren. Aber jetzt wusste ich, dass die beiden hier einige Vorbereitungen getroffen hatten.

Im Eingangsflur hing eine bunte Girlande, auf der „Willkommen zu Hause!" stand. Außerdem hatte meine Schwester mich mit einem Konfettiregen überrascht. Wirklich ein schöner Empfang.

Mein Vater stellte die Reisetasche, in der sich einige Klamotten, meine Zahnbürste und ein paar Hygieneartikel befanden, an der Garderobe ab und legte mir vorsichtig einen Arm um die Schulter. „Na, wie fühlt sich's an, wieder hier zu sein?"

Ich lächelte ihn an. „Ganz wie zu Hause."

Nun umarmten mich auch Nele und Bianca, vorsichtig, weil ich mich noch nicht vollständig erholt hatte. Aber immerhin war ich alle Gipsverbände los, konnte schon wieder selbst laufen und hatte nicht mehr ständig Kopfschmerzen. Auch die meisten blauen Flecken und die Würgemale waren verschwunden, mein Gesicht sah richtig normal aus. Die Brandnarbe unter der Brust machte mir noch zu schaffen, genau wie die verletzte Schulter und ein paar Prellungen am Körper.

Ich erwiderte die Umarmungen. Zu Hause. Endlich.

„So, jetzt gibt's Kaffee und Kuchen!", verkündete Bianca. „Ich hab extra einen ganz tollen Obstkuchen gemacht!"

„Was denn, gleich so ein Festessen?", lachte ich.

Sie nickte. „Klar, es ist Sonntag und drei Uhr nachmittags. Das passt perfekt!"

Ja, inzwischen hatte ich gemerkt, dass es hier in Bayern üblicherweise sonntagnachmittags Kaffee und Kuchen gab. Früher, bei Saskia und Wolfgang, war das nicht so gewesen. Aber ich mochte diese kleine, leckere Tradition.

Bianca reichte uns allen ein Stück Kuchen, Nele bekam statt Kaffee einen Tee. Der Kuchen sah so gut aus, dass ich nicht warten konnte. Bevor meine Mutter sich als Letzte an den Tisch gesetzt hatte, probierte ich schon das erste Stück. Die Mischung aus Erdbeeren, Heidelbeeren, Kiwis und Bananen schmeckte großartig!

„Köstlich!", rief ich mit vollem Mund.

Meine Eltern schmunzelten. „Freut mich sehr", entgegnete Bianca.

Wirklich ein schöner Empfang. Da kam man doch noch lieber zurück nach Hause als sowieso schon.

„Ach, Lara, Nele, wir ... wollten noch etwas mit euch bereden", verkündete Lorenz. Er schien sich nicht ganz wohlzufühlen, jedenfalls wirkte er sehr unsicher. „Wir haben schon länger darüber nachgedacht ..."

Ich schob die Augenbrauen zusammen und legte die Kuchengabel auf meinen Teller, neben das zweite Kuchenstück. Eins hatte ich schon verdrückt, genau wie Nele. „Was denn?"

Bianca lächelte schüchtern. „Es geht um euren Nachnamen."

Meine Schwester legte den Kopf schief. „Hä?"

„Nun, wir wollten euch vorschlagen, ob ihr nicht ... unseren Nachnamen annehmen wollt", erklärte Lorenz. „Ihr heißt ja immer noch Kurz, aber wir dachten uns, es wäre doch ganz schön, wenn ... ihr unseren Nachnamen tragen würdet. Was sagt ihr dazu?"

Mit so einer Frage hatte ich nicht gerechnet. Und für einen kurzen Moment war ich geradezu überfordert. Wir sollten den Nachnamen meiner Eltern annehmen? Für mich als ihre leibliche Tochter ergab das ja noch Sinn, aber wie sollte Nele den Grund dafür begreifen?

Lorenz und Bianca wirkten wahnsinnig nervös. Meine Mutter spielte die ganze Zeit mit ihren hellbraunen Haaren herum, mein Vater biss sich leicht auf die Unterlippe. Abwartend musterten uns die beiden.

Nele und ich tauschten einen verunsicherten Blick. „Ich weiß nicht recht", antwortete ich schließlich. „Ich meine, vor allem weil Nele ..."

Mehr sagte ich gar nicht, meine Eltern würden die Andeutung schon verstehen und den Satz vervollständigen können: weil Nele nicht die Tochter der beiden war.

Bianca blickte meine Schwester milde an. „Nele, sag Lara doch mal, was du mir gesagt hast, kurz bevor sie im Krankenhaus aufgewacht ist."

Die Kleine zögerte. Ihre graugrünen Augen flogen unentschlossen zwischen Bianca und mir hin und her. „Was ist los, Schwesterchen?", fragte ich besorgt.

„Ich ... ich weiß schon ... lange, dass ... dass Mama nicht ... deine Mama war", stammelte sie.

Erschrocken blickte ich sie an. „Was?!" Ich konnte es nicht fassen. Woher wusste sie das? Woher wusste Nele, dass wir keine leiblichen Schwestern waren?

„Mama hat es mir mal erzählt", murmelte sie. „Sie hat gesagt, wir haben nicht dieselben Eltern. Aber wir sind trotzdem Schwestern."

Sie war erst neun. Und so viel reifer, als ich immer gedacht hatte. Ich streckte meinen Arm über den Tisch zu Nele, die mir gegenübersaß. Sofort nahm sie meine Hand, ich drückte sie fest. „Wir sind Schwestern", bestätigte ich. „Und ich hab dich unendlich lieb, Nele."

Sie lächelte. „Ich dich auch, Lara."

„Wenn du es sowieso schon weißt", fuhr ich fort, „kann ich dir ja auch den Rest erzählen. Eigentlich wollte ich es dir erst später sagen, aber ... Bianca und Lorenz sind meine richtigen Eltern."

Sie nickte. „Dachte ich mir." Mir klappte der Mund auf. Wahnsinn. Sie war wirklich clever. „Bist du böse, weil ich nie was gesagt habe?", fragte sie unsicher.

Ich schüttelte den Kopf. „Nein, gar nicht, ich bin nur ... überrascht."

Dass Saskia Nele die Wahrheit anvertraut hatte, wunderte mich. Dass die Kleine es einfach so akzeptierte ... Sie wirkte überhaupt nicht verwirrt deswegen, sie nahm es hin. Sie sah mich trotzdem als ihre große Schwester. Und das wollte ich immer bleiben.

„Das waren wir auch“, merkte Lorenz an. Er lächelte. „Aber eigentlich ist es ja gut, dass das Ganze kein Geheimnis bleiben muss.“

Bedächtig nickte ich. „Ja. Stimmt schon.“

„Also, was sagt ihr denn jetzt zu der Namensänderung?“, wiederholte Bianca das Anliegen meiner Eltern.

„Nele Winkler“, murmelte meine Schwester vor sich hin.

Ich lächelte und strich ihr mit meinem Daumen über den Handrücken. „Das klingt schön. Gefällt dir der Name denn?“

Sie grinste breit. „Irgendwie schon. Und Larissa Winkler hört sich auch toll an, finde ich.“

„Es passt irgendwie“, gab ich ihr recht.

Meine Eltern sahen überglücklich aus. Lorenz brachte vor Freude keinen Ton heraus, Bianca lachte ausgelassen. „Dann haben wir alle denselben Namen!“

„Wie eine richtige Familie“, warf Nele ein.

Verwundert sah ich sie an. „Ja, wie eine richtige Familie.“

Lorenz lächelte. „Das sind wir doch auch.“

Beinahe wären mir Freudentränen in die Augen gestiegen, doch ich riss mich erfolgreich zusammen. In einem so schönen Moment wollte ich nicht weinen. Ich wollte diesen Glücksmoment genießen.

Bis mir etwas anderes einfiel. „Oh, übrigens, Raphael kommt heute Abend vorbei. Zum Kochen und ... Übernachten ...“ Meine Eltern wirkten überhaupt nicht skeptisch so wie früher, wenn Raphael bei mir übernachtet hatte. Sie verstanden, dass wir es ohne den anderen einfach nicht aushielten. Dass wir uns derzeit nur gegenseitig Halt geben und nicht miteinander schlafen wollten.

„Ist okay“, erlaubte Lorenz. „Was kocht ihr uns denn?“

Ich lächelte. „Das wollten wir Nele entscheiden lassen.“

Meine kleine Schwester strahlte mich an. „Ich darf was aussuchen?“

„Und ob“, bestätigte ich. „Worauf hast du Lust?“

Sie überlegte kurz. „Kartoffelauflauf.“

„Den mag ich auch sehr gerne", entgegnete ich schmunzelnd. „Hilfst du uns beim Kochen?"

Sie nickte. „Unbedingt!"

„Ach, Lara, du bist noch bis einschließlich Dienstag krankgeschrieben", merkte Bianca an. „Reicht das? Kannst du Mittwoch schon in die Schule? Oder willst du dir die letzten eineinhalb Schulwochen lieber ersparen?"

„Auf keinen Fall", antwortete ich. „Ich muss so viele Klausuren nachholen, länger kann ich nicht fehlen. Ich will das Jahr nicht wiederholen, nur weil ich einen Monat nicht zur Schule konnte."

„Bei deinen Noten musst du sowieso nicht wiederholen", beruhigte Lorenz mich. „Du packst das auf jeden Fall."

Ja, ab jetzt würde ich alles packen.

Denn endlich war ich frei. Frei von Gilbert, frei von der Befürchtung, er könnte mich finden. Frei von dem Zwang, Nele vor ihm zu beschützen. Frei von meinem Kummer und meinen Ängsten. Ich konnte endlich ein normales Leben führen. Und ich würde mich Schritt für Schritt in dieses Leben tasten.

Bis ich meine Vergangenheit in Berlin und Gilbert endgültig vergessen konnte.

„Nein! Nein! Neeeeeeeein!", schrie ich panisch.

Abrupt saß ich senkrecht im Bett, atmete schwer und zitterte am ganzen Körper. Die Bilder in meinem Kopf wollten nicht verschwinden. Gilberts Grinsen, als er meinen Freund zusammenschlug. Gilberts Zufriedenheit, als er mich weinen sah. Gilberts Begeisterung über die Qualen, die er mir bereitete. Hastig strich ich mir die Tränen aus dem Gesicht, doch sie kullerten weiterhin über meine Wangen. Verdammte Albträume. Dabei wusste ich doch genau, dass ich in Sicherheit war. Dass mir hier in Pirk, in meinem Zuhause, niemand etwas tun würde. Und spätestens als mich jemand sanft in seine warmen Arme schloss, wusste ich es ganz genau. Ich musste keine Angst mehr haben.

„Ganz ruhig, Häschen", flüsterte Raphael mir ins Ohr.

Er musste gar nicht fragen, was ich hatte. Er träumte selbst oft genug von der Zeit in diesem Keller. Zum Glück übernachtete er heute bei mir. Zum Glück war er immer da und verstand mich wie kein anderer. Er nahm es mir nicht mal übel, dass ich ihn geweckt hatte.

„E...e...entschuldige", stammelte ich. „Ich ... ich hasse diese Träume ..."

„Ist schon gut", beruhigte er mich. „Die vergehen irgendwann."

Mein schneller Atem und mein rasender Herzschlag wurden nach und nach wieder regelmäßig. Ich kuschelte mich an Raphael und schloss die Augen. Ab jetzt war ich sicher. Es gab keinen Gilbert mehr. „Du bist wirklich mein Held", wisperte ich.

„Ach, Quatsch", murmelte er verlegen.

„Doch", beharrte ich. „Du bist immer da, wenn ich dich brauche. Und du rettest mich jedes Mal wieder."

Er strich mir durchs Haar. „Ich mach doch gar nichts." Dabei wusste er genau, dass das nicht stimmte. Er war nur zu bescheiden, um es zuzugeben.

Anstatt mit ihm darüber zu diskutieren, küsste ich ihn. Sofort erwiderte er den Kuss, ließ mich meinen Traum vergessen und auf Wolke sieben schweben. Als wir uns wieder voneinander lösten, lächelten wir uns an. Nur das schwache Mondlicht erhellte mein Zimmer, doch es genügte, um uns zu erkennen.

„Ich liebe dich", flüsterte ich.

Mein Freund drückte mich fest an sich. „Ich liebe dich auch."

Langsam ließen wir uns wieder auf das Kopfkissen fallen. Eng aneinandergeschmiegt blieben wir liegen, redeten noch eine Weile und küssten uns, bis ich wieder so ruhig war, dass ich einschlafen konnte. Bevor mir die Augen endgültig zufielen, wollte ich ihm allerdings noch eine Sache sagen. „Ähm, Raphael?"

„Was denn?"

Aus lauter Unsicherheit umklammerte ich sein Schlafanzugoberteil mit meiner Hand, während ich ihn umarmte. „Du ... du weißt ja, dass ... dass ich dank ... ihm keine guten Erfahrungen gemacht habe, was ... na ja ... Sex angeht." Oh Gott, das war so peinlich ...

Immerhin reagierte mein Freund völlig entspannt. Oder eher geduldig. „Ja?"

„Auch ... auch wenn ich ... vielleicht noch etwas Zeit brauche", stammelte ich, „kannst du ... mich irgendwann davon überzeugen, dass ... es auch wirklich schön sein kann?"

Er hauchte mir einen Kuss auf die Stirn. „Das werde ich", versprach er. „Und ich sorge schon dafür, dass du vergisst, dass es jemals unschön war."

Erleichtert lächelte ich. Ich löste meinen Griff von seinem Schlafanzug und nahm stattdessen Raphaels Hand in meine, um unsere Finger miteinander zu verschränken. „Danke, mein Held."

Sanft drückte er meine Hand. „Jederzeit, Häschen."

Bald würde ich über alles hinwegkommen. Das sagte ich mir immer wieder. Schließlich hatte ich nicht nur eine liebevolle Familie, die sich um mich kümmerte, sondern auch den wundervollsten Freund der Welt.

„Schokolade und Stracciatella?"

Sophie meldete sich. „Hier!"

„Dreimal Erdbeere?"

„Meins!", rief Karolin.

„Haselnuss, Walnuss und Snickers?"

Niklas deutete auf sich. „Hier!"

„Schokolade, Vanille und Erdbeere?"

„Das hab ich bestellt", antwortete Jan.

„Haselnuss, Vanille und Zartbitter?"

„Ja", bestätigte Florian.

„Der Schokoladenbecher?"

Raphael deutete auf sich und mich. „Unserer."

Der freundliche Kellner des Eiscafés stellte uns allen die jeweilige Glasschale auf den Tisch, wünschte uns einen guten Appetit und ging weiter.

„Gibt es was Schöneres, als im Sommer ganz entspannt ein Eis zu essen?", fragte Sophie begeistert.

Ich lächelte. „Ja, mit euch allen ein Eis zu essen."

Da sie neben mir saß, konnte sie mich an sich drücken. „Ach, das hast du süß gesagt!"

An so einem perfekten Tag musste man einfach gute Laune haben. Auch wenn es mit meinem langärmligen Shirt und der Jeans ziemlich warm war. Meine Freunde trugen Sommerklamotten und ich beneidete sie beinahe darum. Zum Glück gab es jetzt ein Eis, das würde mich abkühlen.

„Ich freu mich so, dass du ab morgen wieder in der Schule bist!", jubelte meine beste Freundin, als sie mich wieder losließ. „Der Platz neben mir ist viel zu lange leer gewesen!"

„Ich bin auch froh, endlich nicht mehr im Bett zu liegen", seufzte ich.

Wobei mir auch etwas mulmig zumute war. Morgen, also am Mittwoch, traf ich nach über einem Monat meine Mitschüler wieder. Und ich schrieb gleich eine Klausur nach, nämlich Mathe. Aber das würde ich schon schaffen. Ich hatte die beste Unterstützung der Welt – meine Freunde.

Eine sanfte Brise brachte mein offenes Haar zum Flattern, die anderen Gäste des Eiscafés unterhielten sich miteinander, der Himmel war wolkenlos und die Sonne strahlte. Ich genoss die Idylle, die die Weidener Innenstadt bot. Es war eine tolle Idee von Sophie gewesen, uns heute Nachmittag hier zu treffen.

„Also, ich liege jeden Tag bis mittags im Bett", lachte Niklas und schob sich einen Löffel Eis in den Mund. „Und ich find's super!"

„Ach, halt die Klappe!", motzte seine Schwester ihn an. „Es ist total gemein, dass du nicht mehr zur Schule musst!"

„Ja, wirklich, reib uns das nicht so unter die Nase", jammerte Karolin.

Niklas legte einen Arm um seine Freundin und grinste sie an. „Es macht aber so viel Spaß."

Karolin streckte ihm die Zunge raus. „Du bist fies, Nick."

„Hey, Lara, darfst du eigentlich wieder Sport machen?", erkundigte sich Florian. „Oder bist du noch nicht fit genug?"

„Ich bin das ganze restliche Schuljahr vom Sportunterricht befreit!", freute ich mich. „Keine Liegestützen mehr vor dem Badminton!"

Er schmunzelte. „Faulpelz."

„Gar nicht!"

„Oh doch", bestätigte Raphael.

Empört sah ich meinen Freund an, doch bevor ich etwas erwidern konnte, redete Florian weiter. „Ich wollte eigentlich wissen, ob du wieder mit mir trainieren willst", erklärte er. „Also, Kung-Fu."

Kurz überlegte ich. „Unbedingt", stimmte ich zu.

Karolin musterte mich überrascht und strich ihr dunkles Haar zurück. „Du machst freiwillig Sport? Ich dachte, du hast das nur trainiert, um dich gegen … diesen Kerl zu verteidigen."

„Darum hab ich angefangen, ja", gab ich zu. „Aber ich … ich möchte stärker werden. Und es macht riesigen Spaß!"

Florian lächelte mich an. „Freut mich, wenn's dir gefällt."

„Mein Kampfhäschen", neckte Raphael mich.

Augenblicklich lief ich feuerrot an. „Ähm …" Ich schob mir schnell einen Löffel Eis in den Mund, um nichts darauf erwidern zu müssen. Dieser Spitzname brachte mich wirklich in Verlegenheit …

Meine Freunde lachten über meine Reaktion. Raphael, der genau wie Sophie neben mir saß, nahm mich fest in den Arm und grinste schelmisch. Er hatte mich erfolgreich rot werden lassen und das gefiel ihm offensichtlich.

„Dann wie üblich mittwochs und sonntags Training?", fragte Florian, nachdem das Gelächter abgeebbt war.

Ich nickte. „Ich bin dabei."

„Sehr schön. Das hab ich gehofft. Denn ein wenig Extratraining schadet mir auch nicht", entgegnete er. „So wiederhole ich wenigstens mal die ganzen alten Techniken."

„Und wir haben beide was davon", ergänzte ich fröhlich.

„Ab jetzt darf sich wirklich keiner mehr mit Lara anlegen", lachte Jan und schob sich die Brille höher auf die Nase.

„Genau, sie macht jeden Gegner fertig", kicherte Sophie und knuffte mich sanft in die Seite.

Verlegen klemmte ich mir ein paar Haarsträhnen hinters Ohr und senkte den Blick. „Ach was", murmelte ich.

„Sag mal, wolltest du uns nicht eigentlich noch was erzählen?", fiel Karolin ein.

„Stimmt, hast du heute früh als Rundnachricht geschrieben", merkte Niklas an.

„Richtig!", rief ich. „Das hätte ich fast vergessen!"

Raphael lachte. „Dabei warst du ganz aus dem Häuschen."

Ja, mein Freund war dabei gewesen, als ich diesen besonderen Brief bekommen hatte. Und ich war vor Freude regelrecht ausgeflippt.

Sophie sah mich neugierig an. „Was ist denn los?", wunderte sie sich.

Ich konnte nicht anders, ich strahlte übers ganze Gesicht. „Ich hab eine Antwort von einem der Verlage!"

„Wegen deines Kinderbuchs?", fragte Florian aufgeregt.

Ich nickte. „Sie wollen es veröffentlichen!"

Meine beste Freundin fiel mir um den Hals und drückte mich fest. „Wahnsinn! Du wirst Autorin!"

Letzten Monat, als ich noch im Krankenhaus gelegen war, hatte ich mithilfe meiner Eltern ein paar Verlage angeschrieben. Und einer hatte bereits – positiv – geantwortet.

„Glückwunsch!", rief Jan.

„Der Wahnsinn!", staunte Karolin. „Das kauf ich mir und du musst es unbedingt signieren!"

„Aber es ist doch ein Kinderbuch", lachte ich.

„Egal!", widersprach Niklas nun. „Wir kaufen es alle! Ist doch klar!"

Gerührt blickte ich meine Freunde an. „Ihr seid echt toll ..."

„Meine beste Freundin schreibt Bücher, das ist so cool!", meinte Sophie.

Ich drückte sie an mich. „Ich bin so gespannt. Hoffentlich wird das was!"

„Bestimmt", versicherte mir Raphael und lächelte mich warm an. „Deine Geschichten sind toll. Die müssen sich einfach verkaufen."

„Auf jeden Fall", pflichtete Florian ihm bei. „Du schaffst das schon, Lara. Und dann bringst du ganz viele Bücher raus und wirst berühmt."

Verlegen schmunzelte ich. „Das wäre echt ein Traum."

„Ist doch ein schöner Traum", merkte Karolin an. „Ich wüsste auch gerne schon, was ich nach der Schule machen will!"

„Na ja, als Autorin wird man in Deutschland nicht gerade reich", gab ich zu bedenken. „Studieren werde ich wahrscheinlich schon. Schreiben kann ich nebenbei immer noch."

„Weißt du schon, was du studieren willst?", fragte Sophie.

Ich nickte. „Deutsch und Englisch. Auf Lehramt."

Niklas grölte los. „Du wirst Lehrerin?"

„Hey!", beschwerte ich mich. „Hör auf zu lachen!"

Auch Jan und Karolin wirkten amüsiert, sagten aber nichts. Nur Sophie und Florian schienen nicht verwundert, Raphael hatte es sowieso schon gewusst. „Ich finde, das passt irgendwie“, äußerte sich Florian. „Für welche Schulart?“

Ich lächelte ihn an. „Gymnasium“, antwortete ich. „Ich will das genaue Gegenteil von Frau Rösch werden.“

Sophie grinste. „Guter Plan! Du wirst sicher keine solche Horrorlehrerin!“

Mein Freund hauchte mir einen Kuss auf die Wange. „Du machst das schon.“

„Was habt ihr alle eigentlich vor?“, erkundigte ich mich dann. „Also, Raphael wird Wirtschaftsingenieur, Florian wird Sportlehrer, das weiß ich. Und sonst?“

„Ich will Informatik studieren“, erzählte Jan.

„Mein Computerfreak“, kicherte Sophie.

Ich musste schmunzeln – genau das hatte ich gerade auch gedacht. Aber das passte zu Jan, etwas anderes konnte ich mir bei ihm gar nicht vorstellen.

„Ich hab mich auch endlich entschieden“, berichtete Niklas dann. „Ich will Medizintechnik studieren.“

„Weißt du schon, wo?“, fragte ich.

Er nickte. „An der Fachhochschule in Weiden. Ich bleibe hier in der Gegend.“

„Oh, genau wie Raphael?“

„Nur ein anderer Studiengang“, stimmte Niklas zu.

„Es ist echt toll, dass ihr zwei in der Nähe bleibt!“, fand Sophie.

Darüber freute auch ich mich sehr – so konnten wir uns alle im nächsten Jahr wie gewohnt häufig treffen. Raphael wollte nicht wegziehen, um seine Mutter weiterhin unterstützen zu können. Und auch ich würde nach meinem Abitur in der Nähe bleiben. Vielleicht konnte ich ja in Regensburg studieren, das lag recht nah bei Weiden. Außerdem überlegte ich sowieso, ob ich nach der Schule erst mal ein Jahr Pause einlegte. Schon allein, um noch etwas länger bei Nele zu bleiben. Aber darüber konnte ich mir Gedanken machen, wenn es so weit war.

„Weißt du schon, was du machen willst, Sophie?“, fragte Karolin.

Meine beste Freundin nickte. „So ungefähr. Also, ich muss mich nur zwischen meinen beiden Favoriten entscheiden. Kunst oder Jura.“

Florian schmunzelte. „Das sind aber ganz schön unterschiedliche Fächer."

Sie lächelte schief. „Ich weiß."

„Du hast ja noch Zeit", merkte Niklas an.

„Eben", stimmte seine Schwester zu.

„Jetzt sollten wir aber mal das Eis essen", fiel Karolin auf. „Das schmilzt!"

Das hatten wir ganz vergessen ...

Wir unterhielten uns noch eine ganze Weile, doch plötzlich unterbrach Raphael das Gespräch, als er unseren Eisbecher bezahlte und erklärte: „So, Leute, tut mir leid, aber Lara und ich haben noch was vor."

Ich schob die Augenbrauen zusammen. „Haben wir das?"

„Und ob."

„Nämlich?"

Er zwinkerte mir zu. „Siehst du gleich."

Unsere Freunde grinsten. Anscheinend wussten sie ganz genau, was Raphael geplant hatte. War ich etwa die Einzige, die keine Ahnung hatte?

„Viel Spaß", wünschte Karolin uns.

„Und viel Erfolg", lachte Florian.

„Lara, denk dran, deine Farbe ist Blau! Oder Rot! Aber auf keinen Fall Pink!", schärfte Sophie mir ein. Verwirrt musterte ich meine beste Freundin. „Du wirst es gleich verstehen", versicherte mir Karolin.

Langsam war ich wirklich verwirrt. „Wovon redet ihr da?"

Raphael stand auf und hielt mir seine Hand hin. „Komm. Ich zeig's dir."

Zögerlich nahm ich seine Hand und erhob mich ebenfalls. Wir verabschiedeten uns von den anderen und schlenderten durch die Innenstadt davon. „Wo willst du denn hin?"

Abrupt blieb er stehen. „Genau hierhin."

Wir standen direkt vor einem Kleidungsgeschäft. Aber was sollten wir hier bitte machen? Ich begriff es nicht. Irritiert sah ich ihn an. „Brauchst du Klamotten?"

„Nö."

„Warum sind wir dann hier?"

Er holte zwei Karten aus seiner Hosentasche und gab sie mir. Gespannt las ich den Text darauf.

Eintrittskarte: Abiturball – endlich geschafft!

„Und, begleitest du mich am Freitag?“, fragte Raphael.

Lächelnd blickte ich zu ihm auf. In seine durchdringend blauen Augen. „Das fragst du noch? Na klar!“

Er umarmte mich fest. „Perfekt. Ich will nämlich mit niemand anderem als mit dir tanzen.“

„Das wird schwierig“, gab ich zu. „Ich ... ich kann nicht tanzen.“

„Ich hab noch drei Tage, um dir ein paar Schritte beizubringen. Das klappt schon“, meinte er.

„Na gut ... und warum sind wir jetzt hier?“, wiederholte ich die vorherige Frage.

„Ich vermute mal, du hast kein Kleid“, entgegnete er.

Schockiert starrte ich ihn an. „Nein!“, rief ich. „Ich gehe nicht im Kleid auf diesen Ball!“

Ich würde meine Verletzungen nicht zur Schau stellen. Ball hin oder her, dann trug ich eben einen Hosenanzug oder sonst was. Aber kein Kleid.

Sanft legte er seine Arme um meine Hüfte und sah mir direkt in die Augen. Mein Herz klopfte schneller, als er mich so anschaute. „Lara, versuch es doch erst mal. Lass uns ein Kleid suchen. Du wirst wunderschön aussehen, darauf wette ich. Niemand schaut darauf, dass du ein paar Schnittwunden hast. Das verspreche ich dir.“

„Aber ... aber ... das ...“, stammelte ich.

„Komm, ich bin bei dir“, ermutigte er mich. „Lass nicht zu, dass dieser Kerl dich selbst jetzt noch beeinflusst.“

Kurz zögerte ich. „Aber ... erst mal nur anprobieren, ja?“

Er nickte. „Erst mal nur anprobieren.“

Das klang fair. Raphael überwand seinen Hass aufs Einkaufen, ich meine Angst davor, kurze Klamotten zu tragen und meine Arme und Beine zu zeigen. Jedenfalls würden wir beide es versuchen.

„Sag mal, hast du meinen Eltern erzählt, was du heute mit mir vorhast?“, fragte ich ihn, als wir den Laden betraten.

„Ja, warum?“

„Weil es jetzt Sinn ergibt, dass meine Mutter mir 100 Euro gegeben hat, bevor ich das Haus verlassen hab. Ich hab mich schon gewundert, was ich mit dem ganzen Geld soll!"

Raphael lachte. „Das war eine Verschwörung", gestand er.

Ich konnte einfach nicht wütend sein, im Gegenteil, ich musste lächeln. „Ich merk's. Ihr seid ganz schön frech."

„Aber vielleicht würde ich nicht ganz so furchtbar im Kleid aussehen", schoss es mir durch den Kopf. Immerhin hatte ich schon beinahe eine normale Figur und nur noch leichtes Untergewicht.

Eine nette Verkäuferin half uns beim Aussuchen. Sie brachte mir drei Kleider in meiner Größe. Es erstaunte mich, dass die Frau auf den ersten Blick wusste, welche Kleidergröße ich hatte. Denn alle drei passten.

Eins davon war allerdings pink. Und da ich mich an Sophies modischen Rat hielt, hängte ich es gleich weg. Die Farbe stand mir nicht, sie machte mich zu blass, das hatte meine beste Freundin mir öfter gesagt.

Blieben noch das kurze schwarze und das knielange türkisfarbene Kleid.

„Kommst du irgendwann wieder aus der Umkleide raus?", rief Raphael.

„Noch nicht!" Ich wollte den Vorhang nicht beiseiteschieben. Einerseits, weil ich noch in Unterwäsche in der Umkleide stand, andererseits, weil ich mich erst zwischen den beiden übrigen Kleidern entscheiden musste, bevor ich nach draußen ging.

Letztendlich griff ich zu dem türkisfarbenen Dress. Es gefiel mir einfach besser, vor allem hatte es keine Pailletten und keine nervigen Träger. Außerdem war es etwas länger.

„Bist du umgezogen?", fragte mein Freund von draußen.

„Ja, aber ... ich weiß nicht recht ..."

Unschlüssig betrachtete ich mich im Spiegel. Das Kleid war schön, zweifellos, aber es entblößte meine alten, verblassten Schnittwunden. Ich fühlte mich so nackt. Und ich wagte es nicht, die Umkleidekabine zu verlassen. Das musste ich auch gar nicht. Raphael zog nämlich den Vorhang beiseite. Ich sah ihn im Spiegel und wirbelte erschrocken herum. „Hey!", beschwerte ich mich und machte mich etwas kleiner. „Ich ... ich hab doch gesagt ..."

Ich beendete den Satz nicht, Raphaels Blick verunsicherte mich zu sehr. Er starrte mich so lange an, dass ich mich noch unwohler fühlte. Ich musste schrecklich aussehen. Doch plötzlich überwand er die letzten zwei Schritte, die uns noch voneinander trennten, griff mir mit einer Hand sanft an den Hinterkopf und zog mich zu sich heran, um mich leidenschaftlich zu küssen.

Dieser Kuss raubte mir den Atem. Raphaels Lippen schmiegten sich so unwiderstehlich an meine, dass ich ebenso stürmisch über ihn herfiel. Keiner von uns dachte in diesem Moment daran, dass wir in einem Kleidergeschäft standen.

Als wir uns nach einigen wundervollen Minuten wieder voneinander lösten, atmete ich schneller als zuvor. Mein Herz raste richtig!

Raphael umarmte mich fest. „Du siehst unglaublich aus", flüsterte er mir ins Ohr. „Das ist perfekt!"

„M...meinst du?", wunderte ich mich.

„Auf jeden Fall", bestätigte er. „Das musst du nehmen!"

Ich biss mir auf die Unterlippe. Ob ich das Kleid wirklich kaufen sollte? Ich hatte immer noch Bedenken. „Aber man sieht doch ..."

„... dass du wunderschön bist", vollendete er den Satz für mich. „Das sieht man, ja."

Gerührt blickte ich ihn an. Er wusste genau, dass ich eigentlich auf meine vielen Verletzungen hinauswollte. Aber stattdessen machte er mir so ein liebes Kompliment.

„Und glaub mir, niemand wird die Kratzer bemerken", beruhigte er mich.

Ich schob die Augenbrauen zusammen. „Bist du sicher?"

Er nickte. „Ja. Komm, es wird Zeit, dass du dich nicht mehr versteckst. Das hast du nicht nötig, wirklich nicht!"

Wir lösten die Umarmung, um uns an den Händen zu nehmen. So standen wir in der Umkleide und lächelten uns an. Schließlich nickte ich. „Okay. Ich werde es auf dem Ball tragen", versprach ich.

Da ließ er meine Hände los und schlang seine Arme um mich, um mich hochzuheben. Überrascht quietschte ich und kniff die Augen zusammen, als ich ihn lachen hörte. „Ich bin stolz auf dich, Häschen."

Ich öffnete die Augen wieder, um ihn anzusehen. Um sein freudestrahlendes Gesicht zu betrachten. Und ich erwiderte sein Lächeln.

Plötzlich war auch ich ein wenig stolz auf mich. Weil ich nach und nach über meinen eigenen Schatten sprang. Klar, ich würde niemals so kurze Klamotten tragen, dass man die Brandnarbe am Oberschenkel sah. Aber immerhin würde ich gleich mein allererstes Kleid kaufen.

Nachdem ich mich wieder umgezogen und bezahlt hatte, verließen Raphael und ich Hand in Hand das Geschäft. Mein Freund trug die Einkaufstüte für mich, während wir langsam in Richtung Stadtpark schlenderten.

„Gehen wir noch etwas spazieren?“, schlug er vor.

Ich nickte. „Gerne.“

Der Park machte einen prächtigen Eindruck. Überall blühten bunte Blumen, viele Leute spazierten umher oder saßen zusammen auf einer der Wiesen.

„Gehen die anderen eigentlich auch auf den Ball?“, fragte ich.

„Ja, Niklas und ich haben für euch kleine Elftklässler Karten besorgt“, neckte er mich.

Ich schmunzelte und streckte ihm die Zunge raus. „Ihr Abiturienten seid viel zu arrogant!“

Da blieb er auf einmal stehen und zog mich an der Hand zu sich, um mich zu umarmen. „Weißt du was? Ich liebe dich, Häschen.“

Beinahe wäre ich vor Rührung in Tränen ausgebrochen. „Ich liebe dich auch, mein Held.“

„Versprichst du mir was?“, bat er.

Ich lächelte ihn an. „Was denn?“

Er drückte mich noch fester an sich. „Dass du mir das jeden Tag sagst.“

„Sooft du es hören willst“, versprach ich.

Eine Weile lang sagten wir nichts, wir standen einfach nur im Park und drückten uns. Dieser Moment war so schlicht und doch so perfekt.

„Wie lange hast du morgen Schule?“, fragte Raphael dann.

„Bis zehn nach zwölf“, antwortete ich. „Warum?“

„Hast du danach etwas Zeit für mich? Ich würde dich abholen“, schlug er vor.

„Gerne“, stimmte ich zu. „Was willst du denn machen?“

Er zwinkerte mir zu. „Mit dir ausgehen.“

„Ein Date?“, wunderte ich mich. „Einfach so?“

„Unser erstes richtiges Date“, verbesserte er mich.

„Wir sind doch schon ein paarmal ausgegangen“, wandte ich ein.

Er lächelte schief. „Aber immer in der Angst, dass jederzeit was passieren kann. Und morgen will ich mit dir ein ganz normales Date haben. Nicht mehr ein Treffen in einer Extremsituation.“

Das stimmte – wir hatten uns nie sicher sein können, dass Gilbert nicht doch plötzlich auftauchte. Aber jetzt mussten wir keine Angst mehr davor haben.

Ich erwiderte Raphaels Lächeln. „Das klingt toll.“

Er strich mir zärtlich durchs Haar, ich stellte mich auf die Zehenspitzen, um ihn zu küssen. Liebevoll schlang er seine Arme um mich und erwiderte den Kuss. Es war ein tolles Gefühl. Sanft, unschuldig, voller Hingabe. Ohne daran zu denken, wo wir uns befanden und wer uns vielleicht sah. Es zählte nur, dass wir zusammen waren.

Und zum allerersten Mal in meinem Leben fühlte ich mich wie ein ganz normales, überglückliches, verliebtes Mädchen.

Danksagung

Und wieder möchte ich einiges loswerden, denn es gibt viele Leute, bei denen ich mich unbedingt bedanken muss!

- Bei meiner großartigen Familie, die es mir erst ermöglicht hat, über das warme, überwältigende Glücksgefühl eines Zuhauses zu schreiben.
- Bei meiner ehemaligen Deutschlehrerin Martina Schlemmer-Baade, ohne die ich nie so weit gekommen wäre.
- Bei meiner besten Freundin Andrea, die mir durch ihr Testlesen wie immer eine riesige Hilfe war und die mich vor einigen peinlichen Fehlern bewahrt hat.
- Bei meiner lieben Freundin Claudia, die mir mal wieder genau die richtigen Anregungen für ein packendes Finale gegeben hat, als ich unschlüssig war, in welche Richtung ich gehen sollte.
- Bei Melanie, Philipp und Thomas, ohne deren Einsatz und Bemühungen das Cover nicht so herrlich feurig geworden wäre.
- Bei meinem Kung-Fu-Trainer, der mir viele (Wing-Zun-)Griffe beigebracht hat, durch die ich das Training von Larissa und Florian erst realistisch darstellen konnte.
- Bei meinen Freunden, die mich immer wieder zum Schreiben angespornt oder im richtigen Moment zu einer Pause gezwungen haben.
- Bei den Menschen, die mich – meistens unbewusst – inspiriert haben, allein durch ihren Charakter oder ihre Aussagen.
- Bei Papierfresserchens MTM-Verlag, der es mir ermöglicht hat, meinen größten Traum zu verwirklichen.
- Bei meinen wunderbaren Lesern.

Vielen, vielen Dank für alles!
Eure Maron Fuchs

Die Autorin

Maron Fuchs wurde 1995 geboren und kommt aus Bayern.

Derzeit studiert sie in Bamberg Gymnasiallehramt für Latein und katholische Religion.

Maron Fuchs
Eisige Kälte
ISBN: 978-3-86196-364-6

Gewalt, Grausamkeit und Misshandlungen gehören für die 17-jährige Larissa seit Jahren zum Alltag. Seit ihre Adoptivmutter dieses Monster geheiratet hat. Seither dreht sich ihr Leben nur noch darum, ihre Schwester, die achtjährige Nele, zu beschützen und an ihrem 18. Geburtstag mit der Kleinen zu fliehen.
Als ihr Stiefvater seine Frau in einem seiner Wutanfälle aber tötet und Larissa krankenhausreif prügelt, scheint es unmöglich zu sein, Nele vor dem Kinderheim zu bewahren. Wären da nicht diese beiden Fremden, die die Mädchen bei sich aufnehmen und behaupten, Larissas leibliche Eltern zu sein ...